玫瑰与她的神明（上）

白日上楼 著

长江出版社
CHANGJIANGPRESS

图书在版编目（CIP）数据

玫瑰与她的神明 / 白日上楼著. — 武汉：长江出版社，2024.1

ISBN 978-7-5492-9133-5

Ⅰ. ①玫… Ⅱ. ①白… Ⅲ. ①长篇小说－中国－当代
Ⅳ. ① I247.5

中国国家版本馆 CIP 数据核字（2023）第 180933 号

玫瑰与她的神明 / 白日上楼 著
MEIGUI YU TA DE SHENMING

出　　版	长江出版社
	（武汉市解放大道 1863 号　邮政编码：430010）
市场发行	长江出版社发行部
网　　址	http://www.cjpress.cn
责任编辑	向丽晖
印　　刷	北京盛通印刷股份有限公司
	（地址：北京市大兴区亦庄经济技术开发区经海三路 18 号）
版　　次	2024 年 1 月第 1 版
印　　次	2024 年 3 月第 1 次印刷
开　　本	710mm×1000mm 1/16
印　　张	44.25
字　　数	1104 千字
书　　号	ISBN 978-7-5492-9133-5
定　　价	79.80 元（全两册）

版权所有，侵权必究。如有质量问题，请与本社联系退换。
电话：027-82926557（总编室）027-82926806（市场营销部）

目录
CONENTS

第一章　001

第二章　010

第三章　022

第四章　037

第五章　048

第六章　061

第七章　075

第八章　084

第九章　096

第十章　104

第十一章　114

第十二章　129

第十三章　142

第十四章　156

第十五章　168

第十六章　177

第十七章　190

第十八章　199

第十九章　212

第二十章　232

目录
CONENTS

第二十一章　　241

第二十二章　　256

第二十三章　　265

第二十四章　　285

第二十五章　　297

第二十六章　　307

第二十七章　　324

第二十八章　　341

第二十九章　　353

第三十章　　　365

第一章

"噢,昨天王子成人宴上和他跳了一夜舞的是谁?真是神秘又迷人。我猜,一定是哪个国家的公主。"

"神秘又迷人?比贝莉娅还迷人吗?"

"贝莉娅?贝莉娅确实拥有无与伦比的美貌,可那位不一样……我一看到她,就觉得心不是自己的了。她的裙子落满了星星,她的高跟鞋比钻石更闪耀……不过真奇怪,我已经不记得她的长相了。"

"噢,那她真幸运,我也想跟王子跳一夜的舞。王子英俊又绅士,整个索伦王国的少女,谁不想嫁给他呢?"

"不不不,别带上我,我还是更喜欢路易斯公爵那样的,高傲冷漠,狂妄到不可一世……"

后面似乎起了争执,优雅而古老的法式腔也开始像"嗡嗡嗡"扰人的苍蝇,柳余翻个身想继续睡,后背却被人戳了戳。

"贝莉娅,卡洛王子和路易斯公爵,你选谁?"

……卡洛王子和路易斯公爵?

柳余糊里糊涂地想:睡前果然不能看书,连梦都跟书有关了。

后面的人还在戳她:"贝莉娅,贝莉娅……"

"嗡嗡嗡,嗡嗡嗡……"

"谁要选王子还是公爵?"一串法语流利地从嘴里冒出来,"要选,当然要选最好的,光明神啊。"

"嗡嗡嗡"的声音停了下来,周围一片死寂。

柳余下意识抬头,却发现,十数双眼睛一眨不眨地盯着她,那眼里的嘲讽与恶意简直快化成利箭,要将她射穿。

她这才发觉不对。

她没有睡在自己香喷喷柔软的大床上,而是置身在一个巴洛克风格的房间。

房间内有大片大片的窗户,光透过七彩玻璃,柔和地照在周围。

一排排雕刻着蔷薇花的纯白课桌前坐了许多少女,她们穿着夸张的欧式蓬蓬裙,个个"凶狠"

地瞪着她。

"贝莉娅！"

这时，一位三四十年纪的女人踩着高跟鞋风风火火进门，她似是听到了刚才一番对话，用细长的教棍指着她。

"你这个无知的、狂妄的……"她气得浑身发抖，"竟敢妄想亵渎我们伟大的神灵，给我滚出去！罚站一个小时，立刻！马上！"

……贝莉娅？

柳余的眼睛瞪大了，不会是她想的那样吧？

她下意识看了眼手臂，皮肤如冬夜第一场雪般雪白晶莹，还能看到皮肤下细小的青色血管……

幼时的营养不良，让她无论如何斥巨资，也保养不出这般晶莹透润的肌肤。

还有这泡泡袖、玫瑰紫蓬蓬裙……

柳余脑海里下意识浮现出几行字："贝莉娅自然是好看的。在娜塔西看来，她这位继姐就像她曾经在布诺伊商店看到的最高级的洋娃娃，她有雪白的皮肤、金色的大波浪长发，还有蔚蓝色的眼睛……可是，她的坏脾气和她的美貌一样令人印象深刻。"

她……贝莉娅？

柳余掐了一把。

"嘶……"同桌怒气冲冲地瞪她，"贝莉娅，你发什么疯？"

"疼吗？"

同桌看起来更生气了，"你来试试？！"

看来是疼的。

"贝莉娅！"讲台上，中年女人用老母鸡一样的嗓子吼她，"滚出去！马上！"

教室内又开始"嗡嗡嗡"起来。

"真是不知死活，以为自己貌美就敢肖想伟大的光明神……"

"十年前整个大陆最美丽最高贵的海伦公主也只敢放话说要做神的姬妾……最后，变成了一只小猪。"

"神的荣光无所不在，渎神之人终将受到惩罚。"

柳余被驱逐到了教室外。她所在的教室在六层，从这里能看到一望无际的白色穹顶、成群结队的白鸽，以及远处隐入云层、绵延不尽的雪山。

雪山送来的风，带着冰凉的水汽，一下子将柳余吹醒了。很奇怪，附近有雪山，可空气还是潮热的，她穿着蓬蓬裙，居然不感觉冷。

卡洛斯王子，路易斯公爵，贝莉娅……

白色的圆弧穹顶，连绵的雪山，奇怪的气候……

柳余又狠狠掐了自己一把，现在，她无比确定，她是在书里了。

这书，还是一本无脑玛丽苏小说，名叫《灰姑娘的华丽逆袭》。

全书围绕"灰姑娘"来写，作为绝对主角，"灰姑娘"娜塔西的人生除了早年坎坷，后来是一路绿灯，她凭着"锦鲤"气运，和如清水般的纯净心灵，征服了一个又一个大佬的心，最后，更是结识了最大的"大大佬"，就是这个世界之主、唯一至高无上的神……光明神。

与光明神比起来，其他的王子、公爵，都成了不值一提的存在，而在光明神的庇佑下，"灰姑娘"最终登上了人生巅峰.

她被召入神宫，常伴光明神左右。

不过，大约是作者太爱男主角了，完结时，"灰姑娘"也没当上神后，她成了整个神宫地位最高的神侍，被赐予不朽的生命，以及一神之下、万人之上的权利。

这对一个言情小说而言，绝对是烂尾，是BE（不算圆满的结局），无数读者表示不满，奈何作者坚持不改，甚至在结尾留言："神祇，就该永远高挂神坛、被人仰望。没有人能获得光明神那颗高高在上的心，哪怕是娜塔西。"

柳余熬到凌晨一点好容易把书看完，却硬是被结局气出一口老血，带着愤愤不平入了睡。

谁知一觉醒来，就跑到了这儿。

还变成了书里有名有姓的"炮灰"……"灰姑娘"那个又蠢又毒、一路"作死"的恶毒继姐——贝莉娅。

这"炮灰"责任重大，既要用她的恶毒愚蠢来衬托"灰姑娘"的纯洁善良，引起其他人对"灰姑娘"的怜惜，还起着推动剧情发展的作用，没事就同她那位同样恶毒愚蠢的母亲，一起欺负妹妹，最后竟然"作死"地挖了光明神化身的眼睛，让"灰姑娘"与光明神搭上线，成为他的救命恩人。

挖完眼睛的第十五天，她就死了。

"贝莉娅被挂在绞刑架上时，已经不复她的美丽了。娜塔西坐着马车远远看过一眼，蛆虫爬满了她的身躯，苍鹰都唾弃她的血肉……她与她的继母一起，再也不能欺负娜塔西了。娜塔西竟然松了一口气，很快小声忏悔起来。"

所以，现在剧情发展到哪一步呢？

昨天是王子成人礼的话……

这时，教室内女老师的声音清晰地传了出来："三天后，神使就会来我们索伦学院测试，但愿你们之中，有人能成为神眷者……"

教堂的尖塔敲响，"咚咚咚咚咚……"十一下。

柳余数得很清楚，从高高的楼层上，她一下子就看见了喷洒的水花……音乐喷泉开始唱歌。

糟糕！

三日后神眷者测验，十一下钟声，昨晚的王子成人礼……

这意味着，光明神化身的眼睛，在上一堂课前就已经被挖了。他被孤零零地抛在喷泉后方的假山洞里，因为火焰色的灌木丛遮掩……谁也没发现他。

然后他被给"原身"（书里原来的人物）的继妹——送饭的"灰姑娘"发现了。

不，不可以。柳余心想，她必须赶在这之前，认下"救命恩人"这个身份。

虽然，这有点无耻。

正想着，柳余就远远看到一位灰扑扑的年轻女孩进了校门……她提着一个花篮，花篮里大概放了便当，围着灰扑扑的围裙，快活地一蹦一跳地走来。

那是"灰姑娘"娜塔西。她来了，她会救下神的化身，从此后，"锦鲤"气运加持，本来就顺畅的路，更是一路绿灯。

而与此相反的是，害了神的自己，会成为霉运连连的衰鬼，喝水塞牙缝，走路掉坑里，连吃糖都能崩了门牙。

这简直是"原身"人生的分水岭。

最直接的后果就是，今晚她会因为有意加害光明神化身……也就是这个落魄的，她以为是平民，实际上是小贵族的盖亚，而被投入监狱，三天。

证据确实、充分——她落下的、被盖亚死死握在手中的，代表着弗格斯家族的家徽……一朵金色鸢尾花。

"原身"进进出出总是带着它，这代表着弗格斯家族从未逝去的荣耀。

总之，先避过眼前这一劫。

柳余像小鹿一样奔跑起来，玫瑰色的裙摆飘起，露出纯白的蕾丝袜边，高跟鞋"嗒嗒嗒"地落在地面。

她掠过高高的台阶，跑过青草地，穿过折射着七彩阳光的音乐喷泉，最终来到假山。一丛又一丛火焰般的灌木丛将假山包围住。

这里僻静，人迹罕至。

索伦学院的人都听过一个传说——那火焰般的灌木丛下，埋了无数尸骨。所以没人会来这儿。

娜塔西就站在那，她惊讶地转过头来："贝莉娅姐姐？"

柳余的视线落到她的掌心：阳光下，一朵金色鸢尾花正在闪闪发光。红宝石镶嵌而成的蕊珠，仿佛一滴滴殷红的让人触目惊心的血。

金色鸢尾花，为什么会在娜塔西手里？

是她已经见到了假山里昏迷的那位，从他手里得了东西，还是中间又出了别的变故？

这一刹那，柳余的心乱糟糟的，像被猫扯过的毛线，无数猜测纷至沓来。

而这个从二次元走入三次元的"纸片人"，也第一次在她面前露出了真容。

娜塔西有一头深栗色的长发，皮肤是健康的小麦色，鼻梁两边点缀着几颗雀斑，那双棕色的眼睛忽闪忽闪的，让人想起田间欢快的小鹿。

只是当这只小鹿对上贝莉娅时，一下子就怯怯的了，配着那灰扑扑的棉布裙、脏兮兮的旧皮鞋，显得可怜极了。

"贝、贝莉娅姐姐，你怎么下来了？"她飞快地抬起头看了她一眼，又低下头去。

柳余注视着少女让人怜爱的姿态，心想，如果自己是男人，恐怕也会喜欢这样娇怯怯的小花。

"娜塔西……"她拉长语调，让声音听起来傲慢无礼些，"你偷了我的鸢尾花。"

"没、没有，我没有。"凭空而来的一顶大帽子扣得娜塔西吓了一大跳，她急急摆手，"贝莉娅姐姐，我没偷，我真的没偷。"

"不是你偷的，这……又是从哪儿来的？"

高傲的少女像只怒气冲冲的猫一样冲上去，抽走娜塔西手中的东西亮给她看，阳光下，鸢尾花枝叶雕镂得栩栩如生。

"金色鸢尾花，只属于我弗格斯家族，属于我贝莉娅·弗格斯。你，区区一个平民，怎么够资格碰它？"

没错，娜塔西只是个平民，这个世界，血统的力量异常强大。

它决定了你到底是可以被践踏的平民，还是凌驾于平民之上的贵族。

诚然，娜塔西的父亲很富有，富有到足以敲开一位贵族遗孀的心灵，将她成功迎娶回来，却没法让自己和自己的女儿跻身贵族。

平民是没有资格触碰一位贵族的徽章的。

"我、我在这捡的。"娜塔西看上去快哭了,一双眼睛红红的,像只兔子,"我也不知道姐姐的鸢尾花为什么会在这儿……"

柳余将信将疑地看了娜塔西一眼,心想:自己下来得非常快……

短短的时间,不够娜塔西处理血渍,何况,附近没有水源。

那么,鸢尾花徽章当真是掉在这附近了?

可这样一来,光明神化身握在手中的金色鸢尾花……是娜塔西塞给他的?所以那些效率极低的城邦守卫队,才能在短短不到半天的时间就顺藤摸瓜找到真凶?

"贝莉娅姐姐,我真的没偷,真的不是我……"娜塔西揪着围兜,眼泪扑簌簌落下来。

面对着一张哭哭啼啼的小脸,柳余难得有些迟疑……

好歹真情实感地"追更"过。

柳余粗鲁地接过篮子道:"哭什么哭?还不快走?!"

"……哦。"

娜塔西似乎不信贝莉娅这么简单就放过她了,抬起头看了贝莉娅几次,才擦擦眼泪、一步三回头地走了。灰色的裙子裹住少女纤细瘦弱的身体,让娜塔西看起来像只灰扑扑的可怜巴巴的老鼠。

柳余面无表情地看着,直到那灰色的身影消失在眼前,又再等了几分钟,确定附近不会有人过来,才一矮身,钻进了火焰般的灌木丛里。

沿着灌木丛七拐八绕,对比着书中情节,找了将近十分钟,才找到那个隐蔽的假山洞,说是洞,其实就只是一个陷进去的小口子。

口子不大,里面黑黢黢一片,能听到隐隐的滴水声。

柳余才迈进去一步,就被地上的东西给绊倒了。

冷冰冰,软乎乎。啊!不,硬邦邦……

柳余意识到什么,把惊呼咽了回去。

伸手翻了翻,终于从掉在地上的篮子里找到了一块火擦,一团果冻样的东西,轻轻一捏,一簇幽蓝色的火焰冒了出来。

黑暗如潮水一般褪去。流动的细碎的光影里,那绊倒她的东西,终于朝她显示出了摄人心魄的魅力。

那是个精灵般的少年,她此生从未见过比这更出色、更完美的存在,此后也不会再有。

他双目紧闭,苍白而无力地躺在一团血色之中,柳余的视线,从他挺拔的鼻梁、削薄的唇角一路往下,直到及腰的银发才停住。

脑中不由自主地浮现出一段话:"娜塔西从未见过比这更完美的人,她痴痴地看着,少年的皮肤如奥林匹斯山最圣洁的白雪,少年的鼻梁似安迪山脉最挺拔的山峰,最让人着迷的,却是那头银色的长发,在光下如静静流淌的银河般。他仿佛将一整个星河披在了身上……娜塔西在一刹那就爱上了他。什么王子、公爵,都不及眼前人一根小指头。"

极致的美色,等同于毒药。

柳余当然不是没见过什么世面的小丫头,可也被这举世难寻的美给惊呆了,目不转睛地看了会儿,才将视线艰难地拔出,还漫不经心地想:他怎么还不醒?

明明"灰姑娘"一来,他就醒了的。

少年并未聆听到她的心声,依旧一动不动地躺着,因失血过度,脸色显出死人般的苍白。

柳余却注意到，他一只手摊开，里面空无一物，另一只手紧握成拳，放在身侧。

现在需要确定的是，那只拳头里没有另外一朵金色鸢尾花。如果有，趁他醒来之前拿走。

少年的眼皮动了动，眼看要睁开来。

"噢，天哪，天哪，怎么会……"情急之下，柳余尖叫着扑了过去，身体精准地砸到那只胳膊，"您、您……还好吗？"

少年闷哼一声，眼睛彻底睁了开来。

褐色的血液凝固在他苍白的眼睑，受伤的眼睛正对着柳余，瘆人而可怖，可又因那秾丽绝美的五官，显出一股绮艳来。

柳余控制住分散的心神，连忙"手忙脚乱"地站起，没站稳，又砸了下来，这回直接砸到了他的拳头上。

拳头松了开来。

少年的脸色更白了。

"抱歉，抱歉……"她口不对心地站直身体，拎起裙摆时，一颗圆溜溜的琉璃珠滚了出来，它的色泽，比她曾见过的纯度最高的钻石更纯净更璀璨，柳余注意到的，却是当它滚过地上的血液时，未曾沾上一分一毫，就好似周围裹着一层薄膜，将它彻底与外界所有的污浊隔离。

没有鸢尾花。出现的，却是一颗琉璃珠。

柳余若有所思地捡起珠子，冰冷的触感从指间一路往上，几乎要将心脏都给冻结。她突然想起，书中确实有这么颗珠子，只是出现在小说的后半段，娜塔西故地重游，在当日救下盖亚的山洞捡到了这么颗琉璃珠，还误打误撞地打开了。

对，里面是记忆，光明神盖亚的记忆。

"没关系。"少年用双手撑地，尝试着坐起。

衣料窸窸窣窣的声音传来，柳余这才记起正事，踉跄着过去，"抱歉，我太粗鲁了……你有没有事？"

少女软糯的声音里藏满了不知所措和惶恐不安，她惊呼了一声："噢，光明神在上，是哪位黑心肝的如此对你……你的眼睛……"

她像是说不下去，小声啜泣起来。

一颗颗滚烫的泪珠落到少年身上，他茫然地半撑着，鼻尖仿佛闻到了一股淡淡的蔷薇花香。

"你是谁？"他问。

一道优雅的、带着独特韵律的、比吟游诗人的吟唱更优美的声音在柳余耳边响了起来。

她停止了啜泣道："贝莉娅，我是贝莉娅。"

"贝莉娅？"

"嗯，你呢？"

"盖亚。"少年停顿了很久，"贝莉娅，是你救了我吗？"

"是我。"

不，是你自己。柳余在心里说。

光明神可不会亏待自己，随手捏的化身，也比普通人强出许多，换成其他人，早就上天堂报告去了。

见他还要说话，她拿手指封住他的嘴巴，"嘘"了一声。

"别说话，我带你去看医生。"

盖亚果然不说话了。

柳余一手拎起篮子，一手搀起盖亚，少年沉重的身体压在了她身上。

"低头。"

出洞口时，柳余忍不住往回看了看，她悄悄地将琉璃珠收到了口袋里，她知道，她窃取了神的记忆。可谁在乎呢？盖亚越晚恢复记忆越好。

"你有没有看见……一颗珠子？"少年突然问。

"珠子？"柳余无辜地道，"什么珠子？"

"……不记得了。"少年的声音充满了迷惘和怅然，"总觉得，那很重要。"

"没看到呢。"

索伦学院作为整个索伦城邦最好的贵族学院，除了配备的师资力量一流，门卫都是皇家护卫队退役下来的兵士。他们拥有鹰隼一样的眼睛，猎犬一样的鼻子，前提是如果有需要的话。

大多数时候，这些门卫都懒洋洋的，他们宁愿乐得清闲，也不愿意招惹这些贵族子弟。

毕竟，鞭子是打到他们这些平民身上的，若反抗他们都会被送入城邦监狱关一周的。

所以，当柳余上了弗格斯家族的马车，露出一张俏脸对着门口凶巴巴地喊"让开"时，门卫们连检查都没检查就放行了。

"不、不需要拦下吗？"

新来的"愣头青"红着脸，痴痴地看着越驶越远，成为一个黑点的马车。

"拦？拿什么拦？"

"可校规说，上课期间不得外出……"

"行了，醒醒，没长脑的小子。校规是能帮你挡鞭子，还是能替你进监狱？贵族胡作非为，我们平民可管不着。"

"就这么不管了？"

"管，当然要管。那些真正讲究的、优雅的绅士小姐，我们需要拦下，问有没有校监的假条。可如果是弗格斯家族这种，明明落魄了，非要端着架子欺负人的，咱们就躲开些。"

"贝莉娅小姐不像是那样的人，她看上去如玫瑰一样娇艳……"

"愣头青"头上挨了一记。

"臭小子，告诉你一句话，玫瑰可都是带刺的。"旁边人骂骂咧咧，"刚才哭哭啼啼过去的小姐你知道是谁？那可是贝莉娅小姐的妹妹，家里还能雇得起仆人，却让妹妹每天晒着太阳、步行三公里过来送饭……

"……卡洛王子上次碰见，还与那可怜的小姐说了几句话，说贝莉娅小姐这样刻薄，实在有失弗格斯家族的风度，不像话，很不像话……"

柳余自然不知身后还有这么一段关于她的讨论。

此时她正坐在马车内，看向车窗外宽阔的街道，雪白的穹顶，以及一闪而过的人群。

这里的异国风情，再一次提醒她，她已经不在原来那个世界了。

披着轻银战甲的城邦守卫列队在街上巡逻，纯白的羽鸽在穹顶穿梭。

"咚咚咚……"

教堂的钟声敲响十二下。

行人们不约而同地停下，他们对着天空祷告，连马车都停了下来。

柳余听到车夫在虔诚祷告："……仁慈而伟大的光明神啊，感谢您赐予我们光明和自由，帮助我们驱逐黑暗和邪恶，让我们拥有丰富的食物，拥有生存的自由，这世界因你而存在……"

整个城市，都像被这钟声按下了停止键。

半晌，马车才又重新动了起来，行人也重新起身汇入人群。

直面这样宗教式的狂热，她既感到新奇，又毛骨悚然。光明神在这个世界，等同于信仰。

她忍不住看向面前的光明神化身。

少年苍白而消瘦，满身干涸的血液让他有些狼狈，却又因那份天生优雅，而不显得落魄，反倒有股奇异的让人不敢攀折的高贵。

"贝莉娅？"

少年好似能察觉她的眼神，抬头向她"看"来。

他的眼睛，用一条白色蕾丝发带蒙住，露出挺拔的鼻梁与削薄浅淡的嘴唇，脸上的血污已被擦得干干净净。

"……贝莉娅？"

柳余嘴角往下垂了垂，第三次了。

这是她今天第三次看一个男人看呆了。

她搓搓脸，试图让自己"免疫"面前"精灵级"的美貌，从篮子里取出鲜花饼："盖亚，你饿不饿？"

盖亚摇摇头。

失血过多的唇瓣，看上去像凋零的花瓣。

"还是吃点，车夫说，到罗孚医馆还要一会，要经过索伦城池的中央……"

柳余看向窗外，剩下的话消失在了喉咙口。

马车疾驰过一片宽阔的广场。

整个广场由大片大片的大理石建成，广场中央竖着一座高达十米的纯白色大理石雕像。

那石雕像背生双翼，白色羽翼完全张开，几乎能遮蔽半个天空。

他左手执着一根纯金权杖，神情肃穆地向下看来……怜悯的，慈爱的，锐利的。这一刹那，柳余只觉得自己所有的阴暗都被那目光洞穿，无所遁形。

"神像显灵了！神像显灵了！"

"神像显灵了！神像显灵了！"

就在这时，广场中央光芒大作，一道白光冲天而起，柳余下意识闭上眼睛。

马车猛然停止，车夫屁滚尿流地跳下马车。无数行人，不论是穿着粗布麻葛，还是绫罗绸缎，都狂热地冲到圆形的广场边缘，匍匐在地。

"光明神在上！"

"愿圣光赐予大地，赐予你我……"

柳余睁开了眼睛，广场边缘人山人海，无数马车停在路边，他们对着中央的石雕像一步九叩首，如同向圣山朝拜的狂热信徒。

她看向盖亚，盖亚面色奇异，一只手捂住胸口，那里仿佛有什么东西令他惊讶而不解，渐渐地，他身上开始冒出纯白的光点，与那雕塑一模一样的……圣光。

不！不可以！

柳余寒毛直竖，直觉告诉她不能继续这样下去了，否则，盖亚……

她扑过去，一下子砸到了少年身上。

"咚……"

少女用尽全力地一推，直接将盖亚推向马车壁，发出沉闷的一声响。

盖亚伸出手，试图推开怀中柔软的身体，谁知却被缠绕得更紧，对方像柔软而坚韧的藤蔓，紧紧地箍着他不放，柔软的丝绸划过裸露的肌肤，他皱起眉头："贝莉娅？"

他身上的白光随着这一声，消失了，柳余转头看向窗外：石雕像身上的圣光也一同消失了。

所以，需要吸引盖亚注意力？

她若有所思。

贴身收藏的琉璃珠滚烫的温度也逐渐下降，再没有刚才几乎要将肌肤灼伤的架势。

信徒们以头抢地，或哭或笑，状若疯魔。

"贝莉娅？"

温柔的鼻息喷到她颈间，柳余发觉，一向吝啬表示感情的少年眉间出现隐隐的不悦和反感。

她不退反进，将胳膊更紧地缠到他腰间，还将脑袋枕了上去。"盖亚，对不起，我是被吓到了。"她啜泣着，小声地道，"刚才，有件很奇怪的事情发生，贝莉娅被吓了一跳……"

信徒们狂热地喃喃自语，如同蜜蜂在耳边"嗡嗡嗡"。

"你有没有奇怪的感觉？"

盖亚像是被移开了注意力，他迷惘地"看"着上方，"有个声音，在呼唤我……很……温暖。"

柳余面无表情，身子却在颤巍巍发抖："会不会……是魔鬼？听说魔鬼最会蛊惑人心了，盖亚，我们快走，好不好？"

她尝试着站起，一个踉跄，又摔了下去。

少年一声闷哼，脸色越见苍白，少女啜泣起来："盖亚，对不起，我、我脚崴了……快些去医馆，好不好。这里很、很吓人。"

"不，不是魔鬼。"

盖亚拨开她的手坐起来，他转头面向窗外，好像真的能看见似的，"贝莉娅你听，他们在祈祷，向神祈祷。

"吉塔在祈祷，来年春天她的女儿能遇到一个好男人。

"莫桑在祈祷，他家的母猪来年能生一窝小猪。

"桑切夫在祈祷，他小儿子的病能赶快好。"

可在那大片的或哭或笑里，哪里有什么祈祷，明明都是祈求神迹再现。

柳余突然想起一个可能，她愕然地问："所有人心里的祈祷……你都能听见？"

盖亚点头，半晌，又摇头。

"不，不是所有的……"少年修长如玉的手指指向她心口，"贝莉娅，没有你的，唯独没有你的。

"我听不到你心里的声音。"

"……哦。盖亚，我脚疼，先去医馆，好不好？"

柳余面无表情地啜泣着。

居然有读心术？！

第二章

外面还是山呼海啸式的狂欢，马车内却静得针落可闻。

"盖亚。"

柳余决定验证下自己的猜测，到底是读心术，还是别的。

她一下子握住盖亚的手，触感微凉，她的手微微颤抖，却又坚定地将其覆在了自己的心口："能听到吗？"

盖亚摇摇头说："听不到。"

"你再听一次。"柳余在心里"循环播放"："傻子傻子傻子傻子……"

"听不到。"盖亚还是摇头，他精致的脸上充满了茫然。

"贝莉娅，你说了什么？"

她咬着牙，轻轻地道："嗯，我在说，盖亚你很好看，我，贝莉娅……很喜欢。"

"喜欢？"盖亚"看"向天空，恍惚地问，"什么是喜欢？"

柳余没搭理他，她的注意力还在之前的读心术上，说："盖亚只能听得到那些人的愿望吗？"

"好像是这样。"少年细长的眉微微蹙起，"不是愿望也行，但你……那里很安静。"他很肯定地道。

好了，她确定了。

甭管盖亚能听到谁的心声，反正不是她的。

也许是因为她的灵魂不属于这个世界，也许是因为她不信神。

反正他听不到，这很好。

"走了，去医馆。"

车夫从狂热状态回神，回到车前。

马车重新开始行了起来。

索伦王国大大小小的医馆，都会在建筑尖顶上挂一个红色十字，所以许多时候，又称"红十字楼"。

罗孚医馆是索伦城邦最大的红十字楼，常年车水马龙，行人络绎不绝。

不过即使这样，当又一辆陈旧的、灰扑扑的马车停下时，伙计们依然眼尖地发现了车轴上弗格斯家族的金色鸢尾花标志。

"嘿，托泰，这次轮到你了。"

"不不不，列夫，我可不想再挨上一鞭，贝莉娅小姐的鞭子可不会因为老熟人就手下留情……"

"可怜的贝莉娅小姐，上回莫比亚侯爵夫人说，这世上没有哪个体面人会愿意娶弗格斯小姐。没有！"一位伙计学着那位夫人尖叫，"我看，城邦里那些体面的绅士，虽然愿意跟弗格斯小姐来点儿浪漫，却绝不愿意把她娶回家。毕竟弗格斯小姐既没有丰厚的嫁妆，又有个上不了台面的母亲……"

就在这时，弗格斯家族的马车车门打开了。

首先映入人眼帘的，是一只手，白得在阳光下几乎能透出青色的血管，指上一只蔷薇花戒，紧接着，浓烈的玫瑰紫绽开，蓬蓬袖、蓬蓬裙，而后，整个人出了来。

贝莉娅小姐站在马车边。她金色的大波浪长发在阳光下闪闪发光，她的皮肤比安托山的牛奶更洁白细腻，她的唇瓣比蔷薇更粉嫩娇艳。

当她微微笑起来时，蔚蓝色的眼睛也开始闪闪发光，像一望无垠的卡多瑙海面，纯净又多情……

伙计们都看呆了。

"贝、贝莉娅小姐看起来……好像不太一样了。"

"噢，她比上一回看到时更迷人，托泰，我愿意挨上一鞭，不，三鞭……"

就在这时，站定的贝莉娅小姐竟然又朝马车伸出手。

一只修长白皙的手搭在她的掌间，指骨分明，就像最上等的艺术品。两只手轻轻一握，一位少年弯腰走了出来。

他站直了身体，阳光洒在他苍白的脸上，微风吹起他眼上的蕾丝发带，细碎的光影围绕着他顽皮地打转……

他沐浴在一片金色的阳光里。

光为衣。

伙计们仿佛看到了城池中央那座巨大的大理石雕像向他们俯瞰而来。

伙计们下意识匍匐下去，屈到一半，才醒转过来。

光明神在上！他们在做什么？！

可再看周围人，不论平民还是贵族，他们都不约而同地弯腰屈膝，区别只在于平民粗鲁点、贵族优雅点……

"天神在上，我们为什么要对一个平民下跪？！"

这几乎是在场所有人的心声。

柳余当然是感觉不到光明神化身的"魔力"的，她无比自然地牵起盖亚的手："当心，有台阶。"

两人旁若无人地走过去了。

众人如大梦初醒。

托泰跑得非常快："贝莉娅小姐，这位……先生。"

他好奇又敬畏地看了眼身旁修长挺拔的少年，不知道为什么，一靠近他，膝盖就有点儿不听使唤。

"还是找辛库医师，对吗？"

看来"原身"平时都找的这位。

柳余点头："是，带路。"

辛库医师在二楼转角的房间里，他是个慈蔼的大胡子，大约是平时用脑过度，有些中年秃顶，一看到柳余，就高兴地露出一口大白牙。

"贝莉娅小姐！"医师唤她，"您又不舒服了？"

柳余小心地牵着盖亚跨过门口，来到窗边坐下。

"不是我，我朋友……"她声音急切又无助，"盖亚他流了很多血，医师求您快救救他……"

辛库奇怪地看着贝莉娅泛红的眼睛，心想：这位小姐，可从来不是这么好心的人。

不过等他目光一落到盖亚身上，脸立刻紧绷起来："眼睛受伤了？"

"是。医师，盖亚的眼睛……还有没有救？"

纯白蕾丝发带落到地上，一面沾了血。

辛库医师掀开少年的眼皮，空洞洞的两个窟窿对着他。

他愣了愣："很遗憾，这是神的领域。"

"可……"

"贝莉娅。"盖亚打断她，"这是我的命运。"

少年说起自己的眼睛时，面色仍是平静的，好像失去光明于他，没什么大不了。

柳余怔怔看了他一会，又转过头去，她很庆幸，她来自一个没有被神驯养过的世界。

辛库医师胖乎乎的身体围着盖亚一阵上蹿下跳，做检查，敷药，包扎伤口，最后开了副药剂，"贝莉娅小姐，他很好，他很好。除了失血过度，有些虚弱，再好不过了。我从未见过这么完美的身体。"

"噢，那就再好不过了。"少女双手握在胸前，一副喜极而泣的模样，"感谢光明神的庇佑。"

"九十六卢索。"辛库医师乐呵呵地开出账单，"小姐，你知道的，我们这儿从不赊账。"

全身上下没有藏钱的地方。

她取出金色鸢尾花摩挲了会，才不舍地递过去："我把弗格斯家族的徽章抵在这，不用担心我会赖账。"

说到最后，女孩的声音已经带了哭腔。

"去一楼取药。"

辛库医师利索地收起徽章。

少女站起身，踩着高跟鞋"嗒嗒嗒"地往外走，走出门时，还回过头嘱咐："辛库医师，这个对我……很重要，请小心保管，明天、明天我一定来赎！"

"贝莉娅小姐放心。"

少女的身影消失在了走廊后。

辛库看着门外感慨道："我从没见过贝莉娅小姐这样，她把弗格斯家族的徽章看得跟命一样重要，却愿意为了你拿出来抵押……

"她一定很爱你。"

柳余等到这一句，嘴角勾了勾，也不等盖亚反应，就去一楼取药。

她才到一楼，就发现所有人都不见了。

刚才还挤得满满当当的大殿现在空无一人，连该在药房轮值的药剂师也不在。柳余转过头，才发现人都站在门口去了，个个跟长颈鹿一样伸长了脖子往外看。

她疑惑地走过去，发现长长的、宽阔的大街上，一行人浩浩荡荡走过。

他们穿着宽大的白色法袍，袍摆上绣着金色的太阳和银色的月亮，就这样列队徒步而去。风吹起他们的长发，撩起他们的袍摆。

白色法袍过去后，就是黄金战甲。

战士们手执长剑，身骑大马，列队而过。

队伍所经之处，有圣洁的光在空中升起，有轻吟的歌在风中飘荡。人人屏息凝神，肃目而立。

柳余只觉得，心像徜徉在一片温暖的、欢快的海洋里，这里只有光明，没有黑暗；只有快乐，没有悲伤。

"听说今天索伦城池的光明神像出现了神迹，难怪白衣神使和黄金骑士要一起出动。"

"能侍奉神，是多大的荣耀……如果我能当上神使或者骑士就好了。"

"做梦吧？唯有水晶球亮起，成为神眷者，才有资格当上神使或骑士。说起来，神眷者选拔，也快开始了吧……"

神眷者选拔？

柳余想起了书中剧情。

如果说，贝莉娅人生的转折点在剜去光明神化身的眼睛被投入监狱时，那么娜塔西命运的转折点，就是成为神眷者。

这个世界，贵族与平民之间的分界犹如鸿沟，可唯一能跨越这条鸿沟的，就是神的力量。

这种力量，更为霸道而不可测。

所谓神眷者，就是指被神眷顾之人。

他们天生就拥有可以修习神术的体质，能够侍奉神灵，得赐神力。

神眷者，高于贵族。贵族，高于平民。

娜塔西通过了神眷者测验，成了比贵族更高贵的存在，能够与皇族比肩，从此后如鱼得水。而"原身"却因错过测验，从此跌入人生的低谷。

可倘若……"原身"本来就不是神眷者呢？

柳余攥紧手中药方，告诉自己无妨，耐心，再耐心一点儿。

当务之急，是先度过这必死之劫，再来考虑神眷者之事。

是神眷者最好，不是也无妨。

这世界，也许有规则存在，可所有的规则，都是由神制定的。神可以捏骨造人，可以创世灭世。

所以，所有的一切，最后还是归拢到一点：讨得盖亚的欢心。

柳余在心中将好事情的轻重缓急，配完药就上了楼，又在辛库医师的唠唠叨叨里牵着盖亚下楼。

少年安静地下楼梯，少女却"叽叽喳喳"向他形容了一遍刚才的境况。

"……如果我能通过测验就好了，那样就能永生侍奉神灵了。"

她雀跃着又带着点希冀小声地道："盖亚，三天后的测验，你也会去吗？"

"我不知道。"少年摇摇头，"贝莉娅，我……什么都不记得了。"

"那你就陪我一起去。"她晃晃他的手，"反正你现在也不知道要做什么，对不对？他们都说神眷者很好……也许，会有神术能治好你的眼睛。"

大金腿儿（指在某一领域能力特别突出，或者拥有稀缺资源的对象），就应该带在身边啊。

柳余承认，她很贪心。她想活下去，还想活得好，活成人上人。

"好。"

轻扬的、优美的声音，再一次响了起来。

一会，这声音又带着点迟疑："贝莉娅，你的脚……不疼了吗？"

"本来是不疼了。"

少女好似体力不支，踉跄了下。"不过去取完药回来，又有些疼了。"

"……鸢尾花被抵在了辛库医师这儿，希望回家后母亲能责骂得小声一点儿……"

"……对不起。"良久，盖亚轻轻出声。

少女倚着少年，笑得跟狐狸一样，"没关系，我们是朋友啊。

"盖亚，朋友之间，就是要互相帮助的。"

"我也会帮助你的。"

在弗格斯家附近的旅店，柳余以家族的名义赊了一晚，将盖亚安顿下来。

"盖亚，我该走了。"她无比自然地捧住盖亚的脸，在他额头印下一吻，"愿神保佑你。"

蔷薇花的香气在夜色里充盈。

少年的眼睛被白色的缎带缚住，他安静地坐在桌前，窗外是紫色的丁香花。柳余开门出去前忍不住往回望了一眼。

就在刚才，她居然可笑地觉得，将这个对世界一无所知的少年单独留在这儿，有些残忍。那可是神灵，可创世灭世的神。

柳余大步走出了旅店。

"贝莉娅小姐。"

车夫将马车赶了过来。

柳余轻巧地跳上了马车："回弗格斯家。"

此时已近深夜，大地陷入沉睡，只有路边的灯还亮着。

弗格斯家就位于城东丹普大街的尽头，一座白墙尖顶的三层小楼，楼前是一个漂亮的花园，花园里种满了不知名的花。

车夫赶着马车去了马厩，柳余提起裙摆，穿梭在花园里。她在花园的小径里漫步。

紧绷了一天的神经被夜风吹得松懈下来，她停下脚步，随便找了个隐蔽的地方坐下……高高的灌木丛掩藏住她的影子。

柳余暂时还不想进屋去面对一屋子的生人，陌生的母亲、陌生的继妹和陌生的仆人。

她呆呆地看了会天。比起雾霾遍布的北都，艾尔伦大陆的天空格外的干净，像一块巨大的蓝宝石，蓝宝石上还点缀着一颗颗钻石一样的星星和一轮银色的弯月。

"不是满月呢。"

不过满月弯月对她来说也没什么意义？

她没家。

三岁被领养，十岁被弃养，又重新回到了孤儿院。那时她哭着问院长妈妈："……如果这个世界有神灵的话，为什么神灵从来不会聆听我的祈祷呢？为什么爸爸妈妈他们还是把我抛弃了？我已经很乖很乖很乖很乖了。"

院长妈妈告诉她："神太忙了。他没办法照顾到每一个人。也许要等上很久很久，你才能被他听到看到。"

从那以后,她就不等待了。她不会再将那虚无缥缈的希望寄托在别人身上,她只信自己。

想要的,也只靠自己争取。

蝈蝈在草丛里此起彼伏地叫,有一只不怕生的跳到她旁边的椅子上,用黑黢黢的眼睛看了看她,又迅速跳走了。

柳余慢慢抚平裙摆的皱褶,重新站了起来。

穿过小径,上了露台,屋内灯火通明,七彩的玻璃窗在灯下焕出柔美的光。

一楼的门大敞开,里面空无一人。壁炉烧得正旺,一进门,就被温暖的热气包围,桌上放着吃了一半的薄饼和面包。

柳余的肚子"咕噜咕噜"叫了起来。

焦虑的神经松懈下来,才感觉到饥饿,她拿起桌上的法棍咬了一口,险些没把牙给崩掉……不能吃了。

柳余遗憾地把吃的丢到一旁,她绕到楼梯口,如果没记错,后面应该就是弗格斯家的厨房,娜塔西经常戴着围兜在厨房干活。

还没走到门口,就听见两道压得低低的抱怨。

"见鬼!贝莉娅小姐出去鬼混到现在都没回来。"

"玛吉,贵族们经常通宵达旦参加舞宴,这很正常。"

"娜塔西小姐就从不会这样!可怜的娜塔西小姐,自从伦纳德先生走了以后,她就成了没人管的小可怜……"

"嘘,我听说……伦纳德先生是被夫人与她的情人联合杀死的,就为了继承他的遗产。"

"……噢,可怜的伦纳德先生,噢,我可怜的娜塔西小姐,她太不幸了……"

"喵呜……"深夜,一阵尖厉的猫叫声突然响了起来。

窃窃私语的仆人吓了一大跳,等转过头,才发现厨房外有一团黑色的阴影。

"谁?!谁在那儿?!"

当那头比金子更灿烂的长发显露出来时,仆人们明显舒了口气,可很快又吓得脸色发白起来,活像见了鬼。

"贝、贝莉娅小姐?!您、您怎么来了?"

柳余弯腰将脚边直冲她叫唤的黑猫抱了起来,樱花般的唇瓣翘起问:"我母亲害死了伦纳德叔叔?噢,我真应该叫神殿的神使们来看看,这里还遗漏了一个神眷者,我母亲居然会神术,能控制海上的风浪。"

"灰姑娘"的父亲,是在海上经商时遭遇风浪死亡的。

书里对这一段始终语焉不详,柳余也无法获知其中真相。但确实有娜塔西的继母为了遗产,联合情人害死丈夫的流言传出……

不过,她既然当了贝莉娅,在真相未明时,自然是要矢口否认的。

柳余的视线落到楼梯口,一截裙摆露了出来,纤瘦的影子藏在暗处。

仆人们面色尴尬,道:"是、是,贝莉娅小姐说的是。"

"准备些薄饼,烤些面包,我饿了。"

柳余倨傲地抬起下巴:"另外,以后不要再让我听见你们口中说出这样的话来,否则,我贝莉娅·弗格斯只能请你们去索伦监狱住上一阵了。"

"是，是……"

仆人们噤若寒蝉。

今天的弗格斯小姐明明没有砸东西，也没乱发脾气，却比平时要可怕一百倍，尤其当她笑眯眯地说着要"罚去半月工钱"时，更让人忍不住颤抖。

柳余抱着黑猫去了客厅，楼梯后的裙摆消失了。

她决定先去换一身衣服，身上的衬裙束得她有些难受，而且这只猫……

她与它对视了一眼。

如果没记错的话，早上才刚咬残了娜塔西养的那只灰斑雀。

那只灰斑雀可不大寻常。

不，或者说，原本它是寻常的。它就是一只普通的灰斑雀，在一个寒冷的冬夜里被善良的"灰姑娘"救了。

可偏偏光明神化身降临时出错了。

光明神捏化身时漫不经心，投化身时也漫不经心，以至于中途出了差错。

记忆化作了琉璃珠，本该属于盖亚的神力，后发先至，提前三天到了人间，附着在了这只灰斑雀上……

即使这神力不到光明神本身浩瀚神力的亿万分之一，可对动物来说，也足够了。灰斑雀有了神力，如同"点了灵"。

它感怀娜塔西的救命之恩，感念她的善良和可怜，成了她的"神仙教母"。

它用神力变出了世界上最美的裙子，捏出最华贵的黄金马车，还用神力滋养她不够漂亮的脸蛋，让所有人为她神魂颠倒。

王子成了她的裙下之臣。

比起"灰姑娘"，"原身"简直就像个哪哪都捅娄子的破坏王。柳余现在面对的，就像是一个满是窟窿眼的筛子。如果不拼命去填窟窿，就等着窟窿把她填了。

"喵喵喵……"

黑猫不知自己闯了多大的祸，犹自天真无辜地朝她眨眼睛。

柳余干脆思考起将灰斑雀抢过来的可能性，高跟鞋"嗒嗒嗒"落在旋转楼梯上，发出清脆的响声。

突然，她感觉到怀中黑猫的毛根根竖了起来，喉咙"呼噜呼噜"对着半空发出威胁的吼声。

一只灰斑雀凭空出现，从上而下急速朝她俯冲，翅膀带起的风刮过客厅的水晶灯，发出"丁零当啷"的响声。

"砰……"楼梯口的壁画掉了下来。

"啾啾！回来！"

娜塔西惊慌失措地从三楼探出一个脑袋。

柳余连忙伸手拉住扶梯，才免于被风刮倒。

黑猫无声无息地跳下，朝前方龇牙。

"贝莉娅！"就在这时，一个高亢的几乎要将人耳膜刺破的声音传来，"噢，我亲爱的贝莉娅，你有没有事？

"玛吉，缇娜，快将这只该死的鸟抓住！"

一道火红的身影冲过来，一把抱住了柳余。

她穿得不太雅观，就这么赤着脚扑过来，把柳余抱了个满怀。

柳余的脸被狠狠埋住了，浓烈的玫瑰香气钻入她的鼻子。

很香，很暖。

她有点蒙："母……亲？"

"噢，我的贝莉娅，"她先是温柔地摸了摸少女的脑袋，很快又神情凶狠地对着头顶喊，"娜塔西！娜塔西！噢，这该死的！"

娜塔西惊慌失措地下来，一张小脸吓得惨白："啾啾，啾啾不是故意的！求您饶了他！"

她似乎吓坏了，两条腿都在抖。

柳余拍拍紧搂着她的女人："放开我吧。"

弗格斯夫人有一张美艳的脸庞，虽然眼角有了细纹，可依然风韵犹存，她轻轻放开贝莉娅，"噌噌噌"跑到娜塔西面前，就是一巴掌。

"该死的！我早就说过，看好你的鸟！"

"这畜生竟然敢伤害我的贝莉娅！你等着，这回我非要将它的鸟毛拔光炖汤！"

娜塔西捂着脸尖叫："不！我不许您伤害它！"

仆人们挥舞着竹竿拼命地敲打半空中的灰斑雀。

灰斑雀扑棱着翅膀，躲来躲去。

"不许？！你这个家伙，这是我弗格斯家的房子，你有什么资格不许？"

弗格斯夫人缓缓走到娜塔西面前。她伸出手，又一巴掌甩去，却在半途被阻止了……

弗格斯夫人看着自己的心肝宝贝，声音都软了："贝莉娅，你怎么了？"

娜塔西也睁大了眼睛，她奇怪地看着自己的继姐。

"娜塔西。"柳余缓缓开口，她盯着灰斑雀的黑豆眼，"你不想啾啾有事，对不对？"

其实仆人们哪里打得到灰斑雀，只是灰斑雀好像认准了她，总扑棱着翅膀在她身边徘徊。好像她身上有什么东西吸引它。

柳余想来想去，也只有那颗记忆珠了。

娜塔西点点头："是的，贝莉娅姐姐，你放过啾啾，好不好？它真的不是故意的。"

柳余眼睛弯成了一弯月牙，落入人眼里，那双蔚蓝色的眼睛像温柔的大海："可以啊，当然没问题。"

少女弯下腰，将人罩进她的阴影里，嘴角弯起的弧度邪恶又迷人："娜塔西，将啾啾送给我，我从来不会伤害自己的东西。"

娜塔西笑脸僵住了："贝莉娅……姐姐？"

"怎么，不肯？还是你觉得，贝莉娅姐姐……会说话不算话？"

"不！"娜塔西垂下眼睛，手足无措，"啾啾不会愿意的，它只吃我喂的东西。"

"那如果它愿意呢？"

"就、就送给姐姐。"

不到一会儿，柳余带着灰斑雀回房了。

娜塔西咬唇看着，心想：为什么呢，啾啾不是最喜欢我了吗？贝莉娅姐姐明明拥有了那么多，为什么还要来抢我少得可怜的一点快乐呢？

"路易斯。"

娜塔西赤着脚，往阁楼上走，她在黑暗中行走，一个苍白的男人从背后无声地笼罩住了她。

"我只有你了。"娜塔西小声地啜泣起来,"为什么,母亲、父亲,连啾啾,一个个都要离开娜塔西呢?是娜塔西不好吗?"

吸血鬼公爵苍白的手抚上她的脸颊:"不,我高贵的公主,你值得世上所有最美好的一切。我会替你夺回来。"他虔诚地在她手背留下一吻。

"那路易斯觉得……姐姐漂亮吗?"

娜塔西自卑地、胆怯地抬起头,又低下来,"对不起,娜塔西不该问的。"

"她那肮脏的、腥臭的、充满了欲望的血液,怎么能和你比?"

吸血鬼的獠牙,轻易刺穿了少女粉嫩的肌肤,"我亲爱的娜塔西。"

柳余以为自己会睡不着。

谁知身体一接触贝莉娅那绵软的丝绸被时,她就沉沉地睡过去了。

晃晃悠悠中,她开始做梦。

这种感觉很奇怪,就像是灵魂被剥离躯壳,一半飘在半空,一半沉入地底,一半清醒,一半迷糊。

她梦见自己又变成了那个十岁的小女孩。她穿着浆洗得发白的校服,背着陈旧的书包,像幽灵一样在长长的弄堂里徘徊。夕阳落山了,饭菜的香气随着炊烟一起钻入人的鼻子,大人们尖着嗓子喊疯玩的孩子回家。

她也开始往回走,走到弄堂尽头,那户大门是敞开的,一眼就能看到园中的葡萄藤架。

葡萄沉甸甸地压在藤架上,她看一眼,又沉默地往里走。

跨过高高的门槛,她开始紧张地扯书包带了。书包里装着两张试卷,一张六十分,一张六十五分,跟她预先估算好的分数一样。

中堂里,压得低低的吵闹声被闷热的风送出来。

"……我不管!你去将那孩子退回去,我们反正是要不起了。"

"你讲点道理好不?一双筷子的事。"

"哪里是一双筷子的事?!小小年纪一肚子坏水,不愧是孤儿院出来的,事事要抢在前头!乖囡考六十分,她就考七十分;乖囡考八十分,她就考一百分。前几天让她帮着看好乖囡,乖囡就从凳子上摔下来了,吃要吃好的,穿要穿好的,反正我是忍不了了!"

"丽君……"

明明是在做梦,柳余却能感觉,风吹到身上是凉的。

她冲小女孩吼:"你傻吗?快跑啊,这破地方有什么稀罕的?!你以为叫了爸爸妈妈,他们就真的是你爸爸妈妈了?!"

小女孩没听到。

她将书包里的卷子取出来展平,拿在手上,讷讷地道:"爸、妈,对、对不起,我这次没考好,只有六十。"

"六十?你听听,你听听,领这么个蠢货回来干什么?刚刚及格,连乖囡的一半都及不上!"

"丽君,不要当着孩子面说这些!"

小女孩茫然地站在原地,女人尖厉的声音在耳边循环响起:"……事事要抢在前头!乖囡考六十分,她就考七十分;乖囡考八十分,她就考一百分……

"……你听听,你听听,领这么个蠢货回来干什么?!刚刚及格,连乖囡的一半都及不上!"

她小小的身体,仿佛被一股巨大的、来自命运的不可抗力给扼住了。那力道越来越重,人几近窒息……

柳余挣扎起来，一挣扎，人就醒了。

醒来就察觉出不对，她整个身体都仿佛陷在一团深深的泥淖里，四肢连同身体被无形的绳索束缚，动弹不得。她用尽力气踢腿、动手，却只听到骨头被挤压过度的"咔啦咔啦"声。

她像是一条被人置在砧板上的死鱼，压制她的力量玄奥而强大，完全无迹可寻，也无从抵抗。

柳余拼命转过头，也只能看到床边一截黑色的衣角。

"你、你是谁？"她艰难地发出声音。

阴影渐渐移过来，将她整个儿笼罩住。

她只能看到被斗篷罩住的一截虚影，看身形像是个男人。

"贝莉娅。"

"咳咳咳……你是谁？……放、放开我……"

柳余的眼泪呛了出来。

脆弱的脖颈被男人的虎口扼住，她死命地拽他的手腕，指甲几乎要抠进对方肉里。

可触感一片冰凉，那肌肤冷硬得像深埋地底、才出土的石头，怎么也拽不动。

柳余的鼻尖闻到一股若有似无的血腥味。

眼角的余光扫去，能看到斗篷的阴影下这人苍白到无一丝血色的肌肤……

暗夜公爵？

为什么他会现在出手？

进气越来越少，喉咙开始发出"嗬嗬嗬"的声响，柳余感觉自己似乎陷入一片深海。

无尽的黑暗涌来，几乎要淹没她的理智。

她整个身体，都开始战栗和恐惧起来。

不，不，还有机会的。

柳余拼命搅动着只剩下一分的清醒，试图回忆起对方的弱点……

狂妄……鲜血……

"求、求求您，放了我。"她啜泣了起来。

少女恐惧的哀求，和战栗的身体，似乎取悦了对方。

"放？"喑哑的声音，像来自暗夜的魔鬼，"不。"

他拒绝了。

"我愿、愿意奉上我的一切，只要、只要阁下您放了我。"

"哦？一切？包括将你自己交给黑暗和魔鬼？"

"魔鬼？"少女瞪大了双眼，那蔚蓝色的瞳孔中倒映出一团黑乎乎的影子，"你、你是……被黑暗力量……"

她太恐惧了，以至于打战的牙齿一下子咬破了柔软的嘴唇，偏她仿佛感觉不到疼痛一样，牙齿还在嘴唇上拼命地摩擦，鲜血渗了下来。

路易斯晃了晃脑袋。

却驱散不了近在咫尺的气味，那气味太浓烈了，不像娜塔西那样的干净，更像是暗夜绽放的玫瑰的气味，混杂着欲望、恐惧与哀求。

这让他亢奋。

路易斯不受控制地俯下身来。柳余手伸到枕下，拿到了。

趁着对方失神的一刹那,柳余猛地握住琉璃珠,将它拍向对方的胸口……

路易斯愣住了。

焦枯的气味传来,他身体猛地往后一缩,仿佛承受着莫大的痛苦,伸手要来抓柳余,谁知她不退反进,拿着琉璃珠继续往前顶,"嘶……"

男人的胸膛与琉璃珠相触的地方冒起轻烟,女子的指甲嵌进他的肉里。

斗篷的帽子在挣扎中落了下去。

如浓夜一般漆黑的长发和瞳孔也露了出来,苍白的脸孔、尖尖的牙齿,五官俊美而华丽。

"贝莉娅,你竟敢……"

路易斯长发披散。

柳余感觉不好,下意识缩回手,她可不想和他同归于尽。

路易斯斗篷一展,人已飘到半空,他冷冷地看着她,胸口被灼出一个漆黑的深洞:"没人招惹完伟大的路易斯十世后,还安然地活着。"

说完,他像雾一样消失了。

柳余大喘了口气,她这才感觉到后怕。

死亡从未像今次这般距离她如此之近,而暗夜公爵所具有的超现实力量,更让人感觉到恐惧。

柳余看了会右手的琉璃珠,突然间就笑了起来。

刚才就是这玩意儿,不过轻轻一贴,就替她打退了看上去不可一世的暗夜公爵。

他看上去受了不小的伤,以至于都没惩罚她。这就是神的力量。

连不具备神力的记忆珠,都能有这样的威力。

如果……她也能拥有神力呢?

柳余攥紧了琉璃珠,胸腔里那颗心,再一次"怦怦怦"地跳了起来。

心率开始变快,她问自己:你还只想拿那六十分吗?当见识过超现实力量的神奇,你还愿意甘于平凡吗?

"啾啾!"

"啾啾啾!"

"啾啾啾啾啾!"

鸟笼传出一阵急切的啼鸣。

柳余这才想起一直在旁边装死的灰斑雀。

这鸟明明知道暗夜公爵潜进来,却仍然选择睁一只眼闭一只眼,甚至在她遭遇危险时,也没想过用神力帮她解一解围……实在有愧于光明阵营。

可想到,不过是一颗琉璃珠,这鸟就能抛弃救它养它的娜塔西,跑来吃她手中的苞谷,也不是什么好东西。

才升起的那点儿不平,立刻就没有了。

柳余慢吞吞地下床,趿拉着拖鞋去点灯。当壁灯将整个房间都照得透亮时,弯下腰去,戳了戳笼子里的鸟脑袋:"你叫啾啾?"

灰斑雀:"啾啾。"

"我不喜欢我的鸟叫别人起的名字……"柳余自言自语,"以后你叫斑斑吧。"

鸟儿:"啾啾。"

柳余："斑斑。"

鸟儿："啾啾。"

柳余："斑斑。"

鸟儿："斑斑。"

果然是个没气节的。

斑斑扑棱着翅膀，朝她做出一个凶横的表情。

柳余视若无睹地从它身旁绕过，开门出去，楼梯口旁边就是卫生间，刚才太过紧张，以至于现在浑身黏糊糊的，她决定再去洗把脸，擦一擦。

卫生间内的鎏金水龙头往外放着水，柳余抬起头来，一眼就看到镜中女人脖子上的红痕，以及过分明亮的双眼……

那双眼里，跳跃着的火焰，几乎要灼伤她自己。

柳余抚过那双蔚蓝色的眼睛："我想要一百分。"

她必须成为神眷者。她要学习神术，她要永生不死……

她再也不要捧着试卷，留在原地，等别人来做选择。

第三章

紧接着，柳余认认真真地照了下镜子。

不愧是索伦城邦的第一美人，贝莉娅这副皮囊显然好到了极点。

白，美。

白得高级，美得浓郁，如同油画里走出来的美人，一笔一画都浓墨重彩，蕴藏着笔者浓烈而丰沛的情感。

金色的长发、蔚蓝的眼睛，与那过白过冷的皮肤，组合成贵族式的冷淡与傲慢。

可当她微微笑起时，那股冷淡便立刻消失了，如兜头而来的一捧阳光，浇散了所有的清冷，她成了娇艳的玫瑰，灿烂而绮丽，热烈而奔放。

这两种截然不同的气质恰如其分地统一在一个人身上，便有种奇异的美。

柳余嘴角微微翘起，镜中的美人嘴角也微微翘起。她轻轻抚过她蔚蓝色的双眼，低声道："你好啊，贝莉娅。"

贝莉娅朝她微微笑了起来。

"你好啊，贝莉娅。"空气中，好似有人在对她说。

从此后，我便是贝莉娅了。

柳余对自己说。

她将手指一根根擦净，放下帕子，开门出去。

经过走廊时，忍不住往头顶的阁楼看了看，暗夜中，好似有一双眼睛无时无刻不在窥探，柳余脚步顿了顿，又重新走了过去。

开门，关门。

躺在床上，这次，她再也未做梦。

第二天醒来时，天已经大亮。

灰斑雀在耳边"斑斑斑"，娜塔西来敲门。

"贝莉娅姐姐，该去索伦学院了。"

柳余睁开眼睛，目光对到头顶的天花板，看到那洛可可风格的花纹，才醒悟过来：噢，我是贝莉娅了。

起床，在娜塔西的帮助下换上衬裙，选衣裳时，对着那一衣柜的赤橙黄绿青蓝紫发了会呆……"原身"的梦想，大概是做棵圣诞树。

"白色的。"她道，"就那件。"

娜塔西急急过去，将白色裙子取出，希腊式的长裙摆几乎及地，通身一点装饰都没有，胸口开得稍低。

"贝莉娅姐姐，是这件吗？"

她目光有些奇怪。贝莉娅姐姐最爱那些复杂的裙子，蝴蝶结、裙褶越多越好，这条白裙子颜色太素，一个蝴蝶结都没有，一直遭贝莉娅姐姐嫌弃。

"就这件。"

柳余前世单论五官，只能算七十分美女，但她极擅穿衣打扮，组合起来，也能算个百分美人。

在她看来，人的形象气质也是一张名片……且这名片更直观更了当，是极便利极有用的一块敲门砖。

因此，她在穿衣打扮上也是花费了极大工夫去研究的。

此时，给她的，是个一百分美人，她需要做的，就是将这一百分发扬到极致。

"可是……"娜塔西鼓起勇气，"贝莉娅姐姐，这不适合您。"

柳余看了她一眼。

娜塔西穿了一条浅蓝色小圆点棉布裙，V领，头上扎了蓝色缎带，耳边是两朵白色小雏菊，配上她清秀的脸，十分之清新可爱。

品位不算差。

柳余从橱窗里挑出一条红色蕾丝蓬蓬裙，看着娜塔西不知所措的样子，温柔地笑了笑，她替她将飘散的一缕头发别到耳后："娜塔西，你以前不是一直想要一条红色的裙子？去吧，现在去穿上。"

娜塔西眼睛睁得老大，道："可这是姐姐最爱的一条……"

"好了，现在就去换上。"柳余一把塞给她，以不容置疑的口吻道，"立刻，马上。"

娜塔西只得去换。等蓝色身影消失在门背后，柳余才慢悠悠地换衣裳，灰斑雀在笼子里扑棱了下翅膀。

"斑斑，你也觉得娜塔西穿红裙子好看，对不对？"

"斑斑。"

"斑斑，我送了娜塔西一条裙子，你把身上最漂亮的一根羽毛送我，好不好？"

"斑斑！"

柳余当它默认，趁黑豆眼瞪她，伸手就在它屁股上"摸"了一把……

"斑！！！"

一阵凄厉的长叫，柳余手中就多了一根漂亮的翎羽，纯白色的羽毛流光溢彩，衬得指节都莹白如雪。

斑斑在笼子里上蹿下跳着骂："斑斑斑！斑斑斑！斑斑斑斑斑斑！"

娜塔西推门进来，惊讶地看着暴躁得用一只翅膀掩着屁股的灰斑雀问："啾啾怎么了？"

"斑斑。"

柳余慢条斯理地将翎羽打个结，戴在手上端详，"它的名字，别叫错了。"

"哦，斑斑。"

娜塔西的情绪一下子低落了下来。

柳余将她上上下下扫了个遍。

"娜塔西,很好看。"

娜塔西不自在地扯了扯两边的裙摆,她从没穿过丝绸,现在别扭极了。

"斑!"灰斑雀朝柳余吼。

柳余知道,它在骂自己不安好心,娜塔西怎么会适合这样浓烈的色彩呢?

她皮肤不够白,骨架又小,这条裙子将她所有的缺点都展现了出来,显得她又瘦又柴,像偷穿了大人衣服的孩子。

柳余立马又意兴阑珊了。

这样作弄她,并不能解决她的燃眉之急,她可还没忘记,这人背后有个守护的路易斯。

"行了,出去吧。"

"可……"

"我自己行。"

娜塔西小心地出了门,将门合上前,还忍不住回望了一眼:贝莉娅正坐在她的梳妆台前,一下一下地编着她金色的长发。她白皙的手腕上,还缠着一根漂亮的羽毛。

她提起裙摆,下了楼。

仆人们看到她,露出显而易见的惊讶:"娜塔西小姐,您不能穿这件!贝莉娅小姐看到……"

"贝莉娅姐姐让我穿的。"

娜塔西温柔地告诉她们。

晨间的弗格斯家通常是安静而有序的。

而这种安静,从贝莉娅提着裙摆下楼时,更加明显了。她拿着羽毛扇,若无其事地走到餐厅。

那里弗格斯夫人正在等她:"贝莉娅,为什么要将裙子送给娜塔西?"

柳余捻起一块松软可口的可丽饼,自在地坐了下来:"母亲,娜塔西是我妹妹啊。"

她拉长语调:"反正我还有很多裙子,有什么关系。"

仆人们眼泪汪汪,一副弗格斯小姐终于长大了的表情……柳余将她们神情收入眼底。

不要小看这些不起眼的螺丝钉,许多贵族私底下的消息,都是通过她们之口传扬出去的。

她现在要的,就是一点一点扭转人们对她的印象。

"贝莉娅……"

"母亲,"柳余打断弗格斯夫人,"给我两百卢索。"

"两百卢索?噢,贝莉娅,你知道的……"弗格斯夫人欲言又止。

"可我今天想去弗洛丝大街逛一逛……"柳余面上露出一点近似于撒娇的表情,"您就给我吧!"

弗格斯夫人对着亲爱的女儿,总是没办法太过强硬。

很快,柳余就高高兴兴地拿着两百卢索,和弗格斯夫人来了个亲切的脸贴脸,坐上马车走了。

她先去了索伦学院报到,又中途偷偷溜出来,去了旅店。

"我找盖亚。"

旅店的长胡子前台一看到她,眉间的褶子都开了:"弗格斯小姐,您今天美得就像安迪山上的棘莱花。"

棘莱花,是传说中的神花。

光明神乘着太阳车驾经过安迪山脉时,为流离失散的人们流下了一滴泪,这朵泪孕育出了棘莱花。

棘莱花有冰白色的花冠、金色的花蕊,连根茎叶都是白色的……听闻遇到棘莱花之人,一生都会交好运。

"谢谢。"柳余给了他一个笑,"我找盖亚。"

长胡子前台将钥匙给了她。

柳余踩着她白色的小皮鞋,"嗒嗒嗒"踩上旅馆的楼梯。"盖亚,昨晚睡得好吗?"

盖亚安静地站在窗前,恍若未闻。

"盖亚?"柳余轻轻地走了过去。

盖亚转过头来,道:"老实说,不太好。

"我在想,我是谁……为什么所有的一切,看起来都那么陌生……我的亲人朋友……是仇家挖了我的眼睛吗……"

少年面上的困惑掺不了假。

"还有,贝莉娅……为什么对我这么好?"

"因为喜欢盖亚。"

柳余观察着盖亚的表情。

他除了困惑,对这句"喜欢"表现得极其冷淡,不像那些蠢货,一句喜欢就能迷得他们神魂颠倒。

也是,光明神活了万年万万年,那心早就硬得跟石头一样,如果能轻易撩得动,早就有了神后了。

"对不起。"盖亚果然道,"我不太懂这些东西。"

"哦。"少女的声音低落下来,不过很快又重新恢复了振作,"那……盖亚,我们出去走走。也许能见到认识你的人,也许碰到熟悉的地方,你还能想起一些事。"

"好。"

"伸手。"

柳余看着盖亚伸出的那只手,无比自然地牵了上去,这回,她用的是十指相扣的方式。

盖亚挣了挣,似是不习惯与别人如此接近,柳余握住他,"别这样,盖亚,好朋友之间,都是这样握手的。而且……不会丢啊。"

"哦。"

盖亚"看"着她,问:"贝莉娅也和别人这样牵手吗?"

"我没有朋友,除了盖亚。"

少女的声音一下子可怜起来了,她低低地道:"他们都不喜欢我,说我很坏,还说我欺负娜塔西……啊,娜塔西就是我继妹啦,她可比我讨人喜欢多了。

"……他们不喜欢我,我才不要跟他们做朋友呢。"

"可贝莉娅是个善良的孩子,你帮助了我。"

盖亚话一出口,才发现自己居然用了"孩子"两个字。可又仿佛天经地义,心底一点不觉得别扭。

"真的吗?"柳余高兴地跳起来,"那盖亚答应我一件事,以后,我是说以后啊,万一你认识了娜塔西,也一定不要跟她做朋友,我的朋友最后都会向着她……你是我一个人的朋友,不是她的。"

她孩子气般地嘟嘟囔囔。

盖亚弯下腰，温柔地抚摸她道："贝莉娅，我们该出去逛一逛了。"

没得到承诺，柳余干脆作罢。

当务之急是，弄清楚"原身"究竟是不是神眷者。

"好，出发！"

她牵着他，"咚咚咚"往楼梯下走。

结清费用，又去罗孚医馆，赎回了金色鸢尾花，柳余带着盖亚，在弗洛丝大街逛。

她买了串珠子的线，打算将珠子和羽毛串在一起……

这羽毛汇聚了灰斑雀身上最厉害的一部分神力，用来防身很好。珠子的话，更需要好好保存，在培养出足够的感情前，她可不能让盖亚恢复记忆。

所有的事情办完，柳余就引着盖亚去了光明神殿开在索伦城邦的一个小殿。

"盖亚，我们索伦学院的神眷者选拔，你不能参加……但是这里的选拔，你是可以的。"

光明神殿神眷者选拔，每三年一次，神使们会带来水晶球在各大学院里测验，非学院的学生，除非贵族，不得进行测验。

但平民若是能凑得出一笔测验费，也是可以在选拔季来神殿办事处进行测验的。

这可是一笔不菲的支出。

许多平民奋斗几十年，才能凑上一笔测验费，不过如果测试出是神眷者，费用当场退还。

"一千卢索。"办事处人员头也不抬地道。

"这位先生，我用这个……抵押一下，可以吗？"柳余将金色鸢尾花推了过去。

"走走走……"

那人抬头，等目光对上来人，眼睛一下子直了，只见面前贵族打扮的少女双手握在胸前，可怜又可爱地道，"拜托，拜托，嗯，可以吗？"

神啊，原谅我短暂地背叛了你。

那人愣愣点头，"可、可以。弗格斯家，自然可以。"

"谢谢。"

少女朝他微笑道："您人真的太好了。"

"是您要测验吗？"

"不，是这位。"

柳余将盖亚推到面前，那人简直有站起来给人行礼的冲动："是，是，将手放到水晶球上，什么也不用想……"

他嘱咐还没完，黯淡的水晶球猛地出现一道白光，那白光越来越亮，将整个小殿充满。

办事处人员张大了嘴巴：噢，光明神在上，他在这待了这么久，最多也只见到过萤火虫一样的白光，这、这……

门外传来一串急促的脚步声："谁？是谁在这里使用神术？必须惩罚！惩罚！"

一位暴躁的红发神使，持着权杖走了进来，等他目光落到正在测验的盖亚身上，嘴巴也不由自主地张成了"o"形。

"噢，光明神在上，传说中的圣灵体……"

神眷者也分等级，大部分人，不过是处在对神力有感应的等阶……而圣灵体，却是传说中有载,可事实上,从未出现过。

"是不是水晶球坏了?"

这是当下所有人的想法。

唯有柳余知道,这是真的。

趁着盖亚将手收回,水晶球开始黯淡,所有人还没回过神来之时,她悄悄地,将手搭在了水晶球上。

水晶球好像被隔绝在一片坚硬的、牢不可破的石壁里,无论她如何冥想,都感应不到。

水晶球彻底灰了下来。

神使和其他人将盖亚簇拥了起来,柳余被挤到外围,她看着手掌,无奈苦笑,看来不论走到哪儿,她的运气,都不怎么好。

她不是神眷者。

盖亚推开人群,像是能看到她一样走过来。

"贝莉娅?"

"嗯。"

柳余弯起嘴角,看着面前精灵般的少年,就像妖精看着唐僧肉。

想要成为神眷者,有条捷径。

和这人在一起。

不过想达成这个目的,显然不是那么容易的……

柳余看着少年因过分美丽而时常让人恍惚的侧脸,说不到一句,就又被人挤开了。

这些平时难得一见、高高在上的神职人员蜂拥而至,他们用土财主看珍宝一样的眼神,虔诚而炽热地看着盖亚,与他说话。

"您的名字是……"

"盖亚。"

"噢,盖亚……和光明神一样……真了不起……"

柳余低头看了眼出门前精心挑选的白裙,只好站着等。

这一等,竟然把主教给等来了。

这个世界,除了海洋,就是陆地。

每块陆地上,都设立了一座光明神殿,神殿掌权者,神殿主教,是最接近神的存在,地位比一国之王要高得多。

但大多时候,主教都会留守神殿,以备随时领受神的旨意……

此时,艾尔伦大陆上的神殿主教,却亲自来了。

房内人人屏息凝神,刚才还闹哄哄得像菜市场一样的地方,一下子安静下来。

柳余看着一位老者众星拱月般进来。

他须发皆白,脸上早已刻满了风霜,看上去垂垂老矣,可那双沉静而智慧的眼睛,又似乎在告诉别人:绝不止如此。

白衣神使和黄金骑士们鱼贯而入。

他们神情肃穆、井然有序,将整个房间衬得像光辉的殿堂。

可柳余发现,即使神使、骑士们个个风度翩翩,在站到盖亚面前时,也像是凭空矮了一个头。

"盖亚?"主教走到盖亚面前,慈蔼地看着他,"你愿意随我去光明神殿吗?"

"您是？"

"艾尔伦大陆，光明神殿红衣主教，布鲁斯。"

"布鲁斯大人，我不过是一个瞎子。"

"不不不，圣光无所不在。神赐予你圣光之体，必定早有安排。你可以进入光明学院学习，学习神的预言、神的术法，探究这个世界的奥秘……"

布鲁斯温柔地看着他，"终有一天，你将找到答案。"

"什么都可以吗？"

"是，神无所不能。"

柳余在旁边听得是一头雾水，心想大概天底下的"神棍"说话都一样，喜欢打马虎眼。

可这一番云里雾里的话，倒像是打动了盖亚。

他右手置于左肩，优雅地行礼，道："请容许我与同伴告别。"

他穿过人群，精准地走到柳余面前："贝莉娅，我该走了。"

"走？现在？"

"是，总是要走的。"

柳余仰头看着他，少年神情温和，面上并未有一丝一毫的不舍，就像是在说今天吃什么那样轻易。

他意已决，且不会更改。

柳余品出了那么点意思，并且由此知道，从昨天到今天的一番举动，并未让她与其他人区分开来……

她对他来说，并不特别。他抛开她轻而易举。

她声音一下子低了下去："可是，你答应过我，要陪我一起参加神眷者测验的。盖亚……连你也要离开我了吗？"

"贝莉娅，"盖亚深深地叹了口气，"你我相遇，是神的安排。此时分开，也是神的旨意。"

放屁！这明明是她硬拗来的。

柳余小声"哦"了一声，眼看盖亚转身要走，伸手一把将他拽住。

"贝莉娅？"盖亚惊讶地问。

"对不起了，盖亚。"

她想成为真正的神眷者。

柳余踮起脚尖，趁他不注意，轻轻吻住了他。

"贝莉娅……"

柳余不放，双手如藤蔓一样，将少年的脖子紧紧搂住，踮起脚，让唇瓣与他更紧地相贴。

就在这时，她狠狠咬了下去。

"唔。"盖亚闷哼了一声。

放在她双臂上的手顿了顿，又强硬地将她扯下来："贝莉娅，这不对。"

少女低下头去，很快又抬起头来，蔷薇般粉嫩的脸颊似是充了血，她捂着嘴仓皇后退，摇头无措道："对不起，盖亚……我也不知道，我怎么了……只要一想到即将离开你，我就不舍得……神眷者测验万一、万一通不过，我就再也见不到你了……"

她的声音里藏着无尽的失落和伤心，似乎对未来并不抱期待。

是的，神眷者太少了，出现的概率是几万分之一。

光明学院并不对外开放，一旦进入，就意味着两人必将分开。

没人会因此责怪一位年轻姑娘的痴情，即使她在大庭广众之下失了贵族优雅从容的风度。

但盖亚并未对柳余的"痴情"做出回应。

他右手置于胸前，优雅地同她告别，转身随着布鲁斯大人出去了。

白衣神使和黄金骑士们拱卫着他，一行人安静地走了出去。

留在房内的其他人忍不住拿眼睛觑这位大胆的贵族少女，她少见的美貌以及显而易见的伤心，让她看起来越发惹人怜惜了。

"弗格斯小姐，您还好吗？"一开始接待她的那人问她。

柳余将掌间的记忆珠悄悄收了起来，笑得勉强："谢谢，我的徽章呢？"

谁也没有注意到，这位少女手中握着一颗透明的琉璃珠，更没注意到那琉璃珠上沾染的一丝鲜血，慢慢变得稀薄，好像被什么吸收了一样。

"好的，好的，弗格斯小姐稍等。"

神职人员将金色鸢尾花递了过来，并真诚地祝福她能在后天的神眷者测验里得到好的结果。

"谢谢。"

柳余白着一张脸，回到了马车。

"贝莉娅小姐，请问现在去哪儿？"

"回索伦学院。"柳余面无表情地吩咐。

她看着手里的琉璃珠，要等红色的鲜血完全被珠子吸收，大概要到晚上。

等到晚上，这记忆珠的屏障，就会消失了。

她需要神的记忆。她需要在记忆里，找到办法蒙混过关，成为假的神眷者……也只有这样，她才能顺利进入光明学院，继续与盖亚接触，伺机成为真的神眷者。

窃取神的记忆，罪不可恕……

柳余知道，并且甘愿为此接受一切惩罚。

她唯独不能忍受的是，再活成一个可以任人践踏的、随意抛弃的弱者。

深夜。

当最后一丝鲜血被琉璃珠吸收，只听轻轻的一声"啵"，世界大变样了。

柳余只觉得浑身一轻，灵魂像飘在一望无际的云里。

入目所见，全是白茫茫一片。

天是白的，地是白的，唯有远处，能看到一丝金色。

柳余朝着金色飘，飘了很久很久，才看到一架云梯。

真的是云做的梯，一眼看不到尽头，其上有百鸟吟唱，她抬脚踏上了梯子。

当踏上梯子的那一刻，飘忽的感觉消失了。

柳余看见自己的赤足，看见自己纯白的希腊式长裙，看见了自己金色的大波浪长发。

她继续走，走到不再有百鸟吟唱的地方，看到一片湖。

那湖蓝得仿佛一块澄澈的蓝宝石，被金色渲染。这里美得不似人间。

柳余停住了脚步。她看见了一道背影，颀长而挺拔。

他站在那，银色的长发几乎及地，浮跃着碎金，像波光粼粼的湖面。

纯白的法袍被风撩起，阳光是他的奴隶，清风是他的陪衬，他望着远处，一身孤冷。

柳余想不到这人会是除光明神以外的任何人。她更没想到，记忆珠里，竟然是这样的。

那人转了过来。一泓绿色映入她的眼帘，她从未见过这样美丽的眼睛，与他对视时，所有的言语都失效了。

她仿佛看到了山川河流、星辰万里，看到了沧海桑田、日升月落；更看到了寂寂长夜，泠泠一生。

而在对视的一刹那，那人挥挥手，柳余就觉得，自己又飘了出去，直到坠落在地……她醒了过来。

琉璃珠还在掌间，那战栗的、恐惧的、兴奋的血液还在流淌。

柳余颤抖着坐了起来，珍而重之地将记忆珠系了颈间，和斑斑的羽毛挂在了一起。

她万万没想到，光明神的真身，竟然如此……

柳余找不到任何形容词，甚至觉得任何词语放在他身上，都是亵渎。

只觉得，神就该是这样的，凛然不可侵犯。

不过……就在出去的一刹那，她"福至心灵"地感应到如何蒙混过去的法子了。

不难。

将沾染黑暗力量的媒介引入身体，激发记忆珠和羽毛的神力，以绝对的神力驱逐黑暗，以此激发水晶球的感应。

换个说法就是，以毒攻毒。

当务之急，是找到蕴含黑暗力量的物件。

时间很快到了神眷者测验当日。

神眷者选拔当日，风和日丽，天朗气清。

弗格斯家的马车从丹普大街出发，一路穿过城东街区，跨越中区，终于在一个多小时后，来到了位于西区的索伦学院。

学院门前车水马龙，停满了无数精致华丽的马车。

在以繁复为美的当下，黯淡陈旧的弗格斯家马车一混入车群，就显得不那么起眼了。

柳余安安静静地在车内等。透过车窗，能看到平时总耷拉着眼皮、懒洋洋的门卫们面貌大改，他们睁大髭狗一样的眼睛，一丝不苟地检查着进入车辆。

"哪家？"

"弗格斯。"

车门打开，阳光洒进黯淡的车厢内，也照在车内端坐的少女身上。

她穿着一袭华丽的海蓝色蓬蓬裙，裙摆处缀满了轻盈柔美的羽毛，手腕间还带着个羽毛装饰的腕带，看向他的蔚蓝色眼睛与天空一样澄澈干净。

年轻的门卫脸一热，不敢再多看，匆匆扫过，正要放行，却突然停了下来。

他指着车窗边墨绿窗帘后突出的一块，问："弗格斯小姐，这是什么？"

柳余笑了笑，扯起窗帘给他看，"我养的宠物。"

窗帘后立着一个古铜色的鸟笼。

笼内一只灰斑雀单脚而立，左翅正抻着挠后背。

"宠物？"

门卫一愣，从没听说过哪个贵族会把这种一抓一大把的鸟儿当宠物，而且在这种日子带宠物……

少女嘴角的笑一下子消失了，问："不能带吗？"

"也、也不是不行。"

规定里并未提及。

"那就好。"柳余立刻就高兴了，"斑斑是我的吉祥物，今天不带着它，都没法安心呢。"

"扑哧……"

身后传来显而易见的嘲笑声。

"贝莉娅，你是不是跟你那平民妹妹待久了，连品位都变得这么……独特了。"

柳余只当耳旁风，每一次的神眷者测验，就是权力的又一次重新洗牌，此时的口角，于她无益。

进了学校，车夫去马厩停车，柳余一手提着鸟笼，一手提着裙摆，顺着人流往前走。

"贝莉娅！贝莉娅！"

身后传来熟悉的叫唤，柳余无奈停了下来。

同桌那个活泼过了头的红发姑娘追上来，一见到她就叫苦连天："贝莉娅！噢，该死的，你有没有看见？"

"看见什么？"

"你那亲爱的妹妹，居然坐着路易斯家族的马车进来了！天哪，天哪，索伦学院一半少女的心都要碎了，如果是你贝莉娅也就算了，可偏偏是你那不起眼的灰老鼠一样的平民妹妹……"

柳余不在意地"哦"了一声，剧情确实是走到这儿了。

她还知道，娜塔西接下来会以路易斯公爵的名义参加神眷者测验，最后一鸣惊人，成为人人歆羡的神眷者。而路易斯公爵此时则假扮成一位黑发黑瞳的欧伊，忠心耿耿地守护在挚爱的女孩身边。

"平民这种连血液都流着肮脏和欲望的野心家，居然搭上了路易斯公爵的船……噢，贝莉娅，真奇怪，你看起来一点都不在意。"

"不，我很在意。"

柳余眯起眼睛，看着前方过于纤瘦的少女，以及她身后安静追随的影子，突然笑了，"朱莉，我们给她个教训，怎么样？"她用平常那种带点俏皮的口吻说道。

朱莉精神立时上来了："教训？怎么教训？！"

柳余示意她朝前看。

朱莉这才发现，那勾引了路易斯公爵的平民就在前面，她身后还跟着几个索伦学院出名的打手："噢，黛西、奥利维亚，还有乔伊她们的扈从都出动了……"

这些可都是索伦王国大贵族家的小姐身边的扈从，都是从小培养的，他们精通格斗术，对付一般的武者绰绰有余。

"她们……"

"嘘，安静。"

柳余按住下唇比了个"嘘"，朱莉张张嘴，又闭上了。

"我们先去看看热闹。"她道。

柳余提着鸟笼慢悠悠地走在林荫路上，期间拒绝了两个陌生男人的殷勤，直到走到音乐喷泉，才停了下来。

前面瘦小的身影往左一转，消失在喷泉后。

朱莉紧张地拍她，道："跑了！她跑了！"

"朱莉，借我个扈从。"

似乎是嫌鸟笼太重，柳余干脆将它放到脚边，站定不动了。

"你要做什么？"

"让你的扈从将光明神使引来，就说……怀疑教学楼里有邪恶力量作祟。"

通常情况下，她确实奈何不了吸血鬼公爵，可他前些日子刚受了伤，又在大白天行走，如果光明神使出现……

"邪恶力量？你不会是说你那……妹妹？"

朱莉看她的眼神顿时有些怪。

"当然不是，我弗格斯家族的名誉不容玷污。"柳余面色肃穆，"邪恶力量，自然是那些扈从。"

她看看天，阳光正烈，暖融融地照在头顶。

"哦，我懂了。"

朱莉煞有介事地点头，猜想贝莉娅是想让她那平民妹妹吃些苦头，可又不愿过火，才请来仁慈的光明神使……这样看来，她倒和从前不大一样了。

朱莉拍拍胸脯道："包在我身上。"

朱莉将扈从唤来耳语一番，等他身影消失在喷泉的另一边，两人略略等了会，才绕过音乐喷泉，往教学楼走。

大部分学生都去跑马场的旁边等待神眷者测验了，整栋教学楼空旷而安静。

朱莉觉得奇怪。

"你那平民妹妹来这儿……干什么？"

自然是受了重伤的路易斯公爵在阳光下行走身体不适，要找个僻静的地方补充"能量"了。

柳余只作不知。"看看不就知道了？"

她沿着楼梯往上走。一楼，二楼，三楼……六楼。

六楼通往顶楼的小门被人打开了，铁匙半挂在门上，要掉不掉的。

"这……"

不知道为什么，朱莉有点儿不安。

"上去看看。"

柳余提着鸟笼，小心地跨过小门，又走了一段台阶，做了个停下的动作。

朱莉心"扑通扑通"跳了起来，楼梯口只有呼呼的风声。

柳余率先迈上顶楼。

朱莉也跟着踏出了楼梯口，一看到面前的景象，她忍不住捂住了嘴："噢，光明神在上……"

顶楼像有狂风肆虐过，一片狼藉。

打斗痕迹无处不在，那些受训多年、精于格斗的扈从们东倒西歪地躺在地上，生死不知。

而更诡异的是，他们身上没有一个伤口。

"这、这到底发生了什么？"

朱莉挠了挠脑袋。

柳余盯着地上。

一具还算英俊的男尸与她对望，琥珀色的眼睛直勾勾地看着楼梯口方向，一只手还试图往前……

他似乎还燃烧着对生的渴望，可眼里的光，已经熄灭了。

她突然想起来，这个扈从她昨天见过的，他见到她时还脸红了，是个容易害羞的青年。

也许他外面有个情人，他正准备和情人求婚，也许他还有个垂垂老矣的母亲……

也许……下一个轮到的，就是她自己。

"呕……"

柳余生生将涌到喉咙口的恶心强行压了下去。

"噢，天哪，别告诉我，这都是你那平民妹妹干的……"

"这不可能！"

柳余摇头，她漂亮的蓝眼睛突然涌起了泪花，骂了声"见鬼"，跨过尸体往前冲，"朱莉，来帮忙！"

朱莉也看到了东南角的情形。

那儿也躺了两个人，一个是贝莉娅瘦小的平民妹妹，一个看装扮，应该是个欧仆。

看了眼对方的黑发，朱莉嫌恶地转过头去："贝莉娅，没想到你还挺关心你那平民妹妹。"

"朱莉，对不起……"柳余几乎是语无伦次的，"伦纳德叔叔去世前对我很好，我虽然不喜欢她，可也不想看着她死……"

她仰起头："朱莉，我腿有点软，能拜托你，将她送去校医那吗？"

朱莉心软了，她发现，她竟然有点喜欢这个带点人情味的，理所当然指使人的贝莉娅。

"没问题！你等着！"

朱莉叫来另一个扈从，和他一左一右护着娜塔西去找校医。

等人一走，柳余顺手就从地上捡起一块石头，往黑发青年的后脑勺砸了下去……

要通过神眷者测试，还差一个东西……沾染黑暗力量的媒介。

她实在想不到，比吸血鬼獠牙更合适的东西。

石头还没砸下去，手腕就被人擒住了，黑发青年睁开了眼睛，随着那一双黑瞳睁开，不起眼的脸也像是褪黄褪旧的油画……在这灿烂的天光里展了开来。

"贝莉娅·弗格斯。"

路易斯那苍白且傲慢华丽的脸上，没有一丝一毫多余的表情。

一股玄妙的力量将柳余全身禁锢住，喉咙间进出的气几近于无。

她咳了一声，突然笑了起来："阁下终于不装晕了。"

"你知道？"

喉咙间的力道松了一点。

"是啊，我还知道……您要是动了我的话，娜塔西会死哦。"

禁锢住全身的力量如细水一样抽走。

"娜塔西呢？"

"放心，她在一个很安全很安全的地方，只要我没事，她就没事。噢，抱歉，还得提醒您一件事，光明神使就要来了。"

似乎是为了佐证她的推测，楼下传来一阵富有韵律的脚步声，伴随着校监谄媚的吹捧："神使大人，索伦学院一直处于光明神的庇佑之下，怎么会有邪恶力量出现呢？一定是那人搞错了。"

"不……我的权杖闻到了黑暗的气息。"

脚步声越来越近。

"你叫来的？"

"嗯哼。"

"我若是死，必定拉你垫背，你知道的，我说到做到。"

看着路易斯公爵越发苍白的脸色，柳余突地神秘一笑："跟我来。"

她伸手将他一拽，竟成功将他拽走了。

路易斯不知她葫芦里卖什么药，干脆跟着她，两人一下子溜到西南角的水塔边，因这里常年潮湿，水塔附近长满了青苔，柳余伸手在青苔附近一揭，竟揭起一个盖子。

下面露出个洞来。

路易斯不是蠢人，一下子明白了她的意思，他跳到洞里，正想让她将盖子盖上，谁知这位古怪的弗格斯小姐竟也提起裙摆跳了下来，手里还抱着个鸟笼。

盖子重新盖了回去。

两人一下子陷入了黑暗里。

柳余能感觉到对方放肆的目光在自己脸上一遍遍地扫。

"神使的权杖，比髭狗的鼻子还要灵敏。"他道。

"我要牙齿。"柳余不按常理出牌对他说。

"牙齿？"

"没错，与您心脏血脉连接的那一颗牙齿，尊敬的路易斯大人，这很划算。"她顿了顿，"作为交换，我会保护您不被神使发现。"

脚步声从头顶经过。

头顶校监的咆哮几乎要刺破耳膜，地底的黑暗中，一人一吸血鬼对峙。

"保护我？证明你的能力。"

"您别无选择。"柳余慢吞吞道，"否则，我现在就可以张口将他们叫来。"

"在你出声之前，我会先掐断你的脖子。"

"不，大人，您办不到。"柳余笃定地笑，"您要是办得到，刚才就不会装晕，更不会与我讨价还价。您早就从六楼跳下去，消失得无影无踪。我知道，您原来有这个能力。"

她能感觉到，黑暗中路易斯那双极夜一样漆黑的眼睛正紧紧地盯着她。

半晌，他给出一个"好"字。

伴随一阵风，神使的声音断断续续从头顶传来："……看起来这些伤口，不像是铁器造成，倒像黑暗术法……可奇怪的是，伤口上找不到一丝黑暗力量，我的权杖也静止了……

"……没有圣水的加持，即使是世上最高明的神术，也无法彻底去除伤口的黑暗力量……这到底是怎么回事……"

柳余却知道事情的真相。

世上再高明的神术，又哪里比得上光明神本身所拥有的神力？

灰斑雀的翅膀振一振，加上记忆珠的加持，足以将这附近的黑暗净化和隐藏……何况，路易斯公爵的能耐早在受伤和暴晒下大幅度削减，否则，她也不会将计就计，直接勒索他。

柳余朝他无声张口，她知道，他看得见。

"我数到三……"

"现在？"

"是，我怕你反悔。"

"高贵的路易斯从不反悔。"

头顶的脚步声渐渐远去。

"一。

"二。

"三……"

少女摊开的手掌心里，多出了一个冷硬的、尖锐的、带着浓稠血腥味的东西。

她悄悄地攥紧了手心：到手了。

脚步声彻底远去。

人走了。

路易斯背靠着墙壁，豆大的汗顺着他苍白的脸颊一颗颗流了下来，那颗直通心脏血脉的牙齿是吸血鬼黑暗力量的精华所在，一旦拔出，将元气大伤。

他闭上眼睛道："交易已经完成。"

"是，交易已经完成。"

黑暗中，两人的目光胶着在了一起。

盖子揭开，路易斯率先跳了出去，他往下伸出一只手，友好地道："弗格斯小姐，我拉你出来。"

柳余专注地看着自上伸来的、过分苍白的手掌，伸手一握，借力跳了上去。

路易斯低头，以一个极亲密的姿势拥抱她，牙齿堪堪刺破她柔嫩纤细的脖子："弗格斯小姐你……"

那笑容突然僵住。

"路易斯大人，您与我其实是一类人，十分富有契约精神。"

所以，才会在确认一遍交易完成后，彼此捅刀。

柳余面无表情地将十字架从公爵心口拔出，凉薄地笑了笑："可惜，我比你快。"

路易斯身体猛地颤抖起来。

漆黑的眼珠一错不错地盯着她，他突然笑了："亲爱的弗格斯小姐，下一次见，一定是我先咬断你的脖子。"

说完，他的身影化作黑雾，被风一吹，散了。

柳余低头看了眼掌心，一颗洁白尖利的牙齿躺在上面，她慢吞吞地将它和羽毛、记忆珠串在一块，戴到了手腕上。

她细腻的脖颈处，有一块不明显的血点，不一会儿，也结痂了。

鸟笼里的灰斑雀在旁边狠狠拍了下翅膀："斑！"

可这尖厉的嗓音却仿佛带着颤抖。

柳余拿手指亲昵地点了点它脑袋："淘气。"

然后提起鸟笼悄悄下了楼。

至此，暗夜公爵元气大伤，暂时不会有能力出现在她面前，她被吸成人干的结局又往后推了一步。

因为朱莉，她成功将自己与"邪恶力量"撇开，并塑造了"还算善良"的形象，最要紧的是，她拿到了一颗吸血鬼的獠牙。

柳余揣着这颗獠牙，来到了神眷者测验的广场。

广场上,娜塔西已经醒来,正巧轮到她测验。

"名字。"

"娜塔西·伦纳德。"

"将手放到水晶球上。"

娜塔西纤细的手轻轻放到了水晶球上,一早上都未曾亮过的水晶球突然迸发出一道白光,不够强烈,却足够温柔。

"神眷者,娜塔西·伦纳德!"

主持测验的光明使者眸光一下子和煦起来。

娜塔西咬着唇,脸颊红得像小苹果:"真的吗?我是神眷者了?!"

她眉间的愁绪,像被风轻轻吹散了。

柳余的耳边,好像又响起了那道骄傲蛮横的、满不在乎的声音:"可是,我有妈妈啊。"

你没有妈妈。你不是神眷者。

你撞南墙得头破血流,我轻轻松松就站在了你渴望的终点。

柳余眨了眨眼睛,将突然泛起的无聊的、脆弱的、矫情的嫉妒,给重新眨了回去。

"名字。"

"贝莉娅·弗格斯。"

"将手放到水晶球上来。"

柳余将手轻轻放了上去,一圈松松的细链挂在她皓腕上,剔透的琉璃珠、柔盈的羽毛,以及一颗尖尖的犬齿垂落。

她似是紧张,犬齿被她攥住,握进了掌心。

略一用力,漂亮的尖牙轻而易举地刺破她掌心幼嫩的肌肤,一股幽冷的、让人齿骨发凉的力量顺着掌心往经脉渗透。

就在这时,记忆珠与羽毛一同渗出白光,那柔煦的白光以摧枯拉朽之势,向掌心的黑暗力量压了过去,直接渗入水晶球……

这一过程,说时慢,实际不过一瞬,在旁人看来,就是水晶球突然放出白光。

白光将柳余整个笼罩了住,无比纯净、势不可挡。

"神眷者,贝莉娅·弗格斯!"

广场上一片沸腾。

"那个光!那个光,是圣灵体吗?"

连光明神使的眼神,都变得炽热起来。

柳余只觉得:完了,闹大了。

一个假冒伪劣产品,应该低调才对。

可索伦学院的人,却已经欢呼了起来。

"贝莉娅·弗格斯!"

"贝莉娅·弗格斯!"

"贝莉娅·弗格斯!"

娜塔西瞳孔猛地收缩,揪住裙摆的手,悄悄地、剧烈地颤抖起来。

她下意识看向左右,却没看到一向陪伴在身侧的路易斯。

就连她自己也不明白,为什么在那一刹那,她感到的更多的是惶恐,而不是喜悦。

第四章

距离索伦学院的神眷者测验,又过去了十天。

这十天内,没落的弗格斯家族像是重新焕发了生机。

弗格斯夫人从宴会的边缘人物,一跃成为社交的宠儿,每天乘着她那陈旧的、刻有金色鸢尾花的马车进进出出,成为其他贵妇的座上宾。

不过,去光明学院报到那日,弗格斯夫人难得没出门,一大清早就待在家中,摇着那羽毛扇,用尖厉的嗓门和绝对的权威,将整个弗格斯家闹得鸡飞狗跳。

"玛吉!轻点!这可是贝莉娅最喜欢的杯子,碰坏了你可赔不起!"

"东西都装好了吗?听说学院里有一大片湖,湖里长满了水草,将驱虫粉也带上……"

"噢,还有天鹅绒枕头、被子、香薰灯……贝莉娅可用不惯外面的东西……"

欧仆们被她支使得团团转。

等独属于贝莉娅小姐的三个大藤箱整理好、搬上马车时,已经将近中午了。

这时,傲慢的贝莉娅小姐才姗姗来迟,她提着鸟笼从楼梯上下来,穿着一身极其醒目的红色蓬蓬裙,皮肤白得跟雪一样。

仆人们恭恭敬敬地站在一边,她们知道,贝莉娅小姐已经今非昔比。

她不再是没落的贵族小姐,而是高贵的神眷者,她即将进入光明学院学习神术,也许在不久的将来,还要进入神殿,成为一名高贵的光明神使……

不,也许不仅如此。

仆人们还记得十天前索伦学院的盛况。

"贝莉娅·弗格斯"的名字响彻整个城邦,他们都说,她是"圣灵体",受神的宠爱而生。

她注定要成为一名圣使,去往光明信徒们的圣地光明圣殿,圣使可比神使还要高贵得多。

运气好的话,兴许还能成为圣女,被召入神宫,从此侍奉在神灵左右。

仆人们再不敢在背后议论她与弗格斯夫人落魄的过去,他们纷纷用崇敬的目光看着贝莉娅小姐走过身前,温顺地低下头颅,并且认定她天生高贵。她金子样的长发、蔚蓝色的眼睛都是受神宠爱的象征。

弗格斯夫人哭哭啼啼的,一路送贝莉娅到门外。

"亲爱的贝莉娅，想到一个月后才能再见到你，我的心都要碎了……"

光明学院有严格的寝食规矩，不许探视，一月才有一次探亲假。学院创始人认定，学习神术者，都是侍神之人，不能太过被外物羁绊。

柳余抽回被泪水湿透的袖笼："母亲，我该走了。"

"噢，贝莉娅，可怜的孩子……"弗格斯夫人拢了拢她散乱的金色鬈发，红着眼给了她一个大大的拥抱，"我永远爱你。"

"记得写信。"

"是。"

"卢索不够的话，托人带个口信回来，我会让玛吉送过来……"

"是。"

"母亲，我走了。"

柳余打断弗格斯夫人，提起裙摆行了个礼，这礼足够尊敬，却又隐含疏离，符合所有傲慢而矜持的贵族标准。

礼毕，她在仆人的搀扶下上了马车。

红色的裙摆消失在车门后，弗格斯夫人捏着黑羽扇柄往回走，经过娜塔西时，一眼都没往她瞥去。

娜塔西还是恭恭敬敬地朝她行了个礼，而后手脚并用地上了车，她只有一个小布包。

马车"辘辘"行了起来，不一会，就消失在道路的尽头。

仆人们这才收回视线，他们不约而同地为弗格斯家高兴。

索伦学院这次出了三个神眷者，可其中有两位，都是从弗格斯家出去的。

一位，是高贵的贝莉娅小姐，另一位，就是温柔的娜塔西小姐了。

只可惜，贝莉娅小姐的光芒太过耀眼，以至于很多人都无意识地将娜塔西小姐忽略了。

此时，被忽略的娜塔西正靠着颠簸的马车壁，抱膝而坐。

她看向正中的贝莉娅："我真羡慕你，贝莉娅姐姐。"

"哦？"

"他们都爱你。你生来高贵，拥有无与伦比的美貌，他们追逐你的光芒，迷恋你的身影，你拥有这世上最多的爱。仆人们爱你，弗格斯夫人爱你，连……"她咬了咬唇，"神，神明也爱你。"

柳余："哦。"

她该说什么呢。

一个渎神者，就像拼命扒拉下来一块白皮往自己身上套，旁人可以误会，可她不能自己骗自己……她是假的。

现在要做的，是把这假的变成真的，把白皮跟血相融合，最好能长在一块，不分彼此。

娜塔西不再说话了，她呆呆地看向窗外，半响才道："刚才，我很希望弗格斯夫人能抱一抱我，告诉我，我也很棒……其实，在父亲与弗格斯夫人再婚时，我期待过的。我期待过会有一个温柔的母亲，一个疼我的姐姐，我们一家人相亲相爱……"

"将梦想寄托在别人身上是很愚蠢的，娜塔西。"

"可不是每个人都像姐姐您这样冷酷。您谁也不爱，连弗格斯夫人也不爱……她那么爱你，你却待她那样冷淡。"娜塔西幽幽地道。

柳余拿手指去戳斑斑的脑袋："是吗？"

斑斑朝她张嘴吼："斑斑！斑斑！"

"娜塔西，你瞧，你救下的这只鸟，它轻而易举就抛弃了你。爱？我不信。"

袖笼被泪水浸湿的一块黏腻发沉，她却似丝毫感觉不到一样，笑得灿烂无比。

娜塔西终于闭上了嘴。

车厢里陷入一片死寂，两人都不约而同地看向窗外，一群白鸽飞过穹顶，远处的雪山若隐若现，他们还在索伦城邦内……

光明学院在很远的城外，它位于雪山之下的一个淳朴小镇里，与光明神殿隔湖相望。

等马车到达目的地，已经接近傍晚。

一抹残阳如血，无数从各地而来的马车就停在雕刻着星月徽纹的黑漆大门外。

大门紧闭。

守门人直挺挺地站着，他们穿着华丽的丝质衬衫、纯白长裤，松松的裤筒塞入黑色马靴，腰间配着金色长剑，鹰隼般的眼睛如电般巡视着。

大门前的白色广场上，持着星月权杖的光明神雕像无声矗立。他慈爱地"看"着八方来客……

广场上，站着三三两两的人。

他们正当少年，有些穿着简朴的棉麻，有些穿着华丽的丝绸，有些有仆人拎着行李相随，有些却孤身一人、风尘仆仆，唯一相同的是，他们面上都带着对未来的憧憬。

"贝莉娅小姐，娜塔西小姐，到了。"

车夫停下马车，打开车门。

一股潮湿的混合着雪霜的冰灵气息迎面而来，柳余率先跳下了马车。

娜塔西提着小包，也下了车。

"贝莉娅姐姐，这里很好。"她笑着道，"很自由。"

"是，很自由，很平等。"

一位穿着卡其马甲的英俊青年走了过来，他有一头棕色的短发和琥珀色的眼睛。

"又见面了，小天使。"

娜塔西惊讶地捂住嘴："卡洛王子……"

她和他跳过一夜的舞。

那一夜，美得像一个梦，她像是一个真正的被人捧在手心的公主，没有贝莉娅姐姐，没有……那些干不完的活。

"原来你也是神眷者。"卡洛王子温柔地笑了，"索伦学院我们见过一面，还记得吗？当时，你在给弗格斯小姐送饭。"

"是，是，"娜塔西点点头，"是我，您还记得我？"

卡洛王子笑了笑。他也不知道，自己为什么会惦记这样一个女孩，也许是因为她的身世太可怜。

"弗格斯小姐呢？你的仆人呢，还有其他的行李……"

"不，不用，"娜塔西打断他，"我的东西不多，倒是能麻烦您，帮贝莉娅姐姐……"

她话说到一半，"好像也不用了。"

卡洛顺着她的视线看过去，几个殷勤的少年提着大大的藤箱，跟在一位红衣少女身后，她红色的丝绸裙子像一团烈火，那高昂着的头和纤细的腰肢，组合成了他常见的、贵族式的傲慢。

"那是弗格斯小姐？"

"是，是不是很漂亮？"娜塔西眼睛睁得大大的，双肩泄气一般垂下，她踢了踢草丛，"他们都更喜欢姐姐呢。"

说完，才意识到自己竟然在卡洛王子面前说了失礼的话，小脸一下子红了。

卡洛王子揉了揉她脑袋："美丽的心灵才更值得珍惜。你有一颗善良而高贵的心，不用难过。"

娜塔西仰起头，羞赧地道："第一次有人这么夸我。"

卡洛王子接过她的小包，"该去报到了。"

黑漆大门敞开，新一批神眷者们整齐地列好队伍走了进去。

柳余也跟在队伍后面进了去。

进去前，她转身看了眼娜塔西，发现她正和一位英俊青年聊得欢快……

根据对方腰间的十字佩剑，以及镶金边的腰带，一下子推测出了对方的身份……索伦王国的第一顺位继承人，卡洛王子。

娜塔西的爱慕者二号。

倒是和书中剧情一样，一进学校就打得热乎。其实只要不和她抢盖亚，娜塔西干什么都行。

柳余满不在乎地转过头去。

接引这一批神眷者的，是上一届的优秀学生，但在这里，不叫学长学姐，而统一称为司长。

新生们"叽叽喳喳"，由着七八个司长带领着，先将光明学院转了一圈。

于是，柳余知道了书中不曾详述过的一些细枝末节。

比如，光明学院分三阶，每一阶最多停留三年，三年未过考核，将自动退学。

学院不仅教授神术，还有骑马、击剑、药术、礼仪等课程，美其名曰：神仆应该同时具备贵族的涵养，以及武力、勇猛和忠诚。

校规上，除了不得私自外出以外，其他倒是意外的宽松。

柳余才走到湖边，就看到了不下十对的"鸳鸯"。

雪山在望，除了空气有些潮湿，气温却不算低，湖边红花绿柳，一对又一对的小情人光明正大地打打闹闹、卿卿我我。

"约会？当然可以。长得英俊的还能受到不少女生的追求呢。"

男司长指了指对面，夕阳垂柳下，一位穿了纯白立领衬衫、丝绸长裤的少年被几位姑娘热热闹闹地围着。

他松松的裤管塞入黑色筒靴，金边腰带束窄腰身，远远看去，宽肩窄腰大长腿，十分赏心悦目。

柳余远远看着那一头银色长发，以及眼睛缚着的纯白丝带，不大高兴地眯起了眼睛，她不喜欢自己的猎物闯入别人的猎场里。

新生们也发现了。

"司长，这位……"

"噢，盖亚·莱斯利！他可是主教的爱徒，一进学院就俘获了所有女孩们的芳心，你们想走近看一看吗？"

"是！"

湖中一群鸥鹭扑棱着翅膀飞起。

新生们哈哈大笑。

"嗨！盖亚·莱斯利！"

司长们领着新来的神眷者们走过去，因艾尔伦大陆上不止一个索伦王国，还有十几个附属小国……算起来一共也有五六十个人。

这样一行人浩浩荡荡地走去，早就引起了其他人的注意力。

"又接'糊糊们'过来了？！"

"糊糊"被司长们用来亲切地称呼新生，指糊里糊涂的人。

"是！"

有人朝柳余吹了声口哨："哇哦！贝莉娅·弗格斯！"

柳余对其他人视若无睹，她直勾勾地看着听到"贝莉娅·弗格斯"抬头看来的少年。

十几天不见，他那随时要消失的羸弱感不见了，可与此同时，那愈发昭彰的圣洁气质，包裹在点点残阳里，与绿柳、与金湖，向她迎面击来。

动物世界，如何宣示主权？标记。

柳余承认，她是"鹰派"的奉行者。

"盖亚。"柳余蓦然笑了起来道。

她将鸟笼往娜塔西手上一塞，提起裙摆，跑出了人群，风吹起她红色的裙摆，她看起来，像一团热烈而奔放的火……

她直接冲到漂亮的少年面前，张开手臂抱住了他。

"贝……莉娅？"盖亚愣了愣。

"盖亚。"少女带着哭腔的、怨嗔的声音传来，"我以为再也见不到你了。"

泪水沾湿了少年的前襟。

他直挺挺地站着，鼻尖又闻到了那股清甜的蔷薇花香。

"盖亚，这是谁？"

一道好奇的夹杂着嫉妒的女声响了起来。

而与此同时，柳余也被坚决地推开，她抢在盖亚面前开口："朋友，好朋友。"

可她面上的神色，以及加重的语气，却像是在告诉别人，不止如此。

娜塔西不由自主地抱紧了鸟笼，发白的指骨和颤抖的嘴唇，让她看起来不大对劲。

"娜塔西？"

卡洛王子关切地看着她。

可这位蓝裙少女像是丢了魂似的，她痴痴地看着前方。

他又用手在她面前晃了晃，"娜塔西？"

娜塔西这才回过神来。

这一醒，连忙吐了吐舌头道："对不起，我也不知道刚才怎么了……"

她将鸟笼挡在胸前，试图挡住那快要跳出胸膛的心，那里炙热而滚烫，就像是有人不小心泼了一桶沸腾的水。

她坐立难安，又茫然无措。

我怎么了？她问自己。

"你……"卡洛王子挠了挠脑袋，"要不要去旁边休息下？"

"啊，不，不用了。"

娜塔西摆摆手，说话之余，她忍不住又往贝莉娅那里看了一眼。

她从未见过贝莉娅姐姐露出这么甜美娇俏的模样，大多数时候，她就像一只硬邦邦的、随时会磕得人头破血流的石头。

那边柳余忙着和周围的"豺狼虎豹"宣示主权，试图先一步在盖亚身上戳个"贝莉娅·弗格斯的章"。

"贝莉娅·弗格斯，"司长朝她招手，"先去宣誓。"

"盖亚，莱斯利，你也去。"

于是，不到一刻钟，所有人都随着司长们重新站到了教学楼前的光明神雕像前。

他们握起拳头，目光炯炯。

"……以圣光照耀你。"

"……以圣光照耀你。"

"……我信唯一的神，全能的主。他是光明的光明，神灵的神灵……他予大地希望，予天地光明……万物应他而生……他执掌日月，制定规则，他以审判、以裁夺，得仁慈，得信义，得公正……"

柳余跟着张嘴："……我信唯一的神，全能的主。他是光明的光明，神灵的神灵……他予大地希望，予天地光明……万物应他而生……他执掌日月，制定规则，他以审判、以裁夺，得仁慈，得信义，得公正……"

光明学院入学仪式——向伟大的光明神宣誓，发誓永远效忠于他。

"现在，先去你们各自的学舍报到，楼层号牌都在布告栏前。另外，还有件事得提醒你们。十天后，将进行第一次神术考核，祝各位好运。"

十天后神术考核？

她老底要被揭穿了？

柳余一愣，下意识看向盖亚，少年再一次精准地"捕捉"到她的视线，偏了偏头问："贝莉娅，有什么事吗？"

让你迷上我。

她甜甜地笑着道："想到以后能天天跟盖亚在一起学习，很开心呢。"

入学仪式结束，大家都遵照司长的意思，先去校舍安顿。

少年们殷勤地替柳余提着藤箱开道，也不在意她有个"心爱情人"的事实。

柳余和盖亚并肩走在湖边的林荫道上，不约而同地陷入沉默。

司长还在前面介绍："我们要跨过这伯纳湖去光明神殿上神术课，运气好，也许能碰上主教授课，不过大部分时候，都是由神殿几位神使和骑士轮流授课。如毕业考核成绩优秀，能直接进入神殿成为神职者……

"学校内不禁止恋爱、切磋，但有一点一定要记住，一切不光明、不名誉的黑暗手段，都不允许出现在学院内……否则，就算背叛光明神，逐出学院……"

杨柳垂堤，空气中弥漫着潮湿的水汽。

柳余收回视线："如果这次我没来，你会想我吗？"

她声音压得低，旁人看来，就像是一对小情人在窃窃私语。

盖亚略略拉开了点距离："想？"他茫然地摇摇头，"什么是想？"

柳余仰起头认真地观察他，这时夕阳的最后一丝余晖已经落入雪山之后，天光黯淡，唯独这个白衫少年像是个发光体。

他眼睛被缚，心灵之窗是封闭了，可他的眼角眉梢都流露着平和，这是万事万物都不萦于心的冷淡。

于是柳余知道了，他确确实实对她没有兴趣，且一丝一毫都没有。

这便不大好办了。毕竟她想打动他。

柳余深深叹息。

她回想起记忆珠里那惊鸿一瞥……

光明神高高在上地立在神宫，透过一片镜湖，将目光投到大地，隔着层层纱、片片云，见识了万万年的沧海桑田、人间悲欢，见识过无数的千娇百媚和倾城绝色，那颗心早就成了千年万年的冰层，撬也撬不动了。

"贝莉娅，什么是想？"少年还在问。

"想啊，就是……"柳余张了张口，发现自己也没答案，随便串了句词糊弄，"想念，就是不见她就想她，见了她还是想她，才分开又想见她……"

"哦，那是不想的。"

她知道！

柳余暗中翻了个白眼，自如地换了话题："盖亚，如果你很想要一个东西，但是大概率得不到，你会怎么办？"

"另辟蹊径？"

"要是手段不光彩呢？"

"那就看那东西对你的重要性了，你是愿意付出名誉的代价去得到它，还是保留住正直从而得不到它？"

柳余瞬间就有答案了。名誉有什么用呢，饿肚子的时候还不及一块纸钞有用……起码，后者还能买个包子。

"谢谢啦。"她笑眯眯道。

盖亚对她的打算显然一无所知，只停下脚步，道："贝莉娅，到了。"

"盖亚，你这样，我总疑心你眼睛看得见。"

少年一路走来，从来没绊过跤，在转弯时也没错过道、踢到过石子，还精准地找到了女舍的位置。

"感觉。"他微微笑了笑，继而在无数的抽气中摆摆手走了。

他那被风吹起银色的长发，与白衬衫、马甲、绸裤、马靴，一起勾勒出一个清俊又帅气的轮廓来。

"噢，天哪，他真迷人！笑起来简直就是天使！"

"神在创造他时，肯定倾注了全部的心血，不像我们……随手捏的。"

柳余眯眼看着人走远，在她眼里，不过是一碗十全大补汤朝她散发了下香气，心想：嗯，确实很迷人……也许还很美味。

校舍群，由一座又一座的"尖塔蘑菇"组成，圆墩墩的"蘑菇"柱，尖顶上嵌了日月权杖，所有的"蘑菇"被一道弯弯曲曲的墙壁围起，"蘑菇"之间，铺满了绿茵茵的草地，非常诗意与漂亮。

男舍与女舍中间以一道墙、一扇铁门隔开。

"喂，你挡道了。"

柳余的藤箱被踢开。

殷勤的少年早就勾肩搭背唱着歌跑了，舍监挥舞着手里的长尺："欧仆、男人、一切雄性，都不许进来！出去！出去！"

一个黑裙少女踢开她的行李箱，傲慢地走了过去。

"玛丽！"

刚才和娜塔西交谈甚欢的卡洛王子追了过来，他替柳余扶起藤箱，"对不起，弗格斯小姐，玛丽平时被我父亲宠坏了，玛丽，道歉！"

玛丽·卡洛？！

柳余看着被卡洛强制拉来道歉的黑裙少女，视线从她嘴边的一颗痣，滑到她过分丰腴的身体，终于确认了对方的身份。

如果说她是恶毒女配，占了相当重的戏份，那这玛丽·卡洛，就是几章就领盒饭的小"炮灰"。

原书中，玛丽公主爱上了盖亚，先是疯狂追求，追求不成，又对他下了药，只是后来被娜塔西误打误撞地破坏了……玛丽行迹败露，被开除出了光明学院。

后来结局也不大好，嫁给了比她大上一轮、性格不好的老混蛋。

此时的玛丽，还是趾高气扬的，她穿着昂贵的丝绸裙，戴着黑手套与羽毛帽，连道歉也是漫不经心的，"哦，对不起，没看见。"

柳余微微笑了，她露出六颗牙齿，这笑她对着镜子练习过，最温和无害不过："没关系。"

她对"主顾"，一向是很有耐心的。

毕竟，她想要这人手里的东西。非常时，行非常事。

柳余承认，她实在算不上一个有底线的人。

她的底线，早在前世日复一日地喝着黄叶夹杂石子儿的清汤里，掉光了。

"走，走！马上！一切雄性，离开！"

舍监胖墩墩的身体滚过来，驱赶着靠近女舍大门的男人，卡洛王子歉意地朝几人点了点头，也道别走了。

这时，行李带得多的贵族女孩儿们就为难了。

她们大都手无缚鸡之力，身上穿着不禁用的丝绸裙子，扇着羽毛扇，面前还摆满了多个大件的藤箱，没有欧仆，也没有绅士，光靠她们自己一趟趟地搬，实在有些不近人情。

平民女孩们就好多了，她们大多只有个小包裹，轻轻巧巧地就跨过了门槛去。

有热心的、刚才混熟了的，就互相帮着搬，可那些高傲的、不合群的，就没什么人愿意帮了。

"贝莉娅姐姐……"娜塔西期期艾艾地走过来，"我来帮你。"

她伸出纤细的几乎一折就断的手要碰藤箱，却被柳余一下子甩开了。

"不用。"

众人就看着红衣少女提起有她大半个身子大的藤箱，跨过高高的门槛，大踏步往校舍走。

金色的大波浪长发在身后一甩一甩。

娜塔西嗫嚅了下，缩回了手。

玛丽上下扫了她一眼，突然道："喂，这位……嗯，弗格斯小姐不要你搬，你来帮我怎么样？十个卢索一趟，平时你可挣不到。"

"不，不……"

娜塔西想摆手谢绝，却被强硬地塞来一个箱子。

她脸腾地红了，下意识觉得不大好，却又说不出哪里不好，闷着气要提箱子，谁知才提起来，手就被摁住了。

摁她的那只手涂了红色的甲油，皮肤又白又嫩，娜塔西抬头，一下子就看到了贝莉娅。

她侧对着她站着，柔和精致的小脸板起来时显得格外不近人情："娜塔西，放下。"

"弗格斯小姐，这可是她自愿干的，十个卢索一趟。平民小姐，对不对？"

玛丽朝娜塔西抬起了下巴。

"放下。"柳余绷紧脸道。

娜塔西下意识放下了藤箱。

"你敢？！"

"玛丽公主，这不是索伦王宫，我们谁也不是您的仆人，您如果执意要欺负娜塔西，我不介意将这事告到校监那，让她来评评理。"

柳余转过头，温柔不失严厉地看着娜塔西："抬头，挺胸，我弗格斯家出来的，可没有软骨头！"

"可、可……"

她是公主啊，而且接下来还要和她共处一室。

"没有可是。"柳余状似不经意地拿起她的舍牌看了眼，"娜塔西·伦纳德，和玛丽……卡洛？"

"不行，你不能和她住，"她抬头问舍监，"我能和我妹妹换个房间吗？"

舍监只管不让男孩子们偷溜进来，并不管这些细枝末节的东西，挥挥手："随便！"

于是，柳余这次不但在众人面前设计了个爱护妹妹的好形象，还成功地将自己塞进了玛丽公主的房间，与公主共享一间房。

按照原书，娜塔西在刚进光明学院时，确实跟玛丽公主住了一段时间。

等柳余"哼哧哼哧"地提着三个藤箱到自己房间时，发现玛丽已经站在了房子中央，正以扇面抵着鼻子，一脸嫌弃："噢，这该死的鬼地方！又小又破，还不及皇宫的卫生间大！"

柳余也顺着她目光看过去。

不像玛丽公主抱怨的那样，房间布置得很干净清新，米色墙壁，湖绿窗帘，靠东墙摆了张上下床，下铺放了个小手袋，上铺空着。

什么都是一式两份的，书桌、座椅、衣橱……

只是两个衣橱都被打开，挂了衣裳进去。

两个平民女孩，一个正弯腰铺床，一个正将藤箱里的衣裳一件件挂到衣橱里。

"弗格斯小姐。"

玛丽公主纡尊降贵地向她伸出黑手套，让她亲吻她的手背。

柳余面无表情地绕了过去。

柳余抢着和她住，是为了将她手里的东西拿到手，可没打算给公主做仆人。

她直接走到一个衣橱前，伸手将里面挂好的衣裳全部丢了出去。

"噢，天哪！你都干了些什么？！"

平民女孩们跪在地上，看着被丢得到处都是的裙子，不知所措。

"床铺我睡上面，没问题。书桌、衣橱……所有的一切，你一份我一份，听明白了？"

玛丽被她桀骜的态度激怒了，她用扇柄指着她道："贝莉娅·弗格斯，卑贱的男爵家的小姐，靠着一个平民富商发家的贵族耻辱，你居然妄想与高贵的王室平起平坐？！"

柳余看着她，就像看个"中二病"的少女，难怪那么快就"领了盒饭"。

对付这类人，见效最快的方法就是……关门，放鸟。

她将手中的鸟笼打开，指着玛丽公主："斑斑！去！晚上加餐。"

斑斑兴奋地一拍翅膀："斑！"

灰斑雀像利箭一样冲过去，平民女孩们趁机跑了出去。

玛丽花容失色地尖叫着，她提着裙子在房内跑来跑去，边跑边叫贝莉娅将鸟收起来："该死的！该死的！该死的！"

可她再怎么躲，也躲不过快如闪电的灰斑雀。

不一会儿，玛丽已经被啄得像个疯子，跟落败的公鸡一样蜷缩在墙角，抽抽搭搭地道："我、我要告诉我哥哥！"

"卡洛王子？请便。"

"还有！我要将你今天的所作所为全部告诉莱斯利先生！他一定不会再喜欢你这样恶毒的女人！"

"你喜欢他？"柳余笑眯眯地蹲了下来。

玛丽缩了缩，又挺起胸膛道："是，是又怎样？！莱斯利先生风度翩翩，谁都喜欢！"

"哦，斑斑！"

斑斑冲了过来，用黑豆眼虎视眈眈地看着她，玛丽又尖叫了一声："你、你想干什么？"

"噢，劳驾，帮我个忙。"柳余拉起她手，"明天我就让你欺负回来，怎么样？"

"骗人！"玛丽不信，"你发誓！"

"真的。"柳余竖起一只手指，"我向光明神发誓，一定让玛丽公主欺负回来。"

玛丽一下子信了。

"什么事？你说。"

"我妹妹喜欢卡洛王子……"

"噢，你竟敢……"等对上柳余警告的视线，才讷讷道，"是，我哥哥确实讨人喜欢，然后呢？"

"你们王室，是不是有一种，嗯，就是那种无色无味，但是吃下去会有感觉的……"

玛丽捂住嘴："你想对我哥哥？卡洛？"

王室的孩子总是早熟的，一提点就知道了。

"我妹妹太喜欢卡洛王子了，嗯，你将东西给我，我介绍盖亚给你认识，怎么样？"

玛丽摸了摸被鸟啄得乱七八糟的头发，想到刚才这人对妹妹的维护……

她将信将疑地问："你舍得莱斯利先生？"

"娜塔西对我来说很重要，我不希望看见她伤心。"柳余又笑了笑，"而且，我只是介绍盖亚给你认识……"

"那你发誓！"

"我发誓！"

"好，你等着！"

这世上，除了罪恶的黑暗使徒，怎么会有人敢对光明神撒谎呢？

玛丽深信不疑。

她左右看了看，猫着腰从藤箱的夹层里取出一个古铜色嵌玛瑙的小葫芦："只要一滴，一滴……"

柳余看着她，这一眼，让玛丽像是被踩了尾巴的猫，她恼羞成怒地道："你看什么看？！我、我可还没用过……"

"……哦。"柳余不大在意她用没用过，伸手拿来在手中翻来覆去地看，"你发誓，这东西管用。"

玛丽也发了个誓。

"那就我先保管了。"

柳余迅速地将它收了起来。

"你！"

"不然我就向舍监告发你，玛丽公主，你不想当入学第一天就被遣返的王室成员吧？"

"你、你……无赖！"

柳余耸了耸肩："嗯哼。

"而且……这是宫廷里流出的东西，你将责任推给我恐怕也没用。"

她将葫芦底的王室刻印给玛丽看。

玛丽一下子泄气了，嘟囔道："你保管就你保管。"

柳余这才心满意足地摸摸她脑袋："很好，收拾下屋子。"

"喂……你这东西，不会还想对莱斯利先生用吧？"玛丽被压着委委屈屈地打扫房间，"我不许！"

"……哦，不用，我发誓。"柳余轻描淡写地道。

第五章

"啾啾……"

"啾啾……"

墙上的报时鸟准时鸣叫，柳余睁开眼睛，对着天花板看了好长一会，才意识到自己已经不在北都的蜗居里了。

她在艾尔伦大陆，一个遍地"神棍"的神奇世界。

弗格斯家带来的鸭绒被又轻又软，柳余用脸蹭了蹭，才掀开被子，踩着阶梯一阶阶下床。

下铺的玛丽公主褐色的短发半闷在被中，睡得跟小猪一样。她意思意思地叫了声："玛丽，起床了。"

"吉蒂！滚！"

于是柳余拿着洗漱杯滚了，她去卫生间洗漱。

一座蘑菇屋里只住了两人，一个独立卫生间，屋外还有待客大厅，也是简约小清新风，略放了几张椅子。

柳余对着镜子，认认真真地将脸洗了一遍。镜中人正当好年华，两颊饱满、皮肤光洁，连眼睛都亮堂堂的，像是藏了星星。

柳余朝她笑了笑，顺手将毛巾挂好，又从水池旁的小篮子里取出一盒羊脂膏和花脂。

羊脂膏呈固体，小小一罐，用手轻轻挖出一小块，涂在脸上、脖子、手背。

小小一罐就要四百卢索，足以供普通三口之家一年花销，可柳余还是买了。

很好用，这个世界的药剂出乎意料的灵光，连带着这周边的养颜产品也十分不错，听闻这羊脂膏也是加了一点神术进去的。

柳余太知道美貌所能带来的好处了，它让她在许多时候将任务从困难模式转成轻松模式。

至于其他的瓶瓶罐罐，红的、粉的、蓝的、绿的……花脂应有尽有。

每个世界，女人总不厌其烦地将脸变成一个杂色盘，迫不及待地给脸调上色。

柳余照了会镜子，决定放弃，"原身"的美貌让她不需要这些画蛇添足的东西……画了，反而就凸显匠气了。

只是……她皱了皱眉，决定修一下眉。

修完眉，又去编辫子，拇指挑起一绺从中间往下编，最后再用个卡子卡住，镜中一下子就出现个异域风情的美人，她整张脸都露了出来。

鹅蛋脸，白皮肤，蔚蓝色的眼睛让人望一眼都要沉溺进去。有些太端庄了。

柳余小心挑出两绺垂落腮边，金色的头发有微微的曲度，一下子又多了丝性感。

她满意地将瓶瓶罐罐连同梳子全部收好，台面打理干净，挑了件纯白的纱裙穿上了，她要跟盖亚穿一样的颜色。

盖亚总是穿白色，大约是气质太出众的关系，别人给他准备的，也都是白色。

纱裙下摆用银丝线绣着一朵又一朵的四叶花，走起路来，这花若隐若现，像要赴一场华丽的盛宴。

如果今晚能成功的话，确实算一场盛宴。

晚上在伯纳湖有一场篝火派对，听说是司长们为迎接新生们举办的。柳余将小葫芦贴身收藏好。

"玛丽公主，我去上课咯。"

报时鸟吐出惨绿的舌头，配合地又"啾啾"了几声。玛丽丢出一个枕头："滚！"

"那再见。"

柳余推门出去。

走到碧油油的草地上，出乎意料的是，外面没什么人，连舍监都执着长尺在一边打瞌睡。

看来昨天累坏了，也或许是太兴奋，辗转了一夜，天朦胧才睡去。

柳余提起裙摆走了出去，她决定去男舍那边等一等……她想跟盖亚吃个早饭。

男舍那边，也是一片寂静。

柳余杵在大门前的一棵槐树下，看着灰蒙蒙的天……还未亮，这是她从小的习惯。

一个人时哼点歌，就显得很热闹了。

"很好听。"

有人从门内走了出来，居然是卡洛王子。

他看着她，说："弗格斯小姐，早啊。"

"卡洛王子，早安。"

少女俏皮地朝他打了声招呼，满意地看到那双琥珀色眼睛里的惊艳，才道："请问能不能帮我去看一看莱斯利先生还在不在？如果在，请告诉他，我在外面等他。"

"莱斯利先生？他早就走了。"卡洛朝她露出个遗憾的笑，"我和他住一块。"

"哦。"

少女一下子失落了，她耷拉着耳朵，像只被人抛弃的猫咪，卡洛突然很想伸手摸一摸她的脑袋。

这样一个会为了心爱男子伤心失落的姑娘，也许未必像城邦传闻的那样。

少女灰心丧气地准备离开。

"你等等。"卡洛王子突然唤住她，"莱斯利先生说，要去看日出。"

"谢谢！您人真好！"

她眼睛一弯，露出八颗牙齿，朝他摆摆手，提起裙摆就"嗒嗒嗒"走了。

卡洛王子一下子就看到了她纤细白皙的脚踝，和脚上小巧的金色高跟鞋。

天哪，她看起来就像个安琪儿，漂亮极了。

柳余没想到，当她不像"原身"那样缠着王子时，对方对她竟然没了厌恶感。

她还在琢磨，盖亚会去哪里看日出。

如果要论看日出最好的地方，应当是在北边的一座望星楼，听闻那里是专修神术"预术"之人最爱待的地方……

地势最高，风景最好，夜晚可以在高台上看星辰排布。

她绕了一大圈，足足走了十几分钟，才到望星楼。

几位司长们看到她就是一笑，朝她招手。

"嘿，亲爱的安琪儿，一起来看日出！"

柳余目光扫过楼台，没看到人，摇头："不了，我找人。"

她转身就走。

下去的阶梯很长，望星楼离地近百米，她穿了双高跟鞋，等重新走到地面，额头已经沁出了汗。

她看了眼脚后跟，有些磨红了。

继续往前，是教学楼、马场、图书馆。最后，才是伯纳湖。

这时，她几乎将整个光明学院逛了个遍。伯纳湖从一开始就经过，此时再去，是要过堤去食舍，她不打算找了。

课堂上再见也一样。

脚后跟大约是磨出了血，天际一抹"鸭蛋黄"开始冉冉升起，大地开始复苏。

柳余却突然停下了脚步，微喘的呼吸在一瞬间急促，又恢复。

伯纳湖边凉亭里，站着两人。

女孩的纯白棉布裙被风吹起，裙摆擦过男人白色的绸裤，他们并肩而立，绿柳微荡，朝霞灿灿，柔和的阳光铺在他们身上，两人像是融入了这一片水色湖光里。

柳余的眼睛像是被骤然而起的阳光刺痛……

她眨了眨，眨去被这强光刺激出的生理性盐水，理了理被风吹乱的头发和裙摆，迈着优雅的步子缓缓过去。

那边盖亚不知道说了什么，娜塔西竟然掩嘴笑了起来，她踮起脚尖，替他将被吹乱的头发整理好。

"娜塔西。"柳余叫了一声。

她有种被冒犯的不快，就像是领地被侵犯了。

娜塔西像是受惊的兔子一样缩回了手，脸转过来时白得可怕。

"贝莉娅……姐姐？"

"你怎么在这儿？"

娜塔西被她的目光扫得缩了缩脖子，可很快又认为自己不该气弱。

她也是来看日出的。

"正好在这遇到莱斯利先生，就一起看日出了。"

"很巧啊，听起来。"

娜塔西点头："是啊，真的很巧。"

"……我清晨出门，先去看了花园里的噗噗树，在那遇见莱斯利先生在给噗噗树施展神术，啊……好厉害，一下噗噗树就精神了。我不一会儿又在马铃路见到了莱斯利先生……回去换了围裙，来伯纳湖看日出，没想到也遇见了莱斯利先生……真的很幸运。"

柳余瞥了眼磨出血来的脚后跟，突然间十分透彻地理解了那些将不适合的脚硬塞入水晶鞋的继姐们。

她求一而不得，踩着磨破的脚，找了这么久，最终才找到……

而这人却如此轻而易举地获得了。

娜塔西的笑越纯洁善良，她就越想捏着她的下颌骨，敲碎那抹天真。

凭什么呢？我天生就该命不好吗？她问自己。

柳余承认，按照属性看，她确确实实是个恶毒大反派，且没得救了。

"让让。"柳余不客气地插入两人。

娜塔西被她挤到了一边，欲言又止地看着她，眼睛又红得跟兔子似的。

柳余视若无睹地转过头，当面对盖亚时，声音一下子软了下来："盖亚，你怎么不等我？"

"等你？为什么？"盖亚是真的好奇。

"不为什么，我喜欢。"柳余看不出他神情，又道，"好朋友当然要共进退啊。"

几句话间，她已经将刚才偶然泛上来的矫情从心底彻彻底底撇去了。

对她来说，伤春悲秋、自怨自艾都毫无意义。

"抱歉。"盖亚并不知在短短一瞬间，身边这位好朋友的心境起伏。他摇头，"我想，每对好朋友都应该有不同的相处模式，对吗？"

"好吧，"柳余耸了耸肩，"那换我每天来等你。"

"贝莉娅……"盖亚不赞同地叫她。

柳余却已经微微笑了起来。

"盖亚，"她柔柔地，又透着股骄蛮地道，"你阻止不了我。"

"好吧，"盖亚深深叹了口气，说："换我等你。"

"那去吃早饭，我饿了。"

她无比自然地牵起盖亚的手，在娜塔西越见苍白的脸色里眨了眨眼睛，"娜塔西妹妹，二人世界，注意回避。"

"可、可莱斯利先生说，姐姐和他不是情人……"娜塔西脱口而出。

"你和她谈得很深入嘛。"柳余朝盖亚半嗔半喜地说了一句。

"伦纳德小姐问了。"

当然，这在盖亚看来是非常合理的。

柳余虽然心里有那么点不太舒服，可很快就消失了。

她指着笑容满面走来的卡洛王子，"娜塔西，你的目标在那，前几天你不是还和姐姐说，你喜欢的是卡洛王子，与他在成人舞会上跳了一夜的舞？"

卡洛王子听见，睁大了眼睛，道："你、你是那位……精灵公主？"

他不可置信地看着娜塔西。

娜塔西不明白贝莉娅姐姐为什么会知道这件事。那一夜的事那么神奇，她只当是一场美梦，对谁都没有说过。娜塔西只觉得继姐就像恶魔一样可怕。

这时，柳余已经拉着盖亚往食舍去了。

可可粉泡的甜饮、法式薄饼，以及一段煎肠，柳余很快就吃完了。

盖亚吃饭的样子很好看，自然优雅，连动作都富有韵律，刀叉在那双漂亮的手中价值大涨。

柳余支着脑袋看，发现他对食物也并没流露过多的喜好。

这始终是个彬彬有礼,却又情感缺失的"伪人类"。否则,也不会对无端瞎了一双眼睛毫无怨言。

"看见娜塔西,你是什么感觉?"她突然好奇地问。

"她想得到我,迫切的、浓重的欲望……这让我不太舒服。"盖亚慢条斯理地道,"我看见了。"

"噗……"柳余的可可粉甜饮喷了出来,"你看见了?"

真可怕。

娜塔西恐怕自始至终都不知道自己的心暴露了,她的痴恋在对方眼中无所遁形,这注定是一场无望的追逐。

不过想想,爱慕这种东西,对神祇来说最是司空见惯、不足为奇,他并不会珍惜,所以原书里,他赐予娜塔西永生,却没和她在一起。

神,就该孤独地站在云端,因为他看得太透了。

"看见了……不过,她是个虔诚的信徒。"

盖亚像是想到什么。

柳余仿佛看到了他头上的一圈圣光。

"那我呢?"

她察觉他在学习神术后,"聆听祈祷"的技能得到了进化。

"你?你很奇怪,我依然看不到……"

盖亚将手微微伸出,几乎是精准地落到她的胸口上方,"不只是祈祷,强烈一些的意图、愿望、情绪,我都能感觉……可是,贝莉娅,唯独你不行。"

他疑惑地放下喝了一半的牛奶,一点奶渍留在他的唇角,让他看起来傻乎乎的……可爱。

而可爱的少年还在问:"为什么?"

柳余站起,隔着一张狭窄的桌子,踮起脚亲了下他的嘴角。在无数新生、司长们激动的一声"哇"中分开。

"想知道?"

盖亚点了点头。

"那就一直跟着我,直到弄明白为止,怎么样?"

盖亚用指腹摸了摸唇,后知后觉地点点头,又摇摇头:"那不行。"

"为什么?"

"人该是自由的。而且……贝莉娅,不要再开这样的玩笑。我不喜欢。"

"你不喜欢,是不喜欢我亲吻你,还是不喜欢我?"

"都不喜欢,我不喜欢你这样的。"他理直气壮地道。

"那你喜欢什么样的,我跟着改。"少女追问。

"我……也不知道。"

少年的脸上,依旧是一片茫然。

不过不一会儿,他又倔强地强调:"我喜欢的人,应当有纯净的心灵、忠诚的信仰,她应当温柔、善良、纯洁、端庄……"

这"小直男"。

"……她会用钻石般纯净的心灵爱我,不会欺骗我、愚弄我……"

柳余磨了磨牙。

不过在白天，两人还是有许多事要忙。

柳余总算知道，真正的欧洲贵族们是如何度过漫长的一天了。

弗格斯家那种边缘化的不算，贵族们很忙，非常忙。

忙着进行各种礼仪培训，忙着击剑、骑马，忙着学习各种贵族该具备的知识、技能。

光明学院旨在培养神职人员，他们侍奉神灵，天生高贵，自然也需要优雅的谈吐、丰富的涵养，以及翩翩风度。

第一堂，是历史课，不过柳余把它理解为"爱神主义教育课"。

一位叫罗芙洛的教授授课。教授年纪不小了，一头白发，小卷毛，长度不过肩，鼻梁上架着一副金丝眼镜，讲几句就要推一推眼镜腿，喜欢拿眼睛从镜片底下看人，还喜欢拿粉笔敲走神学生的脑袋，百发百中。

柳余没走神，她听得津津有味，毕竟许多王国的秘史听起来就跟编得一样离奇。

比如老子做了个儿子篡位的梦，就将儿子关押了，儿子长大回来杀老子。

第二堂，是击剑课。

柳余本来以为自己要露怯了，谁知道当她拿起剑时，身体自然而然就会格挡。

"原身"的身体记忆还在，大约是上过最基础的击剑课堂，一些基础的击剑姿势不差，多挥了几次，也就慢慢习惯了。

当然，还比不上玛丽公主那些正经找宫廷剑师训练过的，但总算能支应。

柳余学得很认真，她从不会浪费任何一次学习机会。

无数次被冰冷的剑身打到，猛烈的撞击在幼嫩的肌肤上留下一道道印记，虎口握剑的地方疼痛不已，她也没有中途叫停。

下午只有一堂马术课。

马场宽阔，一望无际，学院给每人发了一套火红色的骑装，金色镶边，黑色束腰，下身裤装，利落地收到马靴里，穿起来十分精神。

柳余将头发利落地绾起，拉蓬松，扎了个松松垮垮的丸子头。

走出更衣室时，不可避免地收获了一堆爱慕的眼神。

"有没有见到莱斯利先生？"她问一个面生的男孩。

"莱斯利先生？"男孩指了指右前方，"他去骑马了。"

骑马？盖亚？

柳余心中嘀咕，朝对方笑笑："谢谢。"

那人脸一下子涨得通红，点头："弗、弗格斯小姐，不、不客气！"

柳余被少年的青涩反应逗笑了，青春啊，她好像从来没有过这样恣意地、轻易地为一个人心动的时候。

她执着马鞭，顺着更衣室的路往右，果然在入场处看到正骑在马上的盖亚。

他坐在马上，卡洛王子和娜塔西一左一右地站在马旁，三人不知在说些什么，她能看见娜塔西羞涩抿起的嘴角。

"真的吗，卡洛王子？"娜塔西微微笑着，"噢，那就太有趣了。"

卡洛王子着迷地看着她，又看看盖亚。

"在说什么？"柳余笑眯眯地走了过去。

卡洛王子单手放到胸前，道："弗格斯小姐，我们刚才说，晚会时一定要将莱斯利先生灌醉，看他还能像不像现在这样正经。"

"噢，我很期待。"柳余笑了。

真灌醉了，事儿就好办了。

"贝莉娅。"盖亚不赞成地看她。

这时，柳余已经走到他身边。

少年居高临下地"看"着她，阳光给他镀了层柔柔的光晕，银色的长发束成一束，水银般垂下来，一绺落到她肩上，柳余恍惚了一下，才道："啊，醉酒的盖亚，一定很可爱。"

"贝莉娅。"

少年声音优雅，似乎还藏着点羞窘。

柳余这才发现，这人除了万事漠不关心，似乎也还是有点少年心性的。

她笑了笑："可我还是想看。"

"贝莉娅姐姐……"娜塔西插了进来，她看着她欲言又止，很想问一问她怎么知道那些事。

"你刚才说的……"

"好马。"柳余摸了摸盖亚的马背道。

这匹白马，肌肉线条流畅，皮毛油亮，一看就不俗。

教授马术课的爱德华先生抱臂站在一边，"哈"地笑了声。"小莱斯利一下子就挑中了哈里，这可是匹烈马！没人能够驯服它。"

玛丽手忙脚乱地整理着袖口过来，显然这位高高在上的公主从没有缺过伺候的侍女，还没学会自己穿衣服……

她叫了声："噢，天！莱斯利先生，您怎么上马了？"

"莱斯利先生是天生的驯马人！"

爱德华得意扬扬地摇着头："他一来，所有的野马都臣服地低下了头颅。"

拥有圣灵体的人，天生受神宠爱，总会有些神异之处。而盖亚·莱斯利恰好证明了这一点。

卡洛王子也赞叹道："其实是我先挑中了，可哈里完全不让靠近，勉强上去，也被甩了下来。倒是莱斯利先生往那一站，哈里的马头就凑过去了……我托着莱斯利先生上马，他原来还不熟练。等跑了一圈，已经可以跟我齐头并进了。我敢打赌，等到第二圈，他一定能远远甩开我。

"击剑课上，也是一样……莱斯利先生一开始连剑都不会拿，后来却将我的剑击飞了。"

"击飞了？"玛丽公主惊讶地道，"卡洛哥哥的击剑术，可是黄金骑士教的，宫廷第一勇士都无法卸下您的武器。"

"嗯哼，就是这样，我们得承认，这世上总有些我们做不到而别人做得到的事儿。"卡洛无奈地摊手。

玛丽和娜塔西看向盖亚的眼睛里充满爱意。

柳余往他面前一挡，挡住两人眼神，才道："盖亚，你骑马时，是怎么避开障碍物的？"

她对盖亚惊人的学习能力，一点儿不奇怪。

这可是掌握着天底下最大"作弊器"的男人，他是神的化身。即使遗忘了记忆、失去了神力，那也是神。

动物完全依从本能，自然会对这少年低下不驯的头颅。

"风、影……还有，感觉。"盖亚看着她，"就像我知道，刚才是你过来。"他突然露出个笑，那笑干净又纯粹，"虽然失去了眼睛，可神没有抛弃我。"

柳余面无表情地回答："噢，当然。"

"好了！人都到齐了！每人来挑一匹马！"

爱德华拍手，神眷者们一部分是贵族，早就学会骑马，平民们却不会。

大部分女孩儿都挑了温顺的母马，只有柳余选了一匹公马，不过这公马据爱德华说性子还算温顺。男孩儿们性子急躁的，早按捺不住。

"行啦行啦，会的先走，不会的留下！你们有一下午的时间学习怎么骑马……"

爱德华先生很开明。

柳余一上马，很快就找到了感觉，她绕着马场小跑了几圈，直到完全适应，就开始让马快跑起来。

玛丽骑马过来，轻声提醒她："贝莉娅，你之前答应我的！"

"在晚会上，怎么样？"

"你不会想知道欺骗王室的后果！"

玛丽警告了她一句，觑她一眼，突然一鞭子就对着马屁股抽了过来："弗格斯小姐，这是你昨晚冒犯玛丽·卡洛的代价！"

柳余心道不好，连忙拉扯缰绳，却还是没逃过。马儿吃痛，长嘶了一声，不要命地朝前狂奔。

一切都只发生在一瞬间。没人知道发生了什么。

马场上人只见黑马突然驮着金发少女像疯了一样朝前跑去，少女像只挂在马背上的行李包，剧烈的抖动似乎随时都能将这行李包甩开来。

"贝莉娅？"

"弗格斯小姐？"

盖亚和卡洛几乎同时冲了出去。

柳余只能感觉到耳边呼呼的风声，所有的东西都在急速倒退。

她现在什么都不能想，也没法想，她没想到玛丽公主会这么疯，更没想到，她还没跟盖亚在一起，没有成为神眷者，就要因为一位公主的任性命丧当场。

她只记得将双手双脚死死地扒在马上，随着它的起伏而起伏，等待着可能会来的救援。

指甲劈了，撕裂的地方牵扯到皮肉，生疼生疼，可她不敢叫，生怕一张嘴，迎面而来的一口风把她的生机给吹灭了。

神，如果神真的能听见……

"贝莉娅！贝莉娅……

"把手给我！"

柳余睁开眼，模糊的视野里出现了一道身影。

白马红衣，他似乎劈开沉沉暮霭向她而来，带着滚滚的喧嚣。

盖亚·莱斯利——光明神化身。

他从来波澜不惊的脸上难得透着一丝急切，他将马精妙地控制在一个范围，对她伸出手："贝莉娅！快！跳！"

柳余几乎是不假思索地将手搭到他掌心，跳了起来。

她整个身体腾空，撞到了一个硬实的胸膛里。

"砰……"

黑马撞到树上，四肢抽搐了下，不动了。

柳余脸色煞白，浑身颤抖。

她发现，她所有的算计、阴谋，都败给了这个将人命视为草芥的公主。

她可以对吸血鬼下手，因为他非我族类，以人类为食……

可玛丽公主呢？娜塔西呢？甚至盖亚呢？她能下得去手吗？

她无法将人命视作寻常，这是过去的二十多年给她留下的烙印。

"你在哭。"

一只冰凉的手触到她脸上，又极其轻柔地替她将眼泪擦去。

他问："为什么？因为……害怕？"

"是，我怕。"

柳余将脸整个埋在了少年怀里。

她瑟瑟发抖，既为这个世界，也为自己。

她以为玛丽只是"中二病"，可这"中二病"却会要她的命。

娜塔西呢？她拥有"无敌幸运 buff（加成）"。自己有什么？一条命而已。

"我怕。"

玛丽的一鞭，让她清醒了，她为此沾沾自喜的一切，不过是空中楼阁。她依然是个任人鱼肉、等人救援的弱者。

她不是神眷者，不是圣女，她什么都不是。唯有站到高处……

柳余看着盖亚的眼神，前所未有地火热起来。

他多美啊，他是世界上最精美最尊贵的瓷器，他拥有仁慈、善良，他寓意尊贵，无人能及。

她想拥有这瓷器，长长久久地拥有。

"没事了，已经过去了。"

盖亚摸了摸她的脑袋，觉得她像只迷途的羔羊。

"盖亚，抱紧我，我冷。"

柳余在他怀中，睁开了灼热的、蔚蓝的眼睛。

隔着层层绿荫与细碎的阳光，她才发现，卡洛王子、娜塔西和玛丽，不知什么时候过了来。

他们与她沉默对望，谁也没有开口。

半晌，柳余将头枕入盖亚的胸膛，紧紧地抱住了他。

"贝莉娅，好点儿了吗？"

盖亚的声音亲昵地刮过耳朵。

柳余"嗯"了一声，她看着自己的泪水打湿少年轻薄的丝绸衬衫，才擦了擦泪，坐直身体："对不起，我失态了。"

带着鼻音的声调里，藏着一丝不易察觉的羞赧。

"这并不是你的错，贝莉娅。"盖亚摸了摸她脑袋，微微垂下头，"所以，现在可以告诉我，发生什么了吗？"

柳余有一瞬间的失神。

少年脸上的表情太温柔，这温柔与他平时相同，却又截然不同。

她分辨不出来。

"我也不知道。"柳余摇摇头。

为了今晚的计划,她不能供出玛丽,否则,她必定也会将药抖出来。

"我以为,我们是朋友。"

少年坚持看着她,他大概是察觉到了什么。

柳余知道,盖亚一向是敏锐的。

她看着渐渐靠近的一行人,确切地说,是面露紧张的玛丽,瑟缩了下,重新躲进了盖亚的怀里:"也、也许是马儿突然发了疯。"

玛丽明显松了一口气。

"贝莉娅。"少年不赞同地抿紧了嘴唇。

柳余一把拽住他袖子,声音都在颤抖:"盖、盖亚,我们先走,好不好?我、我不太舒服。"

少年轻轻叹息了声,紧接着,身下的马动了。

哈里四个蹄子奔得飞快,柳余被颠进了盖亚的怀抱里。

他的怀抱有股力量感,白衬衫被风吹得鼓起来。

鼻尖像是闻到了雪松的清冽,很干净很纯粹的味道。

柳余将手臂紧紧地环住他,她能感觉到少年的一丝不自在。

"贝莉娅。"

"嗯?"

"松开些,哈里很乖,不会掉下去的。"

"可是我一松开手,眼前就飘过那匹马的样子,它发了狂,还撞得稀巴烂……靠着你,我才不害怕。"少女的身体瑟瑟发抖。

盖亚又闻到了蔷薇花的芬芳。

他沉默了会,只是用空着的那只手摸了摸她的头。

柳余嘴角微微翘了起来。在柳余和盖亚离开的一瞬间,爱德华先生骑着马,风一样掠了过来。

他一眼就看到了躺在血泊中的黑马。

"噢,光明神在上,到底发生了什么?!小莱斯利和弗格斯小姐呢?"

"弗格斯小姐安然无恙,然后莱斯利先生就带她走了。"卡洛王子解释道。

爱德华看了他一眼:"你的表情很奇怪。卡洛先生,你也喜欢那位美貌的弗格斯小姐?"

"爱德华先生,您又开玩笑。"卡洛王子苦笑道。

娜塔西看了他一眼,两只手指缠在一块,惨白惨白的。玛丽冷冷哼了一声:"那不可能,弗格斯小姐脾气那么坏,卡洛哥哥只喜欢温柔的女孩子。"

爱德华粗枝大叶惯了,丢下一句就不管,只一个劲地念叨:"这不对,不对劲……"

"爱德华先生,您发现了什么?"

爱德华没答,他下了马,也不嫌黑马死得凄惨,一会撩撩马鬃,一会敲敲马背,最后从马甲袋里小心翼翼地掏出一张白色小卡片,卡片上印了一轮金色的太阳。

玛丽捂嘴叫出了声:"熔拉卡?"

光明权杖只有光明神使拥有,普通人为了求个心安,会去神殿"请"一张熔拉卡。

熔拉卡可以测出附近有没有黑暗力量的存在……虽然大多数时候都派不上用场。

光明神治下,黑暗力量早就成了躲躲藏藏的过街老鼠。

爱德华将熔拉卡丢到了血泊中。

不一会，白色卡片的边缘竟然燃烧起了黑色的火焰，卡片中央的金色太阳渐渐变成了灰色。

"黑暗力量？！居然有黑暗力量？！"

"灰色……"爱德华先生"踢踏踢踏"踩着草坪，"我得让人来看看！"

"走！走！走！孩子们，这里不是你们该待的地方！"

爱德华先生像赶小鸡仔们一样赶他们。

娜塔西、卡洛王子和玛丽只好往回走。娜塔西忍不住回头看了眼。

黑马躺着的地方，竟然真来了神使和骑士，他们像是凭空出现那样，将那地方围了起来。

到底发生了什么事？和失踪的路易斯有关吗？

还是路易斯……想对付姐姐？

另一边的盖亚并没有将柳余送回马场，而是直接把她送到了女舍门外。

舍监惊讶地看着马上的两人，也认出了这位被主教亲自送来的莱斯利先生。

"莱斯利先生，您这个时间不是应该在马场吗？"

盖亚跳下白马，伸手过来接贝莉娅，还不忘回话："弗格斯小姐受了点惊吓，我送她回来再去马场。"

"别忘了我留在更衣室的衣服。"柳余提醒他。

"我会提醒你的妹妹。"盖亚顿了顿，才道。

"不，你送过来。"

"哦。"

这倒没法选个理由推脱。

柳余再接再厉："那晚点，你来接我。"

在对方的沉默里，少女似乎沮丧得要哭出来："不行吗？盖亚？我腿疼，手也疼。"

盖亚无奈地叹气道："贝莉娅，我总是拿你没办法。"

柳余笑了，"晚上见，盖亚。"

"晚上见，贝莉娅。"

盖亚骑上马走了。

柳余进了蘑菇屋，一进房间，脸就垮了下来。

她没骗人，她的手和大腿内侧全部磨破了，指甲劈了两个，乍一眼看去全是血点子，有点触目惊心。

放在平时，她一定会借机缠着盖亚，让他给她上药，再让他答应一些事的。

可现在……她看向背后，握紧了拳头，"还不出来吗？路易斯大人？"

"弗格斯小姐从没让我失望过。"

黑发黑瞳的男人向她走来。

他皮肤苍白，形容高贵，看着贝莉娅的模样，狠得像头狼。

"不过我很好奇，弗格斯小姐怎么知道是我？"

"玛丽的眼神。"

一看到玛丽，她就知道了。

她没有意图置她于死地，只是想给她个教训，黑马却那样癫狂……

"弗格斯小姐的眼泪，真是让人兴奋。这是我送你的第一份礼物，喜欢吗？"

路易斯缓缓靠近。他依然穿了一身黑色的行装，整个人裹得密不透风。

"我想这世界上，没人会喜欢这样的礼物。"柳余冷冷地道。她的手悄悄握住了腕间的记忆珠。

"噢，不不不，亲爱的弗格斯小姐，别动那个，你不会想知道后果。"

路易斯扶着她肩，微微弯腰，在她耳边道："那个叫盖亚·莱斯利的男人，弗格斯小姐的心上人，知不知道，是你挖了他的眼睛？"

柳余的心"咯噔"一声，仿佛被冰霜冻住。

他知道了？！路易斯竟然知道了？！

不，他说不定是诈她。

"那索伦王国的人，一定不知道，伟大的路易斯公爵，竟然是个吸血鬼，黑暗使徒。"

"路易斯公爵？噢，我不认识。"

"路易斯大人天天在镜子里见到他，还不认识？"柳余皮笑肉不笑地道，"虽然公爵府中的您戴着棕色的发套，眼睛变成茶色，还贴了胡须，可大人您的英俊，就如同窗外的阳光……"她"唰"地拉开窗帘，让阳光倾泻进来，"无法遮掩。"

路易斯退后一步。他似是被她的话语取悦了："所以？"

"所以，为了避免伟大的公爵大人一时想不开，要捏死我这蚂蚁，我就写了封信交到一个可靠的人手中，并且嘱咐他，一旦我遭遇不测，就将那信送到光明神殿去。怎么样？有不有趣？"

路易斯"啪啪啪"鼓起掌来："非常有趣，弗格斯小姐总能给我带来惊喜。"

"没办法，想活，就得辛苦些。"

"现在，你握着我的秘密，我握着你的秘密……"

"不，我可没承认。我爱盖亚，更加不会伤害他。"

"爱？"那一瞬间，路易斯脸上的表情有些奇怪，"是那朵金色鸢尾花，还是给他下药？"

"你……"柳余惊疑不定地看着他。

"没错，伟大的路易斯无所不在。

"我想，如果不是弗格斯小姐来得快，那朵鸢尾花应该是握在那位莱斯利先生的手里。噢，不不不，别瞪我，娜塔西那么善良，你却总在欺负她，我本来是想亲手了结你，没想到却看到了有趣的一幕。"

这是说路易斯原本要来学校杀她，谁知道竟然撞见了"原身"行凶现场？

而后娜塔西送饭，捡了原身的鸢尾花徽章，却被路易斯神不知鬼不觉地塞到了盖亚手里……

一开始的结解开了。

"说起来，你行凶的时候，非常迷人。"

路易斯公爵看着面前苍白的、仿佛被人逼入绝境的少女，微微笑了。

"下药……"

柳余突然想起什么，跑到书桌前，翻出了抽屉最里面的獠牙。

那天过后，她就摘下来了。不过以防万一，担心再来一次水晶球测试，她就带上了。

光明学院有结界，没有媒介，他进不来。

而属于黑暗的媒介，也只有随身携带记忆珠和鸟毛的她能带进来。

上次路易斯看似落在下风，实际是她……上当了。

"聪明的女孩，没有你，我进不来。"

"你想要什么？"

路易斯却突然提起了一件事："弗格斯小姐知道圣灵体是什么吗？"

"知道。"

"不，你不知道。"路易斯摇头，"神殿那些老不死的都以为神灵仁慈，却不知道，在神的眼里，一切都是一场游戏……他谁都不爱，厌倦了，就将游戏结束……他偶然兴起，还会捏上一具完美的肉体，他赋予他灵魂，教导他知识，再送他下界代表神的意志。

"这样的肉体，就是圣灵体。"

柳余心道：这具圣灵体可跟之前不一样，他是神本身的化身。

"所以呢？"她问。

"你的药，对圣灵体毫无作用。"

"这不可能！"柳余下意识反驳。

可当她回忆起原文情节时，确实……盖亚受到的影响微乎其微。

她的脸一下子惨白惨白的。

"你要知道，这个世界能污染圣灵体的东西，几乎不存在，可怜的弗格斯小姐，你做了无用功。"

"不，"柳余道，"这个世界上不存在完美无缺的东西。光明，光明，有光的地方自然有影，我知道了！"

她看向路易斯，路易斯看着女孩惨白的脸和燃烧着野心的眼睛。

"你知道什么？"

"你的血。"

吸血鬼的獠牙拥有黑暗之力，那他的血呢……必定更强。

"聪明的女孩。"路易斯赞赏地道。

吸血鬼之血具有迷幻作用。

路易斯轻轻低下头，柳余能感觉他温热的气息喷在她的脖子后。

"你喜欢娜塔西。"她斟酌着词句，"但我想，你应该能看得出来，娜塔西爱慕盖亚，所以，你帮我，就是帮自己。"

"交易不是这么算的。"

路易斯新长出的牙齿洁白如玉。

"我要你的血。"

"我的？"

"是。"路易斯低下头来，渐渐靠近她，"……上一次，才尝到了一点血，就是这一点，却让我魂牵梦萦，热血沸腾……"

"好。"

柳余拿起珐琅杯，对着手心原先磨破的伤口一把掐了下去。

血一滴滴落到珐琅杯里。

路易斯忍不住上前了一步，空气中弥漫着迷人的香气，让人想起大片大片的罂粟，充斥着贪婪的、罪恶的欲望。

厌恶，却又渴望。

"半杯，换你的一滴，我要三滴。"

路易斯的瞳孔极墨，极浓，看起来十分诡异："好。"

第六章

晚会是在伯纳湖边办的。

湖光水色里，一颗一颗的"星星"亮起，那"星星"由一种透明的介质包裹，摸上去像是果冻，内里是蓝色的。

一块块的白底金边提花毯铺开，附近摆着一张张纯白色雕花长桌，桌上摆满了各色甜点、五颜六色的气泡酒和时令水果。

无数蓬蓬裙、燕尾服穿梭其间。

柳余挽着盖亚进来时，几乎以为自己一脚踏进了欧洲宫廷剧里，亮晶晶的器皿，谈笑风生的沙龙男女。

她也被发到了一颗"星星"。

侍者扮相的司长朝她眨眨眼睛："愿你似星辰。"

"谢谢。"柳余微笑致谢。

举办迎新晚会是光明学院的传统。晚会上，司长们将为他们服务，也有薪火传递的意思。

他们用神术与古老的科技结合，创造出一个美轮美奂的神奇世界，柳余承认，美极了。

星光、夜月、湖水、萤火虫，以及空中光明权杖的巨大倒影。

"弗格斯小姐！莱斯利先生！这儿！"卡洛王子在远处朝他们招手。

娜塔西坐在卡洛王子身边，一抬头也看到了他们。

贝莉娅姐姐穿着紫色蓬蓬裙，和莱斯利先生亲昵地站在一块，看起来登对极了。

她耀眼的金发与莱斯利先生的银发时不时被风吹起，交错又分开……

娜塔西努力让自己保持笑容。

"弗格斯小姐和莱斯利先生真是天生一对！"

"闭嘴！莱斯利先生才不会看上弗格斯小姐！只要他去城邦打听打听，谁不知道弗格斯家族靠着吸一个商人的血才撑到现在……"

"玛丽！"卡洛王子制止她，"够了！这里是光明学院。"

玛丽气咻咻地转开头。

"没、没关系。"娜塔西鼓起勇气道，"我、我想，贝莉娅姐姐不会在意的。"

"不会在意什么？"柳余过来，只听了个话尾。

"啊……是……"娜塔西张张嘴，"是玛丽公主说……"

卡洛王子适时接过话："弗格斯小姐，您休息得好吗？"

柳余提起裙摆："还算不错。"

"噢，莱斯利先生，您一出现，在场的姑娘们就都只看您去了。"卡洛王子笑着抱怨。

"很抱歉，夺去您的光辉。"莱斯利先生微微欠身。

两人相"视"而笑。

"盖亚，坐这儿！"

柳余拉着盖亚在提花毯上坐了下来。

美少年与美少女的组合，在一片星光里，美得像一场梦。

所有人都没开口。

最后还是司长打破了寂静，他托着托盘过来："先生们小姐们，要来杯气泡酒吗？"

"气泡酒？"

"嗯哼。"司长热情地笑，"庆祝各位加入光明学院！来一杯，怎么样？"

近处，神眷者们分散在一块块的白色提花毯上，他们自在地弹琴，自在地唱歌，还有人翩翩起舞。

远处有司长们在喊："愿你们似星辰，永不坠落！"

"愿你们似星辰，永恒闪耀！"

沸腾的气氛感染了这帮孩子们，他们纷纷伸手："来一杯！"

"我也要一杯！"

"蓝色的！"

"我要红色的！"

不一会儿，就人手一杯。

"先干一杯？"卡洛王子提议。

"我只抿一口，行不行？手受伤，刚涂了药。"柳余摘下手套，给其他人看她的手。

那幼嫩白皙的手心上，全是细小的擦伤，密密麻麻。最触目惊心的，却是几道深可见骨的伤口，像是被什么重物狠狠摁压过，连皮肉都往外翻卷着。

有人倒抽了口气，娜塔西也惊呼了一声："贝莉娅姐姐，原来你伤得这么严重……应该回去休息才对。"

"贝莉娅。"盖亚关切地转过头。

"嗯，没事啦，就一点点小伤。"柳余看着盖亚，失血过度的脸看起来过分苍白，"不过，如果盖亚愿意代我喝的话，我会很高兴。盖亚，行吗？"

换了一身黑色燕尾服的少年看起来清瘦而优雅，他侧过脸，笑了："好啊。"

柳余被他的笑容闪了眼，不知道为什么，鼻腔竟然有一丝丝酸楚。

她掩饰般笑了："盖亚，你真好。"

周围起哄："弗格斯小姐，莱斯利先生，别笑，都别笑！我们都知道，你们天生一对！"

"天生一对！"

"莱斯利先生，马场上，我可是发过誓，要将您灌醉的……别见怪。"卡洛王子欢快地与他碰杯，"敬光明神！"

"敬光明神。"

柳余退开一些，看他们喝酒。

盖亚喝酒的姿势很漂亮，即使坐在提花毯上，他的肩背都是挺直的，像一棵挺拔的白杨。

兴许是喝得热了，黑色的外套和马甲被他脱下，丢在一旁。袖口挽上去一些，露出线条漂亮的手肘和胳膊，白色绸衫上，原来一丝不苟扣到顶端的扣子解开两颗，露出一点锁骨和喉结。

这真是一个完美的少年。

无一处不精致，无一处不赏心悦目。

柳余目不转睛地看着，她在估算着对方的"醉酒值"……万一喝过量了，就没法办事了。

"弗格斯小姐，别忘了你答应我的事。"玛丽端着酒杯走到她面前，"即使你把药还给我了，也不能抵赖。"

"玛丽公主，您下午刚给了我一鞭子。"

"那又怎样？你冒犯了伟大的王室，我只给你一鞭子，已经很仁慈了。"

柳余直勾勾地看着她，看得玛丽一阵心虚：难道她看出来了？

柳余却笑了："好啊，如果玛丽公主坚持的话。"

虽然路易斯说药没用，但也许还有那么一点用处，何况……这药也不是她下的。

"那、那当然！"

"再等一会，你跟我之间可不怎么和睦。一会，你跟我道歉，我接受了，再带你认识盖亚，才比较自然。"

"那……你可不能骗我，"

玛丽垂下的一只手攥紧了瓶子，弗格斯小姐的酒是莱斯利先生代喝的，她完全可以……

柳余耸了耸肩："光明神在上，谁敢欺骗伟大的王室？我可不想再来一鞭子。"

一提卡洛王室，玛丽立刻就信了。

神眷者虽然高于贵族，却还是高不过王室的，连黄金骑士都能被王室雇佣……

当然，神本身却是高于王室的。

"那……我等你哦。"玛丽公主妥协了。

她装作没谈妥，气咻咻地端着杯子又坐回了卡洛王子身边。

柳余看着盖亚又喝了五六杯，才摸了摸耳朵，捋了捋头发。

玛丽一下子站了起来。她一手拿着一杯气泡酒，在众目睽睽之下过来，递给柳余一杯酒："弗格斯小姐，我为下午对您的失礼道歉。"

柳余没接，她懒洋洋地坐在提花毯上："噢？玛丽公主是为您那不听话的鞭子道歉吗？"

"是。"玛丽一只手伸着，脸都憋红了，"我道歉。"

柳余看了她一会，说："我接受。"

她将酒杯接了过来，"不过，您原谅，我还不能喝酒。盖亚，能替我跟玛丽喝一杯吗？"

"我的荣幸。"盖亚支着下颌，朝她笑得有点傻气。

看样子是喝了不少，只是神智还在。

盖亚伸手来接，柳余却突然收手了，蓝色的酒液一下子泼了些到她紫色的裙子上。

"噢，光明神在上！"柳余装作被吓了一跳，在一片忙乱中，借着拍打的动作将一滴路易斯的血混入了酒里。

"弗格斯小姐，您做什么？"

"玛丽公主，这酒……您没下药吧？"柳余心有余悸地道，"我怕您看不惯我，又要找我麻烦，万一害了盖亚就不好了。"

"光明神在上，我、我怎么会害盖亚？！"

玛丽眼里晃过一丝心虚，声音却大了起来："你胡说！"

"噢，看来是没有。"柳余将杯子递给盖亚，笑眯眯地道，"拜托啦，亲爱的莱斯利先生。"

少年双手捂着脸，朝她笑，继续道："我的荣幸。"

好像除了这句话，就不会说别的了一样。

他拿过酒杯，闻了闻，正要说话，却在柳余的催促下，仰脖一饮而尽了。

"嗯，奇、奇怪……"

"好了，我们讲和。"柳余朝玛丽微笑，又对着盖亚道，"盖亚，这位是玛丽·卡洛，我的舍友，出自伟大的王室。"

"玛丽·卡洛，这位是盖亚·莱斯利，我的……莱斯利先生。"她笑眯眯地宣示着主权。

玛丽瞪她一眼，朝盖亚露出友好的微笑："莱斯利先生，很高兴认识你。"

莱斯利先生蹲在地上，仰着头，银发扒得乱糟糟，他笑道："很、很高兴认识你。"

玛丽脸一下子红了。

这个蛮横的、做事从不考虑后果的、习惯于用皇权压人的少女在这一刻，竟然显得意外的纯情。

"莱斯利先生，我、我们去跳舞，好吗？"

"跳舞？"

盖亚"看"向附近翩翩起舞的人群。

他们相拥着，分开又交错，踩着小碎步不断旋转，他摇头："不行，我不喜欢跟人太接近。"

玛丽忍不住看向一旁安静的弗格斯小姐，觉得她脸上属于胜者的笑容看起来可恶极了。

"那……"

"不过，我可以唱歌。"

盖亚孩子气地笑笑，转而对着柳余道："好朋友，你没听过我唱歌，对不对？我唱给你听。"

他开口唱："以光明之名，神的子民，神的子民，这里种满鲜花，这里洒满美酒，我们载歌载舞。生命譬如朝露，死亡迫切来临，可我们毫不畏惧。正义，自由，我们向往光明。神的子民，神的子民，古老而高贵的民族……"

少年的歌声飘荡到很远。

比世上任何一种乐器都更动人更美妙的声音，传入人的耳朵，世界像是被摁下了停止键，人人都停下了手中的动作。

如果说，这世界真有海妖塞壬，那也绝不会超过此时的盖亚。

柳余看着周围如痴如醉的人群，只觉得自己像是被卷入了一场大型的催眠活动。

幸运的是，她是清醒得最快的那一个。

少年还在唱："神的子民，神的子民……"

她悄悄走过去，扯了扯他的袖子："盖亚，我们走。"

少年精致的眉眼在无数星光里越发得抢眼，他懵懂地睁大眼睛："嗯？"

"裙子脏了。"她低低地道。

盖亚点头，两人在安静的人群里，悄悄地溜走了。

提着裙子走出伯纳湖边的那一刻，柳余忍不住回头看了眼，人人"呆若木鸡"，仿佛还沉浸在刚才美妙的歌声里。

这是神的……"言术"吗？

当他吟唱时，世界也必须安静下来聆听……吗？

"盖亚，你有没有觉得，自己有一点霸道？"柳余忍不住问。

"霸道？不，我不觉得。"

"哦。"柳余拉着他，在经过一片小树林时，脚步一转，"盖亚，我不想那么早回去，我们去附近走走，怎么样？"

"……神的子民，这里种满鲜花……"盖亚嘴里还哼着歌，点头，"好啊。"

他用空的那只手扯了扯领子。

柳余知道，恐怕是吸血鬼的血起作用了。

她考察过，小树林里有一座石亭，平时就人迹罕至，现在所有人都在伯纳湖边，更没什么人会去。

散步到那，果然没人。

整座树林好似一座空城，除了此起彼伏的虫鸣，什么都没有。

"盖亚，你怎么了？脸好红。"

柳余引着盖亚去了石亭，让他坐下。

少年浑浑噩噩地坐着，白皮下染着一层薄薄的红晕，整个人都冒着热气："贝、贝莉娅，我也不知道。"

柳余手触到他额头，又往下，碰了碰他脸颊："啊，你好烫。"

少年坐在栏杆上，鼓了鼓腮帮子，仰着头："贝莉娅，我是不是像人类一样，发烧了？"

"为什么用人类这个词？你不是人类吗？"

柳余回避了这个问题，挨着他在凉亭坐着，两人腿挨着，身体也挨着，她能感觉到对方身上传来的惊人热度。

"我、我也不知道。"盖亚一阵傻笑。

柳余发现，当他笑容大一些时，右边脸颊就会出现一个笑窝，让他看起来稚气又可爱，和他平时很不同。

她撑着栏杆，半直起身，在他右边脸颊亲了下："盖亚，我喜欢你。"

少年捂着脸，眨了眨眼睛。

他的睫毛又长又翘，皮肤如月光下纯白的玉石。

她又拽过他，半侧着身子，吻从脸颊落到他薄薄的樱花般的嘴唇上："我喜欢你。"

盖亚晃着头，站起跟跟跄跄往外走，却被柳余拉住，"你去哪儿？"

推推搡搡间，两人摔到了地上。少年僵硬得手脚都无处安放，想推开她，伸到一半却又收回手。

"我知道了。"他捂住脸，"我像人类一样……我、我……"

什么叫像人类一样……

柳余眨了眨眼睛。

"贝莉娅，对、对不起……"

"我没想到，我喝多了酒，会、会这样……"盖亚羞愧得整张脸通红，"贝、贝莉娅，我真没想到……你快起来，我对着你这样……实、实在太失礼了……"

柳余也没想到，喝醉了酒，或者说当理智离开盖亚时，他是这样的模样，一个小话痨，还是自我挣扎的小话痨。

可爱极了。

她看着那张被细碎的月光照得漂亮极了的脸，羞涩地道："盖亚，我喜欢你……"

说着，她往上爬了爬，捧起他脸，笨拙地亲了几下，在对方的手足无措里，深深地吻他。

脑袋里"轰"的一声。

盖亚的眼前，像是腾起了绚丽的烟火。

蔷薇花香气再一次笼罩住他，比从前的每一次，都更浓烈更香馥。

"贝莉娅……"

他突然抓住她，拉开她的胳膊："不，不能这样。"

"盖亚，我爱你。"

"不，不对，这不对！我不能……"

"为什么不能？"

"贝莉娅，你不懂……我不爱你，所以我不能。"

他说不能时，是坚决的。

柳余是不懂。

娜塔西前一秒可以和吸血鬼暗送秋波，后一秒又能与卡洛王子产生暧昧，在看到盖亚时，又能立时转移情意。

可为什么盖亚，会对爱这等没什么用处的东西，有种近乎古老的、不可摧毁的坚守呢？

柳余终于明白，为什么神宫中那么多人，可光明神没有主动接近过任何人。

她捂住脸，哭泣起来。

"盖亚……你又怎么知道，你将来不会爱我？你爱过吗？"

她试图说服眼前这个被欲望折磨的少年。

"你没爱过，怎么知道，现在这样不是因为爱？你对别人产生过这样的感觉吗？你想紧紧地拥抱我，不是吗？"

她靠在他身上，如一株柔弱的藤。

藤蔓紧紧缠绕着可怜的少年，两人亲密无间。

"对、对别人没有，虽然我想不起来，但确实没有。"少年茫然却又肯定地道。

"所以啊，"柳余在他耳边说，"你爱我，毋庸置疑。"

在这一刻，她是伊甸园里巧言令色的毒蛇，对着亚当喷吐毒液，这毒液，包裹着迷幻、包裹着欲望，也包裹着无处不在的芬芳。

年少的、失忆的、被药物影响了神智的亚当应当理所当然被蛊惑才是。

可他"看"着她："不，抱歉。"

"贝莉娅，不可以。"他依然拒绝了她。

"为什么？"柳余真的不明白，他这种近乎顽固的坚守。

她从没见过这样的人。心如铁石，即使到这个地步，依然不肯向自己投降。

她所见过的男人，大都急色好义……她甚至可以肯定，倘若她对路易斯投怀送抱，他恐怕也不会拒绝她。

可偏偏就是他，盖亚不肯。

"不为什么，贝莉娅，我不爱你。"

不，不，不要慌，你还有机会的。

柳余安慰自己，可恐惧与无力已经如蛛网一样攀附了上来。

黯淡光影里，她仿佛已经看到了永远被碾压在底层，不得动弹的场景。这让她痛苦。

"为什么？"她问自己，也问命运。

她明明已经做到了九十九分，可为什么最后一分却无论如何得不到。

命运吗？

不，她不信命。一定还有别的办法。

对，她还有两滴吸血鬼的血。

盖亚却像是恢复了理智。

"该回去了。"他冷静地道。

可柳余通过少年灼热的、还在颤抖的手知道，他完全不像表面上那么冷静。

"在这之前，让我死心。"她哭泣似的，借着捂脸的机会，将藏在衣服暗处的拇指大小的瓶子打开，将两滴路易斯的血吞入嘴里。

"嗯？"

盖亚不明白。

柳余却上前一步，踮起脚尖，双手攀在他脖子上，重新亲他。她恶狠狠地，以至于直接咬破了他的唇瓣，血腥味混杂，她将那血推了进去。

药力、亲吻，或者某种不知名的东西，软化了少年的防备，他的抵抗渐渐弱了下来。

理智被摧枯拉朽式地烧毁。

石亭外不知什么时候，淅淅沥沥下起了雨。

雨落在地上，笋尖破土而出，迅速长大，与这春雨混杂在一起，藤蔓缠紧树身，窸窸窣窣。

柳余也不知什么时候睡了过去，醒来时，发现自己正躺在一个温暖的怀抱里，盖亚揽着她，安静地靠着栏杆。

他"看"向森林之外的天空。

天已经蒙蒙亮。

"盖亚……"

"我喝的酒有问题，我很确定。"他转过头，认真地"看"着她，"是你，还是玛丽？"

盖亚的声音不疾不徐，如春风，可落到柳余这，却成了十级的龙卷风，她说："盖亚，你说什么？什么下药？"

脑中却在拼命回顾昨晚有没有露馅的地方。

再三确认，没有。何况药也不是她下的。

盖亚轻轻叹了口气："贝莉娅，我很确定，昨天我被下药了，不仅仅是酒。"

柳余像被激怒的幼狮，一下子坐了起来："所以，你就怀疑我？"

盖亚没说话。他站起身，半蹲下与她"平视"，脸上的表情是疑惑的……

不是质询，就好像只是问了一个问题，仅此而已。

于是，柳余知道，昨晚那个因酒精和药物混乱的、非理性的、可爱非常的盖亚已经消失了。

这才是他的常态，疏离于一切人类情感的常态……

她一下子捂住脸哭了出来："盖亚，你不用这样，我没想要你负责，也没奢望能当你的恋人……你不用这样侮辱我对你的感情……"

"贝莉娅。"盖亚无奈地叫她。

"下药？我怎么会对你下药？"

她下的明明是血，不过柳余知道，不管是药还是血，一旦让盖亚知道，她就不再有任何可能接近他。

"盖亚，我多么爱你，你在我心中，就像明珠、像钻石一样珍贵……我怎么舍得伤害你……"

她哭得伤心极了，双肩一抖一抖，全然像个被伤透心的痴情人。

"还是你后悔了？所以要用这么可笑的理由侮辱我对你的感情？好，好，我走！我贝莉娅·弗格斯也不是任人践踏的，我以后再也不会纠缠你！"

说着，她激动地站了起来，谁知没站稳，一个踉跄直接往旁边倒了去。

盖亚接住了她："贝莉娅。"

"贝莉娅，贝莉娅，贝莉娅！除了贝莉娅，你就不会说点什么吗？"

柳余倒打一耙，胡搅蛮缠，将一哭二闹的事做了个足，很快抱着他脖子哀哀哭泣起来："我很不舒服，盖亚……"

少女颤颤巍巍的身体依偎着她，无助得像是亭外被风雨摧残过的苜蓿花。

"很不舒服……吗？"

"是。"

"我带你去找医师。"

盖亚一把抱起她，一只手托着她背，一只手托着她腿，急急往外走。

他在整个诊疗过程中十分配合，极度安静。柳余知道，他所有的温存都是假象，这是他天生的涵养所致，他现在的心态大约是"自己闯的祸自己收拾"这种心态。

他对她并无感情，即使有，也微乎其微，而这一点微末，还源自"救命之恩"和"露水之情"。她现在要做的，是将这微末之情累积，直到他恢复记忆时，她不会被神祇的勃然之怒湮没。

盖亚重新将柳余稳稳地抱到了怀中。

"对不起，贝莉娅。"他低低地道。

柳余环住他脖子："你以后还会理我的。对吗，盖亚？"

她声音很低。

"……嗯，会。"

说完，盖亚就闭紧了嘴。

一时间两人陷入了死寂。

发生了这样一件事，他们再无法如之前那样自然地相处，可又无法更进一步，于是，尴尬丛生。

当然，柳余的尴尬只存在了一会。

到达女舍时，人差不多都走了。

"莱斯利先生，您得赶快了！"

舍监显然对盖亚印象良好，热情地道："第一节神术课很重要，他们已经赶去神殿了。"

盖亚将怀中轻飘飘的少女放了下来，并请求舍监陪她进去，他在外面等她。

"行！弗格斯小姐交给我。"

柳余转身，在舍监的搀扶下跨进门槛。这时，盖亚突然叫住她，往她手里塞了样东西："贝莉娅，这个你忘了拿。"

拇指大小，冷冰冰的东西。

柳余低头看了眼，心里"咯噔"一声，这是她用来装那吸血鬼血的瓶子。

盖亚老早就捡了，却到现在才还给她。

他闻到了瓶中的血腥味了吗？

他……信她吗？

对着手中的瓶子，柳余的脑子里划过无数想法，最后都分成两派。

一个小人跟她说："承认吧，将一切都和盘托出，何况药是玛丽下的，也许他会看在这一点，可以不同你计较那些算计和欺骗。"

另一个小人说："可万一呢？一旦有万一，你与他的联系、你的前程，也就到此为止了。"

另一个继续在她耳边不断在蛊惑："你不想爬上高处吗？你不想长长久久地活着，再不被人把住命运的脉搏吗？

"抓住他吧，这是你改变命运的唯一机会。"

一百分或者零分。

柳余再一次轻易地说服了自己。

她惊喜地叫道："噢，盖亚，它怎么在你那里？这可是出门前母亲给我的，说能保佑我平安！"

否认？那自然不能。

盖亚不是路易斯，并不懂话术，他说是她的，就一定确认过事实。

她只能老老实实地接下来。

"它和你的裙子在一块，地上。"

盖亚并未继续询问，似乎十分善解人意。

可柳余却知道，这不代表好事。

倘使他怀疑，不问出口，她也就失去了解释的机会，过度解释，只会加深怀疑。

倘使不怀疑，说明他对她的兴趣极其有限……他无意探究真相。

"行了行了！莱斯利先生，打情骂俏请换地方！"舍监打断他们，"还有弗格斯小姐，您得加紧了，神术课在光明神殿上，过去需要不少时间！"

"好的，我这就去。"

柳余随舍监往里走，转弯时忍不住回头望了一眼，盖亚正安静地站着，他似乎被什么所困扰，一双眉头微蹙，像是察觉她的目光，抬头向她望来……

柳余连忙转过头。蘑菇屋已近在眼前。

舍监记着盖亚的话，在外面等。

柳余则推门进去，一夜未归，房间里像是遭了贼，她的东西被丢得到处都是，藤箱东一只西一只，唯有放在窗口的鸟笼安然无恙。

衣橱的锁被人为敲坏，衣服都被剪子剪破了。

珠宝首饰丢得到处都是，她还在地上找到了吸血鬼的犬牙，枕头和被子也被剪得稀碎。

显而易见，这是玛丽干的。

她一夜未归，玛丽嫉火烧心，拿她东西出气，很符合玛丽一贯的作风。

"斑斑！斑斑！斑斑斑！"

灰斑雀在笼子里拼命扑棱翅膀，一双黑豆眼看见她，居然冒出了点水花。

"呜呜呜，那个女人简直是疯了！她居然想拿剪刀来剪斑斑美丽的翅膀！疯了疯了！太可怕了！"

柳余脑子里突然浮现这句话。

她看着灰斑雀，以为自己出现了幻听。

斑斑还在昂着头，一个劲儿地"斑斑斑斑，斑斑，斑斑斑斑"叫唤。

"看！看什么看！没看见过这么美貌的鸟吗？你就算盯着斑斑一千年一万年，也长不出这么美丽的羽毛！丑、八、怪！"

"我……丑八怪？！你再说一遍。"

柳余生平最恨两件事，一被人拣选，二被人说丑。

"对！丑八怪！拔毛怪！黑心肝！"灰斑雀骂，"斑斑！斑斑！斑斑斑斑！"

等骂到一半，那双黑豆眼快瞪出眼眶。

"噢，不对，光明神在上，丑八怪在说什么？她听得懂斑斑的话？天哪，天哪，这不可能！丑八怪诈斑斑呢，不能信，这不能信！"

柳余顺手操起玛丽随手放置的剪刀，慢悠悠地"咔嚓"了两下："再说一句。"

"嗷！丑，啊！不，美人，你真的能听见？哇，斑斑吓死了，你可终于回来了！昨天那个比你还丑一万倍的什么公主想把斑斑的翅膀剪了，幸好斑斑机智，不然你就看不到可爱的斑斑了……呜哇呜哇……"斑斑的破锣嗓哭起来简直是魔音穿耳，泪珠"滴滴答答"掉下来。

"呜哇，斑斑饿死了，斑斑太难了，斑斑饿了一天一夜，斑斑疯狂想吃可可饼，想喝水，还想摸一摸珠珠……"

柳余被吵得头疼，压低声："闭嘴，再吵就再饿一天。"

斑斑连忙用翅膀捂住嘴巴："唔，斑斑不说！"

柳余弯腰找出角落放着的一小袋荞麦，往笼里加了清水、换了鸟食，拍拍笼子："吃饭。"

斑斑小鸡啄米似的吃起荞麦，边吃还不忘唠叨："搬家！搬家！这日子斑斑一天也过不下去了……太可怕了……太可怕了……"

柳余拖着沉重的腿去卫生间洗漱。

漱口，洗脸。

镜子里照出的少女面色苍白，可眼里分明带着某种说不出来的，和从前截然不同的东西，仿佛一把钩子，直钩得人心"扑通扑通"乱跳。

柳余匆匆擦完就出了卫生间。

斑斑已经啄完荞麦，对着她叫："斑斑，斑斑！

"为什么你能听懂斑斑说话？"

柳余没答它。

从昨天到今天唯一的区别就是，盖亚。

然后，她就能听见斑斑说话了。

原书中，这位"神仙教母"，也就是只有点奇异能力的鸟，没人听懂过它的话。娜塔西去神宫时，没带上它，斑斑被孤独地留在了艾尔伦大陆。

那么问题来了，她是能听懂一切鸟语，还是仅仅能听懂这只误打误撞拥有了光明力的鸟说的话？

想到一路见闻，柳余确认，只有斑斑。

"你经常说我坏话吗？"

话未完，柳余手上的动作突然停了。

盖亚能听见其他人的心声，这意味着……

玛丽！

他能听到玛丽的心声。

只要听到玛丽的心声，那她所有的嫌疑就会被洗脱了。而现在，神术课上，盖亚和玛丽会在一个空间。昨晚没听见还能当作是喝醉的关系，那么今天……

太棒了！

不，不对！她中间接触过药，跟玛丽有过交易，还假意说喜欢卡洛，即使后来将药还给了玛丽，但依照她后来的行为和表现……

盖亚反倒会更加怀疑她！

她猛地捂住脸。

"斑斑！斑斑！

"美人你怎么了？"

"没什么，就是……干了件蠢事。"

而且听到这只鸟说话，她才意识到。

不论她如何巧言令色，只要盖亚碰到玛丽，略微联系她前后的行为，她的顺水推舟、谎话连篇都会无所遁形。

不，不能让他们碰到。

或者……

柳余想到一个人，不，一只鬼。

吸血鬼会迷幻术，路易斯可以轻易地催眠一个意志薄弱的人，否则那些少女怎么可能引颈就戮？只要让玛丽忘记她们之间的交易……

柳余直接冲过去，捡起地上那颗犬齿，对着喊："路易斯！路易斯！"

路易斯没有回答她。

他不在，是的，现在是白天，如无必要，黑暗使徒不会在白天出现。

除非……

她拿起剪刀……

鲜血"滴滴答答"落到那颗獠牙上。

躺在地下王国的路易斯睁开了眼睛。长出新牙的地方又开始疼痛，他闻到了那股让他魂牵梦萦的芳香……

路易斯"唰"出现在了一身狼狈的少女面前。

女舍外的盖亚突然看向蘑菇屋，而后，大踏步往里走了进来。他越走越快，以至于银色长发在脑后飘了起来。

而屋内的柳余还对此一无所知。

蘑菇屋内。

"弗格斯小姐，是什么事让您在白天，将尊贵的路易斯十世从地底召唤出来？"

路易斯一脚踏到了一块红宝石上。红宝石的碎裂声与鲜血流淌的滴答声混杂在一起，他陶醉地深吸了口气。

"交易，尊贵的路易斯大人，"柳余让自己努力保持微笑，"我想用鲜血和您再做个交易。"

可她苍白面色下隐藏着的脆弱和急切，一下子让路易斯捕捉到了。

"不不不，"他竖起一根中指，摇头。这时他离她已经很近了，近得只需要微微一低头，就能吻上她脆弱的发顶，"这回，我不要你的血，我要……你的人。"

柳余不甘示弱地道："如果您不怕我将您杀死的话。"

"路易斯十世从不惧怕死亡。"路易斯笑了。

"路易斯大人，莫非您忘了我那亲爱的妹妹娜塔西吗？如果让她知道，她认为唯一属于她的路易斯大人与她亲爱的姐姐在一起，她恐怕会悲伤到死去。"

路易斯像是猛然从迷醉中清醒。

他想起黑夜中抱着他哭泣的瘦弱少女，声音一下子从呢喃变为不耐的粗暴："交易？！什么交易？！"

"一杯血，换您为我催眠一个人，玛丽·卡洛，您还记得吗？"

"噢，小玛丽？怎么了？"

"让她忘记曾经跟我的交易，忘记我跟她药的所有关系，在这件事里，我完全不知情。"

"为什么？你不说，玛丽也百口莫辩。"

"但会暴露一些东西，我不喜欢节外生枝，"柳余只解释了一句，问，"现在，能办到吗？"

"现在？这个很难……你要知道，这个鬼地方充满了光明力量。"

"难道这世界上，还有尊贵的路易斯十世办不到的事？"

少女面上的愕然，与恰到好处的恭维让路易斯笑了。

"当然有，比如，扯下光明神那张虚伪的面具……"

"噢，别沮丧，甜心，这件事我可以帮你办到，不过……我要十杯，不不不，不要试图跟尊贵的路易斯讨价还价。"

路易斯突然朝门口看了眼，张开斗篷，沉入黑暗，像来时那样悄无声息，消失不见了。

这时，门从外打了开来。

细碎的晨光照进来，舍监和银发少年一同跨了进来。

"噢！光明神在上！这、这谁干的？！该死，竟然有人敢在光明学院撒野！"

隔着飞扬的尘土，柳余和银发少年相望，谁也没说话。

而在下一瞬，少女低低的、夹杂着沮丧和委屈的哭音响起："我、我的衣裳被人剪坏了，枕头、被子，都坏了。"

"你的手怎么了？"

沙哑的少年音也同时响了起来。

舍监"天哪，天哪"地叫，满屋子白色的羽绒乱飞，衣物、首饰满地，紫衣少女站在鸟笼旁，一只手握了剪刀，一只手垂在身侧，"滴滴答答"往下淌血。

"剪刀就插在这儿……"少女指着衣橱，"一开门，就戳到手了。"

血迹确实是从衣橱门到鸟笼附近。

斑斑叫了两声："没错！没错！"被柳余瞪了一眼，就不叫了。

舍监愤怒异常，她将房间看了一遍。

"不行！不行！光明学院决不能原谅这样恶劣的行为！我一定要查出是谁干的！我看看，我看看……锁孔完好，除了你的东西，其他东西都保存完整……跟你一起住的……"

她不知从什么地方抽出一本册子，"这儿！玛丽·卡洛，出自索伦王室，脾气暴躁……拥有强烈的破坏欲望……"

柳余只能隐约看见属于"玛丽·卡洛"那一页上密密麻麻的小字。

难道每个人在入学时，都有这样一页详细的记录？这时盖亚已经走到她面前，一声不吭地拿起她的手"端详"。

她这才发现他的鼻梁有多挺，薄薄的嘴唇抿起，唇中同样有一些破损，透着股绮艳的红……这是他玉白薄透的脸上，唯一的一抹重色。

"疼吗？"

一丝银发垂落。

"疼。"

柳余盯着他的脸，神思不属地想：玛丽现在应该快到神殿了，也不知道一个黑暗使徒怎么在满是光明力量的地方行走，不过路易斯既然答应了她，一定有自己的办法，否则早就被发现了……

"贝莉娅，你在想什么？"

"我在想，"柳余迅速反应过来，"这个房间，我不想住了。"

她原来只想借玛丽的药一用，不过既然玛丽毫无顾忌地出手，她也不必留情。

留着玛丽，让盖亚看清"真相"，借此洗清自己，明显更好。

当然，她也不能待在一个会随时爆炸的地雷身边。幸亏玛丽将现成的把柄递到她面前，加上她推到玛丽身上的"剪刀加害"……

盖亚从怀中取出膏药，挤了一点，涂在她二次撕裂的手上。

血与绿色的膏药混在一起，将他干净修长的指间也"污染"了。

柳余轻轻"嘶"了一声，莫名有些脸红。

"都是伤口。"

盖亚涂完，将药膏塞给柳余："收起来……"

他抿了抿嘴，"再抹一次。"

舍监在旁拿着册子，绕着房间又兜了一圈，最后又兜回柳余面前，用那双精光四射的眼盯着她，说："这件事，应当是玛丽·卡洛做的。

"锁孔完好，不可能有人破门而入，没有术法波动，她的东西都保存完好……只可能是内鬼。你得罪过她？"

"我、我……"少女看起来似乎惊讶极了，手足无措地道，"虽然之前有些不愉快，但她昨天跟我讲和了。"

她将晚会上敬酒的事儿说了一遍。

"等等，"舍监听出点什么来，"玛丽·卡洛也喜欢莱斯利先生？"

"是，我想，是的。"

少女局促不安地看了眼盖亚。

却见他不知什么时候，已经走到了鸟笼面前，与斑斑隔着铁笼子相望。

柳余的心一下子又提了起来，她也不知道，斑斑身上附着的光明力会不会与盖亚呼应。

"……所以，玛丽·卡洛昨天才会给你的马一鞭，在你一夜未归后，又破坏你的东西……很合理的推测，也符合她一贯的做法……"

"您知道我昨晚没回来？"

"那当然！"舍监将册子塞回背后的裤袋，昂着头道。

"不过在这之前……弗格斯小姐，莱斯利先生，你们得先去上课！"

"可我没衣服换……"

"这有什么。"舍监像变魔术一样，从掏册子的地方，又掏出一条……麻袋裙？

"拿去，当然……"她眨眨眼睛，"不用谢。"

柳余接过裙子，往卫生间走。

临进门时回头看了眼，发现盖亚已经伸出手指开始逗斑斑了。

她强按捺住将一人一鸟分开的冲动，快速地换了裙子。

裙子除了太像麻袋，一点问题都没有。

"噢！非常棒！"舍监见她出来，"这可是我年轻时候的设计，可惜她们都说穿了像麻袋，但弗格斯小姐穿，简直棒极了！"

柳余心想：是像麻袋啊。

她下意识寻找盖亚的身影，发现他已经站在门口了。

"现在，去上课！听说今天可是布鲁斯主教亲自授课……千万不能错过……"

舍监催着柳余出去。

她问："我能换间住吗……我怕下次就轮到我的鸟遭殃了……"

"那当然，那当然！光明学院绝不能容忍这样的行为！必须关禁闭！你的房间我会安排好……"

"我想住那间……"柳余指着东边最远处，靠着葡萄架的蘑菇屋，"可以吗？"

她记得很清楚，书中写道："葡萄架前的那间蘑菇屋，许久没人住了，那紫色的沉甸甸的葡萄偶尔会跨过墙面，去到男舍那一边。另一边，则是盖亚和卡洛王子的蘑菇屋。"

"那间？不行，不行，那间很久都没人住了……很脏……再给你找个乖巧的舍友……"

"就那间吧，好吗？"

柳余双手合十，用水汪汪的眼睛看着舍监。

"上课！"

舍监回答她的，是把她往门外轻轻一推，"咔啦"一声，门锁上了。

盖亚又一次接住了她。

她顺势一把抱住他脖子。"我脚还是疼，盖亚，你抱我去。"

少女软软的声音里藏了一丝害羞，她像是鼓足勇气般，将头枕到了少年的胸膛。

只要不拒绝她……

盖亚弯腰，一声不吭地将她抱了起来。

"盖亚，其实……你还是有一点点喜欢我的，是吗？"柳余问。

盖亚将她往上托了托，手小心地避开了她的臀部："贝莉娅，我不清楚什么是喜欢。"

她发现他抬头回"看"了眼，目之所及处，只有她住的那栋蘑菇屋。

"盖亚，你在看什么？"柳余纳闷地问。

"黑暗力量……"他呢喃了一声，摇摇头，而后，抱紧她大跨步走了起来。

而另一边，路易斯挥挥手，让晕乎乎的玛丽走了。

就在他如往常一般消失后，娜塔西从转角走了出来，她看了会路易斯消失的地方，也转身离开了。

第七章

  神殿背倚雪山，与学院隔湖相望。
  从学院到神殿，要跨过一座桥。
  这桥长达千米，与普通石拱桥不同，桥身狭窄，左星右月，仅供一人立足。
  柳余被盖亚抱在怀中，入眼便是纯白色的雕花栏杆，头微微偏一偏，还能看见波光粼粼的湖面。
  "听闻每座光明神殿与学院之间，都有这样一座星月桥相连……"柳余问，"你知道，这是为什么吗？"
  "据《光明纪要》载，神降之日，脚踏月，头顶星河。桥落之时，神迹再临。此后，神殿就以星月为徽，建星月之桥。至于仅供一人立足……大概因为，朝圣的路，总是孤独的。"
  不，亲爱的莱斯利先生，这是您的阴谋。
  柳余撇了撇嘴，没与他争辩，神无处不在的"圈养"与"洗脑"……任何一个优秀的农场主，都精于此道。
  这时，桥上已经没有其他人了。静得只能听见桥下"叮咚"的流水声、游鱼捕食声，以及盖亚胸口强而有力的心跳声，"扑通，扑通，扑通……"
  神的化身，连心跳声，都跟人类如此相像。
  还是说人本身就是神创造的？
  既然可以造人，那能不能……造神呢？
  柳余漫无目地想着，如果此时她的想法能被人窥得，恐怕就会被架上绞刑架，当作异类烧死一万次。
  一时间，空气陷入安静，只余规律的脚步声，柳余眼皮渐渐耷拉下来，她被沉沉的睡意湮没，直到少年一声"到了"，才恍然醒了过来。
  "到了？"
  盖亚将她轻轻放到地上："到了。"
  眼前是一座巨大的白塔建筑。
  纯正的巴洛克风格，尖尖塔顶，连那顶上的星月权杖，都无比光辉灿烂，炫得人睁不开眼晴……

权杖上，有一人高的水晶球。

"水晶球是真的。"盖亚似是看出她的想法，解释道。

看来不缺钱啊……

柳余边想边上了台阶。

大门左右分别站了位腰佩长剑的黄金骑士，他们朝她看了一眼："贝莉娅·弗格斯？"

"是。"

"进去吧。"

柳余穿过高高的拱门，回头时，见刚才还对她不苟言笑的英俊骑士们右手置于左胸，弯腰向盖亚行了个礼，基于崇敬的、下对上的一礼："莱斯利先生，早安，很高兴见到您。"

而在她面前从来温文尔雅的少年，却好似对这样的礼节习以为常。

他略一点头："早安。"

而后云淡风轻地抬脚过来了。

裹在白绸裤、黑马靴里的双腿长而有力，即使他身上的白绸衫不够笔挺，燕尾服有些皱，可依然让人觉得，这世间的一切礼遇，对他来说，都太过失礼。

他值得更好的。

这难道……就是神祇天生的气场吗？

"走了。"盖亚边走边对她说。

"嗯。"柳余跟了上去，走出老远时忍不住回望了一眼，那两位黄金骑士依然弯着腰，久久未起。

她收回了视线想：这就是……神吗？

真令人向往。

"怎么了？"

"没什么。"

他们走的是神殿后门，不需要经过信徒来来往往的前殿。顺着标识一路往前，绕过一个雕满星月徽纹的大厅，再转一个弯，就到了这次神术课的课堂。

课堂内人坐得满满当当。

柳余拉着盖亚进去，玛丽一抬头就看见了她。

毕竟，那么英俊的莱斯利先生旁边，带着个金发"麻袋"，谁都忽略不了。

她盯着贝莉娅，万分确定贝莉娅昨天一定跟莱斯利先生在一起，然而，那个美好的时光明明是该属于自己的。

她费了那么多的心思给莱斯利先生下药，却在关键时候听歌听出了神，最后便宜了贝莉娅·弗格斯……

这真叫人恼火。

柳余朝小玛丽露出了个甜甜的笑容。

卡洛王子朝他们热情地招手："莱斯利先生！弗格斯小姐！这儿！我给你们留了位置。"

玛丽悄悄伸出了一条腿。柳余过去的时候看到了，她面不改色，连步子的大小和频率都没变过地走了过去。

只要盖亚听见玛丽"关于下药"的心声，而且只要他没听见她和玛丽的交易……她就还是那个纯洁、无辜、善良的贝莉娅。

"啊……"

柳余惊呼一声，"成功"地被玛丽绊倒，挥舞着双手摔了下去。

盖亚伸手接住了她。

少女四处乱挥的手不小心碰到他缚眼的缎带，经了一夜原就松垮的白色缎带落了下来。

全场安静了下来。

玛丽捂住了嘴巴道："莱斯利先生，您的眼睛……"

柳余一愣，回头看，只见原来黑窟窿眼的地方，竟然生出了一双浅浅的碧水一样的眼睛。

微狭而长，极漂亮精致的轮廓，只是那眼睛上似乎蒙了一层雾，死水一样黯淡，这难免让人有白璧微瑕的缺憾感。

柳余见过它完整的样子，那是超越世俗的美丽。

不过，即使如此，这残缺的、迷离的美，依然震住了在场所有人。

"玛丽·卡洛……"盖亚将柳余按在身侧，"请您停止继续伤害弗格斯小姐的行为。卡洛王子，也请您管教好自己的妹妹。"

柳余微微笑了。她确定，盖亚一定听见了玛丽的心声。

她的嫌疑，被洗脱了。

而玛丽，她从未见莱斯利先生用那样冷酷的表情面对自己，这一刻，她觉得自己的呼吸都快停止了。

"莱斯利先生，我……"

"哇，好热闹，小莱斯利，很少见你这么生气。"

这时，从外进来一行人，为首那位，正是柳余曾经见过的布鲁斯主教。

"怎么样，孩子，眼睛还好吗？"

"托您的福，不错。"

布鲁斯这时看向被盖亚揽在身侧的金发少女，微微一笑："又见面了，孩子，看来你也与神有缘。"

少女脸红彤彤的："感谢神。"

"感谢神！"

教室内所有人齐声喊道。

布鲁斯主教被簇拥着上了前台讲桌，身后本来空空如也的白墙出现了一个巨大的星月投影。

"这一节的神术课，由我来给你们讲，怎么样？"白发白须的老者朝台下眨了眨眼睛。

台下一阵激动。

"大家知道，神术是什么？"

"是神赐予信徒保护世界、驱逐邪恶的力量！"

布鲁斯点点头，又摇摇头："不，没人知道。

"……二十万年前，当黑暗力量崛起，艾尔伦大陆、索门大陆和菲西尼大陆陷入连绵战火，神殿力量倾巢而出，无数神职人员在战争中化为灰烬，圣女埃西亚、圣子卡罗拉以鲜血为祭，打开圣殿之门请神降临，才结束了这场持续三十年的战争，那是第一个神临之日。"

"是！我知道！神临那日，神只轻轻叹息了一声，他说审判。从此后，黑暗力量，就从世界的主舞台消失，他们如过街老鼠，再不成气候。"

"孩子，你说的没错。"

布鲁斯以一种古老的语言缓缓道："神走后，我们在圣殿之门，找到了神赐予我们的圣杯、神谕和一册神卷。圣杯倾倒，就成了圣池。每一个大陆出生的臣民，都要接受圣池洗礼。"

"那神谕呢？"

布鲁斯神秘地笑笑："这，是个秘密。

"而神卷上，则记载了至高无上的术法。只可惜，神的语言太过晦涩难懂，到现在，我们也只破译了一小半。可这，也足以让我们不再经受战争的痛苦。"

"感谢神！"

"感谢神！"

"感谢神！"

柳余混在狂热的人群中，一起呐喊。

等喊完，回过头时，发现盖亚面上的神情有些奇怪，她有些心虚地转过头去。

"那今天，我们先来个简单点的，怎么样？光明弹。"

布鲁斯极快地念了一通口诀，那发音晦涩，柳余听着，都觉得舌头好像快打成死结了。

不过，她还是靠着从前的强记方法，先记了下来。

"布鲁斯大人，这太难了……您能再说一遍吗？"

台下一片苦相。

布鲁斯微微一笑，他朝盖亚亲切地招手："小莱斯利，你来试试。"

"布鲁斯大人，这圣灵体和舌头、记忆可没关系……"

有来听课的司长好像跟主教很熟，笑道："当年我们中最快的，也花了一个小时。"

"是啊，舌头都捋不直……"

在一片乱糟糟的教室内，突然出现了一团圆润至极的白光。

那光球"嘭"地飞上天，在半空像烟花一样，炸了开来。

光球升起的地方，正好是盖亚坐的位置。

柳余是眼睁睁看着盖亚如何流利地将她都念不顺的口诀一下子念出来的……

那大概不是人类所能拥有的舌头。

布鲁斯大人在台上说："噢，光明神在上……我可没教过他。"

主教面上的神色不似作伪，有人问："莱斯利先生，您事先学过吗？"

盖亚茫然地看着自己的手，光明力从手指流出的一刹那，那种感觉太过熟稔，好像在过去试过无数回。

"我、我也不知道。"少年茫然地摇头，"我不记得过去了。"

"哦。"惊讶的人又转过头去，"也许在什么时候学过。"

总有那么些不守规矩的神使大人，将术法外传。

盖亚又顺利地发了个光明弹。

这次，他甚至没有用口诀。这回，布鲁斯主教是真的惊讶了。

掌握默法瞬发的，三块大陆上，只有圣殿的大主教还有这个能力。

"盖亚·莱斯利……"

布鲁斯以权杖在空中迅速划起来。

柳余念口诀时，顺便看了眼，只觉得眼睛都快被晃花了，就在她感应到光明力在体内的感觉时，布鲁斯苍老的声音在教室中响起："这个字，你认得吗？"

"谎言。"

盖亚说出口的同时，一道白光从他指间射出，化成了无数细碎的光影，最后，他手掌上生出一朵白色的雪莲花。

布鲁斯捋着胡须微笑起来："不错，神留下来的第三道术法，破谎。说谎之人，在这道术法下，无所遁形。

"莱斯利，你可以选一位问他你最想问的问题。她如果说谎，将被这破谎之术揭穿。"

柳余注意到，盖亚的眼睛，朝自己看来。

他那双水绿的眼睛明明看不见，却让她分明感觉出，他要问的是她。

"贝莉娅，刚才在你房中的，是谁？"少年认真地问她。

他长长的睫毛，如丰茂的水草，垂下时一下子就遮住了那双弧度优美的眼睛。

晶莹的雪莲花飘到她的头顶。

柳余的心却剧烈地跳动起来，她像被泡在了滚烫的岩浆里，很快就要化为灰烬。

柳余可不会天真地以为，自己能对破谎术"免疫"。

神聆听不到她的心声，也许是因为她不信神，也许是因为她不属于这儿……可这与术法不同。

当初她能被路易斯的黑暗术法困住手脚，现在就能被盖亚的光明神术窥破行藏。

这一问，几乎将她逼进了绝境里

柳余攥紧拳头，尖利的指甲几乎一下子刺入肉里，疼得她一个激灵。

"斑斑！"她急中生智，"我房间里的，是斑斑。"

"斑斑？"

少年优美的眉毛蹙了起来。

"我养的那只灰斑雀。"

柳余笑了，脑筋急转弯都是怎么答的？

避重就轻、声东击西、似是而非、模糊焦点……

错了吗？没错。

毕竟盖亚的原话是"刚才在你房间的，是谁"啊。

她话落瞬间，雪莲花就"嘭"的一声碎成了片片晶莹的雪花，将她整个笼罩住了。

柳余只感觉，自己像浸在了一片温暖的泉水里，毛孔舒展开，一点点光明力进入，这光明力，比她刚才感受到的要纯净得多……

她睁开了眼睛。

发现盖亚已经端端正正地坐了回去："布鲁斯大人，我已经问完了。"

布鲁斯主教摇摇头："小莱斯利，我得忠告你一句，这破谎术不能总用，尤其是试探情人的忠贞。"

"是。"

盖亚抿紧了嘴唇，柳余几乎能感觉，他一下绷紧下颌，似乎……有一丝窘迫。

应该是错觉。

不过……那么敏锐的人，会察觉不到这个答案的漏洞吗？

她忍不住看了盖亚一眼。少年双手规规矩矩地放在膝上，眉目沉静，看不出思绪。

"好，现在开始练习光明弹！"

"记住了，在对付黑暗使徒时，神术不是越厉害越好，往往越强大的禁咒，需要的准备时间和精力越多。反而是这些不起眼的术法，能在某些关键时候，起到意想不到的作用。"

布鲁斯主教似乎累了，他朝盖亚点点头，又持着光明权杖出去了。

留下一位年轻的白衣神使监督授课，司长们也悄悄从后门溜走。

柳余没关注外界。她嘴里"叽里咕噜"地将这段咒语念来念去，只是大概"原身"这舌头天生平直，总在某个音打结，一不小心，已经咬了好几下。

比起前世的求学环境，这样可以不担忧生活，不担忧学费，无负担地开始一门学习，已经是一种恩赐。

至于其他……天赋，悟性，她不求。

一次不行，就百次。百次不行，就千次，万次。总会有行的那一日。

不知过了多久。

"啊！我成功了！"

娜塔西惊喜的声音从身后传来，她指间冒出了一个拇指大的白色光球，一下飞到空中，又消散不见。

"娜塔西，恭喜你。"

卡洛王子指间也发出了一个光球，他的要比娜塔西的稍微大一些，成人拳头大小。

玛丽不忿地看着两人，再看看贝莉娅毫无动静的手指，心里瞬间平衡了。

"贝莉娅姐姐，我成功了。"娜塔西对前排的金发少女道。

她知道自己这样不好。

娜塔西见贝莉娅毫无动静，还在"咕噜咕噜"念着她十来遍就练通顺的口诀，她又听到贝莉娅不小心咬到了自己舌头……心想一定很痛。

可娜塔西发现自己竟然有点高兴。

这可不太对。

善良高贵的人，不应该因为别人的不足而感到快乐，她应该替姐姐揪心才是。

可……这是她进入弗格斯家后，第一次赢过贝莉娅姐姐。

口诀那么简单，舌头轻轻一卷就成功了。难的，是怎么将外界的光明力吸入身体，再释放出去……可她也成功了。

而贝莉娅姐姐却还困在那一段口诀里。

娜塔西小心翼翼地看了安静的银发少年，小声说："我成功了，莱斯利先生。"

莱斯利先生似乎并没听到，而是弹指放出了个几乎占据大半天花板的光球。

顿时，整个教室都安静了。

紧接着，整个教室轰然作响。

卡洛王子叹了口气："莱斯利先生，您这一手可真漂亮，我们恐怕一辈子都追不上。"

娜塔西想，莱斯利先生是不同的。她忍不住又看了眼毫无动静的贝莉娅，那一点喜悦……悄悄地放大了。

柳余对外界的动静一无所知，她全身心地投入到光明弹的口诀里，不断地念着那一段滚瓜烂熟的口诀……

千遍总是有了。

终于，在某个瞬间，舌头像通了电，一下子顺畅地将口诀念了出来。

一个脸盘那样圆润的光球，从她指间升了起来，飞到半空，"嘭"的一声炸成了烟花。

"你成功了，贝莉娅。"

旁边盖亚那双黯淡的眼睛，印了"烟花"的碎影，看起来像有了颜色。

"是，我成功了。"柳余突然捂住了眼睛，"是的，我成功了。"

"贝莉娅……"

柳余一下子抱住旁边的少年，她紧紧地抱住他，像抱住自己赖以生存的珍宝："难……真难啊……盖亚，真的难……"

谁也不明白，她说的难究竟指的是什么……

少女滚烫的泪水一滴滴落到他的脖颈，盖亚迟疑地抬起手，在她背上拍了拍："贝莉娅，你……做得很好。"

"是，我做得很好。"少女揩了揩眼泪，直起身，"再好不过了。"

直到这一刻，柳余才有命运被颠覆的真实感。

她确确实实成了一个神眷者，她成功度过了十五天的必死之劫。

"盖亚，未来会越来越好的，对吗？"

她睫毛上还挂着泪，唇角却已经绽开，这一刻，她简直闪闪发光。

盖亚点了点头，他弯了弯眼睛，看起来温柔极了。

"会越来越好的。"

"恭喜你，弗格斯小姐。"

卡洛王子也在旁笑，指了指头顶刚炸开的光球："比我还大了一圈。"

而这时，娜塔西的指间，升起一个比成人拳头大一些的椭圆光球……

她才兴起的那一点喜悦，像火星子一样熄灭了。

"贝莉娅姐姐，恭喜你。"

"谢谢。"

"矫情。"玛丽撇了撇嘴道。

柳余没跟她计较，而是重新沉下心来继续。

第一回成功后，第二回就简单多了。

舌头好像记住了刚才的感觉，柳余很顺溜地念出了口诀，光球甚至还比刚才的大了一些。

柳余感觉到，光球的成因，与口诀无关，口诀只是为了带动体内的窍门，真正起作用的，是光明力在体内行走的轨迹，以及体质。

体质越纯净的神眷者，对光明力就越具有亲和力，发出的光球也就越大。

依照这个观点，她的体质在班内应该能排第二，第一自然是那个天生的"外挂"、光明神化身——盖亚·莱斯利。

她静静体会念动口诀时，窍门内光明力的流动，并努力一一记住，到临近下课时，即使舌头偶有打结，也并没有再耽误光球的形成。

柳余决定，等身体完全记住这种感觉后，她再来试试默法。

"铛……铛……铛……"

神殿的钟声和着唱诗班的歌声一并响起，授课神使宣布解散，神眷者们三三两两，成群结队地散了。

"莱斯利先生，下午没课，要不要去喝一杯？"卡洛王子朝盖亚提出邀请，"噢，还有弗格斯小姐一起。"

"抱歉，那恐怕不行。"柳余苍白的脸色极富说服力，她朝卡洛露出个歉意的微笑，"莱斯利先生暂时归我。"

卡洛耸了耸肩，朝两人露出个心领神会的笑："噢，那可真遗憾。"

柳余其实挺喜欢这个温和又不失人情味的王子，比起玛丽来说，卡洛王子的涵养实在好极了。

"不过，卡洛王子，您恐怕也不能去喝酒。"

她笑眯眯道："你得为您亲爱的妹妹付一笔账，您知道的，我们弗格斯家……不算富有。"

玛丽对她怒目而视："什么账？"

柳余她将房间内自己东西遭破坏的情形一五一十地告诉了卡洛王子。

他沉着脸对着玛丽喝了声："闭嘴，玛丽。这不是你的索伦王宫，即使是，你也不能对一位尊贵的神眷者如此失礼。父王对你的宠爱，让你忘记了真正的规矩。"

"哥哥！"

"再有下一次，即使弗格斯小姐要与你决斗，我也不会阻止。"

玛丽脸都吓白了，她的光明弹下课前才成功使出，一根小火柴的火焰都比它大。如果贝莉娅·弗格斯要和她决斗……

"为您带来不便，很抱歉，弗格斯小姐。您可以将您的损失列一张清单，我索伦王室绝不赖账。"

卡洛王子右手置于左肩，朝贝莉娅行了个大礼，"……另外，您缺少的东西，也可以转托门卫，王室的仆从一直等候在附近。他会为您带来您需要的东西。

"不过……一来一回，被子恐怕来不及在今天送达，如果弗格斯小姐不嫌弃的话，我这还有一箱备用的……"

"不必。"

盖亚拒绝了，他弯腰托住柳余，无比自然地将她抱了起来。

柳余将手环住了他的脖子，她看着盖亚朝卡洛王子颔首，提出告辞："卡洛王子，先走一步。"她也朝后摆摆手。

"盖亚，你刚才是不是有点生气？"

"生气？为什么？"

"嗯，卡洛王子说要将枕被给我的时候……"

"没有。"盖亚斩钉截铁地回答，"当然没有。"

声音渐渐消失在转角。

卡洛王子、娜塔西和玛丽并排站着，突然，卡洛王子道："他们很相配，对不对？"

玛丽哼了一声，到底才被亲爱的哥哥骂过，嘟囔着："要不是、要不是我……哼，真是便宜了贝莉娅·弗格斯！"

"玛丽！"

"知道啦……我最近不去招惹她不就行了。"

娜塔西看了她一眼，欲言又止，过一会，又转过头去，看着渐渐变成墨点的人群。

"卡洛王子，如果，我是说如果，你发现两个亲近的人背着你做了一件坏事，你会怎么样？"

"很坏的事吗？"

"嗯,很坏很坏的事。"

"这样啊……"卡洛王子叹了口气,"我会努力让他们改正。"

娜塔西的拳头渐渐握紧了,她迷茫的眼里开始有了神采。

改正吗……

"很好的主意。"她说。

而在另一边,被盖亚抱在怀中,到星月桥时,柳余忍不住打了个喷嚏。

"冷吗?"

"嗯,冷。"

盖亚将她往怀里抱得紧了些。

柳余发现,发生过亲密关系的男女,即使情感上分离,可身体的记忆却还存在。

他们,总是要比旁人亲近一些的。至于那些怀疑,总需要时间,来一点点消除。

两人走到女舍前时,神眷者们已经三三两两地回来了。

盖亚将她放了下来。

柳余已经略微恢复了些,她扶着门框要进去,突然被叫住了。

"贝莉娅,对不起。"

少年抿了抿唇,看起来道歉这件事对他来说有些生涩,白玉似的耳朵尖都红了,"我知道了,下药的……不是你,你什么都不知情。"

少女的眼睛突然红了,连着鼻子一起。"盖亚,你终于知道了。"

她瓮声瓮气地道:"我当时……很伤心,很伤心。"

"对不起。"少年直挺挺地站着,"我很抱歉。"

"那你答应我三件事。"她理所当然,又娇俏地道,然后竖起三根手指,"三件事。"

"我只能答应我办得到的事。"

倒真是滴水不漏。

"放心,盖亚,我怎么会为难你呢。"她道,"第一件事,你先帮我说服舍监,让我搬到那间葡萄藤架下的蘑菇屋,好不好?"

"好。"盖亚答应了,"这是第一件。"

少女扬起唇角,开心地笑了。

真棒,柳余。

第八章

"噢，弗格斯小姐，您来了！"

舍监目光落到金发少女的旁边，那儿站了位英俊的绅士，她惊讶地张大嘴巴，"莱斯利先生，您的眼睛……"

"布鲁斯大人给我配了药。"

"恭喜，那您以后就能看得见这蓝色的天空、碧绿的草地和清新的世界了。"

"那恐怕不行。"盖亚笑了，他好像并不为这件事感到困扰，"不过，这也没什么。"

"噢，这……可真叫人遗憾。"

舍监痛心地看着他：多么英俊的小伙，怎么偏偏就看不见了。

柳余在旁边尴尬地看了看天，又看了看地。

对于"原身"造成的这一切，她也感到很抱歉。那样夺天地造化的一双眼睛，她怎么舍得下去手……只能将一切归咎为，想"作死"的总会一路狂奔在"作死"的路上。

"行了，是为弗格斯小姐的新房间而来？"舍监"唰"一下，从背后摸出一本大册子，"可以从这挑挑看，都很不错！舍友也很乖巧。"

"不不不，舍监，我还是想要葡萄藤架下的那间屋子。"柳余双手合十在胸前，"舍监，好吗？"

少女蔚蓝色的眼睛睁得大大的。水汪汪的眼睛，配着雪白的皮肤、鼓鼓的腮帮子，让她看起来可爱极了。

可这一点都没打动冷酷的舍监。

"不行！那间屋子已经好几年没住人了，尘土飞扬。"

"可我就喜欢那个葡萄架，我可以自己打扫，打扫得干干净净，绝不会让您费工夫。"

"反正不行！"舍监挥挥手道，要赶她走。

"舍监，"盖亚挡到柳余面前，用那双水一样绿的眼睛看着舍监，"贝莉娅真的很喜欢那一间。"

舍监看了他一会，竟然脸红了。

她败下阵来，摊开手道："好吧，如果莱斯利先生坚持的话。"

柳余无语，她再一次感觉到了这个世界对她不友好。

在她面前的困难版本，一到盖亚·莱斯利面前，就自动变成了简单版，还是"新手进村自动送分"的那种。

她"吃柠檬"了，很多很多的柠檬。

"还有个请求。"

"说说看。"

"贝莉娅没有被子了，能麻烦您给她一套吗？噢，还有枕头。"

柳余能感觉到舍监的嘴角都要僵了，只见她说："当、当然可以，莱斯利先生。"

"最后，还能再麻烦您一件事吗？"

少年对提出要求十分坦然，他甚至也不认为自己会被拒绝……他仿佛天经地义该享受这些优待。

而事实也确实是，没人拒绝得了他。

舍监并未不耐烦，她高高兴兴地道："噢，当然，莱斯利先生的请求，我当然可以满足。"

"贝莉娅身体不舒服，我想进去帮她打扫一下。"

这下，轮到柳余惊讶了，她不太明白……

柳余下意识转过头，身旁的少年还穿着昨天的燕尾服，扣子扣到顶端，一丝不苟，有褶皱的白绸衫和头顶支棱着的一小撮银发显示出一丝不同寻常。

他为什么……

盖亚好似察觉到了她的目光，他转过头来，无焦距的眸光对准她，明明黯淡无光，却仿佛有股似水的温柔，"贝莉娅？该走了。"

"啊？哦，好的。"柳余回过神来，跟着他从门房往外去。

走了一段，她才开玩笑般地道："我还以为，你之前拒绝卡洛王子，是想将被子给我，然后自己盖卡洛王子的被子。"

"为什么？"

"我以为，是你不愿意我用别人的被子。"

盖亚哑然，又道："贝莉娅，男人的被子，给一位淑女盖，这可不太绅士。"

"只是这个原因？所以，你请求舍监允许你帮我打扫房间，也是因为这个原因？"

柳余停下了脚步。她认真地观察他，阳光穿过稀疏的绿意，照在少年安静的侧脸，他突然转过头："贝莉娅，你想证明什么？"

"我……"她张了张嘴。

"医师说，你要多休息……我……"

阳光在他眼睑留下优美的剪影，少年看向远处，那里，是她原来蘑菇屋的方向。

"总是要负责的。"

"负责啊……"

很合理。

少女点点头，提起裙摆，俏皮地行了个礼，道："那今天就拜托亲爱的莱斯利先生了。"

有来有往，才有进一步的可能嘛，就跟借书一样，有借有还，再借不难。

"我的荣幸。"盖亚弯腰，也向她行了个极其优雅的绅士礼。

两人相视一笑，晨间的那些尴尬好像散了些去。

柳余无比自然地将手放入他摊开的掌心。"现在，就由尊贵的弗格斯小姐为您带路。"

屋内玛丽公主还没回来，东西散得一地都是，柳余才要进门，就被人一把横抱起。

她回头看了眼一脸严肃的少年，"咯咯"笑了起来。

"盖亚，不必这样，我能走。"

少年小心地将她放到唯一没被摔坏的椅子上。

"要拿什么？"

"藤箱，三个藤箱。"

柳余还是站了起来，指挥着盖亚将角落的三个空藤箱带走，那些绸缎衣服、宝石……

"很贵的。"她可惜地叹了口气道。

"还会再有的。"

"你不懂。"柳余心疼地看着地上碎裂的红宝石、香薰球，破破烂烂的丝绸裙，"……我很喜欢的。"

院长妈妈说，每个在孤儿院长大的人，内心都会缺一块。

柳余不知道自己缺了什么，但如果她不高兴，就会去买一堆的漂亮衣裳，把它们挂满整个衣橱……她的购物癖，有时候甚至会吓到自己。

当她看着衣橱里满满当当的衣服时，那颗空荡荡的心，就会满了。

所以，她其实一眼就喜欢上了贝莉娅的衣橱，她将衣服从弗格斯家带来，却没想到，最后被绞成了破烂。

就在这时，头顶突然被轻轻按了按。

盖亚不知道什么时候走到了她面前说："如果你喜欢的话……"

"那你要送我吗？"少女的眼睛亮晶晶的。

"也不是不可以。"

"嗯，我们说好了。"

柳余伸出一只手，又强迫性地拿起盖亚的手，跟他摁了下，"等你赚了第一笔卢索，就要送我一份礼物。当然，亲爱的莱斯利先生，我赚的第一笔卢索，也会用来给你送礼物。"

"哦，谢谢。"

少年一脸"被强迫"的笑。柳余也朝他甜甜地笑。

强势介入，与温水煮青蛙，哪一个效果更好呢？

她不知道……不过，结合起来用，也许效果不错。

盖亚来回走了两趟，将所有的藤箱搬去了葡萄架下。

他又打横抱起柳余，她惊呼了一声，提起鸟笼的那只手悄悄攥了起来。

那里握着一只犬牙。

"走了。"

清瘦高挑的少年，抱着金发少女行走在绿草如茵的女舍，像是一道亮丽的风景线。

经过的女孩们时不时地用暧昧的眼神看着两人，等看到盖亚的脸时，又纷纷羞红了脸。

她们和他打招呼："莱斯利先生！"

"莱斯利先生！"

"莱斯利先生！"

柳余再一个个瞪回去。

盖亚倒像是习以为常，到了目的地，才将她放下。

舍监拿了钥匙、扫把和一箱棉被等候在门口。

"弗格斯小姐，我已经将您登记上了。不过今天您和莱斯利先生恐怕要累一些。房子很久没人住了。"

"没关系。"柳余笑眯眯地，"我就住这间。"

"那行。"

舍监将东西放下就走了。

门一打开，灰尘裹着潮气就冲了出来，呛得柳余一阵咳，她被盖亚带到了葡萄藤架下。

他还从里面拿来张椅子，擦干净，"贝莉娅，你就在这等吧。"

"那不行，这是我的事儿。"

柳余假模假式地要站起来，却被盖亚按住了。

"不，淑女不用干这个，坐。"他道。

柳余又推辞了两次，才坐下来。

阳光轻轻穿过葡萄架洒下来，她看着屋内笨手笨脚打扫的银发少年，看着他白色的丝绸衬衫灰扑扑的，看着他从一个干净俊秀的少年，变成了灰扑扑的刷墙匠，轻轻哼起了歌。

"以光明之名，神的子民，神的子民，这里种满鲜花，这里洒满美酒，我们载歌载舞。生命譬如朝露，死亡迫切来临，可我们毫不畏惧。正义，自由，我们向往光明……"

这是盖亚的歌。盖亚在屋内也听到了，他跟着哼了起来："以光明之名，神的子民，神的子民……"

阳光美好，熏得人几乎要醉了，可也只是几乎。

柳余用手遮住阳光，微微眯起了眼睛。她想，她要盖亚对她费心思，越多越好。

当花费的心思越多，投入的时间和精力越多，那么，抽身而出的概率，就会越小。

她现在要做的，就是占据他的时时刻刻，让他所有的第一次，都是和她的。

就像游戏一样，投入越大，放弃的时候，才会越不舍得。她当然不会主动去帮忙……

让盖亚帮她忙一会儿，把她当作可怜可爱的小女孩儿……有什么不好呢？

就在天擦黑，盖亚将房间打扫得窗明几净时，柳余进来了。

"亲爱的莱斯利先生，我给你带了薄饼、牛奶、可可饼，还有煎羊排，你要哪一样？"

盖亚转过头来，少年脸上的灰被汗渍化成了水，像只花猫，柳余"扑哧"一声笑了出来："噢，盖亚，你看起来……"

"不太好看，对吗？"

盖亚接过柳余递来的盈满蔷薇花香的手帕，擦了擦脸，"我要煎羊排，牛奶。"

"手帕等我洗干净还你。"

"嗯。"柳余微笑了起来。

两人就着一张桌子，吃今天份的晚餐，食物的香气盈满不大的房间。

床、桌、壁灯，还有一只鸟……

一切，都看起来不同了。

盖亚率先吃完，说："我再检查一下。"

他顺手拿起旁边的抹布，绕着房间转了一圈，连卫生间也没有放过，尤其在墙角停留得最久，十分认真仔细。

柳余咬了口薄饼，抬头看了会，发现这人连擦东西的动作都赏心悦目、优雅动人。不愧是"天选之子"。

柳余收回了多余的思绪："盖亚，你不要再多吃些？我拿了很多。"

"不，不用。"

少年将抹布收了起来，他走到上下床的梯子边，靠着梯子，闭上眼睛。

他看起来有些累。

柳余吃完站了起来，她唇角还沾着牛奶的一点泡沫。

"盖亚。"

"嗯。"盖亚睁开了眼睛，"你……"

少女突然踮起脚尖，吻住了他。

这吻沾着牛奶的香气、可可饼的甜味。

盖亚推开了她："贝莉娅……"

少女打断了他："盖亚，我想到第二件事了。我的要求是，你为我雕一个小石像。"

"雕像？"他蹙紧了眉，"我不会。"

"你可以学，这不难。"

对光明神的信仰遍布艾尔伦大陆，无数信徒都是出色的雕刻家。

他们喜欢一遍又一遍地雕刻出他们心目中光明神的样子。

"可是，我看不见。"盖亚依然拒绝。

柳余执起他的手，放到自己的脸上，她带着他划过她细细的眉毛。

"这是我的眉毛。"

她带着他抚过她漂亮的眼睛。

"这是我的眼睛。"

她带着他抚过她挺翘的鼻子。

"这是我的鼻子。"

她带着他，在她柔软的唇瓣长久停留："这是我的嘴唇。

"耳朵。

"头发。"

她的手指一点点下滑："盖亚，这对你来说，并不难。"

盖亚靠在梯子上，水绿的眸子浸了壁灯的倒影，像突然沾染了世俗的色彩。

"好，贝莉娅，这是第二件事。"

"那我们说好了，盖亚。"她说，"不许反悔。"

背靠着上下铺的长梯，少年"嗯"了一声："不反悔。"

"等你将雕像给我，这件事，才能算完成。"

"是的。"他又道。

少女高兴得几乎跳起来，双手紧握在前道："噢，盖亚，我真的太喜欢，太喜欢你了。"

"那我们从什么时候开始？"

"现在吗？"

"噢，不不不，不行……"她高兴得几乎语无伦次了，"还得去买刻刀、石像、笔……"

盖亚扯开她的手："贝莉娅，我该走了。"

"这么快？"

少女看起来依依不舍。

"明天见，贝莉娅。"

盖亚率先迈开腿。

他高瘦颀长的身体很快就消失在门后，少女追了出去告别："明天见！盖亚。"

盖亚走后没多久，卡洛王子派的人也来了。

她带来了玛丽公主新买的几条裙子，里面甚至还有两条换洗的衬裙、一面镜子和一盏香薰灯。

"卡洛王子说，您先用着，清单上的东西，他已经让人去采购了，只是时间不够，恐怕需要明天才到。如果您需要别的，也可以吩咐我。"

"替我谢谢卡洛王子。"

柳余接过东西，让人走了。

"噢，一会是路易斯大人，一会是卡洛王子，还有这位伟大的莱斯利先生，噢，贝比，你们人类真复杂。"

斑斑扇了扇翅膀，还擅自给她取了个名字。

她往它笼子里添了点清水，加了荞麦。"为什么只有莱斯利先生前面加了'伟大的'？"

"靠近他，我的心就'扑通扑通'乱跳，贝比。"

斑斑用翅膀捂着脸，柳余居然在那双黑豆眼里看到了……娇羞？

"斑斑，别忘了，你是只鸟。"

柳余语重心长地告诉它。

"鸟怎么了？"斑斑愤恨地向她控诉，"鸟才不像你们人类一样狡猾！贝比，你还让他给你刻雕像！莱斯利先生一定想不到，贝比你不纯洁！"

斑斑拍拍翅膀："下次莱斯利先生来，我一定要告诉他你的阴谋，你希望他天天用那双圣洁的双手抚摸你，一点点刻出你的样子，狡猾！你们人类真狡猾！"

柳余得意又狡黠地笑了："这主意很棒，对不对？"

等雕完石像，她的样子也就牢牢刻在他的脑中了。

"是，贝比，你们人类最无耻最狡猾！"斑斑大喊。

"所以，现在是你被关在笼子里，而不是人类。晚安，斑斑。"

斑斑扭过头："我想娜塔西。"

柳余很想跟这只没节操的鸟讲一讲三姓家奴的故事，可惜，她太累了。她点燃香薰灯，在淡淡的蔷薇花香中，翻了个身，沉沉地睡去了。

暴晒过的被子，散发出阳光的味道。

她梦见自己变成了一朵玫瑰。

玫瑰只有四根刺，却总是高高兴兴的。

穿着黑色燕尾服的小男孩细心地灌溉她，他为她除草，替她捉虫，他还搬来玻璃罩，为她挡风。

玫瑰长大了，开花了。

她也长成了小男孩心中那朵独一无二的玫瑰花……

她是小男孩唯一灌溉过、捉过毛毛虫，还盖过玻璃罩的玫瑰，她和世界上千千万万朵玫瑰不同。

柳余是带着笑从梦中醒来的。

"斑斑！斑斑！"

"早安，大懒虫。"

"早安，斑斑。"

阳光透过七彩窗户洒了进来，柳余掀被起床，照镜子时发现，嘴角还翘着。

一定做了个美梦，可惜，不记得了。

洗漱、梳妆、换衣服。

玛丽的裙子有些短，不过款式却是索伦城邦最时新的。

金色大波浪抓得蓬松披散下来，纯白色镶了金丝的蓬蓬裙、白羽腕饰，搭配起来有种高贵而慵懒的美感。

可惜，少了把遮阳伞，手上有伤口，也不能戴手套……

柳余出门时还有些遗憾。

她喜欢将自己打扮得漂漂亮亮的，这通常会带给她一天的好心情。

"贝莉娅。"

女舍门口站着位高瘦颀长的少年。

他换了一身神职人员才有的白色星月袍，宽大的法袍、水银般的长发，当那浅绿双眸朝她"看"来时，竟恍惚让她想起了记忆珠中那个踏星月披河山的神祇……

"你哪来的这件衣服？"她好奇地问。

"布鲁斯大人派人送来的，包括前几天的那些。"盖亚走过来，"贝莉娅……你今天好一些了吗？"

"嗯，好多了。"

盖亚沉默地"看"了会她，弯起手肘示意，"走吧。"

柳余将手搭进了他的臂弯，两人并排往食舍走。

"上完击剑课后，亲爱的莱斯利先生打算做什么？"

"去神殿祈祷，再去那边的图书馆消磨时光。"

"图书馆？"

光明神殿的图书馆，是艾尔伦大陆藏书最丰富的地方。

少女笑了笑，说："那我也去！"

柳余因为受伤，不被允许参加剧烈的马术课和击剑课，只能在旁边坐着看。

她没想到的是，盖亚竟然直接"跳级"，被马塞尔教授批准，去和第二阶司长们一起上击剑课。

"贝莉娅你……"

"我跟你一起。"她打断他，"你瞧，反正我现在什么也动不了，不如去跟你见识见识。"

司长们的击剑课，就不再是纯粹的击剑了。

柳余这才知道，黄金骑士与白衣神使的分界，其实在第二阶就有了。

体质强健、剑术拔尖，而神术不那么灵光的，发展成为光明骑士。

光明神殿内的骑士，其实已经经过第一轮的筛选。黄金骑士之下，有白银骑士；黄金骑士之上，还有圣光骑士……圣光骑士，只在光明圣殿才有。

而体质偏弱、手脚不够灵活，却又擅长神术的，则会选择成为神使。

白衣神使之下，不叫神使，叫神仆，他们往往神术低微，有些成了吟游诗人，更多的，被派往个个小教堂传教。而白衣神使之上，则是红衣主教，再之上，就是圣殿大主教……

"那如果既擅长击剑，又擅长神术呢？"柳余问旁边的司长。

"这……恐怕得神知道。"司长耸了耸肩，"一个人怎么可能既擅长击剑，又擅长神术呢？"

"为什么不能？"

"反正我没见过。"

大部分艾尔伦大陆之人，要么体魄强健，勉强能发出一光明弹；要么，擅长使用各种神术，却连一把剑都挥不起来。

能两者兼修的，一个手掌都能数得过来，而且……

都在圣殿当圣光骑士了。

"那您今天恐怕要见识一位了。"柳余指着正被教授叫去的高瘦少年，笑眯眯地道。

她丝毫不怀疑，盖亚有这个能耐。

"他？小莱斯利？别逗了，这可不是选美！他恐怕连我们班最差的莫托都打不过。"

"莫托，站起来！让弗格斯小姐瞧瞧你的肌肉！"

全场哄然大笑。

一位小山样的壮汉赤红着脸，手足无措。

教授笑眯眯地看着他道："小莱斯利，马尔塞说你的本事不错。怎么样？要不，你跟莫托打一把？"

司长们起哄："莫托，快！给他一个好看！"

"小莱斯利，咱们来点彩头，怎么样？谁赢了，谁就获得我们弗格斯小姐一个真诚的吻，怎么样？"

盖亚抿紧了嘴，说："不怎么样。"

"噢，小莱斯利不舍得了？那我们这儿也贡献一个，莫丽，你上去，谁赢了，你也上去献一个吻。"

一个比贝莉娅要娇小得多的女孩被推了上来，她有一头青色的短发，站在小山一样的莫托旁边，显得十分娇俏可爱。

她朝盖亚眨眨眼睛，道："当然，莱斯利先生要是赢了的话，做别的，我恐怕也不会反对。"

柳余的脸都快黑了，她的肉才吃上一口，怎么就有人迫不及待要上来分享了。

毕竟……盖亚胜出，简直是毫无悬念。

他赢，她吻他，莫丽也要吻他。他输，她就得当着盖亚的面，吻那座小山。

怎么想，这都不是一笔好买卖。

柳余甚至想拉着盖亚掉头就走……

可在这种情况下拒绝战斗，是十分失礼的行为。这个世界，贵族间还遗留着某种野蛮的习俗。

当人对你扔下白手套，提出决斗时，要么认输，要么战到死。

拒战之人，会被认为孬种。

所以，那些自尊强的倔强之人，在贵族史上，死了不少……不过他们求仁得仁，都扬了"不屈"的美名。

莫托朝盖亚挑衅地抖抖胸肌，道："嘿，可爱的羔羊，为了美丽的弗格斯小姐，可不会让着你。"

盖亚安静地站着，他银色的长发垂落在星月袍上，这一刻，显得他过分的缥缈，好似不在此间。

他伸手从剑塔里徐徐抽出长剑，朝对方做了个"请"的姿势："莫托先生，请。"

两人几乎同时动了。

莫托像座大山一样，"轰隆轰隆"地碾压过来，细长的剑在他手中，就像根筷子……

眼看"筷子"要戳到人，那穿着星月袍的少年腰身轻轻一侧，人已经像只鹿，不，像豹子一样灵巧地弹跳起来。

银发在空中划出一道优美的弧度，长剑往后一递，莫托的喉咙就像是自动送上去一样。

长剑剑尖抵在莫托的颈前，众人还没反应过来，战斗就结束了。

"这、这就完了？"

有人如梦初醒，才一个回合……多简单的招啊，莫托这傻大个儿就败了？

莫托本就赤红的脸膛这时更是像烤过的虾子一样。

莫托羞愧地低下头："我输了。"

"……喂，莫托，你腿上没劲儿？"

莫托挠挠头说："不是……"他转向盖亚，态度比之前恭敬了许多，"莱斯利先生，请问为什么您那一剑我怎么也躲不开？"

"是势。"教授拍了拍莫托的肩膀，"行了，下去吧。

"大家看明白了吗？"

"没有！"

"这就是天生的剑感，我们称之为'势'。圣光骑士，每一个都有这种'势'，不过，像莱斯利先生这样，才一接触剑就能产生'势'，让对方手中之剑臣服的，整个艾尔伦大陆史上也没几个。"

"一定是莫托太没用了！不过，愿赌服输，莫丽，上去亲莱斯利先生一下。噢，还有弗格斯小姐……莱斯利先生，您真幸运，可以同时获得在场最漂亮的两位姑娘的吻……"

底下起哄声，夹杂着懊恼声，越来越沸腾。

莫丽率先迈开大步伐，走到英俊的少年面前，"噢，莱斯利先生，我很高兴赢的是你。"

她张开双臂，想要拥抱他。

谁知少年用冰冷的剑柄抵住了她，"抱歉，莫丽小姐，我想作为胜利者，我有权利拒绝享用这个彩头。"

这时，柳余恰巧走到他身边，听到这一句……她高兴地笑了。

她怎么就忘了，顽固的少年，怎么会接受一个陌生女人的献吻？

柳余拉起他的手腕，踮起脚尖，也想来个甜甜的献吻……

"也包括您，弗格斯小姐。"冰冷的剑柄同样抵在她身前。

柳余的笑僵在了脸上。

不过，也就一瞬，她立刻振作精神，提起裙摆优雅地行了个礼，"好吧，我亲爱的莱斯利先生。"

莫丽跺了跺脚问："莱斯利先生，您拒绝我，难道是因为我不如弗格斯小姐美貌？"

"我是个瞎子。"

司长们在旁边齐齐一声"嘘"，"莱斯利先生，不用自谦，您比我们都强！"

教授拍拍手说："这件事，到此为止！今天……我们要讲如何将光明力附着在长剑上，让它无坚不摧……"

柳余在击剑场上坐着，她也没闲着。

这几天她马术课、击剑课都上不了，唯一能上的，就是礼仪课、理论课和神术课……她干脆在旁边练习光明弹。

光明弹是最基础的神术，只对黑暗生物起作用……对其他生物，效用大概等同于一千瓦的灯泡，除了照个亮，实在没什么用处。

不过，柳余没有因此轻视它。

随着熟练度的提高，光明弹会越变越大，召唤的时间也会越缩越短。而她，有更大的野心，她想试试默术。

网游里，法师的读条会被刺客打断，而这念口诀才能召唤出的神术有什么不同？

没有骑士的保护，一块小石头，就能打断吟唱。

她一边念口诀，一边感受光明力在声腔与胸腔震动时，流经各窍又在指间迸发的感觉……

练习疲累时，还会停下来看一会击剑。

司长们的击剑，比起一阶神眷者们的击剑术，有了许多不同。他们开始注重技巧和身法的配合……不过，其中，最醒目的，还是盖亚。

神祇化身在运用神力方面简直是天生本能，在教授刚说完的当下，他已经成功地将神术附着在了长剑上。

长剑"嗡"的一声，竟然断了。

教授看了会，似想起什么，将自己的剑丢过去，"路卡斯宗师打造出的精铁剑，莱斯利，试试。"

盖亚顺手接住，挽了个漂亮的剑花。

瞬间，代表着光明力的白光铺满整个剑刃，白芒吞吐不定，一声清脆的"啪"，据说无坚不摧的精铁剑身上，出现了无数道蜘蛛网似的裂纹。

教授心疼地抢过去："莱斯利，你在这等着！"

而后抛下学生们，火烧眉毛地拿着剑跑了，边跑还不忘边说："在这等着！莱斯利，你别跑！"

盖亚没跑。

他干脆就在场边"看"司长们练剑。

大约大半个小时，教授回来了，他手里拿着一柄刻满星月徽纹的银剑，剑身如缀满星辰，耀目至极。

他丢过来，道："莱斯利，你再试试这把！"

司长们"嗷"了一声："教授！这、这是不是布鲁斯大人上次从圣殿带回的星辰之剑？！"

"听、听说圣殿大主教一年前得到神的旨意，说艾尔伦大陆将出现一个伟大的神徒，这星辰之剑，就是为他准备的，难道，这个神徒就是……莱斯利先生？！"

"噢，光明神在上……"

人人看着盖亚，就像是看到了一座稀世珍宝。

神徒在光明史上总共也就出现过两次，没有哪一次不是如星辰般耀眼。

教授已经顾不得其他学生的眼神了，他紧张地看着盖亚道："莱斯利，试试看。"

少年握紧长剑，神力再一次铺开，星辰之剑在这一刻迸发出猛烈的白光……

他挥动长剑，白芒骤然离剑，以石破天惊之势破空而去。

"轰……"白芒爆开。

击剑场的天花板破了一个大洞。

在一片尘土飞扬里，司长们和教授都傻了。

"尊贵的莱斯利先生……"

教授张了张嘴，他正好在大洞下，被落了一身的碎木屑，"……您还是去三阶的击剑课看一看吧。"

盖亚将星辰之剑呈上去："教授，剑还你。"

"不，布鲁斯大人说，它归你了。"

教授挥挥手，看着自己布满"蜘蛛网"的精铁剑，想哭。

少年眨了眨眼睛，柳余在这时候，正好弹出一个光明弹，光明弹像一捧白色的烟花，在天花板炸开。

她绽开一抹大大的笑容，默法，她做到了！

就在盖亚挥剑的一刹那，她仿佛摸到了某种只能意会、不能言传的领域。

"你刚才……"莫丽从刚才就一直很在意这个比她美貌的弗格斯小姐，"是不是没念口诀？"

"你看错了。"柳余微笑着道。

"……哦。"莫丽挠挠脑袋，心想自己是看错了。

"那……弗格斯小姐，把莱斯利先生借我一天，怎么样？"

她摇摇头，"不了，莫丽，这世上……"对着走来的少年笑，"谁也比不上我的莱斯利先生。"少女用甜甜的、充满着无限爱意的声音道。

"贝莉娅，该走了。"

莱斯利先生似乎并未听见她的满腔爱意，若无其事地将她扶了起来。

星辰之剑就配在他的身侧，与他的银发、星月袍搭在一起，让他看起来像是从古老的神话中走来。

"去哪儿？"

"三阶的击剑课。"

"……哦。"

这"飞升"的速度，太快了。

三阶击剑课总算能装下了盖亚这尊大佛，不过按照柳余的判断，他恐怕也不用上几堂，就可以从这毕业了。

下午是在光明神殿的食舍吃饭。和她想象的不同，神使们并不忌讳吃肉，后厨的小格子里，装满了大块大块的羊排、肉饼，还有各种小甜点……

只要吃得下，都可以敞开吃。

"布鲁斯大人很爱吃这里的煎烤小羊排。"食舍的神仆亲切地告诉她。

柳余不由想起在弗格斯家中听弗格斯夫人眉飞色舞提起的一桩旧事——去年神诞节，索伦王国国王为了表达对神的敬意、对主教的崇敬，甚至跪下亲吻布鲁斯主教的脚尖……

柳余无法控制自己不往这边想，再看到那边快活地带着娜塔西领食物的卡洛王子，眼神难免有点异样。

"贝莉娅？"盖亚奇怪地"看"着她。

柳余"哦"了一声，端着盘子选了个位置坐下，思绪还停留在弗格斯夫人那张无比歆羡的脸上。她想，如果给弗格斯夫人一个机会，她恐怕愿意用口水将对方整个脚背都淹没。

盖亚拿过她的盘子，替她将煎羊排一块块切好，推过去，"贝莉娅，一会我要先去布鲁斯大人那……"

"……盖亚，你也亲吻布鲁斯主教的脚吗？"

柳余有点控制不住自己喉咙的痒意，如果盖亚说"是"，她决定将呕吐的原因推给这块煎羊排不够新鲜，并且以后再也不主动亲吻他的嘴唇。

"没有，"盖亚安静地，又无比坦然地道，"只有你的。"

柳余的脸一下子红了。

第九章

盖亚吃完,就去找布鲁斯主教了,柳余则去了图书馆。

光明神殿的图书馆,是整个艾尔伦大陆上占地最大、藏书最丰富的图书馆。从外面看,它就像堆叠在一起的被打开的书,还是三本叠在一块的。

意外的是,图书馆里的人不多。

在外界十分受人敬仰的白衣神使倒是看到了十来个,他们看到她,都很亲切地打招呼,叫她"小弗格斯",并祝福她能尽快毕业进入神殿……

"你们都认识我?"少女惊讶了。

自从来了学院和神殿,她就发现,这地方没有不认识她的,连在犄角旮旯打扫的神仆都能准确地叫出她的名字。

"噢,当然,索伦城邦的带刺玫瑰谁不认识?不不不,别这么看着我,我们神使其实也是有一点点儿……嗯,你知道的,"年轻英俊的神使手撑在桌上,朝她眨眨眼,"人嘛,都这样。"

"而且,路比从索伦学院回来,就说那边又出现了一个光明体质、十分纯净的神眷者,我们就稍微……做了点功课。"

"好吧,我接受。"

柳余却想起了舍监那本密密麻麻的小册子。

她朝神使们摆摆手,就去了二楼。

一楼的书大都是讲国计民生、农业畜牧的,甚至还有罗马数字,十分实用主义,不过……她柳余打算找点记录历史的书打发打发时间。

要了解一个世界,当然要从它的历史开始。可惜,她只找到了一屋子的光辉灿烂的……"马屁"。

厚重的充满着年代感的立式书柜整齐排成列,头顶天花板,脚踏地面,将偌大的房间塞得满满当当,可就是……没一本能看的。

这里的每个人手里都捧着一本书如痴如醉地看,看一会,还要用手在胸前画个"一"字:"感谢神。"

"圣光无所不在。"

"一群被圈养的无知的羔羊,噢,真可怜。"

突然,一道熟悉的带着点磁性的声音在耳边响起,黑发黑瞳的青年靠在书架的一角环胸向她看来。

"不过,你不太一样,弗格斯小姐,你天生属于黑暗。"他朝她笑道。

"不,我属于光明。"

柳余无时无刻不忘向光明神表明忠诚。

"虚伪。"路易斯支着额头低低笑了,"弗格斯小姐,我敢打赌,您的祈祷,神听不见。"

"这你管不着。"她低低地道,"你来这儿做什么?人来人往,很危险。"

"弗格斯小姐是担心我?"

路易斯站直身体,走了过来。

书橱的阴影遮住了他大半的身形,他穿着黑绸衫、黑绸裤,像是要隐入一片黑暗里,配上他那过分苍白的皮肤,以及浓夜般的黑发黑瞳,整个人看上去……

柳余发现,他的侧脸有几分肖似盖亚,成熟版的盖亚。

"不,我在担心我自己。"

柳余退了一步,让自己退出被他强势控制的阴影区。

比起这阴晴不定、随时会"暴走"的吸血鬼,她确实更喜欢盖亚……起码,他不会将她吸成"人干儿"。

"别担心,你那敏锐的小情人在布鲁斯主教那儿,一时半会出不来。至于其他人……如果他们的权杖在,我恐怕还需要顾忌一下。"

路易斯随手抽出一本书,翻了几页,又丢回书橱,在柳余打算转身就走时,"十杯,弗格斯小姐,今晚记得准备好。"

"我会死的。"柳余咬着牙,"而且当初我也没说,要一次性兑现。"

"放心,伟大的路易斯十世不会让你死的。在你血流干的一刹那,我会为你注入新鲜的血液。"

"我不想当吸血鬼。"柳余看着他道。

"永恒的生命,永葆的青春……"路易斯笑了,"为什么不?路易斯十世很挑剔,从不轻易发展族人,你该感到荣幸。"

"不。"

"为什么?"

柳余指间开始酥酥麻麻的,并决定如果路易斯过来,她一定要趁机用光明弹轰炸他的脑袋,也许效用寥寥。

"我不愿意,路易斯,没人能替我选择,除非我死。"

"噢,真伤脑筋,女孩儿一旦固执起来,就不可爱了,还是我的娜塔西好……"路易斯叹了口气。

"既然喜欢娜塔西,为什么不将她发展成你的族人?"

柳余左右看看,附近没人过来,她才稍稍放下心。

"娜塔西纯洁善良,一点儿也不适合,如果要让她喝血,我想……"路易斯苦恼地摊手,"她大概会一直哭,一直哭,将眼睛哭瞎。我不喜欢她的眼泪,而且,她喜欢阳光。你不一样。"

哪里不一样呢?

她也喜欢阳光啊!她也不喜欢喝同类的血啊!

凭什么就不一样了呢?

柳余心想，大概是一直以来，她哭得不够用力，活得太过难看。

"啊，有人来了……"路易斯朝她神秘地张嘴，做口型，"送、你、一、份、大、礼。"

"欢迎加入黑暗阵营！"他稍稍扬声，而后消失在黑暗里。

穿着标准白色宫廷制服的卡洛王子从转角出来，他看着柳余问："弗格斯小姐，刚才那人是谁……"

而后惊讶地发现，一向面带微笑的弗格斯小姐竟然哭了……她哭得无声无息，眼泪却爬满了脸颊，像是他宫墙外爬满墙壁的藤萝。

"卡洛王子，您都听见了，对不对？"

卡洛王子温和地笑了笑，说："那人说……什么黑暗阵营，弗格斯小姐，您可以解释下吗？"

柔弱的少女哭得不能自已，像是藏了无数伤心的心事。

"无论我说什么，您都会信吗？"

她蔚蓝色的眼睛、雪白的皮肤和金子一样灿烂的头发，让她看起来像不小心堕入人间的天使。

"以光明神之名，如果弗格斯小姐所言属实的话。"卡洛王子微笑着说。

"我、我……"少女捂着脸痛哭起来，"我也不知道那人是谁，他出现时，总戴着黑色的斗篷，不让我看见……"

"在这之前……"卡洛王子打断她，他从口袋取出一张熔拉卡，"恐怕要对弗格斯小姐失礼了。"

他将熔拉卡递了过去。这个举动卡洛王子做来依旧风度翩翩，可对一个淑女来说，却有些不近人情，就像将白手套丢到对方脸上，说："自证清白吧，否则，决斗。"

柳余却觉得正常。从小被一国当作王储培养的卡洛王子当然有他自己的操守，他对王国和神祇的敬仰，足以让他拿起剑，只丢一张卡片，已经是看在同窗之谊了。

只是，她表现得却像是要崩溃了，抖着手接过卡片，像任何一个受到侮辱的贵族那样……

"卡洛王子，我以为我值得信赖。"

"很抱歉。"卡洛王子深深地垂下头，"只此一次。"

熔拉卡片上的金色太阳并未变色，依旧闪闪发光。

卡洛王子长舒了一口气，看着少女越加苍白的脸色、颤抖的肩膀，他张了张嘴："可弗格斯小姐，您又怎么会和……"

少女猛地抬起头来，泪水盈满了那双蔚蓝色的眼睛。

"卡洛王子，我、我是被迫的……请相信我……"她用柔弱的声音道，"……有、有黑暗使徒缠上我了……我不知道该怎么办……

"……我谁也不敢说，整晚整晚地睡不着觉，怕拖累玛丽公主，我甚至搬出来一个人住……卡洛王子，您不能理解，我太痛苦了，我根本找不到信任的人可以说。您，您会帮我的，对吗？"

绝美的少女仰着头看他，仿佛他是拯救她出苦海的英雄。

卡洛王子的喉咙哽住了。他像是看到了又一个娜塔西。

"有黑暗使徒缠着你？"

"是……我也不明白为什么，偏偏是我……"柳余说到这，鼻子竟真的酸了。

对啊，为什么偏偏是她？谁要当阴沟里的老鼠？她好不容易看见些曙光，路易斯就想拖着她一起进万劫不复的深渊……

做梦！他做梦！

少女耸着肩哭得太过真实，以至于卡洛王子接下来的话，都被堵在了喉咙口。

"……卡洛王子还记得玛丽公主的那一鞭吗？"

卡洛王子点头，爱德华教授用熔拉卡测出了灰色，后来那里就被围起来了。"我想，我们该找……"

少女已经开始诉说了。

"那时候就开始了，也不知道他从哪里来……他神出鬼没，捉摸不透……他说我是他见过的最美貌的女人，他喜欢我……"她仰起头问，"卡洛王子，难道美貌是一种罪恶吗？"

卡洛王子失语了，美貌不是罪恶，可过分的美貌，如凭借一己之力搅起两国纷争的索菲亚公主那样，它是。

"……看来连您也是这么认为的。"少女灰心丧气地道。

"抱歉。"

卡洛王子手抬了抬，又缩了回去，他从裤子口袋中取出一块绣了金丝的帕子递过去，"擦一擦。"

她接了过去，她还在抽噎，只是抽噎的频率减缓了："他诱惑我，可我已经有莱斯利先生了……他希望我同他一起堕入深渊，我不愿意，他就故意陷害我，让卡洛王子您误会，他想让我在光明阵营待不下去……他逼迫我，我有什么办法……"她抬起头问，"我该怎么办？"

泪水从她的眼里不停往下流，卡洛王子从不知道，一个女人会有这么多泪。

是啊，她有什么错呢？她不过是太迷人了。

"我们这去告诉主教大人和教授们，他们一定有办将这个邪恶的黑暗使徒找出来……"卡洛王子说着要走，却被一股力量拉住了。

少女拽住他的丝绸袖口，摇头道："……那我还有活路吗？卡洛王子……他们会说，噢，弗格斯小姐跟黑暗使徒有染，她天性邪恶，果然……而且，我还被他、被他……"

她似是无地自容，再次捂脸痛哭了起来。

卡洛王子的心，像被一股巨大的悲伤击中，她多么无助啊，就像是只迷途的、被逼到绝境的羔羊。

羔羊中了猎人的枪子儿。难道他就有资格逼迫她吗？

"我、我不能让莱斯利先生知道，他、他一定会嫌弃我，噢，这叫我痛不欲生……我被玷污了……我伟大的神啊，我不该活在这世上……可我不舍得，我不舍得……我不舍得这个世界的花香，不舍得这个世界的阳光，不舍得母亲，更不舍得莱斯利先生……"

卡洛王子的手情不自禁地落到了贝莉娅柔软的金发上，道："弗格斯小姐……"他的声音温柔极了，"没人会伤害你的，我保证。"

"那您、您……会替我保密的，对吗？"

这一刻，蔚蓝色的眼睛与那琥珀色相接，卡洛王子喉咙动了动……

"你们，在做什么？"

这时一道声音传了过来。

银发少年踏过明与暗的边界，绕过重重的书柜，向两人走来。

他水绿的双眸一片黯淡，却准确地"看"向两人，"贝莉娅，还有……卡洛王子？"

卡洛王子像被烫到一样缩回了手，手心还残留着发丝柔和的温度。

他手背到身后，回答："莱斯利先生，您从布鲁斯大人那回来了吗？"

"卡洛王子。"盖亚轻轻地颔首，"娜塔西在找您。"

"好，好的，"卡洛王子挠挠头，"那我这就去找她。"

"那再见了，卡洛王子。"

金发少女祈求地看着他，卡洛朝她点点头，又看了眼一无所觉的莱斯利先生，整整被扯皱了的衣袖，迈开步子走了。

快到楼梯口时，他往回望了一眼，那两人已经不在原地了。

隐隐只能看到被书柜掩藏住的白色裙摆，卡洛王子摁了摁心口，摇摇头，又往下去了。

面对盖亚，柳余几乎提起了一百倍的警惕……

他可不像卡洛王子那么好糊弄。

路易斯要保护娜塔西，所以，卡洛王子只会听见他特意扬起的最后一句话。可盖亚呢？

风是他的耳朵，光是他的眼睛。

他听到了多少？又感觉到了多少？

"读心术"虽然只能读到一瞬间的想法，可……

柳余心里像盛起了一口坩埚，不断地"咕咚咕咚"往上冒着热气，她提着心。

"贝莉娅。"盖亚已经走到她身前，他什么也没问，只道，"要不要……去三楼看一看？"

"三楼？"柳余手忙脚乱地擦去眼泪。

"三楼，"她鼻音浓重，"盖亚……你什么都不问吗？"

盖亚看着她，那湖绿色的眼睛像是一汪永无波澜的死水。

于是，柳余知道了，这个话题到此为止。

"走吧，我带你去三楼看看。"

"不让上。"她带着点含糊的说不清的情绪，恐惧、怯意，或者别的什么，说道，"他们说，三楼是禁地。"

盖亚向她摊开了手掌，玉质的掌心纹理分明，上面躺着一块六芒星样式的铁牌。

"走吧。"

他率先向前迈开步子，绕过重重高大的书柜，向掩在后方的铜漆大门而去。

柳余顿了顿，振作精神追了上去。

她像从前一样伸手牵他，盖亚并未拒绝，她又将手塞进他的手心。

"所以……盖亚，你刚才去找布鲁斯大人，就是为了这个？"

"嗯，我有一点疑惑需要解答。"

"盖亚也会有疑惑吗？"

"是，很多很多。"

走到门口，盖亚将六芒星铁牌插入了铜漆大门的凹槽里，只听"咔啦啦"一声，门就开了。

一排排古朴而厚重的书架陈列，偌大的空间被分割成一小块一小块，阳光艰难地穿过书架的罅隙，与飞尘在空中轻舞。

书架并没有摆满密密麻麻的书册，反而只有零星几卷书，羊皮卷、象牙、龟甲……甚至还有残铁。

大门又从后"咔啦"一声关上了。

整个空间开始黯淡下来。柳余跟着盖亚往里走，看他随手拿起一卷，又很快放回，甚至连摆放的角度都一模一样，于是十分确定他有轻微的强迫症。

"你看得见字？"

"这里的书册不一样，"盖亚告诉她，"你可以拿起来试试。"

柳余随手拿了一卷。

羊皮卷轻薄柔软,她一触,就感觉到了不同。一行一行的字像小蜜蜂一样"嗡嗡嗡"飞到她面前,有序地排着队,向她问好。

即使闭上眼睛,这些小蜜蜂也还在跳舞,这感觉玄妙而神奇,不过……

她不识字。

柳余苦着脸将羊皮卷丢回了书架上,重新拿起了一册……噢,还是不认得。

接连几册都是如此,象牙、龟甲……

文盲,文盲。文盲!

她大概是个文盲了。

柳余郁闷地趴到书架与书架之间摆放着的小桌上,发现不知什么时候,盖亚已经坐在那了,面前摊开了几十册书,羊皮卷、纸样书籍……目测每一册的文字都不大相同。

他抚过一册,手指停留十几秒,又向下一册去……

兴许是她目光停留得太久,盖亚转过头来问:"贝莉娅,怎么了?"

"这些……你都认识?"

"嗯。"

"几十种不同时期不同国家的……语种哎。"

她怎么忘了,这人是神,"初始设置"就跟一般人不一样。

柳余趴了过去,两人手臂挨着。

"盖亚,你在看什么?翻得这么快,能记住吗?"

"会……记不住吗?"少年疑惑地眨了眨眼睛反问道。

阳光穿过书架的罅隙落到桌面,又反射到他水绿色的眼睛,他的眼睛像突然蕴上了一层浅浅的碎光,骤然有了灵魂。

多温柔啊,如果不去触摸他真实的温度。

柳余将头枕到他的肩膀,懒洋洋地闭上了眼睛。

刚才哭得太用力,她脑袋有点疼,现在什么都懒得想。

盖亚不动,他用另一只手翻起了书页。

"沙沙"声响在耳畔,伴着这午后的阳光,让人想起前世安静的大学图书馆,她渐渐生出些睡意,可又睡不着。

一闭眼,就是路易斯的笑。

他朝她招手:"贝莉娅,你天生属于黑暗。"

呸!鬼才属于。

柳余将脸埋在盖亚肩上,使劲闻了闻,直到少年雪松般的清冽气味再一次将她覆盖,才觉得舒服些。

如附骨之疽的黑暗渐渐被冲淡了。

盖亚又拿过来一册羊皮卷。

"盖亚……"她戳了戳他,"你看的什么,跟我讲讲吧。"

"……宣乌一磅,蛇胆半颗,加金水半……"

"这是什么?"

"炼金术。"

"可以炼出万能药的那种炼金术吗？"

"这世上没有万能药。"似是感觉她的话语可笑，少年嘴角弯了弯，"如果有，也在神那里。"

"哦……"

柳余"哦"出长长的一声。

她枕着他肩膀，觉得不过瘾，又拉开他胳膊，整个人缩进他的怀抱。

盖亚总是不动的。

他不迎合她，却也随便她，就好像她只是只撒欢的猫。

他安静地坐在那，专注地翻过一页一页的书卷，好像那里藏着的东西，比世间的任何一切更吸引人。

柳余没有放任自己休息太久。时间对她来说格外吝啬，命运在她身后追着她、撵着她，她唯有不断往前，才有可能躲开那随之而来的重压。

不过，柳余依然枕着盖亚的腿……

她不断弹指，往外丢出一个又一个的光明弹。

每次在他身边，她凝聚来的光明力总是格外纯净，练起来也事半功倍。

盖亚翻书的动作停了停，问"贝莉娅，你会默法了？"

"嗯，"少女扬扬得意，"怎么样？"

"不错。"

"那有奖励吗？"

"你想要什么？"

盖亚翻书的动作彻底停了下来。

他垂头，少女从他怀中坐了起来，她双手环住他脖子，拉长声音："我要你……主动吻我。"

柳余微微直起身子。

她认真地观察着面前这张脸，果然在那平静如水的面上找到了一丝拒绝……

"贝莉娅，这不行。"他道。

"为什么不行？盖亚，一个吻而已。"

他拉开她的手，她又不依不饶地缠上来。

"贝莉娅。"

"盖亚，你答应我的。"

"是的，一个吻而已，一块卢索而已，一块面包而已……每一个堕入深渊的开始，都是这样。"

"盖亚，你太过分了。"

少女愕然地睁大眼睛，她带点伤心地质问："你是说……我是深渊？吻我，是堕入深渊的开始？"

"太过分了，你真的太过分了。"她哭泣似的道。

"不，贝莉娅，我的意思是……"盖亚抚摸她的头发，"你可以克制。"

"克制？克制对您的爱吗？"少女攀着他脖子的手落到他的脸颊，抚摸着他丝缎一样光滑的皮肤，"抱歉，我做不到。"

她一低头，亲了上去。

盖亚"唔"了一声："贝莉娅……"

温暖潮湿的热气，夹杂着微光和尘，将两人拢住。

厚重的木柜散发出老旧的气味，这气味又与积年的墨香、无所不在的蔷薇花香混合在一起，发酵成一种奇特的不知名的味道。

她柔软的发丝如水草一般轻轻滑过……

盖亚挪了挪头，却碰到冰冷而厚重的书柜。他停了下来。

他的嘴唇带着些微的冰冷，就像他这个人一样，柔软的，却又冰凉的。他的温度一点点上了来，可那扇紧闭的"石门"一直未曾向她打开。

她泪水掉了下来，黏糊在两人相触的脸上，他靠着书柜，一动不动。

她往后退开，托着他的脸颊，虔诚地，又卑微得像无数陷入痴情的单相思少女那样告白道："盖亚，我是真的爱你，很爱很爱。"

"贝莉娅。"他微微叹息，面上的神情，就像是对待调皮打翻了牛奶的奶猫，无奈的，却又微微容忍的，"我说过，要克制。"

"可是盖亚，我没有办法。"少女拉着他双手，捂住自己的脸。

泪水肆意流淌在他的手心。

"我贝莉娅·弗格斯也是有自尊的，你以为我没尝试过吗？可我没办法，我真的没办法……这世上，最无法掩饰和克制的，除了呼吸，就是爱情……

"我爱你啊，盖亚。

"不要对我那么残忍。"

盖亚闭了闭眼睛，她一下子就扑到他的怀里，紧紧抱住他。

少年叹息了一声，轻轻抚摸着她柔软的头发，"贝莉娅，你……"

感受着那一下下轻柔的安抚，柳余呜咽一声，揪紧他的衣襟，将潮湿的、满是泪水的脸埋了进去：这次他没有真正拒绝，那么下一次，一定也不会。

她肯定。

盖亚就着这个姿势重新拿起书卷，一页一页抚了过去。

纸张的"沙沙"声在这不大的空间里响起，柳余枕着他的胸口，直到脸上的泪水全部干涸，才擦擦脸坐起来："对不起，我刚才太失礼了。"

她又练起了光明弹，一捧一捧白色的烟花在空中炸开，她突然问旁边专心致志的少年："盖亚，书里有写怎么对付黑暗生物吗？"

"有。"

盖亚微微侧过头来，"黑狗血，银十字架。"

"黑狗血？"

学院里弄不到，不过银十字架却是不会缺的。

少年又补充道："……用涂了圣水的银十字架插入黑暗生物的心口。"

"样啊。"柳余笑眯眯地道，"我知道了。"

盖亚又重新转过头去。

"那明天还能来这儿吗？"

"如果你想来的话。"

"想来！"少女高兴地道。

盖亚轻轻"嗯"了一声。

一个午后，就这样在一个人翻书、一个人练习中悄悄过去了。

第十章

暮色再一次笼罩住大地，月亮升了上来。

蘑菇屋前的葡萄架上，藤蔓被风吹得轻轻舞动，斑斑扑棱着翅膀小声叫唤："斑斑！斑斑！"

"晚安，贝比。"

"晚安，斑斑。"

"来陪大爷聊个天吧，一块卢索的。"

"哦，你有钱？"柳余惊讶了问道。

夜色下，斑斑那双黑豆眼筒直闪闪发光，"嘿嘿，玛丽公主那儿很多，谁叫她要剪斑斑的翅膀！欺负斑斑的人，终将得到惩罚！"

欺负得最多的柳余有点不知道说什么好。

"哦，我要睡了。"她翻了个身，正对墙壁。

另一边是盖亚的蘑菇屋，中间隔着一堵厚厚的墙。

一会路易斯要来，他要向她讨那十杯血。而从他在图书馆借着向卡洛王子揭破的机会，逼她进黑暗阵营看来……

他们短暂的联手，被打破了，她永远不可能进黑暗阵营。

如果他一定要十杯，那么……今天只能搏一搏了。

柳余告诉自己。

她伸手到枕畔下去摸了摸，确定东西还在，才闭上了眼睛。

斑斑气得拍笼子："贝比！你不跟斑斑聊天，你会后悔的！斑斑，斑斑知道一个秘密！"

"秘密？什么秘密？"

柳余睁开了眼睛。

"斑斑现在不想说了！再见！"灰斑雀两只翅膀抱在了胸口，居高临下地看着她。柳余跟它对视了一眼，"你有眼屎。"

斑斑"唰"地收回翅膀，跳脚："哪呢？哪呢？"

"噢，这么晚了，弗格斯小姐您这里还是很热闹啊。"

就在这时，无边的黑暗中突然显现出一团黑影，黑影散开，路易斯那张苍白英俊的脸露了出来。他又披上了他那件斗篷，浑身裹得跟黑夜融为一体。

他看了眼笼中的斑斑道："弗格斯小姐的鸟儿，也同样很有生气呢。"

斑斑惊恐地往笼子里躲了躲。

柳余不动声色地坐了起来，说："大人白天送我的礼物，让人印象深刻。"

"这是我的诚意。贝莉娅，你该到我身边来。"他缓缓向她走来。

"娜塔西呢？"

柳余手从枕下拿出东西，悄悄攥紧，她跟他讨价还价，"不管做情人还是手下，我贝莉娅·弗格斯，都必须做那个唯一。想要我成为你的族人，娜塔西你就必须舍弃。"

"噢，弗格斯小姐，您一如既往的贪心……这点，您可比不上您的妹妹。"

"您看上的，不就是这样的我吗？"

这时，路易斯已经快走到她床前。

他高大的身躯几乎将她整个罩在阴影里，阴影中，她苍白的皮肤、防备蜷缩的姿态，让她看起来像只楚楚可怜的、被猎人追得无处可逃的羔羊。

他皮下的血液再一次沸腾起来。

"弗格斯小姐，"路易斯蹲下来，与她平视，"我来取报酬了，十杯。这您总不会抵赖吧？"

十杯。

柳余从他黑色的瞳孔里看出他的势在必得。图穷匕见之机已到。

"那当然，弗格斯家从不抵赖。"

灰斑雀在一旁不安地拍打翅膀，时不时"斑斑，斑斑"叫上两声。

少女倔强的脸晃过他的眼前，他难得感觉到了一丝忧伤，他对食物从未有过这样复杂的情绪……

路易斯闭上眼睛，这时，心脏传来一阵尖锐的疼痛，他睁开眼，愕然地发现以为手无缚鸡之力的少女手心攥着一把十字架，狠狠往他左胸插……

路易斯留意到了那双眼睛，鲜血喷溅在她的眼周，那双蔚蓝色的眼珠里燃烧着的东西，让她看起来跟平时很不一样……

很美，就像是……他做人时曾见过的、在猎人枪口下拼命奔跑的麋鹿。

路易斯都不知道，隔了那么多年，他竟然还记得。

"唔……"十字架往肉里又钻了一层。

她似是气力不够，两只手都握了上来，一个有成人大小的光明弹落到他身上，爆开。

路易斯突然间大笑起来，他笑得断断续续："弗格斯小姐，您总让我大吃一惊。"

"……默法光明弹，十字架……"他咳了几声，一张口，鲜血不断从口中流出，可他还继续笑，"……圣水……真叫我伤心，弗格斯小姐竟然这么恨我，我可是很喜欢弗格斯小姐的。"

"恨？我不恨你。可为了我，您得去死。"

"噗……"

少女双手猛地往前。

她像是用尽了最后一丝力气，整个人松懈下来，萎靡地坐到地上。

路易斯却站直了身体，"当啷……"

插在他胸口的银色十字架掉了下来。

他咳了一声："抱歉，弗格斯小姐，我还死不了。"

那狰狞的伤口开始迅速地蠕动、结痂，柳余绝望地看着眼前一幕，她不明白……

他为什么没有灰飞烟灭，明明那一下，她已经刺穿了他的心脏。

"斑斑！斑斑！"斑斑凄厉地叫了起来。

路易斯掐住她脖子，提了起来。

柳余拉扯着他铁钳一样的手掌，蹬腿挣扎了起来。

一个又一个光明弹落到他的头上，路易斯毫发无损。

他轻轻抚过她的眼睛，"你的眼睛真美。知道吗？我以前见过一只很美的麋鹿，它的眼睛跟你一样，我太喜欢它了，最后，我就把它的眼睛挖下来，做成了标本。你的……"

少女咬着唇，眼泪狂乱地落下来。

她害怕极了，整个人都在瑟瑟发抖。

"斑斑！斑斑！"凄厉的鸟鸣回荡在蘑菇屋。

"这只鸟真吵。"

路易斯随手一挥，鸟笼就掉在了地上，斑斑从笼里出来，没头没脑地拍打着翅膀，向路易斯攻来。

"啪……"

斑斑被拍到了墙上。

柳余用眼角的余光，只看到斑斑趴在地上，小小的身子底下一摊血。

"斑斑，斑斑……

"贝比，贝比……"斑斑虚弱地道。

柳余挣扎起来，她咳着道："我跟你走，你别伤害它。"

"就为了一只鸟？弗格斯小姐总让我出乎意料。不过……"路易斯看看左右，"这里确实有些麻烦，我们换个地方。"

他将她放下，一扯，柳余就跟跟跄跄地跟了上去。

斗篷展开，黑雾将两人笼罩。

"噼里啪啦……"

像过电一样，路易斯突然颤抖着倒了下去。

柳余没了支撑的力量，一下子摔了下去。

他黑色的斗篷像只袱皮一样，将他紧紧包裹，整间蘑菇屋都亮了起来，纯净的光明力开始充斥整个房间。

路易斯咬着牙道："弗格斯小姐，我小瞧你了……"

柳余震惊地看着周围。墙角、地面，无数细沙一样的白芒，它们以一种玄妙的方式振荡，而每一次振荡过后，房间里的光明力也就越纯粹。

就在这时，葡萄架那边传来一声轻轻的"扑通"声。

紧接着，一阵熟悉的、最近听过无数回的脚步声传了过来，比平时要急一些、快一些，还有一声"扑通"……

柳余爬过去，将斑斑抱在了怀里。

小小的鸟身一抽一抽。

"斑斑，斑斑……"

斑斑说："有一个秘密……这个秘密就是，伟大的莱斯利先生……上次在替你打扫时，掉了很多、很多这样的东西……斑斑猜，一定、一定是要给贝比……一个惊喜，原来是、是这样……的惊喜啊……"

柳余看着房间越来越多、越来越纯净的光明力，以及渐渐显现出的六芒星，终于明白过来：盖亚在她房里，设了一个魔法阵。

传说中的魔法阵。

"斑斑，不要说话了。"她温柔地摸了摸它的脑袋，怎么也没想到，一只平时不怎么对付的鸟儿竟然愿意替她出头，她道，"留点力气。"

斑斑僵直着身体，一动不动了。

她眼泪掉了下来，"斑斑，对不起……对不起……"

这时，门从外"吱呀"一声，开了。

穿着星月袍的少年匆匆赶来，他掉了一只鞋子，银色的长发胡乱地披散在脑后，"贝莉娅，你要不要紧？"

卡洛王子随后进来，他一眼就看到了跟墙壁一样惨白的少女。

她神思不属地抱着一只灰斑雀，眼神温柔而哀伤。

纯白的睡袍上喷溅了许多血，连脸上也有，更让人触目惊心的是，露出的胳膊、手腕，以及小腿上，全是密密麻麻的伤口，血却像是流干了，只剩一点点在慢悠悠地往外渗。

她看起来像是要枯萎了。

卡洛王子张了张口，突然一句话都说不出来。

这时盖亚已经半蹲下来，对她说："贝莉娅，没事了，我带你去医师那儿。"

他要将她抱起来，谁知她却突然伸手，将那只灰斑雀塞到他怀里："盖亚，你救救斑斑，好不好？"

她流着泪道："它快死了。"

"没事的。"盖亚摸了摸灰斑雀，"它的心跳很强健。倒是你，贝莉娅，你的气息很微弱。"

"真的吗？"

"真的，莱斯利从不骗人。"

柳余不由自主地相信了他。

盖亚将灰斑雀塞给了卡洛，一把将柳余抱了起来。

"卡洛王子，接下来，拜托你了。"

"放心，我刚才已经通知神使大人和教授们了，弗格斯小姐看起来伤得很重……"

"我知道。"

盖亚将她轻轻往里托了托，听到细微的一声"嘶"后，垂头问："很疼吗？贝莉娅。"

柳余将脑袋轻轻枕到他的肩膀，她轻轻啜泣："……很疼，盖亚，疼得像是要死了一样……"

这时，她才有时间去思考：他……为什么要在她的房间设下一个魔法阵？还是瞒着她的……他是……怀疑她了吗？

而屋内的卡洛王子，惊讶地看着地上被掀开的斗篷：里面空无一物，只有一个枯木做的木头人。

风一吹，木头人化为斋粉，散在了空中。

徒留地上的斗篷，像是张大嘴，对他发出巨大的嘲讽。

娜塔西突然睁开了眼睛。

一团黑色的阴影如浓雾般罩住她，她下意识张嘴，等意识到对方是谁，又闭上了。

"路易斯大人？"她压低声问，还抬头往上看了一眼。

同舍的女孩睡得无声无息。

路易斯那张英俊而高贵的脸渐渐在黑暗中显现出来，他没有披着他的斗篷，脸色苍白，眼神冷峻。

"路易斯大人，您怎么现在过来……"

娜塔西舒了口气，剧烈跳动的心渐渐缓和下来。

"嘘，别说话，娜塔西。"

路易斯食指轻轻摁住她的嘴唇。

娜塔西乖顺地闭上了嘴巴。

她注意到他的呼吸过于急促，手指比平时还要凉，凉得像一块冰……

她忍不住打了个哆嗦。

"乖女孩，这样才对。"

路易斯满意地看着她，这才是他钟爱的女孩。温顺的、乖巧的、无害的，就像只兔子，而不是刚才那不驯的、桀骜的、会挥舞着爪子伤人的野猫。

只可惜了他的一只替身娃娃。

"路易斯大人，您……受伤了？"

娜塔西鼻尖闻到了一股浓重的血腥味，这味道她并不算陌生。

她伸出手，却被捉住了……

路易斯抱歉地看着她："娜塔西……"

"路易斯大人，你是在想贝莉娅姐姐吗？"她突然问。

他居高临下地看着女孩，"娜塔西，不要嫉妒，那样……就不可爱了。"

女孩的眼睛垂下了。

她的嘴角弯出一个乖顺的弧度："路易斯大人，我不嫉妒，您……别不要我。"

"乖女孩，我怎么可能会不要你。"路易斯温柔地道。

而另一边，值班的女医师匆匆披上外套问："谁啊？"

她点亮壁灯，打开门，发现门口站着一位美貌惊人的少年。

他银色的长发凌乱披散，一只脚赤着，怀中还紧紧地搂着一位金发少女，"医师，请帮忙看一看。"

"这……莱斯利先生，是你？"

女医师忍不住抬头看了眼窗外，明月高挂，没错，是半夜。

她让到一边，少年抱着女孩匆匆经过，将她轻轻放到了诊疗室内唯一的一张床上，女医师跟过去。

昏黄的灯火下，女孩的睡裙上溅满了黏稠的、猩红的血液，她裸露在外的胳膊和小腿，满是鳞片似的伤口，伤口几乎渗不出血。

"噢，光明神在上……莱斯利先生，您到底对她干了什么？"

她甚至还在女孩的脖子上发现了一条红肿发青的勒痕，狰狞而恐怖。

"莱斯利先生！这样折腾一个爱你的女孩，绝不是绅士所为……噢，天哪……这是虐待，是谋杀！我要向布鲁斯主教告发你，甭管您是什么星辰骑士，还是什么圣灵体，伤害女人就是不行！"

"麻烦您替她看一看。"少年温和地坚持道，他对她的质问置若罔闻。

雪白的床单上，女孩像只折翼的天使，痛苦地躺着。

"噢，我没有办法！"女医师捧着脑袋，"我没有办法！她体内的血已经快流干了，我没有办法！噢，光明神在上……这到底是……"

"那您替她清洗一下伤口，包扎一下。"少年始终保持平静。

"滚！滚！"谁知这一幕像是激怒了女医师，她随手拿起手边的一样东西扔了过去，"滚出这个地方！凶手！杀人凶手！"

"维拉尼卡，你还是一样的暴脾气……"

这时，一只大手抓住了飞到半空的"投掷物"，白发白须的老者出现在门口。随着他的出现，白衣神使和黄金骑士也潮水一样涌现，把这不大的房间挤得满满当当。

叫维拉尼卡的女医师恭敬地垂下头："布鲁斯大人，您来了。"

"这跟莱斯利可没什么关系，维拉尼卡。"布鲁斯大人手持权杖，走了进来。他转向床上的女孩："弗格斯小姐，您感觉怎么样？"

"她恐怕听不见，失血过多，导致了晕眩。"

女医师怜悯地看着床上的少女："她全身都是伤口……"

在场所有人都沉默了。

布鲁斯大人叹了口气道："那还有希望吗，维拉尼卡？"

"如果现在送到圣殿，让我的姐姐奥薇来医治，还有可能……"她低低地道，"抱歉。"

"不……还有希望。"少年打断她。

他彬彬有礼地走到布鲁斯主教身边，右手置于左胸行了个礼："布鲁斯大人，莱斯利想拜托您和神使们一件事。"

"噢，莱斯利，你知道的，我永远不会拒绝你。"布鲁斯看着他，眼神睿智而温柔。

"我想请神使们出手，为弗格斯小姐施加一次'圣光祝福'，她会好的。"

"圣光祝福？"神使们左右看了下，"莱斯利先生，这恐怕不行。布鲁斯大人年事已高，他已经无法再主持这么庞大的祝礼，而且……一旦失败，弗格斯小姐立刻就会死去。"

圣光祝福，是最高等的神术。

每一个信徒，都以能受"圣光祝福"为荣，可整个艾尔伦大陆，受过圣光祝福的人，不超过两个，其中一个，还是当时只是个婴儿的布鲁斯主教。

当时布鲁斯主教已经奄奄一息，最后是圣殿大主教出手救了他……

主持一次"圣光祝福"，需要三十个神使合力，而主持之人必须神力庞大，整个世界，也就圣殿大主教和三位神殿主教能做到。

而布鲁斯大人显然年事已高。

"试试看。"布鲁斯慈祥地道，"他们信任我们，才把孩子托付到我们手里，总要试一试。"

"布鲁斯大人，可……"

"不，我来。"盖亚看向床铺，"布鲁斯大人，我来主持。您将口诀告诉我。"

"莱斯利？孩子，这样太冒险了。"布鲁斯温和地看着他，"虽然你很有潜力，可……"

"布鲁斯大人不也在冒险？我有信心……"少年抬起头来，他看起来并不怎么伤心，却也因这份沉静显得可靠而值得信赖，"我能够做到。"

"莱斯利，你承受得住一旦失败，弗格斯小姐会立刻死去的结果吗？也许，你会为此愧悔终身。"

"不，不会失败。"

维拉尼卡在少年回答时，忍不住抬头看了他一眼。他当然是精致的、美貌的，可这份精致在这时，倒因他的沉静和坚持，显出一副坚毅的、分外不同的面貌来。

"好，你来。"布鲁斯大人拍拍他的肩膀，让开了。

神使们回神殿去取圣杯、圣水和光明权杖。黄金骑士们腰佩长剑，将附近隔离起来，还有一部分，散入无尽的黑夜，地毯式地搜索起那本该被抓住的黑暗使徒。

柳余并非像女医师说的那样完全丧失了神智，她模模糊糊地睡了一会，又醒来。只是眼皮太沉重。

周围"嗡嗡"声不断，嘈杂得像一个闹场，脚步声、吟唱声混杂在一起……

她挥挥手，想将烦人的"苍蝇"赶走，可那"苍蝇"变本加厉，她恼了，一急，眼睛就睁开了。

她发现自己躺在一张雪白的床上，头顶是夜空。

床不大，翻个身就能摔下去，耳边的"嗡嗡"声……不，不是"嗡嗡"声。

一首她从未听过的歌在夜色中飞扬，那音色如令人心醉的大提琴。

她转过头，白衣神使们在不远处排成一个奇怪的阵列，他们低眉肃立，权杖高举，一团又一团白色的光从权杖飞出，以一个极为玄妙的韵律落到阵列前方……

盖亚，正站在那里。纯白色的星月袍被鲜血点染，少年赤足而立，她看着他的银发从腰一路往下疯长，疯长……直至长及脚踝。

风吹起他水银般的长发，冰雪般的少年安静地站着。他睁眼，那绿眸像是集了一春的绿，几乎能照见人的影子。

柳余下意识闭上眼……

在那一刹那，她几乎以为他能看见了。

一团又一团的光明力进入她的身体，她像是沉入了一潭温暖的水里。

绵绵密密的疼痛再一次被唤醒，紧接着，是酥酥麻麻的痒意，那光明力不断地修补着她破碎的身体，而每一个修补过的地方，似乎能感觉……更好了。

生机勃勃，灿若朝阳，这是一种微妙的、说不清道不明的感觉。

柳余想挠一挠，被抓住了："别动。"

她眼皮一跳，睁开眼。

盖亚苍白而疲倦地坐在她床边，一只手握住了她："别动。"

"斑斑……呢？"她一张口，发现声音沙哑。

"这儿。"盖亚将右手边的鸟笼提了过来，"它很好，比你好。"

灰斑雀扑棱着翅膀叫着："斑斑斑斑斑斑斑……

"贝比，早安，你睡得像一只猪。"

柳余嘴角翘了翘，回应："嗯，斑斑，早安。"

"贝比，你可真幸运。斑斑也想像你一样，躺在温柔的莱斯利先生怀里，让他亲自照顾……噢，斑斑快嫉妒死你这个幸运的小家伙了。"

是啊，真幸运。

她还躺在她的蘑菇屋，她没死，斑斑也没死。

不过，她捂住脸："盖亚，别看我，我一定很丑。"

少年微微叹了口气："贝莉娅，你忘了，我看不见。"

"可我一定变得很丑很丑，"她哭丧着脸，扑到他怀中，"就像个巫婆，我现在庆幸，你看不见我。"

"贝莉娅……"少年无奈了，"我该走了，这是女舍，不合规矩。"

"可我害怕，盖亚，那黑暗使徒……死了吗？"柳余怯怯地问道。

这时，门被叩响了。

"抱歉，"卡洛王子的声音传来，"弗格斯小姐醒了吗？他们有一些事，需要当面向她确认。"

终于来了，总会有这一遭的。

柳余下意识看向盖亚。窗外已经是白天，天光明媚，他银色的长发束成一束，像银色的月光倾泻在她床上，原来还有些少年气的五官，竟开始显出英挺的轮廓。

是……高了些吗？

不过，在这之前……

柳余将头枕在他的肩膀，闷闷地道："盖亚，你就没什么要问我的吗？"

"没有。"他依然说没有，神色温和。

"可我有，盖亚，你为什么在我的房间设下魔法阵，又为什么瞒着我……"

"弗格斯小姐，您醒了吗？"敲门的声音又大了些。

"盖亚……"少女咬着唇，"你是不是……是不是……一直都……"

"算了，"少年牵起她的手，"我随你一同去。"

卡洛王子又敲了敲门，门内开始有了动静。

女孩娇软的、似乎在跟情人撒娇的声音，与偶或一两句优美的男音混杂在一起，传出门外。

卡洛王子几乎立刻就能想象出对方的样子。

她必定用那双会说话的眼睛看着精灵似的少年，她依偎在他身边，虔诚地、炙热地诉说着想念……

"卡洛王子，再敲一次。"身后的人咳了一声，催促他。

卡洛王子又敲了两声，这时，紧闭的门"吱呀"一声打了开来。

一位苍白而倦怠的少年站在门边，银发在光下蕴出浅浅碎影……当他抬眸时，卡洛几乎以为他看见了自己。

"稍等，卡洛王子，神使大人。"少年淡而有礼地点头。

旁边的金发少女紧紧地拽着他的胳膊，大概是不适应猛然而至的阳光，那双蔚蓝色的眼睛微微眯起，睫毛无辜地弯下，这一刻，像极了午后酣睡而醒的猫。

她纯白的裙角被风吹起，露出纤细光洁的一双小腿……

再没有昨晚濒死时的苍白无力，裸露在外的肌肤仿佛安迪山脉最净的一捧初雪……

不，也许比那还要晶莹，

伤口都不见了，简直是神迹。

"弗格斯小姐，您看起来好极了，比从前还要好。"

"多谢。"少女朝他甜甜地笑了。

卡洛王子却忍不住想起昨晚。

那场盛大的仪式他也在场，他是亲眼看着，那一场宛如神迹的"祝福"是如何降临到这伤痕累累的少女身上，又是如何让她焕然一新、宛若重生的……想到这，卡洛王子朝盖亚行礼的姿势更加郑重。

"莱斯利先生，您请便。"

"谢谢。"

卡洛王子察觉到，自从那一场仪式过后，莱斯利先生就变了不少。

他的银发骤长，少年式的柔和开始变淡，渐渐显露出一个成熟男人的棱角……冷峻的，挺拔的，当然，仍然温和而有礼。

"卡洛王子，我和弗格斯小姐会一起去，劳驾两位等一等。"

"莱斯利先生的要求，我们自然听从。"

卡洛王子身后的神使也恭敬地弯下了腰。

"盖亚……"少女依依不舍地看着他，一只手还牵着不肯放。

盖亚朝她看了一眼："换身衣裙，我在门口等你。"

他大跨步地走了。阳光在他背后剪下一道朦胧的光影。

柳余收回视线，也朝卡洛王子笑了笑："卡洛王子，不介意我换套衣服吧？"

卡洛王子当然知道这时候上门有多讨人嫌。

"弗格斯小姐，当然。"

柳余退后一步，将门关上了。

斑斑在鸟笼子里踱来踱去，时不时用黑豆眼瞅她一下，似乎在探究她的情绪。

"斑斑！斑斑……

"贝比，那大黑坏蛋你打算怎么办？可不要将娜塔西供出来哦。"

柳余瞪它一眼，戳戳它脑袋。

"一仆不侍二主，一鸟也不认两个主人，斑斑……"她拉长声音，"忘了娜塔西。"

"噢，贝比……"斑斑用翅膀捂着脑袋，试图逃避问题，"斑斑偶尔也会怀念弗格斯家那尘土飞扬的小阁楼，怀念娜塔西温柔的手掌……"

柳余高高地抬起下巴："既然怀念你的娜塔西，为什么还要舍身来救我？"

斑斑眨巴眨巴黑豆眼："斑斑？"

"一时……脑子发热？"

鸟脑袋上立刻挨了一记拳。

"那大坏蛋居然欺负一只雌性！一只雌性哎！这在我们鸟类，都是要好好保护的存在……再说了，贝比你可是唯一能同斑斑聊天的稀有雌性，很珍贵的！"

斑斑灰扑扑长满了毛的脸上，隐隐显出两团红晕。

其实……它也弄不明白，自己是更喜欢伟大的莱斯利先生一些，还是更喜欢面前的这只雌性一些……明明她既没有鲜艳的羽毛，也没有漂亮的大翅膀，脾气还特别坏。

"哼。"

"贝莉娅，你看起来，好像一只气鼓鼓的河豚噢。"斑斑呆呆地道。

"反正……斑斑，不许你喜欢娜塔西。你是我的鸟，就不许记着她。"

"你以前也不这样啊？"斑斑歪着脑袋，被她弄糊涂了。

"以前是以前，现在是现在，现在……"少女傲慢地宣布，"你是我的鸟了。"

"可斑斑……之前就是了啊？"斑斑用翅膀摸摸脑袋。

它的小脑瓜注定它不会理解，一个从未有过亲朋好友的人，说出这句话的分量。

柳馀去了卫生间，漱口洗脸。

手伸到水下时，才发现，胳膊上那些伤口都消失了，拉起裙摆，小腿上的伤也没有了……比任何一场祛疤手术都来得强，这是一场魔术……而在昨晚，她几乎以为自己没救了。

"……还自带光子嫩肤效果。"

柳馀看着镜中吹弹可破的皮肤，不由想起梦中的场景。

一团又一团的光明力笼罩住盖亚，他银发赤足，仿佛是世界的中心，权杖一落，那些光明力又从他那儿降临到她身上。

纯净的、舒适的，让人忍不住想起冬夜的温泉、温暖的襁褓。她隐约有种感觉，身体似乎发生了某些变化……好的变化。

洗漱完，照照镜子，脸颊过分红润，嘴唇太过鲜妍……

柳馀又拿来珍珠粉，在两颊和嘴唇上各扑了一些，指腹轻按，再看，镜中俨然出现一个大病初愈、楚楚可怜的少女。

斑斑："贝比！这样不好看，像生病。"

柳馀将东西收好，从衣橱内找了条最素的裙子穿上，珠宝首饰一律不带，套了双平底的棉布鞋。

"斑斑，人类很狡猾的。"她道，笑盈盈地，"特别是我。"

"斑斑不懂。"

"你不需要懂。"

她推门出去，阳光洒进来，卡洛王子转过身，她满意地看到对方眉目中的惊艳和瞬起的怜惜……

女人的武器，不单单是美貌，还有适时的、偶尔的示弱。

"弗格斯小姐，请跟我来。"

卡洛王子优雅地屈身，右手置于腹前，"莱斯利先生已经在门外等您。"

"谢谢。"柳馀向门外走去。

盖亚站在舍外一棵巨大的槐树下，女孩们嘻嘻哈哈地经过他身边，又回过头看他。

稀疏绿意下，那一头银河般的长发飘起。

他听到动静，抬眸向她看来，"贝莉娅。"

柳馀狡黠地笑了起来。

她提起裙摆奔了过去，"盖亚，你真的在。"

她想，抛开所有弯弯绕绕的试探和过程，只看结果……盖亚肯陪她去，就说明，他对她不忍心。

容忍和怜惜，即使不是爱情的开始，却也比冷漠、蔑视、仇恨，好得多。

她的开局，不赖。

现在的问题是，怎么蹚过这一看就不大容易的局……

如果，对方使用破谎术，她该怎么破局？

第十一章

光明神殿偏殿。

"马兰大人，弗格斯小姐到了，还有莱斯利先生一起。"

引柳余进来的白衣神使对着偏殿上首弯腰行了个礼。

"见过马兰大人。"柳余提起裙摆，落落大方地行了个礼。

坐在上首位的，是位穿着黑袍的青年神使。

他面目冷酷，有一双鹰隼般的眼睛，当用那双眼睛看人时，仿佛要将人整个看穿。

这是一个完全不符合光明气质的人物……他看起来过于阴森，板起脸时甚至能吓哭过孩子，可柳余却记得他。

在整部小说中，以绝对反派形象出现的马兰·塞西尔，最后却是为信仰而死。

她还记得那一段："……马兰·塞西尔看了眼头顶，湛蓝的天空还残留着光明神的神迹，他心满意足地闭上眼睛……他终于为光明而死了。"

而柳余印象更深刻的，却是马兰在刑罚、逼供上的"天赋"……

当然，还有他对"异端"的极度冷酷。

他对光明神的信仰，是极端中的极端、狂热中的狂热，也因此，他无法忍受任何亵渎神灵的行为，包括对光明神有爱欲之心。原书中，马兰也是"灰姑娘"一路顺风顺水的生命里，少数几个顽固的、不被感化的绊脚石。

所以，当柳余看到马兰·塞西尔时，就知道今天这关，没那么容易过去了。

这是一个心细如发又极度冷酷之人。

他是艾尔伦大陆光明神殿中的光明左使，掌管刑罚。

似乎她的不安，被身边的少年发现了，盖亚"看"了她一眼。

"弗格斯小姐，莱斯利先生。"

马兰·塞西尔起身，右手置于左胸，郑重地朝两人，确切地说，是朝盖亚行了个礼。

"马兰大人。"盖亚也朝他行礼。

马兰高坐殿堂，而柳余、盖亚、卡洛王子和其他神使们都站在台阶之下的殿中央。

"弗格斯小姐，很抱歉，本该让您多休息一阵，不过……"

马兰·塞西尔的态度比柳余想象中好很多，只是她却不敢放松警惕，这可是原小说中疯狗一样的人物，一旦发现不对，咬住就不松口的狠角色。

马兰继续说道："……不过，这件事对光明神殿、对艾尔伦大陆都至关重要，希望弗格斯小姐配合。"

"那当然。"

要取悦一个狂热信徒，最好的办法是什么？

比他更狂热，更虔诚。

"光明神在上，我贝莉娅·弗格斯被黑暗使徒缠上，简直是罪孽深重，应该上绞刑架死伤一万次才对……"

少女面色苍白，像是受到了极大的侮辱，羞愤欲死。

马兰·塞西尔却并未被她的表态打动，他打断她："弗格斯小姐，麻烦您将事情的来龙去脉再详述一遍，特别是当晚的情形。"

"那天上马术课，我的马儿挨了玛丽公主的一鞭子……"

少女眉目微蹙，她似乎陷入可怕的回忆，喃喃道："那时，马驮着我跑得飞快，我以为自己要死了，谁知道，被莱斯利先生救了下来……后来，一个穿着斗篷的黑暗使徒纠缠我……"

她将顺序变了变，事情就完全成两样了。

并且看向身后的卡洛王子："这件事卡洛王子也能作证。"

马兰大人看向卡洛王子，索伦王国的王位继承人，光明神世代的忠实信徒……似乎值得信赖。

卡洛王子点头："是，爱德华先生那时还用了熔拉卡，叫了许多白衣神使过去，弗格斯小姐险些丧命……这件事，许多人都知道，包括爱德华先生。昨天白天，那位黑暗使徒还在图书馆纠缠弗格斯小姐，他逼迫弗格斯小姐加入黑暗阵营……"

"昨天为什么不报告？"马兰·塞西尔突然问。

这个问题相当尖锐，一个答不好，连卡洛王子都要受拖累。

"这……"卡洛王子怎么能说，自己是因为一位少女惧怕的眼泪而退缩了。

"因为我害怕。"柳余回答。

"神圣的光明信徒，怎么能害怕黑暗？"马兰·塞西尔看向少女的眼神，轻蔑而冷酷。

卡洛王子下意识皱眉，他看了眼盖亚，发现他不动如山地站着，即使心爱的情人羞愧到快无地自容，也并未流露出其他的情绪。

他感觉到了一丝不满，这样的痴情，说到底，不过是不想让莱斯利先生知道那些不堪而已……

卡洛王子注意到盖亚向他"看"了一眼。

而那边，柳余似是鼓起勇气，道："我原先是有些害怕……可我后来不怕了。那位黑暗使徒相当敏锐，他既然能在神殿潜伏如此之久，就说明他十分谨慎。而作为光明神最虔诚的信徒，即使豁出性命，也要将那黑暗使徒杀死。"少女突然露出抹甜蜜的笑，"马兰大人，我也成功了，不是吗？"

卡洛王子内心突起一丝不忍，而这不忍，随着她的笑容，发酵壮大。他的心，像被一阵酸雨浇过。

弗格斯小姐还不知道，她豁出性命留下的黑暗使徒……跑了。

"抱歉，那位黑暗使徒跑了。"马兰·塞西尔告知她这个事实，并成功地看到少女脸上的笑戛然而止。

"请详细描述一下那晚的情形……"

"马兰大人，您这样苛责，对一位劫后重生的淑女来说，并不绅士。"卡洛王子道。

"光明神利益高于一切，我对当一名绅士并无渴求。"马兰·塞西尔冷冷道，"还是卡洛王子能为弗格斯小姐的无辜作保？"

卡洛王子不说话了。他当然觉得弗格斯小姐无辜，可未来……未来谁说得准呢？

"可弗格斯小姐倘若跟黑暗有染，又怎么会在昨晚跟他战斗，濒临死亡？"

"也许是与黑暗使徒玩得太没分寸了。"马兰·塞西尔从不害怕用最坏的猜测来获取事实。

他看着柳余："请将那晚的情形详述一遍。"

少女眼圈发红，不知因为黑暗使徒跑了，还是因为马兰毫不留情的质疑。

她握紧拳头："那晚，黑暗使徒突然出现在我的房间，他向我要十杯血……作为虔诚的光明信徒，我深知自己的力量太过微弱，可又不想错过这次机会，就用小刀给自己放血……血喝过多会微醺，果然在第七杯时，我抓住机会，用银色十字架刺入对方的心口……"

"银十字架？"

"是，马兰大人。昨天离开神殿前，我向一位神使借了银十字架，您可以叫来问一问，他的名字叫欧文。另外，我还拜托莱斯利先生，向布鲁斯大人要来了一杯圣水。"

什么样的话能取信别人？

三分真，七分假。可要取信马兰·塞西尔这样多疑之人，那就起码得八分真。

她现在一句假话都没有，而是有选择地、有偏向性地说真话，甚至拉下卡洛王子、莱斯利来为她的真话作证……

不对吗？对的。

这些事都发生了啊！她拉卡洛王子、盖亚，甚至是给圣水的布鲁斯下水……会使得这番话，更为可信……起码，马兰·塞西尔脸上的深沉少了许多。

"卡洛王子、莱斯利先生，是这样吗？"

"是的。"

"是的。"

两人一同道。

马兰大人权杖一点，一道白光笼罩住柳余。

"破谎术。"

"第一个问题，你发誓，你刚才所言句句属实。"

"我发誓。"

这时，白芒化成点点碎光落在柳余身上，不知道为什么，没有盖亚的光明力舒服。

"破谎术。"马兰大人似乎对慢慢聆听失去兴趣，"第二个问题，你和黑暗使徒的关系。"

"仇人。"

白芒依然成功地化成碎光落到她身上。

柳余于是知道，破谎术和当时的心境有关。她现在恨路易斯的逼迫，把他当仇人，所以破谎术不会拆穿。

她成功地看到马兰·塞西尔缓和下来的情绪。

他对她的怀疑打消了。

"破谎术。"马兰权杖一点，"最后一个问题，你的身体是否被黑暗使徒玷污过？"

作为极端的光明崇拜者……马兰·塞西尔不能接受任何与黑暗阵营有染之人，即使是被强迫。

柳余愣了愣，她下意识往旁边的盖亚看，却只看到少年精致的、过分静谧的侧脸。

他似乎毫不意外……

卡洛王子只见金发少女本就苍白的脸，一下子变得更加惨白。可怜的弗格斯小姐，她拼命捂着的、不愿意被莱斯利先生知道的秘密……

殿内沉默良久。

"马兰大人，"就在这时，一直沉默的盖亚突然伸手一点，一道白光将那代表破谎术的白芒包裹、消融，他道："当弗格斯小姐愿意向黑暗使徒使出屠刀时，就足以证明她的心属于光明。"

"光明绝不能接受肮脏！"

马兰·塞西尔一下子站了起来，"还是莱斯利先生愿意为弗格斯小姐作保，证明她一直身心纯洁，从未被那黑暗使徒玷污过……"

"马兰，够了。"

偏殿的门，突然从外打开了。

布鲁斯大人站在门外，和蔼的双目看着眼眶发红的少女："弗格斯小姐，让您受委屈了。回去吧，这本该是大人做的事。"

"可她……"马兰不肯。

"马兰·塞西尔，别忘了神的旨意。仁慈，宽容，忠诚。您的那一套，不要伸到学院这些可爱的孩子们身上。好了，弗格斯小姐、莱斯利先生、卡洛王子，你们该走了。"

布鲁斯大人让他们先走。

少女似是无地自容，捂着脸冲了出去，卡洛王子追了几步，见盖亚·莱斯利还是步态从容，忍不住道，"莱斯利先生你……"

"卡洛王子想说什么？"

对着这样一张冷淡的脸，卡洛王子什么也说不出来。

说话间，两人已经走出了大殿。

少女等在门外，眼睛红得像兔子，她没走，反倒倔强地站在门外："昨天在图书馆，你就知道了，对不对？"

"是。"盖亚从不欺骗。

卡洛王子迟疑地停下脚步，很快，又迈开腿迅速离开。他想，这种时候，骄傲的贝莉娅·弗格斯必定不愿别人看见。

"那你……后来不肯主动亲吻我，是因为……嫌弃我，我被黑暗使徒玷污……你听见了卡洛王子的心声，对吗？"

她像是不堪重负，捂住脸蹲了下来，失声痛哭。

少年微微地叹息一声："不是。"

"不！是的！"她抽噎着道，"你早就知道了，你早就知道了……你看着我，像个傻瓜一样，上蹿下跳……所以，你瞒着我……你在我房间设下魔法阵……因为你不信我，你以为我跟黑暗使徒有……盖亚，我太伤心了……像马兰大人说的那样，我这样的人，就不配活着……就该去死……"

一道温暖的手，覆到了她的头上，少女抬起头，隔着一层泪雾，盖亚蹲下与她平视。

"保护，我设下魔法阵，只是为了保护。"

"保护……吗？"少女愕然地道。

柳余也为这个出乎意料的答案惊讶了。

可神从不撒谎。

他的化身，也绝不会撒谎。

"为什么？"

盖亚坦然地又无比温柔地道："贝莉娅，你还只是个孩子。孩子，值得一个原谅的机会。"

细细密密的一层雨突然落了下来。

柳余抬起头，生平第一次感觉到茫然。

从来没有人说过，你还只是个孩子。从来没有。

真实的……盖亚，到底是什么样的呢？是面前这个温柔的少年吗？

他到底知道了多少？她掩饰得很好，即使露馅，也只会是在光明学院……他知道的，不过是她跟黑暗使徒有交集……所以，才要保护她。

柳余面前像是弥漫起了大雾。

"所以，你是关心我的？"

她无法推翻自己在卡洛面前撒的谎，否则，必将牵出她和路易斯之间的交易……比起和黑暗阵营做交易，被强迫似乎更能让人接受。

可在这个固守忠贞近乎执拗的光明神面前，她这个"不够忠贞"的人……还有机会吗？

柳余决定试探一下。

盖亚拍了拍她脑袋："贝莉娅，该回去休息了。我替你向教授请假。"

"盖亚……你不嫌弃我的，对吗？"她伸出手，试探地抓住他的手腕，又渐渐往上，直到勾住少年的脖子，"我脚麻了。"

盖亚轻轻替她擦干眼泪，"别总是耍脾气。"

"我脚麻了，走不动了，你背我。"

"贝莉娅……"

"我还只是个孩子。"

少年转过头去，"上来。"

柳余高高兴兴地爬上了他的背。她确信，他对她十分有耐心。

而在这之前，他否定了嫌弃，又承认了关心。

没有一座险峰是容易攀登的。

柳余在顷刻间拿定了主意："我不会放弃的，盖亚。"

盖亚没有回答她。

柳余当然不会回去休息。

她的过去注定了她不会舍得浪费任何一个学习机会，坚持要去上课。

"盖亚，盖亚，盖亚……你就送我去马术课吧，爱德华先生一定想我了。"

"你确定？"将背变成"公主抱"的少年低头问她。

"当然，盖亚。"少女在他怀中，头点得跟小鸡啄米似的，"我已经好几天没去上课了……我一定已经变成所有神眷者中最差的了。"

她的声音低落得像是随时能哭出来。

"不会的，贝莉娅。你是我见过的最努力又最有天赋的人。"

"真的？"她突然抬起头，听起来不大相信，又很想相信，"那你会陪着我吗，盖亚？"

"贝莉娅，这可不行。爱德华先生说，马术课我已经不需要继续去了。"少年拒绝她。

"盖亚，好吧，我总不能一直当你的跟屁虫。"少女似是放弃了，嘟囔着道："虽然……我的腿还有些疼，不过，总能跨到马鞍上去的。再说，也没那么多黑暗使徒要对我的马下手……"

"就今天的马术课……"

"盖亚，你最好了！我最最最爱你了！"

她立刻就高兴了，甚至高兴得发疯，直起身在他下巴上连亲了两口。

"贝莉娅……"

"知道了，知道了，不能随便亲，可我，可我忍不住嘛。"少女嘟着嘴。

"作为一位淑女，你这样的行为不太妥当。"

"知道了，知道了。"

她捂住耳朵，将头整个埋到他胸口。

到马场时，马术课已经上了一会儿了。

爱德华先生歪歪扭扭地躺在一张不知打哪儿来的藤椅上，一看见两人，左边的眉毛就挑得老高。

"弗格斯小姐，布鲁斯大人已经为您请了假，您可以休息一天。噢，还有莱斯利先生一起。"

柳余手忙脚乱地从盖亚身上下来，她努力拽了拽裙子边，试图让它更直一点儿。

"爱德华先生，我来上课。"

"上课？"爱德华眼神奇异地看着她，"噢，弗格斯小姐真是我见过的所有贵族里最勤奋的。"

马场上，贵族小姐们撑着遮阳伞，在场边的树下避阳、闲聊，见柳余过来，还招手打招呼，当然，这个招手也都招得优雅矜持。

于是，马背上那少数几个坚持练着马术的女孩儿，就极为显眼了。

柳余一眼就看到了红着小脸、在马背上挥汗如雨的娜塔西。

她端详了会，不得不承认，这时候的女主角很有魅力，天真烂漫、活泼可爱，她就像野地里自在生长的小花儿。

"娜塔西最近也很认真。"爱德华先生用欣赏的眼神看着越来越近女孩儿。

娜塔西一牵缰绳，奔了过来，"莱斯利先生，贝莉娅姐姐。"

先叫的莱斯利。

柳余撇了撇嘴，承认自己十分之小心眼，牵起嘴角，用更热情、更动人的笑回了过去，她挎着莱斯利先生的臂弯："我坚持来上马术课，盖亚不放心就来陪我。"

盖亚在旁边安静地站着。

娜塔西脸上的红晕一下子浅了些，眼底没藏好的失落流露了出来。

她抿抿嘴，像是想起什么，又鼓起勇气道："我有事想跟贝莉娅姐姐说。"

柳余看了眼盖亚，他风度绝佳地退开一步。

"我换衣服。"

说完,少年已经转过了身,迈开长腿,往更衣室去。

颀长高挑的身躯一下子隐没到路旁稀疏的绿意里。

"说吧,娜塔西,让我听听。"

柳余率先走到马场的一边。

栅栏围起的地方,十几棵高高大大的绿叶树种在一起,手掌大的叶片密密麻麻地交错攒集,确实是个好地方。

附近有细细碎碎的谈话声。

"……听说弗格斯小姐昨晚跟黑暗使徒搏斗,险些丧命!"

"真的?我刚才见她好好地站着,跟爱德华先生在那聊天呢。"

"当然是真的。昨天莱斯利先生抱着她出去时,我从门缝里瞧见了,弗格斯小姐耷拉着头和手,看起来就像个死人,浑身全是血,后来还来了许多神使,最近学院里可不太平。"

"噢,听起来真毛骨悚然,黑暗使徒已经很久没出现过了吧?他死了吗……"

光影落在娜塔西的脸上,柳余面无表情地听着。

"娜塔西,没话说的话,我就先走了。"

娜塔西似是被她吓了一跳,乖顺垂着的眼睫一下子扬起,飞快地看她一眼,又低下头去,局促不安地问:"贝莉娅姐姐,您为什么要伤害路易斯大人?他不是坏人。"

"路易斯?谁?"柳余歪着头,看着她。

娜塔西一下子抬头,直愣愣地看着面前过于得天独厚而总是让人自惭形秽的少女,突然间想:她也没什么了不起,她说谎了,她都没勇气提起路易斯。

心里的紧张莫名地被安抚了。

"如果你要说的是昨晚那个黑暗使徒,"金发少女笑盈盈地说,"娜塔西,别天真了,一个将我们当作食物的黑暗使徒,他是坏人和好人,重要吗?"

"怎、怎么不重要?人有坏人好人,东西自然也有好的,和、和不好的。"

"噢,那人类会和鱼、羊、牛做朋友吗?"她问,"公鸡会和虫子做朋友吗?狼,会和羔羊做朋友吗?"

在娜塔西惨白的脸色里,柳余慢悠悠地走过去,压低声道:"娜塔西,你跟他在一起时,有没有听到同类的哭泣?他们不安的灵魂在黑暗中煎熬,他们死时的哭泣响彻地狱……你都听到了吗"

"羊活着要吃草,这不怪羊,毕竟他也想要活下去。可草,却不能把羊一时的亲近当成亲切,娜塔西,记得你自己是谁。"

她轻轻拍拍女孩的肩膀,悄然走了。

更衣室门外,一身骑装的少年在门边安静地站着。

他似是抬头,"看"着头顶的天空,见她来,又"看"了她一眼。

"贝莉娅。"

"盖亚,等我一下。"

柳余快速地走进更衣室,换上骑装,还没出门,娜塔西却突兀地推门进来。

"那、那草的同类从来对她没有怜悯、爱惜,就像贝莉娅姐姐那样……草该怎么办?"

她眼里带了哭泣的意思。

柳余下意识往窗外看了一眼，盖亚已经不在门口了，他站到了远处的树下。

稳稳地系好最后一颗扣子，带上帽子，整一整。

"不怎么办。娜塔西，你的人生在你自己。"

她手放到门把上，后面的声音突然传了来："贝莉娅姐姐，你怎么会懂！你一直活在万众瞩目里，他们都爱你，却看不到藏在阴暗里角落里的我……可路易斯看到了我，他把我当作珍宝……"

柳余转动门把，头也不回地出去。

她做不了谁的救世主。她连自己都救不了。

树下的少年转过头来，眉微凛，银发在光下闪烁。

"贝莉娅？"

"盖亚，走吧，去给我挑匹马。"

"你看起来有点不安。"去马厩的路上，盖亚突然道。

柳余看了看路边的野草，她也在想一个问题……神，跟人，到底是不是一个品种。

眼前这个……她又看了眼这个过分美貌、初显成人棱角的少年。

"怎么了？"他微微侧头问。

"是的，我在想一个很重要的问题。"

被神圈养的人类，"洗脑""填鸭"式培养出来的狂热信徒，对神来说是不是听话的羔羊？神会爱上一个毫无主见的羔羊吗？

她想起陈列在商店橱窗里的洋娃娃，洋娃娃有白皮肤的、黄皮肤的，有金色头发、银色头发的，有穿裙子的，有穿漂亮的小马甲的……如果你愿意的话，它们可以每天对你重复一百遍"我爱你"，对你表达诚挚的、逾越性命的热爱。

可她只会把娃娃当娃娃。

"那想明白了吗？"

"不，想不明白，"她停下脚步，"盖亚，你喜欢我……听话一点儿，还是不听话一点儿？"

少年愣住了，他面上的表情很少见，紧接着，漂亮的眉目微敛："贝莉娅。"

"算了，我还是不听话一点儿吧。"少女自说自话，指了一匹看起来就很烈的白马，"我要这匹。"

"这匹脾气恐怕不太好。"

"可我有你啊，盖亚。"她转过头，笑眯眯的，一颗甜蜜果儿似的，"一会骑马，你陪着我，有什么关系？"

"你的情绪，又变了。"盖亚道。

柳余已经让人将那匹烈马牵了出来，"盖亚，你要记得，女人总是反复无常，即使她还只是个女孩，这项天赋也从来不会丢。"

"哦。"

盖亚牵的，还是上次那匹。

"为什么不换一匹？"

"为什么要换？"

光明学院的马场很大，绿草如茵，一眼看不到边。

饶是如此，当柳余练习着花式马术，骑马经过一片小湖泊时，还是惊讶了。

"盖亚！这里有个湖。"她转身对后面喊道。

身后马蹄声渐近，骑着白马的少年飞扬而来，他一扯缰绳，白马就停了下来。

"湖？"他微微侧头，好像在听风的声音。

"在这休息会，好不好？"

柳余也扯停了身下好不容易驯服的白马。

白马不耐烦地抬头。这马确实烈，不过再烈也甩不脱跟它死磕的人，柳余一整个下午就跟长在它背上似的。最后，它也只能委屈屈、不情不愿地认了。

"嗯，好啊。"少年道。

他利落地翻身下马，走到柳余身边，伸出手，温柔地道："贝莉娅，下来。"

柳余看着递到面前的手心，决定今天要扮演受伤然而倔强的羔羊。

她低声道："我自己可以。"

说着，就要扶着马鞍下来。

腰却被扶住了，少年对着她，神色是微微的不赞同。正怔神，人已经被一把抱起落地，回神时只看见少年手臂的肌肉线条在一瞬间鼓起又迅速消失。

"干什么？"她小声嘟囔，"我可以的。"

少年一放下她，手指就立刻离开了，只留下微凉的触感。

柳余却抓住他的手，才迈开步子，"嘶"了声……

"疼吗？"

少年"看"她。

"嗯，疼。"少女红着脸，经过一下午，大腿内侧早就磨得发疼，"你知道了？"

"风的气息不一样。"

少年将缰绳一抛，找了个地方自在地坐下。

红衣少年，手撑在身后，清风吹起他飘荡的衣角，显出他清瘦的又颇具力量的身形。

柳余站在原地看了会，才挪着脚走到他身边坐下。

此地远离人烟、微风徐徐，天际一缕斜阳，闭上眼，有潮湿的水汽扑面而来。

嗯，地方不错，确实是个谈心、加深感情的好地方。

柳余过了会又挪过去，直到两人肩挨着肩，才小心翼翼地将头枕到了少年的肩上。

少年一动不动，既没有躲避，也没有迎合。

"……嗯，盖亚，你在想什么？"

少年想了良久……

"我在想，"他伸出手掌，挡在眼前，"我是谁。"他道。

夕阳的余光落进他纤长如玉的指间，在他的脸上留下明明灭灭的红色光影。

"那你想起来了吗？"

柳余摸了摸手腕，记忆珠和斑斑的羽毛还好好地在链子上挂着。

她将手链藏进了衣袖里，没有这个珠子，他就想不起来。

"很奇怪，我查了很多典籍……"少年答非所问，面上带了微微的迷惘，"布鲁斯大人说，我是星辰骑士，是神灵宠爱的孩子。可没有哪一个星辰骑士能像我这样。"

"怎样？"

"我能听见许多人心里的声音。"他闭上眼。

"你很困扰？"

"不，虽然有点儿烦躁，但我却像是听过千年万年，早已习惯……很奇怪，是不是？"

"如果是我，我恐怕就疯了。"少女嘟囔着，"每天被逼着听……噢，谁谁谁和谁谁谁成了情人，谁谁谁家母猪生了，谁谁谁想要一个吻……"

"现在，弗格斯小姐就想要莱斯利先生一个吻，"她仰着头，"莱斯利先生，听得到吗？"

"抱歉，莱斯利先生拒绝。"少年微微笑了。

"拒绝无效！"

少女"嘻嘻"笑着，抬起就在少年的脸颊偷了个吻，又"嘻嘻"躺下了。

她将头枕到了盖亚腿上，半眯着眼，视线里是少年精致优美的下颌线，微微突出的喉结，白色的衣襟，以及头顶昏黄的天空。

悠悠晚风，缕缕斜阳，世界难得一片静谧。

"我很高兴，说明亲爱的莱斯利先生只能在弗格斯小姐身边，才能得到一丝清净，"少女扬扬得意，突然想起什么，"……盖亚，不会是因为这样，你才总对我容忍吧？"

她猛地直起身，瞪着他："快说不是！"

少年笑："不是。"

"那就好。"少女又重新躺了下来。

这次，她没躺他腿上了，她就躺他身侧，并且闹着盖亚也一同躺下。

少年顺着她意，躺下了。

身下是青草微微的湿气，以及泥土的芬芳。

柳余翻了个身，侧对着他，两人挨得极近，风刮过他的脸带着清冽的、如雪的芬芳传过来，她用手去触碰他的睫毛。

很长，掌心有些痒，他一动不动。

少女挪了过去："盖亚，我问你，你真的……真的不介意吗？"

"介意什么？"盖亚像是要睡着了。

"我、我……"她似是难以启齿。

"其实，在典籍里，我查到过……"盖亚突然张口，"神祇在神宫聆听信徒们的祈祷，当他降临，千花绽放，万物复苏。神一挥权杖，世界的祈愿都被满足了。贝莉娅你说……"

柳余的心"扑通扑通"跳了起来……他发现了什么？

他天天在图书馆三楼泡着，难道就是为了查这些……

神能聆听祈祷，他也能聆听……她既佩服他的敏锐，又害怕他的敏锐。

盖亚手指变换间，一朵红莲从他暖玉羊脂一样的掌间飞了出来，飘到柳余面前。

红莲如火红色的跳动着的火焰。

一瓣瓣花叶绽开，如梦似幻。

"贝莉娅，好看吗？"少年精致的眉目微扬，浅浅的绿眸对着她，"你听起来……好像有点不安。"

他在试图取悦她。

柳余看着对面，他们亲密地挨着，鼻子对着鼻子，嘴唇对着嘴唇，连睫毛都互相挨蹭着，呼吸间都是彼此的气味。她眨眼，他也眨眼。

"盖亚，不要对我太好。"她道。

"为什么？"少年奇怪地道。

他的睫毛轻轻碰了碰她的睫毛。

麻麻的，酥酥的，柳余轻抬身子，唇瓣落到他冰凉的唇角："因为我会忍不住吻你。"

红莲消散在半空。

盖亚身子往后退了一点，"贝莉娅。"

可脖子却像被藤蔓缠住了，他退，她就近，她紧紧地贴过去，以至于越贴越紧，她用她那柔软的、蜜一样的声音在他耳边说："吻我，盖亚，欲望并不可耻，还是……"

她顿了顿，带着点啜泣："你、你嫌弃我被……"

她像是伤透了心……

盖亚的手停住了，可在柳余要加深这个吻时，依然扯开了她。

"贝莉娅，我永远不会嫌弃你。"

"那你为什么……"

"欲望不可耻，放纵才是可耻。"少年温柔地抚过她的脸，又拉起她，"贝莉娅，我们该回去了。"

少女被拽了起来。

她眼眶发红："盖亚，那你会亲吻别的女人吗？你听闻我被……你有没有一点生气和难过？"

少年突然停下了脚步。

束发的丝绦被风吹起，柳余感觉到了手腕被攥紧的疼痛。

"人生漫长。"他道。

而后，她被他拉着，轻轻一托，托上了马背："贝莉娅，走了。"

柳余心想：真是根油盐不进的"棒槌"。

没关系，人生漫长。

她一扯缰绳，白马"得得得"跑了起来。

夜晚。

柳余从食舍回来，经过葡萄架时，发现葡萄架子上悄悄地结了一串一串青果子。

剔透的绿皮，里面包着浅绿的果肉，看起来和前世的葡萄不大一样。

她凑近了看，摘下一颗闻闻，决定等果子成熟后摘下来尝一尝。

正准备走，却突然停下了脚步。

柳余死死地盯着墙角，墙角绿色的灌木丛里，露出了一截月白色的、像是丝绸一样的东西。

她跨过枝枝叶叶，捡了起来。

男人的拖鞋……

许多贵族都爱在壁炉前，趿拉着这样一双软软的布底绸鞋走来走去。

柳余想起盖亚那晚救她时，凌乱披散的银发，掉了一只鞋的赤足，他是翻过葡萄架下来的。下来时，丝绸刮破了，鞋子掉了却没捡，匆匆跑走了……

在黯淡的夜色里，少女拿着绸鞋，微微笑了。她眼里月光的碎影，倒映着连绵的葡萄架，黑黢黢一片……

这样看来，盖亚也不像他说的那么无动于衷嘛。

到第二日的清晨，一片阳光明媚里，她将遗漏的"明珠"丢给女舍外等候的少年："喏，你的东西。"

盖亚接过，坦然收起："谢谢。"

"一会是礼仪课。"

礼仪课因为教授迟迟没到，直到今天才开课。

"希望是位英俊的绅士。"柳余笑盈盈地道。

"你呢，盖亚？"

"我希望……没什么希望。"他认真地想了想，"都行。"

而到课堂，当看到斜倚着讲桌、黑发黑瞳、身量修长的青年时，柳余的脸都要黑了。

确实英俊，很英俊。

可惜却不是绅士……连人都不是。

她下意识看了眼娜塔西，娜塔西正捂着嘴，眼睛睁得大大的，惊愕又崇拜地看着对方。

"贝莉娅？"身边的少年奇怪地"看"着她。

柳余收回视线，牵着少年找到靠墙的角落坐了下来："没什么，教授长得……"

她略带恶意地说："有点丑，不，非常丑。"

"听起来不太像。"盖亚道。

讲桌上，黑发黑瞳的青年露出友好的笑容，在一阵兴奋的欢呼声里，欠了欠身道："很抱歉，从伊德森郡过来花费了些时间，来迟了。"

"那教授，您跟路易斯公爵是什么关系？你们看起来很像。"

"路易斯公爵是我的表叔。"

青年直勾勾地向柳余看来。他那双黑瞳，仿佛带着科斯山脉永不熄灭的火焰，滚烫的又邪性的。

"霍奇·路易斯。

"请多指教。"

盖亚突然抬头，似感应到什么，朝讲桌看去。

空气中弥漫着某种名为"紧张"的东西。

柳余的那颗心提了起来，"扑通扑通"地跳着。

盖亚能感觉到路易斯的不同寻常吗？他能听到路易斯的心声吗？

路易斯又怎么会摇身一变，大摇大摆地进了光明学院，他不怕被布鲁斯主教他们发现吗……

一颗心像放在油锅里，煎了又煎，短短一瞬，冷汗竟已将后背浸湿。

"贝莉娅，我听不见。"这时传来盖亚的声音，"奇怪……"

像是被某种不知名的情绪困扰，他的眉头微微蹙起。

"什么听不见？"

"路易斯教授。"

柳余的手脚这才重新暖和起来，她道："盖亚，我想，不是所有人都希望自己的心声袒露……即使是很爱你的我，恐怕也不愿意随时随地在你面前像张白纸。"

"抱歉。"盖亚不太有诚意地道。

而台上的路易斯已经开始讲起各国风俗礼节："……哈鲁人喜欢用一块黑纱从头蒙到脚，只露出一张脸，除了婚丧嫁娶，其他时间在外都必须带着黑纱……宾西尼国的女人从不下地，他们以胖为美，据说最美的女人有将近两百磅……"

"天！两百磅？！那她还能看到自己的脚吗？"

"她从不下地。"

台下一阵哈哈大笑。

新来的教授风度翩翩，言语幽默，并不像其他教授那样刻板，不一会就俘获了大部分人的心。

"教授！既然是礼仪课，除了这些风俗人情，我们还学习跳舞吗？"

"跳舞？噢，当然，各国宫廷舞都需要学，还有民间的……当你们成为神殿的使者时，需要去各地散播神的旨意，融入他们，让臣民们感受神的荣光无所不在……这很重要。"路易斯微笑着道。

他那双黑色的眼睛微微弯起时，竟也十分温和亲切。

"不过……"他拉长声音，"在这之前，你们得先找好自己的舞伴，一对一的。"

"是一位绅士和一位淑女配对吗？"

"没有淑女跟您配对的话我也没有办法帮忙了。"路易斯摊手，"至于现在……还是继续听课，神的荣光不容玷污。"

柳余看着台上的黑暗使徒大言不惭地对光明神一再表达热爱，心想：若单论演技，她恐怕还差路易斯远得很，也难怪这吸血鬼能在人类世界如鱼得水。

继而认真地听起课来，渐渐也就沉进去了。

"好，今天就上到这儿，下次上课时，希望你们已经找到自己的舞伴。"

有大胆些的神眷者举手问："如果找不到，可以找教授吗？"

"噢，恐怕布鲁斯大人的权杖会敲破我的脑袋，再见了，孩子们。"

黑发黑瞳的青年朝台下望了一眼，单手插兜走了出去。

柳余被那一眼扫得遍体冰凉，她知道，这是路易斯在警告她，如果她敢告发，那么他不介意鱼死网破……他知道，她的软肋是什么。

"贝莉娅，你在恐惧……为什么？"盖亚侧过头来"看"她。

少年美丽而精致的侧脸在阳光下如薄透晶莹的软玉，她闪了闪神……

"我去趟卫生间。"柳余站了起来，"这儿竟然有虫子。"

不等盖亚反应，她已匆匆走了出去。

上完厕所……卫生间内的铜镜照出一张略微苍白的脸，柳余抬头看了眼，又低头专心致志地洗手。

当冰冷的水流过手背，她那颗焦虑不安的心渐渐定了下来。没什么的，她告诉自己，一步步走到这儿，谎言堆谎言……早没回头路了。

擦干手走出去，绕过走廊，经过一扇门时，斜刺里一只手突然将她拽了进去。

"啊……"

"嘘，是我。"黑暗里，一只大手捂住了她的嘴，"路易斯。"

"路……易斯？"

那只手放开了她，改为钳制住她的肩膀，男人高大的身躯将她遮在巨大的阴影后，背后是冷硬的墙壁，从柳余的角度看去只能看见门缝里透进来的一丝光。

这是一个杂物间，整个房间的窗帘都拉上了，黑黢黢的。

"别叫，也别喊，否则，后果你知道的。"路易斯在她耳边轻轻地道。

"您还没死，真叫人遗憾。"柳余冷冷地道。

"噢，弗格斯小姐，您真无情，好歹我们是互相交换过秘密的关系。"路易斯捂着胸口，"您那风味独特的鲜血，至今还在我的血管里沸腾……"

"难道我还得对路易斯大人感恩戴德？"柳余讽刺："从您不顾我的意愿将我拖入黑暗，我们之间的合作就结束了。"

"真倔强。"

路易斯手指轻轻抚上她的嘴唇，她转头，躲开了。

"你就不好奇，我怎么进来的？"

"与我无关。"柳余冷冷地道，"如果路易斯大人是要来取剩下的血，请便。"

路易斯听而不闻，扬扬得意地继续道："伟大的路易斯十世进来后，只小小地改动了一个地方，这愚蠢的'光圈'就将我当作了自己人……光明力量安逸太久了……神灵将他们养成了没有爪子的家猫，连捕鼠的能力都丢失了……"

"路易斯大人将自己比作老鼠？"柳余反唇相讥。

路易斯不怒反笑："弗格斯小姐还是和从前一样有精神，这真让人欣慰。"

"喂……"他问，"你要不要跟我打个赌？"

柳余低下头，长长的睫毛收敛杂乱的思绪，刚才她用言语百般相激，这个暴躁易怒的暗夜公爵都没有发怒……

从他违背黑暗生物的习性，大摇大摆地来这光明学院时，一切就显得十分诡异了。

他有所图，且所图不小。

"赌什么？"

"这就看弗格斯小姐想要什么了。"

柳余转念一想，如果说，路易斯身上她最想得到什么，大概就是迷幻术了。盖亚的读心术太厉害，她太过被动。

只是，被人牵着鼻子走，也不是她的风范。

"那路易斯大人想要从我这儿得到什么？"

"乐子，或者，一个下属，"路易斯耸耸肩，"都行。"

柳余不信，黑暗生物生性狡诈，从路易斯身上看，还有反复无常、残忍无度的特点，不过，这并不妨碍她和他做交易。

光明？光明算什么。

她只信自己。

"到底赌什么？"

"嗯，那就赌……"

路易斯似是兴之所至，他看向门外，一截纯白色星月袍滑过门边，又停了下来。

"先来个前餐，怎么样？"

"什么前餐？"

"我们看看……你那情郎到底在不在乎你，怎么样？"

柳余推他的手缓了下来，老实说这个问题她也很想知道……

路易斯嘴角噙着笑，低头……就在这时，门打了开来。

一束光直直地打在两人身上，柳余被刺得眯起眼，还没反应过来，手腕一痛，就被人扯了过去。

盖亚拉着她，直直地对着路易斯说："教授恐怕不怎么害怕布鲁斯大人的权杖。"

路易斯遗憾地朝柳余耸了耸肩，做了个"下次上正餐"的口型，才道："弗格斯小姐的美貌，值得冒险。"

"抱歉，教授，我们该走了。"

盖亚优雅地欠身，拉着柳余就往门外走。

柳余低头看了眼被抓紧的手腕，嘴角微微翘起……看来，还是……在乎的。

"莱斯利先生，我对弗格斯小姐……"路易斯扬高声音，"一见钟情。"

门外走廊上，娜塔西捂着嘴安静地站着，满脸是泪。

她呜咽了一声，像只受伤的小鹿一样跑开了。

柳余下意识看向盖亚……他听见了娜塔西的心声了吗？

第十二章

娜塔西只觉得自己的心都要碎了。

就像得知父亲噩耗的那一日，雪打在身上，都感觉不到冷。

她又成了孤零零一个人了。

连唯一珍爱她的路易斯也离开了她，是的，他爱上了像太阳一样耀眼的贝莉娅姐姐，他对贝莉娅姐姐说一见钟情。

她不该嫉妒的，这很丑陋，可她忍不住。

泪水不住地流下来，模糊她的视线，娜塔西没头没脑地跑着，跑了不知多久，脚下一个踉跄，摔了下去……她等待着即将来临的痛楚。

一个温暖的怀抱接住了她。

娜塔西睁开眼睛，卡洛王子琥珀色的眼睛正温柔地看着她："娜塔西，你怎么了？"

娜塔西张嘴，眼泪又开始往下流。

"卡洛王子，我……"

她怎么能说她那些阴暗的、见不得人的嫉妒呢？

娜塔西捂着胸口，哭得几乎喘不上来气："父亲说，让娜塔西永远做个勇敢的、善良的、正直的人，可怎么就这么难……他们都喜欢姐姐，都喜欢……娜塔西呢？娜塔西也想被人喜欢啊……"

她哭着，像个无助的、失去所有的孩子。

"娜塔西……"卡洛王子轻轻抚摸她的头发，"看着我。"

娜塔西仰头，看向卡洛王子，他穿着高贵的白色礼服，金色腰带上的佩剑闪闪发光，栗色的短发让他看起来活泼而俊秀。

"卡洛王子……"

"尊贵的伦纳德小姐，请您和我跳一支舞。"

卡洛王子退后一步，像那晚一样朝她递出了尊贵的右手，白手套在光下显得精致而干净。

娜塔西将手搭了上去。

她这才发现，自己竟然跑到了伯纳湖边的一片草地上，附近没什么人，旁边开着五颜六色的小花，卡洛王子带着她，旋转起来……

"就像那晚一样。"

"是的，就像那晚一样，我的公主。"

卡洛王子看着她，眼里的温柔几乎将她淹没了。

还有人爱我。

娜塔西不由自主地心想。

那边柳余注意着盖亚的表情，发现他只是微微蹙了蹙眉，看起来倒不像是听见的样子……

她又想起小说里，娜塔西明明和路易斯这个绝对的黑暗使徒搅和在一起，可盖亚最后还是让她入了神宫，赐予了无尽的生命……

是因为没听见，还是不在乎？

无数个谜团，像被猫抓过的毛线团，东一绺、西一绺，柳余只能强自压下来。

当务之急，是拿到……

她向路易斯看了一眼，发现他那双黑瞳正看着她，带着某种几乎噬人的热度，他朝她无声地张嘴："迷、幻、术。"

柳余知道，自己动心了。

"走了。"盖亚牵着她，转身就走。

柳余走了几步，回过头时，发现路易斯斜倚着墙，正看向她的方向，脸上透着显而易见的戏谑。

"贝莉娅。"

柳余收回了视线。

"盖亚……"她拖长声调，"我想吃可丽饼。"

盖亚的脚步转了个方向，柳余笑嘻嘻地将手一伸，与他十指相扣："盖亚，你刚才紧张了，对不对？"

"没有。"少年摇头。

柳余才不信，身体的反应骗不了人。

不过，她也没继续逼问，聪明的女人应该适度放松，咄咄逼人可不是什么好事。

吃完一顿丰盛的午餐，柳余与盖亚道别，两人在女舍门口分开了。

走进女舍，经过葡萄架下时，她发现上面的青色果子不知什么时候被人采去了一半，剩下的，还蔫蔫地挂在藤蔓上。

路易斯……想和她赌什么？

她站了会，才回去歇息。

他不会再来这间蘑菇屋，她确定。

果然，这个午觉睡得香甜又安逸。醒来时，柳余尚有种不知今夕何夕的困惑，当看到斑斑，神智才清醒些。

"午安，斑斑。"

"贝比，不早了，都快晚上啦。"

柳余起身下床，在斑斑一迭声的恭维里换上了一条海蓝色的长裙，这和她眼睛的颜色一样，她很喜欢。卡洛王子派人送来的东西，就和他本人一样讨人喜欢。

想起清单末尾上新添的东西，柳余决定去找一找卡洛。盖亚看起来对履行第二个承诺不是很上心，她得催一催。

"舍监，我找卡洛王子。"

舍监看了她一眼，道："弗格斯小姐，莱斯利先生不在里面。"

"不，我找的是卡洛王子。"柳余道，并且在舍监奇异的眼神下挺直了身体。

卡洛王子出来时，秀气的眉毛微微拧着，他看起来有些忧郁，像是被什么东西困扰。

他看到她，还不忘朝她有礼地问好："弗格斯小姐。"

"卡洛王子。"柳余提起裙摆。

"弗格斯小姐今天很漂亮。"

他心不在焉的。

"这裙子还是卡洛王子派人送来的。"

"……哦，哦，"卡洛王子张张嘴，似要说起什么，又闭上了，"弗格斯小姐是去找莱斯利先生吗？他好像出去了。"

"不，不找他，我找您。卡洛王子，我让您带的刻刀和石头送来了吗？"

在玛丽公主赔罪的清单上，柳余最后还加上了雕刻石像需要用到的工具……当然，是另外付了卢索的，她可没占人便宜的喜好。

"刻刀？石头？哦，带来了，弗格斯小姐稍等，我去拿给您。"

卡洛王子微微屈身，快步走进了男舍，等再次出现时，柳余已经走到了树荫下。

她可不想这一身雪白的、近乎完美的皮肤被晒出斑来。

卡洛王子略略加快步伐，走到柳余面前时，额头已经沁出了一层汗，"弗格斯小姐，您看，这合不合适？"

他递过来一个布袋。

布袋里装了一套刀具，还有一个石像……很沉。

柳余手往下一落，布袋就被人从底下托住了。

她抬头，撞上卡洛王子那双琥珀色的眼睛，温和而诚恳："弗格斯小姐，我帮您拿到女舍门口。"

"哐啷……"

柳余转过头，这才发现，娜塔西不知什么时候站在了附近。

眼里的笑还未褪，脸色却已经比身后的围墙还白了。

她时常挎着的篮子掉在了地上，零零碎碎的东西散了一地。

"娜塔西……"卡洛王子眼里有着心疼。

娜塔西捂着嘴，踉跄退了两步，又呜咽着跑开了。

柳余心想：她干的可真像恶毒女配干的事儿，这不，经典桥段"误会三连"又来了。

她抱歉地朝卡洛王子笑笑，道："卡洛王子，我妹妹好像误会了，您得去追她。"

"不，任何一位绅士都不会坐视一位淑女拎着这么重的东西回去。"

卡洛王子向道路的尽头看去，"倒是弗格斯小姐，请原谅娜塔西的无礼，她……太可怜、也太敏感了。"

娜塔西哭着跑了。她的心才刚刚被捂热，又被丢到了一片冰天雪地里。

贝莉娅姐姐，贝莉娅姐姐……

贝莉娅姐姐已经拥有那么多了，她拥有父亲的爱、她继母的爱，连城邦里那些鼎鼎有名的青年们，都在追求她……

可她夺走了路易斯，现在又来抢卡洛王子……

娜塔西拎着裙子一步步地走向堤岸，杨柳垂到她的肩膀，带着露水的叶片很湿、很冷。

伦纳湖的湖水无法容纳她的伤心，她寄予厚望的神眷者，也并未给她的生活带来任何指望……

她不受控制地跨出一只脚……

这时，肩膀被人拍了一下。

"伦纳德小姐？"

娜塔西抬头，莱斯利先生那张堪比神祇的脸出现在她面前，模糊的视线里，他全身似乎散发着圣洁的、让人渴慕不已的光。

"莱斯利先生，我……"

"伦纳德小姐，迷途的羔羊，轻生可不是什么值得赞赏的行为。"

莱斯利先生低头看着她，娜塔西很想扑到他的怀里，哭一场。

"莱斯利先生，这个世界，对我来说就像是地狱，没什么值得留恋的。"她道。

"神不会喜欢听到这样的话。"

"可神为什么要给我安排这样的命运？没有人爱我……母亲生我时就去世了……父亲抚养我长大，我们俩相依为命，可他再娶，又早早离开了我……他将所有的财富都留给了弗格斯家，而我，却像个奴隶，活在那个只有蔑视和冰冷的家里……弗格斯夫人打骂我，贝莉娅姐姐……"她顿了顿，"我一直信神，可为什么神从来不回应我的祈祷呢？"

"你想要什么？"

"莱斯利先生，我可以请求您当我的舞伴吗？"

一股冲动让她脱口而出，而当话音落下，那股隐秘的、报复的快感又让她产生了无比的罪恶感和自我厌恶。

多讨人厌啊，娜塔西。

"好。"

盖亚摸了摸她的脑袋，像对待一个孩子那样，"神会聆听你的祈祷。"

卡洛王子替柳余将布袋提到了女舍门口。

柳余停下来，接过布袋说："谢谢您，卡洛王子。"

"我的荣幸。"卡洛王子微微欠身，"弗格斯小姐，再见。"说完，转身要走。

柳余叫住了他："卡洛王子您……"她欲言又止。

卡洛王子停下脚步，绝佳的修养让他既没有催促，也没有不耐烦。

少女终于问了出来："能冒昧问下，您跟娜塔西的关系吗？如果可以，请您多看顾她一些。娜塔西她……其实很孤独，也很脆弱。"

卡洛王子看着她："弗格斯小姐和传闻中的很不一样。"

"传闻？"

"是的，传闻。"卡洛王子真诚地道，"他们都误会您了。我看到的弗格斯小姐，她有一颗温柔而坚毅的心，她会为了光明，与黑暗殊死搏斗，会为了心爱的人，不懈追求。"

"弗格斯家族因你而光荣。"

"卡洛王子您这话，一定要让我母亲听见才行，免得她总是对着我长吁短叹……"

卡洛王子笑了，道："看来弗格斯小姐过去一定很让夫人伤脑筋。"

正说着话，伯纳湖方向的林荫道上转出两个人。白色星月袍，蓝色碎花裙。

他们一前一后地走来，风吹起他们的衣角。

精灵般美貌的少年，清秀温柔的少女，夕阳的余晖给他们披上了一层柔和的光晕。当他们出现时，气场竟分外和谐、静谧。

柳余像被刺痛般眯起了眼睛。娜塔西和盖亚……

"盖亚！娜塔西！"

少女提着布袋，奔了过去。

纤细的肩膀被沉重的分量微微压弯，蓝色的裙摆荡开，像蔚蓝海面上的鱼尾。

她笑盈盈地站到高瘦的少年面前，也不说话，只是看着他笑。

"莱斯利先生，娜塔西，夜安。"卡洛王子走了过来向他们打招呼。

"贝莉娅，卡洛王子，夜安。"盖亚微微颔首。

娜塔西将自己悄悄掩到少年身后的阴影里，柳余看了她一眼。

"盖亚，你来得正好，"她仰起头，"刚才我都忘了跟你说啦，你得做我的舞伴。"她用理所当然又不容置喙的口气道。

"抱歉，贝莉娅。"少年语气坦然，"我答应了娜塔西。"

"娜塔西？"少女不可置信地看着他，她重复着，"你答应了娜塔西，盖亚？"

"贝莉娅姐姐，对不起……"迟来的愧疚像潮水一样涌了上来，娜塔西咬着唇，试图解释。

"你闭嘴。"金发少女粗鲁地打断她。

在短短的时间里，她蔚蓝色的眼睛里已经蓄满了眼泪。

"盖亚，你做娜塔西的舞伴？那我呢？"她似是不可置信。

"抱歉。"少年低头，金色的余晖落在他长长的睫毛、精致的眼睑上，又在他脚前留下一点浅金色的碎影。

他半张脸沐浴在光中，柳余看不清他面上的神色，却隐约感觉到结果无可更改了。

最后一丝余晖落了下去，天地开始黯淡。

她倔强地站着："盖亚，你跟我的妹妹跳舞，你想过……其他人怎么看我吗？"

"贝莉娅姐姐，我……"

"闭嘴，伦纳德小姐。"她冷冷地看着娜塔西，"收起你的眼泪，这对我来说没有什么用。"

"弗格斯小姐，我想这其中有什么误会。"卡洛王子试图打圆场。

"贝莉娅。"

"我说过，不要一直'贝莉娅贝莉娅贝莉娅'！我不想听！"

少女的眼泪终于掉了下来，她似是不堪承受，猛地将手里的袋子朝人扔去，转身就走，越走越快，最后消失在女舍的蔷薇花门后。

盖亚接住了布袋，卡洛王子不赞成地看着他。

"莱斯利先生，这是弗格斯小姐拜托我找来的，她好像想要为您雕一座石像……"他顿了顿，"您这样，实在太伤害弗格斯小姐的心了。"

盖亚始终沉默，他看起来对这个话题并没有任何兴趣："卡洛王子，再见。"

他微微一颔首，提着布袋走了。

即使提着这么个袋子，他沐浴在微光里的背影依然看起来优雅而圣洁。

娜塔西痴痴地看着，头顶似乎还残留着那冰冷的却又仿佛温暖的触感，"莱斯利先生……"

他多么迷人啊，就像小时候她极度渴求的、陈列在最昂贵橱窗里的布偶。而有一天，她终于碰到了那只布偶。

卡洛王子看着她："莱斯利先生很迷人，是不是？即使是我，偶尔看见，也忍不住想在他身前匍匐下去。"

"卡洛王子……"娜塔西羞愧地低下了头。

"娜塔西，仰慕这样一个人，并不可耻。可是，他是您姐姐的情人……弗格斯小姐很好，不应该被这样伤害。"

"卡洛王子……您不曾经历过我所经历的，又怎么会明白……"娜塔西握紧了拳头。

"是，我不明白。"卡洛王子似是失望了，他朝娜塔西微微屈身，也转身离去了。

一走过转角，柳余脸上的悲伤就消失了。

她面无表情地在草地上走，穿过一座又一座的蘑菇屋，绕过葡萄架……

这时，一道声音从葡萄架下传来："噢，瞧弗格斯小姐这造作的眼泪！您那心爱的情郎知道您背着他，是这样一张脸吗？"

柳余转过头去，只见葡萄架下黑黢黢的一块阴影处，站着一个黑发黑瞳的男人。他的身体全部包裹在黑漆漆的布里，只露出一张脸和一双手，贵族式的苍白和高贵在他身上展现得淋漓尽致。

他手里拿了一串青葡萄，在百无聊赖地玩。

"路易斯大人？没想到您还敢来。"

"不，我不敢，你那蘑菇屋我可不想再进，不过这葡萄架嘛……还不成问题。说起来，眼看要到手的葡萄就这么被人摘了……感觉怎么样？"

"不怎么样。"

"弗格斯小姐，您得承认，即使您拥有无与伦比的美貌，也有做不到的事。娜塔西可是这世上最可爱的女孩，没人能拒绝她的眼泪……包括您的情人。"

"属于我的东西，我不会让给别人。倒是您，路易斯大人，您心爱的女人要跟别的男人跳舞，可您看起来一点也不伤心。"

"伤心？"路易斯无声地笑，"伟大的路易斯十世，没有心。"

"弗格斯小姐，我来，是想跟你继续刚才那个赌，噢，餐前菜不算。"路易斯懒洋洋地靠着葡萄架，"我想，弗格斯小姐会对赌注感兴趣。"

"我比较感兴趣的是，路易斯大人您究竟想得到什么？"

"你，还有……图书馆三楼的钥匙。"

"我？"柳余笑了，"抱歉，我对您的提议没有任何兴趣。"

"我可以教你迷幻术。"

"迷幻术？我不认为，光明阵营的人，能使用黑暗术法。"

"愚昧的羔羊，众神陨落前，这世上不只有光明神术，还有黑暗术法，有风、有雷、有水、有火，这世上的术法本没有属性，他们是共通的。光明阵营之人使用，是催眠，是造梦；可黑暗使徒使用，就叫……诱惑，迷幻。有趣不有趣？"

柳余动心了一秒，针对盖亚的读心术，如果她能拥有迷幻术，就容易多了。

"抱歉，任何赌注，都不值得让我一辈子躺在黑黢黢的棺材里。钥匙，也不能给你。"

柳余可还记得，小说中，图书馆三楼还连通着一条充满黑暗气息的道路。

"可是赌约对你来说很简单，打不打赌，都要做。"路易斯道，"如果你能在明天，王室来做礼拜的夜宴上，和你的情人跳一支舞，并让他改变和娜塔西在课上跳舞的决定。迷幻术，我会教你。"

"不，我拒绝。"柳余义正词严地道，"除非……换一个赌注。"

"哦？弗格斯小姐想要换什么？"

"我赢了，您就将迷幻术的法诀教给我。我输了，您可以从图书馆三楼挑一本书，我替您带出来。"

柳余才不信什么找乐子的鬼话。

路易斯猛然间要什么钥匙，不是为了图书馆三楼底下的那条道，就是为了里面的珍藏典籍。

"这有点不公平。你要知道，这世上会迷幻术的，只有我一个。"

"不肯？不肯就算了。"

柳余作势要走，却被拉住了。

"好，成交。"

路易斯突然笑了一声，往后一退，消失在浓雾里。

他手中的青葡萄"啪嗒"一声，掉在地上，摔成了一摊泥，柳余看了眼，慢吞吞地回了屋。

她不明白盖亚为什么答应了娜塔西，明明在这之前，她能感觉到他对她，是有那么一点在意……

"贝比，你看起来有点沮丧。"斑斑拍拍翅膀说。

"是有一点，"柳余给鸟笼里添了点清水，"不过，这没什么。"

"斑斑，如果有一天，我和你心爱的娜塔西起了冲突，你会帮谁？"柳余摸着手腕上的记忆珠，突然问。

"嗯……这个问题，斑斑不想回答。"

"必须回答。"

"贝比！"

斑斑试图用它那双黑豆眼向她展示绝对的忠诚，"毕竟，贝比你可是第一个可以听懂斑斑说话的雌性。"

"那和莱斯利先生相比呢？"

"莱斯利先生！"斑斑斩钉截铁，毫不犹豫。

柳余将手里的荞麦收了回去："饿一顿。"

斑斑哀号："贝比！斑斑，斑斑有一个秘密！"

"秘密？一只鸟的秘密？噢，不感兴趣。"

"是、是莱斯利先生的！"斑斑眼睛一闭，嚎了出来。

盖亚？

柳余停了下来，她将荞麦塞回去："说。"

斑斑的翅膀一挥，一道白光落在了墙上，就像是现代投影出现在了墙上，而投影的主人公是……

"盖亚？"

斑斑得意扬扬地挺起胸脯："怎么样？斑斑的本事不赖吧？"

"这……"柳余惊讶地道,小说里那只鸟……不过娜塔西也没将它带去学院。

投影中的银发少年,正安静地坐在桌边,桌上整整齐齐地放了一排银光闪闪的东西。

柳余一下子认出这是她刚才给他的雕刻的工具。

少年手里拿着一块白色的石头,和一把刻刀。

他在准备雕刻?

屋内似乎来了什么人,将他手中的刻刀抢了过去。

少年突然抬头,那张过分精致美貌的脸上一片平静。

他湖绿色的眼睛直直地对着她说:"背诺是可耻的。我答应了娜塔西,刀。"

他朝她伸手。

投影一下子消失了。

柳余深呼了口气,刚才那一瞬间,她几乎以为自己被看见了。

斑斑萎靡地趴在笼子里:"呼……累死斑斑了,为了一口吃的,斑斑可真不容易。"

柳余则看向窗外,她想起他说的:"我答应了娜塔西……

"背诺是可耻的……"

确实,神从不反悔。

作为秉承神意志的化身,他更不会违背本体的准则。

她该用什么办法让这固执的化身,改变主意、放弃承诺呢?

如果他放弃了……是不是说明,她对他来说,不止一点点特别?

柳余只觉得自己仿佛碰到了一道千古难题。

"斑斑,如果你是莱斯利先生,怎么样才肯改变主意?"

她想到了斑斑和盖亚之间存在的那一点儿微末的联系……如果不是那一点联系,斑斑怎么能透过厚厚的墙壁将盖亚的影子投射过来呢?

"斑斑?"斑斑眨了眨黑豆眼。

柳余将盖亚要和娜塔西跳舞的事告诉了它。

"噢,可怜的贝比,斑斑……斑斑想不出来。"斑斑用翅膀挠了挠脑袋,"不过……为什么莱斯利先生,要和娜塔西跳舞?"

是啊,为什么?

柳余发现,自己陷入了误区。

她始终在用人的思维解读神……即使失去了记忆,盖亚作为神的本能还在。

回忆起小说,大部分都围绕着娜塔西在写,对神的描述几乎少得可怜。

"神总是端坐在他的王座之上,看着他面前那块水镜……娜塔西始终并不明白,那块水镜里有什么,才值得神一再注目。可她知道,神不止统治着她来的那个世界,他还统治着许许多多的、别的未知世界。而那些世界的信徒们,就如同神的子民,他们对他祈祷,奉上信仰和虔诚。而神,就如同一个慈父,永远耐心地聆听。

"……娜塔西很安心,因为神永远不会抛弃他的信徒。"

柳余沉默了。如果盖亚答应娜塔西的邀请,是因为聆听了对方的祈祷呢?

就如同农场主,必须对他羊圈里的小羊羔们负责一样,盖亚作为神灵,也在对他的信徒负责……而她,因为不被聆听到,所以被排除在外。

"斑斑,这可真难。"

她深深叹息，而后在灰斑雀直愣愣的眼神中出去，"我去食舍一趟。"

"贝比！"斑斑拍拍翅膀，"你想做什么？"

"三十六计里有一招，名为'苦肉计'。"

柳余摆了摆手，消失在门后。

斑斑挠挠脑袋："贝比又在说斑斑听不懂的话了……三十六计？什么东西？能吃吗？"

它昂着脖子嚷嚷："贝比！想哭的话，来斑斑怀里！斑斑有一个宽阔而温暖的胸膛！"

"您还是留给别的雌性吧。"

她面露笑容，心情突然好了很多，去食舍买了些度数偏低的气泡酒，孤零零地坐在伯纳湖边喝，喝了一身酒气，就去拍男舍的门。

"我找莱斯利先生……"她大着舌头道。

"莱斯利先生？"舍监狐疑地看着她，"弗格斯小姐，您喝酒了？"

少女垂下头，只留给舍监倔强的头顶，重复道："我找莱斯利先生。"

"你们吵架了？"舍监叹了口气，"刚才好几个女孩都来找他，说要跳什么舞，弗格斯小姐，莱斯利先生都拒绝了……"

"我找莱斯利先生。"柳余继续重复刚才的话。

"好好好，我去叫他！你们这些小姑娘，总是不消停，不折腾些事好像对不起你们伟大的爱情！"舍监边抱怨边去叫人。

柳余则走到了路边一棵高大的槐树下。

左右看看，找到光线最清楚的角度，确保经过之人能一眼看到她，而后靠在了树干上，她像是不胜酒力，闭上了眼睛……

昏黄的路灯下，少女纤细的身形被大树衬得越发楚楚。

舍监出来时，看到的就是这一幕。

"弗格斯小姐？"她有了恻隐之心，这些年轻人，总是要死要活的，"莱斯利先生来了。"

少年从舍监的身后走了出来："贝莉娅？怎么了。"

几乎在他话落的当时，少女的眼泪就掉了下来："盖亚……我很难过。"

她一身酒气，脸上纵横的眼泪让她看起来像个小可怜。

"你为什么要和我的妹妹跳舞？噢，我的心……"她捂着胸口，"都要碎了，盖亚，你为什么要对我这么残忍……"

舍监听到了，她不赞同地看着清雅的少年："莱斯利先生，同时招惹两个女孩，这可不好。"

浓烈的酒气顺着风将这树下的空气渲染得格外燥烈。

盖亚眉头微拧："贝莉娅，你喝酒了。"

"是，我喝酒了。"

少女将手一甩,跌跌撞撞过去,一下撞到了少年的怀里,又抱住他的腰，"我、我……不想……盖亚，别对我这么残忍……"

男舍外，人来人往。

他们都看到了少女的眼泪，有些大胆地道："莱斯利先生，让一位淑女哭泣，这可不地道！"

"贝莉娅，我送你回去。"

少年不为所动。

他伸手来牵她的手腕，却被少女甩开了，她胡乱擦了把泪，仰着头："盖亚，连你……也要像其他人那样，被娜塔西抢走吗？"

她用可怜的、祈求的又低弱的声音道："我只有你一个朋友。"

"唯一的。"

"抱歉，贝莉娅。"少年并不为她的胡搅蛮缠而动容，他叹息，"我不能违背我的承诺。"

"承诺？好！好！"

说着，她狠狠一把推开他，跌跌撞撞往外走："莱斯利！你会后悔的！"

少女的伤心欲绝，以及眼里隐隐的绝望和发狠让人一望心惊，有人忍不住向她消失的地方看去："弗格斯小姐，是、是……糟了！那是伯纳湖的方向！"

"弗格斯小姐不会是想不开吧？"舍监拔腿就跑。

人群跟着她飞快移动，银发少年眉目微蹙，几乎在瞬间也跟了上去。

"扑通……"

一道沉闷的水声里，湖边的水草晃了晃，湖面荡起涟漪。

有人眼角的余光看到，尖叫了起来："弗格斯小姐，天哪！弗格斯小姐在湖里！"

银发少年几乎同时跳入了湖中。

柳余闭着眼睛，在水中沉沉浮浮，她会游泳，按捺住试图拍水的手脚，让自己不住地像模像样地"挣扎"，胸口像被巨大的石头压着，沉沉的……

她感觉到了窒息，迷迷糊糊地想：但愿苦肉计有用。

腰间一条臂膀绕了上来，柳余睁开眼睛。

"盖……"才开口，一口水就呛了进来。

肺疼得像是要爆炸，她开始咳嗽……嘴唇却被贴住了，少年给她渡了口气，手脚一踢，水就托着两人自动上去了。

"救上来了！救上来了！"

湖边一阵欢欣鼓舞。

柳余只觉得，自己像是躺在了一片柔软的草地上，睁开眼，盖亚的面孔就在前方。

她猛烈地咳嗽了起来："咳咳咳……"

少年起身，她用那只柔弱的手揪住他的衣摆："盖亚，我……"

他扯开了她的手，转过头，脸庞湿漉漉的，银发胡乱地贴在脸上，"贝莉娅，轻生可不是什么值得赞赏的行为，少喝些酒。"

柳余半支起身："你生气了，盖亚？"

前方的少年转过身，他的眉目湿漉漉的，那双湖绿色的眼睛似水洗过一般，倒映着路边乌泱泱的灌木，黑漆漆一片。

"不，贝莉娅，生命是你自己的，你有权为自己做主……在清醒的情况下。至于我，做出的承诺，绝不更改。"

少女捂住了脸，似是不堪忍受，哭泣了起来。

掩藏在双手下的脸，一丝眼泪都没有。

苦肉计失败，如果……激将法呢？

他会恼怒吗？

柳余原本并不想将别人扯进来。

她的目光穿过重重的人群，落到气喘吁吁赶来的卡洛王子身上。

"既然如此，"少女憋红的眼睛里装满了伤心，像是抓住最后一棵稻草，"卡洛王子，请问您愿意当我礼仪课的舞伴吗？"

卡洛王子分开人群，走了过来。

他抓住她递到面前的手背落下虔诚一吻，单膝跪地："我的荣幸，弗格斯小姐。"

伯纳湖边。

少女一身湿淋淋地坐在草地上，轻薄的裙子紧贴，勾勒出姣好的身形。

酒气被湖水一冲，消散了不少。

她像是渐渐清醒，可清醒之外的痛苦在那双蔚蓝色的眼睛里就格外明显了。她直勾勾地看着一旁的银发少年，除此之外，谁也没看。

两人在夜色中对了一眼。

"盖亚，你看……"她顿了顿，"除了你，还有许多人愿意和我跳舞。"

她像是发狠，又像是要挽回破碎的自尊，可这样放话，也只让人觉得她过于悲伤。

"贝莉娅，这是你的选择。"少年轻轻叹了声气，"我送你回去。"

卡洛王子退到一旁，不再参与。

他知道，金发少女需要的，绝不是他的怀抱……她太执拗了，这样激烈的情绪，让她像随时会破碎的名贵瓷器，只要主人愿意，就可以让她粉身碎骨。

"不，不用你，我自己会走。"少女负气地道，手肘一撑，人就从草地上起来。

她往前走了两步，软绵绵的手脚像是不听话，往旁边跌去……

卡洛王子下意识伸出手去。

可旁边的人更快。

银发像湿漉漉的鱼尾滑过他的手背，再看时，柔弱的少女就已经依偎在了青竹般的少年怀中。

"贝莉娅……"

"你走开。"少女一把推开了他。

她用的力道如此之大，以至于一下子摔到另一边，尖锐的石子划破了她的膝盖，她似是毫无察觉般，向卡洛王子伸出手："卡洛王子，您能送我回去吗？"

她面色羞窘："我喝得有点多。"

卡洛王子伸出手，一把将她拉了起来，伸手之余，他下意识往旁边看了一眼。

银发少年精美的眉目沐浴在轻盈的月光下，像一尊假人。

没有喜怒哀乐。

"扶着我。"白底金边的袖口被人轻轻扯了下。

卡洛王子转过头去，依言搀住了她，柳余借着这股力道走出了人群，在人群的边缘看到了匆匆赶来、面色讷讷的娜塔西。

娜塔西看着她，道："贝莉娅姐姐……"

"不要叫我姐姐。"少女冷冰冰地走了过去。

娜塔西的眼圈一下子红了："我、我不是故意的……"

"不，你是。"少女停下脚步，"你明知道我有多爱他，这世界上所有人都可以向他提出邀请，可唯独你不行，娜塔西。"

"为什么不行？"

"你知道的。"她看她一眼，重新迈开脚步。

娜塔西被这冰冷钉在了原地，怔怔站着。

卡洛王子的视线从她身上轻轻划过，叹息一声，搀着人走了。

"卡洛王子，"一走出人群的视线，少女就放开他，"对不起，今天……"

"我明白，这不值得道歉。"卡洛王子矜持地退后一步，"倒是弗格斯小姐的执着和勇气让人惊叹。"

她这借酒装疯地一跳，放在现代，大概要被打上"偏执狂"的标签，可在这个崇尚欲望、自由、浪漫的世界，却不会为人诟病，只会获得惊叹……

看卡洛王子的眼神就知道。

人们崇尚神灵，憧憬痴情专一。一个"为爱痴狂"的少女，只会赢得大部分人的怜惜。只可惜，当事人盖亚似乎不是这么想的。

苦肉计失败了。唯一的好处，大概是所有人会更加牢固地将贝莉娅·弗格斯和盖亚·莱斯利"捆绑"在一起。

"明天……的舞会，"少女似是难堪，"可以拜托卡洛王子，不要出现吗？"

路易斯给出的期限，是在明晚的舞会结束之前，让盖亚改变礼仪课的舞蹈搭档。

"这恐怕不行，晚上我的父亲和母亲要来。"

"那、那就请卡洛王子明天开宴前，说您不和我跳了，您要和玛丽公主跳，行吗？"

少女小心翼翼地看着他，生怕他拒绝。

"弗格斯小姐的意思是，让我开宴前……抛弃您这个舞伴？"卡洛王子似是感觉到不可思议。

"是，是的。"少女握拳，清澈的眼里盛满伤心和决绝，"我想再试一试……也许盖亚不会在这众目睽睽之下给我难堪。"

这一刻，少女蓝莹莹的、充满着哀怜和祈求，又蕴满了坚决和孤注一掷的眼神，像一把利剑，刺穿了卡洛王子的心脏。

她是多么坚决啊。就像一生只唱一次的荆棘鸟，用痛苦和血泪浇灌自己唯一的、坚决的爱之花。

她明明没有流泪，却仿佛融化了他的心。

卡洛王子咽下喉头冒出的冲动："好，到时候我会跟玛丽公主跳。"

他单手放在胸前，郑重地朝她一礼："弗格斯小姐，祝您成功。"

"谢谢。"柳余往后望一眼，才往蘑菇屋走去。

卡洛王子目送她进了门，浑浑噩噩地走回了房间，银发的少年安静地坐在桌前，用刻刀一点点雕琢石头。

他一把抢了过去："莱斯利先生，您……"

少年仰头，面色平静："卡洛王子。"

"您……"对着他那双湖绿色的眼睛，指责顿时就出不了口，卡洛王子恼火地将刻刀丢到了桌上，像只困兽一样走来走去，半晌才道，"我爱上了弗格斯小姐。"

刻刀停在了半空，又若无其事地继续。

"卡洛王子你只是……"少年抬起头，眉目平和，"爱上了她的爱情。"

"那莱斯利先生您呢？别告诉我，您放弃弗格斯小姐，爱上了她的妹妹。"

卡洛王子面色不快。

"有一天，我路过一片草地，救了一棵濒死的小草，小草跟我说，她要一滴水，我答应了。"少年看他，"也许是，也许不是。"

"那您会救其他濒死的小草吗？"

"当然。"

"爱是自私和占有。"卡洛王子道，"我确定。

"我希望弗格斯小姐的眼睛看向我。"

少年定定看了他一会，"哦"了一声，继续拿刻刀刻了起来。

第十三章

第二天，索伦王室的车驾一大早就过来了。

护卫的士兵不被允许进入神殿，全部留在神殿的广场之上，即使这样，国王带着他二十几个妃子，也是浩浩荡荡一群人。

王室做礼拜的时候，一般人是不被允许过来的。

柳余作为新的神眷者，被派来接待，给王室的莺莺燕燕们派发蒲团。

布鲁斯大人神情和蔼地坐在主座，黑衣神使端坐在侧，他严肃地对主教大人道："布鲁斯大人，不纯洁之人，不应该出现在圣洁的神殿之上。"

"马兰，神灵之光照耀一切。"布鲁斯大人道，"我觉得，弗格斯小姐很好。"

"她昨天还在伯纳湖边闹了一场。"马兰拉长脸，"神的信徒只能爱神，她却将另一个男人当作了信仰，为他轻生。"

说着，他看了一旁的唱诗班。

唱诗班的中央，站着一个如星辰般耀眼的少年。

"年轻人嘛，总是比较有冲劲，你不觉得挺可爱的？"布鲁斯大人道，"我想，神灵不会在意这一些小事。"

"布鲁斯大人！"

"行了，马兰，不要总拉着一张脸，你会老得很快，"布鲁斯大人乐呵呵地道，"礼拜开始了。"

白衣神使们列队而入。

唱诗班开始歌唱："……我们圣洁美丽，我们载歌载舞……我们是神的子民……"

而当为首位少年开始歌唱时，时间都似乎停止了。

圣池内的水，开始沸腾。

大殿中央的石像，开始蕴起白光，白光化作一点一点的碎光散入虔诚祈祷的人群。

人人都闭上了眼睛，如痴如醉。

唯有柳余，还保持着清醒。

她捂住手腕，不让记忆珠飘起，身体却不自觉地往少年那里挪，等到他面前时，才愕然发现，他沐浴在一片圣洁的光里。

柔和的光，化作翅膀。

柳余看着清俊、逐渐脱去少年气的盖亚，心里隐约明白：时间不多了。

等他完全恢复成记忆珠中的模样，他的眼睛，就会好了。

着急中，她下意识踮起脚尖，亲了他。

双手攀附上去……少年睁开了眼睛，迷雾般的歌声消失，世界恢复了原样。

"贝……莉娅？"他迷惑地试探。

周围的人，还沉浸在乐音的余韵里，柳余退后一步，却对上了娜塔西的眼睛。娜塔西在唱诗班中，可在盖亚的歌声里，却保持了神志清醒。

这意味着什么……

"我是来向你告别。"少女泪眼盈盈地看着他，"以后，我不缠着你了，莱斯利先生。"

她道："我无法看着你和别的女孩跳舞，而且那个人还是我的妹妹。"她顿了顿，"我之前说谎了……我没法跟你做朋友，连普通朋友都不行。"

说着，她奔了出去。

少年怔怔地站着，唇间似乎还残留着蔷薇花的香气。

爱，是自私和占有……吗？

柳余保持着伤心欲绝，一路走出大殿。

唱诗班的乐声传出殿外，守卫的黄金骑士们手搭长剑、戒备地看着她："弗格斯小姐，您不能乱闯。"

少女脸上犹带泪痕，看起来像是刚经历了一件极为伤心之事。

"不，我只是……在附近逛一逛。"

骑士们对视一眼，显然都听说了昨夜发生之事。

他们怜悯地看着她："噢，当然，您请便。"

柳余提着裙摆，去了另一条路。

平常人来人往的走廊空无一人，没有拖家带口前来礼拜的平民们，整个神殿空旷得像是刚经历过一场浩劫。

金碧辉煌的壁画一路延伸走廊尽头，日、月、星辰，一花一草一木，甚至是草丛中的蛐蛐，都在歌颂和向往光明。花开月落，星耀草张，每一回见，她都能从那饱满的笔墨中察觉出整个世界对光明神那种近乎病态的信仰。

"每次看到这些，我的心情都很差。"

走廊上出现了一团浓雾，浓雾散去，黑衣黑发的青年就出现在她身边。

"哦？是吗？"

"弗格斯小姐的心情看起来也不怎么美妙。"

"不怎么坏，也不怎么好。"

"夜宴结束，弗格斯小姐如果还无法让您的情人改口，赌约就是我赢。"路易斯凑到她耳边，"我很期待弗格斯小姐亲自送上……的书。"声音暧昧又低沉。

"我倒是更期待路易斯大人的迷幻术。"少女挺直背脊，不服输地道，"还有，提醒您注意一下……您的羔羊。"

"娜塔西？"路易斯的眉毛拧起，"她怎么了？"

"这……"柳余耸了耸肩,"我可不大清楚。不过,我猜……也许她会先我一步,来到您的身边。"

"这不可能!"路易斯下意识道,"娜塔西的心灵,就像神山上的雪莲一样纯净。"

"随您怎么想。"柳余想着晚上的安排,又道,"另外,舞宴上可能会有一些事需要委屈您的羔羊,请您按捺住,而且最后一刻,将我带走。"

"将你……带走?"

路易斯似是听见极其不可思议之事,哈哈大笑。"为什么?亲爱的弗格斯小姐,您不会认为,我喝了您的血,就成了那些没脑瓜的、拜服在您裙下的蠢货了吧?"

"再见了,弗格斯小姐。"笑完,男人化成浓雾消失在走廊之上。

几乎在他消失的同一时间,走廊转角匆匆走过来一位面熟的神眷者,他似乎在找什么人,一见她立刻道:"弗格斯小姐,殿内缺人手,请您赶快跟我去。"

"好,好的。"

索伦王室的礼拜持续了整整一天。

索伦王室的人于晨间聆听主教大人的讲教,吃完午饭后就去神殿后方的"清净池"沐浴、穿衣,而后围着神像席地而坐,闭目祈祷,花费整整半日后,于傍晚前匍匐在主教大人的座前,接受圣水的洗礼。

"索伦国王。"一个身形粗壮的中年男人走到布鲁斯大人的脚前,双手合十,"愿神永恒。"

柳余端着托盘上了台阶。

托盘内金色的、镶嵌了无数红玛瑙的杯子内,盛满了澄金色的液体。

布鲁斯大人那张长满了老人斑的手端起杯子道:"愿神的荣光与你同在。"

澄金色的液体洒到国王的身体上,布鲁斯大人又将圣杯递了过去,国王热忱地看着,接过一饮而尽。

柳余又端着空了的圣杯走下了台阶。

脑子里不由回想起布鲁斯大人刚才的笑容。

堂堂一个神殿的主教笑得像个卖假药的。

"噢?圣水,怎么可能?王室来得那么勤快,圣池会干的……圣水只能用到真正有需要之人身上……这是用金泡果调制的果汁,长期喝的话,大概比较……甜?"

柳余下意识看了盖亚一眼,却发现,他似乎正对着她的方向,充满迷惘。

自从来到这,他的脸上已经很久没出现过迷惘的表情了。

他是被什么所困扰吗……

是因为……刚才她的话?

柳余垂下眼睛,打住了猜测。

她没注意到的是,马兰和卡洛王子同时将目光落在了她身上。

暮色四临,夜宴很快到来。

穿着白绸衫、黑马甲的侍者们在大殿内忙碌,神眷者们从一天的繁忙中解放出来,正三三两两地聚在一块闲聊,上一届的司长们站在台阶上拍了拍手道:"今夜尽情享乐!"

底下一阵欢呼。

"开场舞的人选，你们商量下……噢，提醒你们，必须是人群中最闪亮的一对，不然……司长们可不干！"

哄笑声里传来一个声音："我们选……莱斯利先生，怎么样？"

"噢，莱斯利先生？星辰般耀眼！那当然。"

司长们一脸认同，"舞伴呢？"

"弗格斯小姐！弗格斯小姐！弗格斯小姐！"

这不是礼仪课结对、一对一的长期舞伴，而是一场夜宴上的开场舞人选。柳余与盖亚作为整个学院公认的"情人"，被安排在一起跳舞实在再正常不过……

何况人群中的金发少女，穿着一袭星空蓝的蓬蓬裙，金丝反射着穹顶的壁灯，看起来就像美神一样耀眼。

少年没有提出异议，显然默认了。

"那就弗格斯小姐……"

"……抱歉，"金发少女打断了司长，板起的脸上有着不容忽视的坚决，"我已经有另外的舞伴了，卡洛王子。"

"噢……"

这让人预想不到的答案显然将司长们难住了，他们看向盖亚，"莱斯利先生……"又看向金发少女，"弗格斯小姐……"

"既然弗格斯小姐不愿意，我可以和莱斯利先生一起跳。"

玛丽公主倨傲地走了出来。

她穿了异常名贵的红色长裙，裙身上镶嵌无数钻石，看起来像一团热情的火，只可惜……

"娜、娜塔西也想要和莱斯利先生一起跳！"娜塔西小声地道。

"就你？"玛丽公主用扇子掩住嘴"咯咯咯"笑了起来，"一个平民？也敢痴心妄想……我和弗格斯小姐抢男人也就算了，你一个妹妹也跟着抢姐姐的……"

"玛丽！"卡洛王子推开人群，走了出来，"我和你跳。"

"卡洛哥哥？！"玛丽惊愕地看着他，"你不是和弗格斯小姐……我不要！我要和莱斯利先生跳……"

"我要和莱斯利先生跳！"

"我也要和莱斯利先生跳！"

五六个女神眷者们一起举手，底下简直乱了套。玛丽公主被卡洛王子强硬地拽着往门外走。

金发少女提着裙摆追上去："卡洛王子，我……"

卡洛王子停下脚步："弗格斯小姐，抱歉。"

说着，拽着玛丽公主头也不回地走出了宴会厅。

底下一阵轰鸣。

"噢，弗格斯小姐真可怜，连卡洛王子都不要她。"

"您瞧她脸色都白了，站在那，就像只刚被剪毛的小羊羔，看起来无助极了。"

金发少女仓皇地看向大殿中央。

银发少年被女神眷者们簇拥着，可他那双湖绿色的眼睛，却像是隔着人群与她相望，就在他要张口时，少女呜咽一声，像只受伤的小兽一样奔走了。

"莱斯利先生！"

"莱斯利先生！"

"莱斯利先生！"

少年沉默了下来，他还是往常沉静的模样，不多笑，可女神眷者们的动静却戛然而止。

也不知道为什么，就在刚才那一刻，她们像是被冻住了……不，比那更严重一些，她们的心脏都停止了跳动，就像面对着绝不敢轻易亵渎的神灵一样。

"莱斯利先生……"

等她们回过神来，少年已经走到门外，消失在了转角。

他毫不迟疑地踏上了二楼。

二楼的长廊尽头设了个贵宾更衣室，更衣室的门虚掩着，少年站在门边，有破碎的细细的啜泣声传出来。

"为什么总是这样，总是这样……

"盖亚不要我，连卡洛王子都不要我……

"是，我看起来很坚强，可坚强的人……就不会心碎吗……呜呜呜……盖亚，我恨你……我恨你……

"没关系，他们不要我……我也不要他们……

少年靠到了墙上，耳边是少女受伤的呜咽。

就在他要推门时，更衣室的门从内开了。

两人打了个照面。

少女红彤彤的眼皮和鼻子瞒不了人，见他第一反应就是捂脸："你来干什么？"

"贝莉娅。"

"我不要听！"她粗鲁地撞开他，"盖亚，我说过的，我要忘掉你。"

"贝莉娅，我和你跳。"他道。

少女"嗒嗒嗒"走到楼梯口的脚步停了下来。

她转过身，脸上还残留着泪痕，眼里却又升起了浅浅的一层希冀，她小心翼翼地问："是礼仪课的舞伴吗？一对一的。"

"不，是今晚。"

希冀消失了。

少女直接转过头："不必了，莱斯利先生的好心，还是留给我妹妹，留给玛丽公主，留给那些痴恋你的人吧。"

就在她又要迈开脚时，身后的声音传了过来："贝莉娅，我不太明白。一个礼仪课的舞伴而已。"

"是的，一块卢索而已，一块面包而已，一朵鲜花而已……"

少女奔下了楼梯，徒留少年安静地站在长廊之上，听着她最后抑扬顿挫的那句："盖亚，我不需要你的施舍。"

他看向了窗外。

风带来雪山潮湿的气息，就像那少女脸上纵横的泪水……他明明看不见，却仿佛触碰到了。

娜塔西时不时地看向殿外。

莱斯利先生跟着贝莉娅姐姐出去已经一会儿了。

夜宴即将开始，侍者们忙着搭香槟塔，据说，这是海的那边传来的。晶莹剔透的酒杯在壁灯下如钻石一样耀眼，罩着白绸布的长桌上，精致的糕点和水果摆得像美妙的艺术品。

娜塔西从没见过比这更奢华的宴会。

人人都穿着华丽的衣裳，彼此含蓄而矜持地说着她听不懂的话。浓郁的酒香充盈在整个大殿，远远地，已经能看见国王的妃子们浓妆艳抹地过来。

"伦纳德小姐，您有没有看见莱斯利先生？"司长们过来问。

"我没见过。"

"噢，光明神在上……"司长头疼地一拍脑门，"第一场舞要开始了。"

"我、我看见莱斯利先生跟着贝莉娅姐姐出去了，"娜塔西垂下头，"您可以去附近找一找。"

司长立刻露出了了然的表情："啊，那我们再等一等，也许一会儿，这最闪亮的一对会为我们跳开场舞。"

不知怎么的，娜塔西并不希望莱斯利先生被找到，一旦莱斯利先生被找到，他为了弥补贝莉娅姐姐，也必定只会和姐姐跳舞……她看着越来越近的一行人。

"可国王和妃子们怎么办？"

司长倨傲地抬高下巴说："他不会有异议。"

娜塔西心内巨震。

在她的认知里，索伦王国的国王就是一座不可攀登的巨峰，如今这巨峰在光明神殿却成了被睥睨的存在。

这就是神眷者，不，神职人员的地位吗？

在她的诧异中，司长彬彬有礼地提出告辞。

娜塔西怕再被人问到莱斯利先生，干脆去大殿旁的小祈祷室呆了会，再出来时，发现贝莉娅姐姐又回来了，只是，她身边没有再跟着亲爱的莱斯利先生，反倒被几位英俊的神使围着献殷勤。

她不由自主地舒了口气……还好……没来。

娜塔西还注意到，贝莉娅姐姐的情绪不高，垂着头像是颓废的芦苇。

柳余其实并没有颓废。

她目光在大殿内搜寻，最后在神殿的东南角找到了这次的目标，马兰大人……那个对光明神无比狂热的极端信徒。

她需要他对自己的羞辱……

这在她的计划里，属于必要环节。

黑衣神使非常醒目，在整个大殿都以白为美的前提下，他一身肃穆的黑色星月袍，就像人群中的黑乌鸦，更别提那因时常板着脸而生出的两道法令纹。

布鲁斯大人礼拜结束后就离开了，马兰大人需要留下来维护秩序。

柳余端着气泡酒，不着痕迹地往东南角方向去。

一步，两步，三步，四步……

期间，她和许多人笑谈、碰杯，噙着微笑时，还和娜塔西对视了一眼。

娜塔西像只受惊的麋鹿一样跳起来，脸不知怎么红了，柳余又若无其事地收回视线，说起来，她对娜塔西并没有恶感，即使她成功地让盖亚答应做她的舞伴……

可是，生存资源就这么点啊。

她怎么能眼睁睁看着资源就这么被人从眼前夺走呢？只有傻白甜才会以为，天上会掉馅饼……即使是普爱世人的神，也只会给自己羊圈里的羔羊喂草。

狼，都是靠抢的。

她走到一座香槟塔前，停了下来。

这地方，已经相当接近马兰大人了；他一转头，就能看到她。

一位经过的神使停下："弗格斯小姐，噢，您今天真美。"

"谢谢。"柳余拎起裙摆，回了个礼。

马兰大人听到动静抬头，一下子就看到了旁边闪耀的、过分美貌的金发少女。她看起来就像是伊甸园里披着可爱外皮的毒蛇，随时会引诱这一殿的小羊羔们堕落。

他严酷的脸板得更紧了。"弗格斯小姐，我建议您出门左转。"

"马兰……大人？"少女似是没听清他的话，微微张大嘴巴，模样看起来蠢极了，"您是说……让我出去？"

"是的，您没听错，弗格斯小姐。"马兰顿了顿，带着点厌恶的腔调，"一个被黑暗使徒玷污了的光明信徒，怎么有资格站在这干净宽敞的大殿，怎么有资格出现在神祇曾经降临过的地方？"

少女的脸一下子变得惨白，整个人都开始颤抖起来

手中的酒杯没拿稳，"啪"的一声摔到地上，蓝色的酒淌了一地，还有几滴溅到了她蓝色的裙摆上。

大殿的目光都聚集到了她那儿。

侍者连忙拿了帕子过来："弗格斯小姐，您……"

"不用。"被少女拒绝了。

她抿紧唇："马兰大人，我的心是干净的，它属于伟大的光明神，一丝一毫的不忠都没有。"

随着马兰大人越加严酷的眼神，晶莹的眼泪开始在那双蔚蓝的、波光粼粼的眼睛里汇聚，"您不能就这样否定我……"

"……否定？"马兰残酷地扯了扯嘴角，"弗格斯小姐，您太看得起自己了。如果不是主教大人，弗格斯小姐您早就被捆上火刑架，和所有的异教徒一样，化成了灰。"

"您的存在本身，就是罪恶。"他缓缓道。

"不，我没做错什么，我唯一做错的，就是没有当场将那黑暗使徒杀死。"

"出去！否则……"

"不！我要待在这儿。"少女倔强地站着，她挺直着背脊，像一棵不屈的白杨。"我不走，马兰大人，我属于这儿。"

马兰大人的权杖险些要落到这不知好歹的少女身上，可布鲁斯大人临走前的告诫浮了上来："马兰，收起你的专制，这儿不是你的审判殿，不要给我神抹黑。"

"呵呵，"他冷笑了两声，"黑暗始终是黑暗，罪恶始终是罪恶，一旦与黑暗为伍过，就再也无法踏入光明。弗格斯小姐……"他拉长声音，"您记住，我会一直盯着您，直到将您送上绞刑架。"

"我等着。"

随着马兰大人的离去，刚才还倔强的少女像是不堪重负一般垂下了肩膀。

她像一具苍白的幽灵，行走在无数异样的、揣测的、不那么友善的眼神里，娜塔西发现，

贝莉娅姐姐朝自己越走越近了。

她的心"扑通扑通"跳了起来，心脏像被一股巨大的力量捏住……

她也听到了马兰大人的那一番话。那话，不单像是对着贝莉娅姐姐说，更像是朝着她脸甩过来。

要论罪不可赦，她要比贝莉娅姐姐严重上一万倍。

毕竟，她第一次见路易斯时，他奄奄一息地躺在路面，像是随时都要死去，她偷偷将他带回了弗格斯家的杂物间，每天照料，还提供了……自己的鲜血。

娜塔西从不知道，这件事竟然这么严重。

黑暗？黑暗阵营里，也有好人啊，为什么人人都不理解呢……

她下意识左右看，想要找到依撑……

却发现殿门口，一位颀长高瘦的少年不知在那看了多久。

他安静地站着，银发几乎垂地，美丽的脸庞上有着近乎怜悯的温和。

他"看"着贝莉娅姐姐，湖绿色的眼眸倒映着灯光的碎影，随着金发少女的走动，那碎影也轻轻摇曳起来。

莱斯利先生。娜塔西几乎要喊出来，她捂住嘴巴。

那边司长已经开始道："莱斯利先生，您总算来了！我们可还等着您跳开场舞！"

娜塔西不由自主地起了一丝希望，马兰大人刚将贝莉娅姐姐训斥了一顿，这样神圣的殿堂，不可能再让贝莉娅姐姐开场，那么……会轮到她吗。

她抬头，满怀希冀地看着前方，却发现不知什么时候，贝莉娅姐姐已经走到了她附近。

白绸衫、黑马甲的侍者来回穿梭，人来人往。

国王和妃子们在远处如临大敌般看着金发少女，似乎一旦她有任何不妥，就要叫身边的黄金骑士将自己拱卫起来。

一个餐车被侍者推着，从后方经过，轮子"咕噜噜"碾过路面。

娜塔西发现，餐车上放着一个巨大的六层蛋糕，黑森林上点缀着红色的珍珠果、浅蓝色的双草樱，还浇着她最爱的可可粉调制的糖浆。

一定很好吃。

她漫不经心地想着，目光还停留在远处……

莱斯利先生迈开长腿，走了过来。

"娜塔西，对不住。"擦肩而过的轻轻一声，几乎让娜塔西以为自己听错了。

她下意识转头，与贝莉娅姐姐接触的那只手臂却被轻轻一带，手往前推了过去……她碰到了贝莉娅姐姐的胸口。

"啊，娜塔西……"

金发少女的脸上露出不可置信，紧接着是伤心。

她像是被一股力量击中，手在空中飞舞，似要抓住什么，却到底什么也没抓住，重重地倒在了经过的餐车上。

"丁零哐啷……"餐车翻倒了。

巨大的黑森林蛋糕，在半空中像天女散花一样砸了下来，柔弱的少女磕在餐车的一角，又反弹了回去。她狼狈地躺在地上，华丽的蔚蓝色裙子已经完全看不出原来的样子，脏兮兮的，连到那张雪白的美艳的脸也被糊上了黑一块白一块的奶油。

"噢，光明神在上！这可……"

司长们看着一塌糊涂的地面，看向娜塔西的眼神活像她闯了个大祸。

娜塔西忙摆手，道："不，不是我，是姐姐自己……"

她不明白，贝莉娅姐姐为什么要这么做……

她下意识看向莱斯利先生，却发现他精致的脸上什么都没有。

玛丽公主摇着羽毛扇过来，道："啧啧，连这么低劣的手段都能使得出来……"

地上的少女已经完全看不出原来光鲜亮丽的样子了。

她像是个脏兮兮的布偶，浑身涂满了泥巴。

少女捂着脸，像是无地自容一般抽泣起来。

她似有说不尽的伤心，却只哽咽着，什么也说不出来。泪水在她脸上纵横交错，淌出一道又一道的痕迹。

所有人都安静了下来。

是啊，从昨晚开始，弗格斯小姐就遭受了太多的痛苦。

她乞怜、喝酒、跳湖，都无法转变情人的决定，她的情人要和她的妹妹跳舞，而弗格斯家族高傲的、纯洁的贵族天性，一定让她饱受痛苦……

到了这，却又被马兰大人大肆斥责，任何一个虔诚的光明信徒都无法忍受这样的侮辱。

而她的妹妹还给了她最后一击，谁都注意到了伦纳德小姐那没来得及收回的双手。

弗格斯小姐就这样撞到了餐车上……

这多重的打击，哪一个柔弱的少女、尊贵的贵族能忍受得了呢？

她一定快崩溃了。

少女的呜咽似是佐证了这一点。

"贝莉娅。"

这时，一道优美的声音传了过来。

柳余只感觉一道清冽的雪松一般的气息将她包裹。

"我送你回去。"

她抬头，银发少年的脸已近在眼前。

他微微屈身，捏在手中的白手帕向她递来，白帕上还绣着一朵蔷薇花。

那是她留在他那儿的，她躲开了他的手。

她仰着的小脸上脏兮兮的，眼眶通红，唯有那双蔚蓝色的眼睛，像水洗过一样清澈……看过这样眼睛的人，绝不信她会与黑暗为伍。

她当是纯净而清澈的。

而马兰大人常年的冷酷和过多的刑罚，早在学院里广为人知。

"不用了，盖亚。"

少年的手停在了半空。

就在这时，另一只苍白的不失优美的手递到了金发少女面前，黑发黑瞳的青年噙着一抹温柔的笑："弗格斯小姐，看来这个绅士，得让我做了。"

柳余将手放到了那只苍白的手掌上。

路易斯俯身一抱，将她抱在了怀中，她像软软的食草动物一样缩在了他怀里。

路易斯突然有股奇怪的说不出来的感觉。

他知道怀中这人有多狡猾多邪恶，却不知道，她抱起来跟娜塔西一样轻，实际的她，并不坚硬。

"我赢了。"

路易斯挥去奇怪的感觉，朝怀中人炫耀。

"不，还没到最后。"

少女糊满了蛋糕的脸蛋看起来简直肮脏到了极点，眸中闪烁的不安与渴望，让她看起来更加可口。

路易斯不由闪了神。

就在这时，那少年的声音又一次从后传了过来："贝莉娅，我同意。"

他的声音美极了，飘荡在这个大殿，就如同一阵清风。

"是指礼仪课上的……吗？"她的声音听起来小心翼翼的，间或夹杂着两声啜泣。

"是的，没错。"

柳余忍不住笑了起来……她赌赢了。

从此后，他的心软，就成了她的利器。

人从路易斯冰冷的怀抱转到那雪松一般清冽的怀中，银发少年安静地看着她，面上的怜悯和温和变了无奈，"贝莉娅，你总是……"

她将脑袋埋到了他怀中，小声地说："盖亚，谢谢你。"

谢谢你的妥协。

少年轻轻地叹息，而少女则孩子气地将眼泪和蛋糕一股脑地抹在他白雪一样的绸衫上。

"贝莉娅……"

少女将双手自然地环上他的脖子："好了，盖亚，我们都脏了，回去吧。"

"开场舞呢？"司长们目瞪口呆地问。

少年停下脚步，深深地看了一眼路易斯，才道："我和弗格斯小姐都不太方便……"

他的白绸衫也已经染上了脏兮兮的"泥巴"，司长闭上了嘴巴。

盖亚微微颔首，说："我想卡洛王子和玛丽公主不介意领这一场舞。"

"是的，我愿意。"

卡洛王子以忧伤的眼神看着两人，又牵起玛丽公主的手，"我想，由我们来开场，这不算太过失礼。"

"那我呢？"一道声音突然响了起来，柔软的，带着点痛苦、屈辱和挣扎，那声音问，"莱斯利先生，您也相信……是我推了姐姐？"

"抱歉。"

"抱歉？"娜塔西的眼眶立刻红了，"我知道，我和姐姐比，总是比不过的……可我以为，莱斯利先生您会信我……您说过的，神不会抛弃他的信徒……"

"承诺依然有效，您可以重新再向我提个要求。"少年顿了顿，"我能做到的要求。"

说完，他略一颔首，在无数人的注目中，迈开长腿抱着人走了出去。劲瘦的腰身裹在挺括的白色衬衫里，金丝腰带在灯下闪闪发光。

索伦国王眯着眼，问旁边的侍从："这位尊贵的神眷者……是谁？"

他还记得对方犹如天籁的歌声，唱诗班礼乐完，困扰了他一阵的头疼，都好像轻松了许多。

"莱斯利先生，也是布鲁斯大人极为看重的神眷者。"

国王脸上的表情越发虔诚，道："原来如此。"

这时大殿内的舞乐响了起来，卡洛王子牵着玛丽公主下了舞池。

他们天生高贵、姿态优雅，白色制服与红色长裙火热地交织在一起，开场就是热情的弗朗明哥舞。

这一舞，几乎立刻就调动了所有人的热情，人人牵着舞伴，开始下舞池跳舞。

夜宴开始了，似乎无人再在意之前的一切。

娜塔西看了会，悄无声息地从宴会上退了出去。

经过的侍者们奇怪地看着她，问："伦纳德小姐，需要给您拿帕子过来吗？"

"不用。"娜塔西随手擦了擦眼泪，她心头乱糟糟的，自己也不知道自己想了什么，等停住脚步时，才发现自己居然走到了图书馆。

夜晚的图书馆不复白天的喧嚣，它矗立在那儿，翘起的屋檐像蛰伏在黑暗中的野兽。

她曾好几次看见莱斯利先生踏上图书馆的台阶，在那一待就是一下午。

有一次，还看见了贝莉娅姐姐。

他们亲昵地聊天，贝莉娅姐姐总是保持着讨人喜欢的笑容。

"娜塔西。"黑暗中，一个黑发黑瞳的青年突然出现在了她面前。

娜塔西早已经习惯他的神出鬼没，并不惊讶。

"路易斯大人。"她微微垂目，行了个礼。

路易斯怜爱地看着她，用指腹擦去她滚落的泪水。

"噢，娜塔西。"他温柔地唤她，"总这样哭，我会心碎的。"

"路易斯大人，"娜塔西攥紧了拳头，"我以为您是站在我这边的。"

"当然，娜塔西，当然。"

路易斯伸手过来，他用大掌握住她的拳头轻轻安抚，一根一根掰开她的手指，她柔嫩的掌心被戳出了一个个小白点。

他心疼地看着她："娜塔西，我当然是你这边的。"

"可您刚才牵了贝莉娅姐姐的手，您以为我推了她。"娜塔西猛地抬头，冲口而出。

路易斯这才看到，她脸上纵横的泪水。

她浑身颤抖着，像是猎人刀下的待宰羔羊，只能将柔弱的脖颈袒露在刀下……每到这时，路易斯总忍不住热血沸腾，抱住她温柔抚慰。

可现在，他感觉眼前的人如同一潭死水。

"娜塔西，那只是……个计谋"。

"您爱上了贝莉娅姐姐，是不是？"娜塔西闭着眼睛，鼓起勇气问了出来。

她睫毛抖得厉害，可路易斯眼前却浮现了另一张脸，脏兮兮的，很丑，嘴角还狡黠地翘着，像只等着猎物上钩的狐狸。

他皮下奔腾的血液突然又炙热起来。

"娜塔西，收起你的胡思乱想。"路易斯难得粗鲁地道。

"路易斯大人，您从前不会这样对我说话。"

仿佛是某种猜测，突然成为现实。

娜塔西发现，临到这一刻，自己竟然没有想象的那样痛苦，反倒是回忆起少年的目光轻轻掠过她，落到姐姐身上时，那痛苦要来得更猛烈更彻底些。

"娜塔西，你怎么会这么想？我当然爱你，那样一个蛇蝎心肠的女人，怎么值得我爱。"路易斯理所当然地道。

"可我感觉不到，"娜塔西摇头，"以前路易斯大人说爱我，我能感觉到您对我满满的爱，您需要我。可现在……"

她退后一步，像是下最后一个结论："您爱上了我的姐姐。"

"娜塔西！"

"路易斯大人，"娜塔西垂下头，看着露出裙摆的一截脚尖，"看在我从前救过您的份上，请您告诉我，那时在教学楼前，您拦住玛丽公主，是为了什么。"

"噢，乖女孩，别这样。"路易斯轻抚她的头顶，"你想象的那些都不会发生，我和贝莉娅……"

"路易斯大人，娜塔西很少求您。"娜塔西开始啜泣起来，"……其实，我都听见了……您是为了贝莉娅姐姐对莱斯利先生下药的事，对不对？您迷惑了玛丽公主，让她以为是自己做的……"

"娜塔西，你……早就知道了？"路易斯惊讶道。

娜塔西露出一抹苦笑，说"原来只是猜测，现在，却知道了。"

"娜塔西，你变狡猾了。"

"原来……可怜的莱斯利先生，他还被蒙在鼓里……"她幽幽地道，"路易斯大人，娜塔西再求您一件事，请您不要催眠我，也不要将我得知这件事告诉贝莉娅姐姐……"

她仰起头，泪水在黑暗中依然像剔透的珍珠。

"可以吗？"

"好。"路易斯心软了，"娜塔西，你知道的，我总是没法对你说'不'。"

娜塔西破涕为笑，道："路易斯大人，您真好。"

她又露出那温软的小羊羔一样的笑容了。

路易斯心想，多可爱啊。

"可是娜塔西，在这之前你得答应我，不要去招惹贝莉娅……这件事，你得瞒着所有人……除非我允许……"路易斯黑色的瞳孔渐渐变得幽深，"否则，你不会对除我以外的任何人提起这件事，包括莱斯利先生……"

娜塔西的瞳孔开始涣散，"……包括莱斯利先生。"

"娜塔西，抱歉。"

路易斯轻轻抚摸她的脸，"我不能让任何人，来破坏我的计划，包括你。"

柳余此时正安静地待在盖亚的怀里。

他们以一种狼狈的姿态走出神殿，跨过星月桥，而后在黄金骑士们惊诧的眼神里走入学院。

柳余撞到餐车的后腰和小腿还在隐隐作痛，可她不在乎，心情好得让她想唱一首歌。

于是，她开始哼盖亚曾经唱过的那首歌。清风过，鼻尖还残留着蛋糕甜甜的香气，这让她想起那日温暖的午后，她坐在葡萄架下，看着盖亚在自己的蘑菇屋里忙来忙去。

心很安稳。

柳余承认，她很高兴……

大约是一直盼望着的东西，在这一刻不再遥不可及，而是向她展露了美好的曙光，她仿佛一伸手，就能够到。

"盖亚。"

"嗯？"少年低头看来。

"你知道的，对不对？"

风能传递的信息，要比肉眼所能见到的更敏锐更细致，柳余肯定，他必定是知道自己推了娜塔西。此时还不如揭开说，免得在之后留下芥蒂。

"是的。"

"那这……违背了你的原则吗？"

她在他怀中抬起头，试图看清他的面色。

稀疏月影里，少年依然像一具过分精致的冷硬的大理石雕塑。

"原则？不。"

"为什么不算？"柳余好奇道。

"一个小偷路过，偷了一位行人的钱包，我虽然看见，却也不会阻止。"少年看着不远处的伯纳湖，以一种格外漫不经心的口吻道。

在这一刻，柳余突然觉得，这位美丽的银发少年几乎与记忆珠中的神祇重合到了一起。

神的道德边际……到底在哪儿呢？

他会为了遵守承诺，毫不留情地拒绝一个前不久才委身于他的少女，更无视对方为他跳湖的痴情。可对她在眼皮子底下陷害别人，又毫不在乎。

柳余不太明白。不过现下，她更想确定的，是另一件事。

"那你……"她顿了顿，"听不见娜塔西的心声了，对不对？"

风吹过树影，银盘似的月亮被浮云遮蔽，这一刻，整个天地都似乎黯淡下来。盖亚垂目，柳余只能看见眼睑下一排扇形的影子。

"是的，没错。"他道，语气也十分疏淡。

"什么时候？"

"贝莉娅，"他顿了顿，带了点不加掩饰的好奇，"你听起来……有些紧张。"

"是的，盖亚。"柳余迅速反应过来，知道自己问得太多了，"你以前说过，你听见娜塔西说她渴望你，我很紧张，也不愿意你和她跳舞……"

"你知道的，我从前的朋友，到最后，总是会向着娜塔西。他们说她可怜……就不愿意和我玩了。"少女用困惑的，甚至有些伤心的口吻道。

不过，她很快又高兴起来："盖亚，你今天这样……我很高兴。非常、非常高兴，这意味着，我对你来说……比承诺更重要，对不对？"

少年并未说话，柳余只能看到他轮廓越发清俊的下颌在一瞬间紧绷又放松。

"贝莉娅，绝没有下次。"他道。

"盖亚，我想亲亲你。"少女却无畏地道，她半抬起身，在少年的一阵不稳中，直接捧住他脸，亲了上去。

少年扭头，她只亲到了一点嘴角。

她调皮地道："是可可味的，盖亚，你真的不想尝尝吗？"

少年的耳尖悄悄红了："贝莉娅。"

"很甜。"少女不再作怪，乖乖地枕到他的胸口，哼哼了一会，又道，"身上很不舒服，我要去澡堂痛快地洗澡。"

"是。"

"可我的脚很疼，你在那边等我。"少女理所当然地道，"你得扶着我回来。"

"好。"

柳余这才心满意足地闭上了嘴。

老祖宗说了，女追男隔层纱，"攻略"神的难度系数虽然大了点，但她努努力，这堵墙也许在不久的将来就会倒了。

至于欺骗人的罪恶感，偶尔在深夜冒个头，又会被柳余面无表情地拍下去……

活着，爬到自己能爬到的最高点，她再不要做那个只能在深夜埋在被子里哀哀哭泣，等着命运施舍的孤女。

"贝莉娅，到了。"盖亚将她放了下来。

"那我们等会儿在这儿会合。"少女挥挥手，一瘸一拐地往女舍里走，还不忘回头嘱咐他，"就在这儿哦，我去拿一下东西。"

少年颔首，在她消失在门槛后，也往男舍走去。

两人会合后到了澡堂发现，大约是神殿宴会的关系，所有人都去了夜宴，澡堂内空无一人，连守门的都不在。

"盖亚，门口没人，万一有人进来……"柳余牵住盖亚的手紧了紧，"我怕……"

"不会的。"盖亚道。

"万一呢？"少女倔强地道，"盖亚，我是你的，一分一毫都不想被人占便宜。"

盖亚突然道："我为你设个魔法阵。"

他指间莹白一点，紧接着的动作让人眼花缭乱，柳余只看着一张白色的罗网将她罩了进去。

"如果有人进来，立刻就会被弹开。"

不过……

"盖亚，你又从图书馆学了神术和魔法阵吗？还是布鲁斯大人教你的？噢，他真偏心……"

"不，不是。"少年摇头，"自然而然就出现在了脑子里，就像是……"他迷惘，说不出个所以然来。

柳余问："盖亚，你教我吗？教会我，以后我也可以自己打坏人了。"

"贝莉娅……这有些难。"

"谁说的？"柳余施展了个默法给他看。

巨大的一人高的光明弹从空中升起，如烟花般落下。

神术课的进度很慢，教授并未教新的内容，他们还在学光明弹，小弹变大弹，整个教室，除了盖亚，就是她学得最好，教授还夸过她几回。

"我不管，反正我要学，教授还夸我聪明呢……"少女不住地晃着他手，"你就教教我嘛……盖亚……盖亚……"

"好。"

少女的嘴角翘了起来："盖亚，你真好，我最爱最爱最爱你了。"

是个好用的"木头"。她踮起脚尖，在他唇间偷个吻。

"贝莉娅。"

"嗯，我知道，我知道，不能这样嘛，堕落的深渊……可我忍不住……"

第十四章

洗完澡出来，盖亚果然候在门外。

那头长长的银发已经干了，在月光下仿佛流动的银光……

柳余一下就看到了。

她小跑步过去："盖亚，你的头发干啦。"

"我的……怎么也弄不干。"

她困扰似的捋了捋额前湿漉漉的头发，吸饱了水的金发披在脑后，好像一匹厚重的毛毯，毛毯还在沥沥往下滴着水，不一会儿就将后背淋得半湿。

她打了个寒战。

盖亚左手提着个装脏衣服的布袋，右手摊开到她面前，一点白芒缓缓升起，柳余一下就明白了……又是那劳什子神术！她可不想要这样的便利。

她一下子扑了过去，抱住他右胳膊晃了晃："盖亚，你帮我擦头发，好不好？"

"我在家时，母亲总给我擦的。"生怕他拒绝，她又补充了句。

"可是我没带……"

"我带了。"

少女一把将攥在手心的干布塞到他掌中，似乎蓄谋已久，"嗯？好吗，好吗，盖亚？"

"贝莉娅。"一声轻轻的叹息，盖亚妥协了。

他随着她坐到路边的长椅，拿过干布替她轻轻擦拭起来。

轻柔的，还带着点笨拙的动作，看得出来，盖亚平时不大做这样的事，在扯痛她几次后，就有些小心。

清风明月，星辰正好。

柳余享受般闭上了眼睛，即使在前世，也不曾有人这样对待过她，那一点小小的扯痛对她来说，反倒像是真实的愉悦。

她甘之如饴。

"好了。"

不知过了多久，就在柳余几乎昏昏欲睡时，少年放下了手。

"等等……"她在布袋里找了找，将蔷薇花精油和梳子递了过去，"喏，还有这个。"

"这……是什么？"少年接过来，迷惑地问。

"盖亚……"少女拖长语调，"女孩子想要保持漂亮，可不是件容易的事呢。"

"嗯……我平时闻起来……是不是香香的？"

"是的。"

"就是这个啊。"她告诉他，"不仅是头发，还有身体，嗯……每次洗完澡，我都需要涂上一层香香的雪膏，从头到脚……还有修剪指甲、眉毛……"

她将胳膊伸到他面前，"你闻闻。"

熟悉的蔷薇花香随着她的动作拍到他的鼻尖，夹杂着附近的青草香……

盖亚闭了闭眼睛，再一次："贝莉娅。"

"知道了知道了，不逗你了，小气。"

少女替他将手里的精油瓶盖打开，"喏，只要一点点哦，用手搓一搓，然后，抹到我头发上……然后小心地梳，一定要梳顺了……我可不想早上起来头发打结，噢，那看起来一定像个马蜂窝……"

少年眉头微蹙："麻烦。"

却还是拿过精油瓶，滴了一滴在手上。

柳余支着下颌，看看天，明天一定是个好天气。

第二天，却阴雨绵绵。

户外的击剑课，变成了室内。

盖亚和柳余不在一块，他升到了三阶，与那些司长们一块……而且看样子，也有毕业的趋势。

而柳余还在第一阶击剑课练习基础的劈砍。

上完课，两人直接在食舍内集合，而后走过长长的星月桥，去往神殿上神术课。

今天的神术课的内容还是光明弹。柳余的光明弹已经练得相当大也相当快了，不过，她没有在课上施展默法，所以看起来倒也不太显眼。反而是娜塔西，总有些神思不属，一连好几次都施展失败了。

"……伦纳德小姐，请不要小看这光明弹。当您与黑暗使徒相遇，也许就是这小小的光明弹能拯救您的性命！课堂是神圣的，我们所有的一切都来自神的赐予，请不要怠慢。"

授课神使严厉的训斥让娜塔西一下子红了眼眶。

她拼命地将眼泪憋回去，"对，对不起，先生，我会好好练习。"

她的可怜样让神使的声音软了下来："伦纳德小姐，机会来之不易……请千万珍惜。"

说完，他又看向教室的其他神眷者："夜宴已经过去，激情和快乐只是一时，我们当牢记永远忠于神的使命，为终身侍奉我神而奋斗"

"是！"

底下呼声震天。

"另外，我得告诉你们一个消息……"

有消息灵通的举手："先生，您指的是三个月后的神圣选拔吗？"

"是的，没错。三个月后，光明圣殿的圣使们将会来到艾尔伦大陆，挑选圣子圣女。一旦成为圣子圣女候选人，你们将进入光明圣殿，如若被圣光选中，你们将进入神宫，永远侍奉在神的左右……"

"……多么光荣！"

教授捂着胸口,激情澎湃。

"我愿效忠神!"

"我愿效忠神!"

"我愿效忠神!"

年轻的神眷者们纷纷站起,捂着胸口,共同起誓。

他们脸上洋溢着热切与虔诚,眸中闪耀着真挚与激动,这一切让他们看起来像打了鸡血的狂徒。

柳余也跟着站起:"我愿效忠神!"

整个教室,只有盖亚稳如泰山地坐着,偏偏谁都觉得,这似乎理所当然……

毋庸置疑,莱斯利先生是神的宠儿,未来的星辰骑士,他和一般人不一样。

"这是你们的荣光。"

授课先生不无遗憾和向往,"可惜,神只要二十岁以下的孩子……六十年才选一次……马兰大人、布鲁斯大人,甚至我们许多人,天生就没有机会……而你们,如此幸运……不要懈怠。"他道。

"是!"

"神圣!"

"荣光!"

她也跟着喊:"神圣!荣光!"

剩下的半堂课,教室上空的光明弹"砰砰砰……",此起彼伏,连成一片。

到下课时,柳余那股劲儿都泄了,她软绵绵地扒拉着盖亚,让他拖着她走。

"回去?"

"不,我要跟你去图书馆!"她理直气壮地道,"图书馆三楼,你答应我了,要教我别的神术。"

盖亚微微笑了,那双湖绿色的眼眸在一瞬间弯下,长长的睫毛下,是如水的温柔。

他牵起她:"走吧。"

两人牵着手在神殿一前一后地走,经过的神使们停下来和他们打招呼:"莱斯利先生,弗格斯小姐,你们和好了?"

这时,少女就会从少年身边探出头,欢快地应:"是的!我们和好了!"

"希望我们的伯纳湖下一次不会再遭殃!它可盛不下您的伤心……"

少女的脸一下子垮了下来。

她朝他们做了个可爱的鬼脸,又抬头问:"才不会!莱斯利先生,对不对?"

莱斯利先生被闹得没法时,就会可有可无地应一声"嗯"。

于是,亲爱的弗格斯小姐就又会开开心心的了:"要先去找布鲁斯大人要钥匙,对吗?"

少年将手里的钥匙给她看:"布鲁斯大人给我了。"

"一直……给你?"她惊讶了。

这神也太会给自己作弊了……这"好感值"光环……

"是的,没错。"

少年点头,他自然地牵着她上了二楼,在神使们歆羡的眼神中打开门,一副天经地义的模样去了三楼。

大门"咔啦咔啦",在身后闭上了。

三楼还是上次来的样子,翻开的书,还停留在那一页,期间似乎没有人来过。

窗外阴雨绵绵，"滴滴答答"的雨声将整个空间都罩得潮湿又阴暗，柳余下意识弹了个光明弹，一抹光亮稍纵即逝。

少年似乎感觉不到，他直接走到上次的地方，坐了下来。

柳余反应过来，对他说："你等等我。"

她"嗒嗒嗒"地跑了过去，发顶扎着的丝带像只白色的蝴蝶，一跳一跳的。她奔到了盖亚旁边，一下挨着他，见他又要老僧入定般看书，就闹他："盖亚，说好了的，你要教我神术。"

"等你教完我，再去看书。"见他不为所动，她就拱到他怀里，挡住他手脚，不住晃他，"盖亚，盖亚，盖亚……"

"好。"少年终于低头。

在那一瞬间，两人的气息几乎碰到一起。

"你想要什么样的神术？"他问。

柳余眨了眨眼睛，艰难地将视线从那美到极致的脸上挪开。

"反正，要能保护自己的，嗯……"她点点头，强调一般地道，"厉害的，很厉害的那种。"

"有。"少年点头，"变羊术。"

"变羊？"

柳余下意识想起传说中，那个第一美人海伦公主因为亵渎神灵，而被神灵变成羊的故事……这难道不是传说吗？真的变成羊……了？

"当把对方变成羊，羊就无法对你攻击了，任何术法攻击、物理攻击，都不会再对你奏效，持续二十四个小时。"

少年不厌其烦地向她解释。

柳余眼前一亮……

从功效来说，除了形态有些搞笑，确实能起到保护自己的作用。

起码，如果路易斯再来，她就不会毫无还手之力。

"嗯，我学！"

"你确定？"

"确定！"少女拼命点头，"要学！"

少年定定看了她一会，才将口诀教给她。

于是，在"沙沙"的书页声里，柳余不住地将那口诀倒腾来倒腾去。这一段，要比光明弹的口诀还拗口得多，"原身"这太平直的舌头卷来卷去，念了整整两个小时，喉咙几近沙哑，也才通了一次……

后来再通，却又是半个小时过去了。

不过，也就这两次，柳余已经记住了神力在窍门的运行方式。

她不再念口诀，而是努力调动神力，让它在体内按照之前记住的路线走……在某一瞬间，神力透体而出，一种玄妙的感觉出现了。

"我会了！"

"咩咩咩！"

柳余呆呆地仰头，发现坐在长凳上的盖亚，不知在什么时候，变得很高、很大、很威武。

连凳子腿都比她高出好几倍。

穿着星月袍的英俊少年站起身，又蹲下身。他伸出蒲扇一样的大掌，在她头顶轻轻地摸了摸，当摸到那对触角时，眼角微微弯了弯："贝莉娅。"

"咩？"这是怎么回事？

柳余张开嘴。

而后，她看到了这辈子最美最温柔，几乎能让整个银河都随之失色的笑容……

"咩？"

那水绿色的瞳孔内，有了浅浅的倒影，倒影里，一只粉嫩嫩的小羊羔眨巴着湿漉漉的眼睛看着她。

"咩！"

她变羊了？！

柳余抬抬手，崩溃地看着自己粉红色的小羊蹄。

正愣神间，身下一个腾空，已经到了一个温暖的怀中，被安顿在对方的腿上。

盖亚抱着她坐了下来，一只手翻过书页，一只手轻轻顺着她后背柔软的皮毛，好像曾经做过无数次那样，眉目沉静……

他并不惊讶。

柳余猛然间领悟到一个事实：她的术法没错，错的是……口诀。

盖亚教她的，确实是变羊术，只是不是将对方变羊，而是将自己变羊。

领悟到这个事实，她用四个蹄子狠狠地在他腿上踩，奈何力道太小，像是在给人挠痒痒，盖亚安静地坐着，一只手还安抚般轻轻拍了拍她："贝莉娅。"

"咩！"柳余恶狠狠地用牙齿咬他。

谁知连个印子都没给对方留下。

四个蹄子没站稳，一下子掉了下去，只来得及抓住柔软的袍子，腾空的后腿拼命挣扎……

而后屁股被人轻轻一托，重新落到了那双膝盖上。

"贝莉娅，是你要学的。"

少年翻过一页书，对眼前的情况似乎并无一丝愧疚。

她泄气般趴在了人膝盖上，屁股撅着，想想这姿势不十分雅观，又连忙翻了个身。

这时，一件白色的裙子从上披了下来。

柳余发现，这是她出门前穿的裙子，只是现在对她来说十分之……大。

小小的羊身在裙里一滚，将身体全部裹住，只露出个脑袋，才委委屈屈地重新趴下："咩。"

"明天就恢复了。"少年似乎能听懂一般回道。

"咩咩咩咩咩！"

晚上怎么办？

她这样，可回不去。

柳余怎么也没想到，这个看起来一本正经的少年，竟然也会对她恶作剧。

是嫌她太吵吗……

少年垂目，一人一羊"对视"良久……

最后，羊头蔫蔫地垂下去，"咩"了一声。

"沙沙"的书页声又重新响了起来，混杂着"滴滴答答"的雨声，成了一曲最有力的催眠曲，柳余眼皮子渐渐耷拉下来，感受着身上有一搭没一搭地顺毛，竟然睡了过去。

等醒来时，发现自己躺在盖亚怀里。他紧紧地抱着她，身上是松软的鹅绒被。

左右张望，看摆设好像是……蘑菇屋？盖亚的房间？

柳余四蹄并用着出去，还没爬到床头就被人拖着蹄子重新抱在了怀里。

紧接着，少年带着睡意的声音在耳边响起："贝莉娅，别动。"

"贝莉娅，别动。"

柳余的四个小羊蹄不甘地挣扎，脑袋被胡乱地摸了一把。

少年身体的热气，落在小羊羔脑袋上，像是被熏热了的棉被，雪松一般的气息将她包裹，不知怎么的，柳余的眼皮又开始往下耷拉。

小羊羔的身体一起一伏，渐渐地，竟又睡了过去。

再醒来，是被爬梯的动静弄醒的。

柳余睁开眼睛，先看见的是交替踩着床梯下来的一双赤足，松松的白色绸裤垂下来，她睁大眼睛试图看清……

眼睛就被遮住了，温暖的大掌后，少年带着惺忪睡意的声音响起："卡洛王子，早安。"

透过他的指缝，只能看见一点点波动的白色。

床梯上的动静消失了，紧接着是趿拉着拖鞋往远处去的动静。

"莱斯利先生，早安。"

卡洛王子打了个哈欠，"昨晚我可听见您叫了好几次弗格斯小姐。"

"这可是我第一次听您在睡梦中叫弗格斯小姐的名字。"

"抱歉，吵到您了。"

"看来我得说真话。莱斯利先生没吵到我，倒是您的羊吵了些。"卡洛王子带着笑意的声音，"没想到，莱斯利先生竟然会喜欢羊，还让它爬上您的床。"

"抱歉，我替我的羊跟您道歉。"

"不必。"

随着一阵关门声，卡洛王子的声音低了下去，淅淅沥沥的水声响起。

柳余还没弄清，垂下的小耳朵又被遮住了："贝莉娅，不能听。"

沙哑的少年音与热气一同落到她的耳朵。

柳余耳朵抖了抖，一抬头，发现自己又能看见了。

盖亚不知什么时候放开了她，那双绿眸就近在眼前，仿佛一大块碧绿而纯净的翡翠，色泽比平时略深一些……她竟然在那看见了粉红小羊羔的影子。

他的眼睛真迷人。柳余想着，爪子有些痒痒，很想摸一摸他头顶胡乱支棱着的一小撮银毛……这一切让他看起来跟平时不大一样。

"咩！"

"贝莉娅，抱歉。"少年眨了眨眼睛，深碧色的翡翠又变成了浅绿，他的神智渐渐恢复清醒，"你睡着了，我没法送你回去，就带来了这儿。

"今天没课，我想，你应该不会太生气。"

"咩！"混蛋！柳余不忿地冲他叫了声。

少年却只是安抚般拍了拍她，掀开被子，修长的腿就这么跨了过去。

柳余猛地用小爪子遮住眼睛。

不一会，小爪子又悄悄张开……

这时，清瘦的少年已经走到窗前，一下子拉开窗帘。

"唰……"

明媚的阳光倾泻进来，金灿灿洒落一地。

少年被整个儿拢住，阳光透过他雪白的绸衫照进来。

柳余被刺得眯上了眼睛，再睁开时，却发现盖亚已经穿上了星月袍，纯白色的袍摆上是金丝钩成的小太阳与银丝钩成的弯月。

宽肩窄腰大长腿，绝世好身材。

一波"血赚"。不亏。

柳余美滋滋地欣赏了一会，回过神来时，发现盖亚那张精致的脸已经近在咫尺。

"咩！"

她惊吓般跳了起来。

糟糕，变成羊后，知觉都变迟钝了。

这一跳，才感觉到身上不对。

肚子沉甸甸的，糟糕，像是……

她急得一蹬被子钻了出来，垂头看看，又钻了回去，露出一个脑袋，朝上面急急地叫："咩咩咩！"

尿急！

这时，卫生间的门打开，卡洛王子系着腰带神清气爽地走出来："莱斯利先生，您这只羊怎么了？生病了？"

柳余只觉得眼前一暗，视线就被遮住了。

"大概是饿了。"她听盖亚脸不红气不喘地道。

撒谎！骗子！混蛋！

柳余怎么也没想到，都变羊了，生理反应还存在……如果眼神能杀人，尊贵的莱斯利先生大概已经被她的眼神杀死一万次了。

"莱斯利先生您这只羊太小了，恐怕还吃不了草，食舍里倒是有一些新鲜的羊奶……"

卡洛王子系好腰带，走到床畔时，正好对上小羊羔水汪汪的蓝眼睛。

他愣了愣，声音立刻变得又软又轻，像是怕吓坏了它。

"噢，光明神在上，莱斯利先生，我还是第一次看见粉红色的小羊羔，她的耳朵很可爱，像是兔子。"

他又想伸出手来摸摸小羊羔的粉红色小蹄子。

盖亚挡住了他，"卡洛王子，她有些胆小。"

卡洛王子收回了手，恋恋不舍地走了两步，又回头，说："如果，我是说如果……如果莱斯利先生将来有一天厌烦了，不愿意养它了，我愿意出双倍，不，十倍价格买下它。"

"您该走了。"少年的声音藏了警告。

卡洛王子这才一步三回头地走了。

总算走了。

正憋得眼泪汪汪，小身子一轻，就被人托了起来。

她看着盖亚，少年的耳尖略有些红，似是有些不大自在，抿紧唇："等等。"

等什么等……

她的膀胱快炸了……

盖亚带她去卫生间解决了生理问题。

"贝莉娅。"

"咩。"

她丢脸死了。粉色的羊耳朵半耷拉着，看起来蔫蔫的样子。

"这很正常。"

盖亚用一只小毯子将她裹住，抱在怀里走出去。

阳光散漫地落下，少年的步子迈得也有些慢，一晃一晃，像是温暖的摇篮。

柳余发现，自己又想睡觉了。

这小破羊除了睡，就是尿……

这时，肚子"咕噜噜"叫了一声。

少年似是没听见。

经过的人纷纷喊："莱斯利先生，早安！"

"莱斯利先生，早安！"他回以礼貌的微笑。

柳余没精打采地躺在小毯子里，只露出一个鼻子呼吸。

心想着，逮到机会一定要狠狠报复回去，可一想到对方身份，又有点忧伤，看看那双湖绿色的眼睛，心里又好过了些……

"贝莉娅，变羊术没什么不好。"少年的声音突然响起。

他声音仿佛悠扬的琴音，优雅而迷人。

"当你变成羊，别人施加的任何攻击，都无法对你无法奏效。当然，你也不能攻击别人。"

"咩！"她才不想变成烤羊肉！

盖亚指间一弹。

一束小火苗就这么从他指间冒了出来。

小火苗往她脑袋上一送，柳余吓得闭上眼睛……闭眼前，仿佛看见身上弹出一层透明的薄膜，薄膜将火苗挡在外面。

柳余立刻睁开眼睛。

薄膜不见了，可幽蓝色的火苗就是烧不到她。

她用小爪子好奇地碰了碰，爪子就从火苗中间穿了过去，像是穿过一层空气。

"符合你的要求，很安全。"

"咩……"

可她更想把别人变成羊。

羊脑袋抬起，又无力地垂下。

盖亚却已经不再说话了。

他抱着她去了食舍，要了一碟子薄饼、法棍和一小碗羊奶。

"莱斯利先生，早安……羊奶是今天挤的，用了一点杏仁，很新鲜。"

穿着白绸衫黑马甲的侍者热情地介绍，等他看见盖亚怀里的小羊脑袋，惊喜地睁大眼睛，"噢天，好特别的小羊羔……"

柳余瞪了他一眼。

"噢，光明神在上，它在瞪我！莱斯利先生，您能告诉我，您是在哪里买到它的吗？我也想去买一只，噢，太可爱了，我的心都要化了……"

"谢谢，您可以去市场上看一看。"

盖亚朝侍者有礼地颔首，抱着小羊羔，端着托盘，走到了角落。

柳余将脑袋往里埋了埋，试图将整只羊都藏起来。

触角被轻轻碰了碰,"贝莉娅。"
她不情不愿地抬起头。
"咩。"
"羊奶。"
一碗羊奶递到她面前。
面对着几乎跟脑袋一样大的碗,柳余奋力往毯子里钻了钻,直到脑袋也埋了进去:"咩……"
不吃。
"贝莉娅。"少年警告的声音。
她四个蹄子继续刨着往里,谁知前蹄就这么被人轻轻一拉,就拉了出去,小羊羔惊骇地尖叫了一声:"咩!"
它惊慌失措地将自己埋进了毯子,只露出一个脑袋,"咩……"
委委屈屈的。
不想沾湿羊毛。
一声轻轻的叹息。
"贝莉娅。"
"咩……"
小羊也要优雅。
少年抬手,问侍者要了个银制的小勺子,舀起一点羊奶递到她面前:"可以了。"
柳余这才抬起头,委委屈屈地张开嘴,舔了一口。
咦,甜甜的、香香的,跟人尝起来时不太一样。
润滑的羊奶入喉,一直温暖到小肚子,柳余这才心甘情愿地喝起羊奶。
至于姿态……笑话,一只羊要什么优雅。
落到旁人眼里,就是美貌绝伦的少年抱着一只粉色的小羊羔,不厌其烦地用小勺子喂奶,连画面都像有了粉红泡泡。
"噢,莱斯利先生真有爱心。"
"不,更有耐心呢……这只小羊有些淘气。"
"……不过如果我有一只这样可爱的小羊羔,我也一定会很耐心……"
柳余面不改色地舔干净最后一滴羊奶,盖亚拿起帕子,替她擦了擦下巴上不小心沾到奶的羊毛,才拿起一边的薄饼吃了起来。

保暖思……睡。
小羊羔的身体在晃荡晃荡中又睡着了,等醒来时,柳余发现,居然已经到下午了,还是在蘑菇屋。
盖亚拿着一卷书册,坐在窗边看书。
柳余翻了个身,懒洋洋地欣赏了美少年看书的场景,才张开嘴:"咩。"
莱斯利先生,午安。
少年看过来,清冷的眉目沐浴着阳光,也好似有了温度,他道:"贝莉娅,午安。"
他看了眼旁边的报时鸟:"时间差不多了,我把你送到葡萄架下,好吗?"
"咩。"丢过去吗?会死的。

柳余眼珠转了转，说："咩……"

像那晚一样，他爬过去，把她一起带过去。小羊腿儿太短了。

盖亚看着她，温和地道："变羊术，不会死。"

"咩！"小羊拼命摇头。

万一正好被人撞见抓住，她就会在人前变回去……

"那就待在这。"

少年起身，把门锁上，连窗户也关上了。

白色的窗帘拉起，若隐若现的光透进来，柳余抬头："咩……"

那一会……怎么出去？

就在这时，一阵杂乱的脚步声从门外传来，伴随着卡洛王子有礼的笑声："是的，父王昨天给我带了一些，稍等，我这就去取来。"

"咩？"柳余呆呆地看向大门，这时，身体开始发热，疼痛……

锁孔被插入，转动……

"咔嚓……"

门被打开，大片大片的光照了进来。

人头攒动里，卡洛王子当先走了进来："我这就取来……莱斯利先生？"

柳余只感觉到身体一沉……

"盖亚？"纤白的手指揪住对方……

咦，她……变回来了？

柳余看着洁白如玉的手腕，晶莹剔透，不再是毛茸茸的粉红色蹄子……

少年低头："躲进去，贝莉娅。"

他声音温柔，却带着不容置辩的命令。

对着少年那双越发纯净的绿眸，柳余敏锐的直觉告诉他，必须听话。

她乖乖地将整个身体缩进了被子。

手、肩膀、脖子……

可就这么乖巧，也不符合她的性子。

于是，东碰一下，西蹭一下，少年的身体紧绷成一张大网，将猎物牢牢地网罗住。

柳余看着他那双绿眸的色泽，从浅浅的水绿，又变回了浓碧的翡翠色。

"噢，卡洛王子，太感谢您了，您真慷慨……"

"……那来自东海国的叫什么，噢，对，茶叶。真的比咱们的可可粉还好喝？甜吗？"

"不，相反，还有些苦……"

卡洛王子迈步进来，摇着头正要继续解说，目光对上床铺时却停住了。

琥珀色的眼睛猛然间睁大，像是看到了这世上最不可思议之事……他那一向优雅沉静的舍友正扑在床上，凌乱的银发披散，像是要"盖"住底下的东西……

卡洛王子原以为他在找他可爱的小羊羔。

"莱斯利先生，您在找您可爱的小羊羔吗？"他问。

莱斯利先生抬头"看"了他一眼。

卡洛王子发誓，在那一瞬间，他像是被神的权杖点到，"石化"了。

僵硬的感觉一瞬即逝，而卡洛王子的疑惑，也在看到雪白被子下没被完全遮住的金色头发时，解开了……那样金灿灿的、比阳光更热烈、比金子更纯净的颜色，他只在弗格斯小姐身上见过。

噢，光明神在上！

瞧他看到了什么？！

莱斯利先生竟然将弗格斯小姐带到了男舍？！

众人已经看到了床上的银发少年，纷纷伸手跟他打招呼。

"莱斯利先生，午安！"

"莱斯利先生，卡洛王子还说您必定去了图书馆……"

轻薄的鹅绒被无法完全掩盖住底下的秘密，少女即使纤瘦，也并不是真正的羔羊，几乎在瞬间就被人察觉到了。

"如果让舍监知道，蘑菇屋就要翻天了！"

"可我看……弗格斯小姐恐怕要伤心了。"

被人用负心汉眼神盯着的少年面无表情地抬头："卡洛王子。"

卡洛王子咳了一声："莱斯利先生带的，当然是弗格斯小姐，这毋庸置疑。"

隔着一层被子，她听上面那人彬彬有礼地道："抱歉，卡洛王子，能请您将人送出去吗？"

卡洛王子右手置于腹部微微屈身："抱歉，稍后我会将茶叶送到各位的蘑菇。"

他将人送到门口："这件事，还请千万保密。"

"当然，舍监那一关可不好过！"

"只是真没想到，莱斯利先生私底下竟然这样热情……"

一行人走出门，还跟盖亚欢快地告别，门"咔啦"一声，从外关上了。

柳余将脑袋小心翼翼地探出被子："走了？"

"走了。"

她长舒一口气，一想，又忍不住推了下盖亚，气恼地道："都怪你，变什么羊……"

"抱歉。"少年站了起来，不太有诚意地颔首。

"你去哪儿？"她一把抓住他的手腕。

少年背过身去："我送你出去。"

"我不！"少女哪里肯，一把将衣裳摔他身上。

"贝莉娅。"少年眼明手快地接住，不赞成地叫她的名字。

"贝、贝、贝，什么贝莉娅？我都被你害惨了……"柳余假模假样地哭起来。

谁知哭着哭着屈辱一股脑地上冲上来，竟真的哭了："说好变别人羊，你却反过来……把我变成了羊……哇……我一会要怎么回去……而且舍监肯定不罚你，要罚我……还有斑斑，我的斑斑饿了一天一夜了……"

她躲在被子里呜呜咽咽，边哭边将眼泪抹他被子上，恨不得将这被子全哭湿了，让他晚上盖不着。

"贝莉娅。"少年一声叹息，"我去跟舍监说。"

"那其他人呢……他们都看到了，卡洛王子也看到了……他们肯定以为我不顾羞耻，非要缠着你，还跟你到这儿……"

"贝莉娅。"盖亚无奈地说，"不会的。"

"会的！就会！上次跳湖，他们就说是我太喜欢你了，缠着你……是的，没错，人人赞我痴情……可那些爱慕你的人中，肯定有说我堂堂弗格斯家族的小姐竟然因为爱你，不顾家族荣誉和自己的性命…………呜呜呜……"

"贝莉娅，"少年半蹲下身，温柔地摸了摸她的脑袋，"不会的，你的勇气无人能比……我们该走了。"

"就不！"她"哇"的一声，又哭了起来，哭得上气不接下气，"你欺负人，盖亚……如果不是你把我变羊，今天我就不会碰到这样的事……"

"贝莉娅，是你要学的。"

"我才、才不管……"她哭得鼻子通红，用眼角的余光瞥他。

"贝莉娅……"

闹了一阵，柳余就这么光明正大地被盖亚牵着走出去。

绿茵地里，经过的少年们纷纷打趣道："莱斯利先生，弗格斯小姐，你们玩得好吗？"

"弗格斯小姐，莱斯利先生的蘑菇屋是不是看起来不太一样？"

金发少女的脸像红彤彤的苹果，却还是硬撑着道："是的，还不错！"

舍监被卡洛王子缠住了，门口没有人，盖亚一路送她到了女舍门口，柳余依依不舍地道："盖亚，明天见。"

少年"看"着她，嘴里突然冒出来一句话，话中似乎富有某种韵律，却听起来像天书。

"什……什么？"

"变羊术的口诀，"少年顿了顿，又补充了一句，"将别人变羊的。"

"那你再说一遍，不，两遍。"

柳余耷拉着的脑袋一下子扬了起来。

把自己变羊，固然是获得了"无敌"效果，可效果却只持续二十四个小时，如果有人"蹲羊"，二十四个小时后就真的变成了待宰的羔羊……

但如果把对方变成羊，情况就倒过来了。

打不过，把对方变羊，自己逃，二十四个小时，怎么也逃得掉。实力相当，把对方变羊，捆起来……确实是个非常实用的保命术。

少年重复了两遍，柳余果然记住了。

"亲爱的莱斯利先生，弗格斯小姐决定原谅你的无礼。"她提起裙摆，笑眯眯地行了个礼。

"明天见，贝莉娅。"树荫下，少年彬彬有礼地道。

"盖亚，明天见。"

柳余跨过门槛时，发现女舍的舍监正用眼睛瞪她，"弗格斯小姐……"

"舍监，午安。"她调皮地点点头，飞快地拎起裙摆跑了。

"弗格斯小姐！"舍监又气又怒地喊，"不许再跑去男舍！"

"知道了！"

少女的声音远远传来。

柳余跑了一会就停下脚步，玛丽公主正好经过，看着她，冷哼了一声，就摇着羽毛扇扬长而去。

女神眷者们的窃窃私语也完全挡不住柳余的好心情，当经过葡萄架，看到那黑发黑瞳的青年时，她的心情就更好了。

"路易斯大人，您是来给我送'迷幻术'的？"

路易斯微微笑了起来："不，弗格斯小姐，我是来向您索取酬劳的。当然，也得恭喜您，您的小羊羔当得相当不错。"

第十五章

"酬……劳?"

"路易斯大人,我可不记得除了那三杯血外,还欠您什么东西。相反,您的赌资,可还没付呢。"

柳余笑眯眯,身体却向蘑菇屋的方向退了退。

她变羊这件事十分私密,除了她和盖亚,照理应该没人知道才对。

可路易斯知道了。莫非他一直在跟踪她?

可他上不了图书馆三楼……

"噢,弗格斯小姐,您这样见外,可真是让我伤透了心,要知道我们可是这世上最合作无间的伙伴……"

"抱歉,路易斯大人,我们可不熟。"柳余打断他,"如果不是来付赌资,您还是请回。"

"弗格斯小姐还是一如既往的绝情。要知道,我还帮您解决了一件非常要紧的事……噢,别这样看我,路易斯十世的嘴巴可是很紧的,我发誓,这件事值得另外十杯血。"

葡萄架下,路易斯那张脸看起来真诚无比。

"那恐怕要让路易斯大人失望了,我既不感兴趣,也无法再给您十杯血。倒是您刚才的话,"她顿了顿,"小羊羔,是什么意思?"

"您那小情人今天抱了一只小羊羔大摇大摆地在校园里走来走去,很不幸,路易斯十世的鼻子很灵,弗格斯小姐身上……"路易斯一步一步地走出葡萄架,阳光下,他那苍白的皮肤更显出病态的又高贵的美感来。他凑近她,深深吸了一口气:"噢,就是这个味道,粉红色的小羔羊。"

"您疯了?"

她下意识看了下左右,还好,没人。

"即使您疯了,我也没兴趣陪着您一起疯。"

"胆子真小。"路易斯一阵笑,"……弗格斯小姐是怕这消息传到您那情人的耳朵?噢,放心,我会和他们说,路易斯十世无比爱慕弗格斯小姐,按捺不住才翻墙进来表白。怎么样?和那晚我要将您带走的举动是不是完美地连接在了一起?"

"抱歉,我拒绝。"柳余冷冷地道。

可路易斯似乎对自己这个主意十分满意，自说自话地就决定了。

"以后就这样，我霍奇·路易斯，弗格斯小姐疯狂的爱慕者和追求者，噢，非常棒，就这样决定，以后我再出现在弗格斯小姐身边，也就有了理由。"

"路易斯大人就不怕娜塔西伤心？"柳余反问。

达摩克利斯之剑还高悬头顶，她可不想再出什么岔子……任何三心二意之举，即使一开始获利，最终，也还是会走向失败。

一个盖亚，已经很难应付了。

路易斯微笑问："娜塔西不也爱慕您的莱斯利先生吗？"他道，"我想，她一定能理解，何况……这只是做戏。弗格斯小姐这样的女人，我可不喜欢。"

柳余不打算和这个重度"中二病"患者继续纠缠，"路易斯大人，在这之前，您是不是该先将上次赌输的迷幻术交出来？"

"噢，弗格斯小姐，您真心急。"

柳余左右看看，率先往葡萄架下走去，那里是视线盲区，密密麻麻的葡萄藤将整个空间罩得阴暗而潮湿。

"我相信，尊贵的路易斯十世不会反悔。"

"噢，当然，"路易斯看着她，"路易斯家族荣耀不可侵犯。不过，在这之前，先来一杯血。"

柳余下意识想要拍出右手……可手腕上的记忆珠和羽毛不见了。

心里顿时"咯噔"一下……一定是在她变羊时掉了。

是掉在了图书馆三楼，还是被盖亚捡到了？

可盖亚看起来毫无异样。如果记忆珠被他得到了，他就会恢复记忆……就会知道，是她挖了他的眼睛。

"噢，弗格斯小姐身上终于没有那讨人厌的气息了。"路易斯却没有继续。

他退开了，绕到她面前，对着少女那煞白的脸色："真难得……天不怕地不怕的弗格斯小姐，居然会害怕。"

"当然会怕。"

柔弱的少女激起了猎人的一丝怜惜。

路易斯难得放过了她："今天就算了，迷幻术……"

他"叽里咕噜"念了一串，见她迷惘，又重复了两遍，在柳余记住的时候，眼里出现了赞叹："弗格斯小姐不愧是我见过的最聪明的女孩。"

他顿了顿："比娜塔西记东西，可快多了。"

柳余却在细细感受这段口诀。

是的，她用"段"来形容。

"光明弹"是一句，"变羊术"两句，"反变羊术"三句，可这"迷幻术"却有十句，发音也复杂得多，即使能顺畅地一次性念出来，也要花费将近三四分钟时间。

三四分钟，能干什么？

够一个人，从星月桥头，走到星月桥中了。

柳余终于能够理解网游中那些魔法师为什么要找战士当盾了。

越是厉害的魔法，读条时间就越长，也就越容易被人打断……念口诀的期间，即使来个孩子，对着她后背这么轻轻一拍，她的迷幻术也就被打断了。

"很难，是不是？"路易斯似乎看出了她的意思。

"路易斯大人学了多久？"

"跟着那人……嗯，三天。"

路易斯说起"那人"时，脸上的表情不太好。

不过他很快就调整了过来，"怕被打断？弗格斯小姐您的默法用起来很不错。记住气息，当身体适应那种感觉时，自然就使出来了……但我得提醒您，迷幻术，是有风险的。"

"风险？"

"只能对意志不够坚定的人使用，比如说娜塔西，她比较柔弱……我？我就不行……强行用的话，好一点，是头痛上几天；差一点，就直接变成疯子……我可不想弗格斯小姐这样有趣的人变成疯子。"

柳余若有所思地点头……换句话理解，就是不能越阶挑战了。

她又问了几个问题，路易斯倒是难得的耐心，看她完全理解了，才化成浓雾消失在了葡萄架里："弗格斯小姐，后天见！"

柳余明白他的意思，后天，有礼仪课。

她心事重重地进了房间，灰斑雀竖着脑袋往门外看，一见她，立马就躺平了："斑斑……"

"贝比……你再晚一点回来，就只能看见斑斑可爱的尸体了……"

"斑斑，你上次偷藏了许多谷子。"

"斑！你怎么知道？"

"哼，我什么都知道。"

柳余戳了戳它毛茸茸的小脑袋，私心里觉得，斑斑比那尊贵的光明神化身可要可爱多了。

她往笼子里倒了点清水，添了点谷子："斑斑，我出去一趟。"

"斑！"灰斑雀凄厉地喊了一声。

"你又要走？！"

"是的。"

斑斑跳脚："贝比！斑斑都看见了！昨晚你变成了一只小羊，幸福地躺在了伟大而仁慈的莱斯利先生怀里！重色轻友！居然不带斑斑！斑斑恨你……"

"斑斑，你是只鸟。"

柳余面不改色地提醒它，推门出去，沿着去图书馆的路一路找去，也没找到手串，图书馆三楼的钥匙在盖亚手里，她上不去，等回来时，天已经黧黑。

随便吃了点小食，洗漱完，无视斑斑的吵闹就躺下了。

她决定明天再去一次图书馆三楼，好好找一找……

至于问盖亚，她却想都没有想。她可不想引起盖亚的注意。

第二天，上完神术课和击剑课，柳余又缠着盖亚，上了图书馆三楼。

难得晴朗的天气，她将窗帘全部拉开了。

"盖亚，你可不能将我变成羊。"她郑重地警告他，"我不喜欢。"

阳光正好，少年难得不看书。

他靠着窗，手肘支在窗台上，白色的绸衫被阳光照成浅浅的金色，银发与碎金交错，像是梦幻的剪影。

"贝莉娅，上次，可是你自己变的。"

"那不管，反正……我不喜欢。"少女嘟囔着，像是闹脾气一样，气冲冲走到上次坐的桌前，踢了下凳子，"就是这儿！你在这儿，骗我当了羊。"

长凳在寂静的空间中，与地板摩擦，发出一阵长长的让人齿冷的声音。

柳余趁机看了看附近。

桌下，没有。凳下，没有。

后面的书柜，也没有。

"贝莉娅，一位淑女，可不会拿凳子出气。"

咦，找到了。

柳余在第二排书柜底下，看到了一小截羽毛样的东西，另外的一大半，藏到了里面。

别急。她告诉自己，缓缓走过去，用裙子挡住。

"盖亚，我可不要做淑女，"她不失时机地表白，"如果有人来跟我抢你，我会丢下白手套，和她狠狠打一架。"

"可我不属于你，贝莉娅。"少年轻轻地叹息。

他连叹息时，都是美的。那如精灵一样精致的脸上，眉目温柔。

"可你也不属于别人，盖亚。"

金发少女笑眯眯地道："在这之前，我有权利追求你，而且……"少女俏皮的，又带点可爱的，"我觉得，你有点喜欢我了。"

这时，盖亚已经坐了下来。他并未回答，纸张的"沙沙"声响起，仿佛再一次沉入了书中世界。

柳余"啊呀"了一声，故意往下丢了块卢索，卢索"咕噜噜"往书柜下滚去。

她蹲下身，手往书柜下一摸，嘴里还在问："盖亚，你总是来这儿，你想要知道的，已经找到答案了吗？"

这时，她的心"扑通扑通"跳得厉害。

"没有，不过我想，圣殿应该有我要的答案。"盖亚道，"贝莉娅，我会去圣殿。"

"你是说，你要参加神圣选拔？"

啊，摸到了。

柳余漫不经心地道："那很好啊……"

"不，布鲁斯大人直接举荐了。"

少年安静地道："我不必参加。"

她收回手。

缀着斑斑羽毛的手链带出，"丁零……"一块铁片被钩了出来。

锋利的铁片划过少女柔嫩的掌心，盖亚抬起头："贝莉娅，怎么了？"

"哦，哦，没什么……"柳余连忙将手链和铁片藏了起来，"被刮到手了。"

脑中却忍不住回想着刚才铁片上的字——很模糊……像是某种古老的神秘的字……

不，她一定在哪里见过。

柳余拼命回忆，就在盖亚起身向她走来时，突然想起到底在哪儿见过……

盖亚第一次带她来图书馆三楼时，辨认出的、据说十万年前就失传的上古神语。

指间被划破的地方，开始热辣辣地疼痛起来。

柳余隐约有种直觉，这块铁片，很重要。

想起路易斯，难道他要的，也是这个东西？

"贝莉娅……"少年站了起来，金丝腰带和桌子边摩擦出长长的一阵"嘶"，他迈开长腿，几步就走到柳余面前，"你……受伤了？"

　　藏在丝绸袖口里的记忆珠又有飘起的迹象。

　　柳余连忙用一根手指按住，她仰起头，让声音充满惊喜："盖亚，你担心我？"

　　话落的当口，划破的手指已经落到少年的掌中，他微低着头，一缕垂落的银丝轻轻滑过她柔软的指腹。

　　柳余缩了缩，却被按住了。

　　"别动。"盖亚道。

　　一缕白芒自他指间升起又落下。

　　柳余只看见指腹上那破了一点皮的小口子在瞬间愈合……不到一秒，她的手指就已经恢复成原来白净光洁的样子。

　　他的神术，好像越来越强了。柳余若有所思地想。

　　"好了。"

　　盖亚轻轻放开她的手。

　　他道："贝莉娅，你总是弄伤自己。"

　　她背过手，嘟囔着："我又不是故意的。"

　　而这时，盖亚已经重新坐回自己的座位，手指按上书页，停顿一下，又立刻翻到下一页去。

　　他"看"书的速度相当快，柳余敢肯定……整个图书馆三楼的书已经被他看过一大半，只剩下少数的还藏在角落。

　　她将手串和铁片藏好，也安静地坐了过去，像只猫一样懒洋洋地靠着他，嘴里念叨着"变羊术"的口诀……把别人变羊的那种。

　　三句显然要比两句难得多。

　　柳余整整用了两个半小时才念通顺，又用了两个多小时才找到感觉。

　　神力涌动，按照一定窍门在体内流淌，很特别的、像是能支配某种东西或某个人的感觉，十分神奇，也让人着迷。

　　当神力从指间喷出的一瞬间，柳余能感觉，整个世界都变了……

　　它变成了一幅画，而她的手，则握着一支画笔，画笔点一点，那人就能变成羊。

　　她点了下去。白芒化成一支小小的羊降落……

　　一只世上最厉害的画家都无法描摹出的手接住了它。

　　他挥一挥手，那小羊就被打散成白点，又消散在了天地间。

　　玄妙的感觉消失了。

　　面前只有一个温雅的少年，他"看"着她说："贝莉娅，不要淘气。"

　　"你……把它拦下来了？"

　　柳余眨了眨眼睛。

　　"当然，"少年天经地义地道，"我可不想被你抱回去。"他用一种看穿她打算的表情对着她。

　　"小气。"她嘟了嘟嘴，"变羊……又不会怎么样。"

　　壁灯仿佛感应到窗外的夜色，一盏盏亮了起来，也照亮少女赤红的脸颊。

　　柳余看了看天，率先站了起来："糟糕，食舍快关门了。"

她像是被野狗追着一样，急急忙忙地拽着盖亚出去，好不容易在最后一刻赶上，等填饱肚子、散完步回到蘑菇屋时，已经月上中天。

报时鸟"叮叮当当"响了八下，斑斑生无可恋地趴在笼子里。

见她进来，只是懒懒地抬起眼皮看了她一眼："斑……"

"抱歉，今天事比较多。"

柳余不那么真诚地道了声歉，给笼子里添了清水，加了谷子，去卫生洗漱完，穿着睡衣再出来时，斑斑已经恢复了"战斗鸟"的模样。

它叉着腰，右翅膀指着她叫道："斑斑！

"你还记得你的鸟吗？"

它喋喋不休："一个鸟类，一个孤独的鸟类，一个漂亮的鸟类，无敌的智者……你居然就这么忍心把它抛弃在这破屋子里，跑去跟伟大的莱斯利先生约会？"

柳余看着斑斑中气十足的模样，无事般坐到了桌子前："你又偷看你伟大的莱斯利先生了？"

斑斑的右翅膀缩了回去，意识到什么，它立刻挺起胸膛，"那、那斑斑是关心贝比！斑斑怕贝比在外面受伤，对，就是这样……说到哪儿了，对，说到你抛弃伟大的斑斑……不过，如果贝比想要取得斑斑的原谅，也是有办法的……

"很熟悉的味道……很舒服……"

"熟悉？"柳余拿起记忆珠，"斑斑是说这个？"

"斑！

"不！还有旁边的……"

柳余拿起铁片，正面给它看："是这个？"

斑斑的黑豆眼一下子挤成了斗鸡眼，它拼命点着小脑袋："对，对！就是这个！噢，太美妙了，跟莱斯利先生身上一模一样的味道……斑斑想抱着它睡觉。"

"除非你告诉我，上面什么意思。"

柳余点了点那上面的字，一行字弯弯曲曲的，像它同类最爱捕捉的一种食物。

斑斑翻了个白眼："斑！

"斑斑怎么会知道？斑斑可没上过学！"

"噢，无敌的智者。"

"斑！"斑斑和她吵架。

柳余充耳不闻地拿过桌上的白纸和羽毛笔，她打算将这句话抄下来，拿去问一问历史课的罗芙洛教授……根据斑斑的反应来看，这铁片应该与盖亚有关，或者根本就是光明神的东西。

羽毛笔落到白纸上，一笔一笔地照着描绘。

柳余却觉得轻盈的笔尖开始沉重，她的意识像是隔着一层茫茫的大雾，原本清晰的文字开始变得模糊……

眼皮渐渐沉沉重，开始耷拉下来……

"啾啾！啾啾！"

柳余猛地睁开眼睛，却发现自己还坐在桌前。

脑袋沉甸甸的，身上穿着白色的棉布睡裙，羽毛笔和白纸就好端端地在眼前，纸上一片空白。铁片和手串就这么被她压在手肘下。

窗外的天空已经泛起一丝鱼肚白，报时鸟的指针转到了六点。

"这……我睡着了？"

柳余转向鸟笼。

斑斑有气无力地趴着，声音嘶哑："斑……

"是的，睡得像只猪，怎么都叫不醒……"

柳余知道，问题一定出在这铁片上。

她拿起端详了一会，发现当视线长时间地凝聚在铁片上的文字时，脑袋就开始发晕。一旦移开，就又会没事。

而不论她觉得这些文字如何熟悉，再回忆时，也全然记不起它们的模样……

就像是被某种奇妙的力量屏蔽了一样。

柳余试了很多种法子，连"滴血认主"都试过，可惜，铁片就像是块顽石，连一点反应都没有。

她只能遗憾地收起……

至于去问盖亚，柳余敢肯定，绝对会和那记忆珠一样，肉包子打狗，有去无回。

创造它的人，显然只让会古神语的拥有它。

巧合的是，在早上的理论课上，罗芙洛教授正好说到各国语言，提到了古神语："……那是神灵的语言，神的语言具有力量……我神第一次降临时，留下的卷轴就是用古神语所写……你们学的术法，比如光明弹，就是古神语演化而来。"

"那我们能学吗？"柳余举手问。

"不能。"罗芙洛教授遗憾地道，"古神语只能口口相传，却无法落于纸上，经历一次又一次的圣战，神术已经凋零到只剩下十条。"

"十条？"底下有人问。

柳余也惊讶了。

小说里主要围绕着"灰姑娘"动人的"爱情线"写，可没提到这些细化的东西，这个世界只剩十条……神术？

她想到自己记得的四条……

难怪神术课上了那么久，授课神使也就慢悠悠只教了一个"光明弹"。时间充足嘛。

"如果你们有幸去圣殿，可以去圣殿的图书馆看一看，那里供奉着的圣杯和术册，就是我神的馈赠……那册子上，有成百上千条神术……可惜都已经失传了……"罗芙洛教授深深地叹息。

新神眷者们一脸向往："真希望能看一看神的语言……一定很美……"

"你们想看？"

罗芙洛教授脸上的表情，让底下的神眷者们都猜出了什么。

他们道："想看！罗芙洛教授，如果您有的话，请务必让我们看一眼！"

罗芙洛教授小心翼翼地从每次上课都要带来的一本硬壳书里取出一张纸。

纸张泛黄，远远看着，却透着某种说不出来的美感。

只有一个字，用金色的汁液写就……

看得出来写这字的人十分随意，饱满的汁液还落了一滴下来。

柳余只觉得脑袋又开始发疼发胀起来，她收回视线，却发现神眷者们都好似没受影响，他们大张着嘴巴，看得如痴如醉。

她下意识看了眼娜塔西的位置，她没来。

"这个字……"

这一声优雅若神，仿佛暮鼓晨钟，敲响在每个人的耳边，直入心口……

罗芙洛教授惊讶地看着盖亚，正要开口，脚下却一阵猛烈的摇晃，她扶住讲桌，人却转向窗外，那里，光明神殿之后，艾尔伦大陆永远沉眠的雪山，在发出"轰隆隆"的巨响。

神眷者们纷纷醒了过来。

地动如潮水一般涌过，他们抬头，骇然地看着雪山，黑色火焰喷涌而出。

"火山……爆发了。"

与此同时，无数道白芒拔地而起，交织成巨大的罗网，将整个神殿和附近的城镇罩了进去。红色的岩浆溅落在这魔法罩上，化成烟雾。

"轰隆隆……"

"轰隆隆……"

柳余下意识转向盖亚，冥冥之中某种直觉告诉他：雪山变成火山，只是因为这人念了一个字……

从神祇口中念出的古神语，居然拥有这样的力量……吗？

少年似乎也陷入了茫然，他跟着"看"向窗外，鼻尖浓郁的硫黄气息和火焰，将空气都渲染得燥热。

"贝莉娅，发生了什么事？"他问道，无辜得像只小羔羊。

柳余却笑不出来，她沉浸在神真正的力量里……

恐惧、战栗和兴奋，一同拢住了她。

罗芙洛教授安抚过学生们就出去了。

不过一会，神术课的授课神使就过来，他面色不赖，甚至有些快活。

"不要紧，这是件好事。"

"没人受伤吗？"

"噢，当然，这雪山喷得恰到好处，没有波及其他地方……相反，我们还有些发现，地底的岩浆喷发后，熔淬出了许多纯粹的光明晶……"

光明晶是极其珍贵的材料，制作光明球就需要光明晶。

小小一块，就能使光明法杖的能力有几倍增幅。

"噢？光明晶，光明晶怎么会在这儿？只有神降之时，才会有一点光明晶从天空落下。"

"这……"

神使顿了顿，"也许是……地底原来就埋了？这件事，布鲁斯大人与圣殿沟通，圣殿决定现在就派人来进行神圣选拔，也会和这次火山喷发后的任务有关。

"在他们来之前，我们先去那边熟悉一下。"

授课神使促狭地眨了眨眼睛，"但愿你们能表现好点。"

柳余懂了，就跟高考要先来个模拟考，一考二考三考，再提前认一下考场一样……艾尔伦大陆的光明学院也要先帮学生们突击一下。

毕竟，成为圣子圣女候选人的越多，选上的可能性就越大……

还有另外两块大陆在竞争呢。

小说里，雪山确实喷发了。不过，是在三个月后。

而那喷发的熔浆，其实是为娜塔西服务的，她在里面找到了光明圣晶，成了当之无愧的圣女候选人……

也将暗夜公爵和卡洛王子的"好感值"真正"刷满"了。

倒是盖亚……

她看向他,其实在小说前段,这个瞎了眼的少年由于无所作为,一直处于"半隐身"被忽略状态。

他过分安静,又毫无欲望。他去了吗?

"盖亚,你要跟我一起去吗?"柳余攥紧了手心。

她决定,如果他不去,她拖着他也要去……

她无法忍受这棵救命稻草离开她的视线。

"贝莉娅,我猜,你一定不会让我说'不'。"

少年的声音,并不带任何情绪。

他仿佛只是在陈述一个事实,而柳余却惊诧于他的敏锐:他总是这样,在某一刻让她感觉自己在他面前完全透明。

"那当然。盖亚,如果你爱我,就知道爱一个人的心,总是希望时时刻刻陪在他身边的。你要去圣殿,我一定也要跟着去。"她执拗地又无比真诚地道。

"我会报名。"盖亚"看"向窗外,"我也想弄明白,这座山……"中间的话,柳余没听清,"……是不是与我有关。"

第十六章

三天后。

所有年龄合适的神眷者们都报名了，一个都没落下。

他们聚集在神殿巨大的广场前，马兰大人站在神像之下。

"……很好，拥有向上的野心，不是一件坏事。"马兰的眼神冷酷，"我对你们的要求只有一个，忠于我神。

"记住，一旦被我发现，你们之中有谁与黑暗有染，我将亲自送你们下地狱……不论是谁。"

他神情傲慢而残酷，没人会怀疑他说的话。

"忠于光明，永不背叛！"

"忠于光明，永不背叛！"

"忠于光明，永不背叛！"

神眷者们右手置于左胸，神情激昂。

几十米高的大理石雕像千年万年地矗立在那，他威严地俯瞰着大地，面上毫无动容。

罗芙洛教授站了出来，她用笑容缓解肃穆的气氛。

"这次我们一共要出去三天，目的地是那斯雪山下的翡翠之森，马兰大人领队，而我将和爱德华教授、路易斯教授一起负责你们的生活……"

罗芙洛教授详细地讲述了行进途中的规矩，黑发黑瞳的英俊青年和精瘦矮小的大胡子教授在一旁微笑。

"出发！"

马兰大人一挥权杖，率先往广场之外走去。

神眷者们列队而上。

他们穿了藏蓝色的学院服，白绸衫、黑马靴，头戴一顶宽边大檐帽，迈开腿往外走时，不论男女，都显得极为挺拔精神。

"翡翠之森？"

"翡翠之森不是应该被岩浆淹了吗？"

"是啊,真可怕,再回想起那天,感觉就像是圣经上记载过的末日……听说那边满地的岩浆,我们去那儿能干什么?"

"神使和骑士们两天前就去了那斯雪山,那边现在是安全的……"

柳余牵着盖亚,走在队伍中间。她前面是玛丽公主和她新找的小情人,后面是卡洛王子和娜塔西。

教授们并不多管这群"叽叽喳喳"的鸭子,只在有人落队时提醒一句。所有人都是徒步。

空气中浓烈的硫黄味还未完全散去,路边种着两排高大的乔木,绿色的叶子都泛了黄,风一吹就大片大片地落下。

柳余只觉得马靴底都是热的。地面很烫……

她很怀疑授课神使口中所谓的"安全"。被岩浆灼烧过的土地还能有植物?

"罗芙洛教授,我记得那斯雪山下可是有城镇的,那里的人还好吗?"

罗芙洛教授见提问的,是课上那个对艾尔伦历史一无所知的弗格斯小姐,忍不住笑:"弗格斯小姐,这次我们不去城镇,不过据我所知,没有人员伤亡。"

"不去城镇?"

"是的,我们去村庄。城镇由神使们负责,嗯……你们也有任务,要知道那些可怜的村民们都吓坏了,我们要将神的旨意传达给他们,安抚他们……"

柳余懂了:"神棍"们要传教去了。

这种人心惶惶的时候,最容易培养信众。

她看了眼旁边的盖亚……这"神棍"之首在她身边安静地迈步,似乎对此毫无感觉。

只是一双优美的眉微蹙,好似被某个问题所困扰。

柳余又收回了视线。

路一开始还算平坦。可随着靠近雪山,渐渐的,就不那么好走了。年轻的神眷者们大都没吃过什么苦,走了半日,腿肚子已经开始打战。

"马兰大人,休息一会吧!"

"是啊,就算是马儿走了这么久,也得喂点草啊……"

马兰大人停住了脚步。

他瘦削的脸板着,像最冷酷的判官。"休息?当然可以。但有个条件,自动放弃参加神圣选拔的权利。神的身边,不需要懒惰者。"

说完,他继续迈开腿大步走了起来。

神眷者们面面相觑,之前喊累喊渴的人再也不敢叫苦连天,纷纷拖着腿跟了上去。

罗芙洛教授笑着摇头:"马兰大人还是那副臭脾气。"

"可你看效率不是高了很多?"爱德华教授耸耸肩,"我敢打赌,再过一个小时就能到雷姆洛村。"

雷姆洛村是从神殿往翡翠之森经过的第一个村庄。整个村庄从村头走到村尾也才五六分钟,小得可怜。

村口有棵歪脖子树,树叶稀稀拉拉地挂在树梢,看起来跟这个村庄给人的感觉一样:寒碜。

柳余被盖亚搀着,深一脚浅一脚地走到村头的大树下时,险些没摔下去。

少年及时扶住她:"贝莉娅,撑不住的话……"

盖亚顿了顿,柳余期待地看着他。

"你可以变羊。"

她气哼哼地瞪他:"盖亚,你休想!"

卡洛王子背着娜塔西过来,目光落到金发少女身上。

她看起来狼狈极了,像刚从水里捞出来一样,藏蓝色制服被汗水打湿,发丝凌乱地贴在雪白的腮边,靠着盖亚,苍白而羸弱。

"弗格斯小姐,您还好吗?"他亲切地问。

柳余有气无力地挥手:"还好,到地方了,可以歇一歇。"

卡洛王子用不赞同的眼神看着盖亚:"莱斯利先生,您应该将弗格斯小姐背起来。"

"卡洛王子,这是历练,不是郊游。"银发少年理所当然地道。

娜塔西忍不住将脸藏在了卡洛王子的背后。

出发没多久她就被路上的树枝绊倒,摔了一跤,后来就被好心的卡洛王子背着了。她之前见莱斯利先生没有背贝莉娅姐姐时还有些窃喜,现在却又觉得无比羞愧。

是的,这是历练。

可她却拖了卡洛王子的后腿……

娜塔西不由地看了眼队伍旁的教授们。

路易斯大人又在用他那双黑宝石一样的眼睛看着贝莉娅姐姐了,这一路上,他几乎没有看过自己。

贝莉娅姐姐正仰着头朝莱斯利先生笑,那笑,明媚得像头顶的太阳,太刺眼太刺眼了。

娜塔西垂下了眼睛。

罗芙洛教授拍手吸引众人注意:"好了,你们在村口歇一歇,我和路易斯教授进村打探些情况。"

她朝马兰大人点头:"马兰大人,这里就拜托您了。"

马兰大人指了一个像小牛犊一样健壮的少年:"你,跟着罗芙洛教授去。"

其他神眷者们一屁股坐到了地上。

柳余还站着,在人前的任何时候,她都不愿意让自己形态全无。她倚着盖亚,看向被他一言损毁了的土地、村庄……满目疮痍。

岩浆溅落过的土地坑坑洼洼,不远处的房屋有一角破损……而极目看去,这样的房屋不在少数……

她走来的一路,已经见得太多了。这才是神……真正的力量。

一言生,一言死。顷刻之间,世界就化为乌有……

而盖亚的神力甚至只恢复了一点。

当文字化为真实,柳余才真正感觉到切肤的疼痛。她撒过的谎太多,早就回不了头了,唯一能拯救自己的,就是眼前这个人的心,抑或是,不忍心。

罗芙洛教授回来得很快,她还带来了一个白发苍苍的老人,和一群衣衫褴褛的年轻壮汉。

"这是雷姆洛村的村长和村民们。"她介绍道。

"你们……"老者激动地看着他们身上的制服,问:"你们是光明神殿派来的?"

马兰大人露出几乎可以算得上亲切的笑容。

"圣光在上,我们受神之命,来援助雷姆洛村的重建。"

"天神震怒,降罪大地,"老人一脸惶恐地匍匐下去,"我雷姆洛村……有罪。"

壮汉们也跟着匍匐行礼。

"我神仁慈，只要你们诚心，不偷不盗，忠心于他，圣光自然照耀雷姆洛村。"

柳余目瞪口呆地看着一向冷酷的黑衣马兰变成了仁慈宽大的神使，他带着三位教授，将整个村子走了一遍，就将所有还在啃馕饼的神眷者们安排得明明白白。

"一共六十八户人家，四十五户的屋顶被岩浆损坏，爱德华教授，您身子灵活，带着孩子们去给他们整修屋顶，铺上茅草……另外，有十人受了伤，罗芙洛教授，您领着女孩们为他们敷草药、看病……还有一部分人，心灵受了创伤，路易斯教授，您领着孩子们安抚……"

柳余被罗芙洛教授点去，给村民们敷草药了。

伤情确实都不算重。有的村民是被掉落的砖块砸伤的，有的村民是被喷溅的岩浆烫伤……

忙忙碌碌大半天，整个村子就焕然一新了。

屋顶都被修补好，受伤的村民们也都被安顿好，最关键的是，那些萎靡不振、惶恐不安都从村民们的脸上消失了。

村民们热情地邀请他们住下。

马兰大人看看天色，继续往前走就要露宿野外了，这些孩子们……

"那就打扰了。"他有礼地微笑道。

"不不，尊贵的马兰大人，你们愿意住在这，是我们雷姆洛村的荣幸，我们想邀请您和这些伟大的神眷者们参加我们雷姆洛村一年一度的篝火晚会。"

"篝火晚会？"

马兰毫无兴趣，爱德华教授和罗芙洛教授却十分感兴趣。

"是的，"村长捋捋他的白胡子，"如果那斯雪山没有喷发，三天前，这篝火晚会就该举办了。每一年的篝火晚会，未婚的姑娘和小伙，每人都会收到一朵花。这花可以献给自己喜欢的人，收到花最多的，来年就会交好运，还能指定一个人和他共度美好时光。"

"噢，这个我听说过。"罗芙洛教授点头，"很有趣。"

"那可以拒绝吗？"调皮的少年举手问。

"当然不能。"老人乐呵呵地道，"不过我想，能得到花最多的，也必定是最优秀的……没人舍得拒绝。"

爱德华教授乐呵呵地："倒是可以让孩子们放松放松。"

柳余在旁边听得认真……

这可真是，叫人无从拒绝啊。

她看了眼旁边一派清风霁月的少年，一把牵起他手："我们参加！"

娜塔西、卡洛王子，甚至是玛丽公主和其他神眷者们，也都纷纷举起了手："我们参加！"

年轻的孩子们显然对这个篝火晚会充满了好奇。

身上的疲累，像是被一下扫去。

"你呢，路易斯教授？"

爱德华教授促狭地朝他道，"你还年轻……"

路易斯浓夜般的眼睛落到柳余身上，他温柔地笑了笑，道："是的，我也去玩一玩。这儿有一个我挚爱的女孩，我要把花献给她。"

有病。

柳余正想用眼睛瞪回去，视线却被遮住了。

少年宽大的肩膀挡在她面前，微微侧脸："贝莉娅，你确定要参加？"

"那，那当然。"

她还要当那个得花最多的。

"噢，年轻可真好。"

看着不一会又笑闹起来的孩子们，罗芙洛教授推了推眼镜，一脸怀念。

"不过，我猜，今晚必定鸡飞狗跳。"

爱德华教授促狭地挤了挤眼睛，"只希望不要太过愉快，明天醒来时，还能走得动路，不会被马兰大人一鞭子抽回去。"

罗芙洛教授无奈地摇头："爱德华教授，您真该改改您那张臭嘴，布鲁斯大人前阵子还在为您的婚事操心……"

爱德华教授顶着唠叨，迈开短腿偷偷跑掉了……罗芙洛真是年纪越大越啰嗦……

神眷者们由细心的罗芙洛教授安排在各个村民家借宿，晚食比中午的好多了，一碗热腾腾的肉汤，肉汤里还飘了几片村民挖来的野菜，再将揣了一路的馕饼泡一泡……

那又冷又硬的馕饼就被泡软了，蘸着肉汤，别有一番风味。连向来挑剔的玛丽公主都吃得津津有味。

柳余跟着一位皮肤黝黑的少女进了她家。

一进门就看见一杆长长的猎枪，一个笆篓，一张桌子两张椅。里屋是个土炕，上面铺着一层碎花棉布，整个屋子空荡荡的……真正称得上家徒四壁。

一只老鼠倏地蹿过屋子，领路的少女像是犯了死罪，一下子匍匐到地上，身子发抖，"弗、弗格斯小姐……"

她闭着眼睛，等着即将来临的惩罚。

"没关系。"一道柔和的声音传来，紧接着，一双优美白皙的手伸到她面前，那雪白的丝绸晃花了她的眼睛，"起来吧，不用惊慌。"

"可……"她抬起头，这个比她曾见过的子爵小姐更美更尊贵的金发少女朝她温柔地微笑。

"一只老鼠罢了。"

"您不怪罪我？"

"神容纳一切存在，除了黑暗。"

金发少女雪白的脸上，像是泛着圣洁的光，"笃信我神。"

瞧，又收服了一个。

柳余发现，当"神棍"是会让人上瘾的。她将寄存在罗芙洛教授那的私人物品取来……

也是这三天三夜的翡翠之森历练让她知道，这个世界存在一种神石，可以用来装东西，效果大概等同于古神话中的"乾坤袋"。

只是这神石造价过于昂贵，如光明神殿这种集权力和金钱于一身的教廷，统共也只有两个。

一个由布鲁斯主教随身携带，一个平时寄存在教廷，只有出任务时，才能申请……

比如此时。

柳余带了三套换洗的衣服。

她还带来了一套裙子。

火红色的长裙，丝滑垂坠的质感，裙摆展开时如花瓣一样……原主的衣橱，总是有这样那样的惊喜等着她。

还有口红。

艾尔伦大陆的贵族崇尚苍白，却又对浓烈的色彩极其喜爱。洋红，橙色，紫红，蓝黑……

贵族妇女们的妆盒里，可以缺少珍珠粉，却绝不会缺少一支价格昂贵，又能让她们在夜宴上一鸣惊人的口红。

夜晚的篝火晚会，素面朝天地去，那五官便会被这火焰软化得"寡淡"，柳余当然不会让自己犯这个错误。

要在平时，也就算了。毕竟盖亚再怎么敏锐，也看不见。

可现在，她既然要想拿到全场最多的花，就不得不多费一些心思了。

她将平时浅色的口红弃置一边，最后选了那正红，饱满的嘴唇微嘟，如盛放的玫瑰……

柳余满意地对着镜子一笑，收拾东西出门。

门外等候的少女一见她，似是愣住了。过了好一会，才回过神来："弗格斯小姐，您真美。"

"谢谢。"柳余提起裙摆，轻快地迈出门槛，"该走了。"

夜晚的雷姆洛村和白天比起来，不大一样。

它褪去了灿灿阳光下的寒碜和疮痍，露出了热情的内里。

天上是难得的圆月，枝头稀疏的大叶像被虫子啃过，柳余经过时，忍不住伸手摘了一片，捻在手中，湿漉漉的，带着露珠。

神眷者们三三两两地过来，他们嘻嘻哈哈地和她打招呼："噢，弗格斯小姐，今天看起来很不一样。"

"谢谢。"柳余提起裙摆，优雅地行礼。

一路走到湖边，她也被这热闹和篝火晃了眼。

村民们纷纷穿上他们最美的衣裳，当然不是贵族式的华丽蓬蓬裙、绸缎衣裳，而是色彩鲜艳、别富美感的棉布长袍。

他们围着篝火载歌载舞。

湖边搭起的高台上，一个少女穿着一件树叶编织的短裙，姿态怪异地起舞，小麦色的肌肤在月光下，如流淌的蜜糖。

人们眼睛眨也不眨地看着她。少女的脸上用鲜艳的染料画了一只独角黑牛，她的舞姿，仿佛蕴含某种玄妙而原始的韵律，与台下熊熊的篝火呼应。

"是祈福舞。"领路的少女歆羡地看着高台，"汉妮跳得真好。"

"祈福舞？"

"是的，祈求来年丰收，祈求天神保佑，还有……"

有人把话接了过去："祈求今夜过后，会有孩子降生。"

路易斯从后走了过来。

他声音低沉，眼神带着贵族天生的傲慢，那傲慢没有落到高台上那充满原始生命力的野性之美上，而是带着一股灼热，落到柳余身上。

"弗格斯小姐。"青年漆黑的眼睛深深地看着她。如果不是柳余知道他本人什么德行，险些以为他爱上她了。

她朝他行礼："路易斯教授。"

"霍奇·路易斯，"青年顿了顿，"作为您真诚的爱慕者，您可以直接叫我路易斯。"

"抱歉，教授，这不合规矩。"柳余干脆利落地拒绝了他。

她的眼神在湖边搜寻，最后在青色水草间找到了清瘦的少年。

他穿着白衣，安静地看着湖面，热闹和喧嚣，似乎都与他无关。

"弗格斯小姐，我想，我拥有追求您的自由。"

"可我贝莉娅·弗格斯发过誓，这一辈子永远都只会爱莱斯利先生一人，绝不更改。"

柳余相信，风会将她的告白送给他。

少年果然侧过脸来，月光下，那张脸如精致而脆弱的薄玉。

柳余朝他招了招手："盖亚！"

"弗格斯小姐拥有路易斯自愧不如的忠贞。"路易斯也看向了湖边。

"谢谢您的夸赞。"柳余朝他微笑，"抱歉，教授，我失陪了。"

金发少女高昂着头，像只优雅的驯鹿一样走远了。

路易斯笑了……很久没有见过这么有趣的……人类了。

"路易斯大人觉不觉得……"娜塔西走了过来，"贝莉娅姐姐就像是一团火，火是不会回头的，她只会将一切烧得精光。"

而她情愿贝莉娅姐姐像从前那样，打她、骂她，或欺辱她。

"火？"路易斯懒洋洋地靠着大树，"娜塔西，你看到的，是破坏。而我看到的，是希望。"

他浓黑的仿佛能将一切都吸进去的眼睛里，灼烧着熊熊的似要摧毁一切的大火。

娜塔西不再说话了。

她最近想得很多，想不明白的更多，可总觉得，似乎有件很重要的事，被她给忘了。

篝火晚会开始了。

每个适龄的少男少女，都分到了一只小竹篮。

竹篮里放着一朵花。

他们围着篝火而坐，男一个半弧，女一个半弧，恰好围成一个圈，竹篮就放在身前。

说好要参加的爱德华教授和罗芙洛教授不见踪影，神眷者们和村民们混坐在一起，向感兴趣的一个或几个目标投去目光。

老村长咳了一声："现在，大家可以将花献给自己心爱的人了。一个小时后，我们的村民会来统计花朵的数量，得到花最多的人，将能指定另一个人和他共度一夜。当然，在这期间，你们也可以向心爱的人展示自己……"

老村长脸不红气不喘地将规则重复了一遍，就慢悠悠地背着手退开了。

年轻的少男少女们再是奔放，此时也因为陌生，而有些放不开。

不过……一道蜜色的身影站了起来。

那个叫汉妮的少女脸上的图腾已经洗净，露出一双琥珀色的猫一样的眼睛，她走向盖亚，将手中的花投到了他身前的篮子里。

她的声音，跟她蜜色的肌肤一样，有种天然的诱惑力。

"尊贵的莱斯利先生，我是汉妮。"

柳余倒不着急，盖亚又看不见。

"谢谢。"银发少年道谢。

事情似乎到此为止了。

汉妮似是不甘心，往前进了一步，却被一道白色的屏障挡回去了。

少年优雅地颔首："抱歉，谢谢。"

柳余忍不住瞪了汉妮一眼……她现在就应该拿起白手套，丢到这叫汉妮的脸上才对。

不过，对方不是贵族。她有些遗憾地想。

这时，一朵鲜艳的玫瑰出现在了她的眼帘……

这似乎不是村民们准备的花。

他们拿来的花，大多是路边采的，刚经历过岩浆，这些花大都蔫蔫的，而这朵玫瑰，却绽放得极其热烈，红得浓郁而饱满，花瓣还带着露珠，与递来的那苍白的手指形成鲜明的对比。

路易斯那张英俊的脸出现在了面前，他朝她微笑："霍奇·路易斯，请求为弗格斯小姐跳一场舞。"

如果路易斯是邀请她跳舞，柳余拒绝没毛病。可现在，他是请求为她跳舞……她再拒绝，就显得毫无风度。

"多谢。"她站起身，回了个礼。

所有人都安静了下来，连刚对盖亚表示爱慕的汉妮也看着路易斯，一双猫眼闪闪发光。

这是个侵略性十足的男人。

在整个大陆都偏好纯白、金色的当下，路易斯的一身黑显然是个异类。

可却没有人比他更适合黑色，他倨傲地站在那，被一身浓夜般的漆黑包裹，火红色的玫瑰在他指间绽放。

"路易斯教授今晚看起来，有点不太一样。"神眷者们心想。

柳余也重新坐下。她整理了下裙摆，打算看他跳什么舞，在这之前……

她看了眼盖亚，银发少年安静地坐在篝火之后，跳跃的火光落在他那薄玉一样的脸上。他似是感觉到她的注视，那水绿色的双眸往她这儿"看"了一眼。

柳余收回视线，场中的路易斯已经开始跳舞。

负责伴奏的村民敲起一面小鼓，剧烈的鼓点声中，英俊的青年踏着黑靴跳起一支小夜舞。黑色的丝绸衬衫裹着他宽阔的肩膀和结实的胸膛，衬衫最上两颗扣子解开……

苍白的皮肤，漆黑的眼睛……那肆意的眼神如一把锋利的刻刀，放肆地又狂妄地刮过少女柔美的曲线，整个人都似乎在向她发出信号。

明快的节奏、热烈的舞步、浓烈的情感。

剧烈的鼓点结束，小夜舞也结束。

"路易斯教授，噢，您看起来真性感！"

底下一阵热闹。

英俊的青年走到金发少女面前，单膝跪地。

他指间红色的玫瑰插入少女的鬓发，隔着雪白的丝绸手套，在她手背落下虔诚一吻，"弗格斯小姐，您的美貌和忠贞让我神魂颠倒、无法自拔。霍奇·路易斯将永远守候您。"

柳余抬头，和他不动声色地对视。

"抱歉。"她微笑，"教授的爱意，我无法作出回应。贝莉娅·弗格斯，将永远忠于莱斯利先生。"

周围一阵善意的笑。

"教授，弗格斯小姐拒绝您，可我的怀抱却永远为您敞开！"有少女大胆示爱。

路易斯站起身，他看起来有些忧郁，说："虽然您拒绝了我，可我想，我依然拥有爱您的权利。"

路易斯走回了自己的位置，这时，他的篮子里已经有了好几朵花。一，二，三，四，五，六……

柳余认真地数了数，手一撑地就要站起来。

拉票嘛，当然是好好表现一下自己。

她打算唱一首歌，歌颂下伟大的光明神，"原身"的声线不错，虽然有点绵，可音域还算宽。

可娜塔西快一步站了起来。

她穿了一件纯白色的长裙，裙摆长及脚踝，耳边别着一朵小巧的丁香，棕色长发柔顺地披在脑后，整个人就像一株清新的百合……

尤其那双棕色的眼睛忽闪忽闪着，看起来就格外讨人喜欢。

娜塔西手里也拿了一朵花，她并不看向谁，只是朝着人群鼓起勇气道："我想给大家唱一首歌。这首歌很普通，却是我最爱的一首，希望你们也喜欢。"

她双手握在胸前，虔诚地唱了起来。

清风吹过她的长发，清脆的、银铃般的歌声响了起来，带着淡淡的思念、浅浅的惆怅，飘过每一个人的耳朵，人们渐渐安静下来。

他们听她唱："……安睡吧，宝贝……丁香花、红玫瑰，都已经闭上眼睛……圣婴树会在梦中出现……宝贝，闭上眼，圣光照耀你，天神守卫你……静静地睡吧，愿你梦到天堂……静静地睡吧，愿你梦到天堂……"

渐渐地，越来越多的人跟着哼了起来。

"安睡吧，宝贝……丁香花、红玫瑰，都已经闭上眼睛……圣婴树会在梦中出现……宝贝，闭上眼，圣光照耀你，天神守卫你……静静地睡吧，愿你梦到天堂……静静地睡吧，愿你梦到天堂……"

柳余看向左右，许多人眼里开始闪着泪花，他们仿佛在缅怀美好的过去……

尤其是那些刚刚远离家人，来到学院的神眷者们。

柳余明白了，从某种角度来说，娜塔西其实很聪明。

她唱了艾尔伦大陆上人人会唱的一首摇篮曲，这首摇篮曲伴随着艾尔伦大陆上每一个人的童年。

温情的篝火、纯洁的少女、熟悉的曲调，就像是深度的催眠，它将人心底对母亲最初的记忆唤醒，这是温暖的、美妙的，可以拉近彼此距离，让人产生共情的东西……

柳余将其称之为"情怀"。

果然，许多人看向娜塔西的眼神，都开始变得柔软而亲切。

歌声结束了。

娜塔西的声音缓缓响起："……我的母亲很早就离开了，我和父亲相依为命，可惜，他最终也离开了我……我对他最深的记忆，就是这首歌……他总会在黑夜里，在我最孤单最害怕的时候，在我的床前，唱起这首歌……父亲总说，他唱得不好，如果我母亲还在，应该由她唱给我听，我母亲拥有这世上最美妙的歌喉……可我却觉得，他唱得真是再好不过了……只可惜，我现在听不到了……"

一滴又一滴的眼泪，从她悲伤的眼角滚落。

这时，她身前的花篮里，被投下一朵又一朵的鲜花。

"伦纳德小姐，一切都会好的。"

"祝您幸福。"

甚至有人想起曾经索伦城邦流行的传闻，看向柳余的眼神，开始带了丝警惕和防备。

这一手，可真厉害。

不想办法破局，别说第一名，她连娜塔西都越不过去。

玛丽公主站了起来，双手环胸、傲慢地冷哼一声，说："伦纳德小姐的眼泪总是没完没了的，可惜，这世上总有傻瓜会上当。噢，您别看我，您这扮可怜的一套，对我来说没用。有些平民，总是爱耍……"

"闭嘴，玛丽！"卡洛王子警告她，"坐下。"

玛丽公主跺了跺脚："卡洛哥哥，您也帮着她！"

"坐下。"卡洛看着她道。

玛丽不服气地坐下，坐下时还坏脾气地踢了篮子一脚，篮子翻倒了，孤零零的花朵掉了出来。

这傻姑娘做事，总是伤敌一百，自伤一千。

在这满地都是平民的地方，骂平民，实在是……很容易被人"套麻袋"啊。

卡洛王子叹息了一声，他起身替玛丽将花捡起放回篮子，又将自己篮子里的花递给娜塔西。

"卡洛哥哥，您……"

"抱歉，伦纳德小姐，我为玛丽的失礼向您道歉。"卡洛王子微微屈身。

娜塔西红着脸将花接了过去说："没、没关系，我不在意。谢谢您的花。"

卡洛王子坐了回去，他遗憾地看了眼对面，又收回视线。

这时，娜塔西的花篮里，已经陆陆续续地被投十几朵花。

路易斯八朵，盖亚七朵，而柳余，只有五朵……

其中一朵，还是她自己的。

可似乎没有哪一个办法，能越过摇篮曲的"杀伤力"……毕竟，这跟人最柔软的记忆相关。

魔术？不行。

跳舞？不行。

唱歌？更不行。

短短时间内，柳余否定了一连串的想法，最后将目光落到了盖亚身上，这世上，唯一能盖过"母亲"的，就是神了。

除非现在有一场神迹降落在她身上，才有可能扭转局面。

但这个可能性几乎为零。只能退而求其次，让盖亚得第一，如果是他，柳余想，还是不难的。神天生就有蛊惑信众的能力。

柳余起身，捡起篮子里属于自己的花，绕过篝火，走到那清雅的少年面前。

"尊敬的莱斯利先生，"她将花递了过去，"这是贝莉娅·弗格斯对您永远的爱慕和忠诚。"

盖亚半仰着头，篝火的光被她的身影遮住一大半，半明半暗里，少年并未说话。

而柳余则倔强地伸着手，她并不将花投到花篮里，仿佛他不接，她就要一直站下去。

少年终于接了过去。

柳余站在原地，欲言又止："盖亚，我……"

"贝莉娅，你要学会接受自己的选择。"盖亚似是看出她要说什么，直接道。

"可是，人不能保证自己每一回都对。"

"那就应该学会接受失败。"

"盖亚！"

柳余有些懊恼，却又知道盖亚说的对。

不过，人无完人，她也没想自己一定能无往而不利。

如果盖亚实在不愿意帮她……

如果娜塔西执意要点盖亚，她就……把娜塔西变成羊。

"可是盖亚，我只是太想……"少女低低地又落寞地说，"……我犯了错，我不该拉你来参加，可这错，是因为我太爱你才失了方寸……如果这错的后果，是让您属于别人……"

"希望您能赢。"她道，手却摸了摸鬓边的玫瑰。

玫瑰落在地上，散成了一瓣一瓣。

柳余伸手要捡，少年却站了起来，"如您所愿，弗格斯小姐。"

纯白的星月袍与她擦肩而过，少年站在了篝火前。

人们不自觉把目光落到他身上……他看起来实在是美丽极了。

清冷的月光与热烈的篝火交织，银色的星月徽纹在白袍上流淌，他站在那，如冰雪孕育出的精灵，冷淡而高贵。

"盖亚·莱斯利。"那声音回荡在每个人的耳边，空灵而优雅。

少年伸出冰玉一样的手指，指间开始升起一朵一朵纯白色的莲花，星月袍开始放出耀眼的白芒，他被包裹在一团圣洁的白光里，无数朵冰莲从天而降。

铺天盖地，将整个空间都占满了。

世界开始下起一场由圣光形成的冰莲之雨。

黑夜如同白昼。

那斯雪山深处，仿佛传来一阵轰鸣。

屋中饮酒的罗芙洛教授和爱德华教授同时停下手中的酒杯，愕然地看向白芒升起之处。

村口拄着权杖的马兰大人突然激动地抬头，又匍匐在地。

神殿内的布鲁斯主教骤然看向雪山，圣池内的金色圣水开始沸腾……

村民们愕然地看向那如同从圣光中走来的少年，他们心跳如擂鼓，渐渐也匍匐下来："光明神在上……"

"光明神在上……"

世界仿佛被施展了一场魔法。

柳余睁眼看去，发现在场除了路易斯和她，没有一个人保持清醒，连娜塔西也挣扎着陷入了一场幻梦。

玫瑰花瓣被风吹得四散飘走，草丛中一只兔子突然冒了出来。

它像喝醉般摇摇摆摆地走来，嘴里还衔着一朵白色的小花，撞到少年的腿，四仰八叉地倒下，红红的眼睛眯了起来。

"醒来。"少年道。

世界醒来。

年轻的少男少女们如梦初醒，看向银发少年的眼中藏着深深的恋慕和敬仰，他们纷纷起身，将手中的鲜花投到了少年的花篮里。

一朵，一朵，又一朵……

"莱斯利先生。"

"伟大的莱斯利先生。"

"尊贵的莱斯利先生。"

剩余的花都被投到了少年的花篮里。

小小的花篮被装满,还满出了一些。

娜塔西也将花投给了盖亚,她痴迷地看着他:"愿圣光与你同在。"

兔子也蹦蹦跳跳地过来,"噗"一下,将花吐到了篮里。

老村长颤颤巍巍地站起,走了过来,恭敬地低下头:"莱斯利先生,您……"

他正要宣布胜出者,却见这位尊贵的少年提起花篮,走到一位金发少女身前。

"贝莉娅,我赐予你。"那声音,带着不容置辩的威严。

她抬起头,脸上的笑如蜜糖一样甜蜜:"真的?你真的要送我?"

那她可就要对不起了。

老村长踌躇地道:"恐怕不合适……"

可等他一抬头,那一点拒绝,就在少年眉目中让人忍不住匍匐的威严里散去了。

"是,当然,花给了您,自然就属于您的了,莱斯利先生愿意送给谁,就送给谁。"

老村长想了想过去的篝火晚会,虽然没人会这么做,可规矩也没说,别人送的花,就不能再送了。

柳余高高兴兴地从盖亚手中将花篮拿了过来:"盖亚,你真好。"

盖亚将花送给她……这意味着什么呢。

柳余想,是她对他来说,越来越重要了,是不是?

"如您所愿。"

少年说完,俯身将腿边的兔子抱了起来。

老村长宣布:"让我们恭喜尊贵的弗格斯小姐!弗格斯小姐,您可以指定一位与您共度一夜。"

"那我就要他,莱斯利先生!"

柳余笑眯眯地,又毫不客气地道。

"自然,自然。"老村长退开,"莱斯利先生,您……"

他顿了顿,"祝二位共度愉快的时光。"

少年抱着兔子,进了帐篷。

贝莉娅看着粉兔子,问:"盖亚,为什么把它也带来。"

也不知是哪里来的蠢兔子。

蠢兔子大大的眼睛看着她,长长的耳朵耷拉下来。

盖亚将兔子塞到她怀里:"她跟你很像。"

"哪里像?"她抱着兔子,摸了摸它的耳朵,很快又高兴起来,"盖亚,这是你送我的第一份礼物。"

第二天她带着笑意醒来,醒来时,身后的人已经不见了,粉红色的兔子在她怀中睡得东倒西歪,两只耳朵一高一低耷拉着。

小身子一鼓一鼓的。

第一份礼物。

柳余将兔子轻手轻脚地放下,鼻尖闻到了一股芬芳,转头看,一个漂亮的花环就放在了枕边。

篮子里的花,都不见了。这是盖亚给她编的花环?

第二份礼物。

柳余笑眯眯地想，心情好到极点，哼着歌给自己戴上了花环。

没有睡到盖亚，她一点儿都不遗憾。

相反，竟然有些开心。

少年掀帘进了来："贝莉娅，洗漱下，该走了。"

"嗯，好。"

柳余心里暖洋洋的。

那些曾经看起来可怕而不可逾越的阴影，像是在这一刹那远离了她。

第十七章

"弗格斯小姐，昨晚睡得好吗？"

新神眷者们三三两两地分散在湖边，就着湖水捧一把脸。

"还不错。"

柳余将目光落到旁边清冷的少年身上。

他重新换上了一身藏蓝色的学院服，扣子一丝不苟地扣到顶，露出精致的下颌。似是对周围这些笑闹毫不在意，他转过头，一双通透如水的绿眸"看"向她："贝莉娅，该走了。"

"哦，好。"柳余抱住怀中睡得四仰八叉的粉兔子，想了想，又将它塞到少年怀中，"盖亚，你替我抱着茜茜。"

"茜茜？"

"是，这可是亲爱的莱斯利先生送给弗格斯小姐的第一份礼物，"少女天经地义地道，"……茜茜，很可爱，对不对？"

少年只是摸了摸茜茜的粉红长耳朵，又摸摸她的脑袋，微微弯腰，对着她："可贝莉娅更可爱。"

她的脸腾地热了起来，盖亚又站直了身子。

柳余不忿地抚着被他弄乱的头发，嘟囔着："都怪你，头发都乱了。"

少年一手抱着粉红兔，一手牵起少女的手，迈开长腿往村口走去。

"罗芙洛教授在等我们。"

"知道了知道了……盖亚，花环是你编的，对不对？"

"喜欢吗？"

"喜欢。"

温柔的少年，"叽叽喳喳"的少女，加上一只粉红兔，任谁看，都是一幅温馨的画面。

娜塔西看着两人消失的方向，神情黯然。

路易斯懒洋洋地从后面走来，他的脸色看起来比昨天还要白得多。

"娜塔西，别总是看着不属于自己的东西，这不会让你快乐。"

"可路易斯大人，您能控制自己的心吗？娜塔西不能。"娜塔西低低地道，抬头时不禁吓了一跳，旁边的人乍一看像是生了一场大病，忧虑与关切不由自主地漫了上来。"大人您……是不是有哪里不舒服？"

"啊，我发现了一件好玩的事，很好玩、很好玩的事。"路易斯眯起眼睛，慢悠悠地道。

"可您……"

路易斯转头问道："不走吗，娜塔西？"

"这就走。"娜塔西小心翼翼地伸手，见路易斯没拒绝，才敢搀住他，"路易斯大人，我扶着您。"

"娜塔西，你啊，总是这样，叫人……"

路易斯捏住她低垂的下颌，紧紧地盯着她棕色的眼睛。

眼泪从那清澈的眼睛里一颗一颗滚落下来，落到他冰凉的指间。"路易斯大人，如果您不爱我，请不要总是给我希望……我，我会忍不住期待……"

"娜塔西，别贪心。"路易斯轻轻地擦去她的眼泪，"我和你说过，霍奇·路易斯，只会爱弗格斯小姐一个人。而路易斯十世，却会永远陪在你身边。"

"可这都是你。"娜塔西不理解，她止不住地啜泣。

"娜塔西，适度的眼泪才更可爱。"路易斯收回手，他抬头看向天空，"阳光，真刺眼啊。

"走吧。"

离开雷姆洛村，第二天依旧是赶路。

沿途又经过两个小村庄，神眷者们跟着教授照常进村安抚村民，修补屋顶，赠送草药，在收获满满的感激，传达完光明神教义后，终于在第三天，抵达了翡翠之森。

一抬头，那斯雪山的模样已经清晰可见。

它高出森林的山头，一半被厚厚的积雪覆盖，另一半却如同烧焦的木炭。岩浆已经冷却，再没有奔腾的黑烟。

大雪在天地间纷纷扬扬地下着，可整个空间却是温暖而潮湿的，空气残留着刺鼻的硫黄味……这地方的气候，完全违背了柳馀的常识。

她忍不住看向面前的翡翠之森。

在艾尔伦大陆的地理志里，翡翠之森论风景，能排进前十。

顾名思义，这翡翠之森远远看去，碧绿得就如同一块巨大的翡翠，而这翡翠此时显然已经不复美丽和神秘。大树稀稀拉拉地立着，曾经的繁盛已成过去，肆虐的岩浆冷却，只留下满目的疮痍。

马兰大人手举了举，队伍停了下来。

罗芙洛教授叹息了一声："可惜……"她脸上露出怀念，"我还记得，第一次来翡翠之森时，才十五岁。那时，就觉得像是走在仙境，另一个世界。"

"没错。"爱德华显然也有感而发，"我曾经用了一天一夜爬到过树顶，那时太阳刚刚升起，我站在翡翠之森的顶端，远远地可以看到教堂的尖塔和白鸽，整个世界都在我的脚下。这感觉很奇妙。"

"美丽总是昙花一现。"马兰大人冷酷地下了注解，"唯有光明神才是永恒。"

"我神永恒。"

爱德华教授和罗芙洛教授同时将右手落到了左胸。

马兰大人转过身，对着走了两日已面现疲乏的神眷者们说："今天才是真正的考验。"

"我不论你们用什么方法，请找到光明晶。"他道，"虽然这不是真正的神圣选拔，却关系着你们在光明学院第一个月的评分。评分最低的三位，将被逐出光明学院。"

底下一阵喧哗。

"过去没有这个规矩！"有人抗议道。

"过去，那斯雪山也没有爆发。"马兰大人冷冷地道。

他鹰隼般的目光穿过人群，落到抗议的人身上："你们不能总像一潭死水。"

"总要有第一次的。"冷酷的黑衣神使宣布。

没人再敢提出异议，马兰大人这才满意。

这时，罗芙洛教授站了出来说："你们会被分成四队，分别由我、马兰大人、爱德华教授和路易斯教授带队。

"每队分开进入翡翠之森探索。记住，探索的途中，必须永远遵守一个原则，忠于光明，忠于彼此。学员之间不得互相攻击，我们光明学院，绝不欢迎施暴者。等到明天清晨，在这路口集合，评分将由带队的教授给出。"

"我们要在森林过夜？"有人惊讶地问。

"放心，不会有狼群。"爱德华教授笑得促狭，"当然，也不会有美人。"

底下一阵笑。

马兰大人打断他们："神使和骑士们已经先搜捡过一遍，没有太大的危险。不过，如果你们就此认为可以高枕无忧，那就大错特错。任何时候，都不要放松警惕。"

"是！"

"是！"

应声震天。

神术世界的分队，也是十分神奇的。

爱德华教授拿出一张手掌形的绿叶，他随手摘掉一根"手指"。

嘴里"叽里咕噜"念了一串，又往绿叶倒了一滴绿色的液体……

"那是茅茅虫的鼻涕。"

柳余看着这帮神眷者一个个虔诚地将手放到那张滴了某种虫鼻涕的叶子上，而后再一言不发地站到某个领队身后。整个过程安静而有序。

"贝莉娅·弗格斯。"罗芙洛教授点到她。

柳余振作了下精神，忍着要摸"鼻涕"的嫌恶，将手搭在了叶子上。

"贝莉娅·弗格斯，"罗芙洛教授看着她，"请遵循茅茅虫的意志。"

怎么回事？她可没有感觉到什么虫、什么意志。

想到之前那些仿佛一下子就领会自己要去哪一队的神眷者们，柳余知道，这其中必是出了什么岔子。

也许是因为异世的灵魂？

她与这些奇怪的东西无法感应。

柳余不动声色地收回手，走到盖亚身边，站在了路易斯身后。

看到爱德华教授依然笑着的一双眯眯眼时，她知道，他应该没有察觉。

分队的结果倒是十分巧合。

娜塔西、卡洛王子和玛丽公主都分到了路易斯的队伍，这也就意味着，她和盖亚还是要和他们在一块。

柳余感觉到了微微的厌烦，明明剧情已经被她这一"小蝴蝶"扇远了，可这女主、女配就像是被强力黏合胶黏合在一块的双胞胎、买一个总要送一个的商品。不，她看向卡洛王子和路易斯，是送一串。

不过，柳余并不是"七情上脸"的人。她依然笑着，等队伍分好，罗芙洛教授做完激动人心的演讲，就跟在路易斯身后，和其他神眷者们一同进入森林。

黑色马靴一踩下去，就陷入厚厚的腐殖层里。

森林里的路，要比外面的路难走多了，加上东倒西歪的树干、被掩盖在冷却岩浆下的尖刺灌木丛，队伍的速度渐渐慢了下来。柳余紧紧地握着盖亚的胳膊，靠他来控制自己的平衡。

粉红兔在盖亚怀里，一双大眼睛看看她，又看看盖亚。

"光明晶！"有人突然叫了起来。

"哪儿呢，哪儿呢？"

"就那，树梢上！"

柳余跟着抬头看去，却只看到刺眼的阳光穿过枝丫的缝隙，直直地洒向大地。

"艾迪，是不是汉妮缠得太紧，让你两天都没恢复？那是光明晶？"有人嘲笑道。

光明晶是神祇太过浓郁的神力降落，遇到空气凝结成的冰晶。

柳余看过一块，单论大小和形状，光明晶更像雪花；可要论通透、纯净度，它又和钻石一样了，而且更罕有。

而她还知道，在这个剧本里，在其他人都在拼命寻找拇指大小的光明晶时，娜塔西会找到一块拳头大的光明圣晶……而这光明圣晶，是她摔个跤摔来的。

就像是自动跑到她怀里一样。

不过……无所谓了。

别人要抢鸡下的蛋，而她，要抢的，是生蛋的鸡。

光明晶确实不太好找，兴许是好找的，只是好找的都已经被神使和骑士们带回去了。

它可能出现在任何一个地方，天空，树叶，或者地下厚厚的腐殖层里。

随着队伍在翡翠之森越走越深入，神眷者们也渐渐找到了一些。路易斯是全程不参与的，他只是懒洋洋地跟在众人身后，一双黑黢黢的眼睛一直盯着柳余……放肆且侵略性十足。

柳余却视而不见，她拉着盖亚东奔西跑，也找到了五个。

"盖亚，你真的不要吗？"

少女摊开的掌心上，指甲盖大的光明晶如钻石一般闪亮。

"我可以给你两个，不，"她似是下了很大的决心，"三个。"

少年怀里的粉红兔突然抬头，大眼睛看看这个，又看看那个。

"贝莉娅，我不需要这些。"

盖亚摇头，他似是对这一切都毫不在意，只偶尔抚摸两下粉红兔的脑袋，仿佛没有比这更让他感兴趣的事了。

柳余于是小心翼翼地将光明晶塞到了自己的制服口袋里。

开除谁也不会开除未来的星辰骑士啊。

"这里有个湖！"一个活泼的少年突然指着前面道。

柳余抬头，视线穿过稀稀拉拉的灌木丛，碧玉一样的湖泊出现在她面前。

浅金色的阳光，摇曳的水草，碧绿的湖面，以及时不时掠过湖面的飞鸟……一切都看起来静谧而和谐，就仿佛是世外桃花源，让人忍不住想坐下来，歇一歇脚……

"哇，好美。"有人感叹。

神眷者们还控制不住少年心性，一窝蜂地往湖边走，飞鸟像是受惊一般猛地一拍翅膀，走了。

娜塔西拍了拍卡洛王子："卡洛王子，您放我下来。"

卡洛王子将她放了下来。娜塔西一瘸一拐地往前走，她穿了条绿色的裙子，很浅很浅的绿，裙子还是干净的，被风吹起，她就像是柔美的春风，清新而怡人。

柳余脑子里却突然浮现一段话："娜塔西开心地看着突然出现的湖泊，蹲下身去掬水。她想洗一洗脸，这地方黏糊糊的、让人很不舒服。湖水很清澈，能看得见游来游去的小鱼，可等她伸出手时，水里突然出现一道水草般的黑影，将她拉了下去。她只来得及'啊'了一声，就看见卡洛王子跟在她身后跳了下去。"

对，就是这片湖。

那斯雪山火山喷发后，出现了一道裂隙，地底的暗河涌出，形成了一片湖泊，而湖泊底部的裂隙里，就藏着这些常年生活于地下的暗黑生物……

这些生物极其可怕，娜塔西和卡洛王子在路易斯的暗中帮助下，才成功走出了裂隙，最后上报布鲁斯主教，联合光明圣殿的力量，花费了好几年才将这道裂隙重新封印。

据说光明力在这道裂隙中会被极大削弱。

要救吗？柳余问自己。

卡洛王子被玛丽公主拉着说话，路易斯还远远地在队伍最后，娜塔西这时掉下去的话，他们都来不及救她。只要耽搁一点时间，柔弱的"灰姑娘"就会在掉落的第一时间被这些黑暗生物吞噬掉。

她只需要远远地看，什么都不必做……

甚至不必担上杀人之责，这个碍眼的、总是用那双小鹿一样的眼睛看着盖亚的女主角就会消失了。

没有人会责怪她。

她甚至可以借此哭泣一番，表示自己的痛苦，以此赢得相当一部分怜悯。

眼看着娜塔西已经蹲了下去。

娜塔西已经要伸出手了。

柳余如同得了失心疯一样，以前所未有的速度涉过灌木丛，在无数人惊讶的眼神里，拽住娜塔西的衣领，将她拉离了湖边。

"贝莉娅……姐姐？"

娜塔西踉跄地扶住一旁的树干。

只见眼前的金发少女面孔潮红，一双眼睛前所未有的亮。

"不，不可以。"

不，柳余，不可以。

即使这个世界如此，你也不可以。

生命，它不该被如此蔑视。

"啊，真刺眼呢。"

路易斯手搭在额前，像是要挡住面前的阳光。

娜塔西则不解地看着突然冒出将她拉离湖边的少女："什，什么？"

"别待在这。"柳余冷冷地道，"摔下去就不好了。"

"可、可我想洗一洗。"

"弗格斯小姐，您怎么了？"卡洛王子远远地问，他刚才也看到了柳余的异常举动。

这时，柳余已经走回到了盖亚身边。

少年安静地站着，仿佛对刚才发生的一切一无所知，一双沉静的绿眸"看"着她："贝莉娅？"

"没什么事。"柳余喘了口气，扬声对逐渐走近的路易斯说，"路易斯教授，这湖有些古怪，我建议往另一个方向走。"

"哦？古怪？"路易斯看向波光粼粼的湖面，一笑，"那就听弗格斯小姐的。"

他拍拍手吸引所有神眷者的注意："我们去另一边。"

"可是教授……"

"评分……"路易斯微笑道。

"噢，当然！我们当然听教授的！"

神眷者们异口同声，连原本打算到湖边洗个手的都开始朝另一边走。

他们当然觉得弗格斯小姐刚才的行为太过冲动，不过如果是出于担心伦纳德小姐才那么拼命，就十分让人钦佩了。

"……我觉得弗格斯小姐不像传闻中那样。"

"……是的，弗格斯小姐虽然看起来有点傲慢，嗯，是的，傲慢，不过并不坏，我记得第一次进蘑菇屋时，她为了帮伦纳德小姐，还和玛丽公主起了冲突。"

"……弗格斯小姐很努力，比我们大多数人都努力。除了莱斯利先生以外，她的击剑课、马术课和神术课都是第一。"

"……她还拥有世上最虔诚最勇敢的爱和专一。"

玛丽公主听了，忍不住在旁边翻了个白眼："你们都觉得弗格斯小姐很好？我不喜欢她。她最虚伪，总喜欢缠着莱斯利先生不放。"

"玛丽公主，莱斯利先生和弗格斯小姐本来就是一对！"

"那还不是她……不，我……"

玛丽公主用羽毛扇掩住了嘴，她总觉得，有件重要的事给弄错了，可怎么想都想不起来。

到了傍晚，所有的神眷者都有所收获，有的不动声色，有的忧心忡忡，有的自信满满。

路易斯找了块空地。

"今晚就在这休息。"

"休息？可是明天就要交……"

"夜晚的森林不适宜赶路。"路易斯点了几个看起来比较强壮的神眷者，"你们去找一些树枝，我们得生火，罗芙洛教授分了一些馕饼给我……"

"噢！又是馕饼！光明神在上，我可以说我的肚子现在就跟馕饼一样硬！我想喝热汤，想吃烤羊肉、烤兔子……"

有人将目光集中到盖亚怀中的粉兔子身上。

柳余连忙挡住了它，说："以弗格斯家族的名义，如果您想决斗……"

那人讷讷道："噢，不，当然不，这可是莱斯利先生送给弗格斯小姐的礼物，当然不能吃。"

说完，还遗憾地看了一眼。

她将粉兔子，连盖亚路上摘的草一起接过："谁想吃它，除非踩过我的尸体。"

"贝莉娅。"少年不赞成地道。

少女却只转过头来，甜甜一笑道："盖亚，这是你送我的礼物，我是不会让别人碰的。你瞧……"

她珍惜地摸了摸头顶的花环，花环上的花已经蔫了，"花环我也戴着。"

少年并未说话，只是从她手里抽了一棵草来喂兔子。

这是他路上随手摘的，草叶十分鲜嫩，粉红兔的三瓣嘴动啊动，大眼睛看看盖亚，又看看柳余，看起来十分开心。

"茜茜看起来不像只普通的兔子。"柳余摸摸它的脑袋。

茜茜胖乎乎的小身子在她怀里不自在地动了动。

"是要聪明一些。"盖亚也摸了摸。

茜茜的嘴巴立刻不动了，眯着眼享受般蹭了蹭他的掌心。

两人在这里逗兔子，那里就有一些神眷者征得路易斯的同意，去附近的小溪取水。两个女孩羞红着脸，跟教授请求"方便"。

路易斯温和地嘱咐："别走太远。"

"不，不走远，我和娜塔西一起。"

"也带上我！"

"也带上我！"

又有几个女孩跟着站起，男孩们吹口哨大笑，一时间白天紧张肃穆的气氛去了不少。

等到几个少年从溪水里打到十几条鱼，路易斯教授丢下两只锦鸡后，气氛就更好了。

"十五个，都在。"路易斯点了点人头，就找了个石头歇着。

"教授！您不帮助我们吗？"

"鱼，噢，还有鸡，"路易斯微笑，"我想，你们可以互相帮助。"

于是，平民出身的少女们拎着鱼和鸡，去附近的小溪边处理食材，而有一些则留在原地生火烧水，手忙脚乱下，竟然也煮出了一锅鲜美的鱼汤，两只鸡则串在树枝上烤得金黄……

贵族出生的少年们，有一些自小就跟着父亲在属地的山林打猎，对野外生活并不生疏。

娜塔西还摘来了金色的花，装点在周围。

所有人围在篝火旁，拿上自己的馕饼蘸着热热的鱼汤，饱餐一顿。

两只鸡每人只能分那么一点尝尝味，这么传递一圈下来，距离好像一下子拉近很多。彼此不那么对付的，在篝火的照耀下，对方的那张笑脸看上去也似乎顺眼了。

"……尤金，上次你酒里臭烘烘的罗拉草，其实是我加的。"

"……艾迪，你那些臭袜子是我丢的。"

"……朵丽丝，下次我们一起去塔塔镇买奥雷花。"

柳余抱着粉红兔，笑眯眯地看着这些青涩的神眷者们，一颗心仿佛也被这热汤泡得暖暖的。

"下雪了！"有人道。

"噢，真美，美极了！"

褪去白天的满目疮痍，夜空如同一块巨大的深蓝宝石，圆月高挂在天边，大雪自天际纷纷扬扬地落下，柳余伸手去接。雪化在了掌心，却一点不觉得冷。

粉红兔也傻乎乎地张开了三瓣嘴。

柳余忍不住转头去看身边的盖亚，即使这么热闹，这个银发少年也依然一身清冷，孤坐在这一身雪里，好像这些热闹和喧嚣都与他无关。

正要说话，却听娜塔西喊她："贝莉娅姐姐。"

"什么事？"

柳余转过头，娜塔西就坐在盖亚的另一边，再过去依次是卡洛王子、玛丽公主……大家都坐得很近。

路易斯则坐得稍微远一些，懒洋洋地坐在盖亚身后的大石头上。

"什么事？"柳余又问了一遍。

她越过盖亚，去看娜塔西，发现她双颊赤红、嘴唇青紫，心想难道是感冒了，需要她照顾，不，不可能，两人可没这么好的交情……又想自己今天一共捡了十二块光明晶，肯定不会被淘汰，等回到学院，一定要让盖亚教她神语，把铁片上的字给认了……斑斑也不知道饿没饿着，不过她出门前就给了很多谷子和清水……

目光漫不经心地扫过，却在突然间停住了。

娜塔西的指尖微微泛黄，像是被某种汁液染成。

脸颊潮红……嘴唇青紫……

柳余猛地抬头，死死地盯着装点在附近的金色花朵……

深深浅浅的金色花瓣次第绽开，美极了。

可落在她眼里，却像是收割性命的镰刀。

金环花！

娜塔西摘的是金环花！

所以她才两颊潮红，嘴唇青紫，手指还染成了黄色……

金环花会引来黑金巨蟒，剧情，小说后段的剧情提前了！

这时，一道巨大的仿佛能将所有人都盖住的黑影猛地从半空蹿出，巨大的蛇身上两只翅膀轻轻一扇，柳余脑中轰鸣，只来得及喊了一声："危险！"

她头皮发麻，下意识伸手去拉盖亚，却扑了个空。

茫然中，一双金色的灯笼大的眼睛与她对视，手边是"呼啦啦"的如刮骨钢刀般的飓风，飓风刮过……

"咔嚓。"一道黑影掠过。

她愣愣地看向肩膀，那里……像是少了点什么。

又愣愣地转向头顶，那里，巨蟒大张的满是獠牙的嘴里，一截蓝色的制服袖子露在外，白皙柔美的手指上，一只眼熟的蔷薇花戒在闪闪发光。

巨蟒吞咽了一下，蓝色的袖子就消失不见了。

粉红兔发出悲怆而愤怒的一阵厉叫，跳起……

"咔嚓。"

兔头和兔身一分为二。

茜茜……死了？柳余愣愣地站着。

她忍不住看向右边。

那边人可真多啊。

她想。

那么多人都在保护柔弱的娜塔西，卡洛王子，路易斯，盖亚，他们都将她好好地挡在身后，却没有一个人，往她这里来。

娜塔西还捂着嘴泪流满面地看向自己："贝莉娅姐姐……你的手……"

为什么，要用那样的眼神看着自己呢。

柳余后知后觉地感觉到了疼痛。

她想：啊，原来是我的手臂没有了。

巨大的蟒头重重地砸在地上，尘土飞扬。

茜茜的三瓣嘴还憨憨地张着，它懵懵懂懂地看着她……似乎还没意识到危险，生命就彻底终结了。

一股迟来的、巨大的痛楚攫住了她。

柳余猛地弯腰，一把将茜茜的脑袋搂在了怀里。

"弗、弗格斯小姐……"人们轻轻地，像是怕吓坏了她，"蟒蛇死了。"

"是的，蟒蛇死了。"她也"死"了。

梦……该醒了。

"贝莉娅。"少年站在原地，还保持着杀死蟒蛇时的姿势，"你还好吗？"

柳余看向了他。

精灵般的少年安静地站在蟒蛇头前，银色的长发被风吹得飘起。

他只是看向自己，如冷漠的、永不动容的雕像。

真远啊，盖亚。

在她以为已经接近他、走入他心底的时候，却被一棍子敲醒了。

"这雪，真冷啊。"她朝着他笑，"盖亚，你想过吗？"

她囔囔道："我也是会疼的。"

很疼很疼的。

第十八章

有飓风穿过树林，带起"沙沙"的响动，雪纷纷扬扬地洒向大地，好像能将地上的一切狰狞和痛苦都掩埋干净。

少年沉默地站在原地，在一片静默里，少女那双蔚蓝色的眼睛里，像是有什么在渐渐熄灭，又灼灼升起。

她终于支撑不住，往后倒了下去。

"呼啦啦……"

金色的长发被风吹得飘起，花环砸到地面，四散开来。

零落的花枝染上了血污。

少年踩过零落的花枝，一把接住了她："贝莉娅……"

一滴泪自少女紧阖的双目滚落下来，落到了少年的指间，少年愣住了。

他低下头去，一只手摊开，茫然地"看"着玉白手心上那透明的水渍。

那水渍被篝火与鲜血映出红色，像是一滴血泪。

娜塔西一直看着他："莱斯利先生，怎么了？您的手受伤了？"

"不，只是……有点烫。"

少年收回手，一把弯腰将人抱起。

路易斯伸手，试图将少女怀中脏兮兮的兔脑袋拿开，却发现她搂住兔脑袋的单臂力气大得惊人，在昏迷中甚至"呜咽"了一声。

"留着。"

盖亚头也不回地抱着她，往一旁的石头去。

路易斯收回了手。

"弗格斯小姐！"

卡洛王子终于忍不住跟了上去，他清秀的脸上满是懊恼，恨不得将自己投入卡多瑙河……看着失去右臂昏迷不醒的少女，那双琥珀色的眼睛里竟渐渐有了泪。

"我们都有罪。"他道，"竟然忘了……"

"没有忘。"

盖亚将人轻轻地放到路易斯原来靠着的大石上，指间一抹白芒渗出，汇聚到少女失去臂膀的伤口，那不住外流的血渐渐少了，模糊的血肉像被一块光膜封住……

血止住了。

他的额头沁出一层细细密密的汗，他收回了手。

"噢，这简直是神迹！"有人叹。

"即使这样，弗格斯小姐的右臂也永远失去了，噢，这对她来说，该多么痛苦，她那么骄傲，那么完美无缺……"

人人叹息。

他们痛心地看着地上的少女。

失去手臂的创口可怖，看一眼，都让人觉得不忍……像是汇聚了这世上最伟大工匠心血的艺术品，就这么砸到地上，被毁了。

连玛丽公主也叹气："我想，弗格斯小姐恐怕不会喜欢这样的神迹。"

她看向还在那哭泣的平民少女，她像是吓坏了，从巨蟒出现开始到现在，就没停止过流泪。

"伦纳德小姐，停住你那廉价的眼泪。你究竟做了什么？那条巨蟒为什么攻击你？还是……你抢了它的宝藏？"不怪玛丽公主这样问，生了两只翅膀的、比水桶还粗的蟒蛇，只在传说中出现过。

"我、我也不知道，"娜塔西茫然地，又惊恐地摇头，"它直接就朝我飞来了，并没有什么宝藏……"

"我要搜身。"玛丽公主高抬下巴，"免得你害了你的姐姐，还要来害我。瞧瞧，这些被你迷惑了心智的男人，连路易斯教授……"

"我没有。"娜塔西下意识看向刚才护住她的三人……

卡洛王子正用那悲伤至极的眼神看着贝莉娅姐姐，路易斯则看着远处的一棵树，而尊敬的、以一己之力斩杀了蟒蛇的莱斯利先生则闭着眼睛，谁也没看。

"不是我，我没害人。"

她被玛丽公主逼得往后退，脚下踩到小石子，一个趔趄，摔到了地上。

所有人都看了过来。

娜塔西手忙脚乱地试图撑地站起，等站起时，才发现手里攥了一块"石头"，钻石一样通透，看起来有些眼熟……

"光明圣晶？！"玛丽公主惊愕地道。

"光明圣晶？噢，圣光在上，伦纳德小姐，你捡到了光明圣晶？"

娜塔西愣愣地看着掌心的物品，"是，是的。"

她也不知道，什么时候到了她这儿。

"难道那条巨蟒是为了这块圣晶？可它看起来……明明是黑暗生物。"

所有的黑暗生物都惧怕光明，这是放之四海而皆准的常识。这么大一块光明圣晶，对它来说并无用处。

"也许，巨蟒只是随便找了个方向？"

"倒是不排除这个可能。"

"就是可惜了弗格斯小姐……这样的话，她就失去了参加神圣选拔的机会，神可不喜欢残缺……"

"莱斯利先生，布鲁斯主教给您治眼睛的药，能让弗格斯小姐再生出手臂来吗？"

少年睁开眼睛："药没有了。"

"伦纳德小姐，"少年突然转过头，问，"您摘的花是什么样的？"

"金、金色的，花冠很大很漂亮，我在附近看见，就、就摘回来了。"

"那伦纳德小姐您是否脸孔发红、嘴唇青紫，碰到花汁的手也黄了？"

玛丽公主惊呼了一声："莱斯利先生，您的眼睛好了？"

盖亚并未回答，只道："伦纳德小姐摘的金环花，引来了黑金巨蟒。"

所有人都看向了娜塔西，这个柔弱的平民少女脸一下子白了，像失血过度那样，解释道："我、我不知道……我只是觉得这花很好看，想摘回来布置一下……"

玛丽公主冷哼了一声："我想起来，巨蟒攻击前，你突然喊弗格斯小姐，为什么？"

娜塔西无措地摆手："我只是想跟贝莉娅姐姐和、和解……那时候气氛太好了……"

"和解？"

"是，是的，和解。"娜塔西突然捂住脸，痛哭失声，"我想跟贝莉娅姐姐说，对、对不起，我一直偷偷地嫉妒你，我是个坏女孩……可没想到，竟然会害了贝莉娅姐姐……我有罪。"

所有人都沉默了。

他们都看得出，娜塔西说的是真话。

也正因为真话，反倒让人不知如何是好。

"教授，这……该怎么办？"

神眷者们看向一旁黑发黑瞳的青年。

温和的青年，看着双目紧闭的金发少女，面露悲伤："我想，这件事应该等回去，由布鲁斯主教裁决。"

自此，没人再说话。

只有篝火的"噼啪"声在耳边响起。

"真可惜……"

柳余睁开了眼睛。

天空黑沉沉的，周围还是翡翠之森的模样。

她想，应该没过去多久。

咳了一声。

"弗格斯小姐？"

柳余看着头顶突然簇拥而来、挤得满满当当的人头，出声："我找莱斯利先生。"

声音又哑又涩，却无比坚决。

"莱斯利先生，弗格斯小姐找您！"有人喊。

银发少年穿过人群，出现在了她面前。

他微微屈身，银发从肩膀垂落到她胸前，柳余看着他。

真美啊。可也真冷，怎么捂都捂不暖。

雪还在无休无止地下。

"贝莉娅。"少年温柔地抚摸了下她的脑袋，目露怜悯，"你会好的。"

柳余像是被这怜悯刺痛，猛地闭上了眼睛。很快又睁开。

她看着他，那执拗的、像是能烧出一条血路来的眼神，几乎将所有人都震住了。

"我想跟莱斯利先生单独说会话。"她强调,"单独。"

"噢,当然!"

神眷者们还记得,在危险关头发生的那一幕。

莱斯利先生放弃弗格斯小姐,救了更危险的伦纳德小姐,虽说合乎情理,可太过冷漠,弗格斯小姐还因此失去了一条右臂……

她想和莱斯利先生说话,太正常不过了。

所有人都知情识趣地往外走,留出大大的一块空地给这对曾经的情人。

"盖亚,茜茜死了。"

"我很遗憾。"少年道。

少女仰起头来:"我说的,是那个被你温柔地抱在怀里,替它摘草、帮它挡风,搂着它睡觉的茜茜死了!它死了!"

她试图在这个冷漠的、永远都在高高在上的神祇化身上,找到一丝动容。可她失败了。

他没有动容,一丝一毫都没有。

"贝莉娅,我可以再为你找一只兔子。"少年告诉她。

他的声音依然优雅而动人,态度一如既往的温柔,可柳余的鸡皮疙瘩,却一点一点冒了出来。

她只觉得毛骨悚然。

她想起过去,他也曾任她在他怀里撒欢,答应她无伤大雅的请求,会温柔地抚摸她,会给她准备食物……

多么雷同啊。

而她竟然现在才明白过来,她和茜茜没什么两样。

都只是他怀中的一只兔子。

而她竟然差一点就被这温柔陷阱捕捉了。

"是的,一只兔子而已。"柳余喃喃道,"随时可以更换的宠物……而已。"

"贝莉娅。"

"你救了娜塔西。"

"是的,没错。"

少年垂目,绿眸一如既往的温柔。

"为什么?因为她更危险?所以,即使这样,我死了也没关系,是吗?"

柳余问话时,带着自己都意识不到的嫉妒。

她多嫉妒啊。

她也想当一个永远被人捧在掌心呵护的珍宝,可惜,总是差一步。

"贝莉娅,你不会死。"

"万一呢?万一我伸过来的,不是手,而是身体呢?"

"贝莉娅,我需要解决巨蟒。"

少年看着她,并未说更多。

柳余却突然明白了。

"原来如此。"

巨蟒攻击的是娜塔西,而她只是被波及的。

娜塔西不重要,她也不重要。

换成另外一个人，他也会如此。

这是神的公平准则……

理性而冷酷，甚至丝毫不需要犹豫。

"是我错了。"

她还是错了。

她一开始就看错了，神本来就不是人，他高高在上，俯瞰众生。

羊是他的宠物。人也是他的宠物。

有什么区别呢？就像人豢养猫狗，可以陪他们玩耍，高兴时逗逗，不高兴时撇到一边……可会有人跟猫和狗谈恋爱吗？

不会。

他们物种不同，阶级也不同。

而她竟然妄图僭越，跟那些软弱的女人一样，错把神明的施舍当成了温柔，还扬扬自得、无比窃喜……这个世界，本来就只是残酷的牧场。

只有将"牧羊人"拉进牧场，让他从高高在上的地方跌下来，和牧场里的动物处境一样，他才可能产生同理心……

也才可能，被征服。

她一开始就错了。

"盖亚，你知道吗……我竟然以为你会有一点点喜欢我……当你抱着我睡觉，当你让我亲吻你、拥抱你，当你拒绝雷姆洛村那个女孩，当你为我改变承诺时，我其实很高兴……我以为我找到了避风的港口，可以歇一歇了……"

"贝莉娅，当然，我当然喜欢你。"

"可是……"柳余悲哀地看着犹自懵懂的少年，"爱是有私心的……盖亚，你不爱我，起码不是我要的那种喜欢。"

他像是她渴望已久高高在上的一尊琉璃，她以为她得到了，却只得到了琉璃的倒影。

没什么好怪的，他只是不爱她。

柳余的眼神渐渐冷了下来。

"盖亚，你跟我，一起将茜茜埋起来，好不好？"

浓浓的黑夜将她包裹，她整个人也沉了下去。

粉色的梦，如今，也碎了。

盖亚轻轻替她擦泪，温柔地答应了她。

"贝莉娅，你的气息有些变了。"

"变了？"柳余状若无事般，"什么变了？"

"原来像蔷薇花一样甜美，现在却……"

少年摇了摇头，眉头紧皱，"说不出来。"

柳余却抬头，目光穿过少年的肩膀，看向他身后无边的黑暗。

层层的树叶后，浓雾化成的影子朝她咧嘴一笑。

对不起，盖亚。她接下来要做的事，恐怕没办法甜美了。

她要他从那高高在上的位置掉下来……从而看到她。

柳余想：路易斯应该很愿意帮我这个忙。

"莱斯利先生……"盖亚走到等候在附近的神眷者身边时，娜塔西急急迎了过来，"贝莉娅姐姐她……看起来怎么样？"

玛丽公主"嗤"地笑了声："伦纳德小姐要是好奇，不如自己砍掉一条胳膊感受一下？"

娜塔西脸一下子白了，她张了张嘴，又无力地闭上了。

是的，少了一条手臂，怎么会好呢？

贝莉娅姐姐那么骄傲的人……但愿她不要为难莱斯利先生。

"对不起，莱斯利先生，都是我的错。"她道，"如果不是因为我……"

可银发少年却已经越过她，走到了另一边。

他安静地站在一片树荫里，"看"向那斯雪山，月光照在银发上……谁也不敢跟他搭话了。

他看起来不大高兴。

"莱斯利先生，您怎么把弗格斯小姐一个人留在那？"卡洛王子鼓起勇气问他，"她需要您的陪伴。"

盖亚回过头来道："可贝莉娅说，她不想看到我。"少年的表情带了点困惑和茫然，"……可她平时总是跟着我。"

"这……也许要等弗格斯小姐消气。"

柳余的记忆，还停留在刚才。

在她说完要一起埋茜茜后，就开始赶盖亚走了。

"莱斯利先生，如果可以的话，请您远离我一些。"

她需要创造机会，和路易斯单独聊天。

这是柳余记忆中第一次对盖亚用客套而冷漠的口吻说话。

"即使您做的没错，可莱斯利先生……作为被放弃的那个，我没办法不怨。"

刚才她表达失望和怨怼的火候……是否恰到好处？

柳余漫不经心地想。

树影凄清，夜幕低垂。

她还记得她赶人那一瞬间少年脸上的表情……

大概是有些诧异的，毕竟一个宠物都敢赶牧场主了。

两人隔着重重夜幕，视线相对，可柳余知道，他看不见。

而后，冷淡的少年就踏着雪一步步往外走，未再回头。

柳余则小心翼翼地让自己躺平。

牵动伤处，又是一阵疼痛，即使伤口已经不流血了，可疼痛却不会因此减少。胡思乱想中，她不免就想起盖亚……第一次见面时，他那吓人的，还在不断流血的眼睛。

断胳膊疼，还是挖眼睛疼？

应该都疼。

不过这个少年自始至终都没吭过一声，这世界所有一切，不论是痛苦还是欢愉，对他来说稀松平常。

"在想你那情人？噢，我能加个'旧'吗？"

一团浓雾在她身边凝结，一个黑发黑瞳的英俊青年突然出现，苍白的脸上，一双瞳孔奇异得发亮。

"不能。"

"噢，真痴情……"路易斯耸了耸肩，"弗格斯小姐，您是我见过的最死心眼的女人。"

"路易斯大人难道不知道，最死心眼的女人，往往最容易做出疯狂的事吗？"少女的瞳孔掺杂了冰冷，那冰冷里却又仿佛燃烧着某种东西，"我恨他，也爱他。"

柳余无意跟路易斯剖白自己。

她无意同他讲述自己的困境，亵渎神灵，从挖眼，下药，到欺骗，更无意告诉他自己的野心。

就在刚才心灰意冷的一刹那，她也想过放弃。放弃"攻略"这个冷漠的神，像条咸鱼一样躺平，带着残肢在贵族世界里麻木地活着……可她光是想一想这场景，都毛骨悚然。

她要让那些怜悯的目光淹没自己吗？

她能忍受一个平庸的、不完美的人生吗？等着日复一日地老去，让那些可怖的老年斑遍布自己的躯体，给有可能存在的子孙后代讲述曾经有可能的辉煌？

不，她不能。

她的欲望在咆哮，她想要永生，想要完美无缺的身体，她想要一百分……否则，情愿死去。

"可弗格斯，你参加不了神圣选拔了。"路易斯怜悯地看着她，"你的情人会去圣殿，而你将被留在这儿，靠着一点施舍过日子，你们没有可能。"

"是的，一个残废……"少女猛然抬起头，"可这个残废也有路易斯大人您一半的功劳。我可不信伟大的路易斯十世会认不出区区一朵金环花？"

"噢，当然，伟大的路易斯十世当然认得出金环花。"路易斯点头，"可那又怎样？

"你们人类惊慌失措的模样，看起来十分有趣。"

变态！

"可伟大的路易斯十世也同样忘记了，您在这儿，是霍奇·路易斯，一名教授，必须保护学生的安全，您……失职了。"

柳余就发现，这个路易斯有角色扮演的瘾。

路易斯果然大惊失色："噢，没错，霍奇·路易斯失职了。他应该做出补救，弗格斯小姐，您想怎么样？"

"路易斯大人，如果您还感到愧疚，请在明天回城时，务必经过白天看见的那片湖泊，并在那休息。到时我会拉着盖亚去将茜茜埋了。"

她温柔地抚摸着茜茜的脑袋，它的身体已经和她的右臂一起，被那条巨蟒吞噬掉了。

"然后？"

"请想办法将莱斯利先生和我，一起推进湖。"

"噢噢，"路易斯脸上现出奇怪的表情，很快，又兴奋起来，"弗格斯小姐，您知道，您在说什么吗？您知道，那湖底有什么？"

他探究地看着她，那双黑瞳几乎能将人吞噬进去。

"湖底？当然是水。还是说……路易斯大人知道，那里有什么？"柳余反问他。

两人在黑暗中对视。

良久，路易斯微笑了起来："弗格斯小姐真是我见过的最心狠的女人。不过……在这之前，弗格斯小姐，我得再问您一遍，您确定……您不会后悔？"

"不会。"

少女冷漠的脸也绽开一抹笑，"……我只希望，路易斯大人能做到您答应的。"

当纯白染上黑暗，成为人人唾弃的底层，尝遍世间痛苦……

他会明白羔羊们的痛苦吗？

当然，在这之前，她会一直陪在他身边。

另一边。

"莱斯利先生，我想问您一个问题。"

玛丽公主摇着羽毛扇，小心翼翼地靠近那如霜月一样清冷的少年，她近乎痴迷地看着他的脸。

噢，多么完美多么高贵。

"什么问题？"少年微微侧过头来。

玛丽公主紧张地舔了舔嘴唇，问："刚才您……为什么放弃弗格斯小姐？"

"放弃？"

"是，是的。"玛丽公主按捺住"怦怦"乱跳的心，鼓起勇气问，"您和弗格斯小姐不是情人吗？还是说，您对弗格斯小姐……"

如果他不喜欢……玛丽想，也许她也可以试试。

"不是放弃，是选择。"少年安静地道，"但好像……"

"好像什么？"

玛丽公主不忿又懊恼地道："不过，我想，莱斯利先生您恐怕并不喜欢弗格斯小姐，如果不是我的药……"

"药？"卡洛王子蓦地瞪大眼睛，"玛丽？什么药？你不会是……"

他终于想起自己这位胞妹从前在宫中干过什么事了。

她看上了一位公爵之子，无视对方有倾心相许的爱人，在他的食物中下了药，后来还将那位公爵之子囚禁了……

"噢，天哪，光明神在上，"卡洛王子捂着脑袋，"玛丽！你太大胆了！噢，可怜的莱斯利先生，可怜的弗格斯小姐……"

"她？她有什么可怜？！她借此得到了莱斯利先生！"

玛丽气恼地说："不过很可惜，莱斯利先生并不喜欢她。"

"喜欢？你们总是说喜欢。"

少年眉间的疑惑越来越重，"……喜欢，是什么？爱，又是什么？"

"这……"玛丽公主用手指点了点嘴唇，"比如，我看到莱斯利先生，就想亲吻您、拥抱您，我想永远臣服您，甚至不介意和其他人分享您。

"至于您，莱斯利先生，人的本能不会骗人，总是会偏向自己爱的那一个……您刚才放弃了弗格斯小姐，却救了伦纳德小姐……"

而娜塔西早已在一旁，惊讶地瞪大了眼睛。原来，贝莉娅姐姐竟然是这样得到莱斯利先生的……可莱斯利先生先救了自己，这说明……

不，这样不对。

娜塔西努力说服自己，可总有隐隐的、让人无法控制的喜悦在一点一点冒出来，像雨后森林的春笋。

"人的本能……"

少年看向远方，风吹起他的银发，所有人都沉默了下去。

他们纷纷想起那少了一臂的金发少女，也许正因为见过盛放的玫瑰，再想到玫瑰残缺，且将永远残缺,就感觉到深深的不忍……

在这之前,她是他们中除了莱斯利先生以外,最优秀最努力的神眷者。

柳余并不知道,她的这些同窗都在怜悯她。

怜悯这种东西,她在过去早就见识过太多太多了……不具备任何力量。

她不需要怜悯。

当然,和那些自尊心过强的人不一样,她也并不排斥。

"弗格斯小姐,最后再问您一次。"未曾离去的路易斯站在树枝上,高高俯瞰她,"您真的不考虑……来黑暗阵营?"

"这个世界只有一个神,光明。"柳余冷漠地告诉他,"路易斯大人,您的那条路,是堵着的。"

"噢,弗格斯小姐,您太悲观了。"

"路易斯大人,神明捏死你,就像捏死只蚂蚁一样轻易。"

"是,是的,弗格斯小姐说的没错,"路易斯点头,"……可也许有一天,这头顶的天空会是自由的。它不再被任何东西掌控。"

柳余没有被他蛊惑。

"即使路易斯大人愿意做流血牺牲的第一个,将这天空捅破,可我……"她咽下真实的想法,"贝莉娅·弗格斯,也只忠于光明。"

"噢,真遗憾。"路易斯耸了耸肩,他朝远方看了一眼,突然笑了,"您亲爱的莱斯利先生来了,他总不许我在您身边待太久。

"送您一份礼物,弗格斯小姐,您会喜欢的。"

柳余还没反应过来,路易斯就一点枝头,消失在了面前。

她完好的左手里多了一个拇指大的小瓶,小瓶子里浓稠的呈现紫红的液体似乎很眼熟……路易斯的血?

"贝莉娅?"

柳余不动声色地将瓶子收了起来。

盖亚身后,神眷者们也三三两两地回了来。

他们纷纷朝她问好,柳余白着一张脸,呈现出拒人于千里的冰冷。

"抱歉,如果可以的话,我想坐到那儿去。"她指着附近的一块石头,与人群隔得有点远,可一抬头,也能看见。

"当,当然!"有少年起身,好心地替她生起又一堆火,"弗格斯小姐,你有什么需要的话,也可以跟我说。"

"谢谢。"

在众人的注视下,金发少女站了起来,她挺直背脊,迈开脚步往石头那走。

似乎不太习惯只剩一个手臂的身体,没掌握住平衡,往旁边趄了一下,在莱斯利先生接住她后,又狼狈地躲开,像是躲开什么避之唯恐不及的东西一样。

"贝莉娅。"

少年的手停在了半空,他的手背像是被利物划破了。

"抱歉,莱斯利先生,我需要静一静。至少,在明天之前……"少女的眼里闪烁着泪光,"我还不想见到您。"

"贝莉娅，抱歉。"

少女并未说话，而是继续往前走。

缓慢的、却又倔强的，等她挪到那块石头前，已经又过去了一会。

她一个人坐在了另一堆新生的篝火前，背对着他们，小小的身影蜷缩成一团，像是睡着了。

神眷者们只能时不时地扫过去一眼，确定对方没有危险，才收回视线。

柳余当然没有睡。

她背对着他们，悄悄用手勾出藏在衣服里的记忆珠……

为了避免被树枝挂到，在来翡翠之森前，她就将记忆珠和羽毛重新串好挂在了脖子里。

此时，她倒十分庆幸这个行为，否则，这记忆珠就会和她的右胳膊、和茜茜的身体一起埋葬在巨蟒的肚子里。

柳余小心翼翼地将指甲缝里沾到的血涂抹到记忆珠上，就在刚才盖亚扶她的一瞬间，她狠狠用指甲划了他手背一道。

她需要他的记忆。

即使已经打算好明天所有的事，可柳余依然没有百分之百的把握。

神明的力量深不可测，他能随手捏出一具完美的化身，他能创世、能灭世……那么，在让化身降临前，神是否想过沾染黑暗这个问题？也许化身本身就是黑暗绝缘体。

又或者，她能通过他过去的行为轨迹，推测出神这个非人物种的思维逻辑，找到让他动容的法子。

柳余承认，自己很卑鄙。可她却顾不得了。

不同物种之间的搏斗，本来就该使出浑身解数。

血一沾染上记忆珠，柳余就感觉到自己浑身一轻……这次的感觉，要比上次轻快舒服得多。

柳余几乎没受什么阻碍，甚至不需要跨过重重的天梯，就到了地方。

她赤足踏到了地面，一片蓝色的、如宝石一般纯净的湖泊，纯白色的宫殿，宫殿前，是无数俊美秀丽的少男少女。

他们在一大片纯白的蔷薇花海中穿梭，每个人提着一个花篮采花，脸上都洋溢着单纯的快乐。

宏大的金色拱门敞开。

柳余踏上了阶梯，一步步进入宫殿。

白玉铺地，无数旷世奇珍随意地摆放，东海明珠、巨型珊瑚塔……还有大片大片的花海，红的、黄的、紫色……一路走来，俏丽的少男少女们在宫中嬉笑穿梭……走了许久，穿过无数宫殿，才到正殿。

跨进门，柳余却怔住了。

那巍峨的、刻着不知名狂兽的王座之上，一位俊美的男人安坐，他一只手撑着额头，似是陷入沉眠。

而王座之下，十几个美貌绝顶的少男少女在高兴地嬉戏。

这是她从没见过的，与盖亚截然不同的一面……

可这一面却不断冲击着她，看着这些与"原身"美貌不相上下的少男少女，柳余终于明白，她为什么败了。

美貌对神祇来说，就像是随处可见的甜点，她就像这王座下嬉戏的少男少女，毫不出奇。

那神在乎的……到底是什么呢？

柳余不由看向大殿中央，白色的广袤的大殿之上是无数飞速运转的星球，她甚至看到了曾经在地图册上看到无数次的、极为眼熟的蓝星……

这时，神抬起了头。

那泓浅浅的绿眸，几乎揽尽这世间所有的光彩，向她俯瞰来。

柳余无法控制自己挪开眼睛，心"扑通扑通"跳了起来：这就是神的力量吗……即使不情愿，依然会受到蛊惑。

神移开了视线。他看向大殿中央，看向那一个个星球的视线，像藏着无尽的冷寂和威严。

"神又在看那些东西了。"

"是啊，好无聊呢，可总是有坏蛋想要破坏秩序，让神烦心。"

"神就是太过仁慈了，要我看啊，直接惩罚他们就好。"

无数的画面从柳余身前掠过。

千年、万年，王座底下的少男少女们换了一拨又一拨，可王座之上的男人，却从未变过。

他日复一日地凝望着这些星球，他全知全能，支配着星球上的一切，聆听信众的祈祷，回应祈祷，惩罚黑暗与一切破坏秩序的生物。

神没什么消遣，这世间的一切似乎让他感到无趣。

他就像是一台冰冷的、绝不会出错的机器。唯有秩序和规则存在。

柳余曾经看着他指尖轻轻一点，一颗土黄色的星球就突然间爆炸开来。

王座之下一位少女拼命哭泣，她看向星球的眼神，就像世界和信仰被一同摧毁了。她哀求，她哭泣，她祈祷，可从来对他们纵容的神却闭上了眼睛，冷酷得像座雕塑。

少女绝望了，跌跌撞撞地出去，再也没回来过。

日升月落，柳余都不知道，自己看了多久。

直到身体一轻，回到身体时，还有些茫然……篝火"噼啪"地跳动着，天空上月亮还在老地方，附近的神眷者们安静地休息。

没过多久。

柳余心想：神的过去实在……无聊。

他就像是一台冰冷的机器，并没有七情六欲，唯一在乎的，只是维护他的秩序、法则和信众。他也曾经捏过化身，不过，那时候的化身都是神亲自教导的孩子，他高高在上地看着这些化身在各个星球游玩，就像看着孩子们嬉戏，即使有些化身挑起世界的战争，他也当只是一场游乐，从未干涉。

可她也看见，神将一个堕入黑暗的化身随手一点，对方就消失了。

"神不能容忍黑暗，一丝一毫都不行。"

这是光明法则。

柳余还看到，一个强大帝国的国王对着光明神撒尿的第二天，就被灭国了。

神只是安静地看着，可世界的法则，不容许渎神者的存在……

"渎神者，必死。"

柳余想，她这行为岂止是渎神，明明是叛神，要和那破灭的星球一起被完完全全摧毁。

她就像是他掌管世界里多出的一段程序，是病菌和 bug（错误），要被一键修复的存在。

现在唯一庆幸的是，盖亚与神之前捏出的那些化身不同。

神的身体还在神宫之内，可真魂却亲自降临在了这具化身之上……

简而言之，里面的魂魄，是神的。

可如果这具化身损毁，神将立刻回到神宫之上。同样的，化身的记忆如果恢复，他的实力，也将变得最强。

现在是神最脆弱的时候。

而柳余，只有一点点时间了。

第二天，路易斯早早就叫醒了所有神眷者。

"教授，天还没亮呢！"

"评分……"路易斯微笑道。

神眷者们只能匆匆抹了把脸，边走边啃着馕饼，只是当目光落到队伍中间的金发少女时，那些抱怨就通通收了回去。

她没有换衣服，只是罩上了一件外套将右肩遮住……

头发还是乱糟糟的披着，即使这样，也并未损去她的美貌。

可正是这样，才更叫人可惜。

一行人走了许久，又经过了昨天那片湖。

路易斯停下脚步："休息一下，歇歇脚。"

"噢，还有，当心摔进湖里。"他警告道。

"路易斯教授，我们可不是孩子！"有人道，"而且，我会游泳！"

"别大意。"路易斯嘱咐道。

柳余安静地看着，她手里粉红兔的脑袋已经开始变色，隐隐散发出一股味道。

她走到了安静的银发少年面前："该去埋茜茜了。"

少年看着她："贝莉娅，你还在生我的气？"

他的语气是迷惘的，似乎对她生这么久气感到诧异。

"生气？是的。莱斯利先生，我暂时无法原谅您。"少女紧绷着一张脸，"但茜茜是您捡的，您跟我一起将她埋了，我想它应该会很高兴。"

说完，她率先走了出去。

少年安静地跟上。

"这里有水有草，很好。"柳余带着他，在快到湖边时，对着盖亚道，"莱斯利先生，您在这等着，茜茜现在很脏，我先把它洗干净。"

"贝莉娅，你不方便……"

少年伸手，想要接过她手中的茜茜。

"不用你管。"

"贝莉娅。"

"莱斯利先生！"少女一把甩开了他，语气渐渐激动，"您去管好您的伦纳德小姐，不要再来管我了……是的，我贝莉娅·弗格斯是没了一条手臂，可还不是残废……你这样一会温柔一会残酷，总叫我分不清……"

"贝莉娅。"少年无奈，也不知道要说什么。

少女却不断往后退，泪水在脸上纵横，脚踩到湖泊边缘，石子松动，竟直接往后仰倒了下去。

"弗格斯小姐，当心！"

有人看到，惊叫了一声。

盖亚却蓦地出现在她旁边，一把搂住她的腰，柳余心想，糟糕，他动作太快，要被接住了……

就在这时，一阵狂风突得出现，卷着两人往湖水而去。

"扑通……"

两人同时跌进了湖里，被巨大的力量裹挟着，一起冲进了裂隙。

第十九章

"噢,光明神在上!莱斯利先生和弗格斯小姐掉水里了……"

玛丽公主掩嘴惊呼了一声。

娜塔西已奔到湖边,半撑着身体往湖面看,却只看到了一片平静和清澈,除此之外,什么都没有。

风吹过,湖面荡起一丝涟漪,安静得像是不曾吞噬过两个人一样。几个会泅水的神眷者开始扯腰带、脱外套,在他们快要蹬掉黑色的马靴跳入湖中时,路易斯伸手阻止了他们。

"可教授……"

"我去。你们待在这儿。"

神眷者们从教授脸上的凝重看出了点什么:"这湖是不是有问题,教授?"

"太平静了。莱斯利先生和弗格斯小姐掉进湖里后,没有挣扎过。"

温文的青年脸上迅速划过一丝痛苦,很快又恢复了平静。

神眷者们这才想起来,这位教授还是弗格斯小姐最忠诚的爱慕者。

"教授……"

"等我上来。"路易斯嘱咐道,"在这之前,你们都离湖远一些,暂时听……"他的视线落到栗色短发的少年身上,"听卡洛王子的指挥。"

"教授!"

"教授!您这样也会有危险!"

不顾神眷者们的阻止,黑发青年迅速地解开制服外套的扣子,脱掉马靴,一下子跳入了湖里。

湖中一团深沉的黑影似旋风一般滑过……许多人都看到了。

"那、那是黑暗生物?!"

"我们得赶快通知神殿,通知布鲁斯主教和马兰大人!"

"可教授说,让我们等他……"

所有人的目光不由落在那一向沉稳的卡洛王子身上。

"卡洛王子,您说……我们怎么办?"

"我想,我们再等一会。如果教授没出来,尤金和朵丽丝就领着其他人先出翡翠之森,我等在这儿。"

"您一个人?"

卡洛王子点头,他那双琥珀色的眼睛里仿佛蕴藏着某种格外沉重而肃穆的东西,似乎从昨夜弗格斯小姐受伤后,他就变成这样了。

"是的,我等在这儿。"

"卡洛哥哥,您可是我索伦王国的王子,您不能……"

"玛丽,我能。"卡洛王子右手搭在了佩剑上,"教授将你们交给了我,你们就得听我的指挥。"

神眷者们面面相觑了一会,纷纷低下头:"是的,卡洛王子。"

娜塔西望着平静的湖面,只觉得那颗心也像被人投进了冰冷的湖里。

"我,我和卡洛王子留下来一起等……"她讷讷地又坚定地道。

卡洛王子看了她一眼,问:"娜塔西,你确定?"

"是,是的,"娜塔西点头,"我担心莱斯利先生和路易斯教授,也担心贝莉娅姐姐。但愿……"

她喃喃道:"他们能平安。"

即使有时候会忍不住对贝莉娅姐姐产生一丝嫉妒,可她也从没希望她出事。

"那就留下来。"卡洛王子道。

事情就这样决定了。

路易斯教授始终没出来。

尤金和朵丽丝就带着神眷者们从原路返回,而卡洛王子和娜塔西则留在了湖泊附近。

他们一个站着,一个坐着,谁也没说话,只是安静地看着湖面,静静祈祷……

"但愿他们会没事。"娜塔西道。

"但愿。"

落水的滋味,如同再一次濒临死亡……

湖水漫过头顶,极度的缺氧导致胸口快要爆炸,柳余只能凭借本能,将双腿和单臂死死地缠绕在那少年身上,越缠越紧,越缠越紧。

黑影打着旋风,死死地拉着他们往湖底拖,柳余只觉得身上像被绑了块大石头,在濒死的某一刻,柳余甚至感到了后悔。

可你甘心吗?她问自己。

不,不甘心。

见识过天空的辽阔、生命的长度,谁还愿意当那井底的青蛙,去过蚍蜉那短短的一生?

柳余想到了许多事。前世的,今生的。

孤儿院里的清汤,早起时厕所前排的长队,养母没完没了的斥骂,养父抱歉又松了一口气的笑容……

最后,所有的画面都定格在一间小小的庭院里,白色的墙,绿色的葡萄架,一串串沉甸甸的紫葡萄坠着,整个庭院都散发着葡萄的诱人香气。

如果晚一个月送回去,她也许能吃到几颗。

一个暑假的渴望啊。

"贝莉娅……贝莉娅……"

迷迷糊糊中，有人在耳边叫唤，柳余"哇"的一声，吐了。

被闷得几乎爆炸的胸口缓解了些，柳余睁开眼睛，点点微光里，盖亚那张近乎完美的脸出现在面前。他看起来似乎有些担心，半低着头。

"贝莉娅，你还好吗？"

湿漉漉的冷银色长发凌乱地贴在他的脸颊，水顺着流下，落到她的眼睛里。

柳余眨了眨眼睛，意识开始回笼。

"我们……"

对，她引着盖亚跳到了湖里。

现在……

她下意识眯起眼睛。

狭窄的通道，盖亚和她两人紧紧挨着，两人几乎贴着墙。周围黑黢黢的，只有尽头透了一点微光进来，照见人的轮廓。两人身上都湿漉漉的往下淌水，像是落汤鸡一样。

底下是一层厚厚的苔藓。

"盖亚，我们在哪儿？这是……天堂？"含混的声音，带了点迷惘，"天堂好黑啊……"

"贝莉娅，我们在湖底。不过……现在情况不太妙。得赶快找到出路。"

随着少年话落，窸窸窣窣的声音响起，黑暗中藏了密密麻麻的眼睛，那些眼睛一眨不眨地盯着他们，似乎在寻找下口的地方……

柳余整个头皮都开始发麻起来。

"湖底？怎么可能是湖底？而且……水呢？"

少女像是又忆起了之前的事，闹着要推开他，却被少年一把攥住了。

她抽了抽手，使不上力。

少年压低声："贝莉娅，别动。否则，我可不保证不将你变羊。"

那不就变成了残废羊？

少女乱动的手脚安分了些。

她攥紧了少年的衣襟，颤抖的手指显示出她的害怕，可声音却是倔的："盖亚，在没取得我的同意前，你不能将我变羊。请……务必尊重我。"

"贝莉娅，告诉我，你看到什么？"少年却问了别的问题。

"眼睛。"

柳余看着暗处那些朦胧的、像水泡一样的东西，密集恐惧症都要犯了。

"我看到了很多双眼睛。很多，很多。"

她对比着书中剧情。

娜塔西和卡洛王子跌落湖泊，摔进罅隙后，直接就遭受到了那些黑暗生物一波又一波的攻击，而且从未停歇……如果不是路易斯暗中帮忙，两人早就葬身湖底。

可此时，这些黑暗生物却像是有所顾虑，只敢在附近徘徊，它们虎视眈眈地盯着他们，不敢靠近。

为什么？

难道是盖亚体内属于神祇的光明力量太过纯净，以至于对这些黑暗生物产生了等级压制，以至他们跃跃欲试，又不敢靠近？

……不，这可不行。她冒着生命危险拉他下来，可不是为了跟这些黑暗生物和平共处、友好相望的。

盖亚得受伤才行。要怎么样，才能让这些黑暗生物激动起来、发动攻击呢？

"眼睛？"

"是的，眼睛。不过看不出它们长什么样，太黑了……狼吗？这里为什么又是湖底？我们该怎么出去？"少女像是恢复了些平静，不再抗拒少年的接近，开始思考起别的来。

"我想，那斯雪山喷发形成的地裂，让这里多出了一个湖，这是湖底裂缝，应该通往……地心。"

少年的敏锐让柳余心惊。

"地裂？"

"是的，我闻到了浓浓的黑暗气息，地底的黑暗生物涌了上来……"少年话锋突然一转，"贝莉娅，我把你变羊吧。"

谁知少女像是被踩了尾巴的猫，一下子跳了起来，撞到头顶，"嗷"了一声。

她捂着脑袋，气鼓鼓地道："盖亚，你休想！我是不会变羊的。"

一丝血腥味悄悄散了开来。

"贝莉娅，你受伤了？"

少年也跟着站了起来。

"要、要你管？！"

少女面无表情地对着刚才特意划破的伤口重重摁了下去。

血一滴一滴落到地上。

人类的血，会让这些愚钝的、只剩下本能的黑暗生物兴奋、沸腾，就像破窗理论，只要有一个黑暗生物攻击，其他也必定会跟上。

果然，一阵剧烈的尖啸声后，黑暗生物们按捺不住了。

它们像是被某种东西刺激，一个接一个地扑来。

柳余这才看清他们的模样。

光溜的脑袋和身子，铜铃大的眼睛，黑乎乎皱巴巴的皮，就像是放大版的老鼠，锋利的獠牙张开，像是要将他们撕成一块一块，吞到肚里。

"小心！"

盖亚抽出佩剑，格挡了一下。

万幸，在卷入湖中时，他腰间的佩剑没丢失，代表着光明力的白芒爆开，像滚烫的沸水一样，烫得这些黑暗生物发出"嗞嗞嗞"烤肉般的声响。

不料，它们变得更疯狂了。

盖亚的这一下像是激起了它们对光明的极度仇恨，"老鼠们"疯了一样地跃起攻击，如潮水般源源不断地涌来。

哪一处空了，立刻就会补上。

柳余纤细的腰肢被盖亚搂着，随着他在窄窄的通道里腾挪。

饶是她不愿意，也不得不承认，银发少年挥起剑来，有种富含生命韵律的美妙。

从容不迫，优雅迷人。

他手中的剑，如死神的镰刀，不断地收割着这些黑暗生物的生命，少年脸上的冰冷，在这一刻竟然奇异地与王座上那位神祇重合。

即使黑暗生物源源不断地出现，却连他的身体都接近不了。

无法留下伤口，还怎么……

不，不能这样。

如果持续下去，还是一场空。

柳余下意识摸了摸怀中路易斯给她的玻璃瓶子……

那里装了吸血鬼的血。

还好，还在。

可是……要用吗？

柳余问自己，要走到这一步吗？

临到这儿了还犹豫，柳余觉得自己假惺惺得厉害。

"贝莉娅，黑暗生物越来越多了……我们得赶快走。"

黑暗生物们越聚越多，几乎将整个通道都堵住了。一眼望去，全是黑黢黢皱巴巴的"大老鼠"。

高挑清瘦的少年执剑和那些丑陋的邪物们殊死搏斗，凌厉的剑光在黑暗中闪烁，快得柳余只能看得见残影。

她看着他近在咫尺的脖颈……那一截的肌肤，脆弱而明丽。

不，还没到时候。

再等一等，再等一等。

现在用，会被发现的。

柳余重新将拇指瓶塞回了怀里。

"走？往哪儿走？"她问。

"这条裂隙通往地心，往下没有出路，我们必须原路返回，低头……"盖亚按下怀中少女的头，带着她险而又险地躲过又一波黑暗生物的来袭，"……再游回湖面。"

"游回湖面？"少女表示惊讶，"您让我游回去？一只手臂？"

"噢……这我可做不到。"

"贝莉娅，总会有办法的。"

"抱歉，我看不到希望。即使能从这裂隙出去，可在水里呢？这些该死的黑暗生物还是会像蚂蟥一样跟着我们，抓住一切机会将我们撕成碎片……"

"可我们已经到了，贝莉娅。"少年道。

到了？

她抬起头，一片碧绿的湖光冲入眼帘，荡漾的水波仿佛被某种薄膜挡在这裂隙之外，隐隐还能看到天空的倒影，以及湖面掠过的飞鸟。

"哇哦……"她再度赞叹了一声，"盖亚，你可真厉害。"

那被无数的黑暗生物堵住出路的通道，竟然被他在短短时间内，凭着一把剑打通了……

在书里，这些东西可是为难了卡洛王子和娜塔西很久，给他们造成了巨大的、几乎不可逾越的困难。

现在，似乎只要走出通道，跳进湖中，就可以出去了。

不过，这样一来，她所有的打算也都白费了。

"所以，我们该走了。"

少年一剑将袭来的黑暗生物们挑翻，搂住少女纤细的腰肢，抬脚要走，谁知少女脚下竟是一个打滑，身体竟脱开他的手，直直往后仰倒。

　　金发在空中荡出一条曲线。

　　黑暗生物们同时发出一阵短促的尖啸，像是即将迎来一场狂欢，它们全部激动地蹦起，准备迎接即将到手的美味。少女纤弱的身体似乎要被湮没……

　　电光石火间，盖亚及时伸手拉住了她。

　　她和他"对视"了一眼。

　　"不！盖亚！不行！"

　　几乎在瞬间，柳余就明白了他想干什么。

　　不！

　　不能变羊！

　　可惜，少女的拒绝并未起到任何作用。

　　随着一声淡淡的抱歉，柳余只感觉到身上传来一阵熟悉的滚烫和疼痛。

　　她屈辱地闭上眼睛，他还是将她变羊了……

　　即使她再三拒绝。

　　这就是……神的意志。

　　柳余只能做出补救。

　　在视野急遽消失前，小羊羔弓背一跳，趁着少年不注意，从他怀中跳了出来，三条腿狼狈地落地。

　　与此同时，小羊大大地张开嘴，含住拇指瓶，一只小羊蹄在藏蓝色制服里勾了勾，勾出一条串着珠子和羽毛的细线，三条腿迅速地奔跑起来。

　　"贝莉娅！"

　　小羊羔回头望了他一眼，那一眼，带着愤怒。

　　"咩！"

　　"贝莉娅，别冲动……"少年伸出手去，"变羊我才能把你抱出去。"

　　可小羊羔却已经激动地转过头去，趁着黑暗生物被他吸引，往缝隙里跳走了……

　　她往着通道深处而去了。

　　"贝莉娅！"少年叫了一声，还是跟进去了。

　　柳余眼角的余光看到身后白色的剑芒，这才放心大胆地往里闯。

　　是的，她赌盖亚不会放弃她。

　　这是一种很矛盾的直觉……很难理解，却自然而然。

　　大约是顾忌记忆珠上附着的光明力，黑暗生物们虽然包围着她，却并没有直接冲上来，即使偶尔有几个冲上前，可在黑暗术法对变羊术无效的 buff 下，最多只能把小羊羔当皮球一样踢来踢去，柳余这小小的羊身在通道里横冲直撞，竟然也还完好无损。

　　她看似在通道里毫无章法地乱钻，其实在引着盖亚往最危险的地方去……

　　按照小说剧情，在地底深处，还蛰伏着一个巨大的黑暗怪物。娜塔西没有跟它打照面，只是找到了一个巨大的巢穴，反倒是后来，布鲁斯主教领着圣殿之人来封印时，跟那黑暗怪物打了一架，花费了极大的代价都没将它杀死，只是将那怪物封印在了这裂隙之中。

　　不散的浓雾在身边徘徊，柳余知道，那是路易斯下来了。

"噢，莱斯利先生又将您变成了可爱的羔羊。"他"啧"了一声。

沉沉的声音钻入耳朵，小羊羔的头下意识往后看了下。

盖亚正提着剑应付着不断扑去的黑暗生物，似乎所有的黑暗生物都聚集在了他那儿……

"……你很愤怒？为什么？就因为可爱的小羊？弗格斯小姐，光明就是这样……不属于他的，他通通消灭，属于他的，他只懂得支配……霸道，高高在上，令人厌恶……噢，光明，光明！这样纯净的又让人恨不得除得干干净净的光明……"

柳余没理他，任他唱独角戏。

"瞧瞧，你可爱的羊嘴里叼着什么，噢，我的血……伟大的路易斯十世的血，居然让你变羊了都不舍得放弃？告诉我，你想干什么……污染你的情人，让他和你一起坠入地狱？噢，弗格斯小姐，您可真狠心……"

找到了。巨大的巢穴。

小羊蹄在经过一个岔道口时，猛地停住。

"不不不，这可是个可怕的大家伙……弗格斯小姐，别告诉我您要去招惹它……"

咬着瓶子的小羊嘴诡异地弯了起来。

小羊蹄一转，撒欢似的冲巢穴奔了去……盖亚会追来吗？

当然会。

毕竟，都跟到这儿了。

柳余知道，自己就像个走到穷途末路的赌徒，将全部身家性命都堆上赌桌，只为赌一个未来……可是，谁在乎呢？

要么死，要么活，活得更好。

她不接受中间的结果。

小羊羔猛地冲进巢穴，少年果然毫不犹豫地跟了进去。

"噢，这两个……一个疯子，一个傻子。"

黑雾动了动，最后凝结成为一个黑发黑瞳的青年。

青年眯起眼睛，在巢穴附近搜寻了一遍。

"还没回来？运气不错……伟大的路易斯十世先上去一趟，但愿下来时，可爱的弗格斯小姐和伟大的莱斯利先生，你们的命还在……"

路易斯又化成一道黑雾消失了。

而小羊羔则呆呆地看着巢穴，不敢相信自己的运气——巢穴是空的。

简直没有比这更坏的了。

"贝莉娅。"这时，一只手从后将小羊羔捞了起来，轻轻地拍了她屁股一下，"只是……少了一条手臂，你要生这么久的气？"

小羊羔翻了个白眼。

"咩！"

"贝莉娅，别任性……"

"滋滋滋……"

说话间，蜂拥而来的黑暗生物们被少年随手挑起的几道剑花给挡住了。

他嘴里似乎在吟唱什么，不过一会，十几道像是"十"字的白影蓦地从他指间爆出，在半空交错成一张网，将巢穴的洞口封住。

黑暗生物们此起彼伏地向光明力化作的网冲击。

趁着盖亚忙碌，柳余开始思考起反变羊术。

变羊术的持续时间是一天一夜，如果这时候使用反变羊术，效果是否可以……互相抵消？

一只毫无还手之力的羊，实在太被动了。

而且，她的目的……

柳余的行动力惊人，几乎在念头刚转过时，就开始使起默法……很庆幸的是，来翡翠之森前，她就将仅会的几个默法熟记于心，并且，成功率也不赖。

就在盖亚将小羊羔抱入怀里，提着剑准备重新冲出去时……

毛茸茸的手感突然变了。

轻飘飘的小羊羔突然变得十分具有分量。

少年怔住了，面上的惊讶还未来得及展现……

"啪！"

清脆的一记巴掌，如玉质一样的脸颊迅速红肿起来，看得出来，她打人时丝毫没有留力，带着无比的愤怒。

少年完美无瑕的脸上，留下了一道被指甲划出的破口。

细小的血珠一点点沁了出来。

"贝莉娅……"少年的神情一下子变了。

"盖亚！我说过，不要将我变羊！您能听我一次吗？"

少女气鼓鼓的，说完竟又直接就着现在的姿势，一下子扑到他怀中。

柔软的、芬芳的，与男人的刚硬截然不同的身躯。

少年放下她，推开。

少女又啜泣着，不依不饶地靠近，冰凉的手心疼般地摸过他的脸，在伤口附近徘徊。

"噢，别推开我……对，对不起……我只是太生气又太害怕了……"

粉嫩嫩的指甲划过，一滴浓紫色的液体顺着血口子，一点点渗进伤口。

"贝莉娅，这不是你冒犯我的理由。"少年看着她。

冒犯？

确实，对一个神祇来说，被自己养的宠物甩耳光，实在罪大恶极……不过，一滴吸血鬼的血，够吗？

正想着，地面一阵动荡。

"咚，咚，咚……"

仿佛某种巨大的生物踩过地面，发出阵阵动静。

……好机会！

柳余"吓"得一滋溜缩进少年的怀里，因冲劲太大，竟直接带着他撞到旁边的墙上。

无法保持平衡的单臂在空中乱抓，最后攀住他的后脖勉强站稳，指甲掐进他裸露的脖子，留下一道深深的口子。

"噢，盖亚，对，对不起，我毛手毛脚的……"

"手忙脚乱"的擦拭中，一滴又一滴浓紫色的血液随着她的动作，渐渐渗进少年的伤口。

少年拉下她的手："不用了，贝莉娅。"他的语气带着点严厉，"够了。"

柳余顺势退后了一步。

是的，够了。大半瓶的血已经用掉了。

柳余偷偷将拇指瓶撇了。

少年甩了甩头，银发下那白玉一般的皮下晕出一层薄红，呼吸渐渐急促起来。

这时，巢穴口出现一双巨大的、比灯笼还大了几倍的眼睛。

那金色的竖瞳像是某种蛇类的眼睛，死死地盯着他们，柳余听到了一阵巨大的吞口水的声音，而且就在耳边。

巨大的蜥蜴爪子一爪就将巢穴口的光网撕破了。

"嗡嗡"的、像是用意念传来的声音，在脑海中如惊雷乍然响起。

"一个光明种，……噢，一个堕落种？真神奇。"

她成功了。柳余想。

等盖亚和这怪物打起来，血液循环得彻底，这无处不在的黑暗力量就会透过伤口渗透他的全身……

量变会引起质变的。

那时，他就会跟她站在一个平等的高度了。

"贝莉娅，退后。"

话音方落，盖亚动了。

他黑靴在地上一踏，人已经跃到半空，匹练似的白光划破黑夜，长长的银发下，那张俊美如神祇的脸上没有任何表情……

一剑斩落。

"轰……"长剑与蜥蜴脑袋接触的地方，腾地冒起一股黑烟，黑烟夹杂着四溅的火花，发出一阵瘆人的声响。

蜥蜴脑袋纹丝不动。

它还好整以暇地抬起黄金竖瞳看了盖亚一眼。

"……噢，好纯净的光明力……"

蓬勃的光明力，似乎让巢穴之外的黑暗生物们更加疯狂了。

它们如潮水般涌来，像蝗虫一样想将拦路的所有东西都吞噬……怪物尾巴一扫，将这些愚蠢的同类们像渣滓一样扫去，而另一边，瘦弱的少年在刹那间被黑色淹没，旋即，又一道白光爆开。

白光扫过之处，黑暗生物们如雪般消融，连具尸体都没留下。

少年一步步，从黑暗中走了出来。

"噢，光明，这叫人厌恶的光明……"

蜥蜴的身体往巢穴内一挤，整个儿塞了进来。

柳余这才看清它的全貌，它简直就像个……被人随手用各种零部件七拼八凑起来的怪物。

黄金竖瞳，蜥蜴爪子，金钱豹一样油光水滑的皮毛，身体的形状又像极了柳余曾经在画册上见过的史前雷龙……总之，浑身上下都充满着违和感和荒诞感。

而当它塞进来时，空旷的巢穴只剩下一点点空余了。

"……你们看起来很好吃……嘻嘻嘻……"

"……不过，诺西德已经很久没有碰见这么香的东西了……太瘦了太瘦了……诺西德要先把你们养肥……"

柳余指间弹出一个光明弹。

这光明弹在这个怪物脑袋上爆开，却像是给它挠了个痒痒。

"……噢，真有趣……柔弱的雌性，再来，再来……"

黄金竖瞳蓦地放大，怪物巨大的脑袋直伸到她面前……

柳余头皮整个都发麻起来，即使事前想好，可当真正面对着这么个巨大的、怪异又荒诞的东西时，她依然免不了战栗和恐惧。身体直直往后退，直到靠墙……

这时，一道剑光"唰"地横过，隔开了她和怪物。

少年清瘦的身影挡在她和怪物中间。

"贝莉娅……"他微微侧过头，"当心。"

柳余却注意到少年脸上的潮红……

一滴滴汗如滚珠一样从他脸上落下。

吸血鬼的血，奏效了。

柳余将之理解为"破甲"……所有强横的生物，不论是人，还是别的，任何看起来不可一世的东西，都是从内瓦解的。

盖亚体内的平衡被打破了。

如果在平时，光明还能凭借自身将黑暗一点点消弭，就如同之前那样，可在这到处都是黑暗力的地方，光明是得不到补充的，而属于深渊的黑暗力量却源源不断。

而当盖亚体内的黑暗压倒光明，他就会被完全侵蚀。

等回到地面……迎接他的，将不再是仰慕和崇拜，而是蔑视、排挤，以及来自光明的审判和惩戒。

到时，这个世界，只有她会站在他身边。

柳余很期待那一日的到来。

"……堕落种，不，光明种……"

这叫诺西德的怪物晃了晃脑袋，似乎被自己绕晕了。

它并不急着攻击，巨大的尾巴还无聊地拍击了下地面。

柳余的目光，则不动声色地在巢穴附近搜寻，按照小说情节，这里应该有一个隐蔽的洞口……

而在寻找间隙，她还不忘用光明弹辅助盖亚……

他遗漏的黑暗生物越来越多了。

平时只能用来放个烟花的光明弹，似乎对这些低等的黑暗生物有奇效。

即使是柳余，也都拥有了一战之力。

大怪物蹲在巢穴里，用黄金竖瞳观察着它们。

"……噢，养不肥了……不能再等了，堕落种，你要变臭了……诺西德要先把你吃了……"

它似乎感到无趣，尾巴一拍地面，巨大的身体像坦克一样冲撞过来……

盖亚迎了上去。

一个弱小的人类，和一个巨大的怪物在瞬间战斗在了一起。

这厮杀是惊天动地的，老鼠样的低等黑暗生物们"噗噗噗"掉了下来。

柳余一边躲避着随处掉下的尸体，时不时丢出一两个光明弹，另一边则背靠着墙寻找那个隐蔽的洞口，书中说是离地……

找到了！

强大的气流让她有些站不稳,柳余喊了声:"盖亚!"

少年几乎是在瞬间出现在她面前。

这时,怪物巨大的尾巴一甩……

盖亚一把搂住她的腰,险而又险地避开,柳余看准时机,单臂向上一拽,拽住洞口露出的一根树枝。

"这儿!"

变羊!

跳!

粉红色的小羊羔一跳,就跳到了洞里。

三只小羊蹄没站稳,身体像皮球一样"咕噜噜"滚了下去,重重砸在墙壁上,又滚了回来。

被随后跟进洞的少年一把抱住……

小羊羔蓝汪汪的眼睛亮了亮,高兴地叫了一声。

"咩!"

盖亚将衣服带上来啦。

项链可是在里面呢。

同样的错,她不会再犯第二次。

少年摸了摸她的羊脑袋。

他靠着墙坐下来,狭窄的小洞只够蜷缩着。

他看起来不大好,脸红得像是要烧起来。白绸衫上全是汗,胸膛一起一伏,呼吸很重。

洞外的怪物像是被激怒了。

它愤怒地咆哮,大尾巴甩在地上、墙壁上,发出"啪啪啪"的声响。

"卑鄙!卑鄙!

"堕落种,光明种,你们以为,自己能逃得过诺西德的追捕?噢,别天真了……这是条死路,里面没有食物……"

怪物像是想通了,不一会就停止暴虐的行为。

它先是用爪子在洞口掏了掏,奈何洞口太窄,只伸进来一根小指头,坚硬的岩壁被小指头抠得"簌簌"往下掉粉末。怪物自言自语地道:"……噢,这可不行……这可是诺西德最爱的窝……挖了很久的时间……"

似乎觉得得不偿失,怪物又放弃了要将他们抠出来的念头。

黄金竖瞳堵着洞口观察了会,发现这一人一羊没什么动静,也很干脆,身体一转,直接用屁股堵住了洞口。

"……等你们饿得受不了,就会自己蹦出来,跳到诺西德的嘴里……诺西德要把你们'咯嘣咯嘣'地吃掉……"

但愿它不要像黄鼠狼一样,朝洞里放屁。

唯一的光源被堵,洞内一下子黑了下来。

黑黢黢的,只能隐约看到一点轮廓。

洞深大概四五米,洞内狭窄,不够两人并肩。

如果现在变回人,为了留出和洞口的安全距离,不被怪物用爪子像戳气球一样戳中,她和盖亚必须紧紧地挨在一块。

极端的环境，最易产生暧昧和情愫。

布鲁斯主教带人下湖来对付怪物，还有两天。

这两天时间，独属于她和盖亚。

她将在这两天内，跟盖亚相依为命。和之前的状况相反，被"污染"后会发高烧的盖亚需要倚靠她，她是盖亚的救命稻草。

一切，和她设想的一样。

柳余默念反变羊术，一阵熟悉的撕扯过后，她变回来了。

"贝莉娅……"

"盖亚，你身上很烫，是不是……不舒服？"

少女冰凉的手指落到少年滚烫的脸颊，他似是感到舒坦，又闭上了眼睛。

洞壁内传来一声重重的"咚"。

"这地方太小了……"

少女一股脑爬起，黑暗中，什么也看不见，她手忙脚乱地给自己套衣服。

黑暗中，两人视线相对。

洞口的怪物挪了挪屁股，一丝微光透了进来。

少年的银发滴着水，凌乱地贴在他的脸颊，白玉似的皮肤下渗着一层红晕，绿眸似被大雾罩住，能轻易勾起人心底最浓烈的欲望。

"莱斯利先生，您放心，"连声音都是懊恼的，"等出了这里，我不会缠着您的。对不起，都是因为我的任性，才让您遭受了这些……"

少年却已经闭上了眼睛。他似是不堪重负，身体呈现出一种可怕的滚烫，像浸入沸水，柳余拍了拍他的脸。

"盖亚，盖亚，你怎么了？别吓我……"她声音慌乱的，试图唤醒他。

而另一半藏在黑暗的灵魂，却冷漠地看着少年陷入昏迷。

她仿佛能看到，黑暗和光明在他体内拉扯、搏斗。

源源不断的黑暗力量，从他的伤口渗入……

盖亚身上被抓出很多细小的伤口，伤口边缘还泛着黑色，柳余挨着他，伤心地啜泣，时不时还替他揩一揩额头的汗。

少年似是很痛苦，嘴里偶尔冒出一两声闷哼，紧蹙的眉头一直未曾松开。

柳余看着他，手却悄悄捏紧了袋内的记忆珠。

只要她现在将它拿出，放到他的手里，他的一切痛苦将迎刃而解，黑暗将被祛除。

可她只是看着，冷漠地看着。

手悄悄地松开了珠子。

黑暗中，时间流逝得格外缓慢。

少年身上的衣服湿了干，干了湿。

柳余则一直没睡，她握着他的手，不断替他揩汗，在他耳边说话，偶尔小声啜泣，偶尔又鼓舞对方。

怪物一直在洞口"呼呼"大睡。

它翻了个身，更多的光照了进来，照在少年苍白昳丽的脸上，他长长的睫毛动了动，眼睛睁了开来。

清澈的绿眸重新覆上了一层灰色的阴影，盖亚"看"着上方："贝莉娅？"

少女又哭又笑地扑了过去："盖亚，我以为……你快死了……你吓死我了……"

她哭着，眼泪一滴滴渗入他的衣襟，落到他的胸口，少年又重新闭上了眼睛。

"贝莉娅，我还要再睡一会……"

"好，好，你睡，我守着你，哪儿也不去。"

柳余握着盖亚的手保证。

少年又陷入了昏迷。

柳余则看着洞外泄进来的一点光线，洞内即使已经比之前亮，可还是暗的。

她在心中猜测时间到底过了多久……

但愿没有太久。

一只黄金竖瞳又开始盯着他们了。

怪物看着他们："噢，更臭了……再臭，就不能吃了……诺西德不等了……"

柳余心底升起一丝不祥的预感。

只希望这只深渊怪物不要那么聪明。

猎人捕猎时，如果想要捕捉到躲到洞内的猎物，要么堵住出口用火熏，要么投石……而哪一个对她来说，都十分不友好。

可惜，诺西德的大脑袋对得起它的"大"，它转过弯来了。

它没有用石头，也没有用火攻，只是挪了两步，眼看堵住洞口的身体挪开……

"等！等等！尊敬的诺西德先生！"

柳余立马意识到怪物想干什么。

一旦它让开，洞外那些虎视眈眈的"黑暗老鼠"们就会冲进洞里，像猎人的髭狗一样把他们赶出洞……

而这怪物只需要等在附近，嘴一张，就能把他们吞进肚子里。

怪物的身体停住了，它重新堵住洞口。

"尊敬的诺西德先生？尊敬的诺西德先生……"

"噢，尊敬，久违的、让人愉悦的称呼……看在这句称呼上，诺西德愿意听一听你的辩解……"

"尊敬的诺西德先生，"柳余让自己沙哑的声音变得更温顺和诚挚，"与其让这些愚蠢的、毫无神智的低等老鼠们吃掉，我和我爱的人，情愿成为诺西德先生嘴里的食物。"

"噢？狡猾的人类，你的话诺西德可不信，没有人愿意成为食物。"怪物乐呵呵道。

"可是在这个地方，没有比尊敬的诺西德先生更厉害的了……这些低等的老鼠们吃我们，需要花费无数口，让我这样丑陋而痛苦地死去，还不如死在尊敬的诺西德先生嘴里……您只需要一口，痛苦就结束了……"

"可诺西德本来就打算吃你们……"

"但是按照诺西德先生的打算，我们会先被这些丑陋的老鼠们咬上几口，到时候，食物就不完美了……"

诺西德眨了眨它巨大的黄金瞳，说："雌性，你说得有点道理，那你有什么好的办法……"

"我们人类很喜欢研究食物。有时为了保持食物最好的口感，甚至愿意付出很大的努力……诺西德先生，您闻过比我们更香的食物吗？"

柳余猜测，对这怪物来说，香气就是指光明力。

光明厌恶黑暗，黑暗也同时憎恶光明。

光明强盛时，能将黑暗消融。而黑暗强盛时，也能吞噬光明。

而眼前这个怪物，分明是以光明为食。它说他们香，必定是指他们的体质格外纯净……

不说盖亚，就说她自己。虽然后来没有再测过，但根据神术课上大家的水准，她能推测出自己体质的纯净度离圣灵体不远。

"没有。"怪物深深地嗅了一口气，它看起来有些愤怒，"只可惜，你旁边的雄性变臭了。"

她咳了一声："我们人类，为了保持食物的美味和新鲜度，尤其是活物，不但会在圈养期间，让它保持愉悦的心情，而且准备开吃时，还会展开一段追逐……最后在它们最恐惧最可怕的一瞬间，将它们吃掉……尊敬的诺西德先生，您在狩猎时，是不是也觉得这样更美味……"

"好像是的，"怪物努力地回想了一下，"是的，确实是这样……噢，你们人类很会吃……"

"当然。"

柳余虔诚地道："所以，尊敬的诺西德先生，我们这样难得的美味，如果用寻常的方法来吃，您不觉得太可惜了吗？"

"你在欺骗我，雌性。你想让诺西德放你们出来，像那些蠢货一样追着你们……"

柳余想到了路易斯。

"难道尊敬的伟大的诺西德先生会害怕一个昏迷的人类雄性？而我，一个柔弱的、残疾的雌性，对您没有任何威胁……"

"尊敬的诺西德当然不害怕。"

怪物认真地想了下，想到那些美味，喉咙狠狠地吞咽了一下。

"雌性，你成功地说服了我，出来。"

它让开了一道口子，巨大的尾巴不耐地拍打着地面，像赶烦人的虱子那样，赶开那些闻到光明之力而来的黑暗生物们。

柳余蹲下身，艰难地将盖亚背在了背上。

少年身上的滚烫还未完全褪去，他迷迷糊糊地睁开眼睛，见是她，又闭上了。

柳余凭着单臂，半弯着腰，磕磕绊绊地背着人往洞外走，跳下洞口时，还一个趔趄摔了下去，昏迷的少年滚到了一边。她忙走过去，半扶着他又站了起来。

怪物的警惕心弱了下来。

它不耐地用巨掌敲击着地面："跑！让恐惧和害怕游遍你的全身，至于这个快臭了的……"

"我得带着他，他是我在这个世界最爱的人，而且我带着他，您也不怕我跑丢了。"

怪物同意了，它催促她快跑，柳余却慢条斯理起来。

巢穴外，蝗虫一样的"黑暗老鼠"们扑来，又被怪物像拍苍蝇一样拍死。

柳余将制服外套套好，项链挂到脖子上，眼角的余光观察着出去的路线，在怪物明显不耐烦时，指间突然弹出一道白光，罩住她旁边昏迷的少年。

一只金色的小羊羔出现在她怀里，衣服纷纷落下。

柳余却顾不得了，她一把抄起金色的小羊羔，不要命地向外奔跑起来。

左转、右转，在这一刻，身体像是迸发出了某种极端力量，巨大的光明弹在身前开道，而她还专门选狭窄的通道跑……怪物很快意识到，自己上当了。

它忘记自己的体型有多庞大了。

有些岔路完全没法过，在艰难地卡在一个通道里时，怪物愤怒地用尾巴连连敲击墙面，大块大块的巨石掉落，砸中了它身后那些潮涌一般的黑暗生物。

"叽叽！"

"叽叽叽！"

"叽叽叽叽叽！"

"黑暗老鼠"们被怪物庞大的身躯挡掉一大半，剩下的只能从缝隙里跳过去。

柳余感觉，身后的压力减轻了许多。

她喘息着躲到了一个小洞里，这个小洞只有一米多深，附近都是狭小的通道，怪物过不来。

柳余干脆地将自己躲到那小洞里，只有一面是开阔的，对着通道，旁边是一块大石头，如果能用来堵住……

黑暗生物们被她弹出的光明弹击中，洞口"噗噗噗"下起黑色的"老鼠雨"。

柳余喘了口气，低头，却发现，怀中那金色的小羊羔不知道什么时候醒了。绿色的眼睛，像一汪明澈的湖水……只是，还是看不见。

"盖亚？你醒了？"她惊喜地道。

"咩！"

小羊羔像是意识到什么，身子动了动，变回了人。

"莱斯利先生，您……好了吗？"

少年却一把抓住她的手，问了一个问题："贝莉娅，你的气……消了吗？当然，得谢谢你救了我，不过，我不喜欢变羊。"

她也无奈地道："我也不喜欢，盖亚。可是，我一个残废，除了将你变羊，没有办法救你出来。"

少年显然愣住了。

就在这时，刚才还显得十分有活力的少女朝他倒了下来。

盖亚伸手一摸，她的脸颊凉得像是一块冰，一阵阵的冷汗从额头往下滴，声音软绵无力："莱斯利先生，我好像也病了。还有……金色的小羊羔很可爱。"

"可是，贝莉娅，在这之前，你的气，消了吗？"

柳余看着他，不太明白，为什么他执着于这个问题。

"您想说什么，莱斯利先生？"

"我想听您的解释，比如，为什么在您划伤我后，黑暗就进入了我的身体。"少年替她轻轻揩去额上的冷汗，"告诉我，贝莉娅，如果合理，我会宽恕你。"

柳余的冷汗出了一层又一层。

如果合理？怎样合理？

在这个黑暗即是禁忌的世界，坦白自己有计划、有预谋地让一个前程光明的星辰骑士堕落，就为了假装他的救世主，和他一起对抗世界？

不，除非她疯了。

这个罪，比下药重上一万倍。

柳余绝不会承认……她再也不会把希望寄托在别人的怜悯上。

她做了坏事，她知道，她也从来不避讳，她就是个坏人，和娜塔西不一样。

如果将来某一天，盖亚恢复了所有记忆，他没有对她产生爱意，他对她定罪，甚至用剑取走她的性命……柳余想，她大概也能笑着死去。

一步步走到这儿，她就从来就没后悔过。

至于盖亚……他应该只是猜测，怀疑。

如果他确定，现在扼住的，就不该是她的手腕，而是她的脖子。

"莱斯利先生，您这是什么意思？"

"贝莉娅，你明白的。"少年温柔地说。

"我不明白！"

少女试图甩开他的手，却被牢牢桎梏住了。

"贝莉娅，在你用指甲划破我的脖子和脸颊后，黑暗就开始渗入我的身体，污染我，它让我发起了高烧，陷入了昏迷……"少年不带任何表情地看着她，"而在这之前，我很好。"

"所以，莱斯利先生，您就给我定了罪？！"少女像是受到了莫大的侮辱，她猛地抬起头，愤怒地看着他，"而您刚才一直在问我，是不是消气，也是因为这个原因？您怀疑我？！您认为，我会因为您没及时救我断了一臂而生气，所以才主导了这一场对您的报复。"

"贝莉娅，你太激动了。"

"我没法不激动！"

她猛地退后一步，却撞到了墙……

盖亚的手事先垫在了那儿。

柳余没感觉到疼，可她的心，却寒了一大半。

这就是他，盖亚·莱斯利，神祇化身。

他总是这样周全、温柔，无时无刻不在试图挑动你的心……可他明明谁也不爱。

那些信徒，也是这样一点一点被神的温柔蛊惑吗？

右肩空缺的一块还在隐隐作痛，奋力奔跑中风刮过、石子磨过，不用看，也知道惨不忍睹。

柳余感觉到了战栗。

她挺起胸膛，冷漠道："莱斯利先生，在您审判我前，请先放开。"

少年似是怔住了，美丽的眉眼在一瞬间蹙起："贝莉娅。"

"放开！"

盖亚放开了她。

柳余看了下手腕，他用了巧劲，并未留下任何印子。

"莱斯利先生，您确实可以怀疑我对您的爱，您甚至可以怀疑任何一切。但您的怀疑，是对一个最虔诚、最忠诚的光明信徒的侮辱。"她缓缓地，又坚定地道，"如果这是在学院，我会向您提出决斗，不死不休。"

"贝莉娅……"

"请莱斯利先生以后叫我弗格斯小姐，贝莉娅是亲近的人才能叫的。向光明神发誓，我贝莉娅·弗格斯绝不会用黑暗手段去污染一个未来的星辰骑士。"

可她义正词严的辩驳却并未起任何作用。

盖亚看着她："破谎术。"

一道白光罩住了她。

"弗格斯小姐，您可以继续了。"

柳余却像是被摁下了"停止"开关，不再开口。

整个空间陷入死寂。

紧接着，一阵低低的瘆人的笑响了起来。

"莱斯利先生，您可真知道怎么践踏一个人的心啊……"

柳余脸上笑着，心却转得飞快。

不知道为什么，这次盖亚的态度异常坚决，不像之前，他对她毫不在意，显然这次，他很重视这个答案。是因为涉及黑暗力量的关系吗……

要"瞒"过破谎术，要么，没撒谎，要么……

自己都对谎言深信不疑。

她得先骗过自己的心。

对，迷幻术！

她还有迷幻术！柳余灵光一闪。

就像是催眠，让自己对某个"真相"深信不疑……

这一刻，她对当初和路易斯打赌的举动万分庆幸。说来也怪，迷幻术虽然有四句，却并没有她想象得那样难，她第二天就掌握了迷幻术的默法。

"迷幻术。从现在开始，你就是贝莉娅·弗格斯，你深爱着盖亚·莱斯利，你是最虔诚的光明信徒，你没有做出任何有损光明的事……当盖亚·莱斯利停止提问时，迷幻术将解除。"

金发少女睁开了眼睛。

在这一刻，她变成了贝莉娅·弗格斯。

"莱斯利先生，想知道什么？"

"我想知道，为什么在被弗格斯小姐划伤后，我就被黑暗力量感染了。"

"您问我？我确实不知道，这里到处都是黑暗力量，也许别的什么，也许在一路奔跑中，您已经被感染了，只是您没察觉……也许是那条大蜥蜴让您感染了……我唯一能做的，就是发誓。对光明神起誓，我贝莉娅·弗格斯从没有做过任何有损光明、有损您盖亚·莱斯利的行为，我向往光明，就如同从前向往您一样……"

她蔚蓝色的眼睛里泛起晶莹的泪珠，任谁都无法否认，她这一刻的真诚。

白芒化作星星点点，罩住了她。

这代表着……她并没撒谎。

狭小的空间再一次陷入死寂。

"莱斯利先生，您问完了吗？"最后，还是少女打破了这份安静。

"不，还有一个问题……"少年沉默了，继而摇头，"不过，不需要了。我问完了。"

这句话，仿佛按下了某一个开关。

柳余眨了眨眼睛，只觉得恢复了清醒。

她其实还准备了一个答案。

比如，盖亚抓住她手腕问她，指甲里有什么。

她会告诉他，指甲是在变羊奔跑中磨破了，沾了许多乱七八糟的液体，也许里面就有黑暗生物的血……为了以后不那么被动……

柳余靠着墙，微仰着头，看着面前安静的少年："可我有一个问题，莱斯利先生，您能回答我吗？"

"我的荣幸。"

"您刚才在审问我时，产生过哪怕那么一丝……不忍心吗？"

她用的是审问……

"审问？这不是审问。"

"那是什么？您的指责，就像是一支利箭，对着一个光明信徒。"少女眼里开始泛上泪水，"破谎术，这是对一个高贵人格的侮辱。"

少年垂下了眼睛："抱歉，不过我想……真相更重要。"

"您以为的真相而已。莱斯利先生，如果您真的对我感到抱歉，那么，从此以后，不论什么情况，都请您不要再使出破谎术，对任何人都不要。这绝不是一个友好的行为，对爱您的人来说更是如此，它会让人对您的爱冷却，而后凋零。"

"弗格斯小姐，您对我的爱凋零了吗。"少年直直地看着她。

柳余却没有回答，她只是靠着墙，冷漠地闭上了她的眼睛。

破谎术的光渐渐消散。

黑暗里，少年的脸上现出微微的迷惘，他仿佛被某种情绪困扰，不过很快，这迷惘也像雾一样从他脸上消散了。

他也靠着墙坐下了。

柳余太累了，才合上眼皮一会，就不知不觉睡着了。

她是被热醒的。

身边似靠了一块烙铁，盖亚挨着她，不知什么时候又发起烧来。

她弹出一颗小小的光球，就着光球的亮度，发现他的脸又烧红了，就这么窝在她身边，可怜兮兮的，不停地往外出汗，银发凌乱地贴着他的身体，玉质的皮肤下晕出一层红。

黑暗和光明的拉扯还没结束？

那刚才为什么又突然清醒了？

难道是因为中途变羊？羊能免疫一切……

虽然不知道这一打断会造成什么后果，但接下来，最好还是不要将盖亚变羊，以免中途出了什么岔子。

那双绿眸睁开，眼上的一层阴影更重了。

他似乎在寻找什么，等感觉到柳余，才沙哑着道："贝莉娅？"

柳余没回答。

他似是愣了下，才又道："弗格斯小姐？"

"我在。"

他慢吞吞地，又含混地说了一句什么，那双绿眸重新阖上。

"莱斯利先生？"

"莱斯利先生？"

柳余唤了两声，见他确实没动静，才小心翼翼地起身，在狭窄的洞穴里腾挪。

黑暗中时间流逝得毫无知觉。

她也不知道自己在洞里待了多久，布鲁斯主教要什么时候才能来，而洞外那些此起彼伏的"叽叽"声就从没歇过。也不能就这么干等着，还有生理需求……

229

"弗格斯小姐，别出去。"

少年似是洞悉她的意图，又睁开了眼睛。

她真怀疑他是假晕。

"就这么干等着也不是办法，莱斯利先生，这里很安全，我出去看一看……"她道，"不去远的地方，就看看，也许会有人来找我们。"

"才过了一天……"

"一天？莱斯利先生，您怎么知道？"

少年撑起眼皮："别出去。"

就这一句话，似乎已经花去了他全身的力气，柳余走过去，发现短短时间内，他又出了一身汗，整个人像是被放在了蒸笼里。黑暗给他造成的伤害，比她想象的要大。

不能再拖了。

肚子饿了一天，手脚都开始发软，谁也不知道救援什么时候来，毕竟剧情已经偏离了一大半。

虽然成了神眷者，学了点神术，可到底脱离不了人的需求，她必须给自己补充食物，以备接下来的战斗。

盖亚是神捏的身体，应该要"抗造"些，可也没法保证，毕竟……黑暗在侵蚀他的身体，这样一直出汗，得不到水分补充，时间一长就会脱水……

柳余慢慢地理思绪，按照计划，她的假冷漠、真深情"人设"要慢慢树起来了。

立人设，得搭台子……

光说不干可不行。

柳余站了起来，决定出去，"九死一生"地找些食物和水，来供养这发着高烧的神祖宗，等回来时，还得万分虚弱。

另外，一味地展露在外的好，不如裹上一层冷漠的外衣，让他来发现内里的"好"来得触动。

可是……怎么出去呢？

当柳余好不容易刨出一个地洞，用粉红羊的身体钻出去，又用羊身艰难地填上土时，发现一团黑雾就在她旁边。

黑雾动了动，变成一个高大的青年。

青年戳了戳她的脑袋，又缩回了手，嫌恶地搓了搓："噢，这黏糊糊的、让人讨厌的软毛。"

柳余瞪他："咩！

"路易斯大人，您来，就是为了和我说这些？"

路易斯居然听得懂。

"不，我来，是为了恭喜弗格斯小姐，您成功将一个前途光明的星辰骑士变成了堕落种，噢，堕落种……真让人兴奋。

"不过，他活该……也该尝尝苦头了……"

柳余的三只小羊蹄在附近奔跑，她记得，书里描述过，这地底是有食物的。

像苔藓一样的、入口绵软的、甜津津的茅草，还有紫色的小果子。

路易斯就像是常年没跟人说过话的狂躁症患者，锲而不舍地在她旁边叨叨，小羊羔利索地躲开一波又一波的黑暗生物，借着记忆珠和光明弹，终于"哼哧哼哧"成功地找到了一些小果子。

至于苔藓一样的茅草，她有心理障碍，羊蹄摸了摸，黏糊糊湿答答的，没挖。

制服打成一个小包裹，背在小羊羔背上，装了三十来颗小果子。

柳余这才慢下脚步："咩……

"路易斯大人，我想，您不止这一个目的。"

"不，我没什么目的。弗格斯小姐，您不知道，您就像是这世界给我的礼物，噢，不，惊喜……也许，您会创造奇迹，我很期待……"

路易斯苍白的脸上露出狂热，他盯着她，就像她真的是他的至宝。

柳余觉得，这人的"中二病"好像更重了。

"如果我是您的惊喜，"小羊羔艰难地用毛茸茸的脸露出一个微笑，"您愿意给这惊喜，再帮一个忙吗？"

"噢，说来听听，有趣的话，路易斯十世很愿意。"

"布鲁斯主教要到了吗？"

"信鸽传来消息，两天后。"路易斯耸了耸肩，"可怜的卡洛王子，他对弗格斯小姐可真痴情，都瘦脱了相。"

"那两天后，您能将那怪物引到我和盖亚的洞口吗？"

柳余伸出一截小羊蹄，比了下，"我需要他来一下。"

小羊羔蓝汪汪的眼睛可怜兮兮地看着他："您能帮忙吗？"

"一下？那神经病诺西德？弗格斯小姐，您会死的！"路易斯歪了歪头，认真地想了下，"不行！那可不行！你死了，这个世界又要变得没意思了！诺西德那家伙可不像我这么怜香惜玉，他啊，最喜欢将漂亮的东西吃掉。"

"原来伟大的路易斯十世，还没有一条大蜥蜴厉害。"

"谁，谁说的！"

"难道您保证不了我在那条大蜥蜴下活命吗？不死就行。反正我这身体，也没什么用，残废就残废了。"柳余用满不在乎的口气道。

神的情绪当然很淡，甚至得到他的喜爱也那么难……

那些讨人喜欢的招数不行，她就只能用血、用命去拼了。

第二十章

黑黢黢的通道内，一只粉红色小羊羔倒腾着三只小羊蹄跑来跑去。

她背上还背着一个裹得乱七八糟的蓝色布包，身前时不时出现两个巨大的白色光球……一闪而逝的白光下是无数潮涌而来的黑色影子。

影子们疯狂地追着她，拼命想要从她身上咬下一块肉。

小羊羔逃得狼狈，小身子时不时还会因为无法保持平衡撞到硬邦邦的墙面，然后被像皮球一样弹开。弹开后也不气馁，立马就爬起来，继续往前，直到跑到一大块土坑前。

小爪子拼命刨土，时不时炸烟花一样炸出几个光明弹，不知持续了多久，快被土淹没的小羊身滋溜一下钻进了洞去，黑影们也想跟进去，一块大石头堵住了洞……

乍然目标消失了，黑影们茫然无措地在附近徘徊了一阵，也渐渐散去了。

小羊羔一进洞，就发现刚才还昏迷不醒的少年醒了。

他靠着墙，一双清透的绿眸染了灰："弗格斯小姐？"

"嗯，是我。"

小羊羔动了动，变成了一个洁白窈窕的少女。

少女皮肤雪白，金发像金色的丝绸一样披散全身，她起身，单手抓住那胡乱裹着的蓝色小包一抖，七八颗紫色的小果子滚了出来。蓝色小包抖开，成了一件皱巴巴、镶了金丝的制服外套。

她艰难地将手伸进袖子……

这时，一只羊脂白玉一样的手伸了过来。

"这边？"

少年长长的睫毛垂下，像丰茂的水草。

"嗯。"

他退后了一些。

一点光透过缝隙照进来，他像是天生就该站在光明中的人物……不知怎么的，在脱离那些极端的、冰冷的情绪后，柳余竟感觉到了一丝伤感。

她要算计的，竟然是这样一个人。

论起来，他并没有对不起她……他只是放弃了她。

和她前世的养母一样。

轰然间，柳余终于明白，她之前的愤怒来自何方——她确确实实对他产生了依恋。

她试图驯服他，却反而被驯服了，可当她在沉沦的时候，他没有选择她，和她曾经的养母一样。在妹妹生出来前，那个女人也曾疼爱地把她搂在怀里，也曾给她唱过歌，跟她一起计划过未来。

"弗格斯小姐，您哭了？"少年惊讶地道。

柳余笑了："不，并没有。"

时至今日，怎么还会哭。

柳余垂下眼，收敛起外放的情绪，微笑着将水囊递了过去："莱斯利先生，我找到了些水。"

这水，是柳余绕了很久才找到的。

在一条通道的尽头，水自上而下地流，水质还算清澈……她就用学院发的皮质水囊接了些回来。很庆幸，盖亚的水囊在制服上系得有够紧，一路拖拖拽拽都还在。

少年接过……

"嘶"的一声，少年缩回了手。

"弗格斯小姐，碰到您的伤口了吗？"他关切地问。

"没，没有！我又没受伤！"

少女凶巴巴地将手藏到背后……如果忽视她翘起的嘴角的话。

柳余当然受伤了，还伤得很重。

不过，这正合她意，变成小羊羔后，对"术法"确实免疫了，可物理伤害却无法避免，撞伤、擦伤、摔伤，在恢复人形后依然存在，尤其右肩那碗大的创口，在撞到许多回后，又开始疼痛。

可她不能喊疼。

她要"倔强"地让他自己发现，发现她对他的付出。而且，明天她还策划了一场"英雄救美"，真正为他"牺牲"一次。

洞穴太小，两人都坐下来后，几乎是肩并着肩、膝挨着膝了。

柳余半弯着腰，伸手去捡滚得四处的果子，擦一擦，又递给身边的少年，感受着他身上不同寻常的温度。

"莱斯利先生，您现在……还好吗？"

"不太好。"少年说起这话时，表情依然平静。

"弗格斯小姐，如果是以前……"

"是的，以前。"柳余连忙道，"如果是以前，我恐怕已经扑到了莱斯利先生怀里，可现在不同……"

"所以……"少年转过头，他漂亮的眉毛蹙成一个不太愉悦的弧度，"弗格斯小姐的爱，果然凋零了吗？"

柳余没说话，她很肯定，这时候的盖亚不太正常。

也许是黑暗力量的缘故，也许是因为吸血鬼的血液……这让他的情绪比平时浓烈。

"可明明，弗格斯小姐刚才还拼了命去为我取来食物、清水，受了伤……"

"莱斯利先生知道我受了伤？"少女惊讶地问。

"是的，弗格斯小姐刚才进来时，左脚比右脚轻了很多，刚才捡水果时，左手臂时不时地抬两下，我猜，弗格斯小姐的左脚一定磨破了，您的左胳膊手腕应该也受了伤？还有原来右肩的地方……"

他声音沉而哑。

"是的!没错,我承认我是受了点伤,不过莱斯利先生搞错了,我不是为了您,我是为了我自己,饿肚子可不舒服。"

柳余其实还没吃。

不过,她会让他发现,自己将所有的食物让给了他,让他发现刚才所有的话都是言不由衷,是一个被伤害的女孩为了保护自尊心才说的"假话"。让他知道,她还爱他。

小心翼翼被包裹在"尖刺"里的真心,才更让人动容,不是吗?

"抱歉,我误会了。"

少年闭上了眼睛,他的嘴唇因为脱水起了皮屑,脖子那青色的经络显出,"接下来,我恐怕还需要弗格斯小姐照看一会。"

"莱斯利先生……"

"弗格斯小姐,如果您还不闭嘴的话……"少年猛然转过头,"我恐怕无法继续保持礼貌和风度了。"

柳余闭上了嘴,她安静地将自己蜷缩起来……她的眼皮慢慢垂下……

奔跑了那么久,她并没有得到充足的休息。

迷迷糊糊里,她猛地惊醒,一只手搭在她的额头,替她撩开汗津津的发丝:"弗格斯小姐,你发烧了。"

"我……发烧了?"柳余含混地问。

"我想,是您的伤口所致,失礼了。"

少年的手指还是滚烫,落到她身上简直是要燎起一场火。

可他解扣子的动作比之前更利落,柳余还没反应过来,就发现从他那儿得来的外套已经落到了地上,带着白芒的手依次落到她的伤口……

"抱歉,弗格斯小姐都是为了我……"

"跟你无关。我说过,是为了我自己,对,我是为了自己,而且,是我害的您……"少女慌慌张张地开口,似乎有些色厉内荏。

就在这时,肚子"咕噜噜"叫了起来。

少年用了然的语气问:"弗格斯小姐还没吃东西。"

"谁、谁说我没吃!"少女像被踩了尾巴的猫一样,"我吃了很多、很多。现在,对,现在是过了一夜,当然饿了!"

像是要和她唱反调,肚子不停地叫唤。

柳余却在心中赞了声:叫得好!

"只过了两个小时。"一声叹息后,一颗紫色的小果子被推到她嘴里,"吃吧。"

谁知这一举,竟像是惹恼了对方。

"啪"的一声,果子被打了下来,少女被戳破的自尊让她一下子红了眼睛:"好吧,莱斯利先生,您可以尽情嘲笑我,不过,果子只有几个,谁也不知道要在这鬼地方待多久。附近已经找不到食物了,得省着点吃,我拖累了您,所以,自愿少吃一些,绝不是因为什么见鬼的爱……

"唔……"

嘴唇突然被狠狠地摁住了，少年的手指用力地摩挲着她的唇珠部分，柳余感觉到了疼痛。

"莱斯利先生？"她惊讶地张开嘴。

"叫我盖亚。"他凑到了她面前。

"盖亚……"

柳余抬头，怔然地看着少年银白而圣洁的长发渐渐染了灰，透出一股冷然。

"是的，贝莉娅，我习惯这样。"

少年眯起的眼睛，让她感觉到了陌生："黑暗力量……您……"

难道是他刚才替她疗伤……加快了被黑暗腐蚀的过程？

"是的，我想，没错。"他晃了晃脑袋，意识到自己做了什么，又连忙放开她，"抱歉，刚才失礼了。"

少年又恢复了彬彬有礼的模样。

可柳余分明觉得，他指间的滚烫还残留在她嘴唇中央，刚才某一瞬间，她似乎能感觉到他对她……强烈的渴望。

现在，又是疏离而冰冷的了。

"贝莉娅·弗格斯。"

"唔……"

就在柳余还在迷茫的当口，嘴里突然被塞进了一颗紫果子。

甘甜的水果堵住了她，她还触到了对方的手指，抬头，在对上那双灰蒙蒙、越发黯淡的绿眸时，柳余发誓，她绝对看到了那浓烈的、几乎要将她吞噬的欲望。

"莱斯利先……"抖落外套，随着对方眉毛蹙起，少女及时改口，选了个更安全的话题，"盖亚，您还能使用神术吗？"

"恐怕不行。"

少年指间弹出一个光明弹，豆子大小，还未升起就消散了，不过，他看起来也不太在意："很微弱。"

"那黑暗……"

柳余想，她该挣扎一下再安慰呢，还是直接抱住他痛哭呢……

"即使可以，我也永不使用。"提起黑暗，少年格外的冷酷，"不过很幸运，我体内的光明与黑暗应该一起湮灭了。"

"一起……湮灭？"

是说，既不是黑暗，也不是光明？是平民？这可跟她原来的打算不一样啊。

"睡吧，贝莉娅，如果你不想……"

"我不想。"少女立刻斩钉截铁地回绝了，她闭上了眼睛，一只眼悄悄睁开，却只看到对方冷淡的侧脸……如果，脖子上的青筋没那么明显的话。

"贝莉娅·弗格斯。"

"我闭上眼睛了！我闭上眼睛了！"

少女屈身靠着墙，强迫自己入睡。

可到底也没睡安稳。

半夜，柳余又一次发起了高烧，这一次来势汹汹，甚至开始说起了胡话。

"贝莉娅？"

"贝莉娅？"

"贝莉娅？"

脸被轻轻拍着，略显粗糙的掌心滑过，柳余睁开眼睛时，甚至已经看不清对方的长相，却本能地抱住对方："疼。"

"哪里疼？"

她一会捂着胸口："这儿。"

一会又指了指右肩："这儿。"

似乎自己也拿不定主意，只是眼泪汪汪地指给对方看。

"对不起，"良久，那沙哑的少年音传到人耳朵里，"虽然……再来一次……"

柳余醒来时，只记得这两句了。

庆幸的是，大概是之前强烈的心灵暗示，让她在烧糊涂后没露馅。

"贝莉娅？"额前湿漉漉的刘海被修长的手指撩开，少年的脸露了出来，"醒了？"

眼底的苍黑在他薄薄的白皮肤上完全遮不住。

"你……"

柳余正要开口，却又听到一阵熟悉的"咚……咚……咚……"，她下意识直起身，身子却软得一下子滑倒了。

腰肢被人掐住，扶好。

"你听到了吗，盖亚？"

"那只怪物。"

少年放开了她。他的表情更淡了，显得比从前更疏懒，更高傲，他仿佛脱去了那层温和的外壳："贝莉娅，你该走了。"

"走？去哪儿？"

"离开这儿。"少年道，"随便哪儿。"

"那你呢？"

柳余感觉到了不对，一切都不对。

盖亚的情绪不对，连怪物出现的时间都不对。

它提前了，按照她和路易斯的约定……

布鲁斯大人最早也要明天到才对，事情……"脱轨"了。

"咚……"

沉沉的脚步声，一声一声，都像踏在她心口。

柳余敢肯定，这时的诺西德肯定不会再跟她玩什么猫抓老鼠的游戏，它会在看到她的第一时间就把她抓来，"嘎吱嘎吱"地咬掉她的头，然后吃掉。

"我留在这儿。"盖亚道，"我出不去。"

"不，我做不到。"柳余摇头。

是的，是她将他拉到这儿，她有许多很坏的打算，可在此之前，她从没想过……要害他性命，从来没有。

她想，按照计划……她是要为他"牺牲"的。

戏提前开场，她也得按部就班地唱下去。

"贝莉娅，你得承认，这是最优解。"少年冷淡的脸上透出股理性的漠然，甚至是对他自己的生命,"我留在这儿,吸引怪物的注意,你变羊,出去。运气好的话,我们还能留下一条性命,告诉来营救的人发生了什么。"

他死了,光明神就回来了……

反正都是死。

"抱歉,我的最优解……不是这个。"少女话落,"变羊术。"

一只金色的小羔羊出现在了她面前,正愤怒地"盯"着她。

灰蒙蒙的眼睛很美,像被流雾罩住的夜空。

柳余低下头,在他软软的羊毛上亲了一口。

"你得承认,盖亚,你现在不香了,作为饵,我比你更适合……当然,当然,我明白,你不高兴变羊,不过我保证,这是最后一次了。也许,以后就没机会了。"她道,"所以,原谅我,好不好?"

小羊羔挣扎的动作停住了。

金色的羊毛在黑夜里,像是细碎的流光。

"从这儿出去,如果可以的话,往外去,去求救……也许等你回来时,我还在。"

她强硬地将这个失去力量的小羊羔从之前刨出的洞口送了出去,自己却弯腰,用单臂使劲地将之前堵住洞口的大石头推开,细微的光透了进来。

她弯腰,滋溜一下从洞口钻了出去。

而后,对上一个缩小版的……诺西德。

依然是黄金竖瞳,乱七八糟的动物器官,可所有的尺寸都小了一号,刚好能让它在这个通道里行走。

……金蝉脱壳?

这到底是个什么样的怪物?

该死的路易斯,一定知道。

诺西德得意地道:"狡猾的人类,你以为这样,就能摆脱诺西德?这次不论你说什么,诺西德都要将你的头咬掉,咬掉!"

怪物蓄力冲了过来,柳余拔腿就逃……

这时,她什么计划都想不起来。

只知道本能地逃。

至于后悔……不,她不后悔。

人如果总往后看,多没意思。

所有选择,不到盖棺定论的时候,谁也不知道,它是好,还是坏。

"往左。"耳边悄悄传来一道声音,是路易斯的,"布鲁斯没来,但马兰那极端教徒来了,就在前方三百……噢,两百五十米。"

"马兰大人?"

"是的,他听说星辰骑士下去,就急吼吼地来了。"

"你怎么不早说?"柳余刹住脚步,险而又险地从那爪子旁避过,却还是被甩来的尾巴擦到了,她咬着牙往另一个通道跑,"那我得去找盖亚。"

亲自演一场可歌可泣的"英雄救美""为爱牺牲"。

"马兰可不一定打得过这丑蜥蜴。"路易斯嫌恶地道,"噢,这世界上怎么会有这么丑的东西。"

"可加上路易斯大人，一定能行。"

区别只在于，他肯不肯出手。

"不不不，不行，我可一点都不想碰这可怕的黏糊糊的丑东西。"

"路易斯大人是不是在找一个铁片。"柳余直白地道，"如果您帮助我，我会帮您得到它。"

"铁片？"浓雾里的呼吸一下子急促起来，她从未见过他对血以外的东西这么激动，"你看到了？"

"是的……不过，它藏的地方很特别，我暂时没找到机会。"

柳余狡猾地给自己留了个余地道，她得先弄清上面的字。

"成交！如果你骗我，这次，我一定会把你做成人干……"浓雾里，那声音恶狠狠地道。

柳余嘴角翘了起来："当然，不过在这之前，我需要路易斯大人的配合……"

"一定要这样？"路易斯惊讶地道，"你可能会死。"

"也可能不会。"

要骗人，自己就得入场。

光在旁边假惺惺地掉几滴廉价的眼泪，可不行。

"真是个疯子！我见过的最疯狂的赌徒也没有你的勇气……往右，噢，不，你的小羊羔……它冲你过来了……还有马兰大人，比想象得来得快……"

路易斯的实时播报让柳余瞬间了解了接下来的情况。

她快跑到一个三岔口了。

一个路口上，盖亚变成的金色小羊羔在向她奔跑，另一个路口，是才走到转角的马兰大人，他执着光明权杖，身后还跟着忧心忡忡的爱德华教授和罗芙洛教授……

而她的身后，则跟着那条大蜥蜴。托记忆珠和路易斯的福，她虽然在逃跑过程中受了点伤，可也没受太大的伤。

三方都跑得非常快，在迅速接近中……

好机会！

"路易斯，找机会，让我被蜥蜴攻击。"

战争一触即发。

谁知这时，大蜥蜴竟然停下了脚步："不对，有奇怪的气息……不是光明，不是黑暗……是什么，是什么……"

它的屁股上挨了一记，一下子被蹬了出去。

大蜥蜴团成一团，"轰隆隆"像巨大的滚石一样滚了过去。

"马兰大人！"这时，少女正喜出望外地睁大眼睛，脚步往前跨。

另一边金色小羊羔"炮弹"一样跳出来，撞到她身上……

一人一羊摔成一团，恰恰好躲开蜥蜴团成的"滚石"。

柳余郁闷地抱住了金色小羊羔。

他冲出来的真不是时候……打断了那么好的机会。

"黑暗！罪恶！

"早该灭绝的堕落种……"马兰手中的权杖举了起来。

爱德华教授和罗芙洛教授一个拿出马鞭甩了过来，一个拿出一本硬壳书，"唰唰唰"翻了起来，口中念念有词。

光明力化成的白芒如刀，蜥蜴的全身却刀枪不入。

狭窄的岔路口，飞沙走石。

无数"黑暗老鼠"们又潮涌而来。

柳余搂紧金色小羊羔，一个又一个的光明弹在她头顶亮起，为她开道，她艰难地往马兰大人附近去。

就在这时，不知打哪儿来一阵狂风，卷得所有人闭上了眼睛。

柳余也忍不住闭上眼睛，她只感觉自己轻飘飘的，被带起，而后……蜥蜴的黄金竖瞳冲入眼帘。

身体猛地被撞到倒了地上。

是路易斯出手了。

柳余心想着，却用身体紧紧地挡住小羊羔，蜥蜴的爪子抬起，往下……

罗芙洛教授和爱德华教授是互相搀扶着才站稳，再睁开眼睛时，就发现柔弱的少女已经不见了，她仿佛被潮涌而来的黑色淹没，他们只能看到一点藏蓝色的衣角和金色的发丝。

而那一片藏蓝色上，一只巨大的蜥蜴爪子在上面……碾了碾。

一阵令人齿冷的骨裂声传来。

"弗格斯小姐？！"

罗芙洛教授大惊失色地看着，连爱德华教授都不忍地闭上了眼睛。

唯有马兰大人如冷酷的机器，挥舞着权杖，一道白光像网一样往蜥蜴罩去。

金色小羊羔被少女挡在下面。

他仰着头，懵懂地眨了眨眼睛。

"贝……莉娅？"

变羊术失效了。

金色的小羊羔变成修长而白皙的少年。

可少女的手却依然死死地禁锢住他，她的指头几乎陷入他的骨缝里："盖、盖亚，别、别出去。"

一张口，就有液体"滴滴答答"地落下。

骨头"咔啦咔啦"的碎裂声从头顶传来，少女整个身体都在痉挛和抽搐，她似乎十分痛苦，疼得整个人都蜷缩起来。

她却还是死命搂着他不放："其、其实我……撒谎了。盖亚，我刚才说，不爱你……那是假的。"

"贝莉娅……"

"唔……"

又一阵骨裂声传来。

少女的手指松开了，呕出一口又一口的血。

她无力地趴在他的身上，声音又软又轻："可是爱，叫人好痛苦啊……"

"嘭……"

一道白光猛地亮起，所有人都闭上了眼睛。

从来没有人见过这样纯粹的光明力,在这光明力之下,一切都如雪消融。

黑色的"老鼠"们消失了。

大蜥蜴的爪子、脚,最后是那可笑的犄角……一切黑暗,都被涤荡干净。

一具光洁的少年躯体走了出来。

他微微俯下身,银灰色长发下,薄唇如淡紫的冰晶。

他在她额头轻轻一吻:"献上你之忠诚,契。"

少女扩散的蓝色瞳孔渐渐恢复了,灰败的脸色肉眼可见得红润起来。

"别欺骗我,贝莉娅……"他的声音带着冰冷,"否则,我会很伤心的。"

少年冷银色的长发一寸寸灰了下去。

第二十一章

马兰大人的一双眼皮抖动得厉害，罗芙洛教授拼命翻书，口中念念有词，唯有爱德华教授奔过去："罗芙洛教授，马兰大人，快来！

"莱斯利先生晕过去了！小弗格斯也晕过去了，噢，光明神在上……这到底怎么回事？！"

这时，马兰大人才板起他那长长的、过分严苛的脸道："罗芙洛教授，您看到了吗？那是神……之契约？"

"不，不，不可能是神……"罗芙洛教授摇摇头，似如梦初醒道，"……献你之忠诚，为我永生永世的奴仆……神在，你在……"

"神册上虽有记载，可神却从未与人真正定过契约……"她以一种梦幻的语气问，"马兰大人，您信吗？"

罗芙洛教授觉得自己简直魔怔了。

她怎么可能在一个学生身上看到神之契约呢……那可是千千万万年来无数信徒渴望的啊……

"可刚才……明明是神迹。

"我神永在，星辰……不朽。"马兰大人憧憬地看向白光消散之地，将手轻轻按在了胸口。

"我神永在，星辰不朽。"罗芙洛教授也将手按在了胸口。

"你们俩说什么呢？孩子们都昏过去了！"爱德华教授大煞风景地道。

"噢，金色的小羊羔，嘿，居然会变羊术，金色！"他神神道道地将人扛起来，用腰带粗鲁地打了个结，将人背在背上。

"请等一下。"马兰大人的权杖抵到爱德华的面前，"在回去前，我需要确认一件事。"

"什么事？"心粗的爱德华可没发现什么不对。

罗芙洛教授则弯下腰，怜惜地将那一旁恢复生机的少女半扶半抱起来。

"信仰。"马兰大人话毕，权杖轻点，一道白光从他的指间弹入权杖上小巧的水晶球。

水晶球一点一点亮起，璀璨的光从那球中流出，被马兰大人引导着落到了昏迷的少女身上。白光如轻纱一样笼住她，往下一沉，又顺畅地沉进了她的身体。

"光明。"马兰大人满意地移开权杖。

又一道白光分流出去，被引导着注入少年的身体，沉进去……一切看起来，都很正常。

可马兰的脸色却越来越凝重，随着时间一点点消逝，渐渐暗沉无比。

"马兰大人？"连迟钝的爱德华都察觉到了，"小莱斯利……他怎么了？"

"抱歉，我也不知道。"

马兰看向一旁的罗芙洛教授，她可是光明学院除了布鲁斯主教外，对光明研究最深入也是最博学的学者。

"罗芙洛教授，您看见了吗？"

"看见了……灰色的。"

罗芙洛教授一脸怔忪，"白光沉入，灰色反溯……是灰色。"

"灰色？"爱德华惊讶地道，"什么灰色？"

深渊力量是黑色的，它代表着冷酷、狡诈和阴暗。

光明力量是白色的，它代表着纯洁、温柔和希望。

可灰色……从来没有过灰色。

没人能解答他。

马兰大人收回了权杖："这一切，我会如实上报给布鲁斯主教，由他来裁决。"

"命运。"罗芙洛教授恍惚道，"在黑与白之间，交缠的命运。"

而在马兰大人和爱德华教授再度问起时，她却像是什么都记不起来了。

"弗格斯小姐？"

"弗格斯小姐？"

耳边传来"嗡嗡嗡"不那么温柔的叫唤，柳余缓缓地睁开眼睛，一张寡瘦的脸出现面前。

"你醒了？"

"我……在哪儿？"

柳余的声音有点嘶哑。

"先别说话，弗格斯小姐，你昏迷太久了。噢，三天三夜！简直不可想象。"

干裂的嘴唇被人用棉棒沾了点水擦过一遍。

柳余眨了眨眼睛。迷茫渐渐褪去，她终于认出这个在她面前晃悠的、只扎了一个髻的女人是谁。

"维拉尼卡医师？我……回到学院了？"

"盖亚，噢，不，莱斯利先生呢？"说着，她就要掀被起来。

"弗格斯小姐，"女医师强硬地把她推回去，"我劝您还是躺着，外面的情形可不大好，还有，您的手，这回……我无能为力。"她怜悯地看着她。

柳余这才发觉，整个右肩膀都被白纱布牢牢地捆住了，她被包得像个木乃伊。

不过，这也在意料之中。

反倒是身上除了点酸涩，一点异常都没有，可明明昏迷前，她整个脊柱都好像被踩断了……当时她恨不得在地上打几个滚……最后还是凭着意志力将剧本给演了下去……可真疼啊。

再来一次，她恐怕就没有勇气了。

"盖亚呢？"

她得去看看，她现在的状况肯定跟他脱不了关系。

"……忠诚，契……"

那是什么？盖亚明明说过,体内的黑暗力量已经与光明力量一同湮灭,那最后迸发的是什么？

神,苏醒了？

不不不,如果苏醒,她恐怕见不到今天的太阳。

心里无数的疑惑,让柳余实在躺不下去。

维拉尼卡医师双手环胸:"找你那小情人？弗格斯小姐,我得提醒您一句,虔诚的光明信徒绝不会和一个异教徒混在一起。您得离开他,远远的。"

"异教徒？"柳余抓住了重点,反问道。

"莱斯利先生将神殿最大的水晶球给弄爆了。噢,嘭！那天晚上神殿的烟云不散。灰色的！从没听过的颜色！如果不是那小子之前拔出了星辰之剑,现在早就被清理掉了。"

"清理掉？"

维拉尼卡现在的口气让柳余听起来很不舒服,她就像是在说一个垃圾,而不是一个人。

"他不该存在。"

"可您说了,盖亚是灰色,不是代表邪恶的黑色。"

柳余心想,到底哪里出了错呢……为什么是灰色？

白加黑吗？

"任何异教徒,都得这么对付。"维拉尼卡天经地义地道,"灰色？听起来就肮脏,学院里那帮小崽子们可不是好对付的。"

"您还是没说他在哪儿。"

"布鲁斯主教仁慈,在圣殿下达裁决之前,让他继续留在学院学习。"维拉尼卡扯开一系绷带,发现已经不流血了,才又替她重新系好,"但你知道的,一群白羊里掉进了一只灰羊,那灰羊的日子,肯定不好过。"

柳余当然知道,当初她拉他下湖,让他被黑暗污染时,不就是为了这一天的到来吗？

也许细节上有出入,可结局却是相同的。

"那他……怎么样？"

盖亚·莱斯利,你被自己的信徒驱赶、仇视、侮辱,甚至审判时,会感觉到什么呢……是荒谬,还是痛苦？

"维拉尼卡医师……"两人口中的少年敲了两下门,推门进来,"我的手恐怕需要您接一下。"他彬彬有礼地道。

"盖亚,你怎么……"少女惊讶地捂住了嘴巴。

眼前的少年不复他从前的光风霁月。

一身白色的星月袍脏兮兮的,上面什么都有,青草汁、浆果汁,甚至还有点泥巴、灰……

他的银发不再如星辰般闪烁,而是透着一股黯淡的灰。

唯独那张脸,却像是黯淡灰尘都无法掩盖的辉月,高贵出尘。

当灰蒙蒙的绿眸扫来时,竟让人如寒冰附体……那自然流露的、不论身处何种境地都无法折辱的高贵,在他身上显得淋漓尽致。

可欺辱已经开始了。这一切,都是她带来的。

"弗格斯小姐,很高兴听到您醒来的消息。"少年微微颔首。

他又像是和她拉开了距离。

"弗格斯小姐,我说过的,他日子不大好过。"维拉尼卡医师走过去,利落地一拉一合,只听一阵"咔啦"声，少年耷拉着的右臂被接上了。

"这是第几次了？"

"第三次。"

少年说起"三次"时，就像衣服被弄脏了一样淡然。

"这也是我最后一次帮你。"维拉尼卡微笑，"莱斯利先生，看在从前的交情上，您要不要离这位可怜的、痴情的女孩远一点？"

"不！"少女跳下了床，气喘吁吁地站到少年面前，一把拽住他的手，"我永远、永远不会离开他！"

这是她一直、一直期待的那一天。

"光明信徒和异教徒之间，没有中间地带，做出选择吧。"

维拉尼卡的脸板了起来："弗格斯小姐。"

这时，少年执起她的手，灰蒙蒙的绿眸似有流光涌动。

柳余却感觉到了一丝异样，某种执拗的、冰冷的东西似是透过他的指间传递过来。她抬起头，仔细地端详，却无法从那张冰雪一样的脸上察觉出任何异样。

"一旦决定，我将不再接受任何更改。"

"当然！盖亚，当然！您对光明之心从未变过，他们不信您，我却信您。我永远、永远不会离开您。"她以对着光明宣誓的口吻对他道，那双眼睛闪闪如钻石。

"如您所愿。"少年执起她手，在她手背落下虔诚一吻。

柳余微微笑了起来。

风很舒服。

"盖亚，我饿了。"

一走出医务室，穿着纯白棉质长裙的少女就拉住了身旁的少年，"好饿。"

话落，肚子就开始"咕噜咕噜"叫，让人想起湖底的那段时间。

这时，盖亚摊开了手。

掌心上，一颗眼熟的紫色小果子安分地待在那，没什么水分，看上去干巴巴、不怎么好吃的样子。

"你居然……带出来了？"少女惊讶地睁大眼睛。

"不是我，是你。"少年侧过头，光落到那双灰蒙蒙的绿眸里，"……就在外套里，贝莉娅。"

"外套？"

柳余想起来了。

她看了眼身上的白裙子，应该是维拉尼卡医师给她换了。

"不！我才不要吃这个！我要吃葡萄干、奶酪、可可饼，还有煎得香喷喷的小羊排！"少女掰着手指一一数道，"盖亚，你陪我去食舍，好不好？"

少年并未回答，身体却一转，长腿迈开，往食舍方向去了。

柳余笑了笑："嗳！你等等我！"

蓝天下，少女白色的裙摆飞扬开来。

她小跑步跟了上去，左手悄悄捉住他的手腕，下滑，又歪过头看看他，见他神色淡淡，就悄悄地将手指嵌入他的手掌，扣紧，没话找话地道："……对了，盖亚，你还记得昏迷前……

发生的事吗？"

少年的脚步停住了。

柳余只能看到他越发清瘦的身体包裹在宽大的白袍里，像一株挺拔的白杨。

"贝莉娅，如果你是想问发生了什么，抱歉，我也不知道。"他转过头来，安静地对着她，那双灰蒙蒙的绿眸里没有任何情绪，"一股力量淹没了我，一切黑暗都化为灰烬……而后，我吻了你……"

他的眸光落到她的身上，平静，却又仿佛具有力量。

"……所有的一切，都仿佛来自我的本能。所以，贝莉娅，抱歉，我什么都回答不了你，就像在布鲁斯大人面前一样。世界对我来说……好像是另外一种面貌，我突然很想知道，我到底是谁。"

"盖亚……"柳余张了张嘴，又闭上了。

她的手下意识放到胸口，当感觉到记忆珠还在，才忍不住舒了口气。

"没关系，盖亚，总有一天你会找到答案……现在，向小羊排前进！它们一定等急了！"

"我想，它们一定不那么期待弗格斯小姐的到来。"少年难得取笑道。

他狭长的眼睛微微弯起，一下子看红了少女的脸颊。

"喂！"她气鼓鼓的，"盖亚，你、你怎么这样！"

少女充满活力的声音回荡在午间的林荫道，激起一群飞鸟。

它们在半空徘徊，落下，徘徊，又落下，清脆欢快的啼声遍布学院。

食舍。

"一份奶酪？噢，没有！杏仁薄饼？卖光了。小羊排？当然也没有！"橱窗口，穿着白色围兜、胖乎乎的中年女人没好气地将盘子一推，"抱歉，弗格斯小姐，只有法棍。"

只有法棍？

柳余不信地指着旁边，年轻的神眷者们正兴高采烈从另一个人手中拿过食盘："那他们怎么有？"

"弗格斯小姐……"向来对她和颜悦色的女人双手环胸，视线落到她和盖亚相交的手上，"我们食舍不欢迎异教徒，也不欢迎和异教徒当朋友的……弗格斯小姐您。"

柳余想：变得可真快啊，去翡翠之森前，和盖亚一起来食舍时，这位表现得就像看见亲人。点一块小羊排，可以给一块半，还得附加半块奶酪。

"可是，卡莎大妈，只要我贝莉娅·弗格斯还是神眷者一天，你一个……"她顿了顿，用轻蔑的眼神，"凡人，一个冒犯我的凡人，我要对付你，没人会为你说话。"

卡莎大妈愣住了，她可从来没想过，在那异教徒面前总是笑得像朵花一样的弗格斯小姐会说出这样的话。

"弗格斯小姐，您这样……"

女孩漂亮白皙的手指又将食盘推回，"杏仁薄饼，葡萄奶酪，小羊排……现在。"

她的声音里带有一种傲慢的、理所当然的感觉。

"是，是。"卡莎大妈在心底骂了一声，还是手忙脚乱地将东西装好，推出橱窗，"弗格斯小姐，您的食物。"

柳余看着明显比平时缩水一半的小羊排，和干巴巴的奶酪说："再来一份一样的。"

"抱歉。"这回，卡莎大妈挺起胸脯，"给尊贵的神眷者提供食物，是我们食舍的工作。

但异教徒……不包括在内。除非您踏过我的尸体，否则，休想……"

看着对方一脸"随时愿意为光明而死"的光辉灿烂，柳余闭上了嘴。

"贝莉娅，我吃过了。"这时，盖亚接过她手中的盘子，"走吧。"

柳余跟了上去。

窃窃私语声在耳边不断。

"真可惜，如果没去翡翠之森，莱斯利先生就还是虔诚光明的星辰骑士……"

"你居然在为一个异教徒可惜？如果是我，在成为异教徒的一刹那，就会用手中的利剑刺穿自己的心脏。他背叛光明，背叛神对他的宠爱……他有罪。"

"是的，他的罪孽，应该用熊熊燃烧的火焰焚净，我为和他呼吸同一片空气而感到窒息。"

"可弗格斯小姐居然没有和他划清界限。一个虔诚的光明信徒，却因为狭隘自私的爱而选择跟一个异教徒在一起……真叫人费解。"

在一片异样的眼光里，两人选了一个僻静的角落坐下，靠着墙。

"盖亚，这几天……食舍都不给你食物吗？那你吃什么？"

柳余拿起一块薄饼，顶着无数灼灼的目光，要递给他，却被拒绝了。

"不用。"盖亚摇头。

他食指在空中轻轻一招，竟然有一只鸟儿穿过半开的窗，栖息在他的指间，光斜斜地照进来，衬得他眉目温柔："我有许多……朋友。他们会送来食物。

"林中的果子，清澈的山泉，就像是一场……奇妙的魔法。"

鸟儿"叽叽喳喳"叫。

行吧，神蛊惑的对象，可不只是人。

"那我开动啦。"

轻轻地咬上薄饼一口，在嘴里化开，浓浓的奶香混合着杏仁的香气在鼻尖蔓延开来，夹杂着点点葡萄干的奶酪，煎得香喷喷的小羊排……

柳余享受地闭上眼睛，只觉得重回人间。

就在这时，桌子突然被人撞了一下。

"哗啦啦……"

柳余心道：来了。

她等的来欺辱盖亚的人来了，她会和他同进退。

就是可惜了这些食物。

桌上放得整整齐齐的食盘，连着盘上的碗碟天女散花一样掉在地上，发出清脆的碎裂声。

一身华贵、玛瑙红的玛丽公主造作地收回手："噢，抱歉，我不是故意的。不过我想……仁慈大度的弗格斯小姐一定不会跟我计较这一点点冒犯。毕竟……您都能跟异教徒亲昵地坐在一块。"

金发少女激动地站了起来："玛丽公主，您太过分了。其他人说，也就算了，可我们毕竟是同学，何况……盖亚的裁决还没判下，您该跟他道歉。"

"道歉？一个异教徒？"玛丽公主像是听到了极其好笑的事，"您让我，一个尊贵的光明信徒、神眷者，对一个堕落的异教徒道歉？"

"可就在不久前，尊贵的玛丽公主，您还为了得到这个异教徒，做了一些……"柳余顿了顿，"不太名誉的事。"

"那、那是本公主眼瞎！"

玛丽公主的视线落到桌边，如玉一样的少年安静地坐在那，依然俊美得让人移不开眼。

她的视线又连忙飘开："现、现在可不了！一、一个异教徒！捆在绞刑架上，死上一万次都无法洗清他的罪孽，本、本公主可不会再喜欢他了！"

"原来……您的爱，那么肤浅。"柳余轻轻叹息，"您爱的，不过是他原来的光环，爱的是未来的星辰骑士，可您看不到他的心……

"莱斯利先生的心，就像这世上最纯净的钻石，温柔而坚定。他并非堕落，只是遭遇到了一些挫折，不过我相信，终究有一天，他会重新回到光明神的怀抱。我永远信他。"

少女脸上的坚定，让她看起来，像是世上最纯粹、最干净的"安琪儿"。

"放屁！异教徒就是异教徒！就像狗改不了吃屎！"有人在旁边骂。

玛丽公主像是从这句话得到力量，骄傲地挺起胸膛："我们走！"

她气势汹汹，眼看就要撞上柳余失了一臂的右肩……

这时，一道风阻止了她。

刚才安静坐着的少年站起，挡在了柳余的身前。

他居高临下地"看"着她："玛丽公主，您失态了。"

玛丽公主像是被咬掉了舌头的猫，一下子跳了起来："莱、莱斯利先生，我、我，我不是故意……"

不知想到什么，立马又理直气壮了："是！我是故意的！怎么了？惩罚一个自甘堕落的光明信徒，我有什么错？！"

"噢，光明神在上！"这时，卡莎大妈从后厨的门跑出来："这些瓷器、这些瓷器……"

来自东方古国的瓷器异常珍贵，即使光明学院财大气粗，能将这些东方彩瓷当作寻常的餐具供神眷者们使用……可也绝对不允许故意损毁瓷器。

"请记在玛丽公主的账上。"柳余道，"还有我刚才那顿食物一起花去的卢索。"

"记就记！王室可不像你们弗格斯家，还需要靠出卖尊严来获得金钱。"玛丽公主高高地翘起她的下巴，"你们也觉得我错了？"

她问身后的跟班。

那两个从前看了盖亚还脸红心跳的少女，此时板着一张脸："不，玛丽公主，您没错！莱斯利先生已经叛神！对叛神者和他的朋友，一切处罚都不会过分。"

"是的，你们说的没错，非常好！"

玛丽公主伸手抚了抚头顶弄乱的羽毛，"明天见，弗格斯小姐，莱……噢，不，异教徒先生，但愿接下来，您还能过得愉快！光明学院欢迎您。"

柳余冷冷地看着玛丽公主带着跟班们一步三摇地走了。

而其他人除了扫来两眼，也都偃旗息鼓了，遗憾地坐下，重新点了一份一样的食物。

回女舍路上，那些或熟悉、或陌生的神眷者们避得他们远远的，表现得就像他们突然从人变成了令人作呕的臭虫、让人避之唯恐不及的细菌。

"莱斯利先生，您难过吗？"柳余看着，只觉得荒谬。

"难过？"

"是的，就像刚才……"柳余顿了顿，"玛丽公主那么喜欢您，从前那些人敬仰您，可现在，他们对您，就像北极的寒冰，又冷又硬。还有布鲁斯大人，马兰大人他们……"

"我不在意。"少年道，"他们怎么样，和我无关。"

柳余侧头看他，绿色的林荫道上，少年莹白色的肌肤被阳光照出一层浅晕。

他一身脏污，却风姿出众，微微仰着的脸上，全是平静。

于是，她知道了，他确确实实不在意。

可为什么呢，那不是你圈养的羊羔们吗？

当他们将刺向敌人的矛刺向你时，你就没有被冒犯的愤怒吗。

不过，更关键的是，对一个完全不在乎欺辱和排斥的人，"救赎"的戏码还怎么进行得下去呢？

柳余只能强行尬演。

"我不管！"少女气鼓鼓道："我没法眼睁睁看着别人欺负您！谁也不能欺负您，包括您自己！从明天开始，我要一直跟着您……"

来吧，虔诚的光明信徒们，但愿你们给神准备的"惊喜"更大一些……

大到让他在乎，让他疼痛，让他再也无法平静。

一只灰斑雀在笼子里探头探脑。

当听到门口的脚步声，立马就翻了个身，翅膀张着，肚皮朝天，看起来死得透透的。

"斑斑？"

门口传来一道细细软软的女音，紧接着是靴子接触地面、有规律的声音。

斑斑连忙闭上眼睛，脚步声到了旁边，停止了。

一点声音都没有。

它悄悄睁开一只眼……

"噢，抓住了。"

柳余就这么站在笼子前，冲它笑。

斑斑……斑斑脸红了。

"斑！"

他凶巴巴地冲她叫，眼皮闭得紧紧的。

"斑斑要死了！你没看见！"

"嗯，现在是斑斑二号。"

柳余将手伸进笼子，点了点它傻乎乎张着的鸟嘴儿。

"斑？"

"什么是斑斑二号？"

斑斑翻身跳了起来，在笼子里飞来飞去，"人类雌性，这是你给斑斑大爷新取的名字？嗯……勉强原谅你……噢，贝比，你这次真的出去太久了……斑斑好饿好寂寞……"

"饿？出门前，我可是给你准备了十天的食物，还有你的那些鸟朋友……"

左手还不是那么熟练，柳余磕磕绊绊地打开壁橱，用木勺子在袋子里舀了一点谷子，木勺子的长柄不小心戳到了笼子，撒了一些谷子出来。

斑斑一阵心痛，正要张口，亮晶晶的黑豆眼就这么落到女孩空空的一截袖子上，风一吹，那空荡荡的袖子飘了起来。

"斑？！斑斑斑？！

"发生了什么？"

斑斑的黑豆眼都不会转了，渐渐地，一汪水就聚在了眼睛里，"噢，贝比，可怜的贝比，你的右翅膀没了，以后可怎么办啊……没有雄性会看上你……你再也没法飞了……噢，怎么办，斑斑的心都要碎了……"

"我本来就不会飞。"

柳余敲了它脑袋一下，在灰斑雀的哭哭啼啼里，那颗一直紧紧绷着的心不知为什么竟然松了下来，"好啦，别哭了。"

她将笼子打开，灰斑雀没头没脑地扑到了她的怀里。

"斑……

"呜呜呜……斑斑止不住……贝比太可怜了……对我们鸟类来说，失去翅膀是一件多么可怕的事啊，它意味着我们再也不能飞翔……噢，光明神在上，为什么要让贝比遭遇这么可怕的事……"

柳余用仅存的那只手摸了摸它的脑袋，告诉它："斑斑，人类和鸟类不同，失去一只手只是麻烦一些……而且，人生际遇无常，也许有一天，我失去的一切都会回来……"

"斑斑不懂。"

灰斑雀抬起了脑袋。

"你不需要懂，只要记得，这件事对我来说不算糟糕。"

"斑？"

"真的吗？"

看着对方还浸在泪水里的黑眼珠，柳余笑了："当然。"

斑斑的小身子这才放松下来。

它翅膀展开，将自己窝在柳余的怀里，小脑袋在她胸口蹭了蹭："噢，贝比，你身上的味道有点不一样，很好闻……"

"不一样？哪里不一样？"

柳余干脆坐到床上，懒懒地靠着墙。

阳光透过窗户斜斜地照进来，照得被褥蓬松而柔软，她闭上眼睛，将自己脑袋放空。

这时，她什么都不愿意想。

"……我不知道……嗯，有点像原来的莱斯利先生……"

"原来的？你见到他了？"

柳余睁开眼睛，难道是盖亚偷偷进了她的房间？

为什么……他怀疑她吗……

"噢……"斑斑意识到自己说漏嘴了，连忙用翅膀遮住脑袋，"是、是斑斑自己从笼子里出去撞见的！噢，贝比，你不能打斑斑……"

柳余又好气又好笑，不过，现在计较也没什么用。

何况……斑斑没有飞走。

它一直等她。

她的眸光柔了下来："所以，斑斑，你看到什么了？"

"噢，我看到莱斯利先生了……莱斯利先生真可怜，他们都说他背叛了神灵，可斑斑觉得，他没有变……不，也许变了点……可仔细闻一闻，还是一样的……他们却欺负他，不给他吃饭，连卡洛王子都从和他一起住的蘑菇屋搬出来了……噢，斑斑的心很痛……"

"他……被欺负得很厉害吗？"

斑斑的小脑袋耷拉下去，连羽毛都像没了精神。

"是的，因为莱斯利先生看不见，吃了很多亏……他们会在路上设陷阱，虽然莱斯利先生躲开了一些，可那些人还会联合很多厉害的人类一起攻击他……莱斯利先生的手就是这样断的……他们还将他的衣服用水泼湿……有一次还往他脸上泼肮脏的黑狗血……噢，这群恶魔……"

竟然是这样吗？被欺辱成这样，他竟然一点都不在乎吗？

柳余摸着斑斑的手缓了下来。

这时，窗外传来一阵"叽叽喳喳"声。

斑斑突然激动起来，一拍翅膀从她怀里飞出："那群坏蛋，那群坏蛋又在出坏主意，尤其、尤其是那个玛丽！那个要剪斑斑翅膀的玛丽！……贝比，贝比，你快去阻止她……真是一群恶魔，恶魔！"

柳余知道，斑斑必定是从它那群鸟朋友那边听到什么了。

也许是光明力的关系，斑斑十分聪明，在附近的鸟类里，简直是"老大哥"一样的存在。她就曾经看到斑斑嚎一嗓子，窗外十几二十只鸟同时飞来，和它对着"唱双簧"。

她看向窗外，一只额生绿毛的小鸟儿拍着翅膀在附近徘徊，叫声抑扬顿挫，格外灵动，"叽叽喳喳"一阵，又扑棱着翅膀飞走了。

"斑斑，你的鸟类朋友也听得懂我们的话？"

柳余想起前世看过的一部电影。

人类以为存在物种隔离，殊不知，所有的动静都被能听懂它们语言的猫和狗知道了。

如果这些鸟能为她所用……

"只有被我打过的才懂。"斑斑用翅膀挠了挠脑袋，"就是斑斑大爷拍它们一下……嗯，反正就这样了……斑斑一定是神灵的宠物，才这么聪明……"

"那玛丽公主说了什么？"

柳余突然觉得，自己的运气还不错，一打瞌睡，就有人来送枕头了。

"他们，他们说要把莱斯利先生的腿打断，再推到湖里……噢，在这之前还得给他泼上黑狗血，据说这个能消灭一切异教徒……"

"什么时候？"

斑斑飞出去了一会，又回来。

"明天晚上，就蘑菇屋附近那湖……你跳过的那……叫什么？噢，斑斑想不起来……"

"伯纳湖。"柳余缓缓道，"我知道了。"

"贝比，你会救他的，对不对？"

"噢，当然，斑斑，当然。"她弯起嘴角，笑得甜蜜而动人，"我可是很爱、很爱莱斯利先生的。"

"可是贝比……为什么斑斑觉得有点冷……"

"也许是斑斑这几天着凉了。"

柳余起身，"唰"地将窗帘拉上，"我休息一会。"

她小心翼翼地躺在床上，让斑斑趴在自己的枕头上，不一会儿，一人一鸟就这么睡着了。

第二天上午是击剑课，柳余亦步亦趋地跟着盖亚，司长们还算客气，除了车轮战式地提出挑战，倒也没有对盖亚做出什么实质性的失礼行为。

而柳余则在一边自己练习。

她只剩一条左臂，不单是从前习惯的右手剑不能用了，连身体的平衡也需要重新适应。

她提着剑在场外不断地练习挑、刺等基础动作，即使大汗淋漓、手脚发抖，也从没歇息过一次……对待自己的狠劲，让司长们刮目相看。

一节击剑课下来，对她的敌视，渐渐少了些，他们认定，弗格斯小姐练剑的韧性和对爱人的专一，从某种角度看是一致的，也因此，对这个"钻了牛角尖"的残疾少女产生了些怜惜。

当然，对待"异教徒"盖亚，还是老样子。

冷漠，孤立，或者成群结队地挑战，打压……

换成另一个人，在这样高强度的挑战下，早就躺下了。

而盖亚·莱斯利，却总是从容不迫，当他下课带着金发少女离开时，甚至连一滴汗都未出。

"真是个可怕的怪物。"司长们想。

下午是神术课，两人找了个僻静的角落坐下。

"弗格斯小姐。"柳余才坐稳，卡洛王子就突然出现在她面前。

"可以和您单独说句话吗？"

他穿了一身白色的宫廷制服，栗色的短发打理得整整齐齐，肩上金色的徽章在光下闪闪发亮，郑重得像是要出席自己的婚礼。

柳余纳闷地点头："可以。"

她看了一眼旁边安静的少年，道："盖亚，我出去一下。"

盖亚并未回答，抿起的薄唇透着股冷淡和漠然，他看起来似乎漠不关心。

柳余只好走出过道，跟着卡洛王子出了教室。

清越的钟声，合着唱诗班的歌一起飘荡在殿堂，卡洛王子看起来有些紧张，手时不时摩挲腰间的佩剑。

"卡洛王子，您有什么事吗？"柳余问他，眼角的余光还往教室内瞥了一眼。

七彩的玻璃下，一身淡蓝碎花裙的娜塔西坐到了盖亚身后，她不知道说了什么，一双弯弯的眉毛担忧地蹙起。

是安慰吗？确实是很善良呢。

柳余无聊地收回视线，心思却蔓延开来，脑子里考虑着晚上的安排……但愿路易斯不要临时放她鸽子……

"我以王室的名义发誓，接下来所说的一切，全部发自肺腑。"卡洛王子微微屈身，右手置于左胸朝她行了一个极其尊敬的大礼。

"我，马塞洛斯·卡洛，索伦王室的第一顺位继承人，真诚地向您贝莉娅·弗格斯，尊贵的子爵小姐求婚。您将拥有我最忠诚的爱慕、最热烈的心灵。请您允许我参与您未来的生命。"

他注视着她的那双琥珀色眼里蕴满了温柔。

就在这时，刚才还安坐在教室内的灰发少年不知什么时候站到了门口。冰雕一样的脸上毫无波澜："贝莉娅，神使来了。"

确实，授课神使已经拿着光明权杖走上讲台，他和教室内的神眷们，目光灼灼地看着他们。

"抱歉，盖亚，我还需要解决一些事。"柳余头也不回地道。

紧接着她又问卡洛王子："为什么？"被求婚的少女脸上并没有任何娇羞，甚至没有感动，只是仰着头问："为什么向我求婚？"

"因为我爱您，弗格斯小姐。如果心可以剖开，您将会看到一颗不断为您跳动的红心。"

"不，您不爱我。"

柳余微微一笑，在对方的失神中平静地陈述，"卡洛王子，爱不是同情，也不是怜悯。您不能因为我断了一条手臂，就可怜我。"

"不，不是的……"

"您不仅可怜我，您还觉得，我跟在莱斯利先生这个异教徒身后，简直是在毁灭我自己……所以，您奉上婚姻为代价，企图感化一个痴傻的女孩，救她出火坑，对不对？"

柳余想，相比较盖亚，卡洛王子更像一位圣父才对。

不过，善良并没有错。只可惜，她为了向某人表明爱意，必须狠狠拒绝才行。

对面的少年张了张嘴，又闭上了。

"不，不是的，弗格斯小姐，不仅仅是这样……当我看见您掉入湖中的那一刻，我的心像是被碾碎了……我爱您，这毋庸置疑。"

"可我爱莱斯利先生，也绝不更改。"

"他是一个异教徒，叛神者！他永远无法走在光明之下。弗格斯小姐，您值得更好的生活。王宫甚至圣殿，如果您想去，我也可以陪您去……"

在少女始终保持着的微笑里，卡洛王子眼里的光灭了。

他彬彬有礼地退后一步，再抬起头时，脸上的温柔也一并消失了。

他第一次在她面前展示属于王室的冷酷："弗格斯小姐，抱歉，如果您坚持与异教徒为伍，那么，作为光明神最忠诚的追随者，我马塞洛斯·卡洛将不得不视您为敌。"

即使早猜到这个结局，柳余也难免感到遗憾。

这个世界的人……

她看向教室，玛丽公主、娜塔西、授课神使，其他神眷者们……

闪烁的目光，防备的姿态……

神啊！这就是你创造的世界。

你……快乐吗？

她转过头，穿着星月袍的少年还站在门口，侧对着她的脸如冰雪般冰冷。

他一言不发，好像刚才发生的一切，已经和自己无关了。

"好了，上课！"教室内，授课神使扬声喊道。

在他们三人进入教室时，又补充了一句："还有，盖亚·莱斯利，我想，您应该单独坐在最后。虽然布鲁斯大人允许您继续在学院待着，可我想，为了大部分神眷者们的心情……您得牺牲一下。"

"不不不，弗格斯小姐，您不能……"

"我能。"金发少女笑眯眯地坐在灰发少年身侧，"我的心情很好，没有受影响。"

"如您所愿。"

授课神使耸了耸肩。

这一节课依然是光明弹。

可接下来，却发生了一件几乎激怒所有神眷者们的事。

当他们放出的光明弹和盖亚放出的灰色球体在空中相遇时，不可思议的一幕发生了。

那本该像焰火一样炸开的灰色球体，却蠕动着，将那白色的光明弹包裹、吞噬，而后长大了一圈。

授课神使也停了下来。

所有人仰着头，沉默地看着空中发生的一幕。

灰色的球体像是只怪物一样，不知疲倦地在空中追逐着光明弹，而后包裹、吞噬，等到最后一个光明弹消失，灰色的雾气几乎占据了整个天花板。

柳余也看着这书中绝没有出现过的东西。这是什么？

为什么拥有如此大的威力？

它能吞噬光明，那能吞噬黑暗吗？

神祇化身上，到底发生了什么变化……

室内的光黯淡了。

这浓重的灰沉甸甸地压在每个人的头顶……

一片死寂里，终于有人忍受不住，站了起来。

"盖亚·莱斯利，邪恶的异教徒，这证据还不够吗？"

"布鲁斯主教为什么要留着他？他注定是一个祸害！你们见过这样的吗？即使是黑暗，也从未有过这样强大的力量。黑暗与光明消融。而这个异教徒……他不仅如此，不是吗？"

恐慌在教室蔓延，渐渐地，除了柳余和盖亚，所有人都站了起来。

"要么消灭，要么离开。"卡洛王子手指搭在腰间的佩剑，"异教徒，请您离开光明学院，离开这儿。"

"是的，离开！只是跟你待在一个空间，就已经让我们窒息！离开！离开！"

柳余看着他们，就仿佛看到了一张张戴着同样面具的脸。

面具下，是模糊的影子。

"你们都忘了吗，他曾经是前程远大的星辰骑士，"柳余一把将盖亚拉开，挡在他的身前，"布鲁斯大人还没给他定罪，圣殿还未审判，你们就要先审判了吗？"

"可他堕落了！越是强大的，堕落起来，就越可怕。"玛丽公主尖叫道，"噢，这真叫人毛骨悚然。"

"可你们也曾经无比地崇拜和迷恋他！"少女执拗地站着，像只护犊的母狮子，拼命不让身后的幼狮被人伤害。"你们都忘了吗？"

"过去是过去，现在是现在。"卡洛王子长剑抵到她的脖子，他看着她，那双琥珀色的眼眸蕴满温柔，可剑尖却是冰冷而坚定的。

"弗格斯小姐，如果您再挡在我的剑前，我不敢保证，接下来砍下的，不是您美丽的头颅。"

不知道为什么，柳余有些鼻酸。

大约是……在这之前，她曾经受到过他不少帮助。

撇除阵营偏见，卡洛王子其实是个温柔而善良的孩子。

"够了。"就在这时，一道优美的声音在教室响起。

丝毫没有剑拔弩张的意味。

灰发少年站了起来。

"马塞洛斯·卡洛，别将你的剑指向一位淑女。"

对上那双灰蒙蒙的绿眸，卡洛王子不知怎么，就想垂下头颅，向他匍匐。

他厌恶自己的软弱，反倒更加挺起胸膛。

"异教徒，你想做什么？"

一阵风刮来，将他手中的剑吹偏了。

少女纤细的脖子离开了利剑。

盖亚牵起她："我想，我恐怕还需要在这待一段时间，在我找到答案之前。现在……"他略一颔首，"告辞。"

柳余被他牵着离开，就在这时，一道"呼呼"的风声从旁边刮过，她只来得及看到一道黑影……

有人要袭击？

好机会。

她第一时间挡在盖亚前面，闭上眼睛……

"嘭"的一声，意料之中的疼痛没有传来。

柳余睁开眼，发现自己被抱在了一个温暖的怀里。

盖亚那张清俊绝美的脸就在她面前，灰色的长发包拢住她，连同他的身体……

他用后背挡住了攻击。地上满是散架了的木片。

椅子？

"莱斯利……先生。"卡洛王子怔怔地看着，突然愤怒地朝旁边斥责，"为什么要出手？"

"可、可是异教徒……"

"神也从未教过我们卑鄙。"

他冷着脸，长剑入鞘。

而这时，柳余已经被盖亚牵着，带出了教室。

"你受伤了。"

少年的额头被木片划出一道细长的伤口，伤口不深，可在那白玉似的肌肤上十分显眼，"得擦点药。"

"不用。"他摇头。

柳余却又忍不住看他一眼。

"啊，他们真讨厌，"她气鼓鼓地道，"这样伤害您，明明什么都不知道……"

"贝莉娅，闭嘴。"

少女嘴唇被一根手指摁住了，少年俯瞰着她，"他们只是……在遵循他们认为的秩序。"

"所以，您原谅了他们？"

"我说过的，贝莉娅，我并不在意。"

所以……不是原谅不原谅，是压根没有放在心上吗……

这一刻，柳余怀疑自己的计划还能不能成。这个人天生没有共情能力。

他不是薄情，也不是寡义，他压根就没有情。

他和卡洛王子朝夕相处了许久，被这样对待，竟然也丝毫没有任何负面或正面的情绪。

这世上，真的会有能让他疼痛、在意的东西吗？

"任何人这样对待您，都不会生气吗？"

"不，不是的。"就在这时，少年突然低下头来，柳余甚至怀疑，他要吻她。

可他只是停留在她耳边："你不可以，贝莉娅。
"唯独你不可以。"
"为……什么呢，盖亚？"柳余提起了一颗心。
"这是你的选择，贝莉娅。而我，不接受背叛。"
他直起身。

第二十二章

有时候，柳余觉得自己是孤勇的，过去给她的烙印，每一处都深深地刻在她的身上。

她从前做惯了被人践踏的小草，就不愿意再在地面生长，而是一路挣扎着往上，往更高处去，高到再也没有人能轻蔑她、践踏她……

可偶尔，也会像现在这样，生出一丝胆怯。

要继续吗？

面对这样高高在上的、几乎无法逾越的存在，当她所有的愚弄和欺骗被揭穿，她面对的，又是怎样的怒火？

背叛，从来就没有过忠诚，何来的背叛。

可她找不到其他出路，也许有，也早早被她堵死了。

"盖亚……"柳余失神地道。

而美貌的少年已经走过她，站在了走廊的边界。

"贝莉娅，不走吗？"他朝她转过身来。

"哦，哦，走的。"

柳余连忙摒弃多余的情绪，笑着跟了上去。

两人穿过长长的走廊，即将经过一处僻静的偏殿时，身后传来一阵"嗒嗒嗒"的脚步声："贝莉娅姐姐，莱斯利先生，请等一等，请等一等……"

"娜……塔西？"

柳余转过头，她来做什么？

盖亚也停了下来。

娜塔西气喘吁吁地跑来，手撑着膝盖，"贝莉娅姐姐，莱斯利先生，你们、你们走得太快了……"

"所以，你现在来有什么事吗，我亲爱的妹妹？"

娜塔西手足无措地站在贝莉娅姐姐面前，每当看到她失去的那一臂，就愧疚得恨不得钻进洞里去。

"对、对不起，贝莉娅姐姐，我昨天就应该去看您的……可我不敢，我太难过太愧疚了……

我无法面对您……"

"我问的，是你现在有什么事。"

柳余并不耐烦看见她。

她并不是什么大度的人。

"我刚才看见莱斯利先生受伤了，所以才想来问一问，"娜塔西手指缠在一块，小心翼翼地问，"你们……还好吗？"

"如您所见，不大好。"

柳余嘴角勾了勾，"尤其是看到罪魁祸首活蹦乱跳、完完整整地站在我面前，就更不好了。至于歉意……娜塔西，你刚才没有站出来，现在再来问好……

"这没有任何意义。"

她可不想让盖亚对娜塔西有一丝一毫的好感，于是说话就毫不客气。

娜塔西的脸一下红了，在这一刻，她觉得自己在贝莉娅姐姐面前无限渺小。

愧疚和难堪笼罩着她。

"对不起，贝莉娅姐姐……我、我……我来是想提、提醒你们小心，玛丽公主他们想要捉弄你们……"

"我想，这不是一个秘密。"

柳余打断她："如、如果没有别的事，我想，我们该走了。"

"对，对不起！"

娜塔西猛地闭上眼睛，大声道："我、我为翡翠之森的事向您道歉！明、明天我就会去找马兰大人请罪，让他惩罚我，关禁闭，打扫，什么处罚都行！"

柳余停住了脚步。

"娜塔西，"她道，"道歉没有任何力量，就如同事后的关心。"

而后，拉着人头也不回地走了。

道歉……没有任何力量吗。

可是，如果连道歉都没有，她又能做什么呢。

娜塔西怔怔地站在原地，她想申辩事实并非如此，她确实十分愧疚，可张了张口，却又发现说什么都无力……

那携手离去的少年和少女就像是拆不开也打不散的一对，让人羡慕，让人嫉妒……

"路易斯大人，你说姐姐为什么总能那么理直气壮，她过去也做过坏事啊，很多很多……"

黑暗中，有人接了一句："娜塔西，你的心太软了，别什么都想要。"

"不，我只是想像姐姐一样……"

娜塔西不再说话了。

黑暗中，有什么在渐渐涌动，而后消失。

而另一边，却没有柳余想象的那么顺利。

"抱歉，弗格斯小姐，您不能进祈祷室。"

柳余看着拦在她面前的剑戟，问："为什么？"

黄金骑士的视线落到旁边的少年身上："因为，您和异教徒在一起。"

他道："神殿的任何地方，除了神术课要用到的教室，您都不能进。"

"图书馆也不能吗？"

"当然。"骑士回答得彬彬有礼，却不能掩盖他话语中的冰冷和驱逐，"神殿并不欢迎异教徒。"

柳余看了眼盖亚，他神色安静，好像这些话只是过耳的清风，什么都留不下。

是的，他不在乎。

不过，她得表现得很在乎。

少女气得脸颊通红，狠狠瞪了对方一眼，一把拉起少年的手："哼！不去就不去！盖亚，我们走！"

她一路拉着他，穿过长长的走道，走出神殿的后门，来到星月桥，又被拦住了。

"这也不能上？我们刚才来时，还走的。"

"不能！"拦路的骑士冷冰冰地道，"星月桥只供信徒行走，弗格斯小姐要是单独上桥，完全可以。可您要带着异教徒，那不行。"

"异教徒、异教徒！他有名字的，盖亚·莱斯利！圣殿裁决还没下，您怎么知道，他不会恢复身份？"

少女怒气冲冲地冲对方喊，黄金骑士却连眼神都没变："弗格斯小姐，等他恢复身份，我当然还会恭恭敬敬地叫一声'莱斯利先生'。"

"你！算了！盖亚，我们走，大不了多绕点路。"

柳余知道，必定是刚才神术课上发生的事被人得知了，接下来的排挤肯定会更厉害。

人对于强大的未知事物总是格外恐惧，不吝于打压……

更别提这种将非我教派都打压成邪派的极端教廷。

两人顺着河流，绕了很大一圈，等回到学院时，已经将近傍晚。

夕阳给沿途的风景镀了层柔光，柳余深深吸了口气：如果无视路上神眷者们敌视的眼神，这里真的是个非常祥和而静谧的校园。

有美丽的花，有清新的小草，还有……

她目光转向旁边漂亮而安静的少年。

经过伯纳湖时，一个面生的、生了两颗"兔牙"的少年冲了过来，看见他们就一脸惊喜："莱斯利先生！莱斯利先生！布鲁斯大人在找您，好像、好像是说圣殿来人了，您的情况有救！"

又变成……莱斯利先生了？

如果不是看到对方眼中时不时划过的厌恶，柳余几乎要为这人的演技惊叹了。

戏开场了，她也得好好配合啊。

"真的？"少女惊喜地道，"您没骗我吧？布鲁斯大人真的这样说了？"

"噢，当然！当然！莱斯利先生，您得随我去一趟。"那少年道，"圣殿那边将圣杯也带来了，说能将您重新净化……"

这谎……还撒得有模有样的。

柳余也要跟着去，却被阻止了："抱歉，布鲁斯大人只喊了莱斯利先生一个人。莱斯利先生，请随我来。"

这"兔牙"少年说的话毫无破绽，如果不是这个时代没有演技进修班，柳余简直要以为他是特地进修过来的。

玛丽也不知道从哪儿挖来这个宝贝。

"那好吧，盖亚，我就在这等你的好消息。"柳余朝他挥了挥手。

谁知少年竟突然弯了弯眼睛:"贝莉娅,你真可爱。

"布鲁斯大人身边,可都是黄金骑士和白衣神使。"

柳余懂了。

这"兔牙"虽然演技不错,可实力太差,也许在他出现的一刹那,就被"看"穿了。

真……可怕的直觉。

"盖亚,你的意思是……"少女懵懂地问。

头顶却被轻轻地按了按,她仰头,对上一双灰蒙蒙的透着浅绿的眼睛,像一泓温柔的湖水。那双狭而长的眼睛微微弯起,与唇角一并舒展……

而很快,那唇角抿直了。

"傻。"

"喂!"少女不服气地道,"你说谁傻?!"

"走吧,贝莉娅。"

白色的星月袍拂过她的裙摆。

"不、不跟他去吗?"

"不是布鲁斯大人派来的。"

"哦,哦,不是啊……"

她慢吞吞地跟了上去:"我还以为……这些人可真让人讨厌!"

"你很讨厌我的现在?"

少年突然停下脚步,柳余差点没撞上去。

"当然不会,盖亚,你怎么样我都喜欢,只是、我不喜欢你被人欺负……"

"喂,站住!谁让你们跑了?""兔牙"不装了,"你以为你们还跑得掉?神圣的光明学院、神圣的光明殿堂,可不是你们这些堕落者撒野的地方!"

少女瞪他:"我是最忠诚的光明信徒,才不是堕落者!"

"噢,光明信徒……弗格斯小姐,信徒们可没有你这样的……""兔牙"露出个极其讽刺的笑。

林荫道上停下越来越多的神眷者们。

其中一些,甚至是一起练过剑、一同上过马术课的。

上完神术课的同班们也陆陆续续地回来了,他们围了上来,用冰冷和嘲讽对着她和盖亚……

就好像,他们和地上的臭虫、河里的鳄鱼没什么两样。

"……身为神的信徒,却心甘愿意地和异教徒为伍,早就背叛了神灵的指导……她的灵魂迟早有一天也会堕入黑暗。"

"弗格斯子爵恐怕到死都没有想到,自己的继承人将和魔鬼为伍……如果知道,恐怕会在生下她的一瞬间就掐死……"

"不!不是这样的!我不是,盖亚也不是!他只是病了,很快就会好的……"少女带着哭腔道。

"呸!"突然,有人冲出来,冲她重重地吐了口口水,"滚蛋!不要污染我们的学院!是非不分的坏蛋!"

"滚!"

"滚出我们的学院!"

"厚颜无耻的堕落者、异教徒,带上你的情人,快滚!"

石头、树枝、毛毛虫，只要是能扔的东西，都扔了过来。

柳余闭上了眼睛，她终于知道，当她醒来时看到的盖亚身上的那些东西是什么了。

是这些被圈养的信徒们，对堕落者的愤怒。

来吧，更猛烈些吧。

她想，就这一点，怎么足够呢。

路易斯……拜托你了。

就在这时，身体被搂进了一个宽阔的怀抱里。

以柳余的角度，她只能看见少年仿佛孕育着愤怒的、浸了冰霜一样的侧脸。

"盖亚？"

少年的瞳孔开始涣散，而柳余也忍不住晃了晃脑袋，意识渐渐模糊。

来了……

两人一同倒了下去，玛丽公主不知从什么地方冒出来，手里还拿着一个大大的黑色五芒星圆盘："快！快将这两人绑了！推到湖边！"

"玛丽公主，这是什么？居然能将那位，弄晕？"

那位，当然指的是那倒在地上的异教徒。

"我从一个厉害的神使那借来的，对付黑暗生物最有用。"

玛丽公主愣了愣，不知道为什么，她想不起给她圆盘的这个人是谁了。

不过，这不重要。

她一迭声地催促："快、快些绑！绑得牢牢的，再加上块石头。"

"可……可布鲁斯大人说……"

"这可是对付黑暗生物的东西，你们都没受影响，为什么就他们倒下了？我看布鲁斯大人就是太好心了，等这两个黑暗生物死了，我想，大人也不会来怪罪我。"

玛丽公主把玩着手里的圆盘，说起杀死两个人，就像碾死两只蚂蚁轻易。

不过，这对她来说，也稀松平常。

在过去，死在她手中的平民，一只手都数不过来。

而玛丽公主身后，娜塔西看着她手中圆盘的眼神直勾勾的，像是吓破了胆子：路易斯……

"等等，先别推。"

柳余是在一阵剧痛中睁开眼睛的。

老实说，上一次断臂并没有让她太过疼痛，当感觉到疼时，手臂已经不在了。

而占据她所有思维的，也绝不是疼痛，而是冷。

雪冷，血也冷。

整个人都像置身在冰天雪地里，从里到外，都冷透了。

而现在，却是实实在在的疼。

绳子嵌到了身体里，看得出来，绑她的人一点没留力，她挣扎了下，却连一根小手指都动弹不得，仅存的一只左臂被捆在身后，膝盖着地，头发被人从后拉扯着，几乎要扯破头皮……

虽然在她的预料之中。

可还是太疼了。

柳余呻吟了声，这声音却如同往滚油里落了一滴水。

"她她她……怎么醒了？！"

"赶快推下水啊……"

"不不不，玛丽公主，我们真的要这样做吗？还、还是等布鲁斯大人他们来……再做决定吧。"

"闭嘴！孬种！虚伪的仁慈！"玛丽公主连连冷笑，"刚才扔石头的不是你们？侮辱人的不是你们？还是说，你们对光明的信仰不够虔诚，才会想对黑暗生物放过一马？

"去年光文森特广场烧死的邪恶女巫，就有三十二个，你们同情了吗？"

"没有！"

"那为什么现在要犹豫？！"

一阵急切的"嗒嗒嗒"声过后，柳余被拽了起来。

"是因为这张脸？噢，是的，无与伦比的美貌……索伦城邦永不凋零的玫瑰……还有这双漂亮的眼睛……"

玛丽公主华贵的红色丝绸划过少女的脸颊，涂得红艳艳的指甲摁在那雪白的皮肤上，就在一个少女喊出"不"字时，那长长的指甲狠狠地划过……

一道长长的血痕就这么出现在那张如玫瑰一样娇艳的脸上。

"玛丽！你疯了？！"

"我没疯。"

玛丽公主"咯咯"笑了起来，正对着柳余，"……噢，弗格斯小姐，别这么瞪我，当你靠近邪教徒，心甘情愿和堕落种为伍时，就该知道，这一天迟早会来临……

"没错，我嫉妒你。从第一眼见到你，我就嫉妒你的美貌，更嫉妒你成了莱斯利先生，噢，不，现在是邪教徒……的情人。我玛丽·卡洛可不像其他人那么伪善，我承认，我在报复你。"

"玛丽·卡洛。"

全身被绑得动弹不得的少女直喘着气，那双蔚蓝色的眼里不再有柔波，反倒是凛冽的冰霜，"审、审判还没下……你、你不能……"

"我能。"

玛丽公主自己也说不清，那心底源源不断的恶意来自哪里。

脑中似乎有一个声音，在不断地催促着，侮辱她，杀死她，不要让他们死得太痛快。

而这个想法，让玛丽公主热血沸腾……

"凯蒂丝，将你的匕首给我。"

凯蒂丝是玛丽的跟班之一，现在和奥菲利亚一同站在柳余身后，一个拽头发，一个摁肩膀，不让她站起来……

凯蒂丝抽出腰间的匕首，抛了过去，玛丽接了在手，少女挣扎了起来。

可惜，她的力气太微弱，被奥菲利亚一踢，整个人就狼狈地趴了下去。

"奥菲利亚！求求您，放过她吧。"这时，一位蓝裙少女站了出来，"贝莉娅姐姐是无辜的……她只是、只是……"

"噢，娜塔西，如果你也想跟她一起的话，请继续。"玛丽公主道。

伯纳湖边看不惯的已经陆陆续续离去。

他们无意为邪教徒们辩驳，却也不会阻止玛丽的行为。

在这个世界，一旦被判定为黑暗，那么，对黑暗生物做任何事，都仿佛理所当然……

即使有恻隐之心，却也只敢在心里对神祇忏悔，忏悔自己的不坚定，而后坚定信仰。

最后留下的只有十几人。

他们大多都是狂热的光明信徒，对让黑暗生物们倒霉这件事兴致高昂，此时，那些灼灼的目光纷纷落到中途站出的少女身上，倘使她多说一句，那么，她就会成为第二个贝莉娅·弗格斯。

娜塔西无助地揪着衣角，她流着泪往神殿的尖塔看。

神殿的钟声敲响了。

"咚……"

"咚……咚……"

"咚……咚……咚……"

六下。

可除此之外，没有任何动静。

世界都好像在纵容这一切。

娜塔西的脚步往后退了，她退着退着，突然捂住脸崩溃地蹲了下来。

善良……正直……勇气……她做不到。

她连阻止的勇气都没有……

玛丽公主高兴地转过身去，用匕首拍了拍少女被强迫抬起的脸。

她看起来太狼狈了。

"噢，真丑。"

玛丽公主"啧啧"了两声，她用匕首嫌恶地挑起她的头发。

那头金色大波浪式的长发在黯淡的天光里透出金子一般浓郁的色彩，让人想起烂漫的、无数人向往的光明。

真叫人厌恶，一个叛神者，怎么配享有光明的颜色。

"我给你换个发型，怎么样？"

玛丽公主饶有兴趣地绕到她身后，奥菲利亚让开了位置。

匕首东划一道，西划一道。

海藻一样浓密的长发，纷纷扬扬地落了下来。

少女倔强地看着前方，她并没有哭泣，而那短匕划过长发时，偶尔会落到她娇嫩的肌肤上，她身子随之一抽，却也没有哭。

渐渐地，兴致勃勃围观的信徒们开始沉默了。

黑暗生物……堕落种……

可他们流出的血也是红色的，他们也是有爱的人……

这时，旁边沉眠着的少年的眼睛睁开了。

他似乎有些茫然。

玛丽公主的手一抖，划了一下，又一道伤口。

"噢，抱歉，没拿稳。"她很没诚意地道，"凯蒂丝，拿你的镜子来。"

一面镜子立到了少女面前。

里面照出了一张狼狈至极的脸，金发被剪成狗啃一样，紧紧地贴着头皮，发丝也沾了血……

她闭上眼睛："动手吧。"

没关系，柳余。

她安慰自己，任何获得，都需要付出代价，而这个代价，她愿意付。

"贝……莉娅？"

少年动了动，却没挣开。

他头转向少女的一侧，天空对他来说，依旧一片黯淡。

只有黑沉沉的夜。

"噢，抱歉，莱斯利，不，邪教徒，您别动，这绳子上可浸了韦丹草的汁液，您越动，它缠得越紧，也别用默法，您使不了……知道我在做什么吗？我在给亲爱的弗格斯小姐剪头发……我的手艺很好，弗格斯小姐都快高兴得哭了……"

玛丽公主似乎玩高兴了，将匕首一丢，丢到了凯蒂丝的手里。

"玛丽·卡洛，动手吧。"少女又道。

声音是哑的。

"贝莉娅！"少年挣扎得越来越厉害起来。

绳索也确实如玛丽所说，像蠕动的虫子一样不断缩紧，缩紧……

"不！盖亚！别动！"少女叫道，"你越动，它缠得越紧。"

盖亚停止了动作。

他没有像柳余那样被人压着，那些人似乎也不愿碰他，他只是直挺挺地躺着。

灰绿色的眼睛看着天："错了。"

玛丽公主在旁边看了一会："奥菲利亚，你说，现在该不该推他们下去？不，看不到弗格斯小姐的眼泪，总有点不甘心呢……你说，怎么才能让她哭？"

奥菲利亚想了会："索伦城邦曾经传过，弗格斯小姐除了最宝贝她的美貌以外，还有一样东西。"

"什么东西？"

"弗格斯家族的徽章，一朵金色鸢尾花。"

"噢，瞧瞧，在这儿，藏得真没创意。"玛丽公主一伸手，就在金发少女裙上的口袋里找到了徽章。她对着光看了会，"很普通嘛，寒碜，跟我们王室的徽章比起来……差远了。"

金色徽章被丢到了地上。

"不！不要！"

少女像是要崩溃了，她哭着往前扑，却整个扑在了草地上，她拼命抬起头："求求您，不要！玛丽公主，您可以侮辱我……求您，求您……放过弗格斯……"

金色的鸢尾花被狠狠地碾在脚下。

红宝石掉落了，薄如蝉翼的花瓣也掉落了。

最后被碾成了几段。

"不……不要……"少女不断地摇头哭泣。

"终于哭了。奥菲利亚，推她下去。"

"还有这个，一起。"

"扑通……"

"扑通……"

柳余被推落了水。

伯纳湖的水，可真冷啊，从四面八方向她灌来。

伤口很疼……

而湖中，似乎有声音在说："如您所愿，弗格斯小姐。"

是的，不成功，便成仁。

柳余想，这回……是什么结果呢？会有改变吗？

她睁开眼，长时间的失血让她意识开始涣散，隔着大片的气泡，少年脸上的表情有些扭曲和失真，她竟然在那张从来都波澜不惊的脸上看到了急切、恐惧和慌张……

她眨了眨眼睛，那画面随着加重的晕眩又消失了。

果然是错觉吗？

柳余只来得及朝对方轻轻唤了一声："盖亚·莱斯利……

"变羊术。"

禁锢松动了一下，被捆得结结实实的少年在少女仅存的一丝神力里变成了一只金色小羊羔。绳索从他身上脱落了下来。

而少女却往下坠得更快了，两块沉重的石头拉着她迅速下沉。

她的气息消失了。

小羊羔愣住了。

他被一股乱流裹挟，直往湖岸冲，离那团小小的影子越来越远，越来越远……

"不。"

不能。

她发过誓的。

小羊羔的身体不断地膨胀着、膨胀着……

"砰……"

破碎成了无数的金色碎片。

世界仿佛被金色笼罩，黑夜变成白昼。伯纳湖上浮起无数金色碎片，连天空都成了金色。

信徒们匍匐在地，不敢抬头。

"圣光在上，以我之忠诚，以我之信仰，献予我神！"

而湖中的金色暗流里，一个修长挺拔的青年从旋涡踏出，怀中抱着一个少女。

金色碎片如流浆一般注入她的身体。

少女睁开了眼睛。

她的眼睛，从浅浅的蔚蓝，变成了更接近冰质的、剔透的冰蓝色。

她金色的短发如水藻一般疯长，疯长……

她的头发被风吹起，与少年的银灰色长发在空中交错。

金色的碎片越来越少，越来越少，直至消失。

柳余的意识恢复，清醒了过来。

她一眼就看到了面前那张绝美的脸。

青年低头，吻了下来。

他冰冷的嘴唇覆在她的唇角。"我接受你的爱，贝莉娅·弗格斯。"

他彬彬有礼却又强势傲慢地宣布。

柳余的回应，则是直起身，也亲吻住了他。

两人吻了很久，分开时，柳余也道："我接受你的接受。"

第二十三章

天地一片黯淡。

信徒们匍匐在地，谁也不敢抬头。

眼角的余光仿佛能看到银色与金色在湖光之间飞舞，连嚣张的玛丽公主都深深地低下了头颅……来自灵魂的臣服和恐惧，让他们瑟瑟发抖。

时间不知过了多久。

久到膝盖发麻，衣摆被夜露浸湿……

"玛丽·卡洛。

"奥菲利亚·希尔。

"凯蒂丝·斯科特。"

一个个名字被那悠扬的声音点过，汇成一首小夜曲，飘荡在这伯纳湖之上。

"……沃克·彼得斯。

"以圣光之名，惩戒。"

有金色的流光自上而下地倾泻，当它落地时，便化为利矛，刺穿那些人的心脏，顺服跪地的羔羊们开始倒地、抽搐……极致的痛苦，让他们张嘴无声地嘶喊……

可在绝对力量的压制下，他们的挣扎，就像一场无声的独幕剧。

"不，盖亚，停止。"柳余用手捂住了盖亚的嘴唇。

才亲吻过她的嘴唇又重新恢复了冰冷，他低头"看"着她："不这样，我的愤怒将无法平息。"

少女踮起脚尖，重新吻住了他，少年僵住了。

而后，他强而有力的手臂重新攀上那细细的纤腰，低头和她专注地亲吻。

风止住了，荡漾的伯纳湖停止流淌。

金色的利矛化成点点流光，散入天地。

羔羊们停止抽搐，他们仿佛被天堂蛊惑，看着夜空露出谜一样的笑容。

好像连时间都停止了……世界温柔得不可思议。

当羊羔们再次迷迷瞪瞪地醒来时，已经找不到那两人的踪迹了。

玛丽如梦初醒，她看着手里化成齑粉的黑铁圆盘，喃喃道："莱斯利先生好像……"

"星辰骑士！"

"莱斯利先生已经变成了传说中的星辰骑士！"

金色的审判之矛一出，无人再敢质疑盖亚对光明的信仰。

极致的光明，是如圣光一样纯粹而浓郁的金色。

即使是光明圣殿的圣使，也只能使出银色的审判之矛……

而盖亚，却使出了传说中星辰骑士才能使出的金色之矛。

"我们有罪。"他们面面相觑，"……是我们都错了。"

而柳余已经被带到了伯纳湖的另一边。

高高的灌木丛，掩去了两人的影子。

"盖亚，你现在是谁？"她仰头问他。

"你的拥有者。"盖亚冷静地道。

他对她使出权利时并未有任何的迟疑和停顿，与从前的冰冷相比，他像个最完美的猎人，出手又狠又准。

一夜无眠。

第二天晨起看日出的神眷者，经过看到那被压得歪歪扭扭的灌木丛时，忍不住会心一笑：真是非常热情的一对呢。

而这时的柳余，已经和盖亚坐上了马车，往索伦城邦而去。

她换上了红色的蓬蓬裙，只是右臂还是残缺的，因控制不好平衡，直接钻到了盖亚怀里。

"盖亚，你得抱紧我，不然，我会摔倒的。"她理所当然地吩咐。

青年果然伸手，将她揽住了："然后呢？"

"然后亲吻我，像昨天那样。"

两人一个低头，一个抬头，过了会，突然又开始接吻，就在柳余气喘吁吁时，盖亚已经放开了她。

她靠着他，玩着他银色的发丝："我请你去弗格斯家住两天。哼，那些坏蛋，他们知道你是星辰骑士了，肯定手忙脚乱地在到处找我们。我们得给他们找点不痛快。"

"不，不是。"

盖亚右手修长的手指舒展开，一颗灰色的光球出现在他的掌心，像一颗水银球。

"我不是星辰骑士。"

"盖……亚？"

在柳余惊讶的眼神里，灰色的光球变成了浓郁的金色，而很快，又变成了一团极致的黑。

"贝莉娅，你问过我，在不在意。"

盖亚平静地告诉她："我发现，我是在意的。"

"在意？"柳余惊讶地道，"什么时候？"

盖亚却不回答了，良久才道："那时，世界在我眼中，就不一样了。"

柳余有点蒙。

"神棍"说话，大都喜欢云里雾里的。而显然，这个世界最大的"神棍"，尤擅此道。

在意……

什么在意？世界，变了？

"别的我不管，你就回答一个问题。

"你现在，是不是有点……喜欢我了？"女孩小心翼翼，"我是说一个男人对一个女人的喜欢。"

她在他怀里，仰起头看他。

即使是这个角度，他那张脸依然完美得不可思议，这么近看，一点瑕疵都没有。他就这样沉默地看着她，毫无表情……

就在柳余以为自己等不到答案的时候，他伸过来一只手："这个。"

她低下头，呈现在面前的手掌指骨修长，洁白如玉。

而吸引她全部心神的，却是一枚眼熟的、与那掌心相比显得匠气十足的金色徽章。

金色鸢尾花。

花蕊上嵌了一颗红宝石。

她惊讶地抬起头来："盖亚？"

"你的。"

"我的？"她一下子抢了过去，翻来覆去地看，"我……我的徽章？昨天……不是被玛丽……"

"我捡到的。"

他捡到的？

柳余有点回不过神来。

"那……盖亚，我想将它送给你。"少女像是揣着这世上最珍贵的宝物一样，轻轻递过去，声音低低的，"你是这个世界上，我除了母亲以外，最重要的人。"

青年的眉一下子皱了起来。

"你不要吗？"她的声音像是要哭出来，"这是我最珍贵、最珍贵的东西了，父亲把它留给我，可我想……给你。"

她小心翼翼地试探，一个贵族家庭的继承人将徽章送给对方……

这意味着，她将整个家族和人生呈到他面前。

这是一份极其珍贵又罕见的礼物，代表着一个少女最虔诚、最忠贞的爱……

"还是，昨天你说的接受，"她咬着唇，"……只是骗我的？"

"贝莉娅，我从不撒谎。"

"那你喜欢我，是男人对女人的那种喜欢？"

"我不确定男人对女人的喜欢是哪一种，但我确定，当昨天那把椅子砸向你时，我感觉到了愤怒。当你被侮辱时，我想让他们都消失。而当你沉没湖底，我再也感知不到的时候，我突然恐惧……如果，这是喜欢的话。"他神色坦然，"我想，我确实喜欢你。"

"比起世界上的其他所有人，我更喜欢你。"

少女的脸一下子红了。

他说得太过坦然，太过正经，以至于让人觉得，任何反应都不够郑重，都有些失礼。

"我想吻你。"她微微笑了起来。

"如您所愿。"青年低头吻住了她。

在颠簸的马车里，两人交换过无数个吻，谁也没有往窗外看去一眼。

阳光懒洋洋地穿过车窗，少女靠着车厢，被人抱在怀中，抬起头与人亲密地接吻。而对这种单调的行为，两人谁也没有厌倦过。他们只想亲吻。

"贝莉娅。"他抵着她的额头,"我从没想象过现在。"

"现在?什么现在?"

柳余懒洋洋地眯起眼睛。

面前这张染了欲望的脸孔太好看,让人忍不住生起亵渎之心,只想看他对她失控。昨晚……即使在最浓烈的时候,他依然保持住了风度。

"我会和一个女孩,"他低下头,"在一辆马车上接吻。"

男人微笑:"很奇妙的体验。"

"那你会和别的女孩这样吗?"

男人认真地想了想:"暂时不会。"

"那我也暂时不会。"

少女气哼哼地推开他,又被搂了回去,盖亚低头,略带了些温度的手指轻轻抚过她的脸颊,可柳余却感觉到了一丝冰冷。

"贝莉娅,记得你的誓言。"他道,"忠诚和爱慕,永远。"

"是的,我献上我所有的忠诚和爱慕,可你呢?盖亚·莱斯利。倘使你带着我的爱,去和别的女人接吻,难道就没有想过,我的心会碎吗?我会永远地哭泣,直到对你的爱凋零。"柳余冷冰冰地道。

"你在要求忠贞。"青年的口吻很平静。

"是的,我要求。我爱你,就无法容忍你和别的女人亲近,一丝一毫都不行,那像是在割我的心。"她说着说着,竟像是要哭了,"而且,我能对你做到绝对的忠诚和专一,我绝不会和别的男人……"

"不,你有过。"盖亚认真地提醒她,"一次。"

他向后靠,搂着她的手松开了。

她想起了图书馆那一次对着卡洛王子的即兴表演……她骗他说,路易斯……

糟糕,该怎么收场呢。

"不,你听我说,盖亚……"

他少见地打断她:"贝莉娅,不必跟我讲细节,这并不叫人愉快。"

说完,就将正对着她的头转了过去,他看向窗外,一言不发。

柳余想了想,决定晾着他……

一味的好,总会叫他忽视自己。

何况,这是个误会,她得找个最合适的机会解开。

于是,接下来的一路,马车上再没有之前的甜蜜,他们没有亲吻,没有交谈,只有冷冰冰的几句对话。

"好的。"

"谢谢。"

"不客气。"

弗格斯夫人一大早就接到了信鸽的通知,说女儿要回来,连公爵夫人的宴会都没参加,早早地领着仆人们等候在门口。

印有弗格斯家族家徽的马车碾过一路的青苔,驶了过来。

"吁……"

胖车夫拉停马车，跳了下来，打开车门。

一只手伸出来，搭在车门把上。

那雪白的宽袍边，银色的、非同一般的星月纹赫然出现，弗格斯夫人倒抽了一口气："是、是神使大人，送我们贝莉娅回来？"

这时，一个青年弯腰走了出来。

他站直身体，神情冷淡，眉目绝美。

阳光照在他雪白的星月袍上，他冷灰银的长发散出细碎流光，整个人是弗格斯夫人穷尽所有想象都无法形容的威严和圣洁。

她几乎要跪了下去。

"母亲！"

这时，一道火红的身影撞入了眼帘。

"贝莉娅！"

弗格斯夫人站直身体，拿稳羽毛扇时，才注意到，那陌生青年在女儿的腰间托了托，一个生机勃勃的身影就这么跳下马车，朝她冲来。

弗格斯夫人如遭电击："噢，贝莉娅，你的手……"

话还没完，已经开始号啕大哭。

柳余一来，就被这夫人的眼泪淹没了。

"母亲，没事的，"她小声安慰她，"一点点小伤而已。"

"怎么会是小伤？一条手臂，对一个贵族家女孩，不，即使是对野蛮的村夫、流浪汉，都是一件大事！你没了手，再也没法穿漂亮的裙子，无法给自己绾漂亮的头发……去宴会，他们的目光永远会落到你的残缺……噢，贝莉娅，我可怜的贝莉娅……你不是去学习吗？神眷者，我可没见哪个神眷者会没了手！"

"我得找他们去……"

弗格斯夫人怒气冲冲地叫着马车。

"够了，母亲，我还有客人在呢。"

柳余将目光看向一旁始终不语的盖亚，他脸上的神色有些怔忪，不知在想些什么。

"噢，噢，不知这位是……"

"莱斯利先生，盖亚·莱斯利，是我的……"少女脸色沉了下来，"朋友。"

她注意到，盖亚抬起头，朝自己这"看"了一眼。

"朋友？欢迎，欢迎，我们贝莉娅很少邀请朋友来家里做客呢。"

弗格斯夫人往"朋友"美丽的眼睛上看了一眼，"玛吉，快去准备些热可可。"

盖亚无声跨过门槛，走了进去。

在走进一楼大厅时，弗格斯夫人摇着她的羽毛扇，一边吩咐玛吉去给客人准备下午茶和点心，一边又笑容满面地对身后跟来的青年道："……莱斯利先生，弗格斯家的红茶还不错，您可以配着点心吃上一些。"

"多谢夫人。"英俊的青年风度翩翩地致谢。

"那……贝莉娅，我就先带走一会，失陪。"弗格斯夫人矜持地颔首，见女儿还依依不舍，不由拔高了声音，"贝莉娅！跟我去二楼！"

"母亲，我……"

"坐了一路马车，你这裙子都皱了，这可不真像一个贵族！"弗格斯夫人尖厉的嗓音几乎可以刺破耳膜，"走，上去，贝莉娅。"

"是，母亲。"

柳余无奈地转身，往另一边的楼梯而去。

住在弗格斯家的那几天，她早已经习惯弗格斯夫人的讲究做派。

起居的一套衣服通常是棉麻制的长裙，以宽松舒服为主。待客换一套，衣服会带点蕾丝小花边，看起来不会太失礼。而出门做客又要换一套，这套是最讲究的了，一般是华贵的丝绸裙子，用束身衣束出细细的腰肢，戴上配套的丝绸手套、额饰或羽毛帽，再撑上一把小阳伞，就可以参加舞宴了。当然，睡觉之前也要换一套。

光穿戴，就足以这些无聊的贵族小姐们消磨上半日了。

一进房间，本以为会被弗格斯夫人催着换衣服，谁知竟然被一把抱住了。

刚才还显得矜持高贵的弗格斯夫人又嚎啕大哭起来："噢，我可怜的贝莉娅……你以后可怎么办……一条手臂？！谁来照顾你，你以后的生活可怎么办？那些该死的家伙，为什么让你一个女孩遭受这些……一想到这，我都快要无法呼吸了……"

她哭得肩膀一耸一耸的，描得精致的青黛色眼影开始糊了，眼泪鼻涕一起下，实在不怎么好看。

可柳余却觉得，这一刻的弗格斯夫人美极了。

"娜塔西呢？！该死的娜塔西，她居然没有挡在你面前……"

"不关娜塔西的事。"柳余严肃地警告，"母亲，您别总是招惹她，而且，别忘了，她是神眷者，今非昔比。"

她当然不会将真相告诉弗格斯夫人，否则，以弗格斯夫人暴躁的性格，早就去找娜塔西算账了。"女主光环"可不是一般人能斗得起的。

弗格斯夫人愤愤不平地说："一个平民！哼，一个平民，凭什么能跟你平起平坐？！要不是我，她早就跟城邦里那些流浪汉一样……"

"母亲。"柳余不赞成地看着她。

"知道了知道了，不去招惹她，真是……"弗格斯夫人碎碎念地从衣橱里拿出一条蓝色的棉布裙，裙摆订了一圈纯白蕾丝花边，"换上这个。"

"是的，母亲。"

柳余接过，弗格斯夫人看着女儿左手伸到身后，艰难地用一只手解绑带，又开始哭了。

"噢，这可怎么办，我可怜的贝丽……"

她连小名都叫了出来。

一边帮她脱衬裙，一边帮她解红裙子背后的绑带："……也不知道是谁笨手笨脚帮你绑的……还有这头发，毛毛躁躁……噢，一切都糟透了……"

"贝莉娅！"弗格斯夫人尖叫了一声，"是谁？！哪个小兔崽子干的？！我说过无数次……"

"母亲，您别激动，别激动……"

弗格斯夫人压了压快蹿出喉咙口的火气，见女儿可怜兮兮地看着自己，没好气地接过系带："是他，那个莱斯利对不对？他是你的情人？"

"我爱他。"

"爱？一个盲人？是，母亲得承认，莱斯利先生拥有这世上无人能及的美貌，和你很相配……可他是个盲人，以后，不会有什么出息……他也没法当你的拐杖……"

弗格斯夫的目光终于聚焦到别的地方，这一下，立刻发现了不同。

"贝莉娅！你的头发，还有你的眼睛……怎么回事？"

她惊愕非常。

弗格斯夫人的视线落到眼前少女几乎及踝的金发上，亮闪闪的，如丝绸一样顺滑，还有那冰蓝色的眼睛，剔透而高贵……

她看起来那么美，却又……那么陌生。

她之前怎么就没发觉呢？

"我也不太明白，手臂断了之后，我很伤心，在神殿的祈祷室待了一夜，醒来时，就成这样了。布鲁斯大人说，这都是……"柳余用咏叹调道，"神的安排。"

"噢，原来是这样。"单纯的弗格斯夫人立刻就接受了这个解释。

是的，她的贝莉娅那么优秀，没人会不爱她。

神也不例外。

不过，"我不接受！"弗格斯夫人强硬地道，"一个瞎子，休想！"

"我不！我就要跟他在一起！"

楼上的鸡飞狗跳，楼下听得清清楚楚。

尤其弗格斯夫人那尖厉的嗓门，穿透力极强。

可这一切，却始终影响不了在窗边安静喝茶的青年。

他眉目温和，仿佛楼上那一口一口的"瞎子"不存在似的，对添茶的女仆有礼地颔首："多谢。"

玛吉拎着托盘出去了。

一进厨房，就忍不住捂住红透的胖脸蛋，在旁边欧仆一迭声的追问里，说道："噢，我可从没见过这样讨人喜欢的客人，他连喝茶的姿势都高贵不凡。他跟我说'多谢'，那声音就像、就像……"

"行了，玛吉，那可是弗格斯小姐的情人，你啊，没份！"

旁边一阵痴笑。

玛吉啐了口，叉腰："都胡说什么？我玛吉都一把年纪了……"

柳余经过时，正好听到厨房这些欧仆在那调笑，立马板起脸："胡说什么？莱斯利先生也是你们能想的？今晚不许吃饭！"

她已经在弗格斯夫人的帮助下穿好了便裙，长发梳成了两条粗粗的麻花辫，除去少了一条手臂，看起来倒没那么不同寻常了。

弗格斯夫人冷着一张脸说："再罚五天的工钱！"

欧仆们敢怒不敢言，两人一前一后地走出后厨，走到客厅时，弗格斯夫人的脸立马变得热情又亲切："噢，莱斯利先生，久等了……还要来些甜点吗？"

"我要奶酪。"柳余道。

"闭嘴，没你的份！"弗格斯夫人头也不回地道。

柳余撇了撇嘴，她看向盖亚，他眉目微垂，并不特别看她，似乎在专心听弗格斯夫人讲话。

"是的，那听起来很不错。"

"当然，像您这样高贵的夫人，十分少见。"

不到一会，柳余目瞪口呆地看着刚才还十分不满的弗格斯夫人笑得花枝乱颤，忍不住想起那些贵妇与少年的八卦……

"贝莉娅！愣着干什么？赶快带客人去休息！"一阵恍惚里，她听耳边有人道。

"哦，哦，好的！"

柳余连忙站起，在弗格斯夫人的目送下，领着盖亚去了二楼。

客房就在走廊的尽头，早就被欧仆们打扫得干干净净。

一张大床，窗帘被风吹得抖动，柳余走进房，替他将窗户掩上。

盖亚就站在门口，壁灯照亮他的全身，将那一身雪白的星月袍都晕成了温暖的黄色，只是，那张微微严肃的又过分美貌的侧脸像是结了冰。

柳余走到他面前："那……莱斯利先生，晚安。"

"弗格斯小姐，晚安。"盖亚微微颔首。

他冷灰银的长发，和他的侧脸一样冷淡。

"你真的不要跟我说话吗，莱斯利？"少女的手背在身后，声音柔柔的，就像是掺了蜜的甜汁，"你…不会想我吗？"

"您该歇息了，弗格斯小姐。"

"喂！"柳余猛地踹了他一下，"混蛋！"

她捂住眼睛，啜泣着要走，却被狠狠地、用力地按在了雪白的墙上。

手被死死按在墙上，盖亚低头，吻住了她的嘴唇："他这样过吗？"

"抱歉，我失态了。"他彬彬有礼地道歉。

可柳余却还记得，他手指的力度。

盖亚……她看着他，总觉得这个被黑暗侵蚀过的神祇，变得不大一样了……像是……

"所以……莱斯利先生，您嫌弃我，是吗？"少女伤心地啜泣起来，她一把推开他，闷头冲出了门。

等回到自己的房间，脸上的伤心已经杳然无踪。

"噢，亲爱的弗格斯小姐，想单独见你一面，可真不容易。"壁灯未点亮，浓重的黑暗里，路易斯的声音萦绕在耳边，"感觉怎么样吗？灌木丛的滋味好吗？"

"你偷窥我？"柳余靠着门，皱起了眉问。

"噢，伟大的路易斯十世可没有兴趣偷看，而且……你那情人，太敏锐了。"

"那你现在又怎么敢来？"柳余压低了声，"盖亚就在附近，你快走。"

路易斯在黑暗中凝聚身体。

他深深嗅了一口："迷人的香气……未疏解的欲望……噢，弗格斯小姐不介意的话，路易斯十世随时为您服务。"

"抱歉，我喜欢干净的。"柳余笑盈盈地道，"路易斯大人，您的肮脏，我恐怕无法忍受。"

"噢，真应该让你那情人来看看你现在的面孔……你说到时，他还会爱你吗？"

柳余板起脸："不劳费心。路易斯大人如果没事的话，我们可以在学院见。"

"我来，是为了恭喜弗格斯小姐，"路易斯神秘地微笑，"您现在，可不太一般。"

"什么意思？"

"您以后会明白的。"路易斯耸了耸肩，"另外，铁片，尽快。"

这时，房门被敲响了。

"谁？！"柳余的心提了起来。

"贝莉娅，开门。"门外的声音悠扬若琴音，听入柳余耳中，却像"催命符"。

她整个身体，都开始紧绷起来。

这时，路易斯在她耳边轻轻道："我说过的……他很敏锐……"

"你这么做图什么？"

"不图什么……祝您好运，弗格斯小姐。"

这路易斯！

柳余忍不住骂人了。

门被人从外打了开来。

盖亚就站在门口："是那个黑暗生物，对不对？"

门开的刹那，路易斯消失了。

柳余几乎立刻感知到了这一点。

她唯一能庆幸的是，盖亚看不见……

否则，他必定会从她惨白的脸上察觉出端倪。

"盖亚……"

"是他，对吗？"盖亚右手搭在门把上，那双灰蒙蒙的眼睛精准地攫住她，"那个黑暗生物。"

他……知道了？

她和路易斯的对话，应该是听不见的。

不过……

柳余不确定。

借助风的力量，盖亚耳力非凡，虽然她极力压低了声音。

"你……"

"贝莉娅，解释给我听。"

盖亚放开门把手，走了进来。

他走到她面前，高大的身躯牢牢罩住她，柳余置身在他的阴影之下，只能仰起头："什，什么？"

"一个你和黑暗生物相谈甚欢的解释。"

他……真的听见了？！

不，不对！

她和路易斯刚才的对话，绝对称不上"相谈甚欢"。

他在猜测……

柳余如绝处逢生，一身的冷意都散去了。

"盖亚，你在说什么？！我怎么可能和一个黑暗生物相谈甚欢？这是对一个最虔诚的光明信徒的侮辱！"她用无比愤怒的口吻道。

这时，一道银灰色的、似乎能吞噬一切的利箭从盖亚的掌中升起，射向窗外。

那利箭如极光，在空中击中某个东西……

而后散了开来。

沉沉的夜空出现无数点点的、碎银似的星光。

"跑了。"

盖亚收回手掌。

楼下传来玛吉夸张的尖叫："噢，光明神在上！那是什么……是星辰坠落了吗？"

"所以，你没抓住吗，盖亚？"

少女的声音听起来有些惶恐。

"你在紧张。"这时，下颌被冰冷的手指捏住，柳余被迫仰起头，壁灯未开，黑暗中，只能看见对方的轮廓，"在……为他担心？"

"担心？怎么可能！"柳余立刻反应过来，恨恨地道，"谁会担心一个黑暗生物？！我在担心我自己！莱斯利先生，如果您是为了过去不快，我可以解释……"

"不必解释，你只需要告诉我，刚才……他对你做了什么？"

"做了什么？！莱斯利先生，您想听什么？……是的，我得谢谢您，又一次救了我，使我免于难堪。可我以为……您半夜过来，是为之前的事感到抱歉……我以为您会给我一个拥抱，而不是质问、怀疑、审讯！"少女气愤地叫了出来，连着眼泪一起，"您是真的喜欢我吗？"

"喜欢。否则，我不会站在这里听你诉说。"

青年并未被她的激动感染，他始终冷静，星月袍上的徽纹被月色染出冷光。

少女退后一步，她像是被他的铁石心肠深深伤害了。

"可喜欢不是像你这样的，莱斯利先生……喜欢应该是绝不忍心伤害她，也绝不肯逼迫她，想将世上最好的一切都给她，而不是您这样的冷酷。"

"我想，喜欢有无数种表示方式。"

青年伸手，近乎温柔地擦去她脸颊上的泪渍，可声音却是冷冰冰的，"自私和占有，你告诉过我的，贝莉娅。"

是的。

她确实告诉过他。

柳余的泣声停止了。

她觉得自己在搬石头砸自己的脚。

她教得太好了，以至于这个男人将这块发挥得淋漓尽致。

"可是……"

"告诉我，一切。"

清冷的月光透过半开的窗照进来，柳余似乎能看到那双灰蒙蒙眼里涌动的暗流。

她突然笑了起来。她决定激怒他。

"一切？！那莱斯利先生，您想听什么？听我如何被一个黑暗生物逼迫？那我告诉您，我一进门，他就搂住了我，他狠狠地拥抱我，他亲吻我的头发，我的额头，我的鼻子，我的嘴唇……"

"闭嘴。"盖亚冷冰冰地道，"够了。"

她的下颌被狠狠掐住了。

紧接着，是盛怒之下的激吻。

他咬她，像是只被激怒的狂狮，只知道用蛮力来征服她，柳余很快就感觉到了疼痛。

她不甘示弱，两人在黑暗中无声地博弈、撕扯、争斗。

蓝色的棉布成了片片的碎片，在房中飞舞。

柳余被重重摁到了窗口。

一瞬间触到冷硬的木质窗棱，还未感觉到疼痛，就又碰上了一只宽大的手掌。

探出窗外的身体被半拉回来，"唔……"

柳余猛地往后仰头，金色的长发在半空中划出一道弧线，她看见了摇曳的星空。

烂漫的星辰眨着眼睛，天真地看着底下发生的一切。

少女的眼泪"哗啦啦"落了下来。

他这样温柔，却又这样冷酷、野蛮，而且……不容拒绝。

"不，我恨你！盖亚·莱斯利。你这样侮辱我……"她啜泣，"可我却不得不从。"

冰冷的嘴唇落到她的脸颊，轻柔地吻着她的眼泪，可动作却还是那样的机械而冷酷，且不容反抗。他如同掌握全部力量的上位者，在给她施加一点惩罚。

"贝莉娅，抱歉。"他轻轻地在她耳边，声音温和而平静，"可你不该激怒我。"

是的，惹怒一只沉睡的狮子，代价是巨大的。

少女闭上了眼睛，柔弱而可怜道："没有别人，只有你。"

青年并未说话，他只是搂着她的肩膀，迫使她转了个身。"感觉到了吗？"他问。

冷硬的窗棱，弗格斯家的小花园，花园外尖尖的塔楼，还有……路上被风吹着、有规律摇摆的树木。几缕金色长发与冷灰银的发丝在空中飞舞，它们交错又分开，分开又交错。

"什么？"

"爱是自私，和……"他有意识地停顿，"占有。"

"贝莉娅，你成功了。"他告知她。

女孩问："什么？"

"你的过去，我会忘记。"

走廊的灯光落到青年的脸上，将他的表情照得清清楚楚，只可惜柳余无从分辨，她听他道，"但未来，一丝一毫的不忠，都不能有。"

"啪嗒……"门关了上去。

脑中似乎回荡起那个懵懂少年曾经说过的话："我喜欢的人，应当有纯净的心灵，忠诚的信仰，她应当温柔、善良、纯洁、端庄……"

纯洁？

所以，刚才他是在挣扎……这些吗？

他的标准。

"等等……"她赤足追了出去。

盖亚并未走远，听见声音惊讶地转过身来，却只迎接到了一个炽热的、毫无保留的吻。

他搂住了她。

少女气喘吁吁："盖亚·莱斯利，那你的忠贞呢？"

"我无意碰别的女人。"

"承诺。"

"承诺。"

两人又深深地吻在了一起。

柳余被他抵着墙亲吻，脑子里还在想：难怪说，少年情热……

就在这时，另一边的走廊里，一扇门打了开来。

一个胖乎乎的、五大三粗的身影摇摇晃晃着朝这边走来。这人边走，还边扣扣子，长长的贵族式的披风将他包裹得像个蠢笨的发面馒头。

弗格斯夫人压低的声音从后面传了过来："罗德尼公爵，别忘了你答应我的事。"

柳余停下了亲吻，她推了推盖亚："快走，别让我母亲看见了。"

青年在她耳边轻声笑："遵命，弗格斯小姐。"

他放开她，雪白色的星月袍瞬间消失在走廊尽头。

柳余发现，这些神神道道的人，都有掩藏自己行踪的能力。

她蹑着脚步，也往自己的房间撤。

谁知，竟然被发现了。

"弗格斯夫人！那是你……"那叫罗德尼公爵的胖子加快脚步，一下子冲到柳余面前，看向她的眼睛里充满着某种让人不舒服的东西，"……的女儿，弗格斯小姐？不愧是索伦城邦最娇艳的玫瑰。"

他的口气带着天然的蔑视，扫向她的视线，好像她是一件摆上柜台、待价而沽的商品。

"母亲，他是谁？"

弗格斯夫人瞪向柳余："贝莉娅，快回房！"

"哎，别急，别急嘛……弗格斯夫人……"

罗德尼的目光赤裸地落在柳余的赤足上，而后往上，一直到她美丽的脸上。当那双冰蓝色的眼眸落到他身上时，他明显呼吸急促起来。

"抱歉，罗德尼公爵，您该走了，时间不早了。"

弗格斯夫人向柳余使眼色，柳余感觉到了不对，她往后退，罗德尼公爵却来拉她，浓重的酒气扑面而来。"您想干什么，公爵大人？"

"噢……"罗德尼惊叹了一声。

"弗格斯夫人将你藏得太好了，倒让我错过了这么一位美人……"

罗德尼公爵伸手，被柳余一个侧身，躲了过去。

弗格斯夫人张开双臂，将她挡在了身后。

"不，罗德尼公爵，我的女儿是伟大的神眷者，她不一样……"

"神眷者？一个失去手臂的神眷者？神殿不会要的……即使出来，你们依然穷困潦倒。"罗德尼公爵哈哈大笑。

他继续来抓她，浓重的酒气几乎要将柳余熏晕了。

柳余终于感觉到，这具身体的孱弱，尤其是损失一臂后……

也许对付黑暗生物，还能有一战之力。

可她的力气，却不足以对付一个成年的男人。

这时，走廊尽头的门开了。

柳余还没反应过来，就被一个白色身影揽了过去："盖亚？"

盖亚低头："你还好吗？贝莉娅？"

晕黄的灯光里，青年的侧脸美得如天神下凡，无与伦比。

弗格斯夫人不再示弱，推搡着胖子，"罗德尼公爵如果不想担上逼死贵族遗孀的名头，请给我赶快离开！"

罗德尼公爵被惹怒了。

他指着弗格斯夫人的鼻子："贵族？弗格斯夫人，自从那你那平民丈夫死了，你们弗格斯一家的开销，不都是靠别人的……"

柳余惊呆了，她愣愣地看向前面那红色的、气得不断颤抖的身影……

是这样吗？

小说里，对继母继姐的描述，都是从娜塔西的角度来的……

"闭上眼。"就在这时，她的眼睛被捂住了。

而世界，也恢复了寂静。

再听不到那罗德尼公爵的叫嚣，柳余拿开盖亚的手，发现那公爵不见了。

弗格斯夫人惊惶未定地看着盖亚："莱斯利先生，罗德尼公爵他……"

"我丢到外面去了。别担心，他以后都不敢来。"盖亚并未多说，他伸手替柳余将一缕金发别到耳后，才有礼地颔首，"我想，我该离开一会。"

他果然离开，将空间留给了这一对母女。

弗格斯夫人脸色煞白："贝莉娅……"

她捂住脸："别这样看我。"

"母亲，为什么？我们没钱了吗？"柳余道，"不是说，伦纳德叔叔留给我们很多财富吗？"

"伦纳德？那个死鬼？！"

弗格斯夫人尖厉的嗓音擦过耳朵，有种刀片锉过砂纸的不适感。"如果不是他，我们怎么会被所有贵族嘲笑？财富？！他所拥有的财富，都在那十几条船上，跟着海洋一起飘走了……"

"唯一留给我的，就是娜塔西那个吃闲饭的！"她用痛恨的语气道。

"母亲，您的意思是……"

"是的，没钱，一块卢索都没有。"

弗格斯夫人抖着手，不知从哪儿掏出一卷纸烟，用食指和中指夹着，深深吸了一口，又吐了出来。

隔着迷离的烟雾，弗格斯夫人那金色的卷发、雪白的皮肤和殷红的嘴唇，呈现出一种画报美人的质感。

尤其是当她纤长的手指夹起一根粗粗的、土棕色的烟卷吞云吐雾时，那种冲击感就更强烈了……

她还是轻佻的、傲慢的。尖厉的嗓门、夸张的动作、对仆人的辱骂和苛刻时常让她显得毫无修养，她看起来就像个大脑空空、刻薄恶毒的女人。

这一切，和书中描述的几乎一模一样。

可奇异的，柳余一点都生不起反感。

似乎注意她的视线，弗格斯夫人手忙脚乱地按灭了烟头，扔掉，又小心翼翼地看着她。

"贝莉娅……你别生气，我不抽了，我不抽了……"

她以前总是背着她抽的……柳余偶尔能闻到烟味。

不过，这时候弗格斯夫人的表现，让柳余感觉到奇怪，她像一个被抓到逃学的坏孩子，对着比她小一辈的女儿有一种天然的"气弱"。

不过想到刚才发生的事，又觉得合理了。

"那娜塔西……"

"娜塔西?！那个总是哭哭啼啼的东西?！我早该赶她出去才对。这套房子可是弗格斯家的,她一个平民……没资格住。要不是看在她还有用,能在厨房帮些忙,我早就把她赶出去了。"弗格斯夫人用一种格外冷酷的语气道。

"那您为什么从来不说?"柳余惊讶地道,"外面还有些人传您,说您为了获得伦纳德叔叔的财富,和情人合伙杀死了他……"

"噢,贝莉娅……"弗格斯夫人用那双浅棕色的眼睛看着她,眸光无比温柔,"那也比让你知道真相强。"

"所以……您从来不说?"柳余明白了。

伦纳德"莫须有"的遗产,可以掩盖一个"真相"。

"别这样看我,请原谅一个母亲的自尊。贝莉娅,我没有别的本事……

"……你时时刻刻都以弗格斯家族为荣,当年我嫁给伦纳德时,你甚至有整整半年没有跟我说过话……你说我轻佻,配不上你的父亲……可身为一个母亲,怎么能忍心看着女儿,仅仅因为没有一件丝绸裙子而整日哭泣,甚至不愿意去索伦学院……"

"所以,您嫁给了伦纳德叔叔?"

柳余看着这个羞窘得无地自容的女人。

"是的。一个平民,拿着他所有的财富,凭借他的花言巧语娶了贵族的遗孀,却不善待她……他明明应该永远地供奉她,却死在了冷冰冰的海洋里,带着他所有的财产……"弗格斯夫人恶狠狠地、咬牙切齿地道,"他还不够该死吗?他就该永远下地狱去!"

她的话语里,完全听不到对伦纳德、她那个平民丈夫的一丝怜惜。

柳余沉默了。伦纳德不无辜吗?娜塔西不无辜吗?

可面前这个苦苦支撑的弗格斯夫人……她也是被生活摆布着、愚弄着啊。

弗格斯夫人上前握住她的手臂:"贝莉娅,你拥有无与伦比的美貌,你天生高贵,你应该享受这世上最好的生活,就像别的贵族小姐一样……可没有人愿意娶一个被诅咒的贵族遗孀,除非是一无所有的懒汉……母亲也是没有别的办法。"

"所以,"她看着她,用全部的爱意,"你会怪我吗,贝莉娅?"

柳余像是被那眼神刺穿……她瑟瑟发抖,却一句话都答不出来。

她无法告诉这个可怜的母亲,那个本该承受她全部爱意的女孩……消失了。

面前的,只是个冒牌货。

沉默的对峙中,弗格斯夫人眼里的火消失了。

她双肩塌下来:"我该想到的,贝丽,你那么骄傲。"

"不,"一股冲动攫住了柳余的喉咙,"贝莉娅不会怪你的。"

她认真地看着弗格斯夫人,道:"贝莉娅很幸福。"

"真的吗,贝莉娅?"弗格斯夫人抬起头来,眼睛前所未有的亮,"你不怪我?"

"真的,贝莉娅永远不会怪您。"

柳余编织了一个美好的谎言,又催促道:"母亲,您该去睡了。"

弗格斯夫人却没听从,她一把抱住她:"噢,我从来没这么高兴过……贝莉娅,你无法想象我有多高兴……我以为,你再也不会理我了……噢,我太高兴了……"

"可是母亲,以后别这样了。"柳余闭了闭眼睛,又睁开,"我会赚到足够的卢索,供您生活。"

"好，好。"弗格斯夫人高兴地揩泪，"我的贝莉娅终于长大了……我真高兴……"她抱得更紧了。

柳余一动不动地任她抱着，她看向走廊上的壁灯。

灯光很暖，怀抱很暖，暖得让人都忍不住软弱了起来。

贝莉娅，你真的，真的很幸福，她想。

弗格斯夫人被催着一步三回头地走了。

柳余被闹了一通，彻底睡不着了。

她回屋拿了块毛毯，披在肩上下楼，一路出门，逛到了弗格斯家的小花园里。

她找到了第一次来时坐着的地方。

坐下，高高的灌木丛像上次那样遮住了她的影子。

入秋了，灌木丛的叶子开始有一点泛黄。

天空和她第一次见时一样，像一块巨大的深蓝宝石，她仰头看了一会，自言自语："是满月呢。"

"满月？"

这时，旁边出现一道影子。

影子坐了下来，熟悉的、雪松一样清冽的气息包围住她。

"满月是什么？"

"月亮是满的。"柳余指着天空，"看到了吗？"

"看到了。"

当对方回答时，柳余才感觉到这话的失礼。

他看不见。

她收回视线，侧过头去，恰恰看见对方流光似的银色长发在随风飞舞。

她出神了一会，才道："很抱歉，今天……让你看到了一些失礼的事。"

"贝莉娅，不需要道歉。"

"那你……会看不起我吗？"

柳余可是知道，这个世界的"鄙视链"有多严重。

"不，贝莉娅，我永远不会看不起你。"盖亚微微低头，夜色里，柳余看到他那双灰绿色的眼眸专注地"看"着自己，"所以，现在可以告诉我，有什么困扰住你了吗？"

"你想听？"

"有关于你的，我都想听。"

听起来，真的很温柔呢。

柳余想，神祇真的很擅长蛊惑。

也或许……是此时的月色太温柔。

让她忍不住想诉说。

"如果有一样东西……"她组织着语言，"你想要了很久，期待了很久，可它却从未来到你的身边。渐渐地，你对它没了期待，你不再渴望它。可这时，它突然来了。来的模样，也不是你期待的，既不温柔，也没涵养，可它很热烈、很专一。

"你……会怎么做？"

"这取决于你的心……贝莉娅，你还想要吗？"

柳余想到了弗格斯夫人那双泪光盈盈的、充满了爱意的眼睛。

她深深地看着她……

不，不是她。是贝莉娅。

原来……你还在渴望吗？

母爱这种东西。

"不想要了。"

她已经长大了。

可头顶却被轻轻按了按，柳余抬头，却见盖亚"看"着她，冰霜一样的脸，被月色浸得温柔。

"可是，贝莉娅……让那个小女孩，不要继续哭泣了。"

"什么？"柳余没听明白，讶然地看着他。

"我希望，有一天，当那个小女孩说起不要的时候，是满不在乎的语气，因为她拥有全世界，所以对一切无所谓，而不是站在门外，看着门内的玩具，不敢靠近。"

"盖亚……"柳余呆呆地看着他。

青年灰蒙蒙的眼睛，映着月色，这一刻，竟也有了剔透的质感。

他微微笑了起来。

"贝莉娅，你值得这世上最好的一切。"

是吗？

柳余想。

值得……最好的一切？

那他"看到"的，认识的，喜欢的，是自己吗？

不，不是的。

他和弗格斯夫人一样，看到的，是披了无数层壳的丑陋生物，是那个假装信仰光明、爱他爱得如痴如醉的女孩，而不是她……

一个冷硬的、坚定的无信仰者。

柳余嘟囔了一声，将头深深埋入他的胸膛，赖皮似的，"盖亚，我走不动了，你抱我回去。"

顷刻之间，她已迅速恢复了常态。

"玛吉！地板你又没擦干净！"

"萝拉，快点！杏干奶酪，玛德琳甜饼！噢，该死，贝莉娅一会就要醒来了……"

柳余是在一阵熟悉的鸡飞狗跳中醒来的。

弗格斯夫人富有生机的嗓门极具穿透力地传到二楼，她盯着天花板看了一会，意识才渐渐回笼。

昨晚是盖亚抱她回房的。

他彬彬有礼地和她互道晚安，替她拉好被子，吻了她的头发和额头，才和她告别……不得不说，在大多时候，他都表现得就像个十分出众的、优雅而有礼的贵族绅士。

这让她产生了一些不真实感。

盖亚的形象，在她面前不断摇摆，像是被割裂成了两半。

一半，是属于阳光的，他平静愉悦时，就像个优雅的绅士，温柔而迷人。一半，却属于黑夜，他被激怒时，就像个独裁的暴君，并且，独裁的对象只有她。

他酷爱掌控她，那时，她甚至能感觉到他从身到心的满足感，就像他真的对她产生了热烈且无法自控的情感。

柳余无聊地发了会呆。

她甚至朝空中发了个光明弹，在光明弹炸成烟花时，才掀被下床。

她在窗沿发现了一枝小小的蔷薇花。

洁白的花瓣上，甚至还滚动着露珠，像是才从枝头摘下。枝条上的刺被细心地拔出，她将蔷薇花插入了床边的蓝色细颈花瓶里。

洁白的小花在细窄的瓶口舒展，美丽极了。

盖亚送的，毋庸置疑。

她甚至能想象出那幅画面。

白袍青年迎着第一缕阳光，踏着清晨的露珠，走入弗格斯家的后花园采了一朵蔷薇花，而后托鸟儿衔到她的窗台，好让她醒来第一眼就能看到它。

正如他昨晚说的那样："……当我决定接受你的爱时，我便会认真对待，绝不敷衍。"

这便是他的认真对待。

柳余轻轻拨了拨花冠，微微笑了起来，下楼时，撞见弗格斯夫人。

弗格斯夫人一看见她，立刻就从嚣张的螃蟹萎缩成了胆怯的鼹鼠。

"贝、贝莉娅……你起来啦？昨晚睡得好吗？"

她讨好地向柳余笑笑，很奇异的，这样年纪的女人，竟然也会让人产生"她很天真"的错觉，只是这一切，在她又一次抓狂地对着欧仆们怒吼时，消失了。

和小说里，真的一模一样呢。

柳余想，微笑地道："母亲，我想吃您刚才说的玛德琳甜饼，还有……盖亚呢？"

"玛吉！将玛德琳甜饼、可可饮，还有奶酪拿到餐厅！这些仆人真是越来越懒……"弗格斯夫人习以为常地抱怨了声，才道，"莱斯利先生出门了，我为他准备了马车。"

"出门？"柳余惊讶地道，"母亲，他看不见！"

"那又怎样？"弗格斯夫人耸了耸肩，"我们弗格斯家可没有强留客人的习惯，而且，你知道的……虽然我很感激莱斯利先生昨天的帮忙，可并不赞成你嫁给他！"

"昨天您还和他相谈甚欢！"

"是的是的，无法否认，莱斯利先生确实是个相当讨人喜欢的年轻人。可贝莉娅，你是我最爱的女儿，我得为你打算……一个瞎子，将来，你们怎么过日子？他当你的拐杖，你当他的眼睛？噢，别天真了，这个世界……没你们想的那么简单。"

弗格斯夫人相当刻薄地道："你也别这么看我，贝莉娅，我没逼他走，他自己要出门，我还准备了马车。"

柳余无奈："我知道，您肯定是说了些难听的话……不过，他不会被逼走的，只是，请您对我的客人客气些。他可不是一般人，连布鲁斯大人都对他赞赏有加。"

她知道，一搬出布鲁斯主教，准保有用。

果然，弗格斯夫人立马就变了个脸："布鲁斯主教？噢，光明神在上，我是说了些不好听的……这，这可怎么办？"

"没关系，盖亚他不会计较的，他很宽容。"

确切地说，是压根不在乎。

"母亲，再给我叫一辆马车，我去找他。"

柳余一口喝掉可可，又吩咐玛吉将甜饼和法棍装起来。盖亚离开她，让她有些不安，尤其是想到第一天经过城邦中央那座光明神雕像时……就更加坐不住了。

"贝莉娅，城邦那么大，你怎么找？不如等车夫回来……"

"不！"少女风一样跑出去，"母亲，我去碰碰运气！"

弗格斯夫人只好叫了马车送她出去，又语重心长地嘱咐："贝莉娅，你记住，在一个男人没有向你求婚前，自爱。"

"噢！当然，当然！"柳余笑得一脸纯洁，信誓旦旦地保证，"我不会忘记的。母亲，晚上见！"

"晚上见，贝莉娅。"

她轻轻吻了吻弗格斯夫人的脸颊，挥着手离开了。

柳余当然不是漫无目的地找。

从湖底出来后，不知道为什么，她总是能隐隐感觉到盖亚的方位是东还是西，是南还是北。一个大方向，虽然不那么具体。

胖车夫的脾气显然非常不错，毫无怨言地按照这位贵族小姐的指示，不断调整路线。

在整整走了两个多小时后，马车停在了一扇雕着蔷薇花纹的黑漆大门前。

门前制服笔挺的年轻门卫警惕地盯着马车。

车夫弯腰打开车门："弗格斯小姐，到了。"

柳余扶着把手，笨拙地下了马车，她一眼就看到了熟悉的尖塔建筑，音乐喷泉和蔷薇花门。

这是……索伦学院？

盖亚他，为什么来这里？她若有所思。

"弗格斯小姐，门进不去。"车夫告知她。

"你就在这等。"

没有登记过的马车是不让进的。

柳余执着小阳伞，像一个高傲的贵族那样走到门前："我请求进学院一趟。"

她惊人的美貌，显然让门卫记忆深刻。

只是，对着少女长及脚踝的金发和冰蓝色的眼睛，年轻的门卫眯起眼睛仔细辨认了会，才屈身行礼："弗格斯小姐？您从光明学院回来了吗？"

柳余注意到，他落到她左肩时的眼神透着怜悯。

"是的，我的徽章落在学院了，想进去找一找，行吗？"她对着门卫温柔地笑道。

"噢，当然！弗格斯小姐想进随时可以进！"

在门卫痴迷的眼神中，柳余成功地进了索伦学院。

一靠近，那感应就不那么准确了。

柳余只能沿着林荫道一路往里去，不过，她大概猜得到，盖亚来这儿干什么。

他最近对"找回自己"这件事十分感兴趣，现在恐怕是来"寻根溯源"的。

石雕神像，音乐喷泉……

她记得，是在喷泉后方的假山，要经过一片火红色的灌木丛。

在柳余撑着阳伞，慢悠悠行走在校园时，她早就引起别人的注意了。

毕竟，这样的美貌不多见。

可更不多见的，是她少了一臂的曼妙身体，当风吹起她金灿灿的、波浪一样的长发，吹起她雪白的裙摆时，那少了一臂的空荡荡的袖子也随之荡起……

一个少年拦住了她，他穿着一身白底金边的学院制服，人又瘦又小，头发抹了油往后梳，一张油腻的"路人脸"朝她风流一笑："弗格斯小姐？好久不见。"

柳余还注意到，这人往脸上涂了不少粉，可惜，遮不住那十来颗硕大的痘痘。

"您是……"

她将遮阳伞往上一抬，冰蓝色的眼睛露了出来，成功见到对方呆滞的眼睛，就准备绕过他。

在擦肩而过时，却被拽住了。

空荡荡的衣袖落到对方手里，少年摩挲了下："弗格斯小姐，您不记得我了？王子的舞宴上，您可是和我跳了好几支舞……噢，您还说，要嫁给我。我的父亲是罗德尼公爵。"

罗德尼公爵？

那个胖子……弗格斯夫人慷慨的资助人？

柳余呆了呆，这可真是好大一盆狗血淋下来。

"我没说过。"她冷着脸否认，视线不自觉往远处的火红色灌木丛看，只期望盖亚不在，"您肯定误会了。"

"弗格斯小姐，这就不对了，您当时还收了我一个蔷薇花戒指作为信物……当然，这是您一厢情愿的，不过，我罗德尼家不介意多养一个情妇。"小罗德尼高傲地道。

蔷薇花戒指？

柳余想到和手臂一起葬身蛇腹的戒指……

"没有！"她板起脸，试图从小罗德尼手中扯出空袖口，"那蔷薇花戒指是我母亲送我的，很便宜，五十卢索一枚，罗德尼先生，您不能因为看我戴着它，就污蔑我！光明神作证！"

见他不肯放，狠狠地一用力……

"呲……"袖子裂了。

雪白的一截丝绸落到地上。

谁知这一幕，竟像是惹怒了这个少年："你，贝莉娅·弗格斯，一个残废，竟敢拒绝高贵的罗德尼？！"

"你以为自己还是那高贵的神眷者？哈哈，一个没有手臂的神眷者？你能做什么，用你那可怜的一只手擦神殿的墙吗？……我罗德尼现在还愿意给你一个位置，你就该满足了！"

柳余很想给他一个"呸"，不过考虑到贵族的修养，还是放弃了。

她看向周围，她被罗德尼的跟班们围住了，足足十来个。

时间太短，除非把自己变羊，但这也逃不掉。

她可不想被这些恶心的手摸到。

跟班们哈哈大笑。

"罗德尼先生，您原来不还在可惜，弗格斯小姐当上了神眷者您就配不上她了？"

"她以前那么傲慢，总是看不起人，要不是有校规压着……"

"现在她可不是咱们学院的人……"

柳余的脸色越来越差。

就在这时，巨大的狂风扫过，将所有人都吹得东倒西歪。

一道白色的身影蓦然出现。

他银色的长发随风飞舞，伸手……

一道金光从天而落，化作十几支金色利剑。

"以圣光之名，以天神之赋……审判。"

利剑无情地穿过人群。

"啊……"

"啊……"

惨嚎响起，刚才还准备对柳余实施暴行的少年们疼得满地打滚。

"盖……亚？"

青年转过头来，少女一下子冲进他的怀里。

"你总算来了……"她带着哭腔道。

青年的手在她头顶停留了会，最终放了下来："对不起，我不知道……"

"我很想抱你，像从前一样。"少女仰起头，眼泪扑簌而下，"可惜，我不能。盖亚，我不能。"

"我再也无法拥抱你。"她说。

青年脸上竟也有了淡淡的悲伤："贝莉娅……

"你跟我去圣殿。我会想办法治好你，我保证。"

"真的吗？"她仰起头，"可我母亲怎么办？"

"一个星辰骑士的分量，足以让王室庇佑弗格斯夫人。"

他低头温柔地替她擦去眼泪，而后问："……所以，现在可以告诉我，有关蔷薇花戒指的事了。"

第二十四章

满地的哀号声中，柳余急中生智：
"这是一个很长的故事，盖亚。我想，我们还是先离开这里再说。"
青年深深地"注视"着她说："好，贝莉娅。"
"你、你们……走了？"小罗德尼艰难地抬起头，"就这样……走了？"
他脸上涂的粉被汗打得像城墙上斑驳的漆，这让他看起来像是一个僵尸。
柳余将头往盖亚怀里埋得更深："盖亚，他看起来很可怕，又……很可怜。"
"可怜？贝莉娅，不用有罪恶感，他们的灵魂早已被魔鬼占据……"
盖亚"神棍"气质越发显著，少女着迷地看着，点头："是的，您说的没错。"
而后她被牵着，两人扬长而去。
声音远远地飘过来。
"可是这样留下他们……明天城邦守卫队上门，怎么办？"
"不，他们不会记得的，就像昨天的罗德尼公爵一样。"
"噢，盖亚，你真棒！"
小罗德尼翻了个白眼，痛死过去。等再醒来，面对城邦守卫队的问询，却一问三不知，和他那些跟班们一样。最终，这件事成了索伦城邦一件茶余饭后的诡谈……
小罗德尼也从此得了个怪病，一旦看到银色的东西，立马就瑟瑟发抖、丑态毕露，从此后，就深居简出，再也不出门为祸了。
柳余将临时叫来的马车打发走，上了盖亚那辆。
"去哪儿？"弗格斯家的车夫问。
"随便走走。"盖亚吩咐。
他手搭在膝盖上，坐得十分正经。
"所以，现在可以说了吗，贝莉娅？"
柳余仰起头："你介意吗，盖亚？"
她眼珠滴溜溜地转，试图要用之前的话堵他，"可是，你之前说过的……"
"介意。"青年打断了她，声音淡淡，"我说的过去，是你和那个黑暗生物的过去。"

不是这个。"

"那在这之前，我有个问题。"她脸上的神情严肃了起来，"盖亚，你可以回答我吗？"

"你问。"

"你真的喜欢我吗？"

"喜欢。"

"可太快了。"少女的眉头皱起，似乎被这个问题深深困扰，她有些不安，"前一刻，你还在坚持拒绝我，可后一刻，你就接受了我的爱。而现在，又似乎十分喜欢我……

"盖亚，我总觉得，自己像在踩在一团棉花上，随时会狠狠跌一跤。"

青年脸上的表情停滞了。

"快？"他摇头，"……贝莉娅，埋在土中的种子，也在一直生长，只是没有人看得见，连种子自己也不知道。"

柳余被绕迷糊了。

"您是说……您对我的爱，就像那颗种子？"

"种子破土而出的时候，世界惊叹了，连孕育它的人也惊讶了。她说，你真的在？是的，当然在……贝莉娅，我也是第一次，我也有许多困惑……如果你问我，有多喜欢你，我恐怕无法回答。我唯一能做的，就是认真努力地对待这段关系。"

车厢内昏暗的光线下，青年看起来比从前更迷人。

柳余在心底叹了口气，她有些忧伤，如果在前世，碰到这样的男人，她一定会认真地谈一段恋爱。

"所以，现在可以回答了吗？"在柔和的气氛中，盖亚突然道，"蔷薇花戒。"

"盖亚，你真执着。"柳余半嗔半怨地道。

"抱歉，这枚戒指总在我脑海徘徊，我也无法控制。"他微笑着道。

柳余却从那微笑里品出，如果她不好好回答，他就要上刑罚的意思……所以，是真的变态了吗……

"您刚才不是听见了吗？"她嘟了嘟嘴，"就是那样。"

"小罗德尼不太聪明。"盖亚道，"编不出这样的谎言。戒指，是他给的你。"

他平静地指出，柳余却生生打了个寒战，果然还是跟从前一样的敏锐，趴在男人膝盖上的身体一下子紧绷起来，她像只受惊的兔子。

脑子里迅速转过无数个念头，柳余支支吾吾的："那、那我告诉你实话，你不许讨厌我。"

"我先听一听。"

"你要是讨厌我，我会哭的！哭上三天三夜！"少女一下钻到他怀里，"……别讨厌我，好吗？"

"我先听一听。"

"小气。"

少女没好气地推开他，却又被搂回去了。

她长长的睫毛垂下，声音低低的，像是陷入回忆里。

"弗格斯家曾经一度很穷，穷到连饭都吃不起，要卖房子……索伦学院又都是贵族，他们大多数都是大地主，不像我家，为了给父亲治病，所有的地都卖了……

"他们看不起我，说我是穷光蛋……他们嘲笑我的破袜子，嘲笑我永远洗不干净的领子，嘲笑我的头发干枯，嘲笑我太瘦……"

柳余眼中渐渐泛起水光，她看向窗外，看来太阳不论在哪个地方，都是一样的。可惜，这样亮堂的太阳，却永远照不进真正的黑暗，霸凌和欺辱从来不会消失。

"……你知道的，一个孩子如果某方面特别，要么，是被捧起来，要么，是被踩下去……我特别的穷，穷怕了……"

头顶被轻轻抚摸了下。

"所以，我渐渐地接受那些男孩们的礼物，那些男孩们总爱围着我转，开始时，只是一根绳子、一块手帕，后来渐渐地，就变成了一条裙子、一件首饰……不过，我从来没有让他们占到过便宜。"少女仰起头，小心翼翼地，"盖亚，您能原谅我吗？"

不确定以后还会不会再"踩雷"，柳余干脆自己先把这些雷踩一遍。

可怜的、被生活所迫的少女，有些奇怪的、不那么好的怪癖，也是能让人理解的……

紧接着，她又补充了句："但是自从遇见你，我就再也没有接受过别人的礼物……盖亚，我全心全意地爱着你，即使你是个穷光蛋，还看不见，但我看见你的第一眼就决定，要永远跟你在一起，我甚至愿意拿出我所有的财产奉养你……

"那时我想，我简直疯了。"

柳余深谙话术，将一个市侩的、愿意为了爱情放弃市侩的少女说得真诚而坦荡。

盖亚果然低头，碰了碰她的唇角："对不起，贝莉娅，我不该提起你的过去。"

"噢，这没什么的。"少女故作满不在乎地道，"……反正都过去了。他们不喜欢我，我也不喜欢他们。他们说我脾气差，说我傲慢，没错，我是傲慢，我是脾气差……没有父亲的孩子，总是强硬一点，才不会让人欺负。"

"贝莉娅。"

头顶又被摸了摸。

少女像猫一样蹭蹭他的掌心："而且我现在有你了啊。遇见你，我才明白，这世上所有的东西，金钱、权利，都无法与你相比。

"拥有你，就拥有了全世界。"

青年又轻轻"嗯"了一声，听起来似乎愉悦至极："贝莉娅，我很高兴你爱我。"

柳余将头藏进了他怀里，轻轻"嗯"了一声。

回到弗格斯家，陪着弗格斯夫人吃完晚餐，去后花园散了会步，两人就又回到了楼上。

"晚安，弗格斯小姐。"

"晚安，莱斯利先生。"

柳余踮起脚尖，在青年的腮边留下一吻，而后进入房间，在准备关门时，突然又探出脑袋，"咯咯咯"笑："莱斯利先生，你真的不准备进来吗？"

"一位绅士，是不能随便进一位淑女的房间的。"

她咳了一声："真的？"

声音甜腻的，像藏了一点钩子。

"砰……"门关上了，连着青年的影子，也一并关在了里面。

"嗯？不是说，一位绅士不能随便进一位淑女的房间吗？"

柳余一下子被抵到了墙上，她也不介意，仰起头，嘴唇却被食指按住了。

青年的阴影笼罩下来，他说了声"嘘"。

"怎么了？"

柳余心里"咯噔"了一声，难道……路易斯又来了？

"我想吻你。"他微微一笑，"从马车上就开始了。"

说完，就低头吻了下来。

柳余被摁在墙上，整整被亲了一刻钟。

直到气息凌乱，他才整了整领口，离开她，朝她一颔首："我想，我该离开了。"

她看着盖亚走到门口，打开门，又彬彬有礼地告别，不知为什么，突然想起他曾经说的那句话："爱是克制。"

确实……很克制呢。

第二天醒来，还云里雾里的，门就被粗鲁地打开了。

玛吉那张大盘脸被白色的花边围帽衬得格外突出："弗格斯小姐！您快起来，神殿、神殿派马车过来接您和莱斯利先生了！"

"马车？"

柳余的睡意一下子被赶跑了，她披了件晨衣，推开窗往外看，果然，一辆华贵的黄金马车出现在小花园前的庭院里，马车前还站着……一身黑衣的马兰大人和穿着皇家制服的卡洛王子。

他们似乎看到了她。

卡洛王子朝她招手："弗格斯小姐！您恐怕得快一些，圣殿的大主教来了，他们带来了圣杯，您和莱斯利先生需要重新测验一次。"

柳余的视线，对上了缓缓走出家门的盖亚。

他抬起头，灰蒙蒙的眼里蒙了一层雾，仿佛有神秘的暗流在涌动。

柳余想起之前马车上他那颗代表着不祥的灰球。

她很确定，从湖泊中出来后，盖亚已经听不见信徒们的祈祷了……

否则，玛丽公主的那些安排绝不会得逞。

圣殿的大主教，那可是整个世界最厉害的光明信徒，据传闻，可以使出禁咒神术，是大神官级别。

他郑重其事地拿来神赐的圣杯，是发觉了什么吗？

盖亚……他会被发现吗？

路易斯说的，属于她的惊喜，又是什么？

柳余脑子里一堆疑惑，却也只能按下，快手快脚地换上外出服，出去了。

"贝莉娅！你要走了吗？"

柳余才上马车，弗格斯夫人就提着裙子匆匆追出来，脸上还带着惊慌失措。

"一定要去吗，贝莉娅？那里……看上去很危险。"

柳余知道，断臂打破了弗格斯夫人一贯以来对光明学院的认知，让她一直处于惶惶不安之中。

她的眼神柔了下来："我会平安的，母亲，我保证。"

弗格斯夫人的目光不由自主地落到一旁的黄金马车上。

半开的窗子里，坐着一个神情冷酷的黑衣神使，一看就不怎么好相处，联想到城邦内有关黑衣神使的传言："可是，这位大人……"

"您放心！马兰大人只是看起来有些严肃，实际人很好相处。而且他是去城邦办事的，顺路来接我。"

少女用活泼的语气道。

马兰大人只是冷冷地看了她一眼，什么都没说，又转过头去。

弗格斯夫人的心落了地。

柳余低头跟她吻别，又挥挥手："我会给你写信的，母亲！别担心！"

马车离弗格斯家那条街越来越远，而代表着弗格斯夫人的黑点却迟迟不动。

柳余收回视线，她旁边坐着盖亚，他从接到消息后，就一直很淡定。

"盖亚，我有点害怕。"她道。

"不用怕。"盖亚摸了摸她的脑袋，"我想，这没什么大不了。"

柳余的心不由自主地定了下来，神从不说谎，连这个化身也是。

卡洛王子和马兰大人则坐在另一辆黄金马车上，两辆马车一路疾驰，只花去了平时一半的时间，就到达了那斯雪山下的神殿。

今天的神殿看起来格外不一样。

墙漆似乎重新刷了一遍，洁白无瑕。

正门前络绎不绝的信徒们不见了，取而代之的，是一条长长的、绣了银色星月纹的雪白地毯，台阶旁铺满了白色的蔷薇。

黄金马车停了下来，随后，是另一辆略有些陈旧的、刻有鸢尾花的马车。

两位身穿白衣的青年男女走了过来。

卡洛王子跳下马车，毕恭毕敬地行了个礼："圣使大人。"

白衣圣使们只是略略点了点头："星辰骑士阁下接到了吗？"

这个世界由三大板块组成，每块大陆有一个光明神殿和无数小分殿，神殿之上有圣殿，能做到圣使的，无一不是信仰之力格外纯粹的人，比一国之王都尊贵，接受一个王储的敬礼，实在太平常不过。

马兰也跟着下了车，他还是老样子，板着脸："在后面的马车上。"

圣使们不由自主地加快脚步，而在快接近后面那辆马车时，脚步却停住了。

马车的车门打开，下来的，是一位气度高华的青年。

他穿着一身雪白的星月袍，午间的阳光灼灼洒下来，将他如神祇般俊美的容貌照得圣洁而威严，他冷灰银的长发似长夜中的星河，碎光点点。

可当他们看见他的眼睛时，都要不由自主地叹一声："可惜了。"

就在圣使们要打招呼时，那青年朝马车伸出了一只手，一只白皙的、柔嫩的、指甲修得圆润的手搭了上去，他一握，马车里就钻出个人来。

阳光一样耀眼的金色长发，冰晶一样纯净的蔚蓝眼睛，那眼睛活泼又好奇地朝他们看过来，嘴角一歪，露出两排整齐的、编贝一样的牙齿，她朝他们热情地笑。

圣使们又可惜地叹了口气。

他们隐晦地看了眼她的左臂，又朝那银发青年半屈身，手置于左胸行了个礼："是莱斯利先生吗？请随我来，还有这位……"

"贝莉娅·弗格斯。"柳余接话。

"也请弗格斯小姐一起去。"圣使道。

两人随着圣使们往神殿而去。

卡洛王子和马兰大人随后，行经之处，铺满了鲜花，整个神殿都像浸在一片花的海洋里。

穿过大礼堂，经过祈祷室，顺着楼梯往上，到了二楼，直上三楼，最后到了布鲁斯主教用来处理公务的房间。

"到了。"圣使们替他们开门，半屈身，"请进，大主教阁下在等您。"

盖亚似是习以为常般，走了进去。

柳余跟在他身后，也进了门。

一进门，就发现，原来经常坐着布鲁斯主教的位置上，坐了一个英俊非凡的年轻男人。

看起来不过二十多岁，高鼻深目，银发绿眼，整一个……"翻版"的盖亚。

不过，更引人注意的是他身上代表着大主教地位的红衣。

血一样的红色，左肩绣着太阳，右肩绣着月亮，硕大的水晶球摆在桌上，将他脸上的笑容衬托得灿烂无比。

盖亚从不会这么笑。

柳余忍不住打了个寒战，她看了眼身前的男人。最后确定，盖亚的冷灰银长发明显要更美一点，五官，也要更精致华丽一些。

"低配版"的，哼。

布鲁斯主教恭敬地站在一旁，见他们来，连忙道："这是阿诺德大主教阁下。"

果然。

柳余确定，剧情……全乱了。

阿诺德大主教明明是在娜塔西当上圣女后，被她的"锦鲤"气运推上大主教之位的，依照原来的时间线，这个阿诺德应该还只是上一任大主教养在身边的私生子而已。

不过，书里并没有对这个阿诺德的相貌多加笔墨，倒是对他的一腔痴情，描述得极其详尽。

光明神从未干涉过信徒的婚假之事，但是，在所有未成文的、公认的教义里，红衣大主教终生不能婚娶，必须全身心地侍奉光明神，童身到死……

所以，阿诺德的存在，是个禁忌——是上一任大主教背叛光明神的耻辱。

他痛恨他，可又对有着自己骨血的孩子无法割舍，于是，就当作弟子养在了身边。

阿诺德从小在圣殿长大，他不知道自己父亲是谁，视大主教为父。

可大主教对他忽冷忽热，有时会用恨不得掐死他的眼神看着他，有时又对他十分温柔。在这样矛盾的环境下成长，阿诺德极其渴望温暖、关爱，所以娜塔西的出现，就像是他生命中的一道光。

他痴恋着这道光……

看书时，柳余还是很怜惜这个孩子的，并且给归了类："黏人系小奶狗"。

而娜塔西果然在这位未来大主教的帮助下，更加顺风顺水了，最后在圣战开始时，回到了男主角身边，被他带去了神宫。至于"病娇系"吸血鬼、"忠犬系"王子和"奶狗系"大主教，都被留在了地面。

后续的圣战，统共只有两句话。

世界再一次得到清洗。

黑暗势力，钻入了地底，光明大获全胜。

至于路易斯、卡洛王子和阿诺德的结局……没人知道。

"拜见大主教阁下。"柳余手置于胸前，行了个礼。

谁知盖亚也还是只点了点头："大主教阁下安。"

"布鲁斯主教，"阿诺德好奇的目光落到银发青年身上，"您都没有跟我说，星辰骑士阁下竟然和我长得一模一样。"

骑士从低到高，分为黄金骑士、黄金圣骑士，最高，则是传说中的星辰骑士。

星辰骑士一千多年才能出一个，和大主教一样，都是需要加冕的。

圣灵体有望成为星辰骑士，但不是所有的圣灵体都能成为星辰骑士。

而认定星辰骑士的方法很简单，发出的神术是浅金色的。

神使和骑士，甚至主教、大主教，他们的神术一律都是白色，唯有星辰骑士的神术是接近神的浅金，在有关神的历史册上，星辰骑士被称为"代神行走之人"，地位尊贵无比。

"大主教阁下，我上一次见您，您还只有两岁。"布鲁斯大人乐呵呵地捋着胡子，"跟现在可不大一样。"

阿诺德大主教站起，这时，他收起脸上的笑，倒是有了些威仪。

代表着大主教的日月权杖将光明球推到两人面前："很抱歉，失礼了，在阁下加冕星辰骑士之前，还需要阁下向我神，表明忠诚。"

他的目光从头到尾，都没落到柳余身上。

即使偶有掠过，也像针尖一样。

柳余猜，这阿诺德大主教应该是见过娜塔西了。

很奇妙的规则，但凡先见过娜塔西、喜欢她的，都会在初次见面，对她这个女配角表示不喜。

她将注意力收回，落到盖亚身上。

他伸出修长的、骨节分明的手，落到那水晶球上。

所有的人目光一同看向水晶球：白色的莹润的光，一点点从水晶球透了出来，渐渐，越来越亮、越来越亮，"咕咚"，造价不菲的水晶球突然滚了一下。

它的外壳似乎膨胀了一些，没有之前那么圆润了。

阿诺德不禁赞叹："布鲁斯大人，神册上说过，当神力足够强大，水晶球将无法容纳……这已经到达极限了。至于您说的灰色……看这洁净的白光，阁下的信仰即便短暂出走过，依然十分纯粹，恭喜您，回到神的身边。"

阿诺德屈身行礼，"我想，我神必定欣慰。"

盖亚直直地受了这一礼，一声未吭。

行吧，这是他的信徒，受礼没什么不对。

阿诺德似没想到，摸了摸鼻子："第二道手续，还请阁下喝下这圣杯之水。"

他拍拍手，门外进来一个十分貌美的少女，她穿着白衣圣使的袍子，整个人像干干净净的水中仙子，恭恭敬敬地捧着一个白底雕金的盒子，盒子被她高举头顶："大主教阁下，圣杯拿来了。"

柳余注意到，刚才还有些懒洋洋的布鲁斯大人立刻站直了身体，一张脸满是激动，老泪纵横："真正……神赐的圣杯啊。

"布鲁斯有生之年，没想到，有再见一天……"

神留下的圣杯，只有这一个，被高高供奉在圣殿。

而各处神殿内的圣杯，其实都是仿制的，其内的圣水虽有一些作用，但远远不及这真正圣杯孕育的圣水。

不过，柳余记得，书中写过，这圣杯只有在大主教和主教的加冕仪式上会被"请"出……

没想到，星辰骑士也需要经过这一道程序。

阿诺德大主教将头顶的王冠脱了下来。

他以头点地，起身时，脸上也满是泪，看着圣杯的眼神，就像看到了至爱之人："伟大的光明神在上，阁下，请喝下神赐之水，向我神宣告忠诚。

"若你沾染上黑暗，有任何一丝一毫的不忠，这圣杯之水，将灼穿你的喉咙，焚毁你的骨血，让你永生永世都生活在烈狱！"

柳余悚然，下意识看向盖亚，这个圣杯……还会有这样的后果吗？

她想拦住他，却到底还是控制住了自己的手：这只是个化身……是的，只是个化身……即使被黑暗污染，那也是神自己……

盒子打开。

一只无法形容、从未见过的华美之杯，出现在了众人面前。

金色的，镶嵌着无数华美的宝石。

那圣使少女用手将杯子拿了起来，递到盖亚面前，目光盈盈："阁下，请。"

刚才还空无一物的杯内，一瞬间被金色的液体充盈。

柳余仿佛听到，盖亚曾经唱过的圣歌在耳边萦绕。

"……信仰，忠诚，勇敢……"

金澄澄的液体在光下，如流淌的金子。

鼻尖仿佛能闻到花的芬芳、云的气息，整个房间都仿佛被某种玄奥的、说不出的东西充盈，心灵仿佛被涤荡一清。

干净而透彻。

柳余感觉自己回到了婴儿时。

一个女人抱着她，轻轻地摇、慢慢地晃，在她耳边唱："……月亮睡着了，兔子眯起眼……快快长大，快快长大……"

她的眼里渐渐含了泪，抬起头，似乎能看到对方漆黑的、温柔的眼睛，对方朝她笑，用温暖的怀抱裹着她……仿佛她也曾被认真地爱过，她也曾是某个人生命中的珍宝……

"母亲……"柳余向前伸出了手。

"咚……"

这时，塔楼的钟声响起。

一群白鸽成群结队地飞过穹顶，柳余的意识清醒了过来。

她看到了阿诺德大主教眼中的寒冰，看到了布鲁斯大人和煦的微笑，唯有盖亚，丝毫没有受到影响。

他已经接过了圣杯。

雪白的袍袖松松垂下，露出一截如冰玉的手腕，手指就这么搭在金色的杯子上。他毫不迟疑地一仰脖子，饮尽了杯中圣水。

"咚……"

才报过时的尖塔，像是被某种力量从沉睡中唤醒，发出一声巨响。

光明信徒们停下脚步，他们纷纷看向塔楼，神使、骑士们都不约而同地屈身对尖塔行礼，他们知道，光明，将再一次降临这个世界。

星辰骑士……终于真正地出现了。

阿诺德微微屈身，他左手托着他的王冠，右手置于左胸，屈身朝他行礼。

布鲁斯大人颤颤巍巍地跪下，亲吻他的靴子。

屋内的圣使圣骑士们也纷纷匍匐在地。

他们扬声道："恭迎星辰骑士！您将是光明的未来，带领我们与黑暗、邪恶作战，我们愿意听候您的指挥，为光明奉献一切，即使是死亡，也无法剥夺我们的信仰！"

"光明！"

"光明！"

"光明！"

在场，除了盖亚自己，只有柳余站得笔直。

不知道为什么，这一刻，她一点都不想弯下腰去。她想站着。

阿诺德擦去激动的眼泪："星辰骑士阁下，您对我神的忠诚毋庸置疑，您的信仰，比钻石更纯粹。

"我会昭告各地的神殿，让他们一同来参加阁下的加冕仪式。"

盖亚颔首："多谢。"

他并未推辞，神色淡然，仿佛再恭敬的礼仪、再盛大的宴会对他来说，都不值一提。

"……如果阁下不介意，请在艾尔伦神殿多待几天。等圣子圣女的候选人出现，阁下便可去圣殿。"

阿诺德丝毫不介意盖亚的傲慢，恐怕他自己都没有发现，对着这青年说话时，他的腰总是弯得更厉害一些，他的那些坏脾气也完全收敛了。

不过柳余发现了。

这感觉很微妙，就像大臣在皇帝面前，天然矮一头……

"去圣殿的话，我想多带一个人。"

就在她发呆之时，盖亚已经随手将圣杯丢进了木盒，而这毫不在意的举动，却让那少女圣使手忙脚乱，木盒一倾……

"咕噜噜。"

圣杯掉了下来。

布鲁斯大人、阿诺德大主教和圣使骑士们同时扑了过去……

"砰！"他们头碰头，撞在了一起。

半空中，柳余伸手接了过来。

"大胆！竟敢碰……"

阿诺德大主教脸红耳赤地站起来，他打算狠狠地将这不驯的少女训斥一顿，却发现，那圣杯竟然抖动了起来。

它像是从一个静物变成了一个有灵魂的活物，浑身冒出白光，死命地想要往少女的怀抱钻。

阿诺德大主教训斥的话立刻咽了回去。他与光明相伴已久，当然能感觉到此时圣杯的情绪，它是快乐的、激动的。

代表着光明和圣洁的圣杯，应该会排斥一切心灵丑恶之徒，可它现在，却表现得……像是遇到了老朋友。

布鲁斯大人连连点头："弗格斯小姐，您用您的忠贞和虔诚，赢得了圣杯的心。"

圣使们和圣骑士们不约而同地用欣赏的眼光看着那金发少女，此时，他们不再觉得她的独臂刺眼了。

"贝莉娅？"只有盖亚回过头，关切地"看"着她。

柳余远没有其他人看起来那么轻松。

她的手，像是捏着一簇熊熊燃烧的火焰，灼热和疼痛折磨着她，但她不能表现出来。

圣杯的亲近，也绝不是因为她，而是冲着她胸口的记忆珠……

她必须用尽全身的力气，才能阻止圣杯靠近自己。

"盖亚……"她看向前方的青年。

盖亚蹙了蹙眉，他果然伸手，取走了黏在她指间的圣杯。

圣杯还想挣扎，但在他的手中，不一会就没了脾气。

它安静了下来。

盖亚将它重新放回盒子，盖上。

柳余这才松了口气，她摩挲着手指，那里一个伤口都没有，可那丝灼痛却像是钻入到她的骨头缝里，只要盖亚晚上那么一秒，她恐怕就要露馅了……

耳边响起阿诺德大主教慷慨激昂的宣告："你若沾染上黑暗，有任何一丝一毫的不忠，这圣杯之水，将灼穿你的喉咙，焚毁你的骨血，让你永生永世都生活在烈狱里……"

……不忠……黑暗……灼穿……焚毁……

是的，仅仅接触圣杯，她就已经感觉到了被焚烧的痛苦。

神虽然听不见她的祈祷，但圣水却能检验她的忠诚……

阿诺德大主教用好奇的眼神看了下她，转头回答盖亚上一个问题。

"星辰骑士阁下，是想将这位……"他顿了顿，"弗格斯小姐带去吗？"

盖亚颔首："是的。"

"噢，当然可以。不过，在这之前，需要弗格斯小姐验一下水晶球。"

布鲁斯主教将手置于胸前："我敢担保，弗格斯小姐对我神的诚心，就如这头顶的日月一样，不可更改。"

"布鲁斯大人，请您原谅我的鲁莽和无礼。每一个踏入圣殿之人，都必须经过这一道手续。为了圣殿的安全，我不得不这么做。"阿诺德大主教坚持，"请，弗格斯小姐。"

柳余上前了一步，她也很好奇，她的体质……到底是什么。

上一次测验，还是在索伦学院。

在众人的注视中，少女将手放到了有点鼓包的水晶球上。

一点点莹润的白光，从水晶球透了出来。

越来越亮，越来越亮……

当那光刺得人睁不开眼睛时，布鲁斯主教瞪大了眼睛："又一个圣灵体？！可之前还不是……"

人的体质，从一出生就已经决定。

中途改变的，历史上从未出现过。

阿诺德大主教脸上的微笑未变，他没听清布鲁斯惊讶之下的话语，还在漫不经心地想：圣灵体？她也是圣灵体。

"砰……"

水晶球炸裂了。

它在空中炸成了无数细小的碎片。

阿诺德的嘴角僵住了，布鲁斯大人甚至失态地走到水晶球前，他捞起一片看了看，惊骇地道："不，不止……圣灵体。"

可圣灵体之上是什么？

布鲁斯主教不由将目光落到阿诺德身上，期望由这个圣殿出身的红衣主教告诉他……

圣殿那关于光明的记载，可是浩如烟海。

阿诺德大主教举起了手中光明权杖，这个代表着神殿至高力量的权杖上，嵌着世界唯一一颗刻着九芒星的水晶球，那水晶球仅拳头大小，却比刚才的夺目多了。

他挥动权杖，一道纯净的白光落到柳余身上。

白光熠熠，九芒星落地，在少女的脚下形成了一道九芒星阵……

谁也不知道，那是什么。

少女的脸上开始出现痛苦，她紧紧抱着自己，额头开始沁出一滴一滴的汗水。

阿诺德大主教似乎也十分痛苦，两人都陷入了僵持。

"阿诺德阁下！您在做什么？"布鲁斯恼怒地道。

阿诺德没有回答他。

他攥着光明权杖的手开始冒出青筋，连身上的红衣都开始湿透，不到一分钟，他像是从水里捞出来一样……

就在这时，一旁始终安静的银发青年伸手一抓，阿诺德借助权杖还需要使尽全力才能使出的九芒星阵就这么被抓破了。

"够了，阿诺德阁下。"他道，"忠诚、信仰，您已经验过了。"

"星辰骑士阁下，您的不忍，让弗格斯小姐错过了知道她自己的机会。"

阿诺德大主教终于露出了不悦。

两张极为相似的脸做着同样的表情，这时，区别就显露了出来。

阿诺德大主教的眼睛不够威仪，鼻子不够笔挺，连嘴唇，都好像少了一份说不出来的韵味。而星辰骑士阁下却像是被精雕细琢过的，形貌昳丽。

"可这不对。"盖亚摇头，"这个法阵测起来，不会让人感到痛苦。"

"不对？"阿诺德蹙眉，不知想起什么，又舒展开来，"我恐怕得去圣殿的图书馆瞧一瞧。这法阵流传到现在，并未有真正的圣灵体之上验过。"

而后，他爽快地道："星辰骑士阁下如果要将弗格斯小姐带去圣殿，请便。不过在这之前，我有个小小的建议，圣子圣女是直接侍奉神灵的存在，阁下年龄正好符合，万万不要错过这等机会。"

布鲁斯主教也抬起头，他向往地看向天空："能侍奉在神的左右，是我等所有信徒的荣光。"

阿诺德遗憾地道："可惜，我无法参加。"

在当上红衣大主教的那一刻，他就自动放弃了参加神圣选拔的机会。

盖亚却不为所动，他只问："阿诺德阁下，圣殿那有医治手臂的办法吗？"

阿诺德的目光落到金发少女的身上，她被那样的疼痛折磨，背脊却还是挺得直直的，眼神清澈……

他遗憾地道："圣光可以治愈伤口，驱除黑暗，却无法让断肢重生，这是神的领域。星辰骑士阁下，如果您想要治好弗格斯小姐的手，您必须到神的身边，求他赐下圣光。"

"我和贝莉娅会参加神圣选拔。"

盖亚几乎是立刻做出了决定，他平静地告知对方，又牵起身边少女的手，略一颔首，"告辞。"

他走了出去，颀长挺拔的背影不一会就消失在了门外。

阿诺德愣了会，才恍然摇头："糟糕，我忘了告诉星辰骑士，神不会喜欢断臂的圣女。弗格斯小姐不能参加，索菲亚，快去告诉⋯⋯"

布鲁斯大人打断他："阿诺德阁下，我想，星辰骑士总会有些特权。他想带弗格斯小姐参加，那就让他参加吧。"

"可是，如果惹怒了神⋯⋯"

阿诺德到底年轻。

"如果弗格斯小姐通过了，那么，我想，这一切必定是神的旨意。"布鲁斯主教微笑了起来。

"哦？是吗？可是神不会允许狡诈者来到他的身边。"阿诺德嘴角的笑有些意味深长。

布鲁斯大人没听清，问："狡诈者？阿诺德阁下您在说什么？"

"不，没什么。布鲁斯大人，明天见。"

阿诺德一收权杖，在光明圣使和骑士们的簇拥下走出了房间。

神圣选拔，就在第二天开始。

第二十五章

选拔当日。

天刚蒙蒙亮，柳余就起床了。

"斑斑，早安。"

她先逗弄了下笼子里的灰斑雀。

灰斑雀用翅膀捂住脑袋，屁股高高撅起："斑斑才不理贝比！一辈子不理！"

"斑斑，你已经生了一下午加一晚上的气了……"柳余半弯下腰，朝笼中的鸟儿笑，那双蔚蓝色的眼睛满是温柔，"真的不原谅我吗？"

"原谅……"

灰斑雀委屈地从翅膀里探出鸟脑袋，似是不甘心，又嘟嘟囔囔："贝比坏。"

"是是是，贝比坏。"鸟笼的门柳余现在都不关了，她伸手将不断挣扎的灰斑雀抱出，"可是斑斑大爷大人有大量，原谅贝比，好不好？"

斑斑黑眼珠子一转："斑……

"那个，要原谅也不是不可以……你让伟大的莱斯利先生抱一抱斑斑，嗯……最好能抱着斑斑一起睡觉，就跟那天抱贝比小羊一样……那斑斑一定会很爱贝比的……"

她笑了："那恐怕得等我从翡翠之森回来。"

鸟脑袋猛地从她怀里伸出来："翡翠之森？！噢，贝比，你不能去……"斑斑的黑豆眼又开始冒泪花了，显然上次柳余在翡翠之森的遭遇让它记忆深刻，"你只剩下一条手臂了，贝比……再没有一条，你就会成为最丑陋的人类雌性了……连莱斯利先生都会抛弃你……"

"不会的。"

柳余将它放到窗台，看着它浅黄色的小脚丫在窗台上不安地踱来踱去。

"而且斑斑，我必须去。"她告诉它。

灰斑雀的黑豆眼直直地盯了她一会，像是下定了决心，翅膀一扇，一道白光从它身上弹出，落到柳余身上。它一下子萎靡下来，连毛色都开始黯淡了："斑……"

斑斑耷拉着脑袋："那这次斑斑把保命的绝技都给你了……贝比，你可一定要回来……斑斑很寂寞……那些蠢小鸟都没有贝比聪明。"

柳余总觉得，体内像是多了点什么。

她整个身体都暖洋洋的，似乎充满了某种力量。

她下意识弹出一个光明弹，白色的球体在空中炸开，她立刻就感觉到了不一样。

更纯粹，更强大……

让她想起盖亚曾经发出过的光明弹。

"不用，你收回去。"她摸了摸斑斑背上灰暗的羽毛，"我有伟大的莱斯利先生保护啊，他可是星辰骑士。"

斑斑骄傲地挺起小胸脯："伟大的莱斯利先生？！不，他不行！虽然斑斑不想这样说，可斑斑还得说，莱斯利先生他、他不中用！一只雄性如果无法保护心爱的雌性，在我们鸟类，它就该被逐出种群！斑斑，斑斑比他厉害！斑斑行！"

接下来，无论她如何劝说，斑斑都不肯收回，它像是打定了主意，一定要保护她这只柔弱的雌性。

"斑斑只给了一半，一小半。"它道，"等贝比回来，可是要还的。"

柳余看着又躲到笼子里去的灰斑雀，只得去卫生间洗漱。

漱口、洗脸，再细细地在脸上抹一层润肤膏……这是临走之前，弗格斯夫人塞给她的。

想起弗格斯夫人，柳余有点闪神。

镜子中这张脸，和弗格斯夫人有三成相似，轮廓、鼻子、头发……可又有那么点不同，她说不上来。

甚至觉得，跟两个月前她刚刚进入贝莉娅的身体时也不同，有些变化。

眼睛更亮一些，头发要更浓一些，甚至连那眉毛都似乎更动人一些。

柳余将丝绸帕子搭在了一旁的架子上，就在这时……

她感觉到了一阵毛骨悚然。屋里……似乎存在着另一个人。

他藏在黑暗里，肆无忌惮地窥探着这屋中的一切。

"谁？！"她猛然抬起头来。

什么都没有。

可太静了。

连斑斑时不时响起的几声鸟啼都不见了。

不好。柳余下意识推开门走了出去，壁橱上空无一物。

鸟笼……消失了。

"斑斑？！"她叫了一声。

没有一丝回音。

只要她在蘑菇屋，斑斑就不会出去……

斑斑不见了。

柳余的心几乎要跳到嗓子眼，她想起了茜茜，想起了粉红兔身首分家的场景……扶着壁橱的手忍不住抖了下。

这时，一片树叶飘落了下来。

很奇特的形状，像是不规则的爱心。柳余捡了起来，树叶上有字，蝌蚪般的字母一字排开，她发现，自己居然看懂了："斑斑在我这，带上铁片，翡翠之森见。路易斯。"

路易斯！又是你？！

柳余面无表情地攥紧树叶，直到它变成一团绿泥，才张开手。

她重新去洗了把手，换好衣服，将铁片和最重要的记忆珠挂在一起，才走了出去。

短短的一段时间，她已经冷静了下来。

路易斯必有所求……在这之前，斑斑的安全是无虞的。

虽然，路易斯总是虚虚实实，东一榔头、西一棒子，看起来随心所欲的模样，可柳余就是知道，他和自己，是一类人。

为达目的，不择手段。

只可惜，她现在还没有摸准他的意图，反正，绝不像小说中说的那样。

事到如今，柳余得承认，小说太片面了。

而她现在，活在一个真实的世界里。所有的东西，都在向她展示它膨胀的、并不单调的内核。

参加神圣选拔的神眷者们在神殿广场集合。

当红衣大主教年轻英俊的脸出现在所有神眷者面前时，底下一阵"嗡嗡"声。

"居然和莱斯利先生一模一样……"

"不，不，仔细看，还是莱斯利先生更英俊……"

"还有点像路易斯教授……"

布鲁斯咳了一声："孩子们，这位是圣殿的红衣大主教，阿诺德阁下。他将亲自主持这次神圣选拔。"

阿诺德抬了下手，表情亲切而随和，身着代表大主教的红色法袍，头顶上的王冠在光下熠熠生辉。

"阿诺德·马奇。

"比赛的地点改变了，我们将跨过翡翠之森，去到那斯雪山。那里，有一场硬仗等着你们。最后胜出的三男三女，将随我去到圣殿，接受神的挑选。祝你们好运。"

柳余站在盖亚身旁，目不转睛地看着站在队伍前列的黑发青年。

没有鸟笼。

"贝莉娅。"

身边人似有所感，转了过来，"该走了。"

柳余被他牵着，随着人流走出广场。

在经过大理石雕像时，她忍不住往回望了一眼，不知道是不是她的错觉，她似乎看到路易斯经过阿诺德时，朝他伸了下手。

再看过去时，就没有了。

而玛丽居然也在，她和娜塔西走在了一起。太奇怪了。

柳余想一定是有什么被她忽略了。

收回视线的刹那，她仿佛看到阿诺德那双浅浅的绿眸朝她微笑了一下。

"星辰骑士阁下，阿诺德阁下请您上他的马车。"

一位白衣圣使走到了队伍中间，对着那白袍银发的青年发出邀请。

青年手中牵着一只白皙细嫩的小手，面色未变道："不，谢谢。"

他毫不客气地拒绝。

"阿诺德阁下说，如果您坚持，他就先走一步了。到时他会在那斯雪山等您。"

圣使拱手告辞，周围的神眷者们纷纷用憧憬的眼神看着盖亚·莱斯利……自从得知他成为真正的星辰骑士，他们就这样了。

这时，他们已经徒步行走了半日了。

通往那斯雪山的道路坑坑洼洼，不太好走，神眷者们都有些累。

这次的队伍，要比上次庞大得多，不仅有罗芙洛教授、爱德华教授和路易斯教授，还有马兰大人，更有圣殿的白衣圣使和圣骑士们。他们簇拥在红衣大主教的黄金马车周围，远远看去，白衣汤汤，金光渺渺，气势十分之浩荡……

不过落到柳余眼中，大概就是这些人十分具有"神棍"架势。

她就看着那左雕日右雕月的黄金马车车头一转，两匹雪白的骏马肋生双翼，突然间飞了起来。

"那、那是浮空术！不愧是最年轻的红衣大主教……"

"那可是大神官级别的神术，许多人一辈子都达不到……"

柳余看了一会，对旁边人道："盖亚，你会吗？"

她对神术的理解，还停留在光明弹、破谎术、变羊术，而腾云驾雾……已经让她归类于神仙级别的法术了。

此时冷不丁在现实中看见，就有些激动。

未来，似乎在这一刻，向她展开了真正的、极为宏大的蓝图。她一定、一定要到神的身边去。

她想永生，她想要上天入地，她愿意为此付出一切……除了灵魂。

柳余忍不住看向旁边的青年，为了出行方便，她替他将银发扎成了两条长长的几乎曳地的麻花辫，这样的打扮却丝毫未损他的美貌，反倒显出他轮廓的精致和华美。

青年并未回答，只是指间一弹，一双小小的白色的翅膀就从他指间飞出，落到她身上。

柳余感觉，自己随时能飞起来……

就在这时，他又一弹手指，翅膀消失了，柳余只能看见他侧过去的脸，精致的脸部线条，玉质般剔透的肌肤。声音清清淡淡、无所谓似的："这没什么。"

这倒衬得周围那些此起彼伏的赞叹像是大惊小怪一样。

"哇，盖亚，你好厉害！"柳余晃了晃他手，"那你教我。"

就在她以为他会拒绝的时候，盖亚点头了："好啊。"

"浮空术可是大神官级别的法术，阿诺德阁下天赋异禀，星辰骑士阁下深受神的宠爱，他们自然会，可是……整块大陆，恐怕找不到第三个学得会的。"

圣使和圣骑士们当然跟不上有浮空术加持的黄金马车，他们无声化作两列，庇护在神眷者的周围。

而盖亚刚才那一手，眼尖的当然瞧见了。

于是，也听见了他身边少女的请求……圣使们的骄傲与生俱来，对红衣大主教的敬慕更是刻入骨子里，此时听一个少女随随便便就想学浮空术，就忍不住讽刺两句。

"贝莉娅可以学会的。"

少女还没回答，她旁边尊贵的星辰骑士就用他那极为美丽的声音回答了他们。

他像是在陈述一个确定的事实。

圣使们不由温顺地垂下头颅："阁下说的是。"

柳余也发现了，这些倨傲的圣使和圣骑士们，一对上盖亚，就像软骨头的虾子，一点都直不起腰来……光明力越强，好像越难抗拒他本身的威势。

而奇怪的是，这所谓的威势，她毫无感觉。

浮空术的口诀，整整有二十句，还都是长长的饶舌音。

柳余光念顺，就花了整整一天。

于是，这一路上，她就由盖亚牵着，口中念念有词，不停练习着浮空术，偶尔看几眼队伍前方的路易斯。

路易斯很安静，甚至连眼神都没丢过来一个，她一直没找到机会和他联系。

通往那斯雪山，只有一条路。

这次，他们依然经过了雷姆洛村，雷姆洛村还是老样子。

不同的是，每个人脸上都生气勃勃，当庞大的队伍经过时，村长还领着村民们默默送出很远。

柳余回过头时，还能看到他们匍匐在地的卑微身影。

"盖亚，你觉得他们像什么？"

"他们？"盖亚侧过头来，"谁？"

"那些村民们。"

"驯化过的麋鹿。"

他并未对他们多加评价，只有这样一句。

"那你觉得，这些麋鹿快乐吗？"

"贝莉娅，我没做过麋鹿。"盖亚的脸上十分平静，"我也不情愿被驯化，也许，等哪一天我会告诉你答案，但不是现在。"

柳余闭上了嘴，但看他这样云淡风轻，又莫名地感到不快，朝他伸手："抱。"

"贝莉娅。"

"抱。"少女嘟起嘴，"我脚疼，盖亚。"

见他不回答，她又道："你不喜欢我了吗？"

"……"他嘴角歪了歪，只好无奈地将她一把抱起，"贝莉娅。"

"怎样？"

"其实我可以带你体验下浮空术。"

"不要。"

少女"哼"地转过头去，她现在就只想折腾他，让他累一累。

就在这时，她的视线和猛然间回头的路易斯的视线在半空中相遇，在他那双黑瞳中找到显而易见的讽刺……

柳余知道，他在讽刺她虚情假意。

"斑斑。"他朝她做了个嘴型。

柳余一下就看到了斜插在他衬衫领口的灰色羽毛，羽毛的尾端凭空黯淡了一截……那是斑斑的。

"贝莉娅，你在害怕。"

这时，身旁传来声音。

柳余这才发现，自己都快将盖亚胸口的衣襟给抓皱了。

"啊，盖亚，对不起，刚才我在路上看见了一只黑老鼠，特别丑，吓了一跳。"

她成功地见到路易斯僵在脸上的笑，才朝他露出嘴型："铁片。"

双方都握有对方需要的筹码时，不能轻易露怯。

以不变应万变才是上策。

谁先沉不住气跳出来，谁就输了。

柳余朝路易斯露出淘气的笑，收回视线时，发现玛丽公主在瞪自己，又伸手替盖亚抚了抚衣襟，重新将头埋到他胸口，娇娇柔柔地道："盖亚，你可抱紧了，我不想摔下去。"

盖亚一阵轻笑，柳余只感觉到他的胸膛的一阵起伏："怎么呢？"

"贝莉娅，你刚才的气息，像只斗鸡。"

"喂！亲爱的莱斯利先生，"她恼怒地道，"一位绅士的嘴里，绝不会出现'斗鸡'两个字！"

"噢，抱歉，抱歉，是莱斯利先生的错。"盖亚不那么有诚心地道歉，却又道："……可莱斯利先生很喜欢斗鸡呢。"

柳余的脸一下红了。

抬头看着盖亚难得展露在阳光下的灿烂笑颜，脑子里只有一个念头：长成这样，绝对……是"犯规"。

再之后，她就谁也没理，专心练习浮空术了。可惜等到达翡翠之森时，还没成功施展出一次浮空术。

"我们在这歇一晚，而后，通过这个地洞，去往那斯雪山的底部。"

罗芙洛教授微笑着将他们领到上次的湖泊前。

湖内的水已经干了，湖底干巴巴的泥土上，一个深不见底的大洞露了出来。

"这里是……上次莱斯利先生和弗格斯小姐被卷进去的湖泊？我记得，有许多黑暗生物。"

"噢，放心，地洞里的黑暗生物已经被提前清理干净。"爱德华教授挤挤眼睛，"有阿诺德阁下、圣使和圣骑士们的事先探查，一切，都在你们的应付范围内。"

"这只是'甜点'，'正餐'在那斯雪山之底……相信我们，这会是一趟奇妙之旅。"路易斯以翩翩风度道。

"现在，就地休息，明天出发。"

这次的选拔不像上次那么轻松。

一路过来，既没有篝火，也没有热汤。

神眷者们也习惯了，他们纷纷挨着自己熟悉的人坐成一圈，安静地啃着分发到手的馕饼，偶尔聊上几句天。

柳余拉着盖亚挨着块大石头坐下，并且确定自己远离娜塔西的位置……上一回的经历，让她产生了心理阴影，生怕再来一次，她另一条胳膊也保不住。

她意图远离人群，可自然有人找他。

卡洛王子像之前两天那样，送来两块糕点……马拉酥是一种特制的宫廷糕点，闻起来有股浓郁的奶香，咬下去酥酥脆脆，还能经得起久放。

只是造价太昂贵，一块马拉酥，要五十六卢索，还通常买不到。

对比学院发的馕饼，马拉酥简直是珍宝级别的美味了。

"弗格斯小姐，莱斯利先生，请享用。"

卡洛王子左手置于腹部，微微屈身，这个可怜的少年最近简直快要被羞愧压死了。马拉酥显然是他出发前为赔罪特地带的……每到饭点，就会恭敬地送来两块。

柳余毫不客气地将马拉酥收了。

她可不想吃干巴巴的馕饼，何况，要弥补玛丽犯的错，这几块马拉酥还远远不够呢。

"卡洛王子，您不必这样。"嘴里还假惺惺地，"玛丽是玛丽，您是您，您不必为她道歉，我也不会原谅。如果不是盖亚，我的脸早就毁了，我们两个虔诚的光明信徒将会一起葬身湖底……其中一个，还是前程远大的星辰骑士。"

成功地看到卡洛王子羞愧地抬不起头来的模样，柳余才道："不过，为了您好受些，我会接受您的礼物，但请您管束好您的妹妹……"

"当然，我会看好玛丽。"

卡洛的脸羞得通红，他的记忆里，玛丽还是那个脸蛋红扑扑、会跟在他身后喊着"哥哥"的小女孩……所以，即使知道她错了，他也无法就这么看着不管。

"卡洛哥哥！"这时，玛丽公主昂着下巴走来，她依然趾高气扬，如果不看她过分苍白的脸的话，"我的错，我自己承担！不需要您来为我赔罪！"

柳余却记得，有人告诉她，玛丽公主和那帮被盖亚圣光审判过的人，体内的光明力已经萎缩到了极致，无论他们怎么练，都只能发出豆子般大小的光明弹……

像是身体内某种与光明贴合的东西遭到了毁灭性的破坏。

所以她也不明白，玛丽为什么要跟来这里。

玛丽不可能会通过神圣选拔。

而这时，玛丽低下头来："尊贵的星辰骑士阁下，还有弗格斯小姐，请接受我的道歉。"

只是她那直直挺着的背脊，让这个道歉依然显得不够真诚。

柳余看着她："抱歉，我不接受。"

路易斯确实引出了玛丽体内的恶念，但付诸行动的却是她自己。

"你凭什么不接受……"

玛丽恼怒地抬起头来，这时林间一阵风穿过，那风"呼呼"地刮过人群，将人的头发吹得乱飞……

也掀翻了玛丽头顶漂亮的羽毛帽。

那帽子与她黑乎乎的头发一同落了下来。

柳余呆愣地看着玛丽公主那稀疏的头顶……

她浓密而漂亮的长发不见了，只剩下稀稀拉拉的一层，勉强罩住她的脑袋。

风一吹，露出白皙的脑壳，几十根发丝飘落下来。

玛丽……秃瓢了？

附近窃窃私语声都没有了，人群陷入诡异的寂静。

在这极致的静里，玛丽似是受不了，捂住脑袋尖叫了起来：

"凯蒂丝，奥菲利亚，快帮我把帽子捡起来！"

她的两个跟班扶住帽子，悄悄往人后缩了起来。

没人理她，他们纷纷看着她光秃秃的脑门，嘴巴不约而同地张成了"O"形。

只有卡洛王子弯腰，他捡起地上的帽子拍了拍，重新替她带上。

"玛丽，别任性了……如果这是惩罚，我想，对于你犯下的罪行，已经足够轻。"

"玛丽公主这…是怎么回事？"柳余面色古怪地问。

她得承认，这一刻，她挺痛快的。

"从那一天开始，就这样了。"卡洛王子微微屈身，"伯纳湖边那些迫害您和莱斯利先生的神眷者，已经得到了惩罚。神收回了对他们的恩赐，他们的光明神力已经萎缩，头发……"

他轻轻地说说："就像玛丽这样。"

玛丽不忿地哭泣："这不公平！我不过是出于对光明的拥护……"

"玛丽！闭嘴！"卡洛王子头也不回地打断她，"别用你的私欲污蔑伟大的神明。神从未鼓励过暴行和犯罪，审判也该在神殿的审判席上。"

柳余则看向旁边的青年。

她的动作似乎被他捕捉，他微微偏过头："贝莉娅，怎么了？"

"没什么。"柳余摇头，她用新奇的眼光看着他，"我只是觉得……不可思议。"

是的，不可思议，这让她想起了最开始……贝莉娅的一切厄运是从挖走神的眼睛开始的。

这是世界法则在冥冥之中对她的"惩罚"。

也是神无意识的影响。

按照盖亚一贯的性格，他应该不会那么无聊地去咒一群人"秃头"，可如果是无意识的呢？比如，某一刻的愤怒和想法，因他意识的强大，而变成了现实。

"盖亚，有没有那么一刻……你想让他们的头发都掉光？"

"有。"青年似乎在回想，他摇摇头，又点点头，"当你的头发被剪去时，我确实想过。"

果然。

她兴冲冲地道："那盖亚，你以后每天都努力想一下，让我的手臂快快长出来……嗯，还有变得更漂亮……当然，祝福我好运常在……"

"贝莉娅……"

"好啦，好啦，我知道了，开玩笑的嘛。"

一旁的卡洛王子黯然退后，在离开时，忍不住往回看了一眼，他看到金发女孩懒洋洋地歪在尊贵的星辰骑士怀里，手指缠着他美丽的发辫在玩，两人亲昵地说着话，又轻轻地接了个吻。

他猛地转过头，从未有过这样清醒的领悟。

他从未得到过她，而现在，也再没有机会得到了。

可那张优雅的、极致美貌的脸却依然保持平静，盖亚"看"着她，手缓缓地、在她的视线下伸到裤袋里，而后掏出……

一尊白色的小雕像。

他连个笑的模样都没有，可柳余分明感觉到，那张漂亮皮相下的微微促狭。

两人接了很长的一个吻。

分开时，柳余还有些恍惚，她喘了一会，才有时间来端详他手中那个手掌大小的大理石雕像。长长的波浪卷，还有漂亮的蓬蓬裙摆，腰肢纤细，比例完美，可惜……

没有脸。

盖亚不知从哪里拿出一把刻刀，在裙边细细地琢磨，柳余枕着他的胸口，手指着上面问："为什么没有脸？"

"抱歉，我……"

柳余还没听清，就感觉身体一个腾空，接着整个人都在不断往下坠，她下意识回头，背后什么都没有。

没有盖亚，没有神眷者，也没有教授和圣使们。

一切，都好像是她幻想出来的那样。

世界彻底地黑了下去。

当她再次睁开眼，发现自己就站在翡翠之森，视线穿过稀稀拉拉的灌木丛，一块凝碧一样的湖泊出现在她面前。

浮光跃金,水草摇曳,飞鸟掠过湖面……

一切都看起来那么静谧和谐,就仿佛是世外桃源,让人忍不住想坐下来,歇一歇脚。

"哇,好美。"有人在她耳边感叹。

控制不住少年心性的神眷者们一窝蜂地往湖边走,笑闹声惊起了湖面的飞鸟……

柳余眯起眼睛……好熟悉的画面。

她明明已经经历过……难道,是又穿越回去了?

她下意识低头,果然看到了完好的手臂。

用力地攥紧……当那有力的感觉传递过来,柳余才发现,她对残缺的身体不是无所谓的。

她很渴望健全的自己。

转过身,果然看到娜塔西被卡洛王子背着走来。

娜塔西拍拍卡洛王子的背:"您放我下来。"

柳余就这么看着娜塔西一瘸一拐地往湖边走,她穿了条绿色的裙子,很浅很浅的绿。

要救吗?柳余问自己。

救的话,她的手臂也许还会再断一次……

女主角总有这样的能耐,她的体质能让她周围的人都遭殃。

不救吗?如果娜塔西就此死亡,那么,她的手臂就不会断,她也不必再在女主角的光环下生活……

柳余仿佛站到了命运的拐角……

时间格外厚待她,让她重新拥有了选择的机会。

一头,通往天堂。一头,通往荆棘遍布的人间。

很好选。没人喜欢荆棘。

娜塔西蹲了下来。

而柳余眼中的世界,像是变成了一帧一帧的动画……

从娜塔西蹲下到伸手,一切,都无比醒目。

"不!"柳余猛地奔了过去。

风吹起她的长发,清新的水汽扑面而来,她苦笑着想:原来,就算时间重来,她还是没有第二种选择。

她无法抛弃自己。

柳余狠狠地拽着绿衣少女的领子,将她拉离了湖边。

这一刻,世界震荡,分崩离析。

绿衣少女惊愕的脸化成了齑粉,抱着粉红兔的银发少年也成了一道破碎的剪影。

一切都消失了。

柳余只觉得浑身一轻,睁开眼睛时,发现自己正躺在盖亚的怀里。

他似乎在什么地方走,她能听到头顶"滴答"的水声。

"这里,不,刚才……发生了什么?"

"选拔赛开始了,从我们踏入翡翠湖边那一刻算起。"盖亚平静地道。

"可罗洛芙教授说……"

"那是陷阱,让我们放松的陷阱。如果我猜得没错,第一关,我们过了。"

"这样的话……"

柳余有点明白了，西方的魔法阵，东方的玄术阵……异曲同工。

这大概有点类似于……问心？

"那你梦到了什么，盖亚？其他人呢？第二关，又是什么？"

"我没有做梦，贝莉娅。"

所以，你的心里从来没有遗憾和后悔吗，盖亚？

第二十六章

绿油油的草地，烂漫生长的小花。

娜塔西一睁眼，发现自己正站在一片熟悉的花园里，正对着她的，是一座高高的光明神石像……

啊，是她以前居住的地方。

她又……做梦了吗？

父亲说过，母亲经常会在第一缕阳光照到这座花园时，给石像献上一束鲜花，对着石像祈祷。

娜塔西绕着石像走了一圈，和每一次的梦一样，她没有对着石像祈祷……但她发现了不同寻常的地方。

梦里，她的胳膊和腿都变得小小的，石像变大了。

她穿着漂亮的蓬蓬裙，对来来往往的女仆们露出灿烂的笑容，听他们唤："伦纳德小姐，早安！"

"伦纳德小姐今天还是跟天使一样可爱呢。"

"听说……伦纳德先生今天就要回来了。"

"是的，我很想父亲。"

娜塔西对着女仆们和善地笑。

她不会像贝莉娅姐姐那样傲慢……人的出身不代表品行。

她穿过花园，站在门口，冥冥之中她知道，父亲一会就要乘着他昂贵的双人马车回来。

果然，一辆马车"嘶"地停在她面前。

车夫灵活地跳下马车，打开车门，一个留了两撇小胡子、年轻了许多的男人从马车上下来。他有一对快活的酒窝，和她如出一辙的棕色眼睛。这让他看起来很讨人喜欢。

"噢，娜西，我的娜西，"男人抱起门口的小女孩旋转，直到惹得她"咯咯咯"笑才放下她，牵起她的小手往花园走，"娜西最近好吗？库库西还调皮吗？"

库库西是她养的一只鼹鼠。

娜塔西发现，这个梦有些太逼真了。

她早就不记得那只鼹鼠的名字了，而且在他们搬到弗格斯家的第一天，库库西就被那只黑猫咬死了。

"库库西？噢，它咬坏了我的鞋子……我想饿它一顿。"娜塔西听自己回答道。

她发现，身边的父亲有些心不在焉。

这场景太真实了，不像做梦。

娜塔西忍不住咬了自己一口，疼痛传来……

她、她真的回到过去了吗？

父亲似乎发现她的举动，连忙蹲下来："娜西，为什么要咬自己？"

娜塔西眨了眨眼睛，眼泪突然流出来："父亲，您不要娶弗格斯夫人……就我们两个生活，不好吗？"

"噢，娜西……"男人的声音温柔了下来，他摸了摸她的头顶，"你是听见女仆们说了吗？抱歉，娜西……我不能。"

"为什么呢？我听说弗格斯夫人傲慢又尖刻，她不会看得起平民。"

娜塔西在父亲的脸上发现了疲倦和痛苦。

那愁苦像是要将他压垮，但他还是在尽力地朝她微笑，道："娜西，我们需要贵族的庇护……一个平民，如果他擅长经营，积累了大量的财富，那么，这就是他最大的罪……"

"我不明白……"娜塔西摇头。

"娜西，你不用明白，你只需要当父亲的天使，父亲会永远保护你。"

背后仆人的议论声传来："伦纳德先生真可怜，鲁帕特伯爵看中了他的财产……"

"那换一个。"娜塔西哭着喊，"只要不是弗格斯夫人。"

"娜西，贵族都是这样的……而且，弗格斯夫人手底下，从没有出过人命。"伦纳德先生将她抱进怀里，替她擦泪，"找不到更合适的了。"

"不！"她拼命挣扎，拳打脚踢，"十二分"的不愿意，"只要不是弗格斯夫人！只要不是！"

在她坚决地喊出这一句时，父亲的怀抱消失了。

小花园消失了。

蓝天、石像、女仆都消失了。

娜塔西发现，自己站在一个黑黢黢的通道里，薄薄的鞋底踩在了一个水洼里。

她脱下鞋子，将里面的水倒出来，仓皇地看向左右。

"有人在吗？"

"娜塔西，"一个声音似从远远的地方传来，"朝东，一路向前。"

"阿诺德阁下？怎么会是您？"娜塔西擦擦眼泪，惊喜地道。

"这是第一关试炼，你已经通过了。"阿诺德赞赏地道，"勇敢的女孩。"

"那……贝莉娅姐姐呢，她通过了吗？"

"善良的女孩，不必担心，你姐姐有莱斯利先生的保护，她不会有事。"

这样的试炼，出现在黑暗的各个角落。

而被善良女孩关心的贝莉娅，正躺在盖亚怀里，由他抱着，走出了这黑黢黢的、污水遍布的通道……

她还假惺惺地替他捏捏手臂："盖亚，你真好……累吗？"

"不。"

青年无奈，"贝莉娅，如果你在说这话时能稍微敛下愉快的气息，我想我会更高兴一些。"

柳余翻了个白眼,她现在……并不想伺候。

走到拐角,盖亚将她轻轻放了下来,还替她拉了下裙摆:"到了。"

柳余这才发现,他们到了一个巨大的洞穴。

洞穴灯火通明,罗芙洛教授、爱德华教授、路易斯,连阿诺德大主教就站在那,正微笑地看着他们。白衣圣使和圣骑士们不约而同地屈身,右手置于左胸:"拜见星辰骑士阁下!"

盖亚并未动,柳余却提起裙摆行了个礼。

罗芙洛教授欣慰地看着他们:"弗格斯小姐,莱斯利先生,恭喜你们通过了第一关的考验。其他孩子可还都在后面呢。"

柳余左右看看,果然没有看见其他参赛的神眷者。

"来,坐这儿等。"

这一等,就是半天。

柳余靠在盖亚怀里,眯了一会时间,又开始默念起浮空术。

浮空术太难了。

不愧是大神官级别的法术,即使她将口诀倒背如流,也无法成功施展一次。

体内的光明力像是被冻住了。

神眷者们陆陆续续地出来,等人来齐,阿诺德大主教执着光明权杖,走到队伍前列,他那代表着主教绝对权威的红衣在光下十分醒目。

"第一关,考验的,是意志。不论你做出什么选择,坚持还是放弃,只要你的意志足够坚定,那么,就足以冲破第一关。

"……以圣殿的名义,我宣布,盖亚·莱斯利、贝莉娅·弗格斯、马塞洛斯·卡洛、娜塔西·伦纳德……一共十二位神眷者通过了第一关的考验,现在,请站出来。"

柳余拉着盖亚,站到了一边。

没通过考验的神眷者们则站在一边,他们歆羡地看着这些脱颖而出的同窗们,脸上没有妒忌,也未见颓唐……

他们来,本就为了碰一碰运气,没抱多大希望。

"祝你们幸运。"

"谢谢。"

泾渭分明的两列。

马兰大人咳了一声:"安静……第二关开始了。"

阿诺德大主教一挥权杖,庞大的光明力从他的权杖流出,汇入地底。

洞穴开始摇晃起来。

当神眷者们陷入不安时,圣使们动了。

他们共同挥起权杖,嘴里开始吟唱:"圣光照耀,当雪飘落穹顶……"

无数道光明力汇入地底,以一种玄妙的方式联结在一起,地面放出耀眼的白光,柳余只觉得自己仿佛被这白光湮没,周身白茫茫一片。

就在这时……耳边传来路易斯低沉的声音:"我还要一滴你情人的血,加上铁片。"

"不。"

"你没有权利说不。你的鸟……"

三根灰扑扑的羽毛掉落到她的掌心,羽毛根部还沾着血。

"不过一只鸟。"

"弗格斯小姐，"那沙哑的声音缭绕在耳边，"这世上没人比我更了解你……记住，别拿你自己的血糊弄，我一下就能闻出来。待会见。"

声音消失了。

柳余看向旁边，盖亚的脸，在白光中若隐若现，像美丽的大理石雕塑。

他没听见。

路易斯应该用了某种方法，让他的声音传不到第二个人耳边。

可他要盖亚的血……做什么呢？

如果把斑斑和盖亚·莱斯利放到天平上称一称，毫无疑问，斑斑那只小身体会把天平"压垮"……柳余几乎立刻拿定了主意。

血，当然是要给。

否则，骗不过路易斯。

圣使们还在吟唱，地底的九芒星阵开始成形。

"盖亚……"

才唤出声，脚下就一空，整个人开始往下坠……手里揪着的衣袍像滑溜的鱼，一下子溜走了。

阿诺德的声音，直接在脑中响起："第二关，也就是最终关，考验的，是信仰。我在那斯雪山的地底留下了六枚光明圣晶，得到圣晶，就算通过。不论是得到一枚，两枚……或者六枚，只要手中有圣晶，都算胜出。当然，胜出者可以是一人，也可以是六人。

"祝你们好运。"

而显然，好运没有眷顾柳余。

她掉进了一片湖里，沾了水的衣裙变成了沉重的负担，好不容易一只手挣扎着游到岸边，却发现，黑发黑瞳的青年正蹲在岸边。他朝她伸手。

"弗格斯小姐，请让我为您效劳。"

"不用，谢谢。"

柳余冷着脸拍掉了他的手。

她拽住湖边的水草，手脚并用地爬了起来。

湿漉漉的衣裙包裹着她……幸运的是，她穿的足够多，不算暴露。

路易斯用遗憾的眼神看着她。

柳余站到了一块一人高的岩石旁，借着岩石挡去"呼呼"而至的风。

"为什么你能进来，路易斯大人？"

"这是秘密……"路易斯"嘘"了一声，走到她身边，深深地吸了口气，才道，"你要知道，一个堕落种，总是有各种不入流的手段。"

路易斯那张英俊而苍白的脸在这阴暗的地域里如同鬼魅。

"现在，告诉我，我要的东西是在水里，还是在你的身上。"

"我要先看我的鸟。"柳余道。

"噢，那只鸟？当然可以。"

路易斯像变魔术一样，手心突然变出一只鸟。

斑斑委委屈屈地耷拉着脑袋，"斑"了一声，几天不见，它身上的鸟毛更加黯淡了。

"我只拔了几根毛，毫发无损。"路易斯手伸近了些，让她看，"不过看起来……你的鸟很胆小。"

斑斑抬起头:"斑!

"放屁!你、你这个…丑八怪!邪恶的发臭的脓包!来跟你斑斑大爷打一架啊,斑斑大爷最擅长一个打七个!"

看斑斑还能怼人,柳余就放心了。

"铁片,还有你情人的血。"

路易斯手一收,斑斑就消失在了眼前。

"收那么快,路易斯大人怕我赖账?"

"不,尊贵的弗格斯小姐怎么会赖账?"路易斯摇摇手指,"我只是……有一点担心,毕竟弗格斯小姐的智慧和狡猾,我早就见识过了。"

"您的无耻和残忍,我也见识过。"

路易斯笑道:"这么说,我们俩……是天生一对?"

柳余被他的眼神看得发毛。

"我想,您跟娜塔西才是天生一对。您爱好纯洁,她纯洁。您爱好善良,她善良。"

"噢,是吗?"路易斯伸手过来,替她将额前湿漉漉的发丝别到耳后,柳余直挺挺地站着,只觉得鸡皮疙瘩一颗一颗生了出来。

"可我最近倒是觉得,带刺的玫瑰更迷人……尤其当她搏命倾情演上一场戏的时候。"

"看来路易斯大人的时间很多。"

"不太多,不过,对上弗格斯小姐,我永远有时间。"路易斯微微低下头来,挨得极近,"在交易之前,我想,先验下货。"

柳余警惕地退了一步。

她摊开手,手心上,是湿漉漉的拇指瓶和一块铁片,打开塞子,在他鼻尖迅速晃过,又塞了回去。

"闻到了吗?"

"噢,这熟悉的、叫人厌恶的味道,是的,没错。"

柳余将铁片和拇指瓶牢牢地握在掌心:"我要斑斑在我的视线范围内。"

"斑斑?"路易斯耸了耸肩,"当然可以。"

于是斑斑就被他放到了肩膀,柳余这才发现,它的翅膀耷拉着,像是抬起不来。

路易斯似是看出她的心思,解释:"只是一个小法术,等交易成功,我就会解开。"

斑斑黑眼珠子"咕噜噜"转。

柳余看了它一眼,才继续:"还有个条件,您得告诉我,铁片上写了什么。"

她有种直觉,这个铁片很重要。

路易斯大笑了起来:"我没听错吧,弗格斯小姐?"

"您没听错。"

路易斯嗤笑了一声,板起的脸尤为傲慢矜贵:"弗格斯小姐,看来,是我的优待给了你错觉,让你以为,你跟我之间有讨价还价的余地。"

柳余没被吓住,对他说:"路易斯大人,我想,您很需要这个。"她提起拇指瓶,对着一旁的岩石轻轻磕了下,在路易斯明显紧张起来时,才收回,"多么脆弱啊,一下就碎了。"

"你在威胁我?"

"是的，我在威胁你。"

"不想要你的鸟了？"

柳余像是听到什么好笑的笑话，笑了起来。

"路易斯大人刚才不是还在说，弗格斯小姐搏命演戏……一个人如果连自己的命都可以拿来赌，又怎么会为了区区一只鸟……让步呢？"

"斑！"

"怎么样？要不要赌，是你杀我快，还是我弄碎瓶子快？"

路易斯看着她："贝莉娅·弗格斯，你知道的，我总是不愿意为难你。"

"所以结论是？"

"我答应你。"他走近她，低下头，态度暧昧而轻忽，"铁片上写的是……"

柳余提高了警惕，记忆珠悄悄地从袖管落到掌心。

"……造神之法。"

造神之法？

居然是造神之法！

柳余的心"扑通扑通"狂跳起来。在她失神的一刹那，变故产生了。

一股野蛮的力量撞上她的手腕，疼痛迅速占据了她的神经。

不好！

拇指瓶和铁片！

柳余反应极快，手一缩、身体半抱往前一撞，直直撞入路易斯的怀中，记忆珠往他胸口拍去……却拍了个空。

记忆珠"啪嗒"落在地上，滚了滚。

路易斯抓住她的手腕，志得意满地道："弗格斯小姐，同样的错，我不会犯第二次。"

"很巧，我也是。"

柳余手掌一翻，拇指瓶和铁片往下落。

路易斯伸手去接，拇指瓶才到手，笑容就僵住了。

他低头看去，在光明弹炸开的地方，他的胸口，倒插着一个银色十字架。握着十字架的是一只白净的小手……

"你……"

他顺着手往上看去。

"抱歉。"

柳余面无表情地将十字架继续往里钻……

十字架扎入血肉，遭到肉体本能的抗拒，她不得不将全身的力量都投入进去。

"弗、弗格斯小姐，您……"路易斯像是被滚烫的热水泼过，整个人开始抽搐起来。苍白的脸上蒙上一层青灰，柳余就看着他那双漆黑浓重的瞳孔开始涣散，而后，光彩彻底熄灭。

他死了。

化作飞扬的尘土。

地上，银色十字架的冷光在闪耀，柳余蹲下身来。

十字架上浸了真正的圣水，是盖亚给她的。

她还记得他的原话："如果那只黑暗生物再来找你，就用它扎入他的心脏。"

她做得很好。

路易斯抢走了斑斑，又总是来威胁她……

存着盖亚血的拇指瓶不能落入他手里。

她没做错。

可手还在抖，锐器插入心脏那一瞬间的感觉，就像滑腻腻的蛇攀附着她，挥之不去。

斑斑像是挣脱了束缚，拍打着翅膀在她耳边欢快地叫："斑斑！斑斑！"

"噢！贝比打败了大坏蛋！贝比打败了大坏蛋！"

"斑斑也觉得…我做得很好？"

"当然！一切黑暗使徒都该被消灭！"

柳余闭上了嘴。

她在路易斯的衣服下面发现了一本日记，铁片，还有……

"光明圣晶？"

她捡了起来，几乎以为自己看错了。

难道是杀死黑暗生物，掉落圣晶？

不，这不可能。

应当是正好在附近，或者，就是路易斯本人有一颗圣晶。

柳余没找到拇指瓶，只找到了透明的玻璃碎片。

那几滴鲜血好似渗入黑乎乎的泥土，找不见了。

就在这时，一声哽咽从不知哪里传了出来，就像是憋狠了，没忍住。

"谁？！"柳余看向斑斑，发现他那双小黑豆眼心虚地避开了自己。

她一下子就猜到了："娜塔西，出来吧，我看到你了。"

娜塔西从角落走了出来，那里正好是一个视线死角……如果不是她主动走出，柳余还真的没办法发现她。她似乎哭狠了，还在不断地哽咽，脸上是纵横的泪水，看向柳余的眼里藏着深切的恐惧，还有愤怒。

"你杀了路易斯。"她握着拳头，"你杀了路易斯！贝莉娅姐姐！"

"很奇怪吗？"柳余问她。

"是路易斯，不是别人！"

"他是黑暗使徒，一直胁迫我的黑暗使徒，他还伤害了斑斑。"

"可他爱你！何况，他还为了你……"

"爱？不说这是不是真实，一只狗咬了我，又说爱我，那我就要爱它吗？"柳余摊了摊手，"别愤怒，这只是个比喻。"

"你真坏。"娜塔西捂住脸，"你的心和铁石一样硬。"

柳余却不耐烦继续跟她"打口仗"了。

她默念起了迷幻术："忘记这半个小时内你看到和听到的一切，娜塔西·伦纳德。现在，向东走。"

娜塔西迷迷糊糊地顺着暗河往东走，柳余则选了相反的方向。

她将日记本、铁片和记忆珠放在了一边，用油纸包着藏到了怀里，把圣晶握在手中，不一会就找到了出口。

出口处，心善的罗芙洛教授就站在那，一看见她惊呼："噢，可怜的弗格斯小姐，你看起来简直像只落汤鸡。"

"其他人呢？盖亚呢？"

他比她慢，这可真让人意想不到。

"莱斯利先生出来了一趟，又进去了。"罗芙洛教授拿来块大毛毯给她披上，"我猜……应该是去找你。"

"其他人呢？"

"阿诺德阁下和圣使们都在维持魔法阵，你没法想象，这个阵法有多消耗神力。没通过第一关的，已经由马兰大人送出去了。"爱德华教授也蹲到她身边，"冷吗？"

他递过来一个温热的杯子，柳余接过，喝了一口："谢谢教授。"

"不客气。"

等了将近两个小时，才有第二个人出来。

是卡洛王子。

卡洛王子后，出来的人就快了。

娜塔西、伍德、威尔森，最后，才是盖亚……

没有找到圣晶的人，是无法得到出口的提示的。

这时，阿诺德阁下的额头已经满是汗水，圣使们的衣服都汗津津的，看起来既不飘逸，也无美感了。

阿诺德一挥权杖，代表着魔法阵的白芒一阵波动，还困在阵中的六位神眷者突然出现在阵法之上，他们茫然地站着，看向四周。

"我们……出来了？"

阿诺德阁下遗憾地道："你们没有找到圣晶，淘汰了。"

六人中，有人掩面哭泣起来，他们曾经离成功那么近。

"那么，我宣布，最终通过艾尔伦大陆神圣选拔的六位，是盖亚·莱斯利、贝莉娅·弗格斯、马塞洛斯·卡洛、威尔森·欧文、伍德·泰勒、娜塔西·伦纳德。你们将和其他两块大陆上的圣子圣女候选人一起进入圣殿，等候神的挑选。"

"是！"

柳余混在慷慨激昂的呼声里，也应了声"是"。

"夜色已晚，不适宜赶路……"

红衣大主教显然深谙一紧一松的管理策略，提议给大家放松一下。

不论是胜出的神眷者，还是被淘汰的，都亟待一场发泄。

这一提议，几乎立刻得到了拥戴。

"生起篝火！"

"跳舞！唱歌！"

"不，这有什么意思，我们来玩'猜碓'。"伍德提议道。

"猜碓？这是什么意思？"

卡洛知道："这是东方龙姆国传来的新奇游戏。不难……"

柳余在旁边心不在焉地听，还没听到一半，就明白了，真心话大冒险游戏，贵族版的。

她比较在意的是……

要过多久，才会有人注意到路易斯失踪了。

才想完，在那边煮肉汤的罗芙洛教授就奇怪地道："路易斯教授呢？他说出去一下，到现在也没回来。"

"也许是迷路了。"爱德华教授不以为然道，"路易斯教授总是神出鬼没的。"

阿诺德阁下招来一位圣骑士，吩咐他去附近寻找："我们事先探查过，这个地方不存在能威胁到路易斯教授的危险，不必担心。"

"贝莉娅，要玩吗？"盖亚问她。

"我想跳舞。"柳余想发泄。

被终结的生命，就像是黏在她灵魂上的灰点，让她无法轻易擦拭。

篝火升了起来。

明晃晃的火焰映出一张又一张的脸，高兴的、不高兴的、振作的、萎靡的……

柳余却拉着盖亚，去了另一边。

洞穴旁，是一条清澈的小溪，旁边开着不知名的花儿。柳余问罗芙洛教授要了个小花灯，点燃放在溪边。

煦暖的光从花灯散开，将潺潺的流水和溪边的青年都笼罩住了。

一切都陷入朦胧。

青年高大的身影在地上拉出一道长长的剪影，也将她笼罩。

柳余浮躁了半天的心，终于平静了下来。

"盖亚。"

"嗯？"

青年转过头来。

灯光落在他棱角分明的侧脸，给他过冷过白的皮肤镀上了一层柔光，柳余却注意到了他那双眼睛，灰蒙蒙的眸光里，倒映着一片浮动的影子，她在其中找到了自己。

她笑了起来："我们跳舞。"

盖亚也笑，他笑时，似乎世界都被他点亮了。

他一只手背在后，一只手风度翩翩地朝她伸来："美丽的弗格斯小姐，我想请您跳支舞。"

"当然可以。"

柳余将手搭上了盖亚，他低头亲吻她的手背，恍惚间，被他一下拉到了身边。

他抱住了她，搁在她腰间的手臂充满力量："抱歉，我可能并不擅长。"

柳余轻笑："我也是。"

两人安静地靠在一起，柳余枕着他的肩，被他带着一起晃动、摇摆。

"上次和娜塔西争，没想到，也没跳上几支舞。"她的声音因回忆而越发柔软，"盖亚，我想听你唱歌。"

"唱歌？"

"那首，我们第一晚之前你唱的那首。"

盖亚微笑着答应了，他在她耳边轻轻地哼唱："以光明之名，神的子民，神的子民，这里种满鲜花，这里洒满美酒。我们载歌载舞，生命譬如朝露。死亡迫切来临，可你毫不畏惧……"

"贝莉娅，心情好点了吗？"

额头被轻抚，柳余懒洋洋地睁开眼睛："你看出来啦，盖亚？"

"当然,你刚才的气息闻起来像一棵苦艾草。"

"那现在呢?"

"甜美的樱桃。"

"可你闻起来,"柳余作势吸了一大口气,"像……"

"像什么?"

"才凿到一半的椰子。"

两人在朦胧的灯影里对视。

"斑斑!"

这时,一道尖锐的、高亢的鸟鸣乍然响起。

一只灰斑雀扑棱着翅膀,自上而下地俯冲:"贝比!斑斑要有女朋友了!斑斑要有女朋友了!"

"斑斑找到了一只漂亮的鸟儿,特别特别特别漂亮!"

斑斑像是亢奋得停不下来,不断地围着柳余打转。

行了,一点余温都没有了。

柳余对自家败兴的鸟儿翻了白眼,嘴里却温柔地打招呼:"斑斑,你回来啦?捉到了几条虫?"

斑斑毛乎乎的小脸蛋露出了个嫌恶的表情:"呕,谁要吃虫子?贝比,你是不是傻了?"

"这是……你的那只鸟?"

倒是盖亚好奇了起来。

"斑!!!

"啊——莱斯利先生!!!是莱斯利先生!!!伟大的星辰骑士阁下!!!斑斑好幸福!"斑斑像吃了兴奋剂一样尖叫。"贝比,你刚才一定也是在和莱斯利先生交配!这迷人的气味……"

灰斑雀围着两人转圈圈,丝毫不知自家主人现在恨不得扒光它的鸟毛。

它转到盖亚面前时突然一个俯冲……噢噢,快接触到莱斯利先生!

就在这时,一只柔嫩白皙的小手精准地掐住它的翅膀:"嗯?斑斑,不能对别人不礼貌哦。"她对它露出可怕的笑容。

斑斑一下子蔫了,"贝比……一下,就一下……让斑斑感受一下莱斯利先生的怀抱……"

柳余面无表情地将它按在自己肩膀上,重重地撸了一把鸟毛,才回答盖亚之前的一个问题:"是的,是那只鸟。"

"我可以摸摸它吗?"

尊贵的莱斯利先生此时吐露的声音,落入斑斑耳里简直是天籁。

"当然可以!迫不及待!"

它晕陶陶的像是喝醉了酒,心里想着:啊,这个世界上怎么会有这么完美、让鸟神魂颠倒的人类雄性呢。如果可以,斑斑希望自己能永远醉死在这只人类雄性温柔的眼睛里。

"抱歉……"

"噢,不!"斑斑心碎的尖叫让柳余的拒绝没能说出口。

看着黑豆眼里快渗出来的眼泪,柳余无奈地想,算了,就这一次,但愿不会出现什么麻烦……她还记得,她和盖亚第一次见面的那天,记忆珠出现的异状……虽然后来,就再没出现过。

"当然可以。"她小心翼翼地拉起盖亚的手,让他去摸斑斑的羽毛,并打算一有不对劲就立刻阻止,"您得轻点,它很害羞。"

"噢!莱斯利先生!不用在意!"

幸运的是，盖亚和斑斑的接触没出现什么异状，而这只无耻的雄性鸟类，却靠着毫无下限的讨好，得到了莱斯利先生一个笑容，而后，成功地爬到了莱斯利先生的肩膀上。

"它很可爱。"

"噢，是的，当然。"柳余笑眯眯地点头，"我们回去吧，出来太久了。"

盖亚大多数时候都是顺着她的，他无比自然地牵起她的手，两人往洞穴走。

围绕着篝火的队伍变得格外庞大，白衣圣使和圣骑士们都参与了，显然这个来自龙姆国的游戏十分新奇，远远地就能听到喧嚣声。

教授们和阿诺德阁下则坐在另一堆小点的篝火前，静静喝酒。

"终于回来了。"

爱德华教授第一个看见他们，他朝他们促狭地挤挤眼睛，还朝盖亚举了举手中的酒杯，"莱斯利先生，要不要来一杯？"

罗芙洛教授也跟着抬头，只是脸上的笑绽到一半，就僵住了。

她像是看到了世间最不可思议之事，瞳孔张得老大："无所不能的神，带着他灰色的神鸟来了。黑夜里，飘荡着罂粟的香气。神却向狡诈者露出了微笑。"

阿诺德大主教轻轻接道："神陷入了花汁和谎言构成的陷阱，从此，贪婪、欲望、嫉妒如无所不在的藤蔓，紧紧地缠绕住了他……"

罗芙洛教授颤抖了下。

"罗芙洛教授，阿诺德阁下，你们怎么了？"

爱德华教授奇怪地看着他们。

阿诺德阁下首先回过神来，那张与盖亚相似的脸上有种惹人怜爱的苍白，他狠狠灌了杯酒，才道："没什么。"

罗芙洛教授也一脸如梦初醒。再看过去，刚进来的一对已经走到了那一堆年轻人里，看起来没什么异样。她拍拍脸，让自己振作一些。怎么可能呢？那只是野史上流传下来的一则故事而已。

柳余已经和盖亚坐到了人堆里。

神眷者们给他们挪出了点位置，很奇妙的是，她、盖亚、娜塔西和卡洛王子，坐的次序和上次在翡翠之森一样……只除了少了个路易斯。

卡洛王子拿出的金色卡牌在光下精致得像一件艺术品。

"规则很简单，这套卡牌里，有一张国王和一张奴隶。"他翻开卡牌，国王金色的王冠栩栩如生，奴隶的灰衣像是臭水沟里的破布。

"其他都是贵族和平民。抽中奴隶的人，由国王支配。他必须回答国王提出的问题，或者完成对方提出的要求。当然，不论是问题还是要求，都只能选择一个。"

柳余想，确实很简单，贵族和平民是"陪跑"，国王和奴隶倒很有趣。

"听起来很有意思，玩吗，盖亚？"

在场几乎一大半的人，都忍不住看向那边端坐的青年。他看起来和阿诺德大主教那么像，可不知道为什么，在他的光芒之下，阿诺德大主教的红衣好像都不起眼了。

他们只看得见他。

"玩。"他点头。

卡牌被一个清秀干净的女圣使迅速洗好，放到了盖亚面前。柳余觉得她眼熟，看了半天才想起来，他们从弗格斯家回来的第一天，在布鲁斯办公的房间内见到的就是这位，索菲亚女圣使。

盖亚随手抽了一张，翻开。

"国王。"有人叫了一声。

卡洛王子恭喜他："莱斯利先生的运气很好。"

卡牌顺时针一张张抽下去。

柳余翻开，贵族。

还不错。

她可不喜欢当奴隶。

顺时针最后一位娜塔西，她翻开，果然是奴隶。

全场所有的人都抽过了，就差这一张。

柳余很想朝天空比个中指，还真是锲而不舍地试图撮合……可惜，这洞穴里也看不见天。

"国王可以向奴隶提一个问题，或者要求。如果奴隶都拒绝，必须接受惩罚。"

娜塔西棕色的眼睛亮晶晶的，目光落到银发青年的身上，就化成了水："莱斯利先生，您请说。"

盖亚安静地坐着，他似是想不到什么问题，随口道："如果可以的话，请给贝莉娅端一杯水，她有些渴了。"

娜塔西粉扑扑的脸肉眼可见地白了。

她急急忙忙地站起身来，看起来张皇失措："我、我去罗芙洛教授要。"

"星辰骑士阁下，您可真狠心，这样对待一个爱慕您的女孩。"

对面的索菲亚笑着洗牌，柳余却从她眼中看到了火焰一样的光芒。

噢，糟糕。又一个沦陷在光明神裤管下的姑娘。

柳余漫不经心地支着下颌，脑子里却想起光明神座下那些绝色的少男少女。

是的，爱慕，他从来不缺。

人类、非人类，甚至整个世界，都对他奉上了无与伦比的虔诚和最深沉的爱慕。

盖亚却有礼地颔首："抱歉，不过我想，除了我的情人，我不必对其他人的爱慕负责。"

全场静了一静。

这样的话，在讲求风度和适度的贵族社会，是十分失礼的。

可偏偏盖亚·莱斯利这样说，就让人觉得，他"失礼"得十分迷人。

柳余承认，她被取悦了。

没有一个女人会拒绝这样的奉承……

何况盖亚从不奉承，他一向坦白。

端着水杯走来的娜塔西，泪在眼眶里打转，手颤得杯子险些握不住……

她稳了稳神，重新走过来："贝莉娅姐姐，您的水。"

"谢谢。"

柳余接过，嘴唇沾了下，就放到一边。

虽然很渴，但她不想喝。

没有原因。

娜塔西看了她一眼，坐回原位。

"继续。"

上一轮做奴隶的，第一个翻牌。

"贵族。"

娜塔西。

"贵族。"

卡洛王子翻牌。

中间一个个抽过去。

"国王。"

索菲亚。

"贵族。"

柳余继续陪跑。

只剩下一张奴隶没出现过，盖亚翻牌："奴隶。"

索菲亚进攻性极强地道："请奴隶亲吻国王。"

柳余立刻看到了盖亚眉间的反感。

他几乎是立刻道："我选择惩罚。"

索菲亚的脸也白了："星辰阁下，只是一个吻。"

"我选择惩罚。"盖亚坚持。

卡洛王子从旁边端来十杯青稞酒："两分钟之内喝完。"

青稞酒在这个世界，是一种高纯度的美酒，入喉浓烈辛辣，一杯酒可以干倒一个硬汉，十杯下去……

卡洛话落的瞬间，盖亚已经拿起酒杯。

他喝得不疾不徐，速度却极快，星月袍宽大的袖口翻飞，柳余看着他性感的喉结不住滑动。

十杯完，盖亚的脸白了一层，灰蒙蒙的眼里罩了一层潋滟的水汽。

他还没倒下去。

径自伸手翻牌："奴隶。"

运气好像突然不再眷顾这位高贵的神祇化身。

"平民。"

"平民。"

"贵族。"

柳余翻牌："国王。"

她骄傲地看了眼索菲亚，决定向这个半途插来的强势对手宣布主权："请奴隶亲吻国王。"

奴隶像是没听清，甩了甩脑袋："贝……莉娅？"

他那张玉白的脸上泛起一层薄薄的红晕，狭长的眼皮懒懒地耷拉下来，眸中一片茫然，这让他看起来像个孩子。

"什么？"

"请奴隶亲吻国王。"

柳余凑过去，想告诉这个明显喝大了的男人，她是国王，谁知就被一把抱住，深深地吻了起来。

"喂……"

她预期的，只是一个蜻蜓点水的吻。但得到的，却是一个深吻，他捧着她的脸，不让她离开。

她捶他，"放、放开。"

声音是含糊的。

挣扎了许久，才分开。分开时，唇瓣火辣辣地疼，不用看就知道，肯定被咬破了。

而此时，他正看着她，一脸纯真。

"奴隶，亲吻了国王。"他道。

柳余心里那道长堤，像被汹涌的潮汐不断地冲刷。

"哗啦啦……哗啦啦……"

她想，自己总是那么肤浅。

一张英俊非凡的脸蛋，天赋异禀的体魄，加上非你不可的甜言蜜语和无人能及的地位能耐，就足以让自己丢盔弃甲。

长堤，挺住了。

娜塔西忍不住转头，看向一旁。

她从没见过莱斯利先生这样的一面。

大多数时候，他都显得从容优雅，风度翩翩。温和是他的面具，没人能靠近哪怕那么一点。他淡得像是那斯雪山上的一阵清风，情欲这种东西，放在他身上，连想一想，都像是亵渎。

可现在，他却正抱着一个金发少女，在篝火旁热烈地亲吻。

娜塔西忍不住闭上了眼睛，她怕自己再看下去，就忍不住想要去分开他们。她愿意付出任何代价，只为让他像刚才那样亲吻自己……

他太耀眼了……

就像是美丽的死物突然有了生命，有了燃烧的欲望。

娜塔西甚至敢肯定，对面的索菲亚圣使一定和自己一样，不，不只是她，这些脸红心跳的女孩们，没有一个不希望，被那个耀眼的青年抱在怀中的是自己。

她们的心里，一定也像她那样，像猫的爪子挠过。

全场安静下来，所有人都有些受感染，卡洛王子咳了一声："不如，我们换一种玩法？"

"什么玩法？"

有人响应，像是要驱散刚才的感觉。

"其实这套卡牌，还配了一套相应的惩罚。"卡洛王子从他的制服口袋里掏出一叠小纸片，纸片的背面是红色的蔷薇，正面是凹凸的印刷体。"国王抽取纸片，奴隶必须做到纸片上的内容。如果做不到，就接受十杯青稞酒的惩罚。"

卡洛王子示范性地翻开一张纸片。

四四方方的小纸片上，像黑色蝌蚪一样的大陆通用语，柳余无奈地发现，她依然只能认得出几个常用单词。

很显然，她的语言天赋还没有逆天到能在短短两个月，将大陆通用语融会贯通。

"请奴隶对着国王，学三声狗叫。"

看来这些贵族，也很"玩得开"嘛。

再一轮翻牌。

盖亚："国王。"

娜塔西："平民。"

卡洛："贵族。"

……

一圈抽完，奴隶还没出现。

柳余出现不祥的预感。

翻开，果然，"奴隶。"

盖亚的脸上露出孩子气的笑容，他朝她晃了晃手中的卡片，有些炫耀的意思："贝莉娅·弗格斯，我，国王，你，奴隶。"

柳余："哦……"

被酒精吞噬了大脑的莱斯利先生，摇摇晃晃地去抽纸片，而后翻开……

他茫然地看了一会，意识到自己看不见，才又将纸片对着柳余。

"这个。"

文盲柳余故作为难地看向卡洛王子。

果然，卡洛王子热心地道："请奴隶回答国王一个问题。"

盖亚似是不满，挥手打断他，难得稚气的表情，随着手指一点一点抚过卡牌，开始变得温柔起来，他转向柳余："请奴隶回答国王一个问题。如果时间能够停留，你最希望停留在什么时候？"

时间停留啊……

柳余想，她不需要停留。

没什么值得停留的。

不过……话，当然不能这么说。

她迅速组织很好语言，声音像是掺了甜蜜的花汁："我爱你，莱斯利先生。和你在一起的每一分每一秒，我都希望能够留住……如果一定要选时间，我想，是伯纳湖边的那一晚。当时的夜空被金色的流光照亮……你在伯纳湖之上吻我，对我说接受我的爱……我感觉无比幸福。"

全场都陷入了寂静。

金发少女闪闪的眸光和带着虔诚爱意的告白，几乎感染了所有人。

"弗格斯小姐永远是那么忠诚和专一。"

柳余不在乎旁人的观点。

她专注地看着盖亚，发现他对着她的那双灰蒙蒙的绿眸里，仿佛有什么东西在剧烈地翻涌，似乎随时要迸发出来。他张了张嘴……

就在这时，变故陡生！

一道巨大的几乎能填满整个洞穴的黑影猛地冲入她的眼帘，身上的翅膀轻轻一扇，柳余的脑中"轰鸣"一声："蛇！"

黄金巨蟒！

比之前那条还大了几倍！

她几乎立刻反应过来，紧紧蜷缩起身体，试图让自己离被攻击的娜塔西远一些。

冰冷和寂寞如潮水一样将她湮没，她像是被吊在了半空，世界再次向她张开了狰狞的大嘴，要将她撕裂成两半。

会出现不同的选择吗？

柳余几乎不抱希望地想。

不，不会。

她依然会被抛弃。

在天平的两端，她依然是权重最小的一头。

这时，一道宽阔的背影挡住了她……

柳余怔然抬头，"盖亚！"

是盖亚！

盖亚执剑挡在她面前，声音放柔："别怕……贝莉娅。"

别怕，贝莉娅。

柳余发现，自己竟然有流泪的冲动。

这一回，他终于……选择了她。

卡洛王子缩回了脚，挡到娜塔西面前。

"莱斯利先生！救我！"

娜塔西惊恐的哭泣落入柳余耳中，像是隔了一个世纪。

她的眼中，只有那高大的背影。

他护着她一路往后退，直到背靠墙壁，才停了下来，双手握住她的肩膀："贝莉娅，保护好自己。"

他匆匆给她设下魔法阵，确保不会有危险，才又反身执剑上去。

这时，场中已经出现了伤亡，地上倒下了十多具的尸体。

娜塔西抱着她的右肩，正惊恐地哭泣："我的手，我的手……"

卡洛王子拉着她，试图躲开巨蟒的攻击，可娜塔西像是傻了，直愣愣地站在原地，巨蟒的大嘴一张，反倒将格挡的卡洛王子的剑连着手掌一起吞掉了。

他闷哼一声，却还是挡在了娜塔西面前。

盖亚已经赶到，星辰之剑掠起巨大的白芒，往蟒蛇的七寸刺去。可这能开山裂石的一剑，却只在巨蟒的皮上留下一道浅浅的痕迹。

巨蟒似是不耐了，尾巴一甩，猛地消失在半空。

而下一瞬间，竟然直接出现在柳余面前……

她的心跳都快停止了。

下意识的："变羊术。

"反变羊术。

"光明弹。

"迷幻术。"

可没有一个术法管用。

她这才发现，全场竟然没有一个神术出现，连光明弹都没有。在场的所有人，除了尚有一战之力的圣骑士们，大多数人都像是被撵得到处跑的"走地鸡"，短短时间内，死伤已经过半。

神术在这个地方，被禁用了。

只有盖亚，还能发出代表光明力的白光。

"砰……"

巨蟒和保护她的魔法阵撞到了一起。

魔法阵破了。一股玄妙的力量出现，将她扣在墙上，柳余动弹不得……

巨蟒的腥臭扑面而来，她只能绝望地闭起眼睛。

这时，一阵"闷哼"声传来。

柳余睁开眼，却发现，本该在另一头的盖亚突然出现在她面前。他将她挡在身前，身体却被巨蟒的尾巴从后深深扎了进去，而拿着剑的右手，反手搭在剑柄上，剑柄连着的剑身已经扎入了巨蟒的七寸。

巨蟒的尾巴缩了回去。

血像瀑布一样喷溅到她的脸上、身上，还带着温热。

"盖……亚？"

她眨了眨眼睛。

周遭是无数的惊呼，"莱斯利先生？""星辰骑士阁下？""噢，光明神在上！这可怎么办？"呼声仿佛隔着千万重山，她什么都听不见了。

身前的男人朝她艰难地挤出了一个微笑，冰凉的指尖落到她的脸颊，那力度轻得像一片羽毛。"贝丽……你总是这么爱流泪。"他唤着她的小名。

"盖、盖亚……你、你受伤了……"

柳余抖着手，想要替他掩住伤口。

可没用，没用。

他被整个洞穿了，胸口连到腹部，内脏连到骨骼，都被搅得粉碎。

她的手像浸在了一片血海里。他似是支撑不住，身子滑了下来。

柳余顺势抱住他，一屁股坐到了地上，怀中的身体格外冰凉，而就在前一刻，他还在抱着她热烈地亲吻。

"盖亚……"她呜咽了一声，眼泪无声流了下来，"为什么要救我……"

他并不知道，自己的死亡不是终点，不是吗？

"贝丽……"他温柔地唤她，"我当然得保护你，我的女孩……

"很抱歉，不能继续陪伴你了……"

临近死亡，他依然保持住了绝佳的风度，努力朝她微笑，只在最后，露出了微微的遗憾，"……明明发过誓，再也不会抛下你……"

青年灰蒙蒙的绿眸黯淡了下去。

他闭上了眼睛。

柳余茫然地抱着他，仿佛听到潮水漫过长堤的声响。

"轰隆隆！"有什么垮了？

而在这时，膝上的男人，睁开了眼睛。

第二十七章

他睁眼的一刹那，天地变色，星河倒转。

周围的世界，在不断坍塌，又重建。

洞穴，通道，森林……

柳余感觉，眼前似乎出现了重影，她看明白了，又好像没看明白。

倒退的场景，像是被压缩过的电影胶片，它们以光的速度从她眼前掠过，只在眼球留下一点剪影。

最后，落于那斯雪山之巅。

洞穴内死去的人重新站到了她的面前。

娜塔西的手臂回来了，卡洛王子的手掌生了出来。

他们像是被施展过时光回溯之术，正睁着眼茫然地看着周围的一切。

"我们在那斯雪山上？"

茫茫的大雪覆住黑红的土地，往前一步，是高耸的悬崖。

而悬崖下，翡翠之森重新焕发生机，绿意蓬勃生长，顷刻之间覆盖大地。神殿高高的塔楼永恒矗立，钟声响彻天地。

"咚……"

"咚……"

"咚……"

"咚……"

"咚……"

无数信徒跨出房门，走入长街，他们不约而同地跪下，朝神殿的方向长久匍匐。各个大陆城池中央的神像一座座亮起，白鸽在低空徘徊，天地之间，似有仙乐飘起。

"神历一三〇四年，神，降临了。"

神约记载。

"神，降临了。"

在这一刻，雪山之顶的信徒们不约而同有了这个领悟。

他们也匍匐了下去，不敢向空中缥缈的白衣看上哪怕那么一眼。

红衣大主教摘下王冠，放下权杖，身体与头一同趴伏在地。

他热泪纵横，高呼："恭迎我神！"

"恭迎我神！"

"恭迎我神！"

"恭迎我神！"

呼声惊起林间的飞鸟，神浮于悬崖之外的高空。

他流云似的白袍如天地间最初的一抹净雪，绿色的眼眸纯净到了极致，比明媚的春光更温暖，比傲慢的凛冬更严酷。

当他看向雪山之巅唯一站着的独臂少女时，一滴泪落了下来。

地面开出一片雪白的棘莱花。

它有冰白色的花冠和枝叶，有金色的花蕊，它盛开在这茫茫一片的冻雪之上，热烈又忧伤。

柳余仰头看着半空中的男人，久久不能回神。

这就是神。不曾见过时，无从想象。

可当见到时，又觉得，从前所见所想不过是死物，远远不及。与真正的神相比，那些捏出的圣灵体，不过是粗劣的泥坯，连当仿品的资格都没有。

云彩做他的衣裳，尚嫌不够纯净，他银色的长发被风吹起，仿佛天地间最华丽的乐章。他纯净高贵到了极致，以至于让人望一眼，都觉得是亵渎。

柳余感觉到了眼睛的刺痛。

泪水从她眼里流了下来，可她眨也不眨地看着他，与他长久对视，试图从那个高高在上的神祇眼里，找到那个发誓再也不会抛弃她、为她放弃了生命的少年。

可没有。

什么都没有。只有一片空寂。

她从未见过那样的眼睛，比十万里之下的深海更冷更寂。

"渎神者。"他对着她宣判。

声音空灵如亘古的夜歌。

"你有什么话说？"

柳余看着他，终于明白过来。

他知道了，他知道了她所有的谎言和欺骗。

所以，他称呼她为渎神者。

神全知全能……对这土地上的一切。

"我神，阿诺德做的这一切，都是为了您的回归。"这时，红衣大主教开口，他的头磕在雪山之巅，鲜红的血自额心漫延，溅在这白茫茫的雪上，"狡诈者用她的谎言构建陷阱，她蛊惑、欺骗了您，为了让您醒来，我不得不让您的化身死去。"

"窥神者，不可饶恕。"

随着神音降落，阿诺德永久地闭上了他的眼睛。

柳余看见，他那俊美的脸上绽开了笑容，好像死亡并不是一件让他痛苦的事，他充满了朝圣的快乐。

"叛神者，出现吧。"

一团黑雾凝现，他化作一个黑衣黑发的青年，像是突然被人从空中扯出，落地时有些狼狈。而很快，他那苍白的脸上露出无畏的笑容，带着点嘲讽："父神，您终于醒了。"

"喜欢我为您奉上的这份大礼吗？"

"叛神者，不可饶恕。"

"不，您不能杀我。您杀了我，那粉色的羔羊将会死去，她的血在我体内流动，我用它做了一个牢笼。想想您美丽的羔羊……"路易斯露出一个诡谲而苍白的笑容，"您忍心吗？"

神未回答，裁决的圣光突破黑暗，徐徐而至，如天地间最清最烂漫的一道光。

它洞穿了路易斯的胸口。

也像是同时洞穿了柳余的胸口。

路易斯却哈哈大笑起来："我父！您既残忍又傲慢。您创造了我、养育了我，您说我是您的孩子。可当您的孩子想要站起来时，您只允许我和阿诺德这样的孽种一起趴下……我不服！凭什么呢？

"刚才您慢了……您从未慢过……是什么让您犹豫，又是什么激怒了您，哈哈哈哈……"

"叛神者，你是我最聪明的孩子。"

"不！"路易斯的眼泪渐渐涌出了眼眶，他黑色的瞳孔被泪水洗得剔透而温柔，他像是无法忍受这样的情感，转向一旁面色惨白的金发少女，"很迷惑，对吗？"

"是的，您明明死了。"柳余面无表情地道。

"噢，我当然没死。我蛊惑了阿诺德，让他设下这陷梦法阵。

"你的小情人做了个梦，梦境变为现实，将所有人都牵连了进来……巨蟒是他的记忆，你的断臂是他的遗憾……其实，他从开始就一直在梦里，从未醒来过。"

她想起那时，他说："我没有做梦。"

不，不是他没做梦，而是他未醒来。

他强大的意识将梦境变成了现实，所以，巨蟒出现了，一切都仿佛昨日重现。

阿诺德和路易斯都要他死去，要神醒来。

她成了他的"阿喀琉斯之踵"，他们将她变成饵，他吞下了这个饵，死在了巨蟒之下。

一切，都真相大白了。

"所以，你们利用了我。"柳余后知后觉地感觉到了疼痛。

那金色的利矛像是连她一起洞穿了，她弓着身体，剧烈地喘息起来，抖着唇，一句话都倒不出来。

猛然爆发的情感，如海潮一样将她淹没。

大雪无法浇灭她沸腾的血液，身体的每一寸，都仿佛在呼唤他："盖亚·莱斯利。

"盖亚·莱斯利。

"盖亚·莱斯利。"

"是你救了我吗？

"放纵才是可耻的。

"我接受你的爱。

"我当然得保护你，我的女孩。"

她失声痛哭起来。泪眼里，却只能看到神在半空，高高在上地俯瞰她。

"没有牢笼，渎神者。"他道。

"我有名字！贝莉娅·弗格斯！"她朝他吼。

她知道，她该求饶。

像所有狡诈者一样，用眼泪、用卑微，来祈求这高高在上的存在原谅自己，也许……他会就此放她一条生路。

可她发现，她的腰像是被钢筋水泥固定住了，弯不下来。

她不合时宜的"反骨"又一次不合时宜地冒出来，让她无法再对他低下头去。

神落到了雪山。

银色的长发不断飞舞，白袍在空中飘荡，他缓缓走到她面前，带着山与雪的气息。

那无法用语言形容的冷峭和威势，像一座大山一样将她压得喘不过气来："你在愤怒。"

他近在咫尺的绿眸里，荡漾着疑惑。

"是的！我愤怒！"

爱她的那个人，再也回不来了。

柳余猛地上前一步，她被一腔孤勇撑掇着冲到他面前，于他愕然的眼神里，踮起脚，用力地吻住了他。

左臂攀住他的脖颈，可碰到的嘴唇，是那么冰冷。

他没有回应她，站在那，像是千年万年的冰雕。

而在之前，他的吻像太阳一样热烈。

眼泪在两人相贴的脸颊滑落："盖亚·莱斯利。"

柳余哭泣着退后。

他不是他。

如果是他，他会说："贝丽，你总是那么爱流泪。"

而后，轻轻擦去她的眼泪。

"渎神者。"

"叫我贝丽，"她祈求，"你记得的，不是吗？"

神别开头，似是不愿再与她分辨，指间放出一道圣光，圣光的利矛刺入她的胸口……

柳余感觉到了灼痛，她像是被烈狱之火灼烧，连着灵魂一起，轻轻地飘荡在天地间。就在她以为，自己会就此死去时，利矛消失了。

她茫然地看过去。

神回到了半空。

他坐进了他的太阳车里，纯白的蔷薇堆满车身，还有灰色的鸟在车顶栖息。

他对她审判："渎神者……当你口出恶言时，脸上将开出恶之花。恶之花下，你将无法再吐露蛇的毒汁、花的芬芳。"

柳余没认真听。

她看着他车顶的斑斑，突然间心灰意懒。

而这时，身体却突然出现了怪异的感觉，她被一股柔软的力量托着，升到半空，底下是白色的云雾，她升到了与太阳车齐平，神在车里，做了一个动作。他的手往胸口一探，一根洁白如玉的骨头就出现在了他的掌心。

那玉骨莹白，泛着柔润的白光。

她目不转睛地看着，只觉得自己都要着迷了。

就在这时，那手掌一推一送，玉骨就消失在了空中。

她感觉到抽骨拔髓般的疼痛。

那疼痛太过剧烈，让她一下子叫出了声，身体像是被整个锯开，骨头被抽去，又重新塞入，而后"咔啦咔啦"生长。像是经历过漫长的一生，再睁开眼时，她已经落到了地面。

她的手臂回来了。

神祇的面貌被光所笼罩，模糊不清。

"您……"

"归还。"

神的声音被山风吹散，他似乎往山顶看了一眼，面目模糊不清。

太阳车踏着夜露，伴着白鸽，消失在了天空，斑斑跟着他走了。

匍匐在地的信众们如梦初醒。

神降临在了面前，他如此的威严俊美，不可侵犯。

他惩罚了窥神者，叛神者，还有……渎神者。

他们看向那一边，看着天空下的金发少女。

风吹起她波浪般的金发，她蓝色的裙摆比天空更美，她冰蓝色的眼睛如万里之外的深海……

最关键的是，她的手臂，长出来了。

她沐浴在月色里，像传说中的月桂女神那样高贵优雅。

娜塔西跪在地上，猛然回过头，眼里燃烧着怒火，脸上是无法掩饰的欲望……

她终于明白过来，她应该去神的身边。

"贝莉娅·弗格斯！"迷幻术解除了，"真正的渎神者！"

"渎神者！"

"渎神者！"

"渎神者！"

信徒们和她一起愤怒："烧死她！烧死这个胆敢亵渎神灵的不敬者！"

"烧死她！"

"烧死她！"

"烧死她！"

圣使们、圣骑士们，甚至神眷者们，都陷入了一场狂欢，他们似乎遗忘了旁边孤零零躺在雪地里的红衣主教。而就在不久前，他们还对他毕恭毕敬、不尽赞美。

柳余则看向一边，那里，路易斯倒下的地方，只有一根小小的皮绳。

皮绳是鹿皮做的，被摩挲得很久了，边缘起了毛。

上面似乎刻了两个字："父神。"

柳余弯腰将皮绳捡了起来。

信众们围了上来。

这些人，被狂热的信仰鼓动，像是被牵线的木偶……

而在这之前，他们还亲切地叫她"弗格斯小姐"，和她一起玩游戏。

"你们……没有自己的想法吗？"她终于问出了口。

"想法？什么想法？对一个渎神者，我们不屑谈想法！"有激进些的道。

"你呢，卡洛王子？"柳余看向一旁始终沉默的少年，他的手搭在剑柄上，清秀的脸上满是迷茫。

"想法？我不知道，"他看向周围，"我信奉正义，信仰光明，可当正义和光明冲突时……我该信仰谁？"

"那你的心呢？"

"我的心在说……"卡洛转向她，认真地道，"他不希望你死，他希望你永远快乐无忧。"

"够了，狡诈者。"

罗芙洛教授走了出来，这个从前睿智可亲的女长者脸上都是寒霜，"美貌是她的武器，谎言是她的陷阱，卡洛，不要让自己轻易踏入陷阱。"

"可是教授……"

卡洛还想争辩，却被爱德华教授捂住嘴，拖到了一边。

"想想你的国家，你身上的担子。"

卡洛的挣扎渐渐缓了下来，他抱歉地朝她看了一眼，琥珀色的眼里有了痛苦。

柳余却又一次想起了盖亚，那个用性命保护了她的青年，再也不在了，他永远地躺在了那冰冷的洞穴里。

她的心，像浸在了这满地的雪里，既冷又凉。

"教授，您也想烧死我。"柳余用了陈述句。

"不，我只想将你带回神殿，交由神殿审判。"罗芙洛教授摇头。

"可神已经做出了审判。"柳余发现，自己竟然笑了出来，"难道你们想要挑衅神的权威？还是，你们认为，你们能越过神，审判他的女人？"

"可神抛下了你，狡诈者。"

是的，神抛下了她。

她走了九十九步，最终，还是败在了最后一步。

柳余想起了那个冷漠的吻，更想起了那刺入胸口的光矛……他是想杀她的，她很确定。

"可神也没有杀我。"柳余寸步不让地和罗芙洛教授对视。

她发誓，她在教授的眼里看到了警惕、防备和……恐惧。

好像她就是一条毒蛇，随时准备喷溅毒汁。

"您害怕我？为什么？"

罗芙洛教授的脸冷了下来："弗格斯小姐，您所有的辩词，请在神殿诉说。"

圣使和圣骑士们列成方队，权杖和长剑朝她高高举起，仿佛只要她一个反抗，就要将她击毙在这里。

要继续挣扎吗？

这个世界如此的荒谬和冷漠。

可不挣扎吗？

柳余想，她从小到大都是这样过来的啊。

就这样放弃，怎么对得起那曾经在泥里的自己，她要活，还要好好地活，他告诉过她的，"珍惜你自己"。

"好，我去神殿。"柳余道。

布鲁斯主教一向通情达理，也许，会帮她。

看着柔顺垂下头的金发少女，罗芙洛教授不敢掉以轻心。

那不是个野史，也不是故事，应当是……预言。她想。

未免夜长梦多，所有人一致决定立刻出发。

圣使们恭敬地褪下阿诺德身上的红衣，将它和代表着大主教权柄的王冠和权杖，一起带上了路。

柳余快离开时，忍不住往回望了一眼，却只见白茫茫一片的雪地。所有的罪恶、冲突和爱恨，都好像被这大雪掩埋了。她转过头，沉默地跟上了队伍。

从那斯雪山出发，到达神殿，不眠不休赶路，四天的行程，缩成了短短两天。

所有的神眷者，都像被风霜打过的茄子，蔫头耷脑的，只有柳余还神完气足，像是枝头鲜灵灵的、开得正艳的花朵。

她也发现了自己的特殊之处。

这样的赶路方式，即使是个壮汉都接受不了，可她到现在，依然觉得很轻松，体内像是有个大循环，能与外界相连，不断地补充能量。

是……神给她的那根骨头吗？柳余摩挲了下失而复得的右臂，一时思绪复杂。

此时近深夜，只有寥落的星辰照亮着眼前的道路。

他们要穿过神殿的广场，去往大殿。

但走上广场，就被拦了下来。

马兰大人领着两列全身披挂的黄金骑士，堵住了广场通往大殿的路口。

"马兰大人，您这是做什么？"罗芙洛教授问。

"我来抓渎神者。"马兰看向人群中的金发少女，她像是格外被偏爱，在其他人都灰扑扑的情况下，她干净得像晨间的露珠，"弗格斯小姐，出来吧。"

"这是布鲁斯大人的意思？"柳余问。

"布鲁斯大人？噢，当然不是，布鲁斯大人去了庄园，明天才会回来。"

柳余对上马兰鹰隼一样的眼睛，突然间明白过来：布鲁斯大人是被他支使走的。

而他，一定会在今夜处死她……

书中，他对"灰姑娘"的围追堵截，如今，应到了她这里。

她必须逃走，起码要等到布鲁斯主教来。

"变羊术。"柳余先发制人。

马兰却似早有准备，往后一退，两个神使挡到他面前，手中的权杖一碰，一道白光碰了出来，化作光罩将马兰罩在了里面。

那咒语找不到人，消失在了半空。

"抓住她。"

马兰一挥手，无数神使和骑士从他身后涌来，而一旁的圣使和圣骑士却退开，看起来并没有插手的意思。

"浮空术。"

柳余娴熟地使了出来，没有一点迟滞，就像吃饭喝水那样自然……

早在赶路间隙，她就发现了，她现在使用任何神术，成功率都是百分百。

只可惜，她学习神术的时间太短，到现在，也不过学了几个没有什么杀伤力的术法。

她升到了半空，身体似乎变轻了，从血液到骨骼都好像充盈着风，迎面而来的山风渐渐剧烈……她选了个方向跑。

就在这时，一道白光落到她的身上："降落！"

白光拧成股绳，朝着她的背狠狠来了一下，柳余一下子被拍到地上。

"你们会摔死她的！"卡洛惊叫了一声，他试图冲上来，却被拦住了。

柳余却发现，从这么高的地方摔下来，她居然只是擦破了皮。

"捆绑！"

一道光索将她全身缠绕，柳余立刻就动弹不得了。

她的神力随着手脚，被这光索一起禁锢住了。

她下意识看向一边，看起来不参与的圣使们列成一个方队，他们手中的权杖同时放下。

这些来自圣殿的圣使们终于朝她展露出了他们真正的实力。

"抱歉，我们不能看着你逃跑。"他们朝她彬彬有礼地道。

柳余并不说话。

她看向黑漆漆的夜空，任他们将她绑在广场上参天的石柱上，她这时才知道，她以为精美巍峨的建筑，原来是火刑柱。

罗芙洛教授和她错身而过，那声音轻得几乎听不见："……你蛊惑了神，这就是你的原罪。"

"是你们恐惧，"柳余道，"你们恐惧神有了私欲，有了贪婪和嫉妒，从此后，将不再公正。"

"也许。"

神使和骑士们几乎是顷刻间就搬来了柴火，浇上了油。

马兰大人举着火把，冷酷地站在她面前，对她宣布罪名，并且道："渎神者，就该绑在火刑柱上，被熊熊烈火焚去她的一切罪恶。"

火烧了起来。

浇了油，火势立刻加剧，将她包围了起来。

隔着熊熊的火焰，柳余看向人群。

很奇异的是，他们很安静。

他们并没有狂热地呐喊，只是像在举行一场盛大而肃穆的送行礼。卡洛被人控制住了，但她看得出来，他的挣扎并不十分有力，娜塔西……娜塔西看向自己的眼里有泪，但也有恨。

柳余感觉到了疼痛。

皮肤被火舌舔过，她闻到了焦枯的气味，头发，是最先烧起来的，它们烧起来时，气味有些难闻，不一会，就成了一团一团的……

如果，他看到自己现在的头发，一定会很愤怒吧。

她看向天空，一滴水落到了眼睛里。

柳余眨了眨眼睛，心想：哪来的……水呢？

"下雨了！"

"下雨了！"

几乎在顷刻间，狂风夹杂着暴雨，没头没脑地砸了下来。

狂风吹散了柴火，暴雨像石子一样打了下来。

神殿广场上屹立百年的石柱倒塌了。

"轰隆隆……"

"天神发怒了！"

圣使和圣骑士们不约而同地跪下，连着信众们一起长久匍匐。

罗芙洛教授、马兰大人也一起跪了下来。

唯有柳余木然地站在广场中央，任暴雨击打在脸上、身上。

她身上的光索不知什么时候解开了。

长长的头发，像水藻一样披散着……

好像从来没有被火烧灼过一样。

"你还在，是不是？！"她疯了一样朝天空吼，"是不是？！

"是的话，就让这雨停下！"

雨淅淅沥沥，长久不歇。

柳余眼里的光熄灭了下来。

但柳余还是一直站着。

雨淅淅沥沥地下，打在身上又湿又冷，可心里总有股拗劲，让她的脚像生了根，牢牢扎在地上，半步都不肯挪开。

雨下了一整夜。

当清晨第一缕阳光穿过云彩照到身上时，柳余彻底地清醒了。

再没有什么盖亚·莱斯利。

如果有，也不过是神几万年记忆长河里最微末的一段，他保护了她，却不会有更多了。

这时，一辆黄金马车从外驶入神殿的广场，车身上的日月徽纹在阳光下熠熠生辉，布鲁斯主教的白胡子飘出窗外。

他将头探了出来，一眼就看到了广场中央的金发少女。湿漉漉的长发包裹着她，她面色苍白，眼神无助，像只刚失怙的、瑟瑟发抖的幼鸟。

一根巨大的石柱倒在地上，恰好避开了她。

"弗格斯小姐，这是……"

布鲁斯主教推开车门，下了车。

广场中央乌压压匍匐着一地的人。

他们看起来狼狈极了，全身上下都浸泡在雨水里，凑近还能闻到一股酸臭的气息。他们面色惊惧，神情仓皇，有的在轻声祈祷，声音嘶哑，有的……已经昏了过去。

十来根大理石柱像是遭遇了巨大的风暴，横七竖八地倒在地上。

一个个深坑露出来，满目疮痍。

"马兰大人，这到底怎么回事？"他又问马兰。

一身黑衣的马兰抬头，他眼眶通红，神情沮丧，别过头，像是拒绝回答这个问题。

"是神！是天神发怒！天神发怒了！"

爱德华教授跳了起来，"我们惹怒了天神！艾尔伦大陆将再也不得安宁，天哪……"

他失声痛哭起来。

"罗芙洛教授，你说。"

罗芙洛教授神情还算镇定，只是脸色有些苍白："昨夜，马兰大人领着神使们将渎神者绑上火烧柱，火烧起时，狂风暴雨也来了！它将大火熄灭，让石柱坍塌……"

"胡闹！马兰，这就是你昨天坚持让我出门的理由吗？"布鲁斯主教颤颤巍巍地走到柳余面前，"弗格斯小姐，我为他们的残忍和暴虐，向您道歉。"

这个年近七十的老人在她面前低下了他一贯高贵的头颅,可柳余却一点都不觉得开心。

他有什么错呢?这些人,又有什么错呢?

他们不过是被教坏了。

始作俑者,是那个高高在上的神啊。

柳余看向了天空,这一夜的雨没有在天空留下任何痕迹,太阳金灿灿地照着大地。

你也在看着吗?看到了吗?

这就是你教化下的信众。

"如果……"她开口,"昨晚被绑在火刑柱上的,是你们的亲人或情人,你们也会干看着吗?"

"当然!"

柳余却不愿再听下去。

她抬脚往外走,经过马兰大人时,脚步顿了顿。

"我可怜您。"她道。

"可怜?"马兰大人微笑了起来,"可我也觉得您可怜,弗格斯小姐。

"您总用高高在上的眼神看着我们,好像我们是被圈养的猪羊,只有您一个人清醒。可您没有信仰,您什么都没有,您有的,只是贪婪和欲望。您感到幸福吗?我们很幸福。"

柳余挺直了背脊。

"我的信仰,是我自己。"她第一次在这个世界坦白了自己,"除此之外,谁也不信。"

"滚开!异教徒!"

"神殿不欢迎你!"

连和善的布鲁斯大人都板起了脸:"弗格斯小姐,看在神的份上,您从前的欺骗我们都不再计较,神殿只为光明信徒敞开大门,还请您……离开。"

"当然。"

她也不想再待下去。

"如果可以的话,请给我派一辆马车,我要将行李带走。"

"罗芙洛教授,带她去。"

行李收拾起来并不难,藤箱内许多大件还没取出,柳余只需要将衣服和零碎的几样塞进去,就都干净了。临走时,她盯着爬梯发了会呆,突然想起,她和盖亚·莱斯利曾经靠着这个地方亲吻。

那时,他耳朵红得像要烧起来,十分可爱。

啊,真可惜,石像也不知道去哪了,还有她的金色鸢尾花。

"姐姐在想莱斯利先生?"

这时,娜塔西从门口走了进来。

她用手碰了碰壁橱上空了的鸟笼。

"啾啾它总是跑得很快,先是我,再是你,最后……是神。"

"它叫斑斑。"柳余冷冷地道。

"姐姐看起来,倒是不怎么怪它。"

"我没为它做过什么,它在我这,是自由的。"

柳余永远记得,斑斑冒着生命危险出来救她的一幕。

"该走了。"

罗芙洛教授在一边提醒。

柳余提起藤箱，娜塔西朝她拎起裙摆："再见，贝莉娅姐姐。"

"不，我希望，我们再也不见。"

柳余第一次认认真真地看着她。

她发现，娜塔西有点不一样了。

她那双总是含着泪水的眼睛里，开始出现了野心……她不再像书中那样无害，起码在那斯雪山之巅，她就曾经挠了她一爪子。

虽然这爪子没什么用。

人会变吗？当然会。

柳余一向相信，条件优渥、对生活游刃有余的人，更有余地去表现善良，因为，他们不需要像狼一样争夺。

"贝莉娅姐姐还是这么咄咄逼人呢。"

柳余笑了一下："娜塔西，你这样，倒是比之前哭哭啼啼来得顺眼。不过，我得告诉你一件事，伦纳德叔叔没有遗产留下来，他也不是我母亲害死的。另外，也别再叫我姐姐。你知道的，我从来不把你当妹妹。弗格斯家，不再欢迎你。"

娜塔西显然不信，不过，她还是亲切地祝福她好。

在柳余快要跨出房门时，她突然扬高了声音："贝莉娅，我一定、一定会走到他的身边去的。也希望您记得，您说过，您不信仰光明。"

"娜塔西，你是怕我回来和你抢？"柳余回过身，朝她露出个甜美的笑容。

娜塔西的心一下子沉了下去，她知道，贝莉娅接下来的话，绝对不是她爱听的。

"我得告诉你一件事，娜塔西，神，什么都知道，包括你和……"柳余看向旁边的罗芙洛教授，"路易斯的。"

"路易斯？那个叛神者？"

罗芙洛教授神情一下子严肃起来，"娜塔西，我想，你恐怕需要去神殿走一趟。"

"教授我、我……"

柳余已经将两人丢在脑后，提着藤箱走了出去。

她看了眼天空，外面阳光很好，很适合出门。

到达弗格斯家，已临近傍晚。

丹普大街的街灯一盏盏亮起，弗格斯夫人那夸张的羽毛头饰和火红色的蓬蓬裙，在夜色中无比招摇，让人一眼就认了出来。

马车一停，她就迎了上来："噢，我可怜的贝丽！你总算回来了……怎么样？累吗？"她和她亲昵地脸贴脸，又用尖厉的嗓门招呼着马车夫，"……将藤箱拎进去！当心别碰坏了！噢，你这个笨手笨脚的贱民，天生愚钝……"

柳余早就做好了她翻脸的准备……

可谁知，弗格斯夫人竟丝毫没提这件事，她既对她长好的手臂视若无睹，又不询问她"渎神者"的始末，反倒是一边吆喝着马车夫，一边拉着她穿过小花园，到了餐厅。

一杯热可可、一根烤得焦黄的法棍和一小盘薄饼摆在了餐桌上。

壁灯幽幽的黄光照亮了桌上的碎花布。

黑猫在桌下悄悄探出了脑袋，用那琉璃珠似的眼珠子偷偷看她，一切，都显得温馨而散漫。

柳余紧绷着的神经，整个儿松了下来，这一松懈，就发觉了不对。

这个房子，太空旷了。

屋中随处可见的欧仆们好像都消失了。

"母亲，玛吉她们呢？"

"噢，他们啊……"弗格斯夫人递来热可可，"……我辞了他们。"

似是怕她不信，她又连忙解释："你上次不是说，不许母亲继续那样做了吗？我想，反正你也不在，就我一个，用不了那么多的仆人，就辞了他们。"

柳余却发现，弗格斯夫人的脸上、手上都有细小的伤口，只是这些伤口都被她用厚厚的脂粉盖住了。羽毛帽摘下后，她向来梳得一丝不苟的头发也掉了几绺下来，束腰似乎没有系好，支起一点痕迹出来……

"母亲……"

"快吃吃看，这是母亲亲自烤的。"弗格斯夫上了年纪的脸上，竟然有些羞涩，"就是烤焦了点，不太好吃。"

"砰……"

就在这时，餐桌旁的窗户突然传来一阵玻璃碎裂声。

碎玻璃砸到了两人的脚边。

弗格斯夫人立刻暴跳如雷地追了出去："这些该死的家伙！我要去找城防护卫队，把你们一个个送上监狱！"

"弗格斯夫人！你以为还是从前吗？一个渎神者的家！"

玛吉的声音穿过玻璃，直直传入耳朵。

柳余也追了出去，等跑出花园，却只看到玛吉胖乎乎、消失在转角的身影。

"浮空术。"

她立马飞了起来，在弗格斯夫人惊讶的视线里，直接飞出庭院，落到了"哼哧哼哧"奔跑的玛吉面前。

不止玛吉，还有几个从前在弗格斯家当欧仆的熟人。

"你，你，你……会飞？"他们惊恐地看着她，像是看到了不可思议之物。

"变羊术。"

柳余却不跟他们多费唇舌。

这样的人，只有吓破他们的胆子，才不敢再来。

一只又一只白色的小羊羔出现在了街道转角，它们像是吓傻了，愣愣地蹲在地上，彼此面面相觑……等看到其他人眼中的自己，眼泪就从眼眶里不住往外滚，"咩咩咩"叫个不停。

柳余落在了地上。

"不走？那我可要吃羊肉了。"

圆滚滚的小羊羔们屁滚尿流地走了，四只小蹄子跑得活像背后有狗在追。

柳余在原地站了会，突然想，还是金色的好看些。

这时，弗格斯夫人才气喘吁吁地拎着裙摆赶了过来。

"是因为……我吗？"柳余看向她，"他们……伤害你了？"

"没有，贝莉娅，不用担心。"弗格斯夫人讷讷地看着柳余，对着这已经成长起来、似乎不再需要她保护的女儿，她无力地安慰，"一定、一定是他们弄错了，贝莉娅，你从小就信仰光明，对神祈祷也是最虔诚的。"

柳余想起了马兰。

那么……弗格斯夫人呢？

在信仰和女儿之间，她会……选择什么？

"如果是真的呢，母亲？"柳余问，"您……"

"如果是真的……"弗格斯夫人突然打断她，她像是感觉到了不安，抖着手抽出一根卷烟，才点燃，又按灭了。

她捋了捋头发，却越捋越乱，最后，竟然抓了一把下来。

"如果是真的，那、那母亲……噢，我可怜的贝莉娅……你到底遭遇了什么……"

"我欺骗了神。"一股冲动，促使柳余将事情一股脑地说了出来，她似乎想向自己证明什么，"……您见过的，那个莱斯利先生，他是神的化身……我的手，也是他接好的。"

"噢，光明神在上……"

弗格斯夫人简直要晕过去了，她的女儿一下子向她丢了太多的劲爆的消息。

"您也要驱逐我吗？"

"不，不，这不可能！"弗格斯夫人斩钉截铁地道，"……这世上，没有比你更重要的事，即使、即使是要我背、背弃……"她抖着唇，说不出后面的话来。

可柳余的眼泪，却突然间落了下来，她猛地上前一步，抱住了眼前这个女人，那力道紧得像是要从她身上汲取最后一分力量。

"母亲……"

她道："母亲。"

弗格斯夫人的存在，让柳余觉得，这个世界还没那么糟。

她身上浓郁的玫瑰香气，和着热可可的香醇气味，很好地抚慰了她。

拍在背上的手很暖。

柳余松开她，却感觉一阵眩晕。

她像是突然失去了对身体的控制，整个人直直往下坠……

"砰……"

她重重砸在地上，和过来拉她的弗格斯夫人摔成了一团。

"贝莉娅！"

弗格斯夫人手忙脚乱地爬起来，却只看到地上金发少女的脸色和唇色一样白，短短十几秒，她竟然出了一身的汗。

汗水将她身上蓝色的裙子染成了深色。

她不住地张嘴喘气，捂着胸口，看起来……像是快要死了。

弗格斯夫人吓得尖叫起来："贝莉娅，贝莉娅！你怎么了？"

贝莉娅无法回答她，只能用她那双冰蓝色的、沁了泪花的眼睛无助地看着她。

弗格斯夫人跑去拉过往的行人，求他们帮她看看，或者叫一辆马车，可行人不是冷酷地推开她，就是捏着鼻子远离她，好像她们身上携带着会传染人的细菌。

一辆华贵的马车经过。

戴着假发高髻的贵妇怜悯地朝地上丢下几块卢索："弗格斯夫人，看来您的女儿被神惩罚了，这些钱拿去给她找块墓地，好好葬了吧。"

"呸！"弗格斯夫人骂她，"该死的伊芙！贝莉娅才不会死！"

伊芙夫人拿羽毛扇遮着脸，嫌恶地坐着马车走了。

弗格斯夫人的哭声还在断断续续地传入柳余的耳朵。

"噢，我可怜的贝莉娅……

"天神在上，如果一定要惩罚，请惩罚我……贝莉娅她只是有些淘气，她不是故意的……"

可她却什么都做不了。

她明明能听到，能看到，却连一根小拇指都动不了。身体像是发起了一场高烧，从骨骼到血液，都一寸一寸被浸在绵绵的火海里。

是雨……淋得太久了吗？

昏迷前，她想到。

最后，是一个过路的车夫看不下去，跳下马车帮了弗格斯夫人。

他帮弗格斯夫人将人背到了她家的马车上，之后说什么都不肯继续再帮，放下人就要走。

"十个卢索！二十，不，三十！只需要您帮我们驾车，送我们去医馆就行。"

"夫人，如果我今天帮您驾车，现在这份工作就会丢了，没人愿意雇佣一个帮渎神者驾车的车夫。"

"那，那再加……"

"抱歉，夫人，我还有三个孩子，不能失去工作……倒是您，可以试试自己驾车。"

车夫走出花园，步伐快得像背后有怪物在撵他。

柳余是被脑袋上的一下重击敲醒的。

她像是滚咕噜球一样，从车上滚到了旁边的草丛里……

而后发现，旁边翻着一辆眼熟的马车，幸运的是，马车歪向了另一头，除了砸扁了一些花花草草，谁也没受伤。

"贝莉娅，你还好吗？"

弗格斯夫人大惊失色地过来，手里还拿着马鞭，脸上有一道很明显的红印，看起来，像是被马鞭的鞭尾扫到的。

"马车翻了，我们得另外想办法……"

似乎见柳余没有回答，她的眼里已经开始泛起泪花……

柳余吃力地朝她眨了眨眼睛。

就这一个小小的动作，已经花去柳余所有的力气。

天彻底地黑了，路上几乎看不到什么行人，即使有，也是飞驰而过的马车，弗格斯夫人拦了几次，都没找到一辆愿意停下来载她们的。

她从翻倒的马车里找来丝带，用丝带将柳余的双手绑了起来，挂到自己脖子上，而后蹲下身，一个用力……

这个柔弱的、看起来只会尖叫和训斥仆人的女人，身体里像是迸发出了一股力量，这股力量让她成功地将柳余背到了背上。

丝带卡到喉咙，她咳了一声，又将柳余往上颠了颠。

"贝莉娅，别睡……"她的声音在颤抖。

柳余安静地趴在弗格斯夫人不够强壮的背上，听她轻轻地哼起了艾尔伦大陆的民歌。

"……今夜我踏上旅途，去寻找我心爱的姑娘……这么多的星在天上，它们看着白色的羔羊……鸟儿在天上飞翔……我遇见了心爱的姑娘……她身穿白色的长袍，在篝火面前跳舞……她是多么美丽……多么美丽……噢，星星在天上……星星在天上……

"我心爱的姑娘……

"我是多么多么想你……

"比这频繁，比这更频繁……"

她想让她换一首。

"……这是你父亲第一次在福伦镇见我时，对我唱的歌……他是一个很有涵养的绅士……可惜，身体不太好……"

柳余安静地听着，弗格斯夫人又讲起了贝莉娅小时候的事。

"……你小时候喝了许多山羊奶，壮得就像头小牛犊……那时我总担心，你会长得像隔壁维达家的二女儿一样，那样可不行，弗格斯家可没有那么多的陪嫁……幸好，你长大后，成了索伦城邦最美的玫瑰……

"……为了给你父亲治病，家里所有的卢索都用光了……没有马车，没有仆人，我就经常这样背着你，一路走到医馆去……所以别怕，贝丽，这只是和小时候一样，没什么大不了……"

柳余没有怕，她的身体在发高烧，意识却十分清醒。

她能听到弗格斯夫人越来越重的喘息声，能感觉到她的颤抖和恐惧，更能感觉到，随着这场高温，自己与这具身体的联系在越来越少……

她的灵魂轻得像是能飘起来……

"塔特尔医师！塔特尔医师在不在？"

深夜，开在街道尽头的小医馆，"吱呀"一声开了门。

一个瘦削的黑人小孩探出脑袋，一见到人，吓了一跳："弗格斯夫人？您怎么……来了？"

"塔特尔医师！塔特尔医师！"

弗格斯夫人毫不客气地绕过小孩，一边吩咐他帮忙，一边用那穿透力极强的嗓门喊起来。

一个脸上有道疤的中年男人披着晨衣，提着盏灯从里面出来，见她，铜铃大的眼睛就一瞪。

"弗格斯夫人？您……怎么这时候来？"

"噢，弗格斯小姐怎么了？"

等他目光落到软倒在椅子上的女孩时，忍不住拧紧了眉。

"塔特尔医师！"小黑人离得远远的，"我、我听奇尔说，弗格斯小姐是渎神者。"

可塔特尔医师已经蹲下身来，他检查了她的眼睛、嘴巴和手指，吩咐学徒去将药箱拿来。

弗格斯夫人已经毫无形象地瘫在了一旁："塔特尔医师，贝莉娅……她到底怎么了？"

"看起来没病。"

"不可能！她动都动不了！"

"弗格斯夫人，我也从没见过这样的。也许，您该带她去神殿看一看。这世上，有的病医师治不了。"

"是神，是神惩罚了她，一定是这样的……"

小黑人像是吓坏了，丢下药箱就往外跑。

弗格斯夫人站在原地，像是被判了死刑。

塔特尔医师翻着药箱，熟练地取出两管炼金药剂递过来。

"我想，神没那么小气。"他用稀松平常的声音道，"先给弗格斯小姐喝下，今天太晚了，你们就在这住一夜，即使要去神殿，也该等到明天。"

弗格斯夫人勉强露出个笑，她看起来太狼狈了，尤其脖子里那道红得发紫的印子，倒像是被人掐着脖子造成的……

塔特尔医师另外给了她一管药膏。

"不用另付。"他指指她的脖子，"擦一擦。"

"谢、谢谢。"弗格斯夫人无比真诚地看着他，"塔特尔医师，您总是这样仁慈。"

塔特尔医师避开了她的眼神："晚安，弗格斯夫人。

"晚安，弗格斯小姐。"

"晚安，塔特尔医师。"

她们被安顿在了客房。

塔特尔医馆的客房有股陈腐发霉的气味。

柳余躺在客房的床上，由着弗格斯夫人一下一下地替她擦拭。从这个角度看，弗格斯夫人过于尖的下巴有些圆润，她火红色的裙子在晕黄的光下显得柔和，这让她整个人有种平时极少见的温柔。

擦完，弗格斯夫人还像哄小婴儿睡觉那样轻轻地拍她。

见她目不转睛地盯着自己，突然笑了："贝丽？睡不着？"

柳余眨了眨眼睛。

弗格斯夫人却像是懂了她的意思，轻轻拍着被子，小声地唱了起来："……安睡吧，宝贝……丁香花、红玫瑰，都已经闭上眼睛……圣婴树会在梦中出现……宝贝，闭上眼，圣光照耀你，天神守卫你……

"静静地睡吧，愿你梦到天堂……静静地睡吧，愿你梦到天堂……"

柳余慢慢地闭上了眼睛。

她仿佛看到，一个年轻女人在梦中朝她微笑。她有温暖的手掌，有轻柔的嗓音，她会抱着她、拍打她的被子，轻轻哼："……宝贝，安睡吧，愿你梦到天堂……"

梦境在这一刻，与现实重叠。

院长妈妈，你看，我找到了。

不是贝莉娅又怎么样呢？

她会当好这个贝莉娅的。

柳余像是偶然得到一颗梦寐以求糖果的孩子，在推拒、不知所措后，迅速决定将它占为己有。

而在这个决定落下时，她的心，也从云霄飞车下了来，一路沉到了坚实的地面。

"我……"

弗格斯夫人惊喜地看着她："贝莉娅？你能说话了？"

柳余也诧异地抬了抬手，发现能动了。

她突然想起一个可能，排异反应。

神祇归位，世界法则重新变得完整。

她这抹异世之魂，就如同一段完好程序里出现的bug，而bug……是要被清除的。

但现在……又为什么呢？

"噢！光明神在上！我太高兴了！"弗格斯夫人一把抱住她，又奔出去，"塔特尔医师！塔特尔医师！您快来看！贝莉娅好了！她好了！"

塔特尔医师不一会拎着药箱重新过来，他脸上倒没有被再三打搅的不悦，重新检查了遍，就对她道："最好再休息两天，不过，弗格斯小姐，您的身体状况是我见过最好的。"

当然，毕竟有神之骨在，柳余想。

弗格斯夫人将塔特尔医师送出去，坐下来时，还无法掩饰自己的兴奋。

柳余看着她，突然道："母亲，等我好了，我们去另一个地方生活吧。"

"另一个地方？"

"是的，一个不知道我是渎神者的地方。"她微微蹙起眉，一副忧伤的模样，"索伦城邦太小了，他们都知道我是渎神者，迟早……我们会生活不下去的。我们可以去诺丁郡，去更远的地方，甚至是龙姆国……"

"可、可是……"

"弗格斯家只有一个子爵头衔而已。"

柳余脸上有种新生的、让弗格斯夫人说不出来的东西，这让她动容。

"您相信我，我一定能养活你，我们一家人可以在别的地方，活得很快乐。"

"好。"弗格斯夫人答应了，"我们去别的地方，重新开始。"

风拂动窗帘，露出夜空一轮圆月，一切都似乎变得慢慢好了起来。

柳余睡得不太好。

也许是这客房的陈腐气，也许是不习惯与人一起睡，睡梦中她总觉得有人在床边长久地凝视她。

可中途睁眼，却只看到被风拂动的窗帘。

这么睡了醒、醒了睡，等醒来时已经下午，弗格斯夫人不在身边。小黑人告诉她，弗格斯夫人搭塔特尔医师的马车回家了，说要给她带些东西过来。

柳余就干脆靠着窗，享受着下午的阳光，拿出藏在怀里的铁片和日记本。

拿日记时，路易斯的皮绳一起掉了出来。

"啪嗒……"一颗小拇指大小的绿色的猫眼石从皮绳下滚出来，落到她的脚下。

柳余弯腰，一并捡了起来。

而当那颗猫眼石与日记本接触时，日记的扉页上竟然凭空浮现一行蝌蚪字……

那字明明有几个还不认识，她却一下子明白了："我还活着，路易斯。"

真是九命猫妖啊。

不知道为什么，柳余有点高兴。

第二十八章

柳余摩挲着日记本，最后还是决定不去翻开它。

当然，不是什么隐私权的关系，而是她现在已经不想跟这些黑暗、光明等神神道道的东西扯在一块了。

她只想带着弗格斯夫人，远离这一切，去远方好好生活。

她都想好了。她们可以租一间屋子，不用太大，有个温暖的壁炉，可以围着烤火、看书、聊天，最好再有架钢琴，弗格斯夫人总说，一个淑女要会弹琴，弗格斯夫人可以教她弹琴、跳舞，空暇的时候，可以邀请周围的邻居来参加她们的小宴会。

邻居最好是和善一些的，可以互相端着可丽饼、鸡蛋去串门。

当然，也不用靠得太近。

她想，她们一定能过得很好。

至于永恒的性命，高高在上的权利……这些，在弗格斯夫人温柔的眼神和微笑里，都变得不那么重要了。

她找到了她的港口，并且决定就此停泊。

柳余一样一样地收拾着。

铁片上的字依然不认识，可长久注视会产生的眩晕感消失了。

日记、猫眼石、皮绳。

斑斑的羽毛，还有……记忆珠。

她像是检阅自己曾经度过的时光，心底十分安稳。

当轮到记忆珠时，突然想起那斯雪山之巅的那个吻。

神的体温，和冰一样凉。

连着那个吻，也是凉的。

他靠她那么近，银色的长发夹杂着雪松的气息，像大海一样将她包裹……他应该看到了这枚记忆珠。

可为什么，不带走它呢。

柳余将所有的东西都放在了一起，决定回去找个盒子装起来。

塔特尔医师配的炼金药剂还剩下一支在床头，弗格斯夫人的药膏在桌上，柳余收拾好推门出去，正碰上小黑人像只没头苍蝇一样，慌慌张张地闯进门来。

她心下一紧，下意识拉住他："怎么了？"

"噢，弗格斯小姐，不，不，渎神者……"

小黑人嘴巴一咧就要哭。

"不许哭！说清楚。"

柳余冷着脸呵斥小黑人，都没发觉她的声音有多么颤抖。

冥冥之中似乎有个声音在告诉她，好像有什么……

可怕的事发生了。

"塔、塔特尔医师派人回来说，说，弗、弗格斯夫人，被罗德尼大公爵领着绑到火刑柱上，他们说要烧死她！"

"轰隆隆……"

柳余只感觉耳边一阵轰鸣，她好像什么都听不见了。

"你再说一遍。"

也许是她脸上的神情太可怕，小黑人"哇"的一声哭了出来："是，是罗德尼大公爵领着人，说、说要烧、烧弗格斯夫人！"

"他们在哪儿？"

"就、就在城池中央的光明神像旁！"

小黑人闭着眼睛喊出了声。

他只觉得，这一刻弗格斯小姐太可怕了，她的脸色苍白得就像是从炼狱里走出来的魔鬼，蔚蓝色的眼里似乎有什么想要爆发……耳边一阵风过，弗格斯小姐就消失在了房中。

小黑人吓得一下子跌倒在了地，他恐惧地跪着，朝天空祈祷："……光明神在上，求您保佑，信徒不是有意要和渎神者为伍，信徒不是有意要和渎神者为伍……"

柳余从来没想过，自己的浮空术能使得那么快。

她像是只挣命的羚羊，猎人的枪口抵着她的喉咙，让她一刻不敢停地奔跑。她飞快地掠过一个又一个的屋顶，冷风刮在脸上，像是刻骨的钢刀。

"如果可以，请让我快一些，再快一些。"

城池中央高高的塔楼已经清晰可见。

参天的火光映入眼帘，熊熊的大火映红了半边的天空，隔着跳动的火焰，她和石柱上捆绑着的女人对视。

女人朝她露出了个笑，而后，闭上了眼睛。

火舌彻底地淹没了她。

"啊！"

"啊——"

柳余捂着脑袋，痛苦地叫了起来。

为什么！

为什么命运总不肯放过她！

每一次！

每一次！

平地忽起一道狂风，柴火被吹得四散，雨瓢泼一样落下，火熄了。

柳余奔向了石柱。

石柱下面倒着一个瘦弱的身影。

她从来不知道，她那么瘦。她总是神气活现的，用高高的发髻和大大的裙撑，将自己打扮得架势十足。她爱用尖刻的嗓门，对着仆人们颐指气使，更喜欢拿着羽毛扇遮住半张脸，高高在上地看人……

可现在，那双眼睛闭上了。

"……夫人，弗格斯夫人……母亲，母亲……"她颤着手摸过她的脸。

她烧得不太厉害，只有一簇头发被燎着了。

脸上、身上都是烟灰……

看起来似乎没受什么伤。

塔特尔医师挣脱制住他的人，跌跌撞撞地跑来，这个硬汉一样的医师手抖得像筛糠，半天都伸不过去。

等落到弗格斯夫人鼻下时，竟然一屁股坐到了地上。

"死，死了。"他眼神发直，看着地上一个劲地，"死了，她死了……"

柳余抱着她，弗格斯夫人的身体还很烫，她像是睡着了。

"我们说好的，"她喃喃道，"要一起去别的地方，重新开始。租一间房，有一个壁炉，有一架钢琴……"

她的眼泪落了下来。

人们在雨中四散奔逃，他们高呼着"恶魔出现了"，恐惧地看着场中的金发少女。

罗德尼公爵也要逃，谁知，一道无形的屏障挡住了他。

他动弹不得，只能惊恐地看着那金发少女放下怀中人，一步步向他走来。

"弗格斯小姐，求、求您放了我，要、要多少卢索可以！甚、甚至罗德尼公爵下的所有财富，都、都可以给您，只要您放过我……"他恐惧地求她。

她却丝毫不为所动，慢慢地走到他面前。

"她一定也这样求过你。"

少女的眼神，太像来自地底的修罗，罗德尼公爵只感觉裤管有些热，一股腥臊之气就蔓延开来。

"你、你是渎神者！我、我只是让她交出你，她、她却拒绝了，我这样对维护一个渎神者的坏蛋，对、对，没错，我没错……不，不对，我只是想、想来看看你，索伦城邦的玫瑰……可弗格斯夫人却拒绝了我，她活该……"

是的，起源在于他的欲望，可推动这一切发生的，却是这极端的信仰。

柳余看向周围，还留在原地的人们看向她的眼神，除了恐惧，就是厌恶。

他们咒骂她，高声祈求神灵将她杀死。

她看向了罗德尼公爵，这个猪猡样的胖公爵恐惧地语无伦次："我没错，我没错，一个渎神者的母亲，就、就该这样……她还咬伤了我……"

她一只手伸去，他就完全逃脱不了，脖子被掐住，喉咙里发出"咯咯咯"的声响。

他想要掰开她的手："不，你不能……"

"我能。"

而有什么东西，也在她体内一并死去了。

"轰隆隆……"

看起来高不可攀的光明石像倒了。

无数哭声和怒吼从远处传来。

风中似有歌声传来："……安睡吧，宝贝……丁香花、红玫瑰，都已经闭上眼睛……圣婴树会在梦中出现……宝贝，闭上眼，圣光照耀你，天神守卫你……

"静静地睡吧，愿你梦到天堂……静静地睡吧，愿你梦到天堂……"

没有天堂。

弱者，没有天堂。

"她没死。"就在这时，耳边响起一阵飘忽的声音。

路易斯？

柳余看向周围。

"带上猫眼石，来伯克利大街三三三号，找猫头鹰爵士。"

柳余回身抱起安静躺着的弗格斯夫人，踏着广场，在无数人的仇恨和咒骂中，走了出去。

人群渐渐散去了，整个广场空无一人，只有高高的塔楼伫立。

而被烈火熏黑的石柱旁，一团模糊的光晕升起，到半空时，被一只凭空出现的、修长的手一收，消失了。

柳余一冲进医馆，拿起放在客房的盒子就要走。

"弗格斯小姐，您去哪儿？我们还要为夫人准备葬礼。"

塔特尔医师跟着冲了进来，短短半天时间，他的侧脸就完全凹了下去。

"没有葬礼。"

说完，柳余抱起弗格斯夫人，在塔特尔医师惊讶的眼神里飞了出去。

伯克利大街距离医馆不远，三三三号是在荒僻的地方，一座二层小楼，白墙上爬满了绿色藤蔓，她直接落到了小楼的花园内。

"我找猫头鹰爵士。"她喊道。

"笃笃笃"，木棍敲击地面的声音传来，一个弓着背、头戴黑色绅士帽的老人走了出来。

他穿着黑色燕尾服，戴着副金边眼镜，拄着拐杖，看起来儒雅谦和……

如果不看他呆滞的眼神的话。

"我是猫头鹰爵士。"

"有人叫我拿着这猫眼石来找您。"

猫头鹰爵士一看到猫眼石，眼神就活了。

他恭敬地摘下帽子："请随我来，美丽的小姐。"

他对她手中抱着的女人视若无睹，只是拄着拐杖在前面引路。

柳余随着他进楼，顺着旋转楼梯一路向下，路上一盏灯都没有。

不知走了多久，猫头鹰爵士才停下来，黑暗中，他似乎能看到她："您要找的人，在下面。"

"谢谢。"

猫头鹰爵士带完路就离开了，柳余弹出了一个光明弹照明。

"路易斯，我照你说的来了。"

"灭掉它。"

她收掉了光明力，在刚才的光线下，她看到这是个不大的杂物间。

"你在哪儿，路易斯？"

一颗圆溜溜的东西突然蹦到了她的手里："把另一颗猫眼石拿来。"

这是路易斯？

柳余若有所思地看向手中那圆溜溜的东西，弗格斯夫人被浮空术托住，飘在了她的面前。

"不，"她拒绝，"你先解释之前的事。"

"她没死，但也没活。"

"可她没有鼻息了。"

"愚蠢的人类……"路易斯笑了一声，"这世间的事，太过奥妙，有许多是你们看不到、理解不了的……"

"那我怎么才能救她？"

"将猫眼石放在一块，否则，你别想从我嘴里听到一个字儿。"

柳余却拿起猫眼石，作势要往旁边的墙上磕，路易斯叫唤了起来，悻悻地道："猫眼石放在一起，会融合，你再将它放到她嘴里，这能让她的身体两三年都保持现在这样。"

她将两颗猫眼石放在了一起，果然，猫眼石渐渐融化、包裹在了一起，最后，一个黑发黑瞳的青年出现在了她的面前。

他朝她招招手："又见面了，小弗格斯。"

柳余将融合过后的猫眼石握在了手里道："如果你骗我，要么你死，要么我死。"

"噢，弗格斯小姐，不要这么绝情，好歹，我们有共同的目的。"

"目的？不。"

"你……不恨吗？这个世界如此的畸形和愚昧，早该被毁灭。父神创造了它，却没有好好待它，就像我，他养育了我，却又……"路易斯突然间闭上嘴。

"你的目的，从一开始到现在，是什么？"

"目的？"路易斯舔了舔嘴唇，一脸亢奋，"我想要这世界，都没有名字。想要这山川河流，都不受束缚，我想信谁就信谁。我想看羔羊们都站起来……

"不过，我最想看的，是父神伤心、痛苦、绝望的模样。噢，您想想，他那张冰冷的脸上露出这些表情，真让人激动呢。"

在柳余看来，他就像个叛逆、想引起注意的小孩。

"除了这个，还需要什么，才能让我母亲醒来。"

不过这也让她确定了，他说的猫眼石功能不假。

柳将猫眼石送到了弗格斯夫人的口中，她的脸色竟然变得红润起来。只是，眼睛还是没有睁开。

"她的灵魂消失了。"路易斯啧啧道，"你得找到她的灵魂。"

"怎么找？"

"成神。"

柳余没被他蛊惑。

"所以，寻找灵魂，一定需要成神？"

"噢，别的办法，我暂时不知道。不过，当你成了神，困扰你的一切，都不再是困扰……我们如此弱小，就像被人捏在手里的蚂蚁，生死都不在自己掌握。只有成了神，我们才能得到我们想要的东西，才能享有改变这世界的权力。我知道，你也渴望，不是吗？"

是的，她也渴望。

只有强者，才拥有选择的权利。

她之前错了。

一个渎神者，在神灵的世界，逃到哪一个地方，都不会有乐土。

"让我猜猜，成神的条件有些苛刻，所以……还需要什么？"

"弗格斯小姐的智慧永远不会让我失望。"

路易斯朝她半屈身，"父神是天地诞生的唯一神。这世上，没人比他更高贵、更强大。想要成神，只有通过他。你是唯一靠近过他的人。"

"所以，你找上了我。"

路易斯朝她微笑："你应该感到荣幸，父神他对你如此特别，否则，早在他回归的那一刻，你已经化为了灰烬。"

柳余没有搭腔。

她面无表情地看着他："所以呢？"

难道她要因为神不杀她而感恩戴德？抱歉，她不信神。

路易斯被她的眼神生生冻得打了个寒战，说："其实，成神的条件，你已经达到了两个。神之骨和神之泪化作的棘莱花。最后一个，要他一滴血。"

柳余攥紧了手："一滴血？我曾经有很多。"

"噢，不，当然不是化身的血，是神的血，还得是他心脏内的一滴血。噢，不用害怕，不会死，只是会有些痛……"路易斯耸了耸肩，"别告诉我，你心软了。"

"当然不。"她道。

可她也不会全信，她自己看着办。

"你怎么保证，你说的都是真实？"

"铁片，你已经能看清了。父神赐予你他的肋骨，从此后，神语对你再无阻碍。去往神之国，学会神语，你就能明白，我说的一切都是真实。"

柳余什么都没说，她带着弗格斯夫人，挺直着背脊，走出了小楼。

黑暗中，路易斯目送着她离开，脸上的笑越发灿烂。

父神，喜欢我送你的礼物吗？

请拭目以待吧。

塔特尔医馆里。

"塔特尔医师。"

塔特尔一抬头，就看到那位美貌至极的金发少女站到了他的面前。

她抱着弗格斯夫人，柔弱的身躯像是要被夫人身上那层层叠叠的裙摆压垮，可她还站得直直的，看向他的眼里，有种坚毅的、说不出来的某种东西……这让他觉得陌生。

"弗格斯小姐，您去哪儿了？"塔特尔医师话一出口，才意识到自己用了责备的语气，"抱歉，我无意……

"只是，弗格斯夫人需要好好下葬。"

柳余看着塔特尔医师那发红的眼眶："母亲没死。"

而后，那双发红的、沉闷的眼里猛然间爆出光，又沉寂下去。

"弗格斯小姐，您得接受这个事实……"他用回忆的语气道，"八年前，我曾经也见过一个女人，她被她的丈夫赶到马厩，火还没烧到身上，她就死了。那女人就是马尔的母亲。"

马尔，那个小黑人的名字。

"只因为，她生了一个有着黑珍珠皮肤的儿子。"塔特尔医师声音沉痛。

"但她没有一个会飞的女儿。"柳余轻轻地将弗格斯夫人放到一边的长椅上，"塔特尔医师，请相信我，我会救活母亲。"

"如果救活她的代价，是和魔鬼做交易，我想，夫人不会愿意。"

塔特尔医师并不相信。

"我会当上圣女，我会去祈求神……"她用真诚的眼神看着他，"您相信我，神殿会传来好消息。而在这之前，我有一个请求。"

塔特尔医师长久地看着她，最后，被她的真诚打动了。

"您说，如果，我能帮得上忙的话。"

"我想请求您照顾她一段时间，直到我回来……不会超过半年，您放心。但是，这件事，您得保密，包括那个黑小子也不能说。"

塔特尔医师是柳余在这个世界上发现的，为数不多、始终能保持清醒和宽容的人，这让她想起前世那些无国界医师。

现在，她只敢信任他……

最关键的是，他眼里的爱意告诉她，他永远不会伤害弗格斯夫人。

"她会腐烂。"

"不，她不会。"柳余让他看弗格斯夫人红润的脸颊和微温的皮肤，"我说过，她还活着。我会有办法的，您……"

她祈求地看着塔特尔："您会帮我的，是吗？"

"好。"良久，塔特尔医师答应了她。

他貌似凶狠的眼里有着欣慰，他的宽容和善良，让他相信了这个他看着长大的孩子："弗格斯小姐，您变了很多。您现在已经长成了一棵茂密的大树，可以为人遮风挡雨了。"

"不，"少女垂下眼睛，她的声音很低，"……这次，是我的错，我连累了母亲。"

她想得太过简单了，没有权势保护的美色，是催命的毒药。

而渎神者的罪名，更加剧了这一过程。罗德尼公爵，不过是其中之一。他的好色、他膨胀的支配欲，以及他们曾经存在过的旧怨，都让他迫不及待地在第二天上门，为难这个落难的城邦第一美人……

弗格斯夫人的悲剧，或早或晚，都要发生。

"孩子，不要用别人的错，来惩罚自己。"

"不，不是惩罚。"柳余摇头，"是当头一棒，是清醒。"

她说过，她是"鹰派"，却妄想当个被驯化的家猫，这本来就错了。

至于路易斯的话……得"打一折"听。

但他有一句说对了，爬到这个世界的顶端，拥有至高无上的权柄，唯有这样，她才拥有自由选择生活的权利，无论是一间有壁炉的乡间小屋，还是一座豪华宽敞的宫殿……而不是生活来替她选择。

所以，她得到神的身边去，去寻找真正成神的答案，她可没忘，他还欠她一个未兑现的承诺。

"可是，弗格斯小姐，"塔特尔医师温和地看着她，"我得给您一句过来人的忠告，在做任何决定前，都先听听您自己的心。"

心啊……

柳余看向安睡的弗格斯夫人，"可有时，心和你的目标，是背道而驰的。"

她向塔特尔医师嘱咐了几句，就向他告辞，使用浮空术去了那斯雪山。

山顶没有人来过，棘莱花在随风摇曳，她采下几朵收好，才去了神殿。

还没靠近，黄金骑士的佩剑已经抵到了喉咙，年轻的脸上满是戒备："渎神者，不得靠近神殿半步。"

看着对方如临大敌的架势，柳余笑道："贝莉娅·弗格斯，求见布鲁斯主教。"

"布鲁斯大人不会见您。"

"他会见我的。"柳余坚持，"我还是艾尔伦大陆的圣女候选人。"

"渎神者没有资格参与候选。"

黄金骑士毫不留情地拒绝。

柳余却往前一步，锋利的剑刃直接割破了她颈间的皮肉，鲜红的血一滴滴落了下来。

她还没说话，黄金骑士反倒吓了一跳，急急将剑往后撤："弗格斯小姐！您别逼我。"

柳余一步步向前，倒逼得骑士们执着剑不断后退，他们既不敢动她，又不敢放她，广场上十几个天坑还历历在目，谁也不敢冒再次惹怒天神的危险。

马兰匆匆过来："渎神者，你还有脸来！"

他的权杖才要挥起，就被身后的白衣神使阻止了："马兰大人，住手！这件事，请交给布鲁斯大人裁决。"

"她毁去了索伦城邦中央的光明神像！她是渎神者，叛教徒！她该死！"

"马兰！够了。"布鲁斯主教领着一行白衣神使过来，他步伐有些匆忙，头顶的主教王冠因为走得过快而有些歪斜，"弗格斯小姐！我以为，我们之间没有什么可说的了。"

"我还是圣女候选人。"

"圣殿的马车已经离开。"

"那么，就由神殿派人送我过去。"

"他们不欢迎你。"布鲁斯主教极少说这样的重话，他对这胡搅蛮缠的少女有些头疼，"弗格斯小姐，您还是回去吧。"

"可真正做出选择的，应该是神。布鲁斯大人，您怎么知道，神不欢迎我？"

即使神不选择她，她还有一个兑现承诺的机会。

布鲁斯主教看了她良久，"好，我会派马车送你去圣殿，所有的一切，都交由神亲自定夺。"

"布鲁斯大人！您也被她的花言巧语蛊惑了吗？"马兰昂着脖子，"她不能去！"

"马兰，神的意志不是我们能左右的。"

布鲁斯挥手，让人准备马车，送柳余出发。

"您是我见过，最有智慧最仁慈的长者。"柳余提起裙摆，朝他恭敬地行了个礼。

布鲁斯主教看着她脖子的伤口，也不吝啬地提出评价："弗格斯小姐，却是我见过，最狡猾也最执着的人。"

"再见，布鲁斯大人。"

"不,如果可以,我希望,我们不再见面。"

布鲁斯主教颤颤巍巍地走了。

他的白发,在金色的主教王冠下闪闪发光。

柳馀看了他一眼,而后,在马兰愤怒的咆哮中,提裙上了等候在一旁的黄金马车。

一个月后,她和所有的、包括其他两块大陆的圣子圣女候选人,集合在了圣殿。

圣殿和神殿的样子差不多,雪白的墙壁,高高的塔楼,日月徽纹刻满了每一个大殿。

但相比神殿的亲和,圣殿就要孤傲得多。

殿内没有川流不息的人群,它紧紧地关上朝圣的大门,拒绝信徒的参拜,任人们兴冲冲而来,又失望而去。

殿内,五步一岗,十步一哨,守卫森严。

圣使们的眼神要更冷峻,圣骑士的刀剑要更锋利。

当柳馀穿梭在刻满神史壁画的长廊中,沐浴着的,就是这样冷酷又古怪的目光……他们大概是听说了有关她的事迹,视她为随时能将人拖入地狱的魔鬼,跃跃欲试,又不敢轻举妄动。

"请问,遴选大殿在这儿吗?"柳馀若无其事地抓住一个看起来温和的圣使问起。

"是的,弗格斯小姐,但您,您不能……"

在他说话的当下,美貌的少女已经提起裙摆,走进了大殿。

殿内的目光齐刷刷地落到她身上,而首座上,新上任的红衣大主教眸中的惊艳长久未褪:"贝莉娅·弗格斯?"

"拜见大主教。"柳馀恭敬地行了个礼。

大殿内一片窃窃私语。

"娜塔西,那位就是您的继姐弗格斯小姐?"

"果然名不虚传。"

"噢,不,跟她身处一个大殿,我都觉得快要窒息了,渎神者,一个渎神者……"

柳馀一眼就看到了这些人眼中的提防、警惕和厌恶……玷污他们心中的神,显然让这些少男少女对她深恶痛绝。

而这些通过选拔的少男少女,大都相貌不俗,猛地聚在一块,倒给人一种春花烂漫之感。

"弗格斯小姐,您来了!"

卡洛王子率先对她表示了欢迎。

而其他来自艾尔伦神殿的熟人,却不约而同地避开了她的眼睛……他们看起来不怎么欢迎她。

娜塔西的眼睛一跟她接触,就移开了。

她看起来有些不安。

"伦纳德小姐也在。"柳馀朝她打了声招呼。

谁知这一声,倒像是踩了娜塔西的尾巴,她梗着脖子道:"测谎时,布鲁斯主教在我身上发现了迷幻术的痕迹……最后,他们一致认为,我只是受了黑暗使徒的蛊惑,我是无辜的。"

柳馀长久地注视着她:"伦纳德小姐,很可惜,最终……你也跟我一样了。"

连纯洁的"灰姑娘",都学会了说谎。

"什、什么意思?!我、我跟您不一样!"

柳馀什么都没说,只是朝她微笑:"那就只能祝您好运了。"

娜塔西咬着下唇,当贝莉娅出现的时候,不安像阴魂不散的云雾,又一次缠绕住了她。

她想起了那斯雪山的那个吻……

当所有人都匍匐在地的时候,只有她悄悄地抬起眼睛,看了一眼。

神就这样安静地站在那,风吹起他流云似的衣摆,银色的暗纹如水一般流动,他是那样的高贵,连亲吻他的脚尖都觉得是亵渎,可他居然就那样站着,让一个女人踮起脚尖亲吻他。

她心都碎了,可又为那一幕目眩神迷,不能自已。

如果是她自己,她自己呢……

这时,塔楼的钟声响了起来。

"咚……"

"咚……"

"咚……"

三声过去后,红衣大主教手执权杖站了起来,一道白光自他的权杖落下,如同一个罩子,将所有人笼罩了进去。

柳余只觉得脚下一轻,大殿的底部就开始升起……

她这才发现,所有的候选者都踩在了一朵白色的蔷薇花上。

"当金色的神光照耀你们,就代表被选中了。但是……"大主教顿了顿,"我得提醒你们,神已经很多年,没有选过人了。"

"那她呢?"有人指着柳余,"她,一个渎神者,为什么能来这儿?"

"一切,自有命运安排。"大主教道。

柳余则看向头顶,大殿的顶部,用色泽明亮的油彩大篇幅地刻着有关神临的壁画,年轻的少男少女们温顺地匍匐在他脚下,而渐渐地,壁画也有些看不清了。

她感觉到了晕眩,连忙垂下眼睛,让自己不再看……

脑子里却不由自主地想起神册上的记载——

"神,不容窥探。"

时间一点点流逝。

匍匐在花朵上的少男少女们有的开始哭泣,神光没有降临的迹象……这代表着,他们的梦想即将破灭。

再过一刻钟,当塔楼的钟声再度响起,遴选就会彻底结束了。

柳余攥紧了手心,她安慰自己:没关系,她还有一个承诺。

就在这时,匍匐在她旁边的娜塔西半直起身,对着大殿的顶部喊:"伟大而仁慈的神啊,当您在人间化身成一位少年时,曾经许过我一个承诺,现在,我、我、娜塔西·伦纳德,想要成为圣女,陪在您的身边。"

大殿空旷而安静。

谁也没想到,这个看起来像是受惊的兔子一样的女孩,竟然鼓得起勇气说这些。

良久,一道金光自天空落了下来,罩在了娜塔西的身上。

娜塔西捂住脸,猛然间哭了起来:"感谢、感谢神!"

柳余的指甲几乎要掐进掌心,这就是……所谓的气运吗?

不论如何折腾,命运都如同不可阻挡的车轮,朝着既定的方向"轰隆隆"往前……

不,还是不一样的,她还没有死。

弗格斯夫人也还有机会。

柳余冷静地思考，什么时候提出兑换承诺最好：按照她原来的计划是挨到最后一刻，如果中间神选择了她，那么，她就可以省下这个承诺……不可否认，人的侥幸心理总是时时刻刻想要冒头。

不过，为了避免不可控的事发生，她决定稍稍提得早一些。

随着娜塔西被选中，又连续有了两人被选中，都是陌生面孔，他们都高兴地哭了起来。

而后，始终就没有动静了。

娜塔西心里有点高兴，贝莉娅就像是罩在自己头顶的乌云，只要有她在，就没人看得见自己。她的出现，让娜塔西总是惴惴不安……所以，娜塔西一点不希望，神会选择她。

而观察着这一切的红衣大主教也收回了视线，他举起权杖，正要说话，这时一道华美的金光落了下来，精准而又利落地罩在了身着浅蓝色衣裙的少女身上。

那金光，如温柔的浅雾，落到了每一个人的眼里。

柳余半张的嘴合了上去，快跳出嗓子眼的心也一同安放了回了胸膛。

他选她了。

她不自觉地抬头，在白芒与金光的烂漫交错中，正对上一双绝美的、如秋泓一样的眼眸，那眼眸温柔而冷寂，时间的洪流"轰隆"而过，最后，只留下亘古的寂寞。

她愣在了原地。

再看去，却见辉煌而华丽的壁画上，沐浴着金光的神正敛着他狭长的眸，冷漠地俯瞰着底下发生的一切。

"神已经做出了他的选择。"大主教庄严地宣布，"娜塔西·伦纳德，罗尼·苔米，帕克·托塔，贝莉娅·弗格斯。

"……你们得以陪在神的左右，以忠诚，以信仰，这是神对你们的恩赐。好了，去吧，神车将在一个小时后抵达圣殿的门口，相信我，你们会看到更广阔的天地。"

柳余心潮澎湃……她承认，在神光选择她的那一刻，她既惊惧又欢喜。

欢喜的是，也许未来某一天，她也能走到这最高处，见识不一样的天地，从此后，她能够拯救弗格斯夫人，她可以自由选择人生，她不会再受任何掣肘。

而惊惧的是，她要面对的存在，十分强大。

一个小时后，传说中的神车准时地停在了圣殿的门口。

它的形状，就像一个膨胀的南瓜马车，车身上满是金色的太阳花，南瓜的内部被掏空了。

车顶上，一只灰扑扑的胖鸟在快活地蹦来蹦去。

一见到柳余，就举起一只翅膀："斑斑！

"好久不见！"

而后，它肥了一圈的胖脑袋没头没脑地往刚落座的柳余身上钻去，在对方平静的脸色里，讨好又谄媚地"斑"了一声。

"贝比，喜欢我为你挑的南瓜马车吗？

"贝比，你生气了吗？

"斑斑不是故意的……只是一看见莱斯利，噢，不，神，脚和翅膀就忍不住……不过，斑斑也帮了大忙！最后，最后是斑斑说服神，让他选了你！"

这时,旁边的少年帕克·托塔好奇地问了一声:"弗格斯小姐,这是您养的鸟?怎么在神车上?"

"它不是我的鸟。"

柳余闭目,谢绝交谈。

斑斑头顶的毛都耷了起来:"斑……"

它蔫蔫地叫了一声。

"贝比现在不喜欢斑斑了吗……"

这时,神车猛地朝天空一跃,飞了起来。

第二十九章

南瓜马车穿梭在一片云海里。

柳余半靠着窗,很奇特,迎面而来的气流明明很强劲,可拂到面上时,却是柔柔的风。

面前的所有,都在颠覆她曾经学过的一切。

南瓜马车既没有滑翔翼,也没有动力燃料,可它飞在空中,像是自在的鸟儿……又比鸟儿还快上无数倍。

一眨眼的时间,它就跨过了连绵的青山,飞过了无边的深海,最后,投入黑沉沉的夜空。

"哇……"苔米和托塔不断地张嘴发出赞叹声。

他们来自另外两块大陆,托塔的性格要活泼些,苔米则有些羞涩。

"阿麦伽圣使提过一种假说,他说,世界是一个球,我原来还不信……"

托塔睁大眼睛,看着面前神奇的一切。

"托塔先生,阿麦伽圣使已经堕落,他染上了邪恶的黑暗力量,不可说。"苔米郑重地提醒他。

"噢,抱歉,抱歉,"托塔行了个礼,又忍不住好奇地看向自上了马车就一言不发的金发女孩,还有她怀中那只胖得快成球的鸟。"弗格斯小姐,冒昧地问一句,我们到神的那儿还需要多久?"

她正想回一句"抱歉,我也不知道呢",南瓜马车就猛地一震,车头一下子钻入了一个巨大的云团里。

面前是一片白茫茫的大雾,浓得连近在咫尺的人都看不见,鼻尖却好像能闻到花的芬芳。

"到了!到了!"

斑斑兴奋地扑棱着翅膀,圆滚滚的身体想要飞出马车,却被迎面而来的风"啪叽"一下,拍回了车里。

等它晕晕乎乎地重新飞起来,马车已经冲出云团。

"哇……"

"哇……"

"哇……"

年轻的少男少女们不约而同地张大嘴巴，看着眼前的一切。

这是一个阳光的国度。

空气里充盈着鲜花的芬芳，洁白的云彩铺在脚下……马车一个抖动，这些只会张大嘴巴的年轻人们就像甲壳虫一样，被一个一个地抖到了地上。

柳余及时使起浮空术，缓缓落下。

胖球斑斑在她身边拍打着翅膀，兴奋地叫："斑！斑！

"美吗，贝比？斑斑第一次来的时候，只会哇！哇！哇！哦。"

"美。"这一次，柳余回答了它。

眼前的一切，几乎是人类穷尽所有想象都无法勾勒出的华美，比记忆珠中的更生动、更空灵。

洁白的云彩像蓬松的棉花糖，踩在上面，有种柔软却安稳的感觉。远处，连绵的群山如浓碧的翡翠，近处，开着大片大片的鲜花。和记忆珠中的不同，那些五彩缤纷、各色各异的花儿不见了，取而代之的，是大片大片的蔷薇。

红蔷薇在风中摇曳……

"那……就是神宫吗？"

娜塔西双手握在胸前，秀美的脸上满是赞叹。

柳余顺着她目光望去，一座纯白殿堂就这样矗立在盛放的蔷薇之后，它沐浴在一片烂漫的金光里，如每一个朝圣者心中勾勒出的那样，圣洁、庄严、华美。

柳余心中涌起一股热血，那热血让她浑身滚烫……那里，是世界之主存在的地方。

他可翻手为云，覆手为雨，弹指间让一个世界灰飞烟灭。

而她现在，要做的，是找到一条去往最高处的路。

斑斑像只合格的引路鸟一样，领着他们往里走。

一路走来，都没什么人，直到经过蔷薇花圃，才看到提着花篮在花中穿梭的年轻男女们。

他们大都面容姣好，看到他们时，脸上还带着笑，他们跟斑斑友好地打招呼。

"是神新选了圣女吗？"

很奇怪，明明是一种陌生的语言，但进入耳里，就自动明白了。

斑斑高昂着头，神气活现的："斑斑！

"迪丽雅，没错！我得带他们去神宫了，下次见！"

"再见，斑斑！"这个叫迪丽雅的好像听得懂斑斑说什么似的，等她目光落到柳余身上时，脸上的笑就更深了，"噢，这里面有个安琪儿，神一定会很喜欢。"

"谢谢。"柳余友好地致谢。

谁知迪丽雅竟然惊讶地捂住了嘴巴："您居然听得懂？"

"斑！

"当然！贝比很聪明的，她还听得懂我说的话呢！"

"不不不，我的意思是……噢，真叫人不明白，斑斑，神这次出去，有遇见什么不一样的事吗？"

就在斑斑要开口时，柳余伸手一招，"胖球"眼珠子都亮了，一下子冲到她怀里："斑！

"抱歉，迪丽雅，时候不早，我们得走了！"

托塔、苔米和娜塔西站在一旁，云里雾里看着他们。

"去吧，这次神选了很多人……"

"神宫终于热闹起来了……"

柳余跟他们告别，而后一行人继续往前。

穿过一望无际的蓝色镜湖，神宫的大门已近在咫尺，门口没有披坚执锐的卫士守卫，一切，都和记忆珠里的一模一样……可又有什么不一样的，柳余说不上来。

无数的旷世奇珍在殿堂内随处摆着，东海明珠、巨型珊瑚塔，殿内大片大片的红色蔷薇怒放，连羞涩的苔米都大睁着眼睛，不住地发出"哇"的声响。

一路沉默过来的娜塔西突然开口："他们看起来都无忧无虑，真好。"

柳余知道，她说的，是这些进进出出的年轻人们。

他们大都体态修长，仪态优雅，看起来十分赏心悦目，脸上全无忧愁。

见到柳余他们，还亲切地问好。

"神又选了圣女吗？"

"噢，她长得跟伊迪丝一模一样。"

"……"

"伦纳德小姐，"柳余提醒她，"没人会将不愉快放在面上。"

"贝莉娅姐姐总是把人想得那样坏。"娜塔西道。

"伦纳德小姐总是喜欢踩着别人，烘托自己。"柳余讥讽。

托塔和苔米站在一旁，无奈地听着这对继姐妹又一次掀起战争。

"胖球"斑斑左右看看，也闭上了它叨叨的嘴。

神宫太大了，穿过一个又一个的宫殿，走过一条又一条的走廊，走了不知多久，最后，终于到达了目的地。

像是感应到他们的到来，金色的大门缓缓地敞开。

斑斑像个炮弹一样冲进去："斑！

"到了！到了！贝比，到了！"

一个身着白裙、头戴花环的略长些的女人迎了出来："请跟我来。"

几人沉默地对视，自进入神宫，语言的隔阂好像又消失了。

他们都听得懂了。

"不要抬头，神不可窥视。"女人提醒他们。

柳余低头，眼观鼻鼻观心地走入殿堂，眼角的余光只能看见浅金色的光，如海边细细的沙镀在淡蓝色的裙边上，让人感觉莫名的温暖。

"神，来自纳撒尼尔的圣女们到了。"

"斑斑！斑斑！"

良久，那美妙的、似曾相识的声音在大殿之中传开，像是能激起耳膜的战栗："退下吧。

"不必再来。"

引路的圣女屈身："是的，神。"

她走到这一群懵懂的、还低着头的少男少女们面前："走吧。"

"可，可我们……"苔米不太明白。

"神放逐了你们。你们可以出神宫，去神之国度生活，那也很好。"

"可我、我是圣女！"娜塔西抬头。

"不是所有圣女都会伴在神的身边，神是一切，您过了。"引路的圣女的脸一下子板了起来,"可以跟我走了。"

柳余还在猜度神之国度是什么,娜塔西却已经鼓足勇气地抬头,朝大殿的中央看去。

视线中一片模糊。

她还是极力睁大着眼睛,即使眼睛被神光刺痛,不断流泪,还是道:"神!神您、您不记得我了吗?我是娜塔西·伦纳德!那个、那个您答应过,要和我一起跳舞的娜塔西·伦纳德!"

神座上的人似乎无动于衷。

她就来扯柳余:"还有贝莉娅·弗格斯!您曾经喜欢过的人啊……"

这一刻,柳余感觉到,浑身像是被刺成了筛子。

她不动声色地抬头,隔着漫漫的、浅金色的光线,与神座上的那人长久对视。

她从未见过这样的眼眸,温柔却冰冷,美丽而孤独,带着智慧和威压。

他坐于高高在上的神座之上,仿佛光是他的影,孤独是他的宿命。

十几个美貌绝顶的少男少女们匍匐在神座之下,他们好奇地向她看来,姿态温顺得像是羔羊。

"娜塔西·伦纳德。"神开口了。

眼睛开始流泪。

柳余却眨也不眨,和他对视。

"我记得你。"他说。

他明明是在回答娜塔西的话,可柳余却有种莫名的、仿佛他在对她说话的错觉。

柳余率先垂下眼睛,摆出了一副温顺的姿态。

旁边的娜塔西却流泪了:"对!对!就是我!娜塔西·伦纳德,是我……"

一句"记得",让她感觉自己漂泊的心终于停了下来。

对莱斯利先生的爱意,从他变为神那一刻起,澎湃成了海潮。她从未如此明确过,不论是路易斯,还是卡洛,甚至是阿诺德,都无法给她这种感觉。

她愿意为了神,燃烧自己的一切。

他是那样的强大和完美。

"我已兑现我的承诺。"神再一次开口了。

"与黑暗为邻的羔羊,即使迷途知返,放逐已是最好的结局。"

"可,可是……"娜塔西的脸一下子白了起来。

她知道,神一定知道了一切!他知道她和路易斯的事,也知道她曾经对信仰有过动摇……噢,这一切,都糟透了,她为什么总是这么不幸……

"我有话说。"为避免娜塔西再一次放出"炸弹",柳余突然开口道,"神曾经承诺过的石像还未曾给我,还有我给您的金色徽章,请一并还我。"

长久的、几乎令人窒息的沉默里,神开口了:"那些,已经埋没在了那斯雪山里。"

"贝莉娅·弗格斯,你可以向我提一个要求,不过分的。"他道。

"我想留在神宫,如果神宫内有图书馆的话,我想在那工作。"

记忆珠里,她看过一个庞大的、几乎将一整个偏殿都塞满的书屋。

那里的书浩如烟海,如果哪里有成神之道的话,柳余想,那里也许会有……如果可能的话,她还能伺机学会神语。等她会解读铁片,明白铁片上到底写了什么,她就会知道,接下来该怎么办了。

当然,她也可以要求留在神的身边……

可面对着那张和盖亚·莱斯利几乎一模一样又华美精致上许多的脸，柳余突然不想了。

神长久地凝视着她，而后答应了："好，如你所愿。"

"等、等等……"就在这时，娜塔西突然开口。

她垂死挣扎般看向在神座旁飞来飞去的胖鸟："啾啾，我救过你，你记得吗？那时，你躺在冰天雪地里，快要冻僵了，是我将你捡回阁楼，用被子捂着你，用省下的谷子一点点将你救了回来……"

斑斑看看这个，又看看那个，胖屁股翘了起来，翅膀捂住脑袋："斑斑！"

"那、那你想怎么办？不会要将斑斑重新变成冻小鸟……吧？"

柳余敢肯定，进了神宫后，斑斑的叫声也被人听明白了。

这大概是神的力量所形成的磁场。

"啾啾，你帮我求求神……就一次，最后一次，这次过后，我们就扯平了……你让我留在神身边，噢，不，不用在身边，哪怕神宫也行。"

娜塔西心中无比慌乱，她终于知道，神座上那个男人对她毫无容忍，可她爱他爱得发狂，如果离开他在的地方，她觉得自己的生活恐怕将了无生趣。

"斑斑……"

"噢，这……"斑斑的黑豆眼试探性地看向神，它坚决地认为，神非常喜欢它，它天生是个可爱小宝贝，神还会亲自用谷子喂它，将它喂得饱饱，"神，您……"

"莱尔会安排你的工作。"

一个年轻英俊的青年走了过来，他对着哭哭啼啼的娜塔西微微屈身："伦纳德小姐，请随我来。"

看着面前发生的一切，柳余有种尘埃落定的感觉。

即使细节不同，可事情的走向却依然如小说中那样，娜塔西到底还是留在了神宫。

那么，她呢？她抬头，向神座上的男人看去。

隔着浅色的圣光，他似乎在注视她，却又似乎不是。

柳余还未看清，就感觉一股柔和的力量拂到身前，将她送了出去。等再有意识时，自己已经站在了大殿的门外。

金色的大门紧闭。

她和另外两人面面相觑。

苔米和托塔眼睛红得像只兔子，上一刻他们还在天堂，下一刻，却仿佛坠入了地狱。

"我们、我们怎么办？"

苔米更是直接哭了出来："我以为，从此后我们就能陪在神的身边……"

"不，神的身边，没有任何人能去。"刚才引着他们进入大殿的女人走了过来，"我是丽娜·贝基，你们可以叫我丽娜。"

"您刚才的话是什么意思？"苔米问，"没有人能留在神的身边吗？那神座之下嬉戏的那些人呢？"

"那已经是最近的距离。"丽娜警告她们，确切地说，她警告地看着柳余，"……少打神的主意，记住，你们的一切心思，在神面前，都无法藏匿。"

柳余温顺地低头应："是"。

托塔和苔米被送走了，柳余则跟着丽娜神官去往住处。

这一路，她打听到了不少消息。

神宫分内外两宫，内宫是神休憩的地方，不允许任何人进去；而外宫，则是神处理事务的地方。留下的圣子圣女都住在外宫，而能靠近神座的，都是"纯洁可爱"的孩子。

"神喜欢看他们嬉戏。"丽娜神官带着笑道。

她用向往的语气道："在神的身边，谁还能爱上别人呢？即使被放逐出去，在神之国度里生活，也极少有新的婴儿诞生。"

"那我们平时做什么？"

丽娜奇怪地看了她一眼："不需要。

"我们只需要保持纯洁的身心，无忧无虑，神就会赐予我们一切。鲜花，果实……"

她决定问问图书馆的事。

"不需要工作，弗格斯小姐，图书馆没什么人去。不过，如果您执意，也可以擦擦橱窗。虽然每一天清晨，除尘的魔法阵会自动生效。"

丽娜打量了下这位金发美人，认为她确实美得非比寻常，可距离吸引神，还要差了一大截。

各个世界送来的圣女们都快把神宫给挤爆炸了，如果不是每年都放出去一批，恐怕神宫就要嘈杂得像"叽叽喳喳"的鸟笼了。这么多年里能媲美这位金发美人的，不是没有，可也不见神另眼相待。

"谢谢。"

柳余已经被领到了一个布置得极为素雅的房间。

雪白的墙壁，靠窗的书桌小巧而精致，桌上摆了一个蓝色的细颈花瓶，瓶口插着一枝带露的白色蔷薇。

柳余目光在那蔷薇花上凝了会，才去观察别的摆设。

白色雕花柱子床，欧式洛可可风格，天蓝色的窗帘，壁橱……

麻雀虽小，五脏俱全。

"这是你的房间，"丽娜介绍，"一个庭院，住着四位来自不同世界的圣女。不过，我得提醒你一句，住你右边的那位，脾气可不怎么好。左边的……"

她顿了顿："你碰到就明白了。"

丽娜左右看了看，发现没什么需要继续介绍了，转身要走，却听身后传来一道怯怯的声音。

"我……想问一问神语，学习神术需要神语，我们……是去哪里学神语呢？"

丽娜惊讶地转过身来："神语？噢，弗格斯小姐，您在开玩笑？我们可学不会。那些字一放到眼前，就让我们眩晕，所以……图书馆才没什么人去。"

"原来不能学啊。"少女的表情有些失望。

"整个神宫，除了神会神语，其他人都只能记一些神术……"看着刚才还精神焕发的少女突然间蔫得像宫门口的猫，丽娜又有些不忍心了，她改口安慰，"……不过我听说，图书馆里，放着一本神亲自纂写的神语教学本……你可以找一找，幸运的话，也许能找到。"

她这话，连自己都不怎么信。

确实有这个传言，可找到了，又能怎么样呢？

没有人能直视神语超过哪怕十秒。

可这话却像是给蔫头耷脑的少女浇灌了水，让她一下子笑了出来："谢谢您，丽娜神官。"

"噢，噢……"

丽娜神官得承认，这位金发女孩富有活力的笑容，十分迷人。

她告辞离去，不一会，又送来一把金灿灿的、镶着红色玛瑙的图书馆钥匙，柳余将钥匙小心地串在项链上，来这之前，记忆珠被她重新串了上去，现在，正和那把钥匙相碰，发出"丁零当啷"的响声。

她握着珠子发了会呆，突然想起第一次见面时，莱斯利问她，"你有没有见过一颗珠子"，她说没有。

而后，他就相信了她。

似乎之后，也总是这样被轻易地被说服。

真是……傻呢。

柳余眨去了眼底的水汽，笑着将项链重新挂回了脖子。

饭菜，是由一只绿玉一样剔透的大螳螂送过来的。

据说这半人高的螳螂是神随手捏的。

柳余吃完，又将篮子挂在螳螂的镰刀臂上，看着它晃晃悠悠地走出门，消失在转角。

到半夜，突然听到庭院里传来其他动静。

热闹的笑声、歌声，还有议论声……

"有新人来了？"

"听说是个美人。"

"噢，有伊迪丝美吗？听说，她是神亲自指的，原来不在候选行列呢。"

这是柳余第二次听见这个名字。

她竖着耳朵听了会，竟渐渐睡了去。

第二天，当清晨的第一缕阳光穿过海蓝色的窗纱，照进房间时，柳余醒了过来。

在神宫的第一个夜晚，她终于没有再做弗格斯夫人被烧死的噩梦。

梦里，不再有炽烈的火焰，而是温柔的月光。

那月光照耀了她一整个梦境，以至于醒来时，有些恍惚。

噢，是神之国度啊。

该去图书馆了。

她想。

绿螳螂拎着篮子，送来早餐。

牛乳、两块玫瑰色的鲜花饼、几块甜酥……柳余吃完，感觉一张嘴就能"口吐芬芳"。

光从食物来说，单是这牛乳，醇厚丝滑就要胜出艾尔伦的不知多少倍，更别提这鲜花饼，香气怡人又不过分，吃完满口都是清香。甜酥更是甜度刚刚好，过一分则腻，少一分则淡。

柳余吃得很满足，虽然偶尔，她也会想念原本世界里丰富的美食。

吃完饭，将菜篮子重新挂上绿螳螂的手臂，绿螳螂晃荡着大屁股，"哐当哐当"走了。

柳余则对着镜子照了照，浅蓝色棉布裙顺服地贴在身上，只在裙角有一点褶子样的波浪卷，头发扎成一个丸子，两腮留了两绺，除此之外，通身上下毫无装饰……

很好，够朴素。

她满意地推门出去。

据丽娜神官说，神宫一年四季如春，不需要凡间那些厚实的外套，她可以去领两件统一制式的裙子，样式类似于凡间的星月袍……如果穿腻了一样的，还可以等神之国度的裁缝上门，他们每月都会来一次，带上无数漂亮的裙子，只需要付出一个"圣光祝福"。

能当上圣女，天赋都是出类拔萃的。

神宫还有专门的神官统一教授神术……

比起各自在神殿学的，这里的神术就五花八门得多了。

浮空术只是其中不起眼的一种。

"那神会亲自教授神术吗？"柳余记得自己当时这样问过她。

"噢，已经很多年没有了。"丽娜神官有些感伤，"据说，神以前会亲自教导他的子女。"

"子女？"

"神寂寞时，就会用神界之树创造出一个又一个的生命，我们称呼他们为'圣灵体'，圣灵体必定拥有这世上除神以外最优秀的天赋，神会亲自教导他们神术……不过，近两千年，已经没有新的圣灵体出现了。"

柳余想着昨天的对话，走到庭院，阳光倾洒下来，浑身被照得暖融融的。

转过身往外走，却撞见一个穿着绿色长裙的少女被人摁在廊柱上亲吻。

柳余看着这对旁若无人地纠缠在一块，走出庭院时，还在想，这个少女应该就是丽娜神官说的脾气不太好的邻居。

一路问过去，走到图书馆时，已经是十五分钟后了。

僻静狭长的道路，两旁栽满了郁郁葱葱的大叶子树。

一座尖塔小楼被掩映在这一片绿意里，它的外壁不再是雪白的，而是温柔的浅咖，尖尖的塔顶上，日月相伴。

柳余走到门前，大门紧闭。

这时，一个圆圆的玛瑙球飞了过来，它在她面前晃了一圈，像是扫描还是记录，紧接着，那玛瑙球猛地一蹦，直接砸到古铜色的、刻着狂兽的门把上……

门"吱呀"一声开了。

一排排古朴而厚重的书架陈列，阳光穿过书架的罅隙，与轻尘在空中飞舞……

悠长的岁月与沉甸的时光，夹杂着书页特有的气味，一起扑面而来。

柳余走了进去。

这里应该是使用了空间层叠术，从外看，并没有那么大，而进去，却一直走不到头。

一卷又一卷的书，安静地陈列在书架上。

柳余发现，有些书架上还有不同的标签，她甚至找到了"纳撒尼尔"的标签，一共三列书架，书卷拿下来，熟悉的又带点陌生的文字出现在面前……

这三列，全是有关纳撒尼尔这个世界的记载。

从诞生到发展直至现在，都有人在记录，柳余甚至从中找到了自己……

"贝莉娅·弗格斯、娜塔西·伦纳德……被选为圣女，送入神宫。"

她甚至找到了有关第一次圣战的记载，而世界的诞生，却只有一句话："神创造了这个世界。"

其他的书架，也都是关于各个世界的记载。

只是，那些文字各不相同，她看不懂，不过却不妨碍她明白，这一列列书架，都是神掌控之下所有世界的记载。仿佛有一支无形之笔，在不断地记录着那些世界里发生的一切。

越往后看，柳余越觉得恐惧和战栗。

她竟然曾经妄想，通过情感来影响和控制一个创造世界的神……

这实在太异想天开了。

那微末的情感，在对方浩瀚如同宇宙的生命里，就如同不堪一击的萤火。

柳余去了第二层。

第二层，果然是有关神术的册子，一眼见不到头。

这次，她按捺住所有杂乱的心思，专心致志地一本本翻过去。

神语她已经能够直视，甚至在不断地翻阅中，一些常见的字体她也能记住……

柳余从前的学习经历告诉她，在什么都不懂的情况下，强记也不失为一种方法。

时间一点点地过去。

柳余就这样每天住所、图书馆两点一线地过日子，早出晚归，拿出曾经考试的态度，将二楼的书一本本翻过去。她既不与邻居交往，也不和其他人交涉，活得像个隐形人，除了过分的美貌，其他人也渐渐将她忽略了，只当她是个没趣的书呆子。

连娜塔西，都要比她出名得多。就这样，又过去了一个月。

柳余终于将二楼的书，全部翻了一遍。

可惜，还是没有找到丽娜神官说的那本册子。

她记住了许多语言符号，甚至可以流畅地默写出来……只可惜一个都不会念，意思，也不懂。

柳余把最后的希望，放到了三楼，如果这一次，还是找不到，或者学不会，那势必要想办法到神的身边去学习神语，或者，用掉最后一个承诺，不过，这是她设想的最差的结果。

在这图书馆的一个月里，她浮躁的心渐渐沉淀下来。

而周边的消息由时不时来骚扰的斑斑带过来。

比如，莱恩爱上了娜塔西，被玛格丽特抓住了。玛格丽特大怒之下，用神术惩罚了娜塔西，却被莱恩拦下了。

比如，神不在内宫，他消失了，谁也找不到他。

现在每天都是丽娜神官在喂斑斑，斑斑觉得丽娜神官十分吝啬，只肯给它一小捧谷子，神每次都会给它很多很多。

神宫的日子很安逸很惬意……

如果不是弗格斯夫人还在等她，如果不是她内心深处不曾熄灭的火焰，她恐怕会爱上这个地方。

只剩下四个月了。

柳余看向被翻完的二楼，第一次踏上了去三楼的楼梯，木梯发出"吱呀吱呀"的声响，让人感觉随时会断裂，可她还是稳稳当当地踩了上去。

三楼。

高高的书柜，将整个空间分隔成一列又一列，柳余恍惚间，似乎回到了艾尔伦神殿的那个图书馆。

阳光穿过书架的罅隙，明明灭灭。

但还是不一样的。

三楼的屋顶，是一片深不见底的黑夜，或者说，黑洞。多看几眼，都像要被那旋涡吸进去。

柳余定了定神，放下篮子，往书架前去。

手指拂过书架，一本本看去，这里的书要更随意些，大大小小、薄的厚的都有，有些甚至像是孩子的涂鸦，只是都是用神语写的，旁边还有极为俊秀的标注，标注都是出自同一人之手。

倒是那些涂鸦，乱七八糟，有的整齐些，有的则天马行空。

柳余不禁有了猜测，这些应该是那些"神的子女"写的，至于这些标注……应当是神。

所以，她要找的，应该是这个俊秀字体所著的书。

她一排一排地慢慢找过去。

一本，两本，三本……

这个字体写了很多。

当她的书篮快填满时，柳余决定，先去将这些挑出来的书看一遍……

她早发现了，每一层，都有一个靠窗的、供人休憩的藤椅。

她喜欢坐在那看书，有时累了，还会在藤椅上睡一会，藤椅一般在书柜的尽头。

可这次，当她穿过一排排书柜，走到尽头时，发现竟然有一人躺在了藤椅上。

金色的阳光穿过浅色的窗纱，跳跃在他银色的、冰冷而高贵的长发上，这画面朦胧得犹如幻梦。

他像是睡着了。

紧闭的眼睑下，是长长的睫毛。那如冰似雪的五官也被这慵懒的午后衬出了一丝温暖。

也许是她长久的注视所致，那双睫毛颤了颤，睁开了。

绿色的、浅浅的瞳孔一下子撞入眼帘，他似是不知今夕何夕："弗格斯……小姐？"

被那样美妙的声音唤出，凭空有了隽永的感觉。

柳余却一下子回了神。

她恭顺地垂下头："拜见神。"

对方没了声响。

柳余眼角的余光，却能看见他流云似的衣摆上，银色的丝线如在光中跃迁的银河。

她能感觉到头顶的目光长久地凝聚，但很奇异的，这一刻，她心里什么都没有。

没有埋没在雪山之底的青年，也没有这高贵不染纤尘的神。

她很平静。

那雪白的衣袍，就这样从她的视线里滑了过去。

轻轻一声"咔哒"，神出去了。

柳余对着藤椅盯了一会，才若无其事地拿起篮子，去了另一个角落，一本本地翻书。

她需要找到那本神编纂的书册。

当天，一无所获。

回庭院时，却撞见了那一直"神龙见首不见尾"的右邻居，她盯着对方姣好而熟悉的脸蛋："伊迪丝小姐？"

真的……非常非常像呢。

金色的长发、雪白的皮肤，以及蔚蓝色的眼睛。

只是对方的神情要温顺得多。

玛格丽特从房间里出来，靠着柱子："弗格斯小姐，见到了吗？那可是神特地挑出来的，真幸运。"

这是一种很神奇的感觉。

两个相像的人面对面站着，就像照镜子，只是，在旁观的玛格丽特看来，差距就大了。

伊迪丝小姐明显要柔顺些，她就像是神喜欢的样子，从神态到举止，都透着水的柔和。

而弗格斯小姐却不一样，她像一团火，却又比火热烈，像永不会被人摧折的青松、翠竹，或别的什么东西……人群中往往第一眼，看到的就是她。

而当看到后，别的任何一切东西，都无法再入眼了。

她有一种生机勃勃、别开生面的美……

玛格丽特说不出来那是什么，却能很肯定地说，如果她是男人，应当是会喜欢弗格斯小姐那样的。

可惜，神喜欢温顺的。

她漫不经心地想着，决定等这两人大吵一架，"撮个火"再去睡觉，她最近火气没处发。

谁知这两人竟然彼此问起了好。

"您可以叫我伊迪丝，来自萨米帕世界的伊迪丝·莫顿。"伊迪丝腼腆地一笑。

"您也可以叫贝莉娅，纳撒尼尔世界的贝莉娅·弗格斯。"

对着这么个温柔的姑娘，柳余没法兴起一点恶感……

美人嘛，大家都喜欢。何况这个美人是水做的，不带一点攻击性。

而更奇怪的是，她能感觉，对方很喜欢她。

"要吃块星星饼吗？"伊迪丝说着，从提着的花篮里掏出一块用油纸包好的麦麸饼，"这是我……亲自做的。"

她害羞地笑笑："我们萨米帕世界的特产，吃下后如果看到喜欢的人，他的头顶就会长出一颗星星。"

长出一颗星星？

柳余漫不经心地想着，开口回绝："不，不用……"

"噢，伊迪丝，你居然会做星星饼？"

这时，玛格丽特冲了上来。

她惊奇地围着伊迪丝手里那块玫瑰色的圆饼绕了一圈，又闻了闻："噢，是这个味道，弗格斯小姐，您可以尝一尝，这个不多见，需要萨米帕世界一种珍贵的草药配合神术才能做成。看来伊迪丝小姐是你们萨米帕世界里的顶尖贵族。"

伊迪丝误会了她的意思："玛格丽特小姐如果想吃，我这还有。"

"噢，不用，不用，"玛格丽特摆手，"我以前吃过，看到的是……"

她用一种厌恶的口吻道："莱恩。"

星星饼一个人一生只能奏效一次。

可人的心，有时候却会动很多次。

玛格丽特沉郁了下来，柳余并不愿多说，却还是对她说了句："我很抱歉。"

"跟你没关系，"玛格丽特冷哼了一声，"苍蝇不叮无缝的蛋。"

柳余突然对这个泼辣的少女十分具有好感。

即使在前世，女性地位更高的时代，对渣男恋恋不舍的女人还大有人在。

伊迪丝"扑哧"笑了声："玛格丽特小姐很有趣。"

"那你愿意告诉这位有趣的小姐，神召见你了吗？"玛格丽特眨眨眼睛，"如果神喜欢我，一万个莱恩我都可以舍弃！"

伊迪丝红着脸摇头："我没见过神呢。"

"可是……他们说，你是被神另外指定的。"

伊迪丝点头："我不是圣女的候选人，年纪大了一些……"

她用迷惘的口气道："但圣光照耀了我，我就来了。神并未见过我，一次都没有。"

话落的当下，一只五彩斑斓的小鸟俯冲下来，它直直冲到伊迪丝面前，嘴巴一张："神召见你，伊迪丝小姐。"

"是。"伊迪丝微微屈身，她将星星饼连同篮子一起交给了柳余，"弗格斯小姐，能请您帮我保管下吗？作为报酬，您除了可以吃块星星饼外，还可以吃到萨米帕世界特有的草莓酥，我的手艺很好呢。"

"好。"

看着对方蕴满"星星"的眼底，柳余再一次生出奇怪的感觉，这个叫伊迪丝的，似乎很喜欢她。

"她好像很喜欢你。"玛格丽特眼珠子在柳余身上转了两圈，"真奇怪，你们居然没有吵架。"

"为什么要吵架？"

"神召见她，不召见你啊。"玛格丽特用一种理所当然的口气道，"你们长得那么像。"

"噢，仔细看，也不是那么像。"她小声地道。

"可是伊迪丝小姐才是神喜欢的类型。"柳余提起篮子，微微屈身，"抱歉，我该回去了，明天见。"

"明天见。"

玛格丽特见看不成热闹，也回了房。

柳余回到房间，对着篮子看了一会，也洗漱睡去了。

夜里盛满浅浅的月光。

醒来时，还有点恍惚，等看到花篮时，才发现伊迪丝没来取。

提了篮子去敲门，右边的门还没开，左边的却开了，玛格丽特穿了一条贴身的真丝睡裙，靠门上打了个哈欠。

"噢，你要还篮子？伊迪丝昨晚没有回来呢。"

第三十章

没……回来？

柳余呆了呆。

这一刻的感觉，大概就像是猫朝她举了下爪子，可不疼，也不痒，飘飘忽忽就过去了。

她朝玛格丽特举了下篮子："那这个，就麻烦您给伊迪丝了。我得去图书馆。"

"噢，书呆子。"玛格丽特耸了耸肩，"我们这可没人去图书馆，那里无聊透了。"

她晃晃悠悠地接过篮子，在柳余准备告辞之前开口："不过，得有个条件。"

"条件？"

"你得吃一个星星饼。"

玛格丽特淘气地眨眨眼睛："我很好奇，一个书呆子眼里，头顶长星星的会不会是书。"

柳余随手拿了一个，玫瑰色的小圆饼两三口就吃掉了，入口有股青草汁的气味，还不赖。

"也许在纳撒尼尔世界能看到星星。"她无所谓地道。

"噢，噢，"玛格丽特错愕地，"我很抱歉。我只是……听说你在纳撒尼尔和神的化身有过一段……噢，当然，这不可能，神从来不会留恋任何人，再漂亮的都不会。"

"即使是伊迪丝也一样！"她飞快地道。

"看来您更爱神，相比较曾经的莱恩先生。"

"那当然，"玛格丽特天经地义地道，"只要神愿意，我们的一切都属于他！这里的所有人都是。"

柳余摆摆手，头也不回地走出了庭院。

还是看书比较重要。

图书馆除了一个绿玛瑙球看馆，依然是她一个人的天地。

前几排的书架都找过了，这样的笔记大概找出一百多本，全是用神语记录的……

她一本本翻过去，翻得不算仔细，只是在碰到陌生符号时会停下来记一记。

中午到了。

绿螳螂晃晃荡荡地拎着篮子来送餐，柳余去一楼接了，发现今天有她十分爱吃的葡萄干奶酪和香煎小羊排……神宫的食物来自各个世界，每天都会有让人耳目一新的饭菜，倒要比在纳撒尼尔时就那几样丰富多了。

吃完饭，又去了三楼。

她打算再往后再找几排。

时间一点点流逝，徜徉在书卷的墨香里，连时光都好像静止了。

柳余提着书篮，将书一本本地抽下来，是的就放在书篮里，不是的，就重新放回去。有些书摆得比较高，她需要踮起脚尖才能够得到……为了避免破坏，任何神术在图书馆，都是被禁止的。

当指间又滑过一本白底黑边的书时，熟悉的字体映入眼帘。

是神的。

柳余踮起脚，这本书很厚，周围的书排列得密密麻麻。

眼看够不到，她就将篮子放到地上，一只手小心地撑着书架，另一只手伸长了去够……就在这时，一只骨节分明的手伸了过来，白袍的袖口松松垂下。

他一抽，书就被抽走了。

"哎……"

柳余急急地转过身来，却不料撞入了一双湖般静谧的绿眸里。

他就这样安静地站在她身前，低头看她。

漂亮的绿眸里，什么都没有。

没有风，没有云，像一片荒芜干涸的沙漠。

"神？"柳余发出了一个音。

她下意识要往后退，背却被冰冷的书架抵住了。

她被笼罩在一片阴影里，往前去，只能看到精美无比的银色暗纹在白袍上流淌。

几缕银发被风吹了过来，滑过她的脸颊和脖子，带起一丝冰凉和瑟缩。

柳余感觉，自己像被束缚住的、柔弱而娇小的羚羊……

相比较他高大的身躯和宽阔的肩膀。

他似乎要比盖亚·莱斯利还更高大一些。

"您想要……什、么。"

才张口，下巴就被钳制住了。

他冰冷的指间落到她的下颌，迫着她抬头，他在观察她。

那副大理石般的面庞近在咫尺，这是柳余第一次清晰地看见他的面容。

冷锐、精致，没人能比他更完美……

而这种完美，能在任何人心底激起一片山呼海啸。

不分性别，不分种族。柳余这时能理解，那些世人的疯狂来自何处了。

"放开我。"她发出了一阵气音。

下巴的不适，让她开始挣扎。

他却渐渐低下头来，就在柳余以为他要吻她时，冰冷的嘴唇落到她的耳边，声音很轻："为什么是你，贝莉娅·弗格斯？"

柳余大喘了口气。

起伏的胸膛几乎要碰到他，两人此时的姿势极为亲密，明明没有碰到，却都感觉到了来自对方身上的气息。

这感觉很奇怪，就像是深植在身体里，一经碰触，就会跳出来。

"什，什么是我？"她问。

神却放开了她。

他似乎厌倦了，直起身要走，长长的银发和丝袍滑过她的脸颊……

柳余一把抓住了他的袖子，他转过身来。

"书。"柳余垂下眼睛，恭顺地道。

白底黑边的书飘浮在她的眼前，而面前，已经空无一人。

柳余接过书，靠着书架，舒了口气。

不过一个照面，他的强势就好像已经侵入她的骨髓里，让她战栗和恐惧。

这时，一只灰斑雀偷偷摸摸地从书架后钻出脑袋来："斑斑！"

"嘿嘿嘿，我可看见了哦！你和神……"

"什么也没有。"

柳余斩钉截铁地否认。

"噢，我知道了，贝比，你生气了……是不是因为那个跟你长得像的伊迪丝？她确实很好看……"斑斑挠了挠脑袋，"但斑斑觉得，神不喜欢她。昨天她来，神远远地看了一眼，说了句话，连门都没让进，就让她走了……噢，什么话，让斑斑想想……"

"不，我不生气。"

相反，柳余很平静。

"你不生气？噢，这不可能！斑斑的雌鸟看到斑斑和别的雌性接近，都要啄掉斑斑好几根漂亮的羽毛呢！"

"那是因为，她看见你的头顶有星星。"柳余说了句斑斑听不懂的话。

斑斑摸摸脑袋："什么星星？"

柳余"嘘"了一声："我要看书了。"

"噢……那斑斑有点饿，斑斑要出去了……"

斑斑眼珠子转了转，它才不喜欢在这破地方待呢。

一下扑棱着翅膀飞起来，又要飞出窗户，又落到柳余身前的书架上，对着那安静的金发少女道："斑斑知道了！斑斑知道了！神说的是，'不一样'。"斑斑歪着脑袋，翅膀摸了摸后脑勺，"不一样？

"哪里不一样？神是在说伊迪丝小姐和贝比不一样吗？可斑斑看起来，都是金头发蓝眼睛，都一样的……丑啊。"

像是生怕柳余打它，斑斑说完一句，就夺命一样地飞出了窗户。

柳余闷着头看书，一样不一样，她是真不在乎。

回到住所时，伊迪丝拿了一篮子草莓酥给她，并且告诉了她一个消息。

玛格丽特凑过来挑了几块吃。

"你是说，三天后神界之树会开花？"

"是的，丽娜神官的通知应该也快来了。"

"神界之树？"

柳余想起丽娜神官之前说，神用神界之树创造出圣灵体的事。

应该不是普通的树。

玛格丽特一下子兴奋起来了："弗格斯小姐，这可是神宫的大日子，您一定得去参加。神界之树一年只会开一次花，一次三朵，得到花的人，接下来一年都会交好运。"

"哦？真的？"柳余顿时感兴趣了。

她的运气确实十分一般，如果神界之树的花有这种奇效，也许会对她接下来的事有帮助。

"当然是真的。"伊迪丝柔柔地笑。

"我还听说，如果这花能得到神的祝福，那么，这个人会一辈子都交好运。"玛格丽特嘟了嘟嘴，"可惜，神从来没有在这种场合出现过，他只会叫莱尔神官和丽娜神官主持。"

"不说这个！弗格斯小姐，您会去吗？噢，丢下您那些无聊的书本吧！"

玛格丽特像淘气的小孩一样闹她。

"去！当然去！"

三天后的夜晚，当星光爬满整个黑漆漆的幕布一样的天空时，所有的圣子圣女都集中到了神宫的一个露天花园里。

柳余也跟着玛格丽特和伊迪丝一起去了。

她穿上了玛格丽特特意给她选的一件红色绸裙，蓬蓬的裙摆，像绽开的花瓣一样。

三人行走在神的后花园里。深深浅浅的绿意蔓延开，每一棵树、每一丛花，都点缀着一闪一闪的幽蓝色星星，将整个黑夜渲染出喧嚣和热闹。一张又一张铺着白色桌布的长桌交错陈列，上面放了一些甜点……

柳余甚至看到了星星饼。

蓬蓬裙和燕尾服，占据了每一个角落，而在之前，明明大多数人都选择宽大的星月袍。

"噢，贝莉娅，星月袍是祈祷用的，可不适合现在。"

玛格丽特顺手从经过的侍从托盘上取了三杯酒，一杯递给伊迪丝，一杯递给柳余。

透明的高脚杯里，青色的液体在光下荡漾着柔波。

这让柳余想起巫婆坩埚里的毒药。

"尝尝看，这可是青岢果酿的果酒，一年内只有这个时候能喝到。"似乎看出她的顾虑，玛格丽塔跟她碰了碰杯，"噢，放心，喝十杯都不会醉，最关键的是，喝完嘴里还会残留青岢果的香气。"

伊迪丝弯起了嘴角道："是的，世界充满了青岢果的香气，非常、非常迷人。"

柳余好奇地抿了一口，味道很不错，酸酸甜甜的口感，最后一丝余韵又十分悠长，至于青岢果的香气……

她只想到两个词，清新而缠绵，就像是有人在嘴里含了一颗青柠果，却低头与你缠绵地接吻。

"不赖吧？"玛格丽特笑得眼睛和鼻子一起皱起来，她的表情总是灿烂到夸张，"一会我一定要……"

她朝经过的一位英俊小伙抛了个媚眼，得到对方一个意味深长的笑。

"噢，抱歉，我恐怕得失陪一下。"

玛格丽特一口喝完青岢果酒，顺手将高脚杯放回了一边的长桌，人已经往那穿了黑色短马甲、长裤、黑靴的英俊少年而去。

"看来玛格丽特已经从莱恩的事上走出来了。"

伊迪丝温柔地笑了笑，她似乎看见了什么人，匆匆放下杯子，"抱歉，弗格斯小姐，我得离开一会。我们在神界之树下见。"

伊迪丝玫瑰色的裙摆不一会就消失在了转角。

她们走开，柳余反倒自在了。

一路走过去，都是鲜妍俏丽的少男少女，他们身上有着一股活泼劲儿，看到谁都是一张笑脸。

"弗格斯小姐，您也来了！"

"好难得没去图书馆呢……"

"愿好运降临在您身上……"

柳余一路笑着招呼过去。

她不讨厌这儿。

相比较纳撒尼尔世界的冷酷，这里就像是美妙的伊甸园，在这伊甸园里，人们无忧无虑，不需要为生活奔波，不需要为信仰痛苦。唯一纠结的，不过是今天的衣裳好不好看，饭菜好不好吃，或者喜欢的人到底喜不喜欢自己。

这个世界，像被神割裂去了痛苦、忧愁和挣扎，只剩下美好。

一不小心，就会沉沦。

柳余提醒着自己，时刻保持清醒，不要被这糖衣炮弹给腐蚀了。

"贝莉娅姐姐，好久不见。"

这时，一个穿着淡蓝色花苞裙的少女踩着轻快的步伐，从旁边的岔道走了出来。

她戴着一顶毛绒帽，栗色的长发剪短，烫成小卷披在肩上，棕色的眼睛忽闪忽闪的，看起来像活泼的小鹿。

是娜塔西。她看起来气色不错。

"我想，您还是叫我弗格斯小姐更合适，伦纳德小姐。"

柳余荡了荡高脚杯，轻轻喝了一口。

她的姿态曼妙，动作优雅，几乎瞬间吸引了周围人的视线。

娜塔西也看着她，每当她以为自己有所改变时，贝莉娅，就会像一座不可逾越的高峰一样挡在她面前。

一个月不见，她看起来似乎更迷人了。

那身正红色绸裙紧紧地包裹着她，衬得她的肌肤白得晃眼，她傲慢地站在那，就像个女王。

娜塔西觉得，自己又变成了厨房里那只灰扑扑的、不起眼的老鼠。

没人会在意她。

"弗格斯小姐到这一个月，恐怕还没见过神吧。"自卑与愤怒混合成的酒液，让她开始口不择言，"我想，神应该是生您的气了。"

"哦？"

柳余漫不经心地问，"那看来伦纳德小姐是见过神了？"

娜塔西的脸一下子涨得通红："我、我迟早会见到的！"

"噢，娜塔西，你在这儿！"一位英俊的青年穿过灌木丛，走到娜塔西身边，自然地给了她一个吻。等看到柳余，荡漾的桃花眼就一弯，"原来是弗格斯小姐。"

娜塔西手搭到了来人的肘弯："这是莱恩！"

"莱恩是莱尔神官的弟弟！我迟早、迟早……"她憋红着脸，"会走到神的身边。"

柳余笑自己促狭，无所谓地耸了耸肩："您自便。"她摆摆手，"不打扰你们的二人世界。"

"您、您还是看不起我！"娜塔西的眼泪在眼眶里打转，她扬高声音，在那抹红色身影快要走出视线时，"您走着瞧，贝莉娅姐姐！我一定、一定会做到的！"

柳余没搭腔，娜塔西的"脑回路"，她一直都无法理解。

她像是活在自己的世界里，这个世界里，她永远扮演着弱者和受欺负的对象，有着一套只属于自己的行为逻辑……当然，评判标准也只属于她自己。

绕过熙攘的前面，柳余走到了一处僻静的角落。

这里没什么人。

有一个葡萄架，明明不是葡萄生长的季节，可那绿色的藤蔓上，却爬满了沉甸甸的紫色的葡萄。

架子下，有一张长椅。

柳余想起蘑菇屋前，最终也没吃上一颗的绿葡萄，更想起了前世，那小小的庭院里盼了一个季度，没盼上的紫葡萄。

她决定在这坐一坐。

风很轻，月很美，星星在闪烁。

柳余坐了一会，就听旁边突然传来一阵急促的脚步声，紧接着，交谈声。

这声音是……伊迪丝？他和别的男人在密会。

等聚到神界之树那时，玛格丽特朝她招手："我占了个好位置！快来！"

所有的人都围坐到一棵巨大的、被绿光笼罩的大树前。

那大树有十几人合抱那么粗，枝干弯曲遒劲，树冠舒展开，几乎将所有人都笼罩在了它的影子里。

伊迪丝坐在玛格丽特旁，红着一张脸朝她温柔地笑："弗格斯小姐，您得快些了。时间差不多了！"

柳余提起裙摆过去，等坐下时，才发现，除了玛格丽特和伊迪丝外，旁边还多了一个极为俊美的青年。

他穿着一身白底金边的宫廷制服，一头披肩的金色短发，只是眼睛是浅浅的灰色，五官格外深邃，笑起来也十分生动。

"您好，弗格斯小姐，久仰大名，我是伊迪丝的哥哥，克赛尔·比伯。"

克赛尔？伊迪丝的哥哥？

柳余注意到伊迪丝眼底的黯淡。

也许是她的惊讶太过明显，克赛尔歪了歪头，用他那浅浅的灰眸朝她笑："弗格斯小姐？"

柳余也露出了笑，恰到好处地掩饰住惊讶："比伯先生的英俊真是让人惊叹呢。"

这时，一阵狂风呼呼地刮过，柳余险些没坐稳，不由往玛格丽特的方向侧了侧。

神界之树开始摇摆，浅绿色的光晕一点点往外散开。

丽娜神官双手握拳，神情激动地向大家宣告："神，神也会来！"

这一句话落，柔和的白光乍然升起，它与绿晕交织，将整个黑夜都点缀得如梦似幻。

地面开始"轰隆隆"震动，人们不由往后看去。

在远离人群的那一端，神界之树长年埋于地下的树根开始破土而出，它们纠结、缠绕，漆色的树根在夜色中犹如墨玉，最后纠结成一块圆形的高台。

墨玉高台之上，一个白色的人影若隐若现，他端坐于一片朦胧的光影里。

远远只能见那被风拂动的白色衣摆和如水银一样流动的长发。

人人激动不已，匍匐在地："拜见神！"

"拜见神！"

"拜见神！"

柳余也跟着拜了下去。

神于高台俯瞰，信众们匍匐一地。

幽幽的月光照亮着底下的一切。

长久的静默里，柳余只感觉一阵风轻轻拂到身上。

红色绸裙落在青青的草地，夜露的清气充盈鼻尖，她直起身体，朝前看去。

但见神界之树的另一端，漆墨似的高台上，那笼罩在朦胧白光里的身影像是穷尽了世间所有人的想象。

尊贵，华美，不可直视。

她垂下眼睛，和周围所有的信众一样，摆出驯服的姿态。

神，一言未发。

丽娜神官却突然抬头，看向茂密的、如云雾一样的树冠："神树开花了……"

莱尔神官也同她一起仰视："神树开花了。"

点点绿晕如雪一样散开，降落。

神界之树似乎和人一样，在一起一伏地呼吸。

绿晕落到人的头顶，天地间仿佛有神秘而玄奥的音律升起，那音律响在心间，一层一层荡开……

柳余感觉到整个灵魂都在震颤。

"啵……"

她听到了花开的声音。

花瓣一点一点舒展，花蕊随风摇曳，循香而来的蝴蝶轻轻落下……

一切都生机勃勃，一切都春意盎然。

她睁开眼睛，蒙蒙的绿意里，三朵冰晶一样的浅粉色小花离开树冠，像蒲公英一样坠落。

就在三朵小花快要坠落到人们的头顶时，莱尔神官和丽娜神官共同祭出一个半透明的玉钵，玉钵在空中滴溜溜地转，花儿像是受到无形之中的吸力，一下子落到了圆钵里。

半透明的钵体内，浅粉色的花瓣如最上等的艺术品。

"猜猜，今年的幸运儿是谁？"

身边传来"嗡嗡"的议论声。

"嘘，神在呢，别说话。"

"神才不会管这些……"

玛格丽特皱了皱鼻子："反正，只要不是娜塔西·伦纳德就行。"

"看来你很讨厌她。"柳余道。

"噢，我讨厌她总是哭哭啼啼的样子，像黏糊糊的鼻涕虫,甩也甩不掉。"玛格丽特耸了耸肩，"你欺负她，她就冒出来一包水……她要是拿出法杖来跟我打一架，我还尊敬她一些。"

"玛格丽特，人总要朝前看。"伊迪丝安慰她，"莱恩错过你，是他的损失。"

"噢，当然。"玛格丽特扬扬得意，"旧的不去，新的不来。瞧见刚才的罗伊先生没？"

柳余另起了一个话题："那这花……怎么分？"

"……每年的花总是由丽娜神官和莱尔神官共同决定的，至于给谁……谁知道呢。"玛格丽特无所谓地道,"反正轮不到我……丽娜神官不喜欢我,她总说我脾气太差。

"倒是伊迪丝……"

正讨论着,丽娜神官的法杖一点,一朵粉色的小花从玉钵内飘飘忽忽地出来,一下子坠落到伊迪丝的指间。

"愿圣光与你同在。"她道。

伊迪丝将花朵托过头顶,郑重地拜倒在地:"多谢神。"

等她直起身时,脸上的黯淡已经消失了。

"伊迪丝,恭喜你!"柳余笑着祝福她,她很高兴,这位温柔的姑娘能得到祝福之花。

玛格丽特也跟着祝福。

克赛尔轻轻地摸了摸她的头顶:"我亲爱的妹妹,好运会一直伴随您。"

柳余却注意到,伊迪丝的身体颤抖了下。

这时,莱尔神官的法杖也一点,另一朵小花飘飘忽忽地往另一边去,最后,落到了娜塔西的手掌上。

"愿圣光与你同在。"他道。

娜塔西手高高举过顶,激动地匍匐下去:"多谢、多谢神。"

她泣不成声,等直起身时,往贝莉娅的方向看了一眼。

玛格丽特翻了个白眼:"我敢肯定,她一定是在炫耀。"

"玛格丽特……"伊迪丝不赞成地看着她。

"伊迪丝,你要知道,我只是个牧马人的女儿,只学会了怎么牧马和骂人。"玛格丽特哼了一声,"我猜,莱恩一定是事先求过他的哥哥了。他总觉得我要教训他那哭唧唧的小情人……就给她点好运吧,等我的神术练好,我一定要把他们变成猪头。"

柳余"扑哧"笑出了声,玛格丽特直率得可爱。"玛格丽特,我得提醒你,伦纳德小姐的运气一直很好。"

"那又怎么样?"玛格丽特一副"我爽快了就行"的态度,"不出口气,我会每天不开心……

"可惜,如果是选美,贝莉娅,这朵花你必得无疑……毕竟,你可是我们这些人中最漂亮的,噢,还有伊迪丝,虽然她还差一点……"

克赛尔咳了一声:"玛格丽特小姐,这话我可不同意。"

他笑出两个酒窝。

"噢,噢,抱歉。"玛格丽特不太诚心地道歉。

柳余和伊迪丝相视一笑。

伊迪丝给玛格丽特一个草莓酥:"塞住你的嘴巴,玛格丽特。"

玛格丽特委委屈屈地吃着,眼睛却乐得眯成了一条直线。

柳余则看向玉钵。

现在,只剩下一朵花了。

她们不敢看向远处的神明,就只低低地互相讨论起各自的衣裳、首饰和情人。

丽娜神官和莱尔神官的目光一触,就在丽娜神官的法杖刚刚举起时,一道柔和的光束落了下来,紧接着,神那优美的、如来自冰海雪山的声音回荡在每一个人的耳边:"让命运来选择吧。"

丽娜神官一愣,下意识看向莱尔神官,是她听错了吗,神……

莱尔神官朝她点了点头,法杖率先一点,玉钵被一股力量托到最高空,而后翻转,浅粉色的花朵飘落下来。

轻轻扬扬。

月色朦胧里，小花顶着无数人的视线，漫无目的地飘，最后打着旋儿落到了一个人的发间。

玛格丽特捂着嘴"噢"了一声。"弗格斯，你被命运选中了……"她惊叹道。

月色下，少女波光粼粼的金发上，粘了一朵浅粉色的花。

柔和的粉色光晕罩住了她，让她看起来，就像是爱与美之神。

"愿圣光与你同在。"

丽娜神官和莱尔神官不约而同地向她行礼。

信徒们艳羡地看着她，这可和被神官赐予的不一样，是神界之树、是这风、是这月色，选中了这个幸运的女孩儿。

柳余却直起身，看向神界之树的另一端。

朦胧光影里，那人一动不动地坐在高台之上，像是一座冰冷的大理石雕。

怎么可能是他呢？

柳余想，也许这次，是她真的走了狗屎运。

"神树之花的主人已经选出。"丽娜神官挥舞起法杖，"请这三位幸运的姑娘来为我们开舞。"

柳余一愣，伊迪丝和娜塔西已经站了起来。

玛格丽特推她："去呀，弗格斯小姐，这才是今晚大家最期待的时间，等舞跳完，你就可以向神祈求他的祝福了。"

"可为什么是跳舞？"

"庆祝一番……不过据说，一万多年前，大家跳的还是祈福舞。不过后来有人觉得无聊，就换成了双人舞。要知道……神不太喜欢吵闹，也只有在丰收季和这时候，我们才能在神宫快乐地跳舞……"

悠扬的音乐声里，玛格丽特已经迫不及待地随之摆动起来了。

柳余被推到了伊迪丝旁边，克赛尔也随之站了起来。

娜塔西已经牵起了莱恩的手。

伊迪丝求助般看着她，胆怯极了，站在她身旁，像是只瑟瑟发抖的兔子……虽然在极力掩饰。

柳余微微叹了口气。"比伯先生，我正好缺一个舞伴。"她微笑着朝克赛尔伸手，"不知道我有没有这个荣幸，请您跳一支舞？"

克赛尔看了眼伊迪丝，转向柳余的笑容灿烂无比："噢，当然，拒绝一位淑女绝不是绅士的做派，请。"

他右手置于腹前，微微屈身。

柳余将手搭在了克赛尔摊开的左手，一阵冷风刮过，裙摆被风吹得微微荡起，再感觉，却又什么都没有。

克赛尔也皱起了眉，不过在一瞬间又舒展开，他优雅地朝伊迪丝点头："抱歉，我亲爱的妹妹，恐怕需要您再找一位舞伴了。"

"噢，没关系，克赛尔哥哥，祝您愉快。"

伊迪丝扯起一抹笑，如果不看她过分苍白的脸的话。

柳余被克赛尔带着，进入树下跳舞。

她的腰肢被他揽着，克赛尔舞步娴熟，风度翩翩，作为一个男伴来说，十分合格。

另外两对也开始进入树下跳舞。

圣子圣女们手牵手围着神界之树，踢腿、作歌。

"神界之花，美丽芬芳，光明照耀着大地……"

节奏轻快，曲调活泼，听起来，像是一首民谣。

柳余渐渐也被感染了，舞步跟着活泼起来。

前进，后退，丢开，收回。

克赛尔配合无间，还笑着点评："弗格斯小姐从前的舞伴，一定非常出色。"

柳余的笑一僵，又很快舒展："不，恰恰相反，他跳得很一般。"

"哦？"克赛尔不信，不过，他也没有继续追问，"我看到弗格斯小姐的时候，都惊讶了，这个世界上，竟然还有和我妹妹生得一模一样的人。"

他放开她，柳余这才发现，一首歌结束了。

而她的后背，也已经湿透。

"希望弗格斯小姐能给我一个机会，"克赛尔单腿跪下，不知从哪儿抽出来一枝红色的蔷薇，"我想，这花天生适合您，弗格斯小姐。"

"哇哦！"玛格丽特鼓起掌来，"非常不错！比伯先生，您的眼光可真不赖！"

柳余看向伊迪丝，她站在场边，眼里全是复杂。

她插手得够多了。柳余想。

她退后一步："抱歉，我暂时不想接受任何追求。"

克赛尔并没有被她的拒绝惹恼："我会一直等着您，美丽的弗格斯小姐。"

他站了起来，蔷薇花递到了伊迪丝手里："抱歉，亲爱的妹妹，弗格斯小姐没有接受，这花就只能献给您了。"

伊迪丝怔怔地接了过去。

丽娜神官出来打圆场："现在……"

玛格丽特和一帮活泼的圣子圣女们共同出声："丽娜神官，莱尔神官，是不是能祈求神赐予祝福了？"

在娜塔西和伊迪丝红着脸向神界之树的另一端祈求祝福时，柳余悄悄退出了人群，穿过后花园，回到了房间。

门轻轻"咔哒"一声扣上。

壁灯还未亮起，她就感觉到，屋内多了一个人。

冰冷的、却又极具存在感的强大存在，让人无从忽略。

"谁？！"

柳余心生出一丝预感，指间的光明弹还未发出，就被来人掐灭了。

他冰冷的手包裹住她，声音很轻："贝莉娅·弗格斯，是我。"

"神？！"

柳余无法控制自己的惊讶……

月色如水一般倾泻，照亮了那半边如刀削斧凿般的侧脸。

让人恐惧、战栗又想匍匐在地的存在。